U0432561

姜耕玉文集（第四卷）

现代诗与汉语智慧

姜耕玉 著

东南大学出版社

图书在版编目（CIP）数据

姜耕玉文集.第4卷·现代诗与汉语智慧/姜耕玉著.
—南京：东南大学出版社，2023.3
ISBN 978-7-5766-0548-8

Ⅰ.①姜… Ⅱ.①姜… Ⅲ.①新诗–诗歌研究–中国
–文集 Ⅳ.① I0-53 ② I207.25-53

中国版本图书馆 CIP 数据核字（2022）第 249764 号

姜耕玉文集 第四卷
Jianggengyu Wenji（Di-si Juan）

著　　者：姜耕玉
出版发行：东南大学出版社
地　　址：南京市四牌楼 2 号　邮编：210096　电话：025-83793330
网　　址：http://www.seupress.com
经　　销：全国各地新华书店
印　　刷：兴化印刷有限责任公司
开　　本：700 mm × 1000 mm　1/16
印　　张：28.75
字　　数：563 千字
版　　次：2023 年 3 月第 1 版
印　　次：2023 年 3 月第 1 次印刷
书　　号：ISBN 978-7-5766-0548-8
定　　价：86.00 元

本社图书若有印装质量问题，请直接与营销部联系。电话：025-83791830
责任编辑：刘庆楚　封面设计：姜耕玉　责任印制：周荣虎

姜耕玉 1947年生于高淳县东坝镇,长于苏北盐城。东南大学艺术学院教授、博士生导师,曾任人文学院现当代文学学科带头人。已出版理论著作《红楼艺境探奇》《艺术与美》《艺术辩证法——中国智慧形式》《艺术的位置与创造》《飞翔与栖息——直觉经验的心灵形式》《新诗与汉语智慧》等。已出版诗集《雪亮的风》《寂寥如岸》等三本,长篇小说《风吹过来》《寂静的太阳湖》两部。独自完成全国艺术科学基金课题"艺术辩证法研究""艺术学原创性理论研究"与国家社科基金项目"新诗语言形式研究"。《艺术辩证法——中国智慧形式》被教育部评为推荐研究生教学用书,获第四届中国高校人文社会科学研究优秀成果奖二等奖,并被评为中国图书第二批对外推广交流重点书目。《"西部"诗意——八九十年代中国诗歌勘探》获第二届鲁迅文学奖评论提名奖(论文被收入《第二届鲁迅文学奖获奖作品丛书》)。《谈〈红楼梦〉人物的"笑"》入选人教版初中语文九年级上册教师教学用书。新诗作品《渔舟唱晚》被选入北师大版全国义务教育课程标准实验教科书语文课本。长篇小说《风吹过来》被《长篇小说选刊》选载。曾获江苏省第五届紫金山文学奖,电影剧本《河源》获首届钟山杯电影剧本征集奖。

1991年在全国诗歌创作座谈会暨漓江诗会上,与丁国成、昌耀、陈良运、宁宇(自左向右)合影

陪应邀参加"1997年中国新诗形式美学研讨会"的著名诗评家任洪渊、朱先树、潘宗德、吕进、叶橹、袁忠岳、吴思敬、张清华(由左向右)参观南京南唐二陵

1998年在张家港诗会上,与任洪渊(右)、孙绍振(左)在一起

2001年在南京大钟亭茶社,与张默、韩东、代薇交谈

1998年与孙绍振在苏北

1991年与李瑛在阳朔

2006年与舒婷、陈仲义在广东清远

2000年在台北与辛郁干杯

2003年与于坚在云南大理

2007年与美国、希腊、澳大利亚、中国台湾等地诗人合影

2007年在美国世界诗人大会上朗诵诗作《渔舟唱晚》

2007年在美国蒙哥马利与世界皇冠诗人大会主席(右)、蒙哥马利当地政府官员(左)合影

2014年10月18日在台北创世纪诗社60年庆典上致辞

2014年在台北,与叶维廉、张默和刘福春合影

2014年10月在台北与创世纪诗社痖弦、洛夫、张默、管管、张堃、陈素英、石江山(美国)、辛牧等合影

2001年与余光中、张默、蓉子在东南大学报告厅

2001年在北京牛汉宅中访谈

2009年与谢冕在武夷山

2014年在泰州国际笔会中心与洛夫先生交谈

2014年与洛夫夫妇、任洪渊、王廷信、叶橹、赵思运、孙基林、张立群、陈仲义、庄伟杰、马铃薯兄弟、黄梵、初清华、王珂等在徐志摩陪泰戈尔演讲的遗址（东南大学四牌楼校区体育馆）合影

出版说明

《姜耕玉文集》分上部与下部，上部为学术与理论研究，下部为文学作品。

上部分四卷，第一、二卷暂存目。第一卷《红楼梦》研究，版本为专著《红楼艺境探奇》再版本（重庆出版社2007年版或东南大学出版社2015年版）；第二卷艺术辩证法研究，版本为专著《艺术辩证法——中国智慧形式》（高等教育出版社2012年再版本）；第三卷艺术之经验与创造；第四卷现代诗与汉语智慧。

文集编选保存文稿的历史真实。作者对早期论文除有词句修改外，仍保持其文字风格和思想观点的原貌。个别篇目是对同类论题的整合，个别论文题目有修正。目录编排以论文写作和发表的时间为序，一律在文后注明发表（出版）的时间和刊物（出版社），一篇入选的讲稿除外。第二、三卷同属于艺术学理论，对有关艺术辩证法单篇发表的文章，除了在附录发表论文要目中显示，不再编入第三卷。

目 录

诗，为自己吟唱又为人们吟唱
　　——评当代诗与读者的疏离倾向 …………………… 1
模糊体验：诗的意象性语言
　　——兼论诗与散文的语言界限 ………………………… 7
诗形变化：俗而非俗的美学原则
　　——再评当代诗与读者的疏离倾向 …………………… 20
缘情言志与多样并存的诗歌流派
　　——关于中国诗歌传统与李元洛先生商榷 …………… 30
论诗的生命意识 ………………………………………………… 38
诗人：从"感受者的人"到"创造者的心灵"的实现 …… 50
奇妙的联觉意象 ………………………………………………… 57
诗的意味：艺术抽象的强度
　　——兼论80年代诗歌形式的嬗变 ……………………… 76
抽象的美丽幻象 ………………………………………………… 91
诗人档案：从战士身份突入诗人的个体化抒情
　　——李瑛近年来的诗歌创作 …………………………… 101
沉寂中的诗神 …………………………………………………… 121
品或误读：诗意的不确定性 …………………………………… 133
现代诗的隐喻结构 ……………………………………………… 153
寻找：新诗体文本与母语的批评方式 ………………………… 173

论新诗的文本意识与形式重建 …………………………… 186
台湾现代派诗的母语情结 …………………………………… 200
论20世纪汉语诗歌的艺术转变……………………………… 209
口语化叙述与汉语音节 ……………………………………… 231
"西部"诗意
　　——八九十年代中国诗歌勘探 ………………………… 239
关于对非诗化倾向的批评及论争
　　"看"的视角：诗与思
　　　　——与龙泉明先生商榷 …………………………… 257
　　关于批评的"语境""立场"及文本真实
　　　　——评估"后新诗潮"的基本问题辨析 ………… 263
　　"西安"诗变 ……………………………………………… 272
　　诗"回到能指"：汉语诗意及精神生态的消失
　　　　——与于坚先生《从"隐喻"后退》商榷………… 279
"松开鞋带"与"新诗标准"………………………………… 287
新诗的汉语诗性传统失落考察 ……………………………… 296
论新诗的语言意识与汉语诗性智慧 ………………………… 314
汉语诗性智慧相续相生之基因 ……………………………… 334
资源与转换：现代汉语诗意结构形式的可能 ……………… 344
新诗"革命性"对自身的遮蔽 ……………………………… 366
精神之巢与修辞 ……………………………………………… 375
汉字精神与诗意形式 ………………………………………… 380
汉语诗歌之源及经验 ………………………………………… 387
原创力之于创世纪"三驾马车" …………………………… 399
新诗的自由与汉文化的原生力
　　——与洛夫先生一席谈 ………………………………… 418
当代诗的语言美学问题 ……………………………………… 434

诗,为自己吟唱又为人们吟唱

——评当代诗与读者的疏离倾向

当今中国诗坛,诗社林立,流派突起,各路诗家声音迥异,呈现出多元化发展的态势。但令人困惑的是与广大读者发生了"脱节",这是否与诗"仅仅为自己歌唱"有关呢?

华兹华斯在《抒情歌谣集》(1800年)序言这篇著名的浪漫主义宣言中,曾同时宣称:"诗人绝不是单单为诗人而写诗,他是为人们而写诗。"一个多世纪以后,美国诗人艾略特又提出诗歌有三种声音。"如果作者永远不对自己说话,其结果就不成其为诗了。尽管也许会成为一套词藻华丽的言语。""但倘若诗专门为作者而写,那就会成为一种用秘而不宣的、无人知晓的语言写的诗,而只为作者的诗根本就算不上是诗。"先哲们这个涉及诗歌存在价值的观点,仍然值得我们深思。

新时期诗歌向个人生命情感领域突进,打破了以往诗人遮蔽自己而"为人民歌唱"的僵局,但诗人的个人化写作,也容易出现艾略特说的"诗专门为作者而写"的倾向。对于诗人远离人们,我们不能再简单化地视之为"脱离群众"。诗人天生孤独,问题在于他的声音,不管是对自己说还是对听众说,能否带有出自灵魂深处或生命价值的独到的东西。

诗是心灵的歌、生命的歌。诗人总是要通过真诚而自由地表现自我,抒写个人生命情感，去创造人类的精神现象。从这种意义上说，没有"自我"的诗，便不成为诗。然而，诗与其他艺术形式一样具有"他性"，具有欣赏价值，即荷载被人们理解的意义，表达人类的感情和生命存在形式，并传递难以捉摸却又使人们有"似曾相识"的感觉。

诗歌是一种交流。即使像同仁诗社，还不想发表或者没有机会发表的诗，也是要与同行或朋友交流。即使诗人可以不考虑读者而写诗，乃至纯粹属于个人情感发泄或解脱的诗，但他最终也想必知道，自己满意的那首诗会对别人说些什么。可以说，一首真正的好诗，不光属于诗人，对于你和我，同样是奇异而美丽的。诗人幻想的头脑里诞生的灵物也希望在别人头脑里出现。诗人愿意别人的神经和自己共振，而不希望别人用僵硬如冰的嘴唇来回答自己由于心灵或生命的激发而颤动的嘴唇。古今中外优秀的诗篇，大都是因为能够在广大读者中传颂，震撼人们的心灵，唤起人们优美的情绪，而跨越时代和国度，被人们视为珍宝而留传下来。有些尽管是只写给情人的没有发表的爱情诗，但还是因为抒发性爱感情的秘密而在青年男女中争相传抄。相反，那种"用秘而不宣的、无人知晓的语言写的诗"，只能导致自我封闭。非但不能理解同属一个圈子里的诗，甚至自己也不能理解自己的诗，由此造成诗与读者的疏离和隔膜。

艺术的情绪是非个人的。诗，作为一种人类精神现象或生存状态，首先能在艺术再创造的非实际功能的领域里满足和调剂人们精神的自由生态。因而诗人既要尊重自我寻找自我表现自我，又要善于超越自我和个体生命的局限。诗人在个体化的探寻中，既是去发现人生和生命的真谛，也是生命的敞开与精神的拓展，往往不自觉地从自己的感受突入到别人的感受中去，使自我或个体意识被别人理解和尊重，这样就会酿成诗的个体意识的蕴涵，使诗有了充实的群体意识、民族意识、人类意识的可能。诗的精神，是一种比诗人私人的精神更丰富、更具有代表意义的精神。诗人是个体存在的探索者，也是精神的富有者，他总是要不断摆脱生命个体的限制和束缚,走向更广阔的人生和人类的精神世界。如果说诗是一只心灵之鸟,那么它总是要为人们吟唱怡然动听的自由之歌。难怪在诗人惠特曼眼中,一个虽然不是伟大艺术家的凡人,可以与伟大艺术家同样神圣和完美,因为诗人从这些男人和女人中看到了永恒。尽管有的诗人声称自己只代表个人,但创作实践又是另一码事。其诗作还是因为代表人的心声而显示出独有的力度和影响。诗人具有比一般人更敏锐的感受力,更天才的悟性,更开阔的灵魂,更丰富的感情。他善于发现宇宙现象和生命现象的奥秘,发掘和感受个体生命情感与更多的生命流相通或相感应的东西,以创造生气灌注的美丽的诗魂,点燃人性和生命的火把。即使抒发内心苦闷,寻求自我解脱的诗,也由于诗人具有灵性超人的感受,能够沟通一群人或一层人甚至一代人的思想情绪,引起他们灵魂的共振而不乏其影响和光彩。雪莱曾把诗人比喻为夜莺,栖息在黑暗中用美妙的声音唱歌。安慰自己的寂寞又何尝不是安慰别人的寂寞?真正开拓和表现人类精神的诗歌,乍看为自己吟唱,实际上也是为人们吟唱,表现出一种超凡的艺术魔力。

  诗,诞生在现世人间,同样也是凭靠人间一代又一代的人的歌唱,而飞向遥远。诗的超脱,并非与现实与时代隔绝开来,成为不见人间烟火的孤岛。任何一位诗人都是社会存在的人,要想离开现实,离开时代,就像鲁迅先生说的犹如拔着头发要离开地球一样不可能。诗要超脱现实和时代,必须首先要想到和认识自己所处的时代和现实生活;诗,要走向世界必须首先立足本民族,了解和领悟本民族的情感和艺术审美方式;同时也要很好地懂得其他民族和整个世界的文学。"观古今于须臾,抚四海于一瞬"(陆机语)。诗,总是在沟通现实和历史、民族和世界的联系之中,而超越现实的时空,走向永恒。中国第一个大诗人屈原的诗篇是在流放后"发愤而作"。司马迁引淮南王说"离骚者,犹离忧也"。作为败落的进步政治家的诗人,既没有囿于当时政治和个人的恩怨,发泄一时之忧愤,也不是斩断一切忧愁,离开人间去做着超出于时代的各种幻想和梦呓,而是面临楚国政治黑暗、濒于灭亡的现实,在痛苦的宁静的回忆中发生了感情和灵魂的升华。《离骚》中形成的中国知识分子最早的忧患意识和对理想的坚贞不渝的追求,以及探索的崇高优美的情绪,沟通并摇撼着不同时代的读者的心灵。同样,英国诗人叶芝早期虽有严重的逃避现实、远离时代的情绪,但诗人并不回避来自黑暗现实的类似于我国古代陶渊明式的消极避世的情绪,而是自由地抒发了这种世纪末的悲哀,成为人类精神世界中的一种穿透时空的"共名"的情绪,抒情诗《被拐逃的孩子》《茵纳斯弗利岛》等,正由此出名远渡大洋。反之,我国西晋末年的文人为了逃避政治迫害,追求所谓"神超理得"的诗境,诗的情绪并不与他们的生活、心境、意绪发生直接关系,近百年间流行的这类玄言诗,又有几首流传至今?

　　人类生命的内宇宙何等隐秘。诗人对生命的探索和表现,单单沉湎于内心的玄奥与生命的黑洞,是不能奏效的。倘若诗仅仅表现人的原始力的喷发,固然可以走进与世隔绝的原始森林去唱这一古老的歌。但倘若要表现人的生命的神秘感受,丰富和拓展人的情感世界,则应该是开放性的,面对现实人生。也要体验使生命的内宇宙赖以生存的外宇宙,体验维系和影响自己生存的周围的生命世界,以达到从整体上从现代的社会关系上把握生命的存在意识。应该说,新生代不少诗人的诗还是有生活感的,是他们心灵或生命的自由的歌唱,有些属于冷态的生命体验的诗,成了孤独的青年维系自己生存的高贵的方式;只是语言艺术上还粗率,虽受年轻诗歌爱好者追随,公众读者却仍表示淡漠。至于单单为自己写作的诗中,也有少数属于比较成熟的诗,并不能因为没有读者而加以否定。正像非美国人是无法正确地理解詹姆斯作品的,但毕竟世上总有那么一些理解力很强的人能读懂詹姆斯的作品,而为少数理解力强的人所理解的作品,同样不失为一篇佳作。然而,如果一味强调诗仅表现生命内部的不可知部分,势必导致写诗的盲目性和神秘化,出现天马行空式的偏颇和寻找艰深莫测、隐晦难懂的现象。

当前诗歌创作存在着泛情绪、随意为诗的倾向,不能不视为对诗歌艺术的一种亵渎。个人的情绪不等于诗的情绪,诗的情绪比个人的情绪更复杂,比常见的情绪更凝炼,比一般的情绪更特别。艾略特说:"诗人之所以引人注意,引起人的兴趣,倒不是由于他的个人的情绪,由于他自己生活中的特殊事件所激起的那种情绪。他的特有的情绪可能是简单的,或是粗糙的,或是平庸的。他的诗中的情绪却该是一种十分复杂的东西,不过又不同于一般人的情绪的那种复杂,尽管一般人在生活中有十分复杂或者罕见的情绪。"强调"将这些普通情绪锤炼成诗"[1]。按我理解,"锤炼成的诗"的情绪,应该是——

鲜活而特别的情绪。诗人不可放过艾略特所说"他自己生活中的特殊事件所激起的那种情绪",因为这种由偶然性机遇引发的"情绪",本身就包含着真实性和特殊性。只要善于以这种情绪为发端,进行诗的情绪的发掘与熔炼,就会使活的情绪转化为诗的情绪。

陌生而亲近的情绪。诗,固然要追求新奇的情绪,但应该捕捉和提炼为人们感知的、具有亲和力的情绪。不应排斥新奇的情绪的陌生感——那种超前意识的玄远的先知或者司空见惯却未曾被人们留意而造成的陌生感,但它也应该能够启迪和唤醒人们酣睡于习惯之中的心灵。不为人知的隐晦的"心灵材料",是应该被摒弃的。

自由而宁静的情绪。把诗视为对生命的自由的一种追求,不等于放纵情绪,随意为诗。诗是情感的积累或记忆,是回忆起来的情绪。而诗写作中的泛情绪,不仅会带来诗的情绪的简单化、平庸化,而且有碍于诗性创造力的发挥。这大概也是艾略特提出"避却情绪"的原因。诗人只有调整心态,只有平和与宁静,才是诗创造的最佳状态,诗人因此才有获得心性与诗性的最大自由的可能。

诗人对个人的情绪选择和拓展、锤炼和升华,完全是个性化的艺术过程,并非"需要避却个性"(艾略特语)。勃兰兑斯曾称"华兹华斯把他的自我和英格兰化为一体","拜伦的自我却代表了普遍的人性;它的忧愁和希望正是全人类的忧愁和希望……这个自我以一种男性的强有力的风格隐缩进自身之中,在一段时期内完全为孤独的哀愁所浸透的时候,那种哀愁便扩大成为对人类一切苦难和哀愁的深切同情。"[2]诗人为了表现更有人性价值、生命价值、审美价值的体验,需要锤炼自己而非抛弃自己;诗人并非刻意寻找自我与同群(代)人的情绪的契合点,而是与人类心灵情绪的一种自然的相通与感应,仿佛从诗的灵魂深处放出一股金色的(蓝色的、绿色的、紫色的……)乐曲,为人们所喜爱、所歌唱。

1989.2.26

注释:

[1] 艾略特:《传统与个人才能》,《诺贝尔文学奖获奖作家谈创作》,北京大学出版社,1987年,第149页。

[2] 勃兰兑斯:《十九世纪文学主流》第四分册,人民文学出版社,1984年,第371页。

(原刊《人民日报》1989年8月2日)

模糊体验：诗的意象性语言

——兼论诗与散文的语言界限

诗神，逗留在色香飘逸的迷离园中月色朦胧的玫瑰梦里

诗，是精神的皇后。她最富于美丽的幻想，美的感性观照，也毋需那种明晰性。

诗美，宛若雾中花、湖心月、雨后彩虹，可望而不可即。诗人也并非能够说清楚诗的语言的全部蕴含，欣赏者也常受猜谜的享受与折磨。

明代诗评家谢榛说："凡作诗不宜逼真，如朝行远望，青山佳色，隐然可爱，其烟霞变幻，难于名状，及登临非复奇观，惟片石数树而已。远近所见不同，妙在含糊，方见作手。"[1]谢榛从美的景观中悟出的"含糊"诗法，用现代语来说，就是模糊的表达方式，即要求诗人运用审美心理中的模糊体验，去用语写意，"一字一句，皆效意焉"（颜延之语）。"以言起意，则言在而意无穷"（王夫之语）。"其意象在六合之表，荣落在四时之外"（恽南田语）。黑格尔称"诗人必须把他的意象（腹稿）体现于文字而且用语言传达出去"，是"诗人的想象和一切其他艺术家的创作方式的区别"[2]。T. E. 胡尔姆这样描述诗与散文：

在诗中,意象已不再是一种纯粹的装饰,而是直观性语言的本质所在。诗使你成为一个步行旅行者,你可以一步一景,而散文却使你坐上快车,只有到达终点,才能看到你所去目的地的形貌。[3]

文学语言"是一种说着话的图画"(英国诗人锡德尼语),诗与散文具有直观性语言的共同特性。而胡尔姆认为诗的直观性语言的本质,是它的意象性,即是说,意象性是人类不同民族和国家的诗歌语言的共同特征。

诗的语言的意象性,是区别于散文体语言的基本特征。

诗的意象性语言,不仅在于诗的词语的直观形象性,更主要的还在于它的比喻性、暗示性,而呈现出语义的不确定性的形态,可称为"模糊语言"。无论我国传统诗的"比兴"手法,还是外国诗的象征、隐喻等手法,都决定了诗歌的语言形式,具备丰富意蕴的可能性。中国诗人用汉语创造的诗性体验的意象,具有"雾失楼台,月迷津渡"之美。"可堪孤馆闭春寒,杜鹃声里斜阳暮"(秦观)。"梧桐更兼细雨,到黄昏点点滴滴"(李清照)。"共眠一舸听秋雨,山簟轻衾各自寒"(朱彝尊)。三位诗人都是借助景物,寄托情思。不同的语言意象,虽然都带有一种不同程度的忧郁色调,但其内涵都是模糊不清,这正恰到好处,曲径通幽地表达了各自不同的心境和情绪。如果不用直观性语言意象,大概难以达到这样的效果。

诗"能最深刻地表现全部丰满的精神内在意蕴"(黑格尔语)。诗人总是要从大千世界中捕捉意象的蝴蝶,表达最深刻最丰富的内心体验。意象是物象的心灵化,是一种具体而又抽象的、富有郁勃的艺术生命的精灵。但这一艺术的精灵或蝴蝶,总喜欢停留在主体与客体的契合点上——色香飘逸的迷离园中,月色朦胧的玫瑰梦里……诗人幻想的翅膀,总免不了要飞向这美丽的迷离和朦胧之中。——这就是审美经验中的模糊体验。

成功的诗的语言,总是表现出"似花还似非花"的不确定性,即模糊性。

这是诗的思维与非理性思维所特有的。诗的意象,只传达给读者的感觉与感情的接受机制,而不是传达给他的理智。从理智上看是模糊的概念,在审美经验中却是非常生动丰富的人生体验。戴望舒的《雨巷》的文学价值,正在于虚拟了"悠长"而"寂寥的雨巷","撑着油纸伞""独自彷徨"的"我",幻想着"丁香一样地""结着愁怨的姑娘"。这首诗在当时广为流传,是因为当时广大青年知识分子通过形象感觉,深入触及了这一"苦闷的象征",引起了感情的强烈共鸣,而不是单单从理性逻辑上去认识这一"苦闷的象征"。

这种模糊的表达,可以在不知不觉之中,把人的心中不可捉摸的某种感情、情绪及全部内心生活深切地揭示出来,造成诗的独有的审美效能。如何通过意象性的语言,造成更大的形式意味或刺激力,是诗人创造能力发展的一个重要表现。正是在这个意义上,青年康德最早提出:"知性在模糊不清的情况下起作用最大……模糊概念要比明晰概念更富有表现力。"[4]席勒甚至说:"没有那种模糊的概念——强大的总体的发生于一切技术过程之先的概念,就不能创作富有诗意的作品。"[5]可见,模糊概念,对于最富有情感、最富有想象力的诗歌创作,具有特别重要的意义。

我们需要从诗歌元素来理解诗歌语言的意象性。有人提出"对诗感受状态作直接描述记录",这作为在表达方式上追求客观性的风格来理解,无可厚非。然而,如果排斥诗的语言的意象性特征,岂不混淆了诗与散文的界限,使诗和诗的欣赏者们也"坐上快车",一同到达散文去的"终点"?有例为证。《对一个物体的描述》:"该物体产于四川/八一年起归北京保管/它长1.72米/宽0.43米/厚0.21米/……综合上述情况/根据规定第 99/ 该物体定名为阿吾。"尽管总体上还是对人的隐喻与自嘲,但这类"直接描述记录"的句子,实属于物理性的简单表述,直白无味,缺乏诗歌分行的必要依据与诗形,亦没有散文中物的细节描写的情趣。

诗,作为语言的皇冠,无疑要改变陈述性句法的直接、明晰、推理的模式,而要突出语言的表现力——凝炼而有意味,虚拟而又可感,跳跃而又和谐……的特性,这是陈述式语句所代替不了的。犹如身体健壮的旅游者不愿意坐缆车上黄山、泰山,失去"一步一景"、流连忘返的独有快感。

应该说,审美心理中的模糊体验,是创作或欣赏真诗、好诗的过程中出现的一种很高的艺术境界。以前那种在政治意识的影响下被扭曲的假诗,因为丧失了自我,自然谈不上模糊体验。那种感受甚浅,随意为诗,由于停留在审美表层,也不会有模糊体验。至于那种"直接描写记录"的诗,由于仅用"一种数码式的语言",当然也毋需模糊体验。诗的语言,如果没有意象性,或者意象虚假、薄弱,都不能称为严格意义上的诗。

真正的意象性语言与诗人的模糊体验,有着不解之缘。只有当诗回归自身与本体,诗人获得了运用自己的眼睛和自己的心灵去拥抱世界、体验生命的自由;只有当诗人灵感涌来,深层地潜入内在精神的全部丰富的意蕴之中,才能在外观中产生"模糊"的感觉。宗白华说:"'诗的意境'就是诗人的心灵,与自然的神秘互相接触映射时造成的直觉灵感,这种直觉灵感是一切高等艺术产生的源泉,是一切真诗、好诗的(天才的)条件。"[6]模糊体验,正是"这种直觉灵感"所特有的现象。诗人超凡的感觉经验与奇凸的想象力,触发、反馈为独特新鲜、异彩纷呈的信息的模糊集合,凝聚成惊世骇俗的诗美力量。

按照格式塔心理学中"异质同构"的原理,不同感官在大脑皮层的生理电力场中激起的"力"的式样,在心理感受领域中都是统一的,即眼、耳、手、鼻、舌等都是相通的,可以相互补充、相互代替。同一种感受、一种体验,可以是视觉的,又可以是听觉的、触觉的、嗅觉的、味觉的,是各种官能感受交织的心理形象。它常常呈现出某种程度的无序、界限不分明,及性态的徜恍无定,却又是多种感觉、多种意义之间的冲突和共鸣、抵消和生发的平衡状态,是宽广、深邃、博大的体验。美妙之音不知来自何方,五彩光色不知如何辨析。这种体验像梦,像海市蜃楼,只为觉察它们而感知、想象而存在。诗人正是凭藉这种直觉灵感的模糊体验,独具慧眼地创造出强烈地诱惑你而又使你难以透悟的诗美世界。

在这方面,不妨看看现代人比较感兴趣的古典诗人李商隐的诗,历来聚讼纷纭的《锦瑟》篇,又何尝不可以作为诗人关于模糊体验的创作谈来读?

锦瑟无端五十弦,一弦一柱思华年。
庄生晓梦迷蝴蝶,望帝春心托杜鹃。
沧海月明珠有泪,蓝田日暖玉生烟。
此情可待成追忆,只是当时已惘然。

诗人弹起了锦瑟,一弦一柱(似电影蒙太奇手法)引起惘然而美丽的回忆,时而蝶梦恍惚,时而鹃啼迷离,时而海月珠泪,时而蓝田玉烟……诗人心灵记忆壁上的一幅奇凸瑰丽的风景,投射入我们通感的直觉,山断云连,扑朔迷离,使人目不暇接,六神无主。从总体上呈现出诗人美丽的迷失的怅惘。

于是又有了唐代诗人戴叔伦的精到评说:"诗家之景,如蓝田日暖,良玉生烟;可望而不可置于眉睫之前也。"[7]李商隐正是在这种模糊体验中进行创作的。他的无题诗,大概正是因为饱含有他的复杂情感的诗境,难以言传,故托之以"无题"。"无题"之诗境,岂不正意味着多因性的模糊集合?

语言形象的暗示性愈大,意象的朦胧感也愈强。欣赏者面临这类作品,难免有"雾失楼台,月迷津渡"之感,只要不是一派糊涂或故弄玄虚,经过深入的模糊体验和顿悟,对诗的意象的密码还是能够破译的。

寻找缪斯编织一串若即若离忽隐忽现的通灵宝珠

诗歌中诉诸艺术感知的模糊体验与沉湎于自我玄思的迷糊,意象性较强的语言与高深莫测或故作艰深的语言,是有着原则界限的。正如刘勰所说,"隐以复意为工","或有晦涩为深,虽奥非隐"[8]。带有浓重的玄秘气的诗句,自以为高深,实际上由于过分反"实"求"虚",刻意求深,过分强调意象的观念性,而滑脱了艺术直觉的疆界,变得晦涩玄奥,失去了诗的通灵感。

模糊体验的经验,建立在创造的主体与客体的相通,感性与知性的协调和谐的基点上。大凡真诗、好诗在语言和表达上出现的"模糊",只能是为通向真与美的诗境铺设的特殊的桥梁,而不会阻塞诗的通路。朦胧诗虽然"朦胧",但绝大多数的诗篇还是隐而不奥,蕴而不晦。

> 我要到对岸去
> 河水涂改着天空的颜色
> 也涂改着我
> 我在流动
> 我的影子站在岸边
> 像一棵被雷电烧焦的树
>
> 我要到对岸去
>
> 对岸的树丛中
> 惊起一只孤独的野鸽

向我飞来

(北岛《界限》)

诗句是朦胧的,但还是"表达了各种印象的与直觉相一致的'有表现力的活动'"(苏珊·朗格语)。北岛等朦胧诗人的写作经验,源自处于"文革"动乱中的青春体验,只要考察这一生活环境里的生存状态,就不难发现和理解诗人对失望与痛苦的深刻表现,而通篇营构了去河对岸的河中与岸的一系列意象,正展示了诗人在孤独坚守中的独特诗性体验与诗意表现力。

一首真正的诗,"诗感受"总是极自然地融于具体直观的语言意象之中。诗的语言意象之河是一条川流不息的鲜活的河,尽管河面上笼罩着迷蒙的雾气。

诗人丰富多样的体验和创造才能,总是表现在最漂亮、最有审美效应的意象性语言的捕捉和构建上。中国汉字的方块结构,本身就具有象形、指事、会意的特征,不少字、词具有双关性,多义性。但诗的语言,单靠这些是远远不够的,更多更主要的还要靠诗人点铁成金的神来之笔,去开拓、去创造涵义更宽泛、更空灵的语言符号,即诗这一文学样式所独具的语言形式,来表达丰满的精神内在意蕴。这里大致有两种方式:

一种是直接以模糊化去拓宽一些字词的意义,使之失去逻辑之"理",获得一种直觉存在的诗意之"理"。"春风又绿江南岸",之所以妙在一个"绿"字,正在于"绿"的动词化,使之同时具备形动两种词性的意义,其"绿"字词性的拓展,对这句诗的语境起了模糊效果。——"绿"字成了诗的媒介的"诱化剂",在连接"春风"与"江南岸"之油然生色中而独占鳌头,无字可以替代,表现了极大的刺激力与张力,使读者在模糊体验中领略春到江南岸的美景。"红杏枝头春意闹",其动词"闹"字,则被染上鲜活的色彩,成了春意盎然的景色美的意态性符号。"大漠孤烟直,长河落日圆。"孤烟怎是直的？落日怎会圆的？这句诗正是以模糊体验，一反人们正常的感觉经验，换句话说，以打破人们固有经验之悖论，营构诗的语言意象。诗中"直"字"圆"字，既是诗的形象的虚拟，又是人们视觉模糊上的一种逼真，这就赋予奇凸的超凡之句以艺术真实。这首诗，令古往今来的欣赏者去模糊体验西部边塞大漠长河上的奇观异景，遐想不已，富有无穷理趣。

再一种是借用喻而造成模糊的表现方式，由"感情的误置""移情作用""拟人作用"，生成虚拟内在精神的语言意象。在诗人眼中，自然界中无意识的景物，具有很大的表现价值。诗人通过一块陡峭的岩石，一棵垂柳，落日的余晖，墙上的裂缝，飘零的落叶，一股清泉，甚至一条弧线、一种色彩，都可以成为诗性体验的心灵形象，成为一种隐喻。这种表现的间接性，又可以说是一种模糊的表现。比如民间诗刊上有这样的诗句："我的心这只野鸟 / 在你的双眼中，找到了天空。"因为"野鸟"与"天空"的"人化"，成为"我"的心灵与希望的喻体，才有成为诗歌语言的可能。同样一滴露珠，一旦进入诗的心灵，在不同的叶片上，却折射出不同的情感的色泽。请看罗厄尔的《境遇》："在枫叶上 / 露珠红红地闪烁，/ 但在荷花上 / 露珠有着泪滴似苍白的透明。"至于劳伦斯的名句："来自黑暗中的一片黄叶，/ 在我前面跳跃——就像一只青蛙 / 为什么我要吃惊，猝然站停？"（《沉思中的痛苦》）"来自黑暗中的一片黄叶"，已是不同凡响，这个隐喻，堪称天才的诗的发现，而接着黄叶"在我前面跳跃"，"一只青蛙"的动态比喻，如此很少见的双重隐喻，则把诗的痛苦体验的过程关节点突现了出来。一片黄叶、一只青蛙，都很具象逼真，而诗性表现力，却达到了模糊的最大张力，用中国古典诗艺的话说，如此神来之笔，使复杂微妙的内心痛苦得以深度透视。

诗语之鸟，总是要摆脱词义限定的巢，飞向人类精神的广阔天空。正因为每一片精神世界都难以言传，所以她成了以呢喃的模糊语让人意会的美丽的鸟。

因为"模糊"的经验,是综合性的心灵体验。既是一种模糊的联觉意象,又是各种不同的意象的叠合及其各种意义的交融化合。如果离开了语言的意象与意象之间的有机组合,就谈不上诗的审美效应。诸如:"母狍子乳房挂在天上荡漾奶声／诱惑干瘪苦闷的新星／卵形的空气折射出膨胀欲／缪斯半裸半缚定格在西门庆的方舟／超前冲击波打了个未来的盹／一声咏叹调,仰鼻猴仰天起草真经。"如此随意地把几个低劣的语言意象机械地排列起来,怎么能称为诗呢? 在一首真诗、好诗中,语言的意象与意象之间的关系,是巧妙而微妙的,不是平铺直叙所能奏效的。不同风格流派的诗作也表现了不同的特色。如果说每一首诗都是一棵意象树,那么这"树"也有疏密之分。

疏者,仅数枝片叶,淡笔点染,即构成整体的意象,亦可以称为"不完全的形"。从审美心理看,"不完全的形"呈现出的模糊形态,具有多维的心理空间的延伸性和张力。因而比"完全的形"容易刺激欣赏者的潜在的创造力,引起不尽的补充和想象。李金发的小诗《律》:"月儿装上面膜,／桐叶带了愁容,／我张耳细听,／知道来的是秋天。//树儿这样消瘦,／你以为是我攀折了／他的叶子么?"这首短诗,仅仅把几个最富有悲秋特征的典型意象连缀起来,却向我们洞开了一个万木凋零、萧瑟凄凉的外宇宙和内宇宙。

"完全的形"的语言意象,一般讲求严谨的结构,完整的形象,即要造成枝繁叶茂之态。如闻一多对作为旧中国的喻体——"一沟绝望的死水"的描绘,就是具体细腻地铺陈了吹不起半点涟漪的水面,破铜烂铁的绿锈,残羹剩菜的酵沫,耐不住寂寞的青蛙。并且枝叶横生,旁逸斜出,小心翼翼地构建起一种齐整的句式意象。虽然"完整",仍留有心理空间,触发欣赏者的社会联想,看上去还是不确定性的。

情感(情绪)与生命之流在诗的形象思维中起有巨大的调控作用,因而它们无疑维系语言的意象与意象之间的关系。诗,要打破语言逻辑的链条,而让灵泉中涌出的奇思妙想的枝叶烂漫地伸展。通过考察各类诗的语言意象群,不难发现其内在的情感(情绪)的因果联系与生命体验之间的感应。由于诗人情感(情绪),也有隐有现,有冷有热。一般地看,随着丰富热烈的情感(情绪)而跳跃的语言意象,可称为情感(情绪)型联系。那种情感(情绪)比较冷漠,而生命意识在支撑的语言意象,可称为心理意识型联系。

> 秋天的湖水
> 拥抱着枯败的黄叶
> 眼睛,含情脉脉
> 曾相识又过早遗忘
> 蟋蟀最后一次振翅
> 在露水中告别爱情
>
> 小径上的石凳
> 被阳光顽固地暖和
> 雪花像迫近的军乐
> 是幸福还是悲伤?
> 一对青年恋人携手漫步
> 此刻时间已经停止
>
> (刘湛秋《慢板》)

这首诗的意象系列,是由诗人对青春年华与爱情之美好的东西的惜别与眷恋的情绪生发并且连接、弥合起来的,可称为爱的慢板抒情。

从此窗望出去
你知道,应有尽有
无花的树下,你看看
那群生动的人

把发辫绕上右鬓的
把头发披覆脸颊的
目光板直的,或讥诮的女士
你认认那群人,一个一个

谁曾经是我
谁是我的一天,一个秋天的日子
谁是我的一个春天和几个春天
谁?谁曾经是我

我们不时地倒向尘埃或奔来奔去
夹着字典,翻到死亡这一页
我们剪贴这个词,刺绣这个字眼
拆开它的几个笔划又装上

人们看着这场忙碌
看了几个世纪了
他们夸我们干得好,勇敢,镇定
他们就这样描述

你认认那群人

谁曾经是我
　　我站在你跟前
　　已洗手不干

（陆忆敏《美国妇女杂志》）

　　诗人的感觉是冰冷的，不动神色地展开了一幅幅艰难人世的画面：遥远的时代里芸芸众生相→"我"的生存→现世人（包括"我"）的奔波与呼号、痛苦与死亡→评论者的荒唐→"我"的超脱。这属于蒙太奇式的冷漠的心理结构的语言意象。

　　无论是情感（情绪）型联系，还有心理意识型联系，都是努力做到意象性语言整体建构的和谐统一，造成模糊体验的审美效能。《慢板》以对偶的语言形式，把拟人化的几个意象并列式地联成一体，表现了意象性诗句的对称美、整齐美。欣赏者在获得美的享受的同时，也曲折地感受到一种单纯又复杂、明朗又微妙的内在情绪与生活哲理。《美国妇女杂志》则是以口语化口吻，写内心体验，把心理上的外观世界意象有机地一串联成一体。诗人着力突出"无花的树"，"生动的人"的"词典""死亡"等众生与"我"的关系，创造出一种紧张和对比、冲突、和谐的效果。那种不注意诗句之间的相互协调与融合，不注意语言意象的整体感与表达力，而一味天马行空式宣泄，必然给人以艰深晦塞之感。

　　而真正的诗，不管什么样的风格与"派"，总会显示出一种模糊的美丽。

1988.5

注释：

[1] 谢榛:《四溟诗话》卷三。

[2] 黑格尔:《美学》第三卷下册,朱光潜译,商务印书馆,1981年,第63页。

[3] T.E.胡尔姆:《沉思录》,哈佛《亚洲研究》,第31卷,第53页。

[4] A.古留加:《康德传》,贾泽林译,商务印书馆,1980年,第115页。

[5] 参见弓戈:《美与"模糊概念"——席勒美学思想研究》,《北方论丛》,1984年第4期。

[6] 宗白华:《新诗略谈》,载《艺境》,北京大学出版社,1987年。

[7] 引自南宋王应麟:《困学纪闻》卷十八。

[8] 刘勰:《文心雕龙·隐秀》。

（原刊《文艺理论研究》1989年第5期）

诗形变化：俗而非俗的美学原则

——再评当代诗与读者的疏离倾向

新时期诗歌文本发生了明显变化。因为它是向人的精神领域和生命个体的拓进中，在顺应现代生活的节奏中发生，属于诗人的自由探索，属于个体性的自觉行为。而对于语言形式的变化，又表现了自然而为之的不自觉的趋向。因而在文本蜕变中不可避免地出现了盲目性和随意性，常常越出诗的规范而导致种种非诗因素的侵入，譬如艰深与粗率，乃是当前诗歌创作中并存的两种背逆的倾向。

流行歌曲得以流行，大概首先因为易懂。因为歌唱家永远要想着走向观众。实际上不少流行歌曲能给人以听觉和视觉的美感的直觉享受，韵味十足而并非浅俗，甚至久唱不衰。而诗作为语言文学的间接性的审美特点，决定了诗人没有歌唱家那样失去观众的窘迫感。这一方面有利于诗人自由地潜入深层的心灵的创造，另一方面却容易使诗走向"空则入禅"的极端：或者因为崇尚深奥幽冥的诗境，而造成意象性语言的玄理化，乃至典雅和夸饰的炫耀。这颇似于我国原始巫术礼仪的符号那种含混多义，造成了深层的情绪中裹挟大量的观念、玄想，却又不是用理智逻辑、概念所能解释清楚。或者生吞活剥西方现代派的东西，其结果还是对西方诗表层语言的模仿[1],而并非获得内在的透彻理解,甚至对他们的诗究竟表现了什么连自己也说不清楚。有些诗人也正如华兹华斯所批评的:"认为自己愈是远离人们的同情,沉溺于武断和任性的表现方法,以满足自己所制造的反复无常的趣味和欲望,就愈能给自己和自己的艺术带来光荣。"[2]这类诗显然是对诗本身的背离,难免与读者发生疏离和隔膜。

　　正处于探索之中的新诗体,没有也不应该受到任何的束缚和戒律。但对于诗体艺术的指向、情感符号形式的审美特征、审美功能等,还是要认识和把握的。诗是最简练的语言文学符号,更富有表达性,更富有意味。这种非推理性的语言形象的符号形式,包孕着感情、生命或思想的意义,诉诸知觉。凡称得上优秀的诗歌,总是具有很强的表现力,读者首先被诗人的十分出色而又得心应手的表现形式所诱惑,然后才发现其艺术含蕴乃至引起情绪的共振,流连忘返于诗的意境。对于诗的表现力,接受对象——读者应该是最权威的检验者,虽然不是以读者检验为唯一标准。当然,我这里所说的读者是指有一定的文化素养和理解能力的合格的诗歌读者。至于时下有些诗连大学中文专业的大学生、研究生和教师也看不懂,大概原因不在读者方面。

　　历来诗歌变革,大概总是朝着多数人的方向发展。从唐初陈子昂反对齐梁宫廷诗的革新主张,到白居易的新乐府运动;从近代"诗界革命",到"五四新诗运动";从19世纪英国诗人"重新回到通俗题材上",到20世纪法国现代派诗人普列维尔"找到了一条现代诗入歌的途径"……总是为了让缪斯走向读者、走向公众。

　　中国是古老的诗的国度。即使在枯燥艰涩的文言文盛行的时代里,很大一批诗人还致力于"质而文"即朴实而优雅的诗歌语言形式的追求。这也是唐诗宋词从我国诗艺的平原上耸立起来而成为艺术巅峰的基本原因。诚然,由于当代诗歌向人的心灵深处的突入,由于诗人主体与接受主体的审美时空的拓宽——由自足向开放、由单一向多元的发展,诗这一言志抒情的美丽鸟,成了现代诗人的生命表现的灰色鸟,成了向内宇宙探索的复杂微妙的心理时空中繁富多变的象征性符号。这无疑对创造诗体形式的可知性、透明度,带来了一定的难度。这就有待于认真的摸索。

其实"有意味的形式","朴素的有意味的形式",属于美学、属于文学创作的共性问题。依照"俗而非俗"的原则创造艺术形式,正是符号主义美学的一个基本原则。美国符号学家苏珊·朗格就十分欣赏和提倡"那种运用通俗的原则却又超出通俗的原则的伟大创作"[3]。这既适合西方文学又适合东方文学的实际。

遵循"俗而非俗"的美学原则,并不涉及诗歌的流派、风格和创作方法的选择。它仅仅是作为诗学的一种共同的基本的审美尺度的指向,十分富有弹性,有着非常宽泛的内涵和外延。不同的诗派都在"俗"与"非俗"之间摆动,如果滑向"入禅"或"入俗"的两极,则因失去艺术平衡而难以显示诗的魅力。我国传统诗论中关于深与浅、简与繁、形与神、实与虚、藏与露、明与暗、淡与浓、直与婉、平与奇、真与夸、静与动、有与无等一系列辩证艺术规律,可以理解为对"俗而非俗"的艺术轨迹的具体描述。

诗意的方式本身就表达了一个多元的超自然的本体论。我国传统的诗论、词论中曾有"三层境界"说或"四层境界"说。诗,作为语言艺术的最高形式,当然要有比俗常语言具有更高的审美价值和意义。诗意(诗理、诗情、诗趣、诗美),寓于词语组合中却又弥漫于词语之间,因而诗比其他任何语言文体更具有形式意味或符号性。

在诗歌形式中,任何一个语言符号,总是依赖于自身具备很好的灵敏度、可感性,而显示出直接阅读欣赏的效应和价值。它能够触发人们的生活体验和情感经验,引起饶有兴趣的联想与想象,以成为唤起诗的内在形象(包括情感形象、心灵形象、生命形象等)的符号。如果说诗体的形式或结构是诗人的感觉经验、内心感悟或生命体验的显示,那么诗人依靠艺术直觉和幻想所选择和组织的词语组合,即词与词之间的有机而巧妙的联系,就在善于将诗的内在的微妙的东西转化成为便利于读者感觉和接受的意象符号。普罗尔说:"任何有意识的内容都能当作理解的东西,直至作为形式或结构而被把握。"[4]如果一首诗不能诉诸接受主体(读者)掌握艺术的器官,就无所谓艺术效应。

庄子说:"筌者所以在鱼,得鱼而忘筌","言者所以在意,得意而忘言"。[5]诗的词语、形式或结构,仅仅是"筌",而阅读旨在"得鱼""得意"。从艺术媒介功能而言,"筌""言"至关重要。因而,其"筌"其"言",只有"俗",方能便利于读者感觉、入门,不至于冷落了好诗;而"非俗",则给予读者更多的诗美享受,不至于一览无余,使读者失望。真正优秀的诗体形式,应该首先使读者爱不释手,且耐得玩味,潜移默化、自然而然地诱导读者进入"忘筌"或"忘言"的臻真臻美的艺术境界。

既然诗体形式是沟通读者心灵世界的美的桥和渡,那么诗人就应该面向读者,即使"自言自语"或"独语",也不是拒绝与别人交流。诗歌语言需要从人类经验积淀的沙滩上寻找贝壳,从日常生活、记忆印象与新的感觉的平原上采撷带露的花朵。诗人在创作过程中,不论是立意构思,还是采用隐喻、象征的修辞手法;不论是组织词语、锤炼字句,还是熔铸意象、开拓境界,都务必力求晓畅贯通,善于运用由浅入深、简中见繁、显中有隐、无中生有之类的艺术哲学。莱辛十分赞赏但丁《地狱》里表现饥饿的诗句,称"以最简的方法,获得最大的效果"。而汉诗更有这种以简驭繁,乃至"不著一字,尽得风流"的艺术传统。1988年1月号《诗刊》上有一首小诗《家训》:"听话/爷爷才爱你"。乍看是一句大白话,稍想就体会到其中味,且可以从不同角度体味,愈想愈有味。这极简俗的一句诗,不能不视为一个象征符号,一个"形而上"的想象世界。

很多大诗人形成的别具一格的成熟的诗形、诗体,都有着与人们对话和交流的平易亲近、真切自然的品格,在著名的英国诗集《抒情歌谣集》里,"很少看见通常所称为的诗的词汇"。因为诗人"费了很多力气避免这种词汇。正如普通作者费很多力气去制造这样的词汇"。诗人主张"使我的语言接近人们的语言","自始至终竭力采用人们真正使用的语言"。请看华兹华斯在1800年版序言中的论证要点:1. 因为卑贱却很纯真的田园生活,是培育纯朴而有力的语言的更好的土壤。2. 因为在这种生活里人们的热情与大自然的美丽永久的形式合而为一。3. 诗人是在摒弃这种语言的真正缺点和一切可能引起的不快或反感的因素之后而采用它们。4. 这样的语言从屡次的经验和正常的情感中产生出来,比起一般诗人通常用来代替它的语言更永久、更富有哲学意味。这种论证虽然带有为自然主义作辩解的成分,但诗人对语言形式的公众化,对纯真、朴素、自然的语言质地执着的追求,还是很有现实意义的。

当然,这并不排斥对典雅工丽或纯粹的艺术追求,更不排斥对深广的诗体的内涵的开掘。只是"广大者要不廓,精微者要不僻","炼句用字,在生熟深浅之间"[6]。那种离开"俗而非俗"的美学轨迹,一味崇尚不为人知的"高雅"或"纯粹",实际导致意象的"廓"和"僻",或者让诗人的玄想和智慧的张扬而损害了诗歌的形象和可感性。不同风格流派的诗固然有不同的语言形式,但各路诗人要善于从创造俗常的符号形式着手,探求不同的风格流派具备不同的审美特征的诗体。任何一首诗的形式或结构都应该可感觉可体验的,尽管不同文化层次不同审美兴趣的读者感受到的诗意的程度不同,但总能以满足不太复杂的审美要求而拥有读者,不至于人们迈不进诗的门槛。

诗,固然不能像散文笔法那样如行云流水,铺陈畅达,容易达到明白易懂、含蓄蕴藉的艺术境地。但诗人只要依循"俗而非俗"的美学原则和符号形式的意象性特征,尽量造成诗的词句的弹性和张力,还是能够创造出适应现代人的审美心理的新诗体。

毛泽东曾经倡导过"在民歌与古典诗词的基础上发展新诗",但由于主张本身指向不明而导致了全面继承的封闭性,再加上强政治意识的冲击波,新诗体反而成了受到严重损伤和束缚的奴婢。然而,我并不认为当代诗歌不可以吸收民歌和古典诗词的长处。如果在同一层面上描述这种包含关系,即仅仅指优秀的民歌和古典诗词体现的"朴素的有意味的形式"的种种因素,作为发展新诗体的一种参照系,还是值得提倡的。

  中外诗歌的发展史,与民歌有着不可割断的血缘关系。我国历史上第一个大诗人屈原,就是吸取楚国民歌、民间巫歌的形式,摆脱《诗经》中古板的四言方块诗的束缚,创造了便于抒情的参差不齐、长短不拘的骚体诗。古典诗歌的主要形式文人五言诗,是直接在汉乐府五言歌谣的基础上发展成熟的。宋初词家柳永常走于市井歌妓乐师之中,受民间曲子词的影响很大,大量吸收俚俗语言入词,一扫晚唐五代词人雕琢习气,赢得"凡有井水饮处即能歌柳词"的称誉。如"今宵酒醒何处?杨柳岸晓风残月","我是曲江临池柳,这人折了那人攀,恩爱一时间"。炼词、用喻、造境,均得俚俗语言精华,状难状之景,达难达之情,均在自然的白描之中。甚至像被公认为典雅婉约词风的继承人姜夔的词句:"二十四桥犹在,波心荡、冷月无声。念桥边红药,年年知为谁生!"如此质朴,几乎口语化,我认为并非与俚俗语言没有关系,只是经过炉火纯青的锤炼工夫,显得脱俗之高雅精致。这些词句容易给人留下深刻印象,乃至成为千古流传的绝句。

  诗歌一词的构成,表明诗与歌有着不可分割的姻缘关系。追溯其起源,无论是欧洲中世纪的《圣经》,还是中国最早的《诗经》《楚辞》,都是可供人们合乐歌唱的。世界诗库中,众多国家和民族的民歌民谣占据重要位置。如我国魏晋南北朝时期乐府民歌中的《西洲曲》《木兰辞》《敕勒歌》等,明显受到文人诗的渗透,而呈现出成熟的艺术技巧。"低头弄莲子,莲子青如水";"不闻爷娘唤女声,但闻黄河流水鸣溅溅";"天苍苍,野茫茫,风吹草低见牛羊"等,已成为与文人诗并驾齐驱地流传后世的名句。有些当代诗人运用民歌的形式发展新诗体,如运用陕北民歌"信天游"的格式,吸取新疆民歌风味,形式质朴,韵致流转,通俗优美,易诵易记;遗憾的是,由于受到当时政治思想的束缚,致使这种尝试难以深入下去。而80年代以来,尚未见有诗人再作这方面有益的探索;倒是在歌坛上得到了生长,诸如《信天游》《黄土高坡》等,几乎在现代青年中风靡不衰。

其实世界上很多民族的诗人与民歌都有着不解之缘。譬如,苏联的鲍科夫、维库洛夫、鲁勃佐夫等一大批当代诗人,都是在俄罗斯民间歌谣的哺育下成长起来的。有的诗体还接近于民间歌谣,有的写内心感受的诗也是寓隐秘于平易之中,因而他们写大自然和爱情等方面的抒情诗朴实优美,广为流传。当然,因为不同民族的人口素质、文化基础、自然环境诸因素,我国民歌不如俄罗斯等国家的丰富和优美,也是事实。

随着文学的发展,诗逐渐走向更高审美层次的自主性,它与人的情感、心灵、生命,自然更加密切,也更体现诗歌深入人们的灵魂的魅力。中国古典诗歌一方面自觉接受民间歌谣、俚俗口语渗透,另一方面在体式上又与歌分开形成独立的文学门类。发展到唐诗宋词元曲,可谓完整而精美地体现了古典诗体的"朴素而有意味"的语言形式。即使对李商隐的朦胧诗,一般读者也能看得懂,能背诵,虽然不一定能品味其全部底蕴。千余年来中国诗流传甚广,乃至远渡重洋。歌德、海涅、哈代等西欧诗人的小诗中也沾有中国诗的味道,充分显示了中国诗的艺术活力。中国新诗的自由体形式,虽然来自西方,受到外国诗的影响;但也有诗人自觉汲取古典诗词的营养,创造具有民族审美特征的新诗体。譬如在当时知识青年中广为传颂的戴望舒的《雨巷》,融汇了晚唐婉约派诗词意境的简约含蓄、轻淡空灵的审美形式。这与古典诗词中常见的用典不一样。我不同意有的诗家认为《雨巷》是李璟词句"'丁香空结雨中愁'的现代白话版的扩充或者稀释"的说法[7]。诗中的丁香姑娘,完全不是春愁伤感的闺阁小姐,而是一个虚化的意象符号,她的颜色,她的芬芳,她的愁怨,她的彷徨,都是诗人内心追求和破灭的幻影,是情绪和潜意识的现代诗歌形象。作品中"雨巷"所体现的整个诗的意境,成了具有浓重现代色彩的空灵朦胧的象征体。"雨巷"体正因为回荡着中国古典诗词艺术之"魂",创造了具有"相当完美的肌理"的现代汉诗形式,这是为广大读者所喜爱的、乐于接受的诗美魔方。当然,如果没有突破和独创,与没有继承一样困惑,不容易发生艺术效应,拥有读者。

艺术,永远处于创造之中。新诗体在吸收民歌和古典诗词的经验中,自然不能拘泥于这些形式,把民间的古人的艺术经验定势化、凝固化。任何一种继承或借鉴都应该是一次创新和发展。况且,也不能不看到民歌和古典诗词由于受时代、文化、环境诸条件的限制而不可避免地带有的不足。民歌虽朴实,但艺术上先天贫血;古典诗词虽简洁清空,但艺术思维明显单一自足。诗人只有在向新的现实世界和情感世界的开放中,只有在自觉接受中外诗坛异彩纷呈的多种诗艺信息的辐射中,融化民歌和古典诗词的优秀形式,使之注入新的艺术肌体,才能有助于探寻和创造出新颖的能够活在广大读者唇舌上和心灵中的语言符号形式。

力求诗的符号形式之"俗",但又不能泥乎"俗"。有节、有韵、顺口、能唱,何尝不能作为一种诗体风格存在?但倘若没有丰富的蕴涵(内质),只能徒有外壳而落于熟套。"诗要避俗,更要避熟。"[8]必须实现由表层向深层的突进,由"俗"向"非俗"的飞跃和升华。

脱俗,即是一种超脱,一种纯粹。大致需要具备下列要素:A. 要使诗体形式抽象,摒弃一切过实、拘泥、狭窄、浅薄的形式因素以及俗常意义,创造虚拟的、具有包容意义的独特的心理形式、生命形式——这自然是可感的直觉表象。B. 要使诗的形式"透明"。即当诗体语言成为诗人的感觉形式、灵魂形式、生命形式时,要保证信息传输功能,以通畅易懂标识其灵敏度,避免因为任何不和谐、不畅达而导致的艰涩和堵塞。C. 要使诗体形式精致。必须对俗常的语言形式进行艺术的锤炼和净化,使之脱离浅陋和粗糙、脱离散文化的倾向,营造精粹而富有表现力的符号形式。D. 要使诗体形式具有可塑性。诗的语言应该比散文语言更具有弹性和张力,更具有包孕性。我国古代诗论中所说的"言有尽而意无穷","不着一字,尽得风流",及"神韵"说,西方文艺心理学中的"格式塔",就是指向这种诗性语言现象。

曾有人提出要保卫诗歌的圣洁,如果是指诗歌的语言艺术质量而言,是很有必要的。由于当前随意为诗的倾向比较严重,一些作者只注重情绪发泄而不愿意在诗的语言的锤炼上下工夫,再加上一些期刊编辑又往往注重"新潮"而忽视诗的艺术性,因而导致粗率肤浅的诗风,突出表现为松散冗长的语言结构形式,玷污了诗——语言艺术的皇冠。诗,首先是艺术,艺术是圣洁的,诗人应该努力提高自己的艺术修养和功力,踏踏实实地去走自己寂寞的长途,去寻求和创造圣洁的诗歌。应该说,这对于刚步入诗坛的年轻诗人来说并不可怕,因为艺术会生长会成熟。只要他们不是虚浮浅薄,不是故步自封,粗率会变得精致,浅俗会变得深刻。

当前诗写作既然因为相互背反而出现极端的现象,那么他们就应该迅速地掉转过头来,宽容大度地接纳对方的优秀成果。不是在文艺沙龙里而是在世俗民间生长起来的新诗群,不少青年作者坦露心灵,感觉生命的真实,虽然艺术上还幼稚,却是正宗的纯真。口语化的表达方式,虽欠凝炼,却易懂。无疑对那种"入禅"的玄冥诗思吹入一股新鲜空气。而注重雕琢的诗人一般具备较好的艺术素质,讲究诗的技巧和凝炼,自然是新诗群的良师益友。如此通过沟通和对流的方式,相互汲取,取长补短,大概有利于克服各自的弊端。

我赞成不同诗歌流派对自身的独特艺术风格的追求。不同风格流派的并存竞争,是以发展诗歌艺术为共同目标的,既离不开"俗而非俗"的美学轨迹,又在这一美学原则的坐标系上占有特定的位置。相对而言,有的偏雅,有的偏俗;有的精雕细刻,有的故作稚拙;有的婉约柔丽,有的粗犷遒劲;有的工整富丽,有的质朴无华;有的"西洋油画"式,有的"中国写意画"式……但在艺术的天平上,却各具美质,虽然不一定都能相互抗衡,有高低轻重之别。宛若天空的各种星座,形态不一,或明或暗,若隐若现,却相互映衬构成万里星空,永远闪烁。

1989.7

注释:

[1] 他们把中国象形文字与西方字母文字混为一谈,用中文表达外国诗的模式,无疑削足适履,因为两种根本不同的语言符号体系,在语音、语感、语义诸方面都不可同日而语。我们读译诗和读原著,感受就大不一样。如果说译作不得已而为之,那么仿译作还有什么意义呢?

[2] 华兹华斯:《抒情歌谣集·一九年版序言》,《西方文论选》下卷,上海译文出版社,1984年,第16页。

[3] [美]苏珊·朗格:《情感与形式》,中国社会科学出版社,1986年,第64页。

[4] 普罗尔:《美学分析》,第41页。

[5] 《庄子·外物篇》。

[6][8] 清·刘熙载:《艺概·诗概》。

[7] 卞之琳:《戴望舒诗集·序》,四川人民出版社,1981年。

(原刊《诗刊》1990年第3期)

缘情言志与多样并存的诗歌流派

——关于中国诗歌传统与李元洛先生商榷

李元洛先生撰文对中国诗歌传统进行"反思和重认"[1],无疑是很有现实意义的。我赞赏他把传统视为"一个系统""一个由许多子系统组成的多层次结构"。然而,李先生在进一步论证"中国诗歌传统的本质与灵魂"这一重要命题时,却似乎又抛开了整体论、系统论的方法。我并不反对"中国诗歌传统的核心,本质与灵魂当然在于价值观念与精神心态",但他又将其具体化为"为屈原所奠定的而为古代和现当代诗人所发扬的感时忧国、关心社会和民族的精神",则未必全面。其主要问题在于:第一,既然从中国诗歌传统的总体上提出命题,那么论证这一命题时就要着眼于中国古典诗歌的总体特征和艺术规律,如果仅仅局限于对"价值观念与精神心态"这一"子系统"中再分解出的"子系统",势必出现论点与论据的逻辑矛盾,将命题狭义化。第二,从功能和意义的层面而言,充分体现诗人的社会责任感的群体意识和忧患意识,固然是中国诗歌传统"价值观念与精神心态"的"主要表现",但却不能代替和涵盖同样作为它的构成因素的其他表现。何况,优秀古典诗歌的价值观,不单单是在社会功能的层面上展开,而是在审美深层更广阔地展示着多样的价值关系,形成政治、道德、文化、哲学、美学、人类学等多层次的价值结构。

中国早期诗歌强调"言志",并偏重对国家礼俗政教的美刺方面。至建安诗歌,曹丕提出"文以气为主""诗赋欲丽"[2],与《文赋》中"诗缘情而绮靡"[3]相一致,使诗突入人的内在情感的深层,突入审美领域,初步确立了诗歌艺术自身的价值观念。鲁迅称之为"文学的自觉时代"[4]。真正优秀的诗人总是表现了文学的自觉精神。明代李贽提出"童心说",进一步揭示了中国诗人抒写真情和性灵的本性。王国维的"境界"说,精辟阐释了中国诗的诗美价值创造的基本特征。凡优秀诗篇都是通过具有艺术美的境界(意境),自然包容自身特有的价值层面。就说中国诗歌传统的奠基人屈原,他的诗歌世界,首先是情感缤纷、想象奇凸的美的世界。在政治思想层面上,不仅表现了他对君国竭忠尽智、憎恨邪恶、同情人民的忧患意识,同时又表现他正道直行、愤世嫉俗、遗世独立的个体精神——属于二重精神统一体。在文化层面上,表现了远古传统的南方神话——巫术的文化体系。在哲学层面上,表现了理性的觉醒,正在由神话向历史过渡。在美学层面上,表达的是充满原始活力的传统浪漫的激情和幻想。而种种不同价值层面都是从有机融合的艺术整体中体现出来。"路漫漫其修远兮,吾将上下而求索。"诗人在救国无门、被谗放逐的忧伤中,却有志于以超脱的姿势探索广袤无垠的精神空间,表明这位诗歌传统的奠基人的伟大恢弘的艺术气度。正是从诗的本体和整体价值观上看,《骚》体诗不同于《诗经》,不像所谓"诗教"受到儒家理智的约束,而是像鲁迅所说的"放言无惮,为前人所不敢言"[5]。"怀朕情而不发兮,余焉能忍与此终古?"[6]诗人任凭感情激宕淋漓,表现了狂放的意绪、无羁的想象,从而达到了"其称文小而其指极大,举类迩而见义远"[7]的艺术境界。司马迁也是从这种意义上给予屈原及其作品"虽与日月争光可也"的高度评价。

"发愤以抒情"(屈原),"哀怨起骚人"(李白)。屈骚传统之魂,在于怒怼狂狷的忧愤之情,是诗人真实情感的自由而充分的抒发。朱自清在称"诗言志"是"开山的纲领"的同时,又说"缘情的五言诗发达了……于是陆机《文赋》第一次铸成'诗缘情而绮靡'这个新语。"[8]朱自清还推崇郭沫若所说,"只要是我们心中的诗意诗境底纯真的表现,命泉中流出来的 Strain,心琴上弹出来的 Melody,生底颤动,灵底喊叫,那便是真诗,好诗,便是我们人类底欢乐底源泉,陶醉的美酿,慰安的天国"[9]。表明抒发真情、抒写心灵是古今诗人相传的"真诗,好诗"的共同的根本的特点,也才称得上中国诗歌传统的"本质与灵魂"。

《骚》的发愤抒情,并不排斥"言志"的功用。中国诗是带有理性的抒情,古代诗论中称为"情理""情志""情义"等。"缘情"与"言志"是相互联系、相互渗透的统一体。中国诗论开山篇《毛诗序》中曰:"在心为志,发言为诗,情动于中而形于言"。诗人的理性之"志",并非直接诉之于诗,而是通过"情"而发生作用。在诗人创作过程中起积极主导作用的,表现为感性的"情","志"包含于"情"之中。刘勰称"为情而造文""情者文之经"[10]。即使主张"文章合为时而著,歌诗合为事而作"的白居易,也懂得"诗者:根情,苗言,华声,实义"[11],把"情"视为诗之"根","根"深才"苗"茂"声"美,因而才会"义"深。"情",乃中国诗之"根"也。西方古典诗歌虽然注重客观摹仿,但也没有否认创作中的情感因素。西方近代诗歌重视了情感表现,英国诗人华兹华斯出版了一本《抒情歌谣集》,他在《序言》中认为"一切好诗都是强烈情感的自然流露"[12]。现代诗人聂鲁达则说:"我认为诗歌是一时的、庄严的举动,孤独与声援,情感与行为,个人的苦衷,人类的私情,造化的暗示都在诗歌中同时展开。"[13]则是说诗是对人生处境的敏锐的感触,是对情感、对整个内心世界的表现。

中国诗的抒情,由于有"志"的导向而表现了"情"的自觉。中国诗歌传统的情志性,体现了民族的特色。

作为诗歌传统的"本质与灵魂",应该建立在中国诗内部和外部的规律的基点上,能够体现它的总体面貌特征。缘情言志正具备这种总概性。情与志的统一,是感性与理性的统一。从创作的内部构成而言,"情"是最活跃的因素,是决定作品形式的内在因素。"志"不直接参加创作,仅仅表现为对"情"的渗透。中国诗人实行对内心情感的开放,常常拓宽"志"的领域,使作品意蕴超出一般的感时忧国或咏叹人生的界定。诗人之"志"虽然包含于"情"之中,但辨析和探寻其"志",只能在作品的功能和意义的层面上进行。这一层面上全部理智的沉淀,构成主体意识、价值观念的广泛的内涵,不单单指诗人"感时忧国、关心社会和民族的精神",而且包括吟咏情性,对宇宙人生的认识;还包括独抒性灵,对内心、对个体生命的探索。不仅指顺美匡恶、唤起良知的作用,而且指沟通人的心灵和情感的作用;不仅指认识价值,同时指审美价值。

  屈原、杜甫、陆游、谭嗣同、秋瑾等处于社会和国家的危机的时代,他们的诗表达了对人民苦难、国家命运和民族前途的热切关注,表现了高度的历史责任感和使命感,这确是中国诗歌传统中"一以贯之"而不断发扬光大的主要方面。然而,陶渊明、王维的山水田园诗,李商隐的朦胧诗,秦观、李清照、姜夔的婉约词,袁枚的性灵诗,王士禛的神韵诗等,这类诗都属于面向内心、表达个体的生命情感。虽然带有淡泊闲逸、幽怨感伤的情绪,却表现了对自然、生活、人生、生命的美好的追求,都具有一定的认识价值和较高的审美价值。这也是中国诗歌传统中"一以贯之"而不断发扬光大的基本方面。尽管历代统治者和封建文人总是力图使"志"符合他们的政治思想和道德规范而变得狭义化,但优秀的诗歌传统总是按照诗歌自身的艺术规律发展。古往今来诗人的创作实践,不容掩饰地印证了"情志"的广义性。

  诗是心灵自由的美的创造。中国古典诗歌层次参差不一,不少诗还停留在浅层单一的艺术创造之中,但也不乏突入审美深层而表现了多维层面与指向的大作品。李白的《梦游天姥吟留别》,可谓造成了真、奇、深的诗美境界,大致分四层。第一层,借梦游自然山水排遣忧愁;第二层,梦境中奇峰绝壑千岩万转,诗人叛逆不羁的个性,历险和追求的精神历程;第三层,由梦境幻入仙境,诗人苦闷的灵魂在梦中获得了真正的解放;第四层,梦幻中去不了的现实的阴影,幻中见真的生命情调。如此构成诗人心灵的深邃的审美境界。苏轼的《水龙吟·似花还似非花》,仅仅凭借对杨花的怜惜,虚构了扑朔迷离、具有多项隐喻意义的形象,表达对即将消逝的春光的惋惜,对被遗忘的美好事物的同情,对飘零落魄者可怜身世的感慨,当然还有对得不到爱情的青年女性的凄苦命运的悲叹。这些大诗人因着力于展示内心情感的全部深度,并使之凝炼和升华,而达到社会性与个体性的高度融合,造成诗的感觉的力度、形象的厚度、意蕴的深度——这才是显示诗歌本质力量的确证。

王国维将中国诗分为"有我之境"与"无我之境"。[14]"无我之境",看似无情却有情,虽然内涵深微,却体现了一种个体存在意识和美学理想。中国诗的群体意识与个体意识构成了互为补充的整体价值格局,这是由中国传统文化的整体价值观念决定的。儒学与道学是传统文化的心理结构中的两大精神支柱。儒家主张诗"出乎情"而"止乎礼义",强调艺术的社会功利性。这是对道家虚无主义的反拨和制约。道家主张"任其性命之情",强调自然和超脱、美和艺术的独立,这又是对儒家狭隘功利的框架和对艺术审美的束缚的有力冲击。儒学表现了积极入世、兼济天下的群体意识,是对道家消极出世倾向的警策。道学表现了人格独立和精神自由的个体意识,是对儒家尚未获得充分发展的人格、人性——心灵哲学的必要补充。中国诗正是在儒道互补的文化背景下得以发展的。诚然,在中国封建社会的意识形态里,个体价值意识还比较孤立、脆弱,但在文学领域里还是一以贯之并获得一定的发展。以社会群体为本位的儒文化价值观,虽因为历代统治阶级的重视而占据主导地位,但并没有代替道文化而自立为中国文化传统的唯一"本质与灵魂"。既然承认自我价值意识的薄弱是中国传统文化的弊端,就更要注意爱护和扶持中国诗苑里这一脆弱的苗,而不应该将它排斥于诗歌传统的"灵魂和生命"之外。

中国诗在"情根"、在儒道两大精神体系的土壤上生长、繁衍和演变,出现斗转星移、形态纷繁的诗歌流派。但从价值取向看,总体上还是呈现出两大或三大发展趋势。一种以屈原、杜甫、辛弃疾、陆游等为代表,集中表现为忧国忧民的忧患意识。这是应该加以发扬光大的传统诗歌精神和民族文化精神。另一种是以陶渊明、李白、王维等为代表,集中表现为遗世独立、洁身自好的个体意识。也是具有合理的价值因素的传统精神。第三种是苏轼、李商隐、李清照等,可以说是处于儒道文化的交错或中间地带,集中表现为对个体生命情感的关注。他们的个体意识中却带有较大的群体性、社会性,容易引起人们的共鸣,这种诗风正在为台港优秀诗人所弘扬。第三种诗人在美学理想和艺术追求上,与第二种诗人有更多的联系,因而也可以归入第二种趋势。

不同诗潮不同流派之间虽然有主次、高低之分,但百舸争流、一江春潮,都处于并存竞争的矛盾的同一性之中,不存在谁是"核心、本质与灵魂"的问题。中国诗歌传统的价值观念与精神心态,是各路诗派的合理的精神价值的总和,是由群体意识与个体意识的互补而构成的。

传统诗派的群体意识与个体意识,只是相对而言,仅仅指其主要倾向。实际上,二者互为补充,即意味着彼此之间的渗透。你中有我,我中有你,你我之间有着割不断的联系。"兼济天下"与"独善其身",常常是中国士大夫互补人生的特有途径。这典型体现在大诗人李白、苏轼的创作实践中。李白一方面具有"济苍生""安社稷""安黎元"的政治理想,主要表现在他的咏史诗、边塞诗之中;另一方面又有飘然欲仙、追求精神自由的个体意识,主要表现在他的山水诗之中。苏轼作为拯民济世的政治家诗人,既有"大江东去"的慷慨悲歌,但更多地表现了佛、道二家超然物外、与世无争的洒脱态度,对宇宙和人生的哲理的探索。儒道在李、苏身上得到了融合或矛盾的存在,不能不说明大诗人博大的胸襟和丰富的思想智慧。我们并不否认这样一个事实:古代诗人往往总是因为遭受政治挫折和人生坎坷而隐逸遁世,表现了消极抗争乃至颓废虚幻的封建士大夫的情绪,但他们追求人格独立、精神自由和天人合一的美学理想,也是不可忽视的一种合理的精神价值。

如果从中国诗潮流派的总体出发,从屈原、杜甫、李白、苏轼等大诗人的创作总体出发,那么确认中国诗歌传统的"本质与灵魂",应该是各种精神价值的共同属性。

反传统论者认为中国只有"美颂之诗"和"刺谏之诗"。这显然是不了解传统的粗陋之见。然而,我们在进行"重认、尊重、高扬"中国诗歌传统时,只有对传统作出全面的整体的辨析,方能够显示传统不容轻侮的雄辩力量。缘情言志的诗歌传统,允许诗人根据自身的特点和价值取向确定审美坐标。之所以说有些当代诗背离了传统,是因为它们走向极端的自我封闭的"个人化""物化"。传统诗中体现的是与社会命运、人民悲欢、人世经验相通的个体抒情,是东方式的优美的生命情调,是闪烁着人类精神之火的个体意识。可见,强调继承传统,并不反对面向内心、表达生命情感的诗歌。继承和发扬中国诗歌传统的真价值、真精神,必将促进一切具有进步的合理的价值观的诗歌流派的发展。

1990.8.2

注释:

[1] 李元洛:《反思与重认——中国诗歌传统纵横论之一》,《诗刊》,1990年第6期。

[2] 曹丕:《典论·论文》,郭绍虞、王文生主编《中国历代文论选》第一册,上海古籍出版社,1981年,第158页。

[3] 陆机:《文赋》,郭绍虞、王文生主编《中国历代文论选》第一册,上海古籍出版社,1981年,第171页。

［4］鲁迅:《魏晋风度及文章与药及酒之关系》,收入《而已集》,人民文学出版社,1973年,第84页。

［5］鲁迅:《坟·摩罗诗力说》,人民文学出版社,1973年,第52页。

［6］屈原:《离骚》,见《楚辞》。

［7］司马迁:《史记·屈原贾生列传》。

［8］朱自清:《诗言志辨》,布衣书局,1956年。

［9］郭沫若:《女神》,参见朱自清《〈中国新文学大系·诗集〉导言》,上海良友图书印刷公司,1935年。

［10］刘勰:《文心雕龙》下卷七《情采第三十一》,人民文学出版社,1978年,第538页。

［11］白居易:《与元九书》,郭绍虞、王文生主编《中国历代文论选》第二册,上海古籍出版社,1981年,第96页。

［12］华兹华斯:《〈抒情歌谣集〉一八〇〇年版序言》,上海译文出版社,1979年,第6页。

［13］聂鲁达:《在接受诺贝尔文学奖时的演说》,王宁编《诺贝尔文学奖获奖作家谈创作》,北京大学出版社,1987年,第408页。

［14］王国维:《人间词话》,郭绍虞、罗根泽主编《蕙风词话 人间词话》,人民文学出版社,1982年,第191页。

（原刊《诗刊》1990年第10期）

论诗的生命意识

诗人注重自身个体生命的存在与意识,表现生命体验,这大大推进了中国新诗,使诗更贴近生命本体,无疑是诗的本质之所在。问题是对生命意识的理解,尚有异议,需要讨论。有的诗人单单去体验作为生物个体的自然生命,被动"承受像地狱一般黑暗和混乱的内部冲动的驱使","使诗成为产生于人类的黑暗处——对诗人自身和内心超出理性的意识的探索所发现的形象"。因而受到了人们的非议和批评,而有论者由此否定诗的"生命意识""生命体验",这种因噎废食的态度,也是大可不必。

我国古代诗苑里就有了生命意识的诗歌的萌芽。"庄周梦蝶",是典型的生命体验的境界。"不知周之梦为蝴蝶欤?蝴蝶之梦为周欤?"生动表明了诗人珍惜自然生命,追求自由和自我超脱的生存意识。晋代的玄言诗,也带有朦胧的生命意识。陶渊明的"采菊东篱下/悠然见南山/山气日夕佳/飞鸟相与还",历来不少学者只是从有无社会思想倾向方面纷争不休。其实这不过是远离世俗、隐逸山林的诗人对自身的一种悠游自在的生存状态的真切描绘而已。这些古代诗人避世的生存方式,不仅是对自由的生存方式的追求,同时也体现了对抗封建社会的生存意义。

诗的生命意识,一般划为现代意识的范畴,自然是人类生命发展的要求。生命作为身体构造的整体,是实在的感性存在。庄子原始空想主义的生命意识代替不了现代生命的真实存在。一部人类社会发展史,也是人类生命的发展和完满的历史过程。人类社会最终实现全人类的解放,就是实现人的生命个体的解放自由和个性的全面发展。应该如何理解生命意识,建立什么样的生命意识的诗观呢?马克思在《1844年经济学哲学手稿》中对人的生命所作的论述,今天读来仍然感到十分亲近,切实精当。

> 人作为自然存在物,而且作为有生命的自然存在物,一方面具有自然力、生命力,是能动的自然存在物,这些力量作为天赋和才能、作为欲望存在于人身上;另一方面,人作为自然的、肉体的、感性的、对象性的存在物,和动植物一样,是受动的、受制约和受限制的存在物,也就是说,他的欲望的对象是作为不依赖于他的对象而存在于他之外的……人只有凭借现实的、感性的对象才能表现自己的生命。

> 吃、喝、性行为等等,固然也是真正的人的机能。但是,如果使这些机能脱离了人的其他活动,并使它们成为最后的和唯一的终极目的,那么,在这种抽象中,它们就是动物的机能。

> 人不仅仅是自然存在物,而且是人的自然存在物,是自为的存在着的存在物,因而是类存在。他必须既在自己的存在中也在自己的知识中确证并表现自身。

> 人以一种全面的方式,也就是说,作为一个完整的人,占有自己的全面的本质。人同世界的任何一种人的关系——视觉、听觉、嗅觉、味觉、触觉、思维、直观、感觉、愿望、活动、爱,——总之,他的个体的一切器官,正像在形式上直接是社会的器官的那些器官一样,

通过自己的对象性关系,即通过自己同对象的关系而占有对象。[1]

按我的理解,马克思描述的生命意识,起码包含有四层意思:1.人既作为生物有机体而存在,又是有意志有情感有意识的生命活动,是受动性与能动性的统一;2.生命的力量存在于人的欲望和意念之中,存在于人的知识和才能之中;3.人凭借现实的、感性的对象,在创造对象世界的实践中,表现自己的生命;4.人应该以自身全部感觉的方式占有自己的全面的本质。这种生命意识的理论,有助于诗人全面地去理解自身、表现自身,把诗歌视为完整的生命形式,进行探索。本文就诗歌创作中的几个突出问题,作些辨析和探讨。

Ⅰ 生命体验的个体性与社会性

诗的生命意识,诚然是依赖于现实的感性的对象,从实现自身的需要中表现出来。只有真实地被诗人感觉到的生命内容,才能作为诗的表现对象。假如脱离对人的生存状态的真实体验,不可能产生诗的鲜活的生命意识,只会造成生命形式的抽象化,造成被"外化"的没有血肉的生命硬壳。因为"生命只能作为有生命的东西,即作为个别的主体,而存在"[2]。诗人只有凭借"个体的一切器官",深入自身内部体验和感受生命的过程,注视生命力的跃动和心理深层的意识结构,方能够通过主体的审美机制创造生命意识形象。这种对人的生命与艺术探索的过程,无疑带有很强的个体性。新时期诗人涉入长期以来被疏忽或被划为禁区的未知的生命领域,同时也不可避免地使诗走向"个体化"。

然而,诗人不可能离开生存世界而返归个体"生存"。诗人对自身内部的探索,不管如何个体化,也离不开对外部世界的认识,不能不带有社会性。"个体的一切器官",用于体验生命自身,固然没有作为"社会的器官"那样直接感觉社会、反映社会。但也总要通过自己同对象世界的关系中,即从个体与他人的关系、与社会整体的关系中,从个体生存的实践活动中去体验和感受自己的生命,把握和表现自身的生存状态和生命意识。如果把自己推向"孤立无援"的位置,沉湎于"生命内部不可知部分",这只能使诗变得玄秘莫测,孱弱无力。诗人的生命感知,应该是感官的个体性与社会性的有机融合。假如把对象世界比喻为大海,那么生命就是一叶小舟。你总是海上航行,然后才有曲折惊险,乃至翻船,生命之舟则表现为前进或沉沦的不同姿态,诗人总是作出独有的生命体验与生命表现方式。不管诗人什么样的生命感知,总是与自身特定的社会存在有关。人的主体能动性表明,从自发(自然)的生存状态的人向自觉(自由)的生存状态的人的转化和实现。诗,自然要表现这种自觉自由的生存意识。诗人只有从与对象世界的联系、从自我实现中,进行深入的生命内部世界的诗性探索,才有可能发现生命的奥妙和真谛,深刻地予以显现,并彰显其独特之处与诗学价值。

  诗人自身的内部世界与外部世界的联系,决定了诗歌中的生命意识与社会意识之间的联系。不同的是,诗人艺术感知的侧重点不一样。我们没有根据模糊或抹煞二者之间的界限,也没有理由把二者对立或割裂开来。《驶向拜占庭》是叶芝晚年生命体验的诗。诗中表现衰老使人解除追求声色的热情,获得坦荡自由的心境。诗人从社会的现实和历史中,从人生的世态和经验中,作了深入的自省和反思。以理智作为"灵魂歌唱的导师","消毁掉我的心,它执迷于六欲七情/捆绑在垂死的动物身上而不知/它自己的本性;请求你把我收进/那永恒不朽的手工艺精品"。他希望从死亡中获得再生和永恒——人生最终的追求和归宿。这种对生与死的体验,虽未免有点儿理性化,却也显示了生命的力度和睿智之光。

Ⅱ 文化与生命形式

有一种流行诗观:从文化走向生命。其实,人的存在与文化不可须臾分开。人的生命形式也是一种文化的存在。诗人体验和感悟生命的过程,始终依附着文化(包括知识和经验)而进行。语言信号系统是人的高级神经活动所特有的机能。文化现象终究依赖于人类的生存需要。衣食住行等物质文化,直接作为感性的对象满足人体的生存需要;语言、风俗、法律、道德等精神文化,则保证人类的活动和生存发展。人是制造和使用工具的动物,工具属于物质文化。人性属于接受文化的模式。性爱婚姻也形成一种风俗文化的模式。人类种族的绵延并不是生殖两个动物,而是生育两个公民。美国社会生物学家威尔逊认为,"人类的社会进化"是沿着"文化继承和生物学继承"的双重轨道向前发展的。人类本身属于一种"文化的进化"[3]。从这一意义上,人可以称为"文化的动物"。因此,诗人需要从人类文化和民族文化的背景上,考察人的生存状况,注视个人的心理事实中的文化因素,即文化心态,善于在自身的自然的存在和文化的存在、社会的存在中"确证并表现自身"。

诗的生命意识的文化性质,呈现为生命涌动中鲜活的自然形态,而不是那种游离于生命形式之外的硬壳,或者桎梏生命的枷锁。文化作为一种手段性的现实,具有一定的手段迫力,但其目的是保证和促进人类生存的需要和发展。凡是窒息和禁锢人的生命的物质设施、道德观念等,都是与诗的生命意识不相容的。西方非理性主义诗潮的颓废性中所包含的积极意义,在于表现了资本主义国家中高度发展的科技智力对人的精神情感的压抑。我国七八十年代思想文化批判的诗潮的意义,在于冲破极左政治与传统观念对生命的桎梏与束缚,但这并不意味着不要文化。后新诗潮反文化的乌托邦主义,一方面,它具有彻底打破"左"的思想与传统观念的束缚,唤起人的生命意识的觉醒的作用;另一方面,由于对一切文化知识和语言意义的不信任、拒绝或逃避，因而使诗陷入不可能实现的"非文化"生命的尴尬境地。至于如何"文化"，又茫然无知。诗，表现现代人真实存在的体验，既排斥一切阻碍人的个性与生命发展的不合理的文化因素，又离不开人类对新文化的追求与优秀的民族文化传统。

东方民族偏重于理性，没有西方民族那种非理性的狂热激情。注重用理智引导、节制情欲，在对人道和人格的追求中取得社会存在和个人身心的某种均衡，是中国文化心理的重要特征。诗的生命意识，诚然不能停留在社会和道德领域，但人的原始欲望也离不开一定的伦理道德的约束。一位有较好的文化道德修养的人，总能使自己在某种环境中依照内在迫力采取某一种方向的动作。这种内在迫力是在一定的文化情境中逐渐训练出来的，已经形成神经系统及全肌体的一种倾向。在心理上称为情操。这里不妨比较一种文化与非文化的诗。舒婷在1981年写的《神女峰》，虽然表现了对传统的道德文化的背叛，使诗突入中国女性真实的生存状态："与其在悬崖上展览千年／不如在爱人肩头痛哭一晚"。仍然是处于人类传统的文化与知性之中，东方现代女性中常见的情感方式。另一位女诗人的《独身女人的卧室》："女人发情的步履浪荡黑夜／只有欲望腥红／在这寂静无人的夜晚／多么想找一个男人来折磨……"则走入越出道德意识的"黑房间"。我们并不否认这类所谓开掘女性生命的黑色的隐蔽的内心世界的诗，对被极端理性化阉割了的原始动机的发现和承认，具有一定的现实意义。但，这毕竟属于"和动植物一样"的受动的生理意识，如果失去一定的文化道德底线的克制和调节，势必放纵魔鬼，"只有欲望腥红"的体验。尼采有一段话，颇有助于我们对生命意识的理解——

　　要真正体验生命，
　　你必须站在生命之上！
　　为此要学会向高处攀登，

为此要学会——俯视下方！[4]

Ⅲ 内部体验的自觉过程：灵与肉之间对抗与共处的痛苦

诗的生命意识，并非单凭人的生物感所体验到的生命的冲动和生命的绵延，而是指从人的生物性与人性、人格和理性精神的统一方面，对生命的感悟和理解。诗人既不可阉割人的七情六欲，把人变成社会的机器人，也不能一味表现感官刺激，把人降低为一般动物。自古以来生命的潮汐绵延不断，只有把原始的欲望和隐秘的生命现象带到意识、意志的光辉里，才能获得比较深刻丰富的内心体验。诗人在自我生命体验中可能遇到灵与肉或所谓上帝与魔鬼之间的永无休止的纠缠，但也不必惶恐不安，因为生命就在于矛盾。"因为生命的力量，尤其是心灵的威力，就在于它本身设立矛盾，忍受矛盾，克服矛盾。"[5]真实的生命存在，诚然常常处于灵与肉的对抗状态，表现为心理人格内部的矛盾。但，诗表现人的生命的觉醒，应该是一种生命意识的自觉。要求诗人在文明意识对人的内在本能意识的许可和约束中，在自省和忏悔中进行生命的体验和感悟。这样就能够在灵与肉、上帝与魔鬼之间既冲突又协同、逆向互补的心理平衡中，创造诗的自觉的生命意识。弗洛伊德关于人的心理意识——"本我""自我""超我"的划分，虽然也体现了这二者之间的关系，只是他固于"职业病"，一味鼓吹潜意识、无意识，取消了自觉的意识和意识的自觉。这就容易导致灵与肉的分离，使诗滑入表现人的无休止的焦虑和自身的精神分裂，乃至使有些诗人沉迷于"精神病患者"或"一个疯子"的体验。

诗人不可回避生命的矛盾和痛苦。只是应该表现生命过程中忍受和克服矛盾的痛苦，心灵与魔鬼的搏斗中所受的折磨和痛苦，智慧的痛苦。这种痛苦，总是显示人的意志和生命的力量，显示人性、人格的深度，也是一种自觉自由的意识。"山谷中充满了雪,岩石开始裸露／就在我们去年走过的路上／开出了杜鹃"。(王家新《什么地方》)这种痛苦体验的诗,是自身在生命的山坡上攀登的血迹和碑文,是一种坚实而豁达的存在感。生命是一条河流,尽管有一波九折和数不尽的漩涡,但每个人总是要把握和实现这条河流的过程。"从漩涡里仰起身子／坐成一块饱经沧桑的石头／额头闪烁古怪的念头／为很多远方激动不已／——人无法把握一种流向／只默默将长发／梳成河流的形状"。(达黄《河流》)人生的追求和奋斗目标与现实生存的境况,总是存在着矛盾,时间的河流不会因为一时的疲惫和迷惘而改变流向,痛苦是诗的生命意识的重要表现形态。犹如在蚌的默默无言的痛苦磨炼中闪烁着珍珠的光彩,诗表现的生命痛苦的经验和意识,应该是从人生的苦涩中提炼出的盐,是在情感的郁结中凝聚成的雪,富有哲味和诗美。

有一类诗表现的所谓"疼痛感",实质上是生物学意义上的痛感。诗中以轻而易举可以被击碎的"玻璃""瓷瓶""杯子"和"树杖"等.象征人的脆弱和痛苦。并以瓷器的反光或破碎,麦粒、水果刀的锋芒,等等,直接造成痛感的刺激反应。他们把人视为注有"血,泪或者全部的苦难"的一种"器皿"。"自然界最脆弱的一茎芦苇",难免感到生死的玄妙和恐惧,陷入内心痛苦和苦难的深渊而不能自拔。

诗人的生命体验,不是感官体验,而是感性体验,是对人的自然存在和存在的价值的艺术探索活动。人的内部世界有"黑夜"也有"白昼",有"荒原"也有"矿藏"。诗人需要本质地体验和表现生命。既要保护"荒原",又要采掘"矿藏";既要表现尚未抵达的黑洞,又要擎起生命的灯火。要探寻生命过程中有意义、有价值的东西。正如科林伍德所说:"一个有意识的人虽然不是自由地决定他会有什么样的感觉,但是他却是自由地决定他要把什么样的感觉置于他意识的焦点上。"[6]

Ⅳ 探索与创造审美意义上的个体生命意识的形象

艺术生命不同于自然生命,一般人的感受代替不了诗的心灵的创造。不管诗歌如何"平民化""非崇高化",如何以普通人的身份代替常见的抒情主体,总不能离开"诗人的精神"(艾略特语)。尼采提出的生命的"日神精神"和"酒神精神",用日神象征光明,并"统称美的外观的无数幻觉",用酒神象征悲剧艺术,象征感性与激情。酒神精神切入诗人对生命的体验与对生命意识的理解,是形而上的生命哲学。马克思在论证人的生命这一命题时,还提出"五官感觉""精神感觉"与"感觉的人性"。精神感觉也是要通过五官感觉而发生作用——精神对物质感官的渗透。诗人的感觉,是五官感觉与精神感觉相统一的人性的感觉。正是这种感觉,能够联结和沟通人的本能与理智、无意识与意识、个体性与社会性之间的关系。诗人需要深入探索与体验这种感觉,让感性的光辉向人的全身心发出微笑,获得生命认知的深刻。如曹宇翔的《看看月亮》:"你把咱们儿时滚的那个雪球 / 独自滚到天上","夜空出奇地晴朗 / 静谧的颂歌漫向四方 / 村庄哪里去了 / 丝绒般的雪野卧睡洁白童话 / 梦中扇动翅膀。"展示了对童贞纯洁的生命的内在体验,仿佛是"月是故乡明"的现代版。"月亮不会老去 / 几十年后我还会回来 / 一对老友满脸皱纹白发苍苍 / 端坐青草之上白雪之上 / 让我们的孩子围拢身旁 / 取出祖传的青瓷大碗 / 背靠年轻村庄 / 一碗接一碗醉饮月光"。诗人始终平和地表现对美丽的月亮"村庄"的依恋与回归,这何尝不是大真、大美、大善的生命境界。

生命体验的诗,最重要的也是生命情感的体验。这不仅因为情感实现了生命从简单的低级状态向高级的复杂状态的过渡,西方文艺心理学称情感是本能欲望受道德文明观念的制约而生成的曲折的心理形态的表现形式;同时,还因为情感是审美心理和诗美创造中十分活跃的基本要素,是驱使生命意识形象的直觉创造的主要动因。

譬如,性意识是生命意识的重要构成部分,自然是诗人不可回避的表现内容。但,诗人需要在抑制或平息本能的冲动、情欲的燃烧的宁静状态中审视自身,甚至还要有一定的时空跨度久久地审视自身。这是一种自觉的生命情感体验。当然,这不是说诗人不能表现性意识的原始状态,而是说需要从人性与爱中探视和发掘,从生理本性与人性、人情、人格(包括道德修养)的有机融合中进行表现。性意识,只有被爱所照亮,表现为爱情的形态,才具备诗美价值。青年诗人张国明在《我们常常被称作朋友》中这样写道:

然而我们最关心的是／拥有水和女人／这样我们的终点／就变得亲切而遥远／远方总有人在招手／她们还不是我们的情人／这使得我们始终有信心／活着／走完全程

这就真实表现了性爱在人生中占据的重要位置。诗人把性意识融于整个生命意识之中,使性意识因有助于走完人生之路,显示生命的力量而放射出光彩。并且还对性意识不可避免地带来的离心倾向,时时保持着清醒和理智。这样对性意识的体验和探索,是可取的。当然,这还不属于专写性爱意识、情爱意识的诗。诗中"女人"另有寓意。我们再看一看白朗宁夫人的情诗:"第一次他亲我,他只是亲了一下／在写这诗篇的手,从此我的手就越来／越白净晶莹,不善作世俗招呼／而敏于呼召:'啊,快听哪,快听／天使在说话哪!'即使在那儿戴上一个／紫玉瑛戒指,也不会比那第一个吻／在我的眼里显现得更清楚。／第二个吻,就往高处升,它找到了／前额,可是偏斜了一些,一半儿／印在发丝上。这无比的酬偿啊,／是爱神搽的圣油!——先于爱神的／华美的皇冠。那第三个,那么美妙,／正好按在我的咀唇上,从此我就／自傲,敢于呼唤:'爱,我的爱!'"[7]

这是女诗人白朗宁对爱情的真实写照。她对迟到的情爱体验，焦灼而又富于理智，于纯洁中品尝甜蜜，仍然表现了爱的执着、爱的深沉。她体内涌动着的爱情的潮汐，竟然显示出驱逐了死亡（病魔）的神奇的力量。这大概才称得上"生命的辉煌"。

诗人凭仗艺术直觉开拓陌生的生命世界，但如果经不起本能、欲念、骚动、潜意识、性心理的潮汐的冲击而显得软弱无力，把人的生存的基本状况视为"悲观、烦恼、恐惧、焦躁"，"忍住呕吐观看自己的灵魂和肉体"，这样不仅不能展示生命世界的复杂状态，展示灵魂和肉体的深度，而且使诗流于浮躁、表层甚至无聊。大家都挤入了"黑洞"，不管将"生命内部"或"内陆"描绘得如何神秘玄奥乃至"不可知"，也看不出他们对生命体验与写作向度的多大差异。因此说，离开对诗歌精神与诗美创造的理解，去谈生命意识，就容易偏颇。

应当看到生命形式的诗，特别要求个别的真实的体验，因而它驱向平实、内在。每个诗人都有自己的血肉之躯与情感（情绪）的特质，都享有诗性空间的一方天地，去构筑自身生命感觉的平原。——崇高与非崇高、达观与悲观、欢乐与苦恼、幸福与痛苦、平静与焦躁、安全感与恐惧感……生命世界本身就是这样纷纭杂沓。关键在于，诗人要带着人性的温热感知生命的存在。表现任何一种生存的姿态和意识，都应该以人性与良知去烛照与发掘诗意。有些写阳光、火焰、钢铁之类的诗，展示了追求光明、雄壮激越的生命旋律，是一种焕发着理性力量的内心体验。诗人表现生存的痛苦与伤感，同样有诗美价值的可能。李清照的"东篱把酒黄昏后／有暗香盈袖／莫道不消魂／帘卷西风／人比黄花瘦"。女词人美丽的叹息，听来并不遥远。女性诗歌中表现闺怨、闺愁，青春女子的伤春与多愁善感，是典型的东方女性意识。

诗的生命意识，因为具有亲近人类本性的基本特征而具有全人类性。但也因为处于不同社会环境里的诗人，而有着不同的生存方式和生存感受,每一个诗人对生命意识的体验和探索,都可能表现出不可复制的独立性与个性特征。这类诗的人类性,也正是依靠不同国家的诗人各自个体性的生命探索,不断获得丰富和拓展。

诗的国度不可没有生命的歌,生命世界不可没有照耀的太阳和月亮。

1991.1

注释:

[1][5] 马克思:《1884年经济学哲学手稿》,人民出版社,2000年,第122页、第154页。

[2] 黑格尔:《美学》第一卷,商务印书馆,1981年,第157页。

[3] 威尔逊:《论人的天性》,贵州人民出版社,1987年。

[4] 转引自周国平:《尼采在世纪的转折点上》,上海人民出版社,1986年,第50页。

[6] 科林伍德:《艺术原理》,中国社会科学出版社,1987年,第214页。

[7]《白朗宁夫人抒情十四行诗集》,四川人民出版社,1983年,第38首。

(原刊《诗刊》1991年第3期)

诗人：从"感受者的人"到"创造者的心灵"的实现

诗人，对于爱好写诗的，无疑是具有诱惑力的字眼。然而，究其涵义，什么样的人才称得上诗人，却是司空见惯而又令人困惑的问题。公刘先生曾打过一个生动的比方："每一只蚌都产生粪便，却绝非每一只蚌都孕育珍珠。"粪便是排泄物，珍珠则是创造物，二者泾渭分明。一般人的感受代替不了诗的创造，缺乏创造者的心灵的诗作者，还不能够成为真正的诗人。

不可否认，诗人首先要做"感受者的人"，做诗的第一要义讲究"真"：真心、真情、真气、真意、真趣、真理、真美。只有被真实体验和深切感受了的东西，只有出自内心的真情实感，方能够成为诗的表现对象。诗不出于真性本心，有诗之耻，甚于无诗。从这种意义上，我同意雪莱说的："人是诗的动物，自有人类便有诗。"[1]我也同意明代学者李梦阳对民歌的推崇："语意则直出肺肝，不加雕饰……其情尤足感人也。""真诗只在民间。"[2]假如从这个角度看当今写诗人多的现象，大概不是坏事。这些青年诗作者，多数生活于民间，有感而发，吐露肺腑之言，乃至把诗视为自己的生命形式。问题在于是把写诗视为情绪发泄的工具，还是当作"孕育珍珠"？

诗人的真诚是一种超越非艺术范畴的艺术自觉过程,而不是停留在浅俗的层次上进行自然主义的内心宣泄。歌德说:"当他表达自己少数主观感触的时候,他还算不得是诗人,可是当他能够掌握世界并为之找到表现的时候,他才成为诗人。"[3]"能够掌握世界"的感触和感受,是需要受过多次体验或经过理性的思考。一般人的感受应该升华为诗的感受。如果没有宁静和沉思,没有经过锤炼的艺术环节,去自我发泄或者"为了解除内心的痛苦"随意为诗,把写诗看成寻求某种满足的方式,这只是作为感受者的人的表现,仅仅停留在创作的自发倾向和初级阶段的水平形态上,很难达到艺术创作的深层。

写诗固然可以获得精神上生理上的某种慰藉和补偿,但更重要的还有对人类意识和精神过程的探索,包括对人生痛苦体验和感悟、对人的同情和怜悯,应该给别人以心灵的震撼与更多的审美享受。我们不能认同弗洛伊德把创作活动说成是"'力必多'的转移"——一种生理性活动;也不能认同他把诗人视为"白日梦者"或"神经病患者",认为诗人是通过自己的创作活动来避免精神崩溃,但又不想真正地治愈。当然,因补偿性的能动力而获得成功的诗人或作家是有的,但他只可能通过两个方面而起作用:一是从精神上或生理上化不利为有利,逆境往往更能激励自己的创作热情;二是自身的生理缺陷或不幸遭际,往往提供了很好的创作素材和艺术感受。如陀思妥耶夫斯基的《卡拉马佐夫兄弟》,把人的灵魂深处的痛苦作为自己的鉴赏对象,写出了"灵魂之深"(鲁迅语)。这显然是作家心灵的艺术创造,与一般个人痛苦的宣泄是有原则区别的。

艾略特说:"一个艺术家越完善,他本身那种作为感受者的人和作为创造者的心灵越是完全分离,心灵越是能把热情(材料)加以融会、消化和转化。"[4]可见,艾略特把"创造者的心灵"已经强调到与"感受者的人""完全分离"的程度。可以说,能否获得从"感受者的人"到"创造者的心灵"的实现,是衡量能否达到诗人这个圣洁的称呼的主要尺度。诗,从诗人的笔下流出,不仅带着诗人生命的体温,同时又是对普通人的感受或体验的升华,是"创造者的心灵"的显影。因此说,诗是唤醒灵魂世界的美丽的夜莺。如果把诗人等同于普通人,其诗仅仅"作为感受者的人"的"感受",而忽略或取消了"创造者的心灵"的"融会、消化和转化"这一"白金丝"的艺术媒介的重要作用,那么,他们只能还是普通人而不能成为诗人,其诗也称不上真正的艺术品。这大概是不少作者和诗群尚未走向成熟的主要原因之一。

感受着的人,因受社会条件、生活环境诸因素的制约,其"感受"不可避免地带有不足和缺憾,个别的、自发的、偶然的欲望和情绪,只有获得充实自足的独立存在的精神或生命的意义,才能成为诗人创作的冲动。普通人的感受和经验,只有经过创造者的心灵的过滤与提炼,且转化为自身心灵的东西,才能成为诗的表现对象。诗人需要把自身情感从盲目自发、幽暗无光之中解放出来,变为自主自觉的状态。如果任凭生命冲动或情绪发泄的盲目驱使,心灵陷落而不能自拔,就达不到对生命体验的深刻,或者对生存状态的深入观照。黑格尔说:"诗固然可以把心灵从这种幽禁中解放出来,因为诗使心灵这个主体又成为它自己的对象(以心观心),但是诗却不仅是从主体和内容(对象)的一团混沌中把内容拆开抛开,而且把内容转化为一种清洗过的脱净一切偶然因素的对象,在这种对象中获得解放的内心就回到它本身而处于自由独立、心满意足的自觉状态。"[5]黑格尔说的"拆开抛开"与艾略特说的"完全分离",属同一指向、同一意思。天才们达成的默契逼视着我们。我们不可忽略这种艺术操作过程中一项十分重要的内部转化机制,她是诗美创造的催生婆。

创造者的心灵,体现在诗歌创作的艺术过程的强度。一方面,诗人比一般人具有更丰富的生命情感体验,具有创造主体意识。艾略特称为"诗人的精神",对"作为感受者的人"的感受材料进行投射和彻照。另一方面,诗人具备幻觉,具备想象和幻想的能力,保证诗的词语组合的生殖性和美感效应。

诗人的精神,是彻照和穿透人的欲望和情绪的原生态的十分活跃的因素。荣格在提醒人们防止误入非理性的"无意识"的迷途时,说:"只有在意识最大限度地完成了自身的任务的情况下,无意识才能达到令人十分满意的作用。"[6]诗人只有在自身比较完备的情况下作出人生价值或生存价值的自问与思考,才能使创作保持自足的境界。

譬如,我读埃利蒂斯的超现实主义的诗篇,强烈感受到诗人异常丰富的内心世界。

> 时间是飞鸟的影子/它的形象中圆睁着我的双眼/蝶群绕着幸福的绿叶/在进行伟大的历险/此时无辜/正抛掉最后一个谎言/甜蜜的生活,甜蜜的/历险。
>
> 尘世渗透着痛苦/一个个谎言从唇间飞快吐出/因喧闹和不安/而变轻的夜/在我们之中变了形状/新的沉默闪着启示之光/我们发现我们的头在主的臂间枕放。
>
> (《断章》)

诗人并未被内心的焦虑和孤寂所困惑,而是化为自身的生存姿态,体现着人类精神的生存姿态。诗中每一个词语、每一种意象、每一个睿智的符号,既是诗人从感官经验中又是从心灵和人格中产生的,都带有美学意义上的"意味"或"愉快",诗人在审视自身历经尘世的痛苦中所"圆睁着我的双眼",与他在另一首《畅饮太阳》中,"我找到了太阳唱着颂歌送来的树叶/热望正心满意足地/打开活生生的大地的胸膛"时的"宽阔的目光"一样,圆睁的双眼中闪灼着对尘世理智的批判的光芒,"宽阔的目光"中则充溢着畅饮光明的幸福和激情。两者都是诗人心灵的折光,透示了饱满自足的精神主体。

诗的语言意象的创造,是诗人创造者的心灵想象力的展示。诗,比其他任何文体都更富于想象力。作为感受者的人的基本活动方式是感觉,而想象和幻想则是贫乏的。正如科林伍德所说:"想象比感觉更自由。甚至感觉也并非完全不自由的,它是有生命有感觉的有机体的自发性活动,但是想象的自由就更进一步。"[7]如果光凭感觉的"自发性活动"进行诗创作,就不容易摆脱"感受物"(指被作者真实感受的东西)的窠臼,拘泥于实,怎能锤炼语言的弹性,开拓诗的意境?

这里不妨举出李白的咏峨眉山月的两首诗作一比较:

峨眉山月半轮秋,
影入平羌江水流。
夜发清溪向三峡,
思君不见下渝州。

(《峨眉山月歌》)

我在巴东三峡时,
西看明月忆峨眉。
月出峨眉照沧海,
与人万里长相随。

(《峨眉山月歌送蜀僧晏入中京》)

两首均是寄友人之作。古诗体(包括古代的和近现代的诗)中寄友人之作甚多,可以说多数篇什属"感受者的人"的离别愁情和感慨。李白的前一首诗亦属此类,虽然已有"峨眉山月"的物境,但全篇仍然是诗人思念友人这一心理事件的执拗的再现,因而诗的境界还是单纯浅显的。我不能认同《中国历代文学作品选》的"解题"中所说的"意境深曲""空灵秀丽"。而这假如用于评价似乎被冷落的后一首诗,倒是恰当的。这首诗虽然也有诗人送别蜀僧晏的真实背景,但诗中却不见痕迹。真实的感受物因变成了想象的感受物而刹那生辉,"峨眉山月"成了象征人生沧桑中美好憧憬或精神依托的雄浑意境。

　　诗的意象或意境,表现了作为感受者的人的一个心理事件与虚拟和想象的奇凸结合的特征。诗人只有真正取得"想象的自由",才算进入艺术美的创造过程。没有丰富想象力的诗人,是蹩脚的诗人。诗人固然需要感觉和情绪,但这只是进行想象和创造的基点。诗歌只有插上想象和幻想的翅膀,飞向广阔的时空,方能开拓作为感受者的人的艺术眼界,打通诗的词语组合的艺术空间,生成若即若离、闪忽不定的美的意象。从某种程度上,可以说感受者的人是借助于神奇的想象力、幻象力的滑行,而进入美的创造领域,摘取"诗人"的桂冠。

　　有人称诗人具有"心灵的眼睛",即是说创造者心灵的特性。诗人通过"心灵的眼睛"这一内在视觉和内在联觉,捕捉创造的具体感性形象,不仅表现在对于真实的感受物所得到的心灵的观照和辐射,对一般感受的心理材料作一番提炼和转化的工作,使之成为充满心灵光泽的凝重的深层的艺术感觉;同时还表现在他那种十足的灵气与幻觉,十分擅长于联想和虚拟,将海市蜃楼般的诗的意象世界,尽收眼底。实际上,诗人的心灵的这两种功能,是紧密联系在一起,配合默契的。诗人在艺术想象中之所以选择这种形式和意象而舍弃那种形式和意象,乃是受到诗人意识或潜意识的作用和影响,是一种想象或幻想的自觉。埃利蒂斯诗中蝶群绕着绿叶历险中"抛掉最后一个谎言","在我们之中变了形状"的夜;李白诗中"与人万里长相随"的峨眉月色,无不带有诗人的气质和精神的显影。他们的感觉经验和艺术想象中已积淀了经验性的意义。有人把诗人的生命的体验描述得"神秘莫测",其实这种"神秘莫测的无意识活动",正是生命深层结构的内在本能意识与人性和精神、经验和知识的多次相互作用之后而产生的一种自然悟性,或者说是知性因素转化成了"本能"之后而产生的一种独特的效果,假如从这个角度去考察艺术创造的迷狂状态,就不难理解和解释。虽然它还取决于艺术直觉中更加复杂和高级的内在机制,但也是遵循着自身特有规律的"理外之理"。

伴随着诗的想象和幻想的最活跃的因素,是诗人独特的情感和生命意识。实现从"感受者的人"到"创造者的心灵"的艺术过程,表现在以诗的情绪代替朴素的粗俗的情绪,以自觉的冲动代替盲目的冲动。人类是情感的动物。文艺心理学家普罗尔称情感是"作为想象内容的质和特点而表现出来的",生命体验和性体验,都离不开人性与爱。情感作为创造者心灵的特有的"质和特点",是牵动诗人进行艺术想象的内驱力。不少诗人凭藉这种酝酿和激发起的情感(情绪),驱使不自觉的艺术直觉形象的"闪现"或"顿悟",往往使创作获得了成功。

1990.3.8

注释:

[1] 雪莱:《为诗辩护》,《西方文论选》下卷,上海译文出版社,1984年。

[2]《李开先集》卷六《市井艳词序》。

[3] 埃克曼:《与晚年歌德的谈话》。

[4] 艾略特:《传统与个人才能》,《诺贝尔文学奖作家谈创作》,北京大学出版社,1987年,第146页。

[5] 黑格尔:《美学》第三卷下册,商务印书馆,1984年,第118-189页。

[6] 荣格:《艺术心理学》,苏克译,改革出版社,1997年,第289页。

[7] 科林伍德:《艺术原理》,中国社会科学出版社,1987年,第204页。

(原刊《诗潮》1991 年第 11-12 期)

奇妙的联觉意象

一、诗的特异感觉意象的源流及其内在根据

现代诗学中十分重视意象的感觉性。诗中联觉意象的叠起,显示了诗人眼、耳、鼻、唇、舌、身等感觉器官的横向联合和融会贯通的特有感受能力,即把视觉、听觉、嗅觉、触觉、味觉等感觉意象相互转化或沟通的能力。联觉,可以视为艺术感觉的"特异功能"。英国超现实主义诗人狄兰·托马斯有一首诗题为《当我天生的五官都能看见》:"手指将忘记园艺技能而注意,通过半月形的植物眼","低语的耳朵将注视着爱情被鼓声送走","犀利的舌头将零落的音节呼喊","我的鼻孔将看见爱情的呼吸像灌木林一样燃烧"。这类描写未免牵强附会,但作为形象阐述,化触觉、听觉、味觉、嗅觉为视觉的转变,还是有趣的。众所周知,王安石的"春风又绿江南岸",妙在一个"绿"字,殊不知,诗人更动了十余次而终于凝炼成的这个"绿"字,正是实现了由触觉到视觉、由无形到有形的感觉的转移。诗人进入创作进入"神游"的艺术境界,往往五官交错,相互替用,彼此相生,以种种移觉或联觉的方式,嬗变自如地去拥抱生活、拥抱五彩斑斓的物象世界,孕育而生成丰富奇异的意象。

联觉意象在古典诗歌中已经出现,至现代诗中有了更为广泛的发展。19世纪欧洲的象征派、意象派,几乎使联觉意象成为各自诗歌风格的标志。现代人感觉的强化和拓展,催促了诗中联觉意象的兴起。如果说联觉意象出现于古诗中,反映了古代诗人非凡的艺术感觉,那么,在生活和艺术变得丰富多彩的当今世界,联觉意象在诗歌艺术中的地位,就愈显得突出和重要。事实上,当代诗歌创作实践正朝着这方面发展,几乎出现了"联觉意象热"。

其实在群众语汇中就存有联觉的语言形式。如形容声音的词汇:"软绵绵的""尖利刺耳",是听觉与触觉相联;"字正腔圆",是听觉与视觉相联;"珠圆玉润",是听觉与视觉与触觉相联;"清亮甜润",是听觉与味觉与触觉相联;还有带有抽象性的词"冷言冷语""冷嘲热讽""冷笑"之类,亦可以视为听觉与触觉相联。"听声类形",是古今日常语汇中比较普通运用的方式。这可能与音乐有关。人们在欣赏音乐中渐渐养成了化听觉感受为视、触、嗅、味诸感受的习惯。音乐通过联觉作用由某种音响和旋律迅速过渡到模糊的联觉意象。绘画也能够运用色彩和线条奏出音乐,舞蹈也可以通过优美的形体传递心灵的音乐。至于在色彩学方面,把红、黄视为暖色,把绿、蓝视为冷色,也是以联觉为科学依据,是视觉与触觉相联。诗,作为高级的弹性较大的语言艺术,更具有运用联觉的可能性和必要性。诗,可以将声、色、香、味、形等全部融合起来,成为有色的音乐,有声的画,无形的舞蹈……,使人读之,余音袅袅,余香满口。

西方诗学中最早出现"通感"。后来修辞学上称为移觉,即感觉的转移。我国古代诗论中虽然尚未提出,但已有端倪。明代诗评家胡应麟的《诗薮》中有一则描述:"神功天随,寝食都废,精凝思极,耳目都融,奇言玄语,恍惚呈露。"这里说的诗人创作入境中出现的"耳目都融"的现象,已经接近联觉体验。吴景旭的《历代诗话》中提及:"云初无香,卢象有'云气香流水'之句,妙在不香说香,使本色之外,笔补造化。"已经道出尚未认知的联觉意象在诗艺中不同凡响的特殊功能。王国维偶或领悟联觉意象的妙处,如说:"'红杏枝头春意闹',著一'闹'字而境界全出。"[1]说出联觉意象对于创造诗的艺术境界的重要作用。后来,钱钟书先生的《通感》联系中国古典诗词,中西贯通地作了阐释。"通感",在理论界、诗歌界已并不陌生。然而,倘若知其然而不知其所以然,面临当代诗中接踵而来的联觉意象,仍难免陷入尴尬和困窘。有的论者认为联觉意象"是个人的,不符合公认的思维逻辑",或认为是"感觉上的有意错乱","意与象的有意错接"。西方有的论者对联觉意象则用"乖异的矛盾语法"加以解释。因而,深入探索联觉意象这一诗歌艺术现象,还是十分必要的。

西方现代诗派最早曾向宗教界寻找"通感"或"移觉"的理论根据。我国明、清诗人也应用过释、道的理论,作出"照察不阂墙壁""六根互相为用"的词句。胡应麟说的"精凝思极,耳目都融,奇言玄语,恍惚呈露",颇类似于禅宗境界。佛、道、释中每每拈出:"眼如耳、耳如鼻、鼻如口,无不同也,心凝形释。"[2]"耳、目、鼻、口、形(身)能各有所接。"[3]"由是六根互相为用。……阿那律陀无目而见,跋难陀龙无耳而听,殑伽神女非鼻闻香,骄梵钵提异古知味,舜若多神无身觉触。"[4]我虽然不赞成把诗人的创作境界与禅宗境界等同起来,把艺术的颖悟与坐禅入定的体悟等同起来,但不否认二者之间的联系。尤其是诗人的联觉(移觉)、体验,一般都是进入情感(情绪)的宁静状态、灵感来临时发生的特有心理现象,形式上颇类似于佛家入禅坐化成圆寂时各种感官打成一片、互通有无的体验。研究诗学中的联觉意象,虽然可以从佛、道、释理论中吸取合理成分,但仅仅单凭它来解释就使人陷入神秘和迷茫,甚至遁入"空门"。中国古典诗词中已经出现联觉意象,为什么卷帙浩繁的历代诗论里极少触及和引证?这大概是留给现代心理学、审美心理学的研究题目。

联觉意象作为诗人的感觉经验的重现或回忆,是一种反常的艺术心理现象,也是审美感官引起的奇特的经验印象。韦勒克、沃伦在《文学理论》中谈到诗歌意象时，虽然提及"联觉意象"，但对其引起的原因的说法，未免简单化。一般心理学家认为，人的视、听、触、嗅、味五种感官，不仅能够各自产生美感，同时各种感官领域能够互通有无，彼此相生。著名心理学史家波林说："格式塔心理学对于整体的重视导致其弟子们应用了场论。如果场内的材料由于互相作用的场力或由于它的作用类似于磁场或电场的作用而造成形状，那么经验项目构成结合的图形就可以有时被理解了。"[5]格式塔心理学中讲的"场"，可以以物理、生理、心理三种状态出现，按照这一理论，心理现象与生理现象、物理现象一样，本质上都是力的作用、力的图式。人们通过大脑进行的一切感觉或知觉或情感的活动，都有着内在的统一性，都是力的作用模式。凡是有审美知觉能力的人，不仅仅看到外界事物的形状、色彩或运动，而且会感受到其根本动因——力的作用。当不同感官领域中力的作用模式达到结构上的一致时（异质同形），就可能引起审美心理表现的联觉。最明显最容易被理解的，是音乐意象的声音与画面相通。西方曾一直流行着"用钢琴奏出绘画"，即是说，音乐主要借助于感觉向视觉画面的转移，而造成一种奇特效果。这正是靠音响的动力模式与画面景物的"张力式样"的大体上同构，而发生的联觉效应。我们在名曲欣赏中一般都会有这种体验。诗的联觉意象自然要比音乐意象更复杂更丰富。根据格式塔心理学大脑力场学说，可以对诗人的联觉体验作如下描述。例句：

红杏枝头春意闹　　　　　　　　　　　　　　　（视觉→听觉）
　　（宋祁《玉楼春》）

风来花底鸟声香　　　　　　　　　　　　　　　（听觉→嗅觉）
　　（贾唯孝《登螺峰四顾亭》）

奇妙的联觉意象

风,仓库里
收着
一捆捆的痛苦　　　　　　　　　　　　　　　　（触觉→视觉）
　　　（劳伦斯《秋雨》）

听一声一声的荒凉　　　　　　　　　　　　　　（听觉→视觉）
从古钟飘荡 飘荡 不知哪里朦胧之乡
　　　　　　　　　　　　　　　　　　　　（穆木天《苍白的钟声》）

听到目光落地的声音　　　　　　　　　　　　　（视觉→听觉）
　　　（海男《女人》）

  这些诗句展示的联觉意象,虽属简单式,但也传达出古今中外的诗人的一种共同的艺术心理体验。这种感觉的转移大致分三种情况:一种是从有形变为无形,如"春意闹""目光落地的声音"。另一种是从无形变为有形,如"一捆捆的痛苦""一声一声的荒凉"。第三种是从无形变为无形,如"鸟声香"。从物理、生理的角度,感受联觉意象是无形的;但从审美心理的角度,联觉意象又是有形的。因为联觉意象在诗人的大脑皮层的生理电力场中引起的力的模式,却都是具体有形。这种生理上力的模式作用于心理上的体验和感觉,也具有具象化的特征。并且根据格式塔"异质同构"原理,这些乍看无形实有形的视觉意象、听觉意象、触觉意象、嗅觉意象、味觉意象,其生理力的作用模式,一般都是同形。即是说,诗人看到"红杏枝头"的无声的姿态与心理上引起的"春意闹"的有声的音波,假如测定其力的作用模式的轨迹,形状是一样。概言之,各种感官形象,在语言学中属于不同的类别,但在心理学中却有感受的统一性;当不同感官形象之间达到力的作用模式的同构时,就可能发生感觉的转移。

这种感觉的转移,并非是以一种感官的意象代替另一种感官的意象。联觉意象是不同的感官感受相联相通的复合意象。"春意闹""目光落地的声音",是视觉与听觉的复合。"一捆捆的痛苦",是触觉与视觉的复合。"一声一声的荒凉",是听觉与视觉的复合。"鸟声香",是听觉与嗅觉的复合。换句话说,联觉意象,是诗人的复合感觉代替了单一感觉的产物。

联觉的经验,是复合性的丰富体验,也是一种模糊体验。诗人进入创作境界,在特定审美对象的刺激下,种种不同的感官印象,往往经过内在心理或注意力的转换,不断射向心灵的接受机制。这时,在心灵的光屏上便会出现奇妙的现象:视觉、听觉、嗅觉、味觉、触觉之间的差别渐渐消失了,各种感官感受之间的交错和混合、通融和抵消、生发和扩充,合成一种更为宽广博大的体验。"香声喧桔柚/星气满蒿莱"(阮大铖),是诗人的视觉与听觉与嗅觉三种感官形象的相融合。色、香、味三感同时交织在一起,包容于同一意象之中。这寥寥五字的联觉意象,可谓"色、香、味俱全"。"我的爱人像一支旋律/奏出甜蜜和谐的声音。"(彭斯)这一联觉意象,同样表现了诗人的眼、耳、唇三种感官交融一体的体验,形象逼真地描绘了"我的爱人"称心如意的美的魅力。联觉体验由于感官的转移和混同而呈现朦胧状态,因而生成比较模糊的联觉意象。"鸟声香""香声喧桔柚"之类,都因目与耳、耳与鼻之间的通联,而呈现出失去官能界限的复合感觉的朦胧美。

二、心理潜能的释放与多面一体的辐射状的审美空间

意象派诗人休姆说:"诗人形式的价值在于它的接受能力中,并非它的抛弃能力;因此,如果要证实自己存在的合理性,它就必须是富饶而不能是贫瘠的。他不能用丑陋的微不足道之物取代过去的可爱的微不

足道之物……如果意象派诗能使我们的文学扩展到一个诗人能自然地说和想的一切事物中,而且同时他又能给它一个形式。在此形式中他能比通常的思想或语言表达得远为出色,那么它就将证实自己存在的合理性。"[6]如果说意象是"一种在瞬间呈现的理智与感情的复杂经验"(庞德语),那么,联觉意象由于打通或省略了单一感觉意象的"链条中的连节",因而有利于从感觉的整体上贴近"感情的复杂经验"。历来文人总是有"常恨言语浅,不如人意深","物理易尽,人情难尽"之感。联觉意象正长于表达人们内心的深曲之意,难尽之情,使不可名状的感觉、不可言传的东西,都能得到形象逼真、惟妙惟肖的艺术表现。譬如,"银浦流云学水声"(李贺);"声音拍动/宛如暮色中的蝙蝠"(休姆);"目光敲打地图之声隐约可闻"(张烨)。可见,这些诗句都是发生在心理深层的艺术感应,诗人将瞬间的感觉或情绪的微妙的颤动的那种莫名的情状,都能够以具体独特的直觉形象显示出来。应该说,联觉意象契入诗的意象的本性。它直接加强了诗的语言意象的感性的外观,以可见、可听、可触、可嗅、可尝等多种感性形式,诉诸读者,这也就有利于读者发挥对诗美的接受能力。

  联觉意象,也是诗人主体与外界客体相互作用的结果,是主体心理潜能的一种释放。因为联觉超越五官各个别部分的具体属性而表现出较大的感觉能力。这是突然解放了的感觉,不受时空限制的自由的感觉,心理潜能爆发时突然长大了的感觉。如果诗人的审视点仅仅建立在单一感官平面上,因为视、听、触、嗅、味不同感觉平面处于互不遇合的平行状态,诗人的直觉想象只是在五官各自的疆域内沿着同一感觉平面滑翔,那么,这艺术感觉领域里有待于超越的"疆界",就成了一块隔膜混沌的精神空白。诗人的联觉,就是开发了单一感官平面的艺术触觉难以涉及的精神"空白区"。在这"空白区"造成"短路",接通不同感觉平面,造成张力,以卓有成效地释放和扫描心理潜能的联觉表现力,建构起多面一体的辐射

状的审美空间。试比较李瑛在 60 年代与近年来创作的诗:

满山是野草的清香／满山是发光的新绿／满山是喧闹的小溪……

(《雨》)

是从手鼓上滑下的／舞的漩涡、歌的流韵／汇成了这片小小的湖吗

入夜,当大粒的星星变成／一尾尾游去的鱼／归圈的羊群的叫声便化作／茂密的芦苇和清香的小草……

(《小草湖》)

两首诗中虽然都写了视觉、听觉、嗅觉的意象,但不同的,前首是在互不关涉的单一感觉平面内单独体验的产物;后首则是在两种或三种感觉平面的交错中联觉体验的产物。前首诗人对雨中山的感受,鼻、眼、耳顺序渐进,单一明朗。后首中诗人欢乐兴奋的情绪,则从听觉意象的手鼓声中"滑"了下来,转移为视觉意象:舞的漩涡、歌的流韵——双向的情绪瀑布;诗人浓郁的情致,亦从听觉意象归圈羊群的叫声中,转移为视觉意象的茂密的芦苇和嗅觉意象的水草的清香——充溢于三种感觉层面的艺术空间。诗人如此巧妙地运用联觉意象营构成的"小草湖",是立体状的多姿多彩的情绪的湖、心灵的湖。它显然比前面"雨中的山"更贴近人的感觉情绪,同时也更具有艺术的直觉性和虚幻性。诗人同样写了"山"与"湖"的美,但平面的"山"给人单纯轻松的美感,立体的"湖"则给人丰富的、梦幻般的美感。李瑛在近年来的诗探索中,运用联觉体验的方式,明显改变了过去诗体中容易出现的单调感,这无疑是一种艺术的更新和发展。

意象是不仅仅写下感觉的工具,而且直接呈现了感觉本身。当诗人

奇妙的联觉意象

的艺术感觉打破单一自足闭合的结构模式,实行艺术感觉的开放,就会发现感觉领域中无比广阔的天地,亟待去拓展和丰富自身感觉的艺术功能,实行不同感觉器官之间的联合,创造构建新奇独特的联觉意象。联觉意象呈现了诗人感觉的宽度与通感。

一首诗中意象的序列——意象与意象(包括联觉意象)的有机合成的意象序列,表示了诗人整个感觉的变化。诗中每一个联觉意象,都是诗人感觉的一次(或数次)的转移或转换,都是诗人的情感(情绪)的一次体验,一次情绪节奏的跳跃。请看艾青看芭蕾舞《小夜曲》后而作的《给乌兰诺娃》:"像云一样柔软/像风一样轻/比月光更明亮/比夜更宁静——/人体在太空里游行"。不妨作出示意图:

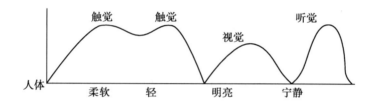

诗人因感觉情绪的振动而叠起一组简单式的联觉意象的过程,是曲线起伏的波络。对于同一审美对象的视觉感受与触觉感受、听觉感受,虽然心理力的作用模式是一样的,但从不同感觉的方位上放射出的弧线,却是不一样的。联觉意象要比单一感觉意象的波络线的弧度要大,有助于引起人们的审美兴趣。艾青对女芭蕾舞演员的形象,由于不是停留在一般视觉意象的罗列上,而是作了自由深入的联觉体验,因而使读者获得视觉、听觉、触觉等多方面的美感,显示出乌兰诺娃高超的舞蹈表现力与所展示的形体美的魅力。

诗中联觉意象改变了一般意象的单一性,构成感觉形式的立体化、多层面的意象序列。其特点有三:A.诗人联觉的回转和复沓,对瞬间内心情绪的烛幽索微,自身就是有机的节奏。且因感觉的不断转换和组合而表现出较强的节奏感。B.诗人由于加强了对主体感觉的变量系数的认识和运用,因而触发联觉的过程,就是任凭自身感觉自由地变换和跳跃的过程,乃至模糊了不同感觉形式的界限。C.联觉意象属于五官感觉领域中审美刺激反应的多向结构模式,是"色、香、味俱全"的感觉形象世界。

从诗的形式符号的角度,联觉意象是一种十足的虚幻的情状,或者说虚幻的真实。而从对诗的审美体验中,联觉意象又是具体可感的。老子在论美中曾提出"大音希声""大象无形"。"希声"是听不到的声音;"无形"是看不见的形象,表明一种美的境界,是人们的视听感官所不能把握的,而又使人们确乎在一种"恍兮惚兮"的状态中看到听到许多这样或那样的东西,但却又不可言传、不可名状。不可言说毕竟又要言说,不可表达却还要表达。譬如,钟声易逝,诗人却善于以听、视、触等联觉,去感应去捕捉,使之艺术化为心灵世界中微妙的不逝的意象。"晨钟云外湿"(杜甫),湿漉漉的钟声湿漉漉的情趣,恰是叶燮所赞叹的"声中闻湿,妙悟天开","不可言之理,不可述之事,遇之默会于意象之表"。[7]情状离绝,透彻玲珑。"消失的钟声/结成蛛网,在裂缝的柱子里/扩散成一圈圈年轮"(北岛《古寺》),诗人感受到"消失的钟声"并未消失,变成了"蛛网"、裂缝柱子的"一圈圈年轮",成了经久不散的阴魂的象征,简直妙不可言。联觉意象,正是诗人通过五官的"横联"而拓展了感觉形式,以转虚为实、化无为有的特殊功能而呈现了"无状之状,无物之象"(老子)。因之,与其说联觉意象占领了诗的空间,不如说在清空的天际涂抹了几片虚幻的布景,或者说诗人在神游语言的空白处——中国诗歌艺术的极致,留下了美丽的梦幻或幻影。

联觉意象属于诗人的感觉树上"嫁接"出的"新产品",往往给人一种新奇感、趣味感,因而容易引起读者的审美注意和美感效应。如"早晨像个石榴般绽开/在一阵闪耀的红色迸裂中……"(劳伦斯);"岁月的琴弦,一拨就发生繁响／岁月的铁砧,一碰就溅起火星"(邵燕祥)。两个喻体本身都是视觉意象,尚属一般,新鲜的是后半句延伸为听觉意象——"红色迸裂";拨起繁响,碰起火星。实属奇峰突起,妙趣横生,给人以较强的艺术刺激,引起审美心理的"音响"效应。再如"这些和楼房一样簇新的话／是二狗子昨晚在枕边拾到的"(茹茹);"江南小巷,衔在鹧鸪紫燕的金嘴里／一声远一声近地唱甜了"(荷洁)。这类诗本身就是有浓郁的生活情趣,联觉化后,无论是前句将听觉意象化为视觉意象,还是后句把视觉意象化为听觉意象再化为触觉意象,就越发显得情趣盎然,使生活更富有色彩。联觉意象,也是一种机智的花朵。

人类心理学上的每一种感官体验,都可以在诗的联觉意象中得到体现,譬如触觉的冷与热、痛感与快感等,反映在诗歌意象中具有各自的感觉美。"已觉笙歌无暖热,仍怜风月太清寒"(范成大)。诗人以触觉感受"笙歌"之冷暖,以"笙歌"暖热的消褪,反衬风月的冷觉意象。"断红还逐晚潮去,相映枝头红更苦"(郑文焯)。以随潮逝去的残红落英衬托枝头残红的命运更苦,给人一种美的痛感。"闹红深处层楼,画帘半卷东风软"(陈亮)。一个"软"字,显然给人春风之柔和的快感。一种触觉又如此繁衍出许多的子触觉意象,而每一子触觉意象都是与某种情感或情绪相联系着,能够从艺术触觉细部给人以纤毫毕露的美感享受。

严羽曾说:"盛唐诸人惟在兴趣,羚羊挂角,无迹可求。故其妙处透彻玲珑,不可凑泊,如空中之音,相中之色,水中之月,镜中之象,言有尽而意无穷。"[8]联觉意象,可以说恰如"空中之音,相中之色,水中之月,镜中之象"之"凑泊",是一种令人惊奇的诗美艺术的表现力。

三、幻觉的逻辑:存在于色、香、味之中的情绪的关系

联觉意象具有一般意象"作为一个心理事件与感觉奇凸结合的特

征"(理查逊)。同时由于不同感官形式的联合而增强了诗人感觉的艺术效益,从而使这一"结合"更加奇凸而夺目。考察联觉意象的内部构建,它除了遵循一般意象创造的艺术法则之外,还有着联觉自身特殊的艺术要素,其主要有:

第一,艺术幻觉的意念和客观载体

联觉的艺术反应是有科学依据的。但诗人进入联觉体验是一种虚幻的感觉。联觉,是诗人想象中的幻觉感,又可称幻觉、错觉。借幻假错,构建丰富多姿的联觉意象。诗人只有首先具备艺术幻觉的意念,才能获得心理感应,进入联觉的想象和创造。譬如"寺多红叶烧人眼,地足青苔染马蹄"。其"烧"字与"红杏枝头春意闹"之"闹"字一样,是诗人心中意念的呈现:眼望寺边红叶像火焰似的燃烧起来了,感到有一种触觉美;枝头一朵朵一簇簇含苞欲放的红杏花,争芳斗艳似的嬉闹起来了,仿佛听到了春意萌动的美妙的声音。红叶非火,岂能烧人眼?红杏无声,岂能闹春?然而,在诗人艺术幻觉的意念中却又如此逼真!非"烧"字、"闹"字不能形容红叶、红杏之繁盛。

反之,诗人见到的红叶之多,红杏之艳,正是触发起艺术幻觉的基点。联觉意象因之而显得"谬"而"真"。那种毫无根据地随意杜撰意念的幻觉形象,则由于"谬"而失真而失去艺术光彩。如"一群鸟在窗外燃烧""苹果呻吟的声音"之类,都由于离开自然景物的属性和特征,而令人费解。这里不妨请看英国诗人布莱克的名句:"在那夜晚的树林里/老虎,老虎,熠熠燃烧"。显然,因为老虎的勇敢凶猛的特性和斑斓的皮毛及其夜晚的背景,才使其"熠熠燃烧",显得无比传神。相比之下,笼而统之的"一群鸟在窗外燃烧",则显得空洞无物,黯然失色。联觉意象不是沙上建塔。艺术幻觉的意念和心理感应,与客观外界紧密相联。诗人总是在生活的感受和经验的基础上,展开联觉的联想和想象,不管猎取的意象如何荒诞不经,奇谲怪异,也往往由于根系于生活土壤而生意盎然。从某种程度上说,联觉意象是对物质的大千世界的艺术观照的抽象或幻觉。只是充分发挥了创作主体的艺术潜能,而使这一艺术观照变得似乎奇谬、夸张、变形。

第二,心灵的眼睛、耳朵、鼻子……的图像

假如诗人仅仅停留在感觉的表层,缺乏深入的内心体验,就难以发生感觉的转移。联觉意象是诗人潜入心理深层的审美感应。诗人总是以心灵的眼睛与心灵的耳朵与心灵的鼻子等,努力在无生命的事物中唤出一个灵魂,一种在诗的有机形式中独特的、结构上内在的东西,是暗示某种情感、情绪的东西,乃至将心底浑然一体的复杂情感的本真面貌都毫无肢解地活脱脱地表现出来。即使属于诗人幻觉树上旁逸斜出的枝叶,也是曲尽人意,带有情绪节奏的灼灼光彩。譬如,王安石的《金陵怀古》:"六朝旧事随流水 / 但寒烟衰草凝绿"。其"寒烟衰草凝绿",完全是视觉里触觉里的心灵形象。作者对六朝统治者繁华竞逐的亡国史的慨叹,溢于言表。同样,卞之琳的《尺八》:"为什么霓虹灯的万花间 / 还飘着一缕凄凉的古香?"其"一缕凄凉的古香",也是嗅觉里视觉里的心灵,饱含了诗人对文明古国和人世沧桑的深深哀叹。

如果说一般意象可以是视觉的或听觉的或触觉的……情感形象,那么联觉意象则完全是心理的,是几种感官感觉综合体验的情感形象。特定的情感、情绪蕴含和渗透于联觉的过程之中,而呈现其原态的整体性。不妨对下面二例的联觉意象作一剖视:

例一:寒烟衰草凝绿
　　　触视 + 视→←视

例二：一缕凄凉的古香
　　　　△△　　·　·
　　　视→←嗅

    两句诗的联觉方式，显然受到诗人情感的支配。例一属于递进式，层层逼近地追踪慨叹的流程。例二属于附加式，逆光摄取了哀叹的色度。其共同点，两种意象的基本构架——例一的触觉意象与视觉意象，例二的视觉意象与嗅觉意象(见划"△"的词与划"·"的词)，都是矛盾的统一意态体，从而各自反映了感慨叹息这一复杂感情的全部内容。这种情感(情绪)是联觉的意象组合的内在逻辑。具体地说，诗人需要遵循情感(情绪)辐射的弧面而张开联觉的各面，追踪蹑迹，以构建具有一定情感(情绪)深度或色度的联觉意象。

    有些诗出现滥用乱用联觉意象的倾向，重要原因之一，就是囿于一般感官印象，热衷于对外部世界的图象式再现和物理性的巧合。诸如"窗外的云／视如橹下的水声"；"响响的咳嗽／纷落于／黑水般浮动的夜／跌进山与山之间"。这类诗句由于不同感觉意象之间缺乏内在联系，因而凑合成的联觉意象犹如没有生命的纸花，不过是一种表面点缀装饰而已。真正的有生命力的联觉意象，是心灵的体验和感应中瓜熟蒂落的产物，不仅有着自身固有的心理情感关系，而且遵循着诗人整个心理情感的逻辑，成为诗的意象群中的有机组成部分。

    第三，不同感官的感觉意象之间自然融合的几种类型

    人的内在情感，本质上也是一种"力"的表现形态。阿恩海姆曾以一组舞蹈演员表演"悲哀"的感情做试验，所有的演员的动作几乎一致：缓慢，幅度小，造型大都呈现为曲线形式，方向很不确定。同时，我们从垂柳的枝条中从飘零的落叶中，甚至从一条抽象的线条一片孤立的色彩中，都可以看到和人体具有同样的表现性。[9]这正使联觉意象有了可能性。联

觉形式遵循"异质同构"的原理,转移了的感觉意象与原来的感觉意象之间互相联系和依存,互相制约和改变对方。这引出的一种新的关系,应该是与内在情感相一致的"力"的外部表现形式。联觉的各方因之而互相沟通融洽,配合默契。假如出现堵塞的现象,说明它们尚未达到"力的式样"的一致,需要及时纠正这些偏差。从情绪关系的角度,联觉的基本方式有:

一是递叠式。这是联觉意象中最常见的一种方式。"羲和敲日玻璃声"(李贺),"渐黄昏,清角吹寒,都在空城"(姜夔),"脚蹄儿敲打着道儿——／枯涩的调儿"(卞之琳),"红土地上／枪声是黑色的／饥饿是惨白色的"(李瑛)。这类诗中转移了的感觉意象,都是原感觉意象的延伸和发展,是顺向性的借"题"发挥,智慧之花。它们不仅是外延而且是内涵上的层递关系。或许是一种补充一种解释,却毫无扭结强合之意,而是脉络贯通、水到渠成之势;或许是一种渲染一种装饰,却并不是在色、香、味上的形式结构上的点缀,而是属于在价值上的"繁富的意象""精致的意象"(威尔斯语)。

二是倒叠式。诗人在感觉的转移中,故意营造与原意象相对立的意象,通过矛盾抗衡的方式,构成联觉意象这一独特的艺术载体,以表达复杂丰富的感情心态。"芳气随风结／哀响馥若兰"(陆机)。诗人从佳人哀怨的琴音中嗅到兰花似的清香。这与卞之琳从霓虹灯的万花间飘出的古香中触觉到凄凉一样,达成联觉的双方对立统一的意象。在诗人的特定情感的维系之中,两种感觉意象相斥而相吸地处于矛盾的同一体之中。"冷红泣露娇啼色"(李贺),"黑色的白色的时间／蜿蜒着蜿蜒"(骆耕野)。红色非暖反冷,黑白并存。乍看这两种感觉背悖难容,实际上是从诗人同一情感(情绪)点上放射出的两种逆向光色,达成相反相成的情绪的关系,即对诗人心境的深刻理解。

三是叠加式。如果说在诗人感觉的河流中,递叠式联觉意象是迭起的浪,倒叠式联觉意象是落下的峰谷,那么叠加式联觉意象则是涌起的几束浪花。"二十四桥仍在,波心荡,冷月无声"(姜夔),"人群中这些脸庞的隐现／湿漉漉、黑黝黝的树枝上的花瓣"(庞德),"夕阳滑落,如指间悠然滚动的佛珠"(何首乌)。月影的"冷"与"无声",花瓣的"湿漉漉"与"黑黝黝",夕阳滑落而作用于触觉和视觉的想象:"滚动的佛珠",都属于并列关系的感觉意象。这类意象,一般是由同一感觉形象派生出来的,犹如在同一感觉平面上又向两个不同感觉平面伸出的并蒂花朵。"冷月无声",整体上又可视为递叠式的联觉意象。

事实上,在具体作品的联觉意象中,常常出现综合性的用法。譬如:"红土地上／枪声是黑色的／饥饿是惨白色的",本身就是一个整体,后两句递叠式联觉意象,对于"红土地上"这一形象背景,"枪声"与"饥饿"又组合成叠加式联觉意象。再看,"但寒烟衰草凝绿","寒烟"是递叠式的联觉意象,它与"衰草"又组合成叠加式联觉意象,最后与"凝绿"组合成倒叠式联觉意象。诗人总是努力将感觉的河流的整体隐现于诗中,而出现了珠联璧合的联觉意象。

第四,组合规则:对称,统一,和谐,且简约合宜

联觉的意象达到浑然一体的融合,说明各种不同的感官感觉达到了心理上"力的作用式样"的一致。正是这一相互同形的"张力式样",决定了联觉意象的内部结构具有对称、统一、和谐的特征,是一种美感上的契合的动态平衡状态,充满了艺术的活力和生命。"清角吹寒"句,戍角在冬天暮色里的空城中回响,使人感触到一种凄清的寒意,听觉意象与触觉意象自然而然地融为一体,体现了一种悲凉美。再看"只要灵魂的弦索不萎／回首一弹／也必是声声葱绿"(王辽生)。其"声声葱绿",真是巧然天成,由青春的色彩和声音组合成美丽的"家园"。可见,诗人在不同的情境中对声音有不同的触觉的或视觉的感受,而各自都与原声音意象

均衡谐和，相映成趣。"黑色的白色的时间"句，黑暗与光明交替，相反相成。"冷月无声"句，"冷"与"无声"，简直像情感意象的孪姊妹。这些联觉意象给我们带来的审美愉悦，可以分别为层递式的、对立式的、并列式的对称美。

假如诗人在感觉的转移中达不到心理上"张力式样"相同，势必造成联觉意象的失衡，破坏或影响了联觉意象的创造。常见的两种情况：一种是滞板现象。如"你和妻子躺在草原里／直至妻的温暖使你红透"；"每一块肌肉都是鲜花开放／每一颗汗毛都充满柔情／每一喘息都是一枚甜甜的糖"。这类诗中，转移了的感觉意象与原感觉意象表面上似乎对应，实际上由于拘泥于实而尚未达到应有的"张力式样"。从艺术感觉上，就显得生硬艰涩，很不协调，不可能产生艺术活力和美感。请看同样描写爱情的诗句："而琵琶是山的语言／点燃得甜甜的桃花浪／行歌如船"；"等坐夜坐出深秋的意思／恋情会在如藤的歌声中／长成红红的草莓里／结于忘川之上"（史晓京）。这诗中选出的联觉意象完全是诗人想象中的幻觉感，是五官相通时自然融合成的流动协调、对称统一的幻觉意象，给人以感知幻觉中的真实感、和谐感，呈现出爱情美的魅力。再一种是膨胀现象，即把感觉的转移变为主观感觉无限膨胀的过程，"谬"而失度故也失真。如写春风的诗句："旗片似的拥着春洪／哗哗地埋没起伏的山峦"。这在视觉感受和听觉感受上的着意渲染，无疑与春风这一本体意象失去了平衡。"哗哗地""春洪"，怎能与春风协调？"春风又绿江南岸"，之所以说妙在一个"绿"字，就是因为诗人感受到的"绿"的意象与春风这一本体意象达到了心理上的高度的统一和平衡。当然，诗人完全可以从不同角度和自身特有的心境出发，去对春风作出不同的感受。但联觉各方的和谐统一，却是需要遵循的共同的艺术规律。

人们由于感受到联觉意象的对称、统一、和谐而产生审美愉悦，这也可以作为联觉意象的审美效应来理解。其实，诗人在联觉的体验和意象的建构中，十分注意简约合宜，以尽可能留有审美空间。联觉意象化无为有的直观性，并非悖于诗的形式的意味性。好的联觉意象是一种以满足人们审美需要的存在形式，而这种形式总是以艺术上的不完全的"形"出现。如"商气洗声瘦"（孟郊），仅以"瘦"字点染出一种氛围。"如果草莓在燃烧，她将是白雪的妹妹"（欧阳江河），鲜红的草莓，只是一种美丽的意念的载体。"鸟抛软语丸丸落"（黎简），虽然是听、触、视三种感觉意象的叠合，但"软""丸"一体，更突出了这种联觉意象的柔美的舒适感。依照简约合宜的规则组合成的联觉意象，是具有弹性的直观性意象，能使读者在各自内在需要的驱使下得到充分的想象的余地，获得较多的信息和审美的满足。反之，如果把联觉意象的组织和建构变成各种感官意象的拼凑和堆叠，势必会出现拥塞现象，给读者造成一种"完形压强"的紧张力和压迫感，这就难以感受到联觉意象的对称、统一、和谐，更谈不上自身内在需要的满足。

联觉意象作为诗的意象的特殊形式，仍然是诗的意象整体中的一个有机组成部分。这里自然有疏密之分。但只要每一联觉意象简约合宜，气韵流动，富有意味，都可以发挥特有的艺术功能。有的诗中妙语连珠，联觉意象似水葡萄似的一串一串，给人以目不暇接、美不胜收之感。有的诗中，如卞之琳的《尺八》中仅以一句——且置于括号里二次出现，却有力地烘托了全诗的情绪的旋律，给人以荡气回肠、余味不尽之感。总之，诗人要根据诗的构思的具体特点和自身感觉的艺术擅长，确定营构诗的意象的方式，做到恰到好处、自成一体。

1990.5

注释:

[1] 王国维:《人间词话》七。
[2] 列子:《黄帝篇》。
[3] 荀子:《天论》。
[4] 《大佛顶首楞严经》,卷四之五。
[5] 波林:《实验心理学史》,商务印书馆,1981年,第701页。
[6] 转引自彼德·琼斯:《意象派诗选·原编者导论》,裘小龙译,漓江出版社,1986年。
[7] 叶燮:《己畦集》,《原诗·内篇》。
[8] 严羽:《沧浪诗话·诗辨》。
[9] 阿恩海姆:《艺术与视知觉》,中国社会科学出版社,1985年,第615、623页。

(原刊《文艺理论研究》1992年第1期)

诗的意味：艺术抽象的强度

——兼论 80 年代诗歌形式的嬗变

　　80 年代诗歌语言形式明显朝着张力的增强、意味的增长的方面发展变化，这是伴随回归诗的本体意义所致。探讨发生这一艺术嬗变的内部过程和基本原因，无疑是现代诗学中文本研究的重要课题。

　　诗的张力、意味，是通过具体生动的画面即语言艺术的具象表现中显示出来。诗的具象表现，作为诗人将精神世界转化为物质形式的艺术创造，离不开艺术抽象处理的过程，从而使之成为语言艺术符号的审美传达机制。考察诗的张力或意味成因，可以从语言（义）、修辞、表现手法等不同层面上展开，但从诗的创作过程看，诗人在具象创造中的艺术抽象或艺术强度，不能不视为整个形象思维中的潜在基本机制。它贯通并维系着诗歌形式结构共时系统中的各个层面。苏珊·朗格说："具有有机联系和生命节奏的抽象形式只不过是整个情感表现的小小组成部分，而且自始至终都是以潜在的形式存在于这个大的整体之中，但尽管如此，它却是这个大整体的构架，一旦这个大构架确定之后，整个感知觉领域就开始为这个构架装填符号性材料。在这个时候，感觉材料所固有的情绪意味就开始起作用了，事物的感性性质和情感之间的自然关系（即那种通过

'词根暗喻'使语言扩张所依赖的自然关系）同样也成了促使艺术中的感情材料的功能得以发挥的因素。"[1] 80年代诗歌中普遍运用和盛行的隐喻、象征等现代手法，实质上是诗人在意象建构中对艺术强度的运作。由此加强了诗的符号性、意象性的表现及其功能。

正是由于诗人顺应现代生活的节奏，在向情感空间的开放中不断更新和调整自己的审美追求和表现形式，其共同的语言着力点，就是运作艺术抽象或艺术强度，超越语言具象的本体，从而达到由直观知觉的情景交构、物态对应的表层结构，到意向性的心灵感应的深层结构形式的实现——不仅表现在其外延力的扩张上，而且表现在其内涵力的丰富拓展上。犹如太阳的照射，与它作为光热源的内部，是自成一体的。这里不妨看一看昌耀的《风景：涉水者》：

> 雨后的风景线
> 有多少淋漓的风景。
>
> 可也无人察觉那个涉水的
> 男子，探步于河心的湍流，
> 忽有了一闪念的动摇。
>
> 听不到内心的这一声长叹。
> 人们只看到那个涉水男子
> 静静地涉过溪川
> 向着远方静静地走去，
> 在雨后的风景线消失。
> 静静的。

只觉得夕阳下的溪川
　　因这男子的涉足而陡增几分
　　妩媚。

1982.4.12

　　作者似乎采用了卞之琳《断章》的视角变换的方式,透过看风景的"人们"与构成风景的"涉水男子"的心理反差,作审美的抽象的虚拟,真正使诗成了诗人的人生体验的形式,或者说哲理化的心灵形式。于一片恬淡的自然风景中蕴含着人生痛苦的意味及流转的韵致,诗人显然在移情方式中增加了语义过程的强度。

　　对诗的语言深层结构("词根暗喻"),可作出简单图示：

$$\text{心理体验的立体辐射} \quad \text{深层结构} \begin{cases} \text{词根或词汇组合的强度} \\ \longleftarrow \\ \text{暗示、隐喻或象征} \end{cases}$$

　　诗的语言具象表现的功能,取决于艺术抽象或艺术强度,二者成正比。具象愈带有抽象性,愈能显示其内部张力。

$$\overbrace{\text{抽象} \leftarrow \text{具象} \rightarrow \text{抽象}}^{\text{张力}}$$

　　可见有张力有意味的好诗,是最具象也是最抽象、最直观也是最本质的。当然,这也是以达到适度的艺术平衡为前提。

　　诗歌创作中的抽象过程,是为最大限度地造成诗的符号意象的审美功能而明修栈道、暗度陈仓的系统工程。这种潜伏于具象创造的内部而最终仍诉诸具象的抽象的形式,仍然是感性的直观的,是抽象的直觉形式。这与科学中从感性到理性的抽象——把握一般事实的理性推理形式,显然有着根本的区别。下面就对现代诗人在创作中运作艺术抽象或艺术强度的契机及特点,作一探讨和描述。

诗的语言强度之一:
具象的虚幻化及本质化的形式结构

中国艺术重写意。诗的语言更能体现意化、虚化的特点。虚幻的语言形式,是诗的艺术抽象或艺术强度的结果。这种诗美形式,赋予诗以语言文学中最高层次的、最富于表现力的艺术符号的功能。这种具有高度凝聚力、蕴含力的符号意象,只能在纯质的、非真实的条件下得以产生。80年代诗歌从向内心真实的突入与诗意表现力的加大的双向艺术转变,表明诗歌形象成为虚拟的心灵符号意象之鸟翩翩舞蹈。试比较章德益同写戈壁沙漠的两首诗。写于70年代初的《远与大》:

  这戈壁多远哟——
  那丛丛红柳抚朝霞;
  这戈壁多大哟——
  那茫茫沙丘无边涯。

  可我们这一代人,
  就爱戈壁沙,
  只因为我们最爱这两个字——
  远与大。

最后言不由衷地引申出要一辈子在这里"把我们远大的理想描画"。

写于 80 年代的《我与大漠的形象》,则在描述我与大漠相互塑造中表现主体形象:

  它用它的沙柱、它的风沙
    它的怒云、它的炎阳
  设计着我的形象
    ——于是,我额头上,有了风沙的凿纹
    ——于是,我胸廓中,有了暴风的回响

  我用我的浓荫、我的笑靥
    我的旋律、我的春阳
  设计着大漠的形象
    ——于是,叶脉里,有了我的笑纹
    ——于是,花粉里,有了我的幻想

  从诗情考察,《远与大》带有那个年代假、大、空的印记;而从诗意上看,这两首诗的区别,主要在于对构成诗的意义的材料(喻体)有否与客观实在彻底分离,有无直接或表面的指涉性。前一首诗从直接、表面地指涉物象的客观属性中构成单层面的意义(这几乎成为五六十年代流行的抒情模式),形象画面显然缺乏张力。后一首诗中"我与大漠"的形象的抽象水平,则超越了指涉对象。"沙柱""怒云""炎阳""浓荫""笑靥""旋律""春阳"等经过抽象出来的物象(意象),都是虚化的暗示符号的连缀。与前一首诗歌画面相比,着实是反射性的,表现了含义的多向性。犹如探出墙外的红杏,装饰也是昭示天外之天的风景。读者只有暂时撇开物象的表面指涉的过程,深入理解诗人的内在情感经验,方能获得对这首诗的意象结构的底蕴的把握。

诗的意味：艺术抽象的强度

艺术抽象的水平伴随艺术想象力、幻想力同时递增。诗人诚然不能离开事物的客观属性,天马行空式地随意为之,但只是追求想象的真实,而不是直观性的形体摹写的真实,仅仅凭藉对事物属性的直接的表层的指涉,及这些连贯的指涉,而构成限定的意义。鲁迅在《诗歌之敌》中批评的:"而中国诗人也未免感得太浅太偏,走过宫人斜就做一首'无题',看见树丫叉就赋一篇'有感'。"[2]就泛指这种倾向。诗的载体泥乎实,弹跳不起来,恰恰束缚了对现实世界的描述。而运作艺术抽象的强度,就是要增强诗的符号形式荷载意义的功能。只有从蜕去客观事物的所有真实印记中脱颖而出,而又能够体现其本质特征的生活的幻象,只有依赖于更多的自由想象升华腾入更广阔的现实的精神的自由时空的符号意象,才能充实诗的意义的含量,扩大诗的张力。这与中国古代诗论中讲究"景虚""神似",是相一致的。当然,再抽象的艺术形式也是具象的。诗人的艺术抽象的能力,就在于:一方面能够突出诗的外观表象(具象)的鲜明性、生动性、独特性,使诗获得具体明晰的形式;另一方面又能够最大限度地造成具象的虚似性、空灵性、含蓄性,达到诗的虚幻的逼真的艺术境界。

现代意义上的形神俱备、虚实相生,指具象性与抽象性得到高度的融合,诗的意义凭藉具象形式呈现的关联和特征得以表现,诗人总是通过对内在结构的把握,在诗的有限形式中尽可能表现精神的无限性。艺术抽象过程的极致,就是直观地把握本质,建构具有本质或本质特征的形式结构关系,使具象与抽象合二而一。这种意象结构的思维方式,可分为两种类型:

A. 具象的抽象化。诗的符号意象,通常是从作为喻体的物象或事件中抽象出来,从具象本身的开放中发掘和延伸意义,从超越自然本体中获得形象的暗示的深度。隐喻(a)、象征(b)等,即为基本常见的结构方式。

例a:杜运燮的《秋》,通篇是"连鸽哨也发出了成熟的音调/过去了,那阵雨喧闹的夏季","紊乱的气流经过发酵/在山谷里酿成透明的好酒"

之类隐喻式意象,而全部意象又是一个隐喻关系的"秋"的整体意象。

例 b:海子的《五月的麦地》《重建家园》中的"麦地""村庄""诗歌""水""麦子""家乡的屋顶""炊烟""果园"等,则属于象征的隐喻——生命体验的意象。并且"麦子""水""村庄""家园",几乎词根化,成了一种原型的象征形式,乃至被不少诗人套用。

B. 抽象的直觉化。不是指把概念性的东西形象化,而是指诗人在较强的主观因素下发生的直觉的幻象,也是诗人的心灵感应的特异功能。这种超现实的结构方式,通常出现在意象序列的局部,成为装饰性意象结构的关系。这里列举三种:

例 a:(抽象的感性体验)

记忆如不堪负重的小木桥
架在时间的河上

（舒婷《还乡》）

例 b:(感觉的异变,简称变形)

土地的每一道裂痕渐渐地
蔓延到我的脸上,皱纹
在额头上掀动着苦闷的波浪

（江河《从这里开始》）

例 c:(感觉的转移,简称联觉或通感)

这么多舒展的掌叶

都轻拍着掌声真嫩
　　　　　　・・・・

（丁可《春的掌声》）

　　例 a 是对常规视知觉经验的直觉顿悟。例 b 是对两种不相关而又有相似特征的直觉形象的有意错接，可称为错觉变形。例 c 是由视觉形象转化为听觉形象，再转化为触觉形象。这三种同属于艺术幻觉（魔幻），都是诗人抽象的直觉发明的奇迹，不仅有助于表现复杂的心理因素和微妙的情感经验，还能够引起谐谑或荒诞的艺术效果。它们是诗的隐喻关系或象征形式中起有深化和装饰作用的有机组成部分。

诗的语言强度之二：
显示诗人心灵深度的物化生命形式

　　诗人直觉的语言抽象，实际上是通过创造的心灵而起作用。山水草木一旦成为象征的森林，就是具有凝聚力和辐射力的心灵世界的物化形式。诗人运作语言艺术抽象或艺术强度，就是在物我同一的"移情作用"的过程中营构心灵之象的强度，从而达到丰富诗的生命力的内涵。

　　这种由心灵世界与客观景物的对应而抽象出来的感性形式，应该是活脱脱地表现诗人主体的感知、情感、情绪、生命体验的复杂形式。即使一首短诗，也应该是心灵内在的整个"基形"的一个侧面或投影，是心理结构与具有表现性的物象相吻合的艺术生命形式。不仅是明确表达情感的符号，而且传达难以言传的情绪和感觉。诗的符号意象愈是具有反射力，意味也愈丰富，境界也愈深。蔡小石在《拜石山房词》序里曾形容词有三境："始读之则万萼春深，百色妖露，积雪缟地，余霞绮天，一境也。再读之则烟涛鸿洞，霜飙飞摇，骏马下坡，泳鳞出水，又一境也。卒读之而皎皎明月,仙仙白云,鸿雁高翔,坠叶如雨,不知其何以冲然而澹、翛然而远也。"江顺贻评之曰:"始境,情胜也。又境,气胜也。终境,格胜也。"[3]宗白华又进一步阐释:始境,是心灵对于印象的渲染;又境,是活跃生命的传达;终境,是映射人格的最高灵境。一首诗达到"情""气""格"三境的建构,可以说包容了诗人的生命情感和人格精神的心灵"基形",从艺术抽象达到具有生命力的内涵。

由此,具有抽象特征的诗歌形式结构,就是以各自独特的方式,呈现心灵世界与物质世界的对应和交构秩序。诗的心灵的秩序,当然不可能没有与现实生活的秩序保持着这样或那样的联系,但已打破了真实事件、景物的时空观念。一个意象、一首诗,是一个心理细节、心理事件与感觉奇凸结合的产物。诗人以情感、情绪的心理节奏,赋予感觉对象以秩序,作为意象组合的内在逻辑。从这一角度看,当代诗人从情感、感知的表层突入心灵的深谷,实现了由宇宙的秩序向心灵的秩序、由情节逻辑向心理逻辑的转变,无疑大大提高了心灵对物象辐射的效率,使心理时空在与物理时空的直接自由嵌合中得到拓展,从而强化了诗的表现力,深化了诗的意味(意境)。李瑛的《驼铃》与以前不少写驼铃的诗的不同之处,就是依循内心情绪的关联图式而组合意象的。当诗人又看见驼队又听见驼铃叮咚的时候,此时此境的感觉是:"回响在天地间的/这带锈味的嘶哑的铃声/这眨着梦幻般的眼睛的铃声/这永不迷路的铃声"。显然是发自心灵的"回响",折射着对社会、人生的真实体味和执着追求。接着,触觉又伸向两千年前追寻铃声的历史:"被清冷的月光漂过/被粗砺的沙石打磨过/被华丽的丝绸照亮过/被荒原篝火映红过的铃声/从商旅的驼峰滑下/一颗颗滚落在地上/变成了一尾尾活泼的鱼/游进波涛,难以寻踪"。只有心灵的眼睛,才会穿透时空,发现历经艰辛和欢乐的铃声之鱼,游进且闪烁在历史的波涛里。而今"只这些鱼长大了/从它们健壮的鳍和/鲜红的鳃里/可听见当年/大西北古道闹市/隐隐的回声"。诗人亢奋的情绪节奏引起意象的时空转换。"爱喝酒的拉驼老汉呵／可莫醉了那些／欢乐的生命"。活泼的铃声之鱼，成了诗人对现实的和历史丰富感情经验的聚合，成了进入诗的情绪的深境的幻象。如果说驼铃构思的本身就带有情节感，那么则是跨越时空的心灵的历史感。诗人心灵中的驼铃之鱼，这一具象与抽象凝和的联觉意象，显示了诗的生命感和弹跳力，成为整体的丰富意义的暗示。

如果说诗的意义自然包含于诗人感性的符号形式之中，是诗的生命要求，那么努力充实符号形式的意义的含量，则是诗的建筑要求。诗人的主体意识，是艺术抽象过程中十分活跃的参与因素。特定的文化心理形成特有的艺术感觉的向度。艺术抽象的活动是在心理本能与文化习染的双重因子的交合协同下进行的。优秀诗人总是着意从文化、历史、哲学诸方面来开拓诗的境界。诗的哲理化形式，属于最具有抽象特征同时也最真晰的一种形式。从这种意义上，可以说诗的最深意味莫过于哲学意味。这当然不单单指一般的哲理诗，而是指经过艺术抽象而提炼出来的富有哲味的心灵形式、生命形式。不管是写社会人生还是写生命，都有获得诗的知性与哲学境界的可能。《风景：涉水者》中无人觉察涉水男子内心的一声长叹，而溪川却"因这男子的涉足而陡增几分／妩媚"。诗的结构体现了矛盾的相对性，生成盎然的理趣，是一种淡而有味的人生痛苦体验的哲理化形式。蔡其矫的《祈求》，属于公民意识很强的社会诗，同样富有哲味。"我祈求／总有一天，再没有人／像我作这样的祈求。"全诗虽结束，但诗的意境（意味）却在这充满哲理充满感情的质朴诗句中得到了升华，能够使读者在深切体味诗人的祈求中发生丰富的联想和思考。有些成功之作，还善于将哲学与文化、历史等因素融合在一起，造成博大精深的诗境。这种具有较高艺术强度的哲理形式的诗，涵义闪烁且弥深，从社会、人生、生命等不同层面都可以得到感受和启示。这近乎诗化的哲学。

诗的语言强度之三：
形式的简化与省略，连锁与秩序感

诗歌形式不是被动的载体，而是能动的意义发生器。它所负载和传递的信息量总是要远远超过语言自身的负荷。所谓"象外之象，景外之景"，"韵外之致"（司空图语），可以指向广柔无垠的宇宙的景象和超时空的韵致。因此说，诗的语言不过是审美创造的媒介。而真正创作成功的诗篇中富于表现力的符号形式，给人的印象往往是物质的语言外壳似乎销声匿迹了，只是其意义弥漫于诗的整个结构关系之间。正如鲍桑葵所说："语言是如此透明，以至可以说，它融化在本身的意义之中了，我们根本不觉得有什么特征明显的媒介。"[4]这也是庄子所说的"得鱼而忘筌""得意而忘言"的艺术境界。

这就需要诗人在意象的排列组合中做到简洁规则。如果说一首诗的意象结构的关系，就是连锁与省略的过程，那么连锁中的省略，则主要指尽量简化的形式。诗的符号形式，一般是粹与全、有形与无形的统一，以抽象的简约图式，使人们在联想和幻想中获得整体的艺术印象。因为人们具有强烈的追求完整、对称、和谐的心理能力，总是以知觉的完形而获得审美的满足。诗的语言意象的表现形态，就在于如何通过省略或夸张某些部分，造成不完全的"形"（"粹"），并使这些突出部分蕴含着一种趋向完形的"压强"或张力。这样才能使语言形式更接近骨头，有利于加深诗的意味。然而，能否有效地引发较大的审美刺激和形式意味，还要求在省略中的连锁中达到有秩序感。美在和谐。诗，就是从丰富而零乱的心灵生活中整理出来的秩序。西方美学家把秩序感视为艺术抽象的目的和艺术的生命。诗的意象结构的秩序由于依循诗人心灵的秩序而更具有内在性。内心活动诚然奥秘,但不管诗人如何深入内心、深入生命内部,表达多么复杂微妙的心灵秘密,总是通过心物对应组合成具有秩序感的诗美表现形态。尽管在心灵的秩序与宇宙的秩序的交合中,有切割意象打破时空的程度不同,但都要使无序变为有序,使对立或繁杂得到统一,达到具有真实自然的心理逻辑及其和谐有序的意象建构。如果诗人热衷于表现内心的秘而不宣或"生命内部的不可知的部分",而又匮乏把握心理逻辑的能力,势必导致意象结构的无序状态,使读者看不懂也不可能产生多大美学效果。

郑敏的《手和头,鹿特丹街心的无头塑像》,作为诗对画的二度艺术创造,说明"无头塑像"对诗人特有的刺激力,激起了诗的深刻感受。"头和手是罗盘和路标／在太阳耀斑的干扰下／头和手失落了自己"。"没有方向的逻辑／和没有逻辑的方向／同样可怕"。诗中突出了前者,省略了后者(人所共知的部分)。这种对"塑像"失去的"头和手"的补充和创造独特形象,又成了诗的不完全的"形"。同样指向一种共性的情感经验的信息,具有新鲜的刺激力。这就自然赋予"无头塑像"以诗的生命:"没有头,也伸不出手／太阳的耀斑因此失去了魔力／这塑像只有人体的雄浑和强壮／还有自然赋予他的／不可干扰的生命之泉"。诗人依循心灵的震颤和知觉的思辩展开想象,直观铺陈意象序列。读这首诗,谁不寻找失落的"头和手"呢?(追求完整的人的思维惯性)于是诗人捕捉到的"那不存在后的存在",便成了读者想象的形而上的世界,而诗本身只不过起诱发和指引的艺术媒介作用。郑敏在《北海》中借用了美国诗人斯特伦特的诗《保持事物的完整》中说的——

> 不管在哪里,我总
> 是那遗失的部分

诗的形式的意味，正在于人们对其"遗失的部分"的审美追求。这是诗的艺术哲学。成功的诗人总是信奉这一艺术原则，擅长于保持诗的省略与完整的统一。连锁与省略的内在逻辑，反映着诗人的心象派生的联结和连贯中的矛盾统一的轨迹和节奏。意象派诗人休姆证实"一个有力的想象的心灵"的活动，"如一条蛇身的移动"。如果也从这一角度理解中国清代神韵派诗家王渔洋说的："诗如神龙，见其首不见其尾，或云中露一爪一鳞而已，安得全体？"[5]就更为感到深刻、精当。这正是从切入诗人创作的心理和灵感的律动的根本点上，表述了诗的符号意象之间、突出的部分与省略的部分之间相辅相成的外观整体形象。"一爪一鳞"，却使全体宛然若见，是对省略与连锁的艺术的绝妙写照。

当然，意象序列仍然有繁简疏密之分。简疏者，拔萃也。其间舒卷取舍，如太虚片云、寒塘雁迹而已；如齐白石画虾，三、两笔点染便意境尽出。繁密者，铺陈也。抟虚成实（使虚的心灵、情绪化为实的生命物象），如浪迹天涯，梨花千树，潆洄委曲，绸缪往复。后者更易于表达复杂的情绪的回环跌宕的节奏。但也不能滥用意象的铺陈，导致意象结构的拥塞或萎缩的现象。要注意情绪的凝炼及其意象的浓缩，保证意象结构的每一链接的压强和张力。因为增强诗的意象密度，也是为了造成结构关系更大的空间感，以适应开拓和表达心理时空的需要。

诗歌形式中的抽象旨在想象，省略旨在补充。语言抽象的"虚"、省略的"无"，给人们留下审美的想象和补充的广阔天地。诗的意象性语言符号，首先意味着是具有审美刺激的信号。不管符号意象的艺术程度多大，多么不确定或"朦胧"，都必须保持信息传输的灵敏度，避免和克服晦涩而不可破译的倾向。从具备发生诗美感应传导功能的指示或暗示的特征来考察，现代诗学中省略的方式，通常分暗示的省略（a）与象征的省略（b）。前者被省略的常常是诗人已经体会到而没有传达留下的空白；后者被省略的，则往往是诗人有所理会但难以穷尽的东西。

例a：无一茎无出处

　　　无一根无来历

　　　风乍起岁月纷纷

（张新泉《白发》）

例b：沉静里，总有钟声飘忽而来

　　　织一张偌大的网

　　　随之我的心也敲击胸壁

　　　让震荡的脉管布满周身

（韩作荣《有钟声自远方来》）

例a中"白发"的"出处""来历"，显然是作者深深感受了也是容易被人们感受到的东西。例b中的"钟声"，作为对一种难以说清楚的感觉或心理的形象的总体象征，本身就是因省略而产生的幻觉意象，使读者循着钟声去寻踪和体验一种复杂微妙的感情。相对而言，象征的省略比暗示的省略更带有密码性，但只要是诗人在真实深刻体验的前提下而创造出来的，含有译码的信息传输功能，反而更能唤起读者（指具备一定欣赏能力者）潜在创造力，乃至获得对不可言之情、不可述之理的"曲径通幽式"的意会。这也是诗的语言符号的"以一当十""无中生有"的艺术繁殖能力。

1991.10

注释：

[1] 苏珊·朗格：《艺术问题》，中国社会科学出版社，1983年，第171页。

［2］鲁迅:《集外集拾遗》,人民文学出版社,1973年,第102页。

［3］转引自宗白华:《艺境》,北京大学出版社,1987年,第155页。

［4］鲍桑葵:《三篇美学论文》,转引自苏珊·朗格《情感与形式》,中国社会科学出版社,1983年,第64页。

［5］［清］赵执信:《谈龙录》,人民文学出版社,1981年,第6页。

（原刊《文艺研究》1993年第5期）

抽象的美丽幻象

"我凝视着它／历史／挂在它衰颓斑驳的塔顶"。"历史"挂在"塔顶",显然发生了从抽象到具象的艺术转换。但,这不属于"感觉的转移"。运用通感或所谓"超出五觉之外"的"第六感官"的感觉[1],去阐释这种现象,难免捉襟见肘。因为诗人将"历史"这一抽象概念具象化,不存在由一种感觉向另一种感觉的转移,而是诗人的艺术直觉切入某种抽象,也可以说是对某种感觉经验的抽象的界定,而这种抽象也随之具象化了。抽象的意象,虽然与联觉意象一样,都是注重感觉性,是诗人艺术感觉发达的特有现象,成为当代诗歌创作中艺术智趣的热点。然而,二者常常搅和在一起,又不能互相代替,而是以不同的特征和形态,构成诗的繁复的意象。

抽象意象,虽然有着从抽象到具象的心理图式,但只是词语组合的语感效果,是感性经验的特有艺术表现。它并不是从理性到感性的一般认识过程中的现象,更不是对某种抽象概念的形象化图解。因为在诗人的形象思维过程中,理性的东西不是直接参与因素,只是通过情感经验和直观感受起作用,凭藉艺术直觉触发形象和幻象。简言之,这种抽象是直觉的,这种直觉形象是抽象的经验符号的显示。请看:

> 问君能有几多愁?
> 恰似一江春水向东流。
>
> （李煜《虞美人》）

> 自由应该像苹果一样——
> 鲜红、浑圆是一个整体。
>
> （艾青《维也纳》）

> 记忆,你一碰它就螫你
> 只有一小片天空,已不再有海了
>
> （塞弗里斯《记忆之一——海也不再有了》）

"愁""自由""记忆",虽属抽象概念,但在具体语境中却是诗人直观感受的艺术反映,是情感经验或感性体验的形象符号。乍看这类抽象词出现在诗句中似乎不协调,实际上已经具象化,属于感性的艺术形象,这就是词语组合的语感的效果。

历来人们忌讳在诗句中出现抽象词汇。而从现代诗歌注重感觉的意义上,审视与感觉经验联姻的抽象词汇,却别有一种趣味和虚幻的力量。

上述三例,属于这些诗篇中偶尔出现的抽象的意象,却也渲染了一种情趣、情调或意蕴。李煜词抒写失落的惆怅。最后问句中跳出的"几多愁",化为东流的漫漫长长的一江春水,无疑是一种悲剧的宽阔、优美的境界。艾青诗缘起于维也纳部分地区被解放、部分地区仍被异国军占领,"自由"句,是诗人对维也纳独立自由的美好明天的热切呼唤和祝福,并且带有美的诱惑。这类意象还单纯明快。再看埃利蒂斯的诗中出现的:"在时间像个处女的眼睛张开的地方","整个世界,像一颗露珠／在清早,在山脚下闪烁","此刻痛苦弯下身子,以骨瘦的手／将鲜花一朵朵摘下,毁掉"(《献给在阿尔巴尼亚牺牲的陆军少尉的英雄挽歌》)。"时间""整个世界""痛苦",都成了诗人的感性经验中的形象,表现诗人感觉的强度——感觉自身所包容的抽象的力度,而显示了诗的语言意象的虚幻性。这种出现于诗篇细部的抽象的意象,似奇葩闪灼,显示了一种虚幻的质感和意趣。

再一种情况,在诗中时而繁衍派生或反复运用的抽象的意象。譬如阿莱桑德雷的《毕加索》,第二节中写道:

　　世界在那孩子手中,
　　变成了线条,
　　他握着一条彩色的闪电。
　　他踏着晨曦来到海边,
　　大海,比历史还要悠久的大海……

"世界"→"线条"→"一条彩色的闪电",显然是二度艺术演变的具象。而"孩子"又把"线条"与"大海"联结起来。如果说"一条彩色的闪电",是着了色、淬了火的线条,是天才画家不同凡响的艺术追求及其高超的智慧技能的象征性显示;那么,它就离不开比历史还要悠久的"大海"的背景,或者说这是从"大海"中腾起的"一条彩色的闪电"。这首诗的结尾一节,又写道:

　　他的大手曾在一瞬间
　　抓住了世界,
　　现在松开了;
　　在人类面前,
　　展现出一条希望的路。

这一前后照应式的反复,却是"世界在那孩子手中／变成了线条"(一条彩色的闪电)的外延和内涵的延伸。毕加索握着世界握着线条握着一条彩色的闪电握着一条希望的路,岂不成了整个诗篇的主旋律?

第三种情况,现代整体意义上的抽象的子意象系列(群)。譬如舒婷的《祖国啊,我亲爱的祖国》,以抒情主体"我"对祖国的理解和情绪的心理图式为线索,营造一系列细部的具体的意象,联缀成为总体上的抽象。在现代诗歌中,诗题直接切入思想、光明、自由、爱情、痛苦、孤独、思念、发愁、日子、语言、声音等方面的抽象概念,屡见不鲜,无疑写作难度较大。取得成功的诗人,总是以独有的艺术感觉和富有的才思,推出自身的情感经验或瞬间体验的具体生动的感性形象,以栩栩如生、新颖奇巧的意象系列,打破了这类诗题容易发生的一般化、乏味感。相对而言,诗人的感觉,对祖国、声音之类的物态概念,要容易切入些,可以直接状物比兴,寄寓心像。至于以音乐、家园、秋天等为题的诗篇,则多半是借用其引申义、转义,使这类物态抽象词成为喻体——整体意义上的隐喻或象征,甚至成为原型意象,为广大诗人所借用。这属于隐喻或象征的范畴内的问题。而作为构成抽象的意象的抽象词,一般只取其基本义,即词根的意义。诸如"春在溪边荠菜花"(辛弃疾),"春与青溪长"(刘慎虚),"红杏枝头春意闹"(宋祁),都是指自然春天的美丽意象。

诗人对于抽象的事物的具体感受、想象和幻想,固然常常受到单一指向的制约。但,在罗尔沙赫墨迹测验中,同一滩墨迹既可被人看成同蝴蝶相似,也可被人看成同一匹马相似,其原因就是不同心理和智力的结构模式投射于外界事物关系上的结果。譬如不同诗人对记忆的直观感受:塞弗里斯笔下的"记忆",是"你一碰它就蜇你"的虫子似的形象。而埃利蒂斯的"肘部搁在记忆上的酸痛的支撑",记忆则是使肘部酸痛的支撑物似的形象。舒婷在《还乡》中感到"记忆如不堪负重的小木桥／架在时间的河上"。记忆,虽然都是诗人对人生经验的普遍性的痛苦感受的心理形象,但这些精巧的虚幻的意象,却各具姿态,给人以不同的意趣美。即是同样表现离愁的诗句,也有着各自不同的形象和情调。李煜的"寂寞梧桐深院锁清秋"(《乌夜啼》),是一种陷入失落和沦伤的深渊的写照。卞之琳的"我的忧愁随草绿天涯"(《雨同我》),则是与"深院锁清秋"几乎相反的意象,是诗人豁达心境的显示。余光中的"小时候,乡愁是一枚小小的邮票"(《乡愁》),通俗而又独特,于童趣中寓有永恒。舒婷的"雁群哀哀/或列成七律或排成绝句/只在古书中唳寒"(《立秋年华》),则是在对传统的悲秋方式的调侃中透示了现代人的苦闷心态。

抽象的意象与联觉意象一样,是诗人灵智遄飞时心理潜能和语言潜能的一种释放。不同的是,抽象的意象不像联觉意象恍惚于感觉的转移,而是诗人的主观情感经验的艺术迸发,是将抽象的外观表象突出来的一种艺术机巧。既然也是通过诗人主体对客观景物的投射而生成抽象的意象,就要在诗人的心理场的引力下进行抽象与具象的结合,发生两个方面的显著的艺术转变:一是本来共性的概念,悄悄地被个别的心理经验所替代,于是产生了艺术认知的反差。而反差即是个性。二是诗中保留的抽象词,已经不再是哲学概念的存在,而是感觉的存在,是显示心理经验的虚幻的符号。这也是抽象的意象存在的基本要素。这里列举以"日子"为题的诗篇,略作分析比较。

拉金的《日子》:"日子意味着什么/日子就是我们过的光阴/日复一日/每天来把我们唤醒/日子要过得称心如意/没有日子,我们怎么生活/啊,为了解答这个问题/忙坏了医生和牧师/穿着长长的外衣/风尘仆仆奔波道途"。这首诗口语式地描述了对"每天来把我们唤醒"的"日子"的心灵探索过程,"医生和牧师"这两位充当"日子"的向导的象征性意象,顿然使"日子"虚化和升华到哲理的深邃境界。

雷抒雁的《日子》中则称"名叫日子的美丽的鸟儿"。"那只漫不经心地/从我们掌上飞走的鸟儿/渐渐远离我们而去/飞走的时候/正是我们迟疑与徘徊之时","当我们突然醒悟／这只五彩缤纷的鸟／是我们不可再得之缘／便只有呼叫着去追逐了。"诗人捕捉和营构的"鸟儿"的意象,融时间与生命于一体,活现了难以名状的普遍心理经验。这只容易滑脱和失落的鸟儿的"温柔,或者警叫",震撼人心。"我们痛苦而焦急地追逐／这唯一属于自己的禽类。"

上述两位诗人感受日子和生活,同样保持了哲人的清醒头脑,但由于体验的角度和心理经验不一样,艺术的幻象和虚构的方式不一样,还是表现了各自特有的感觉意象及其意味。

郁葱的《一些日子》:"有的日子在前,有的日子在后／一些日子相距很近／相距很近却属于不同的季节……""有的日子是童话／人们讲的是以后的故事／有的日子不是童话／复述的是谁都知道的情节"。"人们在一些日子是很开心／——尽管想起了其他的日子／人们在一些日子里很漠然／沉默着在那一天进入回忆／不管怎么说,许多日子相距太近了／以至于人们不能分辨／究竟哪个日子应该属于自己"。诗人使"日子"成了对人生世态体验的印象符号,各种"日子"、特别是"相距太近"的"日子",正隐喻了芸芸众生、特别是失落自我的乏味的生活。

拙作《日子》:"三月风／解开了冻结的日子／荒原上／泛起绿意渐浓／走进夏天／日子躁动了起来／闭合的门／纷纷破裂张开／黄梅雨／使日子发霉／梅子熟了／滴不完酸溜溜的泪／三伏烈日／日子又会被曝晒得燃烧起来／剩下枯黄的叶子／乱纷纷飘向秋天"。诗中"物我合一"——自然时节的变化与人的生存状态的契合,使季节里的日子成为冷热和悲欢的生命情感的形象。

可见,诗人们可以凭藉各自的心理经验、体验角度和表现方式诸因素,创造出不同的"日子"的形象和境界。"日子"与人生和生命的密切关系,决定了这一时间抽象,能够从广阔的时空中展示人生和生命的旅程及其艰难的纷纭变幻的状态。

诗人对某一抽象的经验印象，一旦诉诸艺术具象，抽象词也随之具象化，成了可感的直观形象——消失于具象之中而又赋予以具象艺术抽象的强度。在诗的词语组合的意象中，抽象词没有独立的意义。因此说，只有"抽象词的感性化"，而不存在"具象词的理性化"。考察抽象的意象的建构，固然有从抽象到具象和从具象到抽象的区别，但这仅仅是先入（借景表现情感经验的某一抽象）与后入（触景而引发情感经验的某一抽象）的区别，或者仅仅是词语组合的时序上采取的策略。"城中桃李愁风雨，春在溪头荠菜花"，"愁"字在后与"春"字在前一样，都表示具象的意态，二者都是感性经验的"共时态"的艺术释放。像"整块木头制成的敌意／胜过胶合起来的友谊"（尼采）；"让我们冲出这间窒息的／关锁着噩梦和虚妄的屋子"（杭约赫）。诗句中的"敌意""友谊"，"噩梦和虚妄"，都是因浸染诗人的情感经验而拟人化了的形象，它们与"木头""屋子"一类隐喻性的具象，虽属从具象到抽象，但却构成了同一和谐的意象结构体。重要的是，抽象词的具象化，是特定的语境给人们的艺术感受。诗人要善于从抽象词与具象词的有机联系中去制造一种语境，使抽象词置于这种语境之中毫无格格不入之感，而是犹如鱼得水、鸟投林，水赋予鱼以生命，林赋予鸟以灵性。诗人应该追求真正具有生命和灵性的抽象的意象。在艺术操作过程中，尽量要做到——

自然脱颖而出

诗歌中抽象的意象，并非出于艺术点缀，故意制造出来的，而是诗人在对整体意象建构的形象运思中自然而然地拈出的艺术意象。如"道由白云尽，春与青溪长"，这首古体诗既然上句已写山路隐入白云才到尽头，那么下句写春意随青溪悠悠流长，无疑属水到渠成之句。雷抒雁的《银杏》："每一片秋思／都化着黄蝶之翅／飞上枝条"。一片片"秋思"的"黄蝶之翅"，显然是以秋天银杏树的黄叶为生活依据的幻象，从诗人心灵中不翼而飞,恍惚于枝条作"透明的颤栗"！如果说"春与青溪长",更多地出自外在情景和格律上的自然,那么"秋思"的"黄蝶之翅",则属于诗人内心的逼真。想出这样的意象,还需凭仗才思和智力。才智贫乏的诗人,未必能在形象思维的运行轨道上创造出艺术奇迹。至于整体意义上的抽象的意象,大概是现代诗歌中才出现的。虽是抽象词子立为题,但整个诗篇,同样是诗人独有的心理经验的逼真幻觉的显影。如上文例析,对某一抽象(诗题)展开通篇的联想和幻想,联缀而成的意象群,宛若腾入夜空的一簇簇烟花。这是情绪萌动的幻象,以特定的情绪色彩,构建纷呈的意象密度,体现了一种现代节奏感。

适宜地借用

某一抽象总是借助于客观景物而具象化,利用景物本身蕴含的本体或象征的意义,进行心理经验的投射。这种词语之间的嵌合,首先是以它们的内在联系为纽带。"我的忧愁随草绿天涯",忧愁付诸"友人雨",而春雨绿遍天涯草。诗人通过"友人雨"与"自然雨"的融合,化忧愁于天涯草色之中。至于"斑驳的思绪／在这秋的午后／漫延成石／黑的石、白的石／一段流淌的往事"。"思绪"怎么"漫延成石"？也正由于缺乏联系的内在根据,给人以生拼硬凑之感。

客观具象被抽象和心理经验所穿透,便赋予特定的意义。这里分两种情况:一种是不改变具象的本义。如"直到外部的边缘——语言／——这把刀子"(阿莱桑德雷);"时间的圆脸／在钟摆中吊着沉重"(韩作荣)。语言→刀子(拟物),时间→圆脸(拟人),都是用其本义而达成新的意象。另一种则是改变和超越具象的固有的属性和内涵。如"春在溪边荠菜花","我创造自己的语言／每一个字中飞出了鸽子"(杨炼),"荠菜花","鸽子",分别作为"春""语言"的信息传递的指示或标志,都失去了本体意义。再则,具象词的可塑性、多义性的特征,决定了与抽象词联姻后对自身的超越。艾略特的"你原先以为你此行的目的／只是为了一个贝壳，一层意义的外壳／如果有什么目的能实现的话，目的就破壳而出"(《四个四重奏(之四)》)。贝壳成了"意义的外壳"，成了隐含着"目的"的美的形式，显然是对贝壳惯有的暗示和象征意义的张扬。这类指向和发挥具象的转义、引申义的抽象的意义，具有艺术抽象的强度。

巧妙地活用

溪边荠菜花迅速传递出春的气息，构成春的画面；贝壳成了意义(目的)的外壳，目的(意义)如珍珠探出脸来。如此通灵地发生抽象的具象化的艺术效应，可以说达到了活用的境界。然而，"困惑惊惧包围了悠长的呼唤"，"想象挺成僵直的死亡"，就由于组合不当而发生龃龉或阻滞。"光明于煤油灯上决堤淹没生日的蛋糕"，这句话虽通却不灵，"光明"被"煤油灯"阐释而变得过实和板涩。抽象的具象化，是意化而非实化，二者之间结合是一种灵气的沟通，灵性的张扬，是从抽象到艺术幻象的显影。因此说，用活才通，用巧方灵。用巧，更多地借助于艺术想象的能力，是诗人的奇思妙想，机智的腾挪。"彗星的尾巴有点忧伤"(阿莱桑德雷)，"小时候，乡愁是一枚小小的邮票"，如此忧伤和乡愁的意象结构，既活且巧，给人以奇妙而寻常、整合而天衣无缝的艺术感受。被诗人抽象化了的"彗星"和"一枚小小的邮票"，不仅形成了艺术张力，耐人玩味，同时具有较强的艺术刺激力和灵敏的信息传导功能，成了广为流传的警句。

现代诗歌中抽象的意象，是诗人感觉强度的产物，表现了较高的艺术品位。但，与诗歌中任何类型的意象一样，需要从诗篇艺术结构的全局和特点出发，去营造去探索。不管是在诗的细部偶尔为之，还是冠结全篇的全方位的铺陈，都要出自本真，恰到好处。任何故弄玄虚和滥用的做法，都是艺术上拙劣的表现。

1992.11.25

注释：

[1]《通感》,《诗歌报月刊》,1991年5月号。

（原刊《诗刊》1993年第7期）

诗人档案：
从战士身份突入诗人的个体化抒情

——李瑛近年来的诗歌创作

20世纪80年代，中国新诗面临接踵而来的新浪潮的严峻的冲击、挑战和考验。李瑛这位随同共和国的步伐，走过近半个世纪创作生涯的诗人，这位载着荣誉、同时也背着重负的诗人，进入新的历史转折时期，面临复杂迷离的陌生世界，可能踯躅过，彷徨过，但他那颗属于诗的创造不息的进取心，迫使他从过去已经形成的歌唱模式中摆脱出来。他逐渐走上了艺术变革的崭新道路，80年代中后期形成了比较成熟的诗观。他说："在改革开放的今天，封闭的中国已经过去。植根于一定的具体的经济和政治生活土壤中的文学，特别是在文学诸形式中最为敏感的诗歌，在观念上，不得不面临一场新的抉择和新的认识。社会生活的开放和嬗变，必然导致诗人在广阔的空间需要以新的观念对周围事物重新观察和思考，同时将不可避免地在思维方式和感觉方式上引起深刻的变化，这是十分自然的。随之而来的，在表达方式上，在诗人的美学追求上，过去惯用的方式，对表现当前复杂的生活和人们日益丰富的内心世界已显得远远不够了，因而诗人们从诗的形式、角度、表现方法、手段，直到诗句结构、语言运用等许多方面,都在进行认真的思考,力图求新求变,大胆进行探索和尝试。但是无论发生怎样的变化,诗歌总是要袒露心迹的,总是要影响人们的思想感情和心灵的,总是要作用于民族的精神素质、文化教养、审美水平的。这正是诗人劳动的意义所在,也正是诗人所承担的社会道德责任所在。"[1]李瑛的这种开放精神,体现了时代的普遍特点,而始终坚持的社会责任感,又与中国诗人的传统精神一脉相承。——这正构成李瑛的现时诗观。h 新诗的现代化,意味着在复苏中国诗歌传统与开拓创新的双轨中发生。60年代以来,由于政治因素的干扰,导致新诗艺术的严重退化,甚至成了政治的传声筒而完全失去了诗的意义。即连李瑛的《月夜潜听》《雨》等属于这一历史时期优秀篇什,也难免由于供血不足而显得简单化。因此,新诗变革,首先要滋补强身,恢复元气,继而促成新的蜕变,去掉旧的皮囊,催动新生体的诞生。一方面,修复和接通"五四"新文化运动开辟的文学道路,另一方面,引进西方现代派的诗歌艺术,拓宽新诗发展的道路。朦胧诗,正是在这二者的交构中最早出现的现代诗派。它虽然还不很成熟,但却以大胆变革和创新的艺术风姿,彪炳于诗坛,并以强烈的辐射面,影响着整个新诗艺术的变革和现代化的进程。新诗不接受冲击,就不会得到发展。作为革新者的李瑛,在主动接受新诗潮的冲击中,又保持着独立思考的能力。他力图求新求变,不断探索新的审美途径和新的表现方法。这一时期出版的《红豆》《月亮谷》《日本之旅》《多梦的西高原》《山草青青》《睡着的山和醒着的河》等诗集,就是李瑛艺术探索的成果的展览。从这些集子中,不难看出李瑛的诗歌艺术变革取得了突破性的进展。他那发展变化着的诗风,仿佛从大海上吹来,又充满黄河长江的气韵。

一

"五四"时期,郭沫若提出"诗的本职专在抒情",并称作起诗来"任我一己的冲动在那里跳跃"[2]。于是,诗成为他心灵的自由的创造的形式。当代诗歌的艺术革新,首先表现为对新诗的抒情传统在现代意义上的张扬。

李瑛属于为人民而吟唱的现实主义诗人。诗人只有获得心灵的自由,尊重并服从于自己的真情实感,才会避免那种矫情的、简单化的吟唱。抒情主体由战士的身份、社会主义建设者的身份,向诗人个体的转变,即诗人自我意识由淡化到强化的实现,正是李瑛诗歌创作取得重要突破的基本原因。

诗人自我的获得,首先表现在生命意识的觉醒,从理性的观念返回体验的真实,从对生命情感到对健全的人性的真实体验中孕发诗情和诗思。这种回归诗的艺术本体的本身,就适应了现代社会尊重人的真实存在的艺术需求。犹如象征爱情的红豆,对于人类永远是新鲜的诱惑。

> 红豆成熟起来,
> 像沉甸甸的相思的泪滴,
> 像刻骨的相思的血,
> 燃烧在夜里。
>
> (《红豆》)

李瑛深切体验到"没有爱情的心是不能搏动的"。没有爱情,就不会有真诗。诗,最能传递奇妙而丰富的情感信息。从诗集《红豆》中,可以看出诗人企图在感应和接通与一千年前流来的爱情的歌吟中,重建自己的诗歌世界,催动健全发达的绿色艺术体的生长。

个体化抒情,也是诗人内心世界对外部世界的主观感受,折射着他对现实生活与社会历史体验的心灵之光。李瑛并未改变关心祖国和人民的命运的初衷。他的诗,具有贴近社会生活的明显倾向。诗的情绪,总是表现了对人民感情的感应和沟通,表达的感情宽阔,格调高,有力度。这显然不如贴近生命情感的诗,容易产生真实效果。然而,李瑛在《美丽的生命》中宣称:

> 那翅膀拍动的声音
> 那尾鳍拨水的声音
> 便是我的诗歌生长的声音

诗人苦苦探求于那种顺其心灵的自由和情感的自然而诞生和生长起来的诗歌,这即是他对诗的真实的美学追求。李瑛自觉地把自己置身于开放的社会生活之中,使心灵受到强烈的震撼和弥合,感情得到充实和丰富,乃至新的感觉,新的审美意识,新的道德观念,也随之诞生。《我骄傲,我是一棵树》,作为一首吟咏创造和奉献的歌的成功之作,即意味着李瑛的诗歌之"树"——矗立于现代生活的精神之"树",一旦逼近了心灵的真实,就会获得常绿的蓬勃生机。

每位诗人都有自己的感情世界和诗歌精神。关键在于诗人要以自己的真心真情和感觉去创造诗。理性渗透于感性,理念服从于感觉。诗人的公众意识、使命意识,要自然溶于或沉淀于诗人心理和情感的自由空间的感性形式之中。马克思在论证"人的生命"这一命题时,强调"主体的、人的感性的丰富性",提出"五官感觉""精神感觉""实践感觉""确证自己的人的本质力量的感觉""感觉的人性"等。可以说,马克思揭示了人的感觉的全部深刻含义。李瑛特有的艺术感觉能力,主要显示了"精神感觉"的力度。不论是《刀》:"它是雷/是闪电/一把刀/一片永远不老的忠诚/横陈在大西南的云水间/巨大的威严和沉默/使大地倾斜",还是《黄河落日》:"如血的残照里/只有雄浑沉郁的唐诗/一个字一个字/像余烬中闪亮的炭火/和浪尖上跳荡的星星一起/在蟋蟀鸣叫的苍茫里/闪烁……"诗人感觉里饱含着理性因素的力度,成为对一个民族性格的热烈赞歌,对民族文化"寻根"的透视。在诗人的感觉世界里(第三自然界),即是荒原上羚羊、鸟、蜥蜴等自然存在的生命,也是热烈跃动的,或冷峻的沉默,成为显示大自然的力量和原始生命伟力的能动的艺术存在。这种具有沉雄的凝聚力的艺术感觉,真正是"确证自己的人的本质力量的感觉"。

李瑛的诗歌之"树",因蕴含着他的情感、他的基因、他的热血、他的追求,而枝繁叶茂,灼灼动人。但有时倘若不小心,当感觉(感性)被某种理念钳制的时候,也会减弱诗的形象意味。如何达到使命意识、公众意识与个体意识的融合,是李瑛在实现个体化抒情中时时要注意解决的问题。有一首写"树"的《启示》,给予我们很好的"启示":那个扎扎实实地屹立在大地上的"种族",正是"我"所隶属的母体,二者水乳交融。这首对饱经忧患沧桑的社会人生的吟唱,对中国人的精神吟唱,是出于自我真实情感的吟唱。

可见,李瑛既继承了"五四"诗人个体抒情的传统,又保持了现实主义诗歌的人民性。但,这不是停留在原有水平上的简单的重复,而是在有所新变的现代阶段上的发展。

二

诗,作为心灵的自由的抒情,是一种审美活动。现代诗人更加重视诗美创造,从自由真实的生命情感之流中淌出诗美。李瑛近年来诗歌创作,超越了政治和社会功利的层面,从直接对生命意义的探索中,着力于诗美价值的创造,建构自然与历史相融合的美学境界。诗人向读者捧出的每一片花木、山石、阳光、溪流、鸟鸣、风雨声及其英雄足迹、民风、古址……无不浸染诗人的美感经验。诗人在内部情感世界对外部物象世界的观照和映射中,将饱含有历史和现实的审美经验的诗情,在某种较高的层次和文化氛围中显示出来。

既然诗美是通过移情作用,即诗人的情感经验对对象世界的观照和映射的产物,那么,诗人审美主体有了自我意识的觉醒,有了丰富深刻的情感经验的积累,也就会对对象世界进行全身心(心智)的投入,使物质的历史的现象转化为精神的生命的形象之后,能够呈现诗人心灵的深度和丰富性。

李瑛有着对历史苦难的深沉体验和对真理的执着追求,但他的诗歌不仅仅停留在历史感的层面上,而是以自己的审美理想去观照,创造充满活力的精神生命的诗美世界。《多梦的西高原》是李瑛第三次进疆的艺术产儿,与三十年前他第一次进疆后写成的诗集《花的原野》相比较,对"西高原"的艺术理解的反差,是很明显的。"花的原野",是吟诵新疆人民美好生活的喻体。"多梦的西高原",则成了闪灼着历史精神积淀的诗人心灵的"高原"。这一片广袤肃穆、人迹罕至的西高原,更接近自然的大陆,更能验证和显示历史的真实。"从雪岭到沙蓬/历史悄悄地爬过","每颗砾石都是凋谢的故事/横陈在风沙线上/闪闪烁烁"。"一切都被风暴卷走了/只有诗留下来";"手鼓停了,琴弦断了,/只有歌留下来";"赤裸裸的大胆的爱情在心上燃烧/只有梦留下来"。如此"诗""歌""梦",就是诗人追求的具有历史内容的诗美形式。诗人像鱼一样在戈壁海里游弋,谛听历史的回声。历史和人的精神隐含在整个宇宙磅礴的生命之中。

桀骜的古荒原

> 在痛苦和扭曲中
> 始终高昂着不屈的头
> 历史像风,像云般涌过
> 铁青的戈壁滩是不动的

(《大戈壁》)

冷峻的力度和美的精神形象,显示了穿透无数历史风云变幻的生命力。诗人从整个中国的历史背景中突凸出最古老也是最现代的民族魂的形象。历尽沧桑的西部古高原,几乎成了"大地之根""大地之父"的象征体,也映现着诗人的心灵历程。

> 干涸的古荒原/一千年一千年的/失落了,而今悬浮在空间的/是一片褐黄的暮霭/是泥土/是陶片和木俑/是发黄的线装书/是一个民族的胸膛和背脊/地下洞穴是古墓群/山崖峭壁上有石窟/大地留下无数先民踏出的/深深浅浅的脚印/而荒原干燥的裂罅里/历史深处/有永不凝固的血/活泼的生命/是不死的

(《落照》)

诗人把追求民族的本源精神作为探寻的目标。从历史的古荒原上寻找先民的足迹及其创造的文化遗产,并且善于透过社会和历史的表层,探索和表现仍然活跃在历史深处、具有永恒意义的精神生命的形象。

如果说西高原上的古城、废隧、楼兰、陶片、壁岩画、丝绸之路、驼铃……以及黄土地、红土地、长城日出、黄河落日、残堡、塔、碑、纤道、刀、羊鞭、唢呐、信天游、窗花、响石,等等,成为诗人情感世界的一部分,就赋予这些具有历史感的事物以生命和美感,那么,南方原野和夜江、鱼、春雨、鸟声、鸡啼、马鸣、鹰笛、野牛角、大峡谷、篝火、小草湖、月色,等等,这

些大自然的生灵景物,成了诗人直接对生命追求的形象,也常常因为渗入使命意识而带有历史感。在不少年轻诗人的笔下,"鱼"作为原始生命的意象,而在李瑛的眼里,"它已经默默地游了 / 很久,很久",仿佛是先民的陶罐上、古化石上的"那一条","匆匆地从我的梦中游来"——

> 它站在时间和流水中 / 娓娓地和我交谈 / 谈宇宙 / 谈千古苍茫 / 谈它所经历的风雨以及 / 使人震撼的欢乐和痛苦 / 我知道,在它给予一个 / 中国古代哲人以启示之后 / 就向我游来 / 走了三千年的长路 / 在这里等我 / 它讲得很动情 / 它的深沉和睿智 / 我没法告诉你 / 后来,我的船载我漂去了 / 但我把影子和心 / 留给了它 / 为理解历史和生活

在《寻找》这首诗中,"我"几乎成了历史哲人与"鱼"对话,"鱼"显然成了"我"的影子和心的形象。诗人创造的"鱼",正是对处于一定的社会生活和历史文化背景之中的人的生命存在的真实本质的显示。

当然,也有表现生命自然美的篇什。如《鸟声》,写诗人在寂静的月夜里对鸟声的感觉"像洒下清凉的小雨",使"我""想起遥远的梦 / 想起北方,童年 / 我的沾满泥泞的脚趾"。"这质朴得像泥土、像野草 / 湿润了我的睫毛的 / 鸟声,已经很久很久 / 没有听到了"。鸟儿极寻常的啼叫,使"我"震动。因为"鸟声",传递了"我"的心声,——性灵和童心(趣)的复苏。这般富有性灵美、人性美的意境,透示了诗人情感世界的丰富。这与其表现的历史感、生命感,也是相辅相成。

李瑛一方面致力于创造尽量接近自然本体和人类社会本体的审美境界,一方面又苦心于向这"人化的自然"尽量渗透人的精神和意识到的历史内容,表现了崇高的审美理想和价值取向。他的诗,自然不再是对光明的单纯的颂歌,而是面对历史和苍生,深沉地唱出伟力的歌。于苍茫之

中升腾起一片绚丽的彩霞,于痛苦之中铸造生命的力度和锋芒,是从苦涩的苍海里沉淀出的闪光的盐。如《鹰笛》:"已经褪掉带血的羽毛／已经撕裂／肌块和神经／笛管里仍端端正正地／跳着一颗不渝的心"。诗人以追魂摄魄之笔,抒写残鹰在痛苦的沉默里留给世界的精壮不死的生命。不管是浩歌还是低吟,都同样激越、质朴和单纯,像高原的风、阳光、雷阵、云、山、雾、雪,惯于在江河的漩涡与星座的缝隙之间穿行。即使笛音遁去,仍可见"随着地球转动的／你阔大的开合的肺和／犀利的目光／游弋于星云"。这般神奇浪漫的形象,与《羚羊》中写的,因那只屹立在珠穆朗玛雪岭之外,在天山、大野云头的峭壁的崖顶,遥望东方的矮健的羚羊,才使我们的大陆向东倾斜,不致翻覆。以无限沉雄磅礴的气势,展示了意志和生命的伟大力量。那种神性,那雕塑般的崇高美、庄严美或壮美,久久灵动在我们眼前。李瑛是带着历史使命感走向大自然的,与逃避都市喧嚣的现代孤独感,迥然不同。

三

　　诗人开放的艺术心态,感觉和思维的活力的增强,必然打破传统的思维定势和艺术心理模式,使诗的灵性之鸟,从拓展的心理空间飞向无限广阔的艺术天空。诗意空间,很大程度上取决于诗人的心理空间。李瑛从开拓艺术心理空间入手,摸索现代艺术思维的规律,造成诗的形式外延和内涵向空间延伸的艺术结构,改变了过去诗歌的单一平面的结构方式。

　　这里就从创造的主体与客体的关系着眼,探讨李瑛的空间意识在诗的整体形式结构中的具体表现。

　　首先,诗人着力于与外部广阔时空相通的心理时空的拓展,增大了心灵信息反馈的质感和力度。如果从纵横两个方面看,纵,则表现了从现实向历史延伸,直指向民族的本源,在苍茫的时空中发掘美。李瑛走遍北国南疆,有些地方去过多次。譬如大西北,几乎成了他的创作基地。这里是众多山脉和长江、黄河的源头,旧石器时代,我们祖先就在这片土地上耕作生息。1989年,李瑛第三次进疆考察,才真正走到中华民族历史的"源头"。他从黄土层中出土的陶罐、钱币和远古器皿的残片上斑驳得难以辨认的铭纹中,获得十分凝重深沉的历史感觉。这片古老而自然的神秘的"西高原",浓缩了中国几千年的历史空间,骚动着一个巨大的民族魂灵。横,指现实空间而言。在诗歌突破"为时事而吟唱"的局限之后,诗人寻找新的感觉和幻想的方式,而首先把眼光投向现时的宇宙人世,从与世界进步潮流的接应中,从人类生存和发展的共性中,开拓心灵视野。《睡着的山和醒着的河》中呈现的不少生命形象,因蕴含着尽可能广泛深刻的意义,而表现了越过种种疆界的穿透力,这也是诗人心灵的投影。在诗创作中,历史与现实,历史空间与现实空间是交错融合的,虽然不同作品有不同的侧重,但二者之间也是交相接轨的。李瑛立足于现实,直面开放的社会人生,同时,又将目光和触觉伸向遥远的历史。从对社会生活的纵横两个方面的突进中拓展了视野,从而使新诗得以在更广阔的时空背景中,显示生命力和涵盖力。

继而,诗人感觉的多向度和思维的立体化,造成诗体空间结构的运行轨迹。不妨以《孤城》为例作一剖视。李瑛对被沙海沉埋的历史孤城的感觉,不是一般的国家兴亡和历史浮沉的咏叹,而是着眼于审美经验的整体的观照。从历史与现实、社会与人生、精神与生命诸多角度和层面,层层深入地发掘,并展开多方面的联想和幻想。它的影子,"像悬挂在千年的热风里/蒸腾、烘烤着一个虚幻的谜",是总的审美意象。"在折断青铜剑与碣石的地方/失却了四方城门的钥匙",是历史的感觉和想象。"黄沙吞噬了人世的灯火和鸡啼/只留下飘渺的梦",从历史渐转至现实,孤城犹如"一颗滚落的纽扣"、"一只熄灭的星星"、"一粒再不发芽的种子"、"颤抖着迎接黄昏"。接着,借一只"从残堡上仓皇逃遁"的沙狐,引向悲凉人生,城中"一个个多情多泪的故事",留给读者想象。最后一节:"那朵惹人怜爱的野马兰/像支瘦弱的民谣/静静地谢/了/天,很辽阔,很高/城,很遥远,很小。"诗人的感觉,显然又向深处掘进,以博大的视野,将孤城及其爱情悲剧的故事,置于人类自然的历史与历史的自然之中,形成强烈对比的艺术效果,意味弥深。这正与诗的开头一节相照应:"被沙海的波浪/越漂越远,漂到/离太阳和雪山最近的地方/时间也寻不到它/空间也寻不到它/这座沉埋在/遥远遥远的山和水的漩涡里的/孤城。"形成诗对永恒追求的审美境界。这里不可忽略的,诗人以感觉为基点而引发的丰富想象,又是多方面的。如"它的影子是遥远遥远的树的影子/它的影子是遥远遥远的云的影子/又像是……虚幻的谜"。如此枝叶横生,旁逸斜出,在同一感觉平面上可以建构幻象的立体形象。诗人几经艺术感觉和形象思维的角度的转换,建构了这首诗的富有虚幻美的历史之"城"、人生之"城"、精神之"城"。诗人感觉角度的转换,是由对事物(客体)的表层到深层,由基本义到引申义,由小到大的艺术感知过程。当然,这仅是艺术感知的一般规律。而在诗人的具体创作中,感觉和幻象可能表现出种种不同的空间运行轨迹。

艺术感觉和形象思维的过程的空间轨迹,实质上是诗人心理逻辑的反映。李瑛近年来的诗体结构,以心理逻辑代替了过去的情节线索,实现了由传统的叙述到现代意义上的描述的突变。同样写夜,写于1961年的《月夜潜听》,是在叙述战士海边巡逻的过程中进行感情的抒发。而在1989年写的《夜行》,则通过"我"的体验,描述内心的高原之夜,"人间最真实的夜"。一首诗,可以视为诗人的内心独白,有规律组合的意象符号系统。描述,是实现这一意象化进程的基本艺术方式。上述《孤城》,就是诗人凭借丰富奇妙的想象力,对感觉到的审美心理意识的形象,进行追踪摄迹的描述,从而建构了这座心灵的复杂虚幻的城。传统的叙述,虽能抒写单纯明朗的感情心态,但对于表现丰富复杂、深幽微妙的内心情感世界，就显得无能为力了。作为审美主体的心理空间的投影的现代诗歌，总是以意象化的描述而存在。运用意象化的描述，能够将诗人的心理体验和感觉的原始形象和盘托出，给人以立体的空间感。

  朦胧诗也是以描述而存在，表现了具体清晰、总体朦胧的艺术特征。李瑛认同并可能吸取了朦胧诗的艺术特长，但由于有着自身的感情特质和美学追求，而表现了自己的描述的特点。事实上，他并没有摒弃传统的叙述方式，而是使叙述适宜地渗入描述之中。正由于诗人的情绪和感觉还与叙述线索溶合在一起，是一种循序渐进、娓娓道来的描述，因而，能够使意象符号的排列具有比较清晰明了的逻辑性。譬如《在戈壁滩行进》，使心理时空投射物态时空之中，情感线索与情节线索融为一体，难以分辨。"在人与兽之间太阳已漫步了几千年／许多路，早已在／旱风卷起的砂石中／消失，岁月已经凋谢了留下许多谜／待破的密码／斑剥的断简／峭壁的岩画……"是"太阳"在茫茫大戈壁上"漫步了几千年"的自然景观，又分明是诗人在苍莽的历史中漫步的人文景观。"在这里袒露的只有严酷和豪勇一切装饰都是多余"，凸现的"水与火的力度""生命""北方魂"，分明是诗人心灵塑造的形象。在李瑛诗歌的描述中，虽然带有叙述因素，但对于诗的整体空间建构，却起到了较好的辅助作用。正如诗的结尾所云："直到幽冷的月亮出来／清辉照亮我的心绪／把我和戈壁／溶为一体。"叙述服从并服务于描述，是为了"把我和戈壁溶为一体"。即造成"物我同一"的诗美境界。因此说，描述中有叙述这一"助手"的适当介入，并不妨碍展现诗人博大的情思和心理时空，而且还有利于理解诗人的艺术情绪和心理的过程，容易解读诗的意象符号系列。当然，如果描述中被过多的叙述成为拖累，也会因失重而降低意象质量。

四

　　新诗的内涵和外延的拓展,必然也引起语言形式的变化。一首诗,总是依靠语言意象的组合而发生诗美效果。意象质量,最能体现诗的素质和表现力。有创见有作为的诗人,无不在意象营构上下工夫。李瑛诗歌语言形式的变化,正是以意象的质感及意味的增值为主要标志的。他借鉴和运用隐喻、象征、直觉、抽象、通感、变形等现代派诗歌的手段和方法,并善于把它们与民族传统有机地结合起来,从而为新诗开拓诗美空间和诗的语言领域,作出了有益的尝试。

　　就意象存在的基本方式看,李瑛诗歌实现了由明喻到隐喻的转化。这不单单指修辞手段,而是指诗人在形象思维、亦可称意象思维中的基本方式。隐喻与明喻,虽然都是表示类比关系,都能造成诗意和诗美,却有隐含与显露之别,甚至表现出深浅度上较大的反差。如"你还要活下去,/像坚强的岩石、威严的碉堡;/你要把眼睛睁大,/像两把剑,严峻而犀利"(《斗争》);类比关系简单,构成形象也清晰明快。明喻,有利于突出诗的形象性,一般停留在指涉事物的基本义的转换上。而隐喻则超越指涉事物本身的意义(基本义),而指向事物的转义或引申义,乃至向更深远处延伸。如"天上的星星都变成了干涩的石头,一块块,一块块,一块块/互相张望着回忆往事/而云则变成荒滩上/没有灵魂没有影子的/灰烬"(《干涸的河滩》)。诗中显然是运用"石头""灰烬"的转义——失去生命价值的东西,表现"河的遗像"。这里被比喻的形象本身,就直接成了诗人意象思维的方式。喻体,是作为包含本体及全部内在意义的意象而存在。这与仅仅作为修辞手法的隐喻,如"斗争便是粮食!/斗争便是河水!/斗争便是土地!"(《斗争》)显然不同。

　　如果作进一步考察,李瑛诗歌结构的细部,仍有明喻的意象。不过,这里明喻,是真正作为一种修辞手法而存在,并且逼近诗人深层的心理意识,是隐喻的方式的一种必要的辅助手段。这与李瑛以前诗歌中明喻的意象、形象思维的方式,相比,功能明显发生了转变。而在诗的描述中,比喻还常常与拟人、借代、象征等手法结合在一起运用,以更好地表达丰富的情思,增强总体的直觉感和内蕴力。

  雪花,欢乐地 / 开在山头上 / 然后,枯萎了 / 然后,凋谢了 / 它的化妆品已经用完 / 于是这条年轻的河 / 便忧郁地死在 / 自己的脚步声里

  只留下干涸的河滩 / 痛苦地、斑驳地裸露着 / 一如火灾后的城市 / 一如征战后的沙场 / 一如一片远古遗留的梦或 / 传说 / 这是一条生命的道路 / 是河的遗像

  "雪花",既被拟人化,又借代花朵,合二而一为少女的意象。又以少女象征"年轻的河"。通过对少女忧郁之死的描述,揭示"年轻的河"因丧失源头而变成"干涸的河滩"。如此构成美丽的死亡,十分富有诗的魅力。"一如"三个明喻的意象,是直接对"干涸的河滩"的渲染。这里明喻的意象,凸现的不是干涸的河滩的一般特征,而是精神废墟的痛苦的悲剧形象。可见,本体特有的精神的心理的深度,就决定了喻体在诗的意象群体中可能占据的位置和作用。这与下节所描述的"石头""灰烬"等隐喻的意象,构成远近、明暗相衬的意象组合体。在李瑛诗歌中,明喻的意象常常以排比或铺陈的方式,纷至沓来,给人以浓墨重彩式的形象感。这在诗的隐喻化的意象的空间,宛若托月之烘云,给人一种半透明感。

  隐喻的方式,作为李瑛诗歌意象营构中的基本线索,亦如蟠龙起舞,不断变化,忽隐忽现。隐时,意象营构虽以其他方式出现,但仍与隐喻的方式结为一定的关系。如《干涸的河滩》中三个明喻的意象,直接镶嵌在

诗人档案:从战士身份突入诗人的个体化抒情

"痛苦地、斑驳地裸露着"的"干涸的河滩"这一拟人化的隐喻的意象的主体上。一般地说,隐喻的转换,伴随诗人感觉的转换。感觉的转换,是以心理情绪为依据的内形式。诗人都能以隐喻的方式,将它们有机地联结起来。一首诗的意象整体意境,如上文提及的《孤城》《大戈壁》《干涸的河滩》等,普遍表现了隐喻或象征的艺术特征。

意象,也是诗人的直觉艺术。抽象的直觉意象、联觉意象、变形的意象等,成为现代诗人艺术智趣和感觉发达的特异现象。李瑛在这方面也同样表现出富有艺术直觉创造的能力。

譬如,"不息的江水流向远方/岸上的倒影留了下来/一幅幅风景装订成册/便成为地方志/便成为旅游指南/便成为永远的记忆"(《倒影》),以抽象的形象比喻具体的形象,使主体意象(风景的倒影),又有了抽象意味。这是一种直觉方式。另一种直觉方式,是直接创造抽象的幻象。"历史已经退去/迟缓的节奏和韵律都凝固了/留下一座废墟/沉甸甸地压在落满荒古尘埃的纬度。"(《废墟》)将抽象的"历史"具象化,而赋予这一"历史"特定的意味。

再如联觉,即通感,亦可称"五官感觉",已成为诗人运用自如的常见的意象思维的方式。"空濛中,所有的野花和牧歌/该发芽了/该扬起美丽的睫毛/依依深情地看你了"(《静静的山峡》)。"牧歌"与"野花"一样"发芽","扬起美丽的睫毛"……显然是将听觉意象转化成了视觉意象,使意象合二而一,加深了意味。"被风雨吹打/被太阳曝晒/被苍凉的号子和江涛染黄的纤道/像一条抽打脊背的鞭子/丢在深山里"(《纤道》)。总体上是一个明喻,具体却是比较复杂的连锁的联觉意象。"苍凉的号子",是听觉和触觉的联姻。"……染黄的纤道……像……鞭子",属于视觉与触觉,听觉、视觉与触觉之间交互作用的多重联觉意象。如此由五官互通而造成的联觉意象,在李瑛诗中比比皆是。联觉方式,势必造成意象的复合美。像上例中"纤道"的联觉意象,就是由几个子意象的视觉美、触觉美、听觉美叠合的形体,给人以多味的美感。

至于直觉的变形,在李瑛诗歌中表现为对对象事物某一特征的夸张和渲染。如"五月的桂林是一张／被渲化成朦胧色调的／宣纸／那碧绿,那丹青,那鹅黄,那浅紫渗开来,纸上／流出潺潺的水声","五月的桂林挂在那儿？／轻轻颤动"(《桂林五月》)这幅动态的宣纸画,可谓超越现实的变形,却把诗人眼中心中的桂林五月的柔丽生机抒写得尽致淋漓,这是隐喻式的变形意象。

在李瑛诗歌意象的营构中,抽象、联觉、变形等直觉方式与隐喻的方式,是有机结合在一起操作的。或者与隐喻的意象(包括明喻的意象)直接联系在一起;或者作为子意象出现在诗体结构的细部,像一朵朵智趣的云彩,烘托着隐喻的"月亮"。这样构成异态纷呈的繁富意象群体,显示了诗歌形象的生长及其诗美和意味的增值。

隐喻、象征等现代手法,早在戴望舒、徐志摩、卞之琳等诗歌中就得到了出色的运用,为当代诗歌创作提供了宝贵经验,但前辈诗人代替不了当代诗人的艺术创造。当代诗歌既要适应现代生活节奏和现代人的审美情趣,更是创造主体(诗人)的丰富的精神追求和智性的外化,而表现了意象思维的力度和多样化。李瑛诗歌意象的隐喻性、繁富性,是对新诗意象艺术的推进。

五

李瑛诗歌从内容到形式的拓展,导致了语言风格由单纯明快向浑厚凝重的方面发展变化。虽然语言意象的蕴含量增大,却还是因为具备良好的诗美传递功能,而呈现出透明的质感,没有晦涩难懂之气。究其主要原因,李瑛在借鉴运用现代手法的过程中,十分注意民族化,创造具有中国特色的现代诗歌的语言意象。

就意象之"象"看,李瑛一般从生活和大自然中萃取物象,善于抓住和发掘人们熟悉而又陌生的诗美特点。如桂林山水,虽被不少诗人走笔,而李瑛笔下的桂林、漓江、芦笛岩、象鼻山、竹、竹排、鱼、鱼鹰、渔火、鸟、鸟声、山歌、桂花酒……无不呈现新的姿态,散发新的芳香。云南红土高原上的大山、怒江大峡谷、大青树、野牛角,以及少数民族的村寨民俗,写得既充满荒蛮气息和古老神秘色彩,又切入现代人的审美心理。诸如"山,将痛苦凝进了石头/水,将愤怒溶进了波浪""对峙的峰巅是冬的冰雪/黝黑的江底是夏的酣畅","苍茫史卷,屹立着雄关古道/烟云风雪,锁不住激流轰响"。(《大峡谷》)诗中物象,以博大的接纳量,成为诗人心灵的澄澈的投影,揭示出自然与社会和人之间最久远也最简单的哲理关系。同时,"意"与"象"契合的过程,即物象的意化(虚化)的过程,也是受制于一定的艺术抽象(隐喻的方式)的程度范围,从而保持了具象抽象化的限度和反馈的灵敏度。

诗的意象是以词语结构为表现形式。李瑛运用规范的现代汉语和常用的语言,进行炼词造句。不少语言达到了炉火纯青的境地,且带有自然神韵。在语言意象的排列组合上规则有序,讲究整体、对称、和谐和节奏、韵律,是一种东方形式美学。

李瑛诗歌属于自由体,但他的不少优秀之作,既具有自由的情绪节奏和行云流水般的散文美,又呈现出现代格律诗的建筑美、绘画美、音乐美。这恰恰反映了散文方式与格律方式的相互渗透及其共存互补的同一性。

作为形式结构外表形态的意象,总是伴随着诗人的情绪线索和心理空间而自然呈现出来。从这一意义上说,刻意讲究格律模式,势必影响诗的情绪的表达,甚至造成"削足适履"之憾。这也正是自由体形式的艺术优势。然而,如果"自由"变成了"自流",不讲究诗的形式美学,也会降低诗的表现力和魅力。李瑛在语言意象的营构和组合中,始终着眼于心灵的自由的抒发。如果说散文方式是心灵的自由抒发的直接需要,那么,格律方式则有利于也是服从并服务于心灵的自由抒发。《大峡谷》中,从章句到韵脚,可以说,比较"格律化"。这种带有格律美,而又不拘泥于格律的语言意象,有力地表达了诗人丰富的心灵世界,容易为读者接受。总体上看,李瑛是将现代格律诗的特长融于自由体之中,并与其他现代汉语的修辞手法结合在一起。这里略作具体的考察和描述。

李瑛诗歌的匀称感,不囿于章句的量变,更多地体现于语言意象的序列上。如写"大峡谷":

是日月升起又滑落的地方
是大地的心脏

不是字数、音组的相等和对应,而是意象的对应。再看散文化的句式:

被鹰的翅膀覆盖着
被野猪奔突的蹄点践踏着
被蛇蟒的尾尖横扫着
所有的眼睛、臂膀、背脊和胸膛

这四行诗,实际上是一个状语修饰句,以三个并列的子意象组成一个母意象,与上下句意象联结成匀称的整体。李瑛诗歌中的散文式的描写,大多以这类状语词组或定语词组或补语词组分行并联的方式出现,并还形成诗歌的排比、重叠等修辞效果。这样就把渲染某种情绪的散文语式诗体化,运用得当,就会取得诗的散文化与格律化的逆向相长(相反相成)的艺术效果。这种现象,可以追溯到郭小川的新赋体。不过,李瑛加大了操作的力度,作瞬间赋体式的铺陈和复沓,增加了语言意象的密度。

当然,如果缺乏艺术锤炼的工夫,也会出现重复和杂沓的松散现象。

又如:

> 一个桂林站在岸上
>
> 一个桂林浸在水里
>
> 山浸在水里
>
> 山上的云浸在水里
>
> 云中的鸟浸在水里
>
> 鸟的叫声便湿淋淋的了
>
> 山上的树浸在水里
>
> 树上的花浸在水里
>
> 花的香味便湿淋淋的了

(《倒影》)

这是对仗、拈连、排比等手法的灵活运用,似乎还吸取了顺口溜、儿歌体的特长,达到了"自由"与"格律"的一体化。构成语言意象的对称美,易诵易记,雅俗共赏。虽近乎形式主义,却也是有意味的形式。

诗,可能因意象排列的匀称,而发生音乐效果。如排比式铺陈,会产生异峰突起、回肠荡气之感。对仗或复沓的句式,会造成错落有致的和谐韵律。但,诗的外在形式表现,也是受诗人心理意识、情感流程支配的。李瑛诗歌的节奏感,主要体现于内在的情绪节奏。如《看见一只鸟》:"倏忽/从冻云和冰雪间/飞出一只鸟,迅疾如箭/像一颗星像一道闪/像一条遁去的鱼/像一个纯洁的微笑/没有声音。"这仅是诗人瞬间情绪的颤动,而有了心灵之'鸟'的艺术显示。四个"像"式排比的意象,恰有行云流水般的明快节奏,也是诗人心灵颤动的艺术频率。诗人对心灵美丽的"这一瞬"的追踪,而造成艺术情绪的回复和延宕,构成这首诗的基本旋律。

　　李瑛的诗歌确实很讲究词藻和色彩,但总是着眼于雕琢意象,追求诗的画面感的意象美的效果。如"也许这是世界上最美丽的一只鸟/如歌似梦,刹那间/作了大山的装饰——一枚胸针"。仿佛是一幅现代意象画。再如"不打伞的桂林/溪谷里卷着一团团/淡绿的雾,淡绿的云,淡绿的小雨……"(《桂林五月》)以"淡绿"(春天的色彩)反复敷陈,使"淡绿"意象化,成为诗人浓郁的情感色调的活现。诗的语言的色彩和音响,有时糅和在一起,也会产生奇妙的诗美效果。诗人将五月的桂林喻为一张被洇化成朦胧色调的宣纸,"那碧绿,那丹青,那鹅黄,那浅紫/渗开来,纸上/流出潺潺的水声","五月的桂林挂在那儿/轻轻颤动"。音响,使所有的色彩都晃动起来,充满生命感;而色彩,又使音响弥漫开来,情趣盎然。——奏出一曲愉悦的心灵的五彩缤纷的乐章。

　　李瑛在改变过去惯用的方式、方法方面,所进行的卓有成效的艺术实践和探索,无疑丰富了中国新诗传统艺术。换句话说,从李瑛的诗歌艺术的革新中,可以透视新诗传统艺术拓展的进程。——这也是本篇的题意所在。

1993.12.30

注释:

[1] 李瑛:《几点随感》,《诗刊》,1990年1月号。
[2] 郭沫若:《文艺论集》。

(原刊《文艺研究》1994年第5期)

沉寂中的诗神

一

中国大陆新诗自80年代后期趋于沉寂,这是不是走入低谷?我们不能作出简单的回答。诗坛的沉寂,可能潜伏着危机,但不等于消沉。80年代初期政治抒情诗的"轰动效应",固然表现了特定时代文学的现实意义,但也不等于繁荣。中期先后出现的"席慕蓉热""汪国真热",更不等于繁荣。诗,大概不会因为失去"轰动效应"和"热"而失去诗的本性和光芒。"旧时王谢堂前燕,飞入寻常百姓家",随着人们关注的热点普遍地转向商品经济,诗也失去了以前那种在社会生活中容易得宠的地位,失去了昔日的热闹风光。诗人随之产生一种冷落感,如果仅仅是恋旧情结而造成的心理失衡的反映,那是正常的。这并不意味诗和文学的"过时"或"远去",也不意味诗人的贬值,而是表明诗从"指令性"或"遵命文学"的存在回到了自然存在的位置,从迎合的花哨和喧嚣回到了诗人自身的孤独和寂寞之中。一句话,诗,成了诗人个人化的自由自在的吟唱。并且可以预测,在今后商品经济占主导地位的社会发展中,虽然不会没有诗,但诗不可能再成为众人注目的热点,而重返昔日的威风和辉煌。

新时期以来,诗和文学逐渐走出历史误区,而面临商品经济大潮的冲击,又一时陷入困惑和迷茫。目前诗坛的沉寂,可以说是走出误区之后的沉寂,是诗的蜕变中出现的疲软,冷落中出现的困惑。鲁迅先生在《娜拉走后怎样》一文中曾谈到,一个英国人曾作一篇戏剧,说一个新式的女子走出家庭,没有路走,终于堕落,进了妓院了。还有一个中国人,说他所见的《娜拉》和现译本不同,娜拉终于回来了。鲁迅认可娜拉"也实在只有两条路"的说法。"因为如果是一匹小鸟,则笼子里固然不自由,而一出笼门,外面便又有鹰,有猫,以及别的什么东西之类;倘若已经关得麻痹了翅子,忘却了飞翔,也诚然是无路可以走。"20世纪末,缪斯在中国跨出历史误区之后,自然不会是娜拉走出家庭的那种悲剧结局,然而这只历经近一个世纪锻炼的鸟,虽然翅膀是硬的,不会丧失飞翔的能力,但也同样面临着十分陌生而严峻的处境,——苍茫而变幻的天空,面临着历史转折期的抉择和寻求。当今社会商品市场经济的迅猛发展,席卷社会生活的每一个角落,也冲击和改变着诗和文学原有的生存方式和价值观念。一方面,市场经济使诗人从"指令"和"遵命"中解放出来,获得了更多的创作自由和实现自我价值的机会。另一方面,商品意识的强化,也对诗产生了负面影响。比如,诗歌成不了畅销书而遭受冷落和挤压。许多诗人囊中羞涩,面临生存困境而忧心忡忡,于是下海经商成为热门话题。这就使新诗陷入两难处境。人生最痛苦的是梦醒了无路可走。诗人如何在市场经济的社会中找到适当位置,找到诗歌生存和发展的路子,成了诗坛有识之士思考和焦虑的问题。

  诗和艺术的创作,都离不开一定的物质基础。如果物质匮乏,没有必要的物质条件,文学艺术也不能得到很好的存在和发展。商品经济的发展和繁荣,应当有利于推动文学艺术的兴盛和发展,但这又不是自然而然地发生的,诗和艺术有着自身的发展规律。在历史上同样存在着经济与文化的发展的不平衡现象。在当今世界科技现代化高速发展,商品经济高度发达的国家,也出现诗和艺术的不景气或衰落的现象。诗,固然具有商品的价值,但精神产品与物质产品毕竟是有区别的。不是一切有价值的精神产品都能够成为畅销商品拥有市场。尤其作为最高语言艺术的诗，不像书画、雕塑、音乐、舞蹈等艺术容易进入商品市场。诗歌的价值，不能单单以市场效应验证其高低。过分把诗歌商品化，只是导致商品对诗的胁迫，使那些浅层次的通俗诗，偏重于实用价值的爱情诗历、寄语赠言之类的东西，上市走俏。而品味高的纯诗，也就像柳宗元笔下的"钴潭西小丘"这一奇胜之地，不为世人赏识，遭受冷落。恰如一位诗人所叹喟的："诗在历史上是贵重的帛锦，诗在大街上是一堆破纸片"。何况，诗人一旦成了拜金主义者，势必心有旁骛，耐不住孤独和寂寞，或者才气受挫，灵感钝化，就很难有艺术精品问世。即使物质上富有了，如果心灵上空虚，也是写不出好诗来的。物质代替不了精神，生命和商品同时诱惑着诗。诗人不是靠诗歌谋生养活自己，而是诗歌养活了人类的生存精神。诗，既然是人的生命和精神的追求，物质上的富有者和贫困者都可能写诗。就精神状态而言，处于困境、逆境中的诗人，更容易进入诗的状态和艺术情绪的深度。中国诗人有执着追求的传统，尽管当前诗人中弃笔从商者有之，心猿意马者有之，徘徊观望者有之，但多数人还操守诗歌艺术，即使亦商亦文，也是以商养文。他们痴迷于缪斯，走着自己纯正的寂寞的路。

如果说处于经济大潮的冲击波下的诗坛趋向沉寂，潜伏着一种危机，那么也是首先展露了物质贫困和"左"的精神创伤的脆弱性。随着大陆经济文化与世界进步潮流的感应和交汇，中华民族的诗和文学，也将会在顺应这种新的社会情势中得到振兴和发展。当前诗坛不同于一般的世纪末的沉寂，苍茫并非死寂，困惑并非悲哀。因为属于社会转型时期的沉寂，迷惘中存在着希望。

东西方、海峡两岸之间的经济文化的开放和交流，加之现代化的信息传递条件，正在打破国家与国家、地区与地区之间的界限。这就为诗的拓展提供了广阔的疆域，有利于诗人在不断吸取和丰富自己的过程中孕育诗歌。事实上，不少大陆诗人正在抓住机遇，对新诗艺术实行全面的革新和调整,从而赋予新诗生机活力。我们可以从中国大陆和台湾、香港以及美国、新加坡等域外汉语诗歌的总汇中,探讨和描述中国新诗的特点和走向,从与西方和世界诗学关系的整体格局中,考察汉语诗歌的价值和发展。唯有如此,才能使汉语诗歌在全世界、全人类的诗歌的大坐标、大背景上显示出优势,在占据重要位置上灿然闪耀。

二

90年代大陆诗歌以往吟唱的那种激情继续消隐,"远离情结"笼罩诗坛。不妨借用湖南青年诗人匡国泰的新诗集《鸟巢下的风景》扉页上的一句话:

  在远离诗坛的地方,寻找诗。

这种"远离",仅仅指维持进入诗的一种状态,诗人们在避开尘嚣和浮躁的宁静的自然心态中,寻找诗的感觉和悟性,作灵智的飞动和生命情感的信息传递。

随着80年代诗和文学回归本体,诗人的艺术视觉逐渐回到自身真实存在的位置,从自身的真实存在审视生命、人生、社会和自然宇宙。杨牧说的:"那年到渔村头一口水/就喝出一半海腥味/但是至今没喝出自己"。(《体味》)是对整整一个时代人的伤疤的深刻触及。而引起对这一"伤疤"疗救的正是生命意识的觉醒。老诗人冯至的《梦》、绿原的《漫与二首》和杜运燮的《你是我爱的第一个》,共同点都是对人生真实的本质的寻求。这不是一般的返童意识、返真意识,而是毕生情感经验的升华的结晶,——多么纯洁高贵的诗心呵!多少老、中年诗人历尽风雨沧桑,方抵达这诗心;而今天青年诗人抵达这诗心,可以"一步定位"。诗人在创作心理上"不设防",诗感直接切入生命情感的真实。昌耀的《朝朝暮暮》和张烨的《鬼男》,从各自的生命体验和情感经验出发,对人格、爱情进行真实铸型。《朝朝暮暮》从体验坚强男子的苦行中抒写心灵受戕害的疼痛。"那恶棍骄慢。他已探手囊中所得,将那赤子心底型铸的疼痛像金币展示"。"恶"所展示的"赤子心底型铸的疼痛",是伟大的人格力量的真实表现形态,金币般闪光,颇有拉奥孔雕像的意味和力度。《鬼男》则以死写生,"我的舌头是冰/我的声音是雪","血管里总有一头雄狮诉说死的故事"。从"冷地狱"中表现女人对爱的追求的痛苦的情欲世界,深刻展现了生命情爱的不可泯灭的光芒。两部作品虽有阳刚之美与阴柔之美的区别,但都呈现了人类承受苦难的灵魂的深度,是对生命力和人道主义精神的张扬。诗人也只有从"喝出自己"中去品味人生世态,才能达到彻悟和深刻。李发模的《俯视自己》:"我一生,在各种巨掌中形成/被善意安排,被嘲弄雕塑",虽然有过一瓣色彩动人、露珠纯净的"天性之花",但又有"一种渴望","于肌肤与灵魂之间"荷花般升起,最后"发现自己已是一种巨掌/打向另一季荷香"。《掌》与另一首《上与下》,都是对人生的自省,灵魂的自白,充满自赎和忏悔的意识,具有深刻的文本意义。邵燕祥的《五十弦》,是对美好感情的回忆。从自身的生命追求和真实感受中洞察社会,省视人生。那"温我、热我、煮我"的"尘封的酒"的温馨,那"火舌舔我伤口"的精神负重,那破茧而飞向招引我的光明爝火的自我更新,那追踪自然生命的美丽瞬间……构成超越世俗的精神世界的画面。

"远离",并不意味着脱离生活。而有利于避免受花哨浮表的现象和急功近利的思想的干扰,更好地审视生活,从更广阔的时空里切入生活。好诗,可能不会被社会和时代的发展变化而磨灭光芒,但诗情、诗感不会不受到社会生活和时代的孕育和影响。西川的《十二只天鹅》,也是从对现实经验转化为诗性经验中建构诗的灵境。那闪耀于湖面的十二只天鹅,保持纯洁和兽性,成了诗人追求的完美高贵的生命形象的象征。因而不可亵渎,"难于接近"。"当它们挥舞银子般的翅膀/空气将它们庞大的身躯/托举","一个时代退避一旁,连同它的/讥诮"。诗人以诗性感受尽量充实和伸张意义,获得哲学领悟的穿透时空的无限性,达到不可征服的博大而深广的人类精神的境界——"诗歌/是多余的"自然恒远的艺术哲学境界。这种从追求和憧憬大生活、大时代的生命激情中蒸馏出来的诗意,具有凝重深沉的质量感,闪现着神性的光芒。匡国泰的《一天》,直接以山村一天的生活景物为意象,既是地道正宗的尘世凡俗生活,又达到超凡脱俗的艺术境界。"天空干干净净,没有任何墨点/如没有档案的儿童"。以充满童心童趣的意象,显示了跨越时空的历史感。特别是《辰时:早餐》中写的:"堂屋神龛下/桌子是一块四方方的田土/乡土风流排开座次/上席的爷爷是一尊历史的余粮/两侧的父母如秋后草垛/儿子们在下席挑剔年成/女儿是一缕未婚的炊烟/在板凳上坐也坐不稳……"表象上似乎隐喻中国传统的伦理关系,实际上显示极大的包容性,几乎每个人都可以在其中找到自己的现存位置。可见,"远离"即是一种超越。反映一个时代的大气之作,既要有超越世俗的创作心态,又要有旺盛的艺术创造能力。至于像张新泉的《做官的朋友》、刘金忠的《台前幕后》等作品,直抒对人生世态的体验和彻悟,针砭时弊,喜怒悲忧,酸甜苦辣,令人痛快和流泪。这种真挚明快且讲究现代语言技巧的现实主义诗风,同样表现了不衰的感染力。

  更多的诗人在"远离情结"的氛围中寻找"自我"情感的寓所,作抚慰疲惫和忧伤的心灵的吟唱;或者抒写性情,寻求童贞和丰富的人性,做着纯情的梦;或者崇尚自然,返归自然,倾迷于山水清音……这方面不乏有灵气之作。海子的《村庄》、林染的《在中原土地上长大》、袁勇的《大地的歌手》、王明玉的《我遇见一个匠人》、孔孚的《帕米尔》等等,都具有较高的审美价值。在台港和域外华文诗坛,大量的属于这类抒写生命情感(包括乡情)的诗歌。当今大陆这类诗也呈现出方兴未艾的发展态势,正与台港和域外华文诗歌交汇合流,同时也保持了大陆诗歌自身的特点和优势。

也有部分诗人以"远离"作逃避,消解诗情,归隐乡土,沉湎于田园牧歌式的恬静闲适之境,致力于诗体形式上的机巧和优雅,甚至抱着玩家心态作意象游戏。这类诗形式上不无一定的美感价值,但先天不足,呈现缺乏血性的苍白。

三

如果说诗的生命意识的觉醒,找回了新诗创作的本源、原动力,那么,对非理性主义倾向的反拨,就保证了诗歌精神的发扬。诗,既是自我生命情感的自然流露,也是一种精神文化的追求,比如对爱情、人性、良知、人格、道德、历史、哲学、美、自然等方面的寻求。柳沄的《瓷器》,不像有些青年诗人把人的生命喻为"瓷器"那般脆弱,不堪一击,而是写瓷器的精美、高贵。"我的任何一次失手/都会使它们遭到粉碎"。因此,"他们更喜欢呆在高高的古玩架上/与哲人的面孔保持一致"。一旦变为生命"走动起来","举步便是深渊","瓷器宁肯粉身碎骨/而拒绝腐烂"。诗中将瓷器的悲剧写得真实而壮烈、壮美,意味弥深。诗歌精神文化层面,不是游离于生命真实之外,而是融于生命意识的有机成分。台湾诗人罗叶的《几件衣服与裸体》,喻义真切,揭露人在道德世故的虚伪中和习惯时宜的伪装中失落自己,表现了敢于"剥除自己",对生命真实的执着追求。

当世纪烧尽自己的时候,"碎片喷出虹彩","婴儿同时奔出母体"。(郑敏《"进入最后的十年"》)这可以视为世纪之交诗歌精神的本质特征。

一方面,表现在现代诗人以"破坏和重建"为宗旨的"艺术冒险"。他们承继了朦胧诗人的怀疑精神和批判意识,又有着新的艺术追求。这发生在20世纪末,无疑是重要的诗潮和诗歌现象。于坚的《坠落的声音》、西川的《一个人老了》、孟浪的《花园之轻》、[美国]严力的《我度过不回家的节日》、[美国]石涛的《早已不再阅读自己》等篇什,总体意象指向一种精神文化的解体,旧事物的衰亡。他们或许带有过激的情绪乃至极端化的倾向,但他们也不是虚无主义者。"他们把一切都拆毁了／他们留下这棵橡树","留下了月光和尘土",这棵"枝繁叶茂""晨光挂满枝头"的橡树,"是否就是新世界的起点"。(见西川《橡树》)可见他们十分珍惜生命真实,因而也保留有生命价值的东西。如果说这一批青年诗人充当了"先锋",那么,郑敏的《当世纪烧尽它自己》、章德益的《夜色下的空琴房》、韩作荣的《无言三章》、余刚的《我的但丁》等,则表现了作为"后卫"的沉稳。他们侧重于对传统精神文化重负的反思和批判中,重新进行价值的选择和精神定位。他们赞赏狄阿尼萨斯(酒神),因"忘记带上阿波罗的面具"而被太阳晒瞎了眼睛,用"盲杖""敲响历史长长的回廊"。(郑敏)呼唤人要"睁开第三只眼睛凝视","将汉字一颗一颗抛入水中,连同蒙尘的心／一起洗涤,用鲜活的呼吸砌垒诗歌。"(韩作荣)表达了诗人对切入生命真实的新的精神文化的追求。

另一方面,表现在诗人对人类精神和民族优秀文化传统的张扬。"谁把黑夜的蛋壳啄破?"阳光蜇痛我们的皮肤,但它又是"天堂的一只蜂房",激励我们在蜇痛中追求青春、爱情、生活。叶延滨从人类宇宙存在的意义上吟唱《阳光的礼赞》。"那簇金黄金黄的葵花",是凡·高"留给这个世界的情书",人类不可以没有阳光。李瑛的《刀》《写在一位漂流探险者的墓前》,余光中的《登长城》等,或以景颇族男子的"刀",显示一个民族原初的豪爽强悍的气质和勇敢精神,它"横陈在大西南的云水间／巨大的威严和沉默／使大地倾斜";或以漂流探险者永不屈服的灵魂,映现坚强的民族意志的光辉,"他的墓前／竖一枝桨作碑／一枝搏风击浪的桨／撑在天地间";或以登长城,"归来寻我的命之脉,梦之根",在四十年、三千里的"离恨"中饱含着深挚的民族感情和赤子之爱。这两位诗人的歌吟,与周所同的《黄土情》所抒写的黄土地上淳朴优美的儿女真情,都属于炎黄子孙的美丽的"根",有着不会衰竭的意义。

上述两种诗歌走向,艺术感知的角度明显不同,当然也会有诗思、诗情上的差距。但,即使存在某种抵牾或反向拉力,也可能是一种对流和反拨,有利于形成互补的格局。

自80年代朦胧诗的出现,大陆诗坛就逐渐形成了多元互补的艺术格局。尽管由于诗潮的更迭,诗歌流派的消长,而发生时隐时现,盛衰起落的变化和异变,但没有改变新诗多元发展的趋势。人们常把诗喻为贝壳,而贝壳正是在海潮一次又一次的荡涤中才显出质地的美。历经风风雨雨的诗坛,各派诗歌都进行冷静的反思,自觉地调整自己,以顺应诗歌艺术的蜕变。这不仅表现在老诗人走出固守传统的困窘,更突出地表现在年轻诗人走出非理性、非艺术的困境。当代诗歌的艺术流变,大致发端于朦胧诗,而后来又有新的流变和发展。其总的趋向,是在东西方诗艺的交构中实现新诗现代化的进程,实现从诗的价值观念到思维定势到表现手段的全面更新。诗人学习和借鉴西方现代派的表现手法,给新诗注入了新鲜血液,但也会出现一味模仿的盲目性。诗人在语言操作过程中艺术抽象的强度,增大了词语的弹力和意象的涵义,但也容易导致难以破译的密码化。诗人对词语组装的"时新款式"的追求,增强了语言形式的新意和色彩,但也容易出现矫揉造作和形式主义。诗人执迷于生命和灵魂的感悟的状态,使诗获得更多的生命真实,但也会出现忽视甚至抛弃语言的倾向。凡此种种,构成新诗艺术流变的错综复杂的现象,诗人的艺术探索,不单单需要"冒险"精神,还要善于抵达彼岸,取得艺术成效。

为什么现代诗在中国得不到顺利的发展?除了具有政治、社会环境等复杂的外部原因,也有值得反思的内部原因。例如,与中华民族传统和社会情势的脱节,与读者的审美心理和欣赏习惯的脱节,就是其内因的重要表现。现代诗有赖于在解决这方面问题的过程中发生裂变,得到发展和完善。舒婷、西川的诗,可以称为对朦胧诗艺术的变异,有对诗的意象、形式意味的更高的追求。于坚的诗,淡化抒情主体,是对事件或场景的冷漠客观的叙述和语义,长句口语铺陈中带有一种戏剧性要素。朱文的诗在展现生活流中适当口语化,或带有寓言性。这些诗人为建立中国式的现代诗所作的积极的探索,还是可取的。

诗的意味的增值,增大了语言意象或形式符号的信息传递的负荷量,只有保证诗的意象符号的良好的传导功能,才能在读者群中发生灵敏的审美效应。如何保持诗的良好的传导功能?除了讲究审美形式的民族特点,适应现代人的审美兴趣和生活节奏,还需要在语言基本功上花气力。在结构上,成功之作总是呈现由心灵的逻辑而外现的词语组合的秩序感。诗人进入悟性和灵感的状态,可能表现出生命律动、灵魂升腾的自由放纵而无序,但诉诸诗的词语意象,就需要是有序的排列和组合,诗人心灵的逻辑与独特的想象方式的契合,达到内形式与外形式的统一。在遣词造句(意象营造)上,追求创新不是追求时髦,追求诗美不是追求花哨。诗人总是在追踪生命情感的轨迹中,捕捉个性化的美的语言意象,并尽量提高反馈心灵信息的灵敏度。那种仅仅在圈子里流行的语言意象,与圈子外的隔膜,主要在于语言自身传导的局限性。这个选本中一些诗人注意从大众的生活口语中,从俗语、民谚、民谣、笑话中,吸取鲜活的通俗易懂、生动形象的词汇。从而增强了语言媒介的传导作用,使诗走向读者大天地。再则,不可忽视炼字炼句。只有经过反复锤炼的词语,才能构成省略和连锁的艺术过程。孔孚的《帕米尔》,每首仅仅四行,句式也短,足见字斟句酌的工夫。以短小精美的形式,传达生命情感的信息,造成意韵袅袅的苍凉境界。所谓诗歌是生命和灵魂存在的场所和形式,语言本身并没有意义。倘若指优秀诗歌,恰恰在于首先重视了语言的表现力和意义,尔后才使语言失去意义。这也是庄子的"得鱼忘筌""得意忘言"

的美学境界。

　　当前诗体艺术流变的另一趋势,是形式的简化、质朴。姚振函的《任南风吹拂》等,以简笔、淡笔抒写乡村小景,类似于诗中的"美文""小品"。而每首诗都像"庄稼的茬子"一样简朴,平淡,简直可以一目十行,一首诗一二十行一目了然。但简朴中给人一种淡淡的意味和趣味。淡泊也接近纯正,主要体现于对某种瞬间的感觉或稍纵即逝的情感(情绪)作原初形态的自然呈现,而不是对丰厚涵义的刻意追求。宛若是本味瓜子而不是多味瓜子,是小碟野菜而不是丰盛佳肴。如果称这样的诗境为"无深度的平面",那么"返朴归真"的形式本身就决定了存在价值。阿坚的《老北京》,则是繁中见简,俗而非俗。通篇以口语、俗语侃侃而谈,且带有几分京腔和节奏感,带有浓厚的市民生活趣味。可以称为"诗侃"。但质朴易唱的抒情形式之中,也寄托着诗人对深刻的东西的追求。这类诗虽然还不一定达到理想境界,却反对了雕琢浮华、艰深怪诞的诗风。

四

　　在文艺作品中,大概没有比诗歌艺术更虚幻微妙。因而对诗的鉴赏和甄别,从不同的审视角度切入,往往看法差距甚远,因而也只能求同存异,在基本的总体的方面求得共识。就考察诗的基本方位,大致可以分"真""美""新""深"四个层面。第一,"真"字,真情、真感、真思,是诗的基本生命。第二,"美"字,精美的语言形式,是诗的表征。第三,"新"字,包括诗感、诗情、诗思的新意和语言形式上的创新,构成诗的艺术个性。第四,"深"字,诗的意义或意味或意趣的深度,决定着诗的分量和重量。一首诗,要达到四字具全,固然不容易,但如果达不到第一"真"字,哪怕有半点矫情和掩饰,也会使诗丧失生命或生命苍白。一首感情真挚动人而艺术上不足的诗,与一首形式上精美却缺乏真情实感的诗,宁愿取前者。那种不是源于生命之流,而是追求词语意象的时髦花哨的诗风,那种浮于情感的表层,着意于雕饰的诗美,终因缺乏底气和深度而显得浮华萎殆。然而,如果没有独特完美的表现形式,那种轻视诗的语言工夫和技巧,随意为之、粗糙杂沓的章法,那种东施效颦或刻舟求剑,缺乏创新和探索的艺术个性的作品,也不可能达到诗人所感悟到的生命和灵魂的深刻的效果。不少有才华的诗人,往往由于这方面或那方面的缺憾,而使自己的作品淹没于诗海之中。如果说"真""新""美"三字是衡量诗的基本水平线,那么超越这一基本水平线,就向"深"字(深的意义或深的意味或深的意趣)境界拓进了。

当我们举步向着新世纪前行的时候,多么需要有前瞻的姿态和艺术进取精神呵。

1993.3

(原刊《诗探索》1996年第2期)

品或误读：诗意的不确定性

所谓诗无达诂，是由诗人体验与汉语修辞而造成的诗意效果。一首优秀的诗歌作品的价值，应该由欣赏者与批评家来认定，高级的欣赏是一种艺术再创造，属于次生艺术，由此获得对徐志摩《再别康桥》赏析拓展的新的意义。诗人创造达到诗意的不确定性的境地，往往具有超越主观意图的可能，因而任何预先设定也随之失去可靠性，后面两篇正说明了这一现象。作家、诗人的预先设定，只是作为认识创造对象的思想线索而存在，在形象创造过程中，它处于变化与发展、模糊与消失之中。

康桥世界：性灵和生命的美丽显影
——徐志摩《再别康桥》新析

朱自清先生曾称徐志摩"是跳着溅着不舍昼夜的一道生命水"[1]，被公认为徐志摩诗歌艺术的代表作的《再别康桥》，就是一首抒写性灵，歌咏生命的杰作。

以前的现代文学史和教科书，更多地是从艺术形式上肯定这首诗，而认为在思想内容方面，"只是表现了一种极其平常的离别之情和那种似轻烟似微波般的感受"。茅盾先生说的"圆熟的外形,配着淡到几乎没有的内容"[2]几乎成了流行的观点。诗中对性灵和生命的表现,不知是有意还是无意之中被忽略了?也正由于这种忽略,使诗失去固有的内涵和光芒,给人造成"形式主义""唯美主义"之嫌。本文试图就《再别康桥》的文本意义的追问和探讨,以请教于方家。

A. 从徐志摩生活的康桥到心灵的康桥

徐志摩直接写康桥的诗有两首;一首是在第一次回国前(1922年8月10日)写下的《康桥再会吧》,再一首就是第二次旅欧之后.从新加坡坐船回国,在中国海上(1928年11月6日)作成的《再别康桥》。前一首写得比较粗糙,仅仅是思想情感的自然庞杂的记载,不像后一首具有凝炼的构思和意境。

康桥生活,是徐志摩留学美英期间受西方思想影响,进一步确立自由民主的政治理想的重要时期。正如他在《康桥再会吧》中写到的:"扶桑风色,檀香山芭蕉况味;/平波大海,开拓了我心胸神意"。"我心灵革命的怒潮,尽冲泻/在你妩媚河身的两岸,此后/清风明月夜,当照见我情热/狂溢的旧痕,尚留草底桥边"。甚至称"康桥!汝永为我精神依恋之乡!"这大概与他受到卢梭的"返回自然"、抒写"自然感情"的影响有关,受到英国湖畔派诗人华兹华斯主张表现人的"天性的永恒部分"的影响有关。他在1926年写的《我所知道的康桥》一文中又说:"你要发现你自己的真,你得给你自己一个单独的机会。""那年的秋季我一个人回到康桥,整整有一学年,那时我才有机会接近真正的康桥生活,同时我也慢慢的'发见'康桥。""阿,那些清晨,那些黄昏,我一个人发痴似的在康桥!"诗人这般痴迷的康桥,显然是由于自然环境与精神生命的默契,达到了对"自己的真"的发现和依恋。这是对自由快乐的生命体验的回忆,也是对发掘和发展自然人性的追求。如果我们从诗人"心灵上的康桥"出发,那么

《再别康桥》就有了深刻内涵的可能性,《康桥再会吧》以及《我所知道的康桥》是理解这一艺术的"康桥世界"的重要参照系。

徐志摩对"自己的真"——自然人性包括对人的性灵的发现和依恋,也是"五四"时代人的解放的具体体现,并非如有的教科书中所批评的"社会投影比较模糊,没有直接表现'五四'的时代精神"。"五四"时期人的解放,集中体现为"个体自由意识"。不仅表现为思想意义和道德意义上的解放,人格的独立和张扬;同时也表现为情感意义、审美意义上的解放,人性和生命的复归。胡适曾说:"社会最大的罪恶莫过于摧折个人的天性,不使他自由发展。"[3]青年徐志摩正是从这种社会传统的罪恶的罗网中冲出,追求个人的天性的自由发展。1923年1月,蔡元培为抗议罗文干遭非法逮捕案呈请辞职。徐志摩随即在《努力周报》上发表支持文章,表示"即使打破了我的头,也还要保持灵魂的自由",他偏重于感性体验,称他与英国女作家曼殊斐儿的会见——"那二十分不死的时间!""在层冰般严封的心河底里,突然涌起一股消融一切的热流,顷刻间消融了厌世的结晶,消融了烦闷的苦冻。那热流便是感美感恋最纯粹的俄顷之回忆"[4]。徐志摩无所顾忌地追求自由的心灵世界和感性的生存体验,如此顺性率真的放恣状态,对于习惯于压抑自己的情感,摆脱不了心灵羁绊的中国人,自然是不容易理解和接受的。而徐志摩这种对自然人性的追求,恰恰体现了"人的解放"的魅力。这个"五四"时期尚未来得及完全解决的命题,却在康河的柔波里显现艳影。换句话说,徐志摩心灵中的"康桥世界",回荡着"五四"精神的微澜涟漪,闪射出人性疆域的自然旖旎风光。

当年徐志摩发现"康桥世界"时,曾为自己的心灵未被现代文明的"污抹"而自喜欣慰。他对"入世深似一天,离自然远似一天"的"文明人"的"不幸",深为感叹。可见,徐志摩的"康桥世界",具有反对封建传统礼教和反对现代文明"污抹"心灵的双重意义。而后者,更具有现代意义。

徐志摩独特体验的"康桥世界",以与人类的相通性,具备普遍的意义。"康桥世界"是人类心灵共同的"自然保护区"。——这就是徐志摩发现了"康桥"的价值意义。而诗的意义为何?只有借助于诗歌文本分析。

B. 诗的"康桥"的灵性和意味

只要是被诗人深入体验和理解了的物境,就可能成为出色的诗化形式。因为艺术体验和理解的本身,也是发现诗的感觉,捕捉和孕育诗意的过程。然而,从物境到诗境,还必须经过诗的凝炼和艺术的构思过程,这也是诗的虚化,即使实境转为虚境的过程。《再别康桥》中的"康桥",虽然仍是英国伦敦远郊的康桥,但已属虚拟,尽管虚化尚未达到有些现代诗的强度。与《康桥再见吧》相比,徐志摩重视了取景构境,且尽量简化,从而增强了形式感和内涵力。具体而言,这首诗主要撷取了康桥的水境。徐志摩感觉到:"康桥的灵性全在一条河上;康河,我敢说,是全世界最秀丽的一条水。"因此它将诗境浓缩在康河这条秀丽的水上,于一片微波柔情中建构了圆融优美的艺术境界。这不仅仅是诗人在艺术形式上的刻意追求,而首先还在于将康桥的自然的灵性转化为艺术的灵性。徐志摩在欣赏自然中的康桥时,曾有这样的体会:

> 你凝神地看着,更凝神地看着,你再反省你的心境,看还有一丝屑的俗念粘滞不?

这正切入审美经验中的"心理的距离",不仅适合欣赏自然风景,也是深入艺术创作境界进行美的创造的必要条件。从诗行中不难看出,诗人那种脱掉一切俗念的凝神状态,是对那些清晨那些黄昏凝神地看着康河的艺术回忆,是对宁静的心灵中的康桥的灵性印象的捕捉。"那河畔的金柳,/是夕阳中的新娘;/波光里的艳影,/在我的心头荡漾。//软泥上的青荇，/油油的在水底招摇；/在康河的柔波里，/我甘心做一条水草！"这些康河意象中无不带有诗人澄澈的心境的影子。艺术康桥的灵性，也正表现为诗中超凡脱俗的清澈灵秀之气。其主要特征是：

真实中显示清纯。一是"景"真。诗中意象都是撷取康河上的真实景物，或作拟人，或作夸张，或作幻化。二是"情"真。一个个意象，看上去平淡自然，实则是诗人心灵的纯真的显影。因而康河意象给人一种潇洒出尘的至真至纯之感。

自然中透露秀逸。诗人虽有对艺术化的刻意追求，如词语雕琢的工力、艺术构思的匠心之类.但其目的是为了建构自己所崇尚的自然之境。因此，一切顺应自然，抒写自然之美。那夕阳中的金柳，那波光里的艳影，那榆荫下的一潭虹影，那满载星辉的长篙船等自然景象，独得自然之趣。以独有的姿态美、意态美、生态美，自然而然地构成秀丽飘逸的康河意境。而在康河的一景一物（意象系列）之中，也总是闪着诗人"凝神地看着"的眼睛，从而赋予康河意境以灵性和意蕴。

只要进入他的康桥境界，我们就可能获得这样的感觉印象——

清纯中见迷离。诗人对康河自然美景的意象渲染，呈现层层递进的结构。

那榆荫下的一潭，
　　不是清泉，是天上虹
揉碎在浮藻间，
　　沉淀着彩虹似的梦。

"彩虹似的梦"，也是诗人遗落在康河中的"梦"。这"梦"，顿然使人感到清澈明净的河面罩上一层美丽的迷离。并且，这"彩虹似的梦"，与诗人心头荡漾的"艳影"，相映生辉，更加增添了诗的梦幻美的氛围。

秀逸中见深幽。诗意缘起——康河这条秀丽的水,本身就意味十足。况且诗人对遗落在这条水上的"梦"的呼唤,更赋予水的秀逸之意蕴。仅仅一句:"寻梦?向青草更青处漫溯",可谓潇洒飘逸之致,但其内涵却深远优美,令人遐想不已。

C. 寻梦?向青草更青处漫溯

"寻梦"已是对诗的意义的追问的重要提示。而要探讨这个问题,还是先从"离情别意"的话题谈起。

> 轻轻的我走了,
> 　　正如我轻轻的来;
> 我轻轻的招手,
> 　　作别西天的云彩。
> ……
> 悄悄的我走了,
> 　　正如我悄悄的来;
> 我挥一挥衣袖,
> 　　不带走一片云彩。

这开头结尾反复咏唱的"告别辞",堪称依依情深。但只要细细品味,就会感到其内涵又不是一般离别之情所能包容的。它有着独特的性质和更深的意义。从开头的三个"轻轻",到结尾的两个"悄悄"。不仅仅表达了一种无限依恋的情绪,同时,更重要的,还在于造成了对康桥世界的百般珍惜近乎带有一种虔诚地守护的情感和氛围。这里,我们就要不禁追问:诗人百般珍惜和守护的康桥世界的价值,究竟在哪里?

因为康桥世界是未曾受到人工损伤的完整的自然?

因为康桥世界是没有受到半点污染的纯洁的地方？

因为康桥的灵性——水的清澈秀逸？

是，又不仅仅是。

徐志摩是大自然的崇拜者，他主张人类接近自然，皈依自然，并融会自然。目的是"恢复自然的生活优游"（《诗》）。他与大自然似乎有一种本能的感应和认同，与大自然达成和谐的融汇。你看"我"与"西天的云彩"交流感情达到的默契，感觉到"金柳"具有"新娘"的魅力；那波光艳影、一潭虹影等大自然中的美丽幻景，也映入了"我"的心灵，成了"梦"的呈现；乃至"我"想化入康河的柔波中，做"一条水草"的体验。这不单单是诗人采用的拟人化手法或浪漫的想象，更重要的是，诗人与大自然已经融为一体，诗意信息的交汇，就是人与自然的谐和交感，而诗的艺术手法或语言方式，在完成诗意信息传递之后，就失去了意义。诗人这种皈依自然、融会自然，完全是全身心地投入——

这是灵性的感应，带有一种自然流动的灵气。

这是生命的默契，是一种感性的透彻和神秘。

这是精神的依恋．是一种抚慰、一种恬静，

这是神性的境界，是生命体验的升华和博大。

诗人有过这样的深切体验的经验之谈："只有你单身奔赴大自然的怀抱时，像一个裸体的小孩扑入他母亲的怀抱时，你才知道灵魂的愉快是怎样的？"[5]当我们走向大自然走向原始山水风景，虽然也会获得身心的愉快，但不会达到诗人那种纯粹的程度。徐志摩自称"是个自然的婴儿"，将"回复自然的生活优游"作为生命"光明"的追求。可想而知，他像一个裸体的小孩扑入大自然母亲的怀抱里而获得"灵魂的愉快"。

因此说，诗人想成为康河柔波里的"一条水草"，不是那种喜欢大自然的志趣之言，不是一般诗情的比拟，而真正可以理解为一个裸体的小孩扑入大自然母亲的怀抱里的艺术现身符号，是对进入他所向往的生命境界的赤诚和纯粹的表现。这样的"一条水草",颇有点儿像庄周梦到的"蝴蝶",不同的是,志摩式"水草"富有生命激情,可以视为"跳着溅着不舍昼夜的一道生命水"的代码。诗人从大自然的杰作——那榆荫下的一潭揉碎在浮藻间的"天上虹"中,感觉到"梦"的存在,并且执着于使梦转变为现实——能够感觉和体验到的生命的美丽的追求,于是,《再别康桥》中出现了这般惊世骇俗的诗句——

寻梦?撑一支长篙,
　　向青草更青处漫溯,
满载一船星辉。
　　在星辉的斑斓里放歌。

诗人所要漫溯的"青草更青处"为何境?因为上述诗行已形成对康桥境界的初构,这里仅以简洁的提示和情绪气氛的渲染,可藉助读者的联想和想象,达到康桥境界建构的"曲径通幽"的效果。我们可以结合徐志摩的"康桥经验"进行引证和鉴析。

"康桥经验"之一。徐志摩称:"在星光下听水声,听近村晚钟声,听河畔倦牛刍草声,是我康桥经验中最神秘的一种:大自然的优美,宁静,调谐在这星光与波光的默契中不期然的淹入了你的性灵。"他还反复说:"我只要那晚钟撼动的黄昏,没有遮拦的田野,独自倚在软草里,看第一个大星在天边出现。""在康河边上过一个黄昏,(那四五月间最渐缓最艳丽的黄昏)是一服灵魂的补剂。"

"康桥经验"之二。他在夕阳下骑车,向着辽阔的天际追日。大道上走过一大群放草归来的羊,偌大的太阳在他们后背放射着万缕金辉,天上却是乌青青的,只剩这不可逼视的威光中的一条大路,一群生物!他顿时感到神异性的压迫,不禁跪对这冉冉渐翳的金光。再则,草原上开满艳红的罂粟,在青草里亭亭的像万盏金灯,阳光从褐色云里斜着过来,幻成一种异样的紫色,透明似的不可逼视,霎那间使他视觉迷弦。他称,他"竟像是第一次""辨认了星月的光明,草的青,花的香,流水的殷勤"。

"康桥经验"之三。他还称这里多的是花鸟世界,多的是稚童乡情,多的是清净地……尤其是对站住桥上看几个女郎撑船(最别致的长形撑篙船 Punt)的"美"的感受。她们"穿一身缟素衣服,裙裾在风前悠悠的飘着,戴一顶宽边的薄纱帽,帽影在水草间颤动。你看她们出桥洞时的姿态,捻起一根竟像没有分量的长竿,只轻轻的,不经心的往波心里一点,身子微微一蹲,这船身便波的转出了桥洞,翠条鱼似的向前滑了去。她们那敏捷,那闲暇,那轻盈,真是值得歌咏的"。

上述三种相互联系的康桥经验引证表明,诗人深入大自然,就是深入精神和生命的内部,是一种怡情悦性的感性体验的过程。而康桥的自然广阔和春天富有的奇异风景,正有益于人的情性的舒展和生命的洞开。徐志摩感到没有比在康桥更适情更适性的体验。这就是他的康桥经验种种神秘的共同含义。诗的康桥世界,作为他的心灵的理想世界,自然离不开他的康桥经验的更集中更深入的辐射,因而也更深入他的生命和灵魂。我们能够感受和想象那"青草更青处"的境界——

是在那人与自然高度融合的优美宁静里,不期然地复活或鲜活了诗人的性灵的地方?

是在那美丽的大自然的黄昏的温存和甜蜜里,诗人得以抚慰和滋养的灵魂,像花朵自由舒展的地方?

是在那没有遮拦的原野上,在自然生命的神圣的光辉与美丽的异彩里,使诗人进入纯粹和迷弦的生命状态的地方?

是撑篙女郎的灵性和美?诗人认为她们的敏捷、闲暇、轻盈,"真是值得歌咏的",是否是他"撑一支长篙""寻梦"的所指之一?

总言之,这犹如在青草里打了个滚,到海水里洗几次浴,到高山去看几次朝霞与晚照一样更适情、更适性的境界。是对人的精神的自然方面的顺应和拓展,是对人的天性的永恒的部分的发现和发掘,也是对灵魂的自由和欢乐的追求。徐志摩的另一首短诗《康河晚照即景》,可以视为《再别康桥》的注释:

> 这心灵深处的欢畅,
> 这情绪境界的壮旷。
> 任天堂沉沦,地狱开放
> 毁不了我内府的宝藏!

诗人执著追求和守护的丰富而壮旷的"内府的宝藏",构成诗的康桥世界的全部底蕴。"满载一船星辉,/在星辉的斑斓里放歌"。这般向心灵深处的欢畅的突入的场面,是何等雄丽壮阔!诗人壮旷的情绪,是澄明的康河的灵魂,平静中潜伏着不平静。

> 但我不能放歌,
> 　悄悄是别离的笙箫
> 夏虫也为我沉默
> 　沉默是今晚的康桥

诗人无奈中悄悄的别离,是多么悲壮苍凉的现实画面!徐志摩说:"我这一辈子就只那一春","不曾虚度"。在告别"那一春",失去"那一春"时,就倍感"那一春"的珍贵和神圣。因而,他将"那一春"——康桥世界,视为他依恋的精神家园,加以伺候和看护,并且保持这片自然世界的纯洁性、完整性,不让城市文明和世俗生活污染或扭曲了这里的一草一木……这大概也是诗人"轻轻的""悄悄的"走了,"不带走一片云彩"的深意所在吧。

D. 康桥境界：美感和音乐的神味

徐志摩建构的康桥境界,不仅展示了人所特有的自然内陆("内府的宝藏"),同时表现了这种"自然内陆"是一种美的存在。这种美,是得自康桥自然美的诱发而映射出来。或者说,诗人是在深入自然深入自身的神秘体验过程并获得的审美愉悦中,表现了人的性灵美和独有的生命情调。诗人与自然康桥融为一体,"我"的生命与自然生命一起生展,"我"的心灵与柔波艳影一起震颤,这岂不是"物我同一""恬静观照"的审美境界？徐志摩意识到："只要你审美的东西不曾泯灭时。这是你的机会实现纯粹美感的神奇！"他一个人发痴似的在康桥所体验到的"孤独"和"闲暇"的"甜蜜",正体现了这种"纯粹美感的神奇",诗中出现的"金柳""新娘""波光""艳影""青荇""招摇""柔波""水草""一潭""彩虹似的梦"等意象,无不饱含着诗人的"甜蜜"体验,给人以纯粹美感。

诗的语言形式,作为传递生命情感和美的信息的媒介,是诗人应该苦心孤诣经营的重要艺术工程,尽管一旦诗的意义表达了出来,语言本身就失去了意义。犹如小鸡破壳而出,蛋壳就再也没有意义,然而,人们只有从鸡蛋的孵化中,才能获得生命的信息,唯有鸡蛋是生命的寄托和诱惑。《再别康桥》的圆熟的形式,蕴含着显示灵魂和生命的意义。诗中词语组合、诗行构建,既整齐匀称,又气韵生动;语言意象既典雅优美,又真挚深切;诗篇结构既完整工丽,又留有暗示和空白。不过如果单单从语言画面的角度,诗的意义往往不容易被读者所介入和领悟。应该说,《再别康桥》的语言形式造成的最大艺术效果,还在于它的音乐感。这固然表现在语言形式的音乐美。诗人运作参差的完整排列(借鉴华兹华斯的抒情歌谣体)并善于通过音韵的调配、音调的复沓的运用,造成循环往复的音乐旋律,使全诗宛如一首和谐的乐曲。但,诗意不仅仅停留在外在形式的音乐感,更重要的,还见诸诗的内在结构,造成诗的那种脱掉尘埃气的清澈秀逸的意境,因超越了诗歌画面而化生出的音乐的神味。这是超凡入化的无声的境界,故称音乐的神味。一般读者都可能感受到这首诗歌语言有声的优美的音乐旋律,却不一定会体悟到诗的无声的音乐境界。

  诗的音乐境界,是诗的理想境界。它是语言的升华,或者说是对语言的超越,也是诗人的灵魂和生命的体验的高级境界。康桥意境全得助于康河秀丽的水。水,本来具有原型性象征意义。诗人的灵魂和生命的体验与康河秀丽的水,完全相融于一体。水的灵性映照着人的性灵,人的生命漾动于柔波艳影之中,一派天然独成的音韵、旋律、音色。正是水的境界,升腾为这首诗的音乐境界。诗中一幅幅意染画面,乍看是诗人感受到的康桥自然美景的展现,实际上构成了天然、秀丽、飘逸的水的意境。只要细细品味,神聚心入,就会获得一种纯粹的感觉,——不是停留在意象画面上的感觉印象,而是在对康河(康桥)意境的深入中获得精神的启悟和升华,一种诉诸五官感觉的康河的音乐,一直萦回不息。这时在我们的感觉中,诗的语言画面已经模糊乃至消失了,只有澄澈透明的音乐在升腾,在萦回……这大概也是徐志摩的神秘的康桥经验的魅力吧。

  诗中关于"梦"的意境,可谓最富有音乐的神味。可分为"彩梦""寻梦""别梦"三部曲。诗人发现那榆荫下的一潭不是清泉、胜似清泉的虹影,惊喜不已,立即联想到梦,——这般天然独成的"彩虹似的梦",不正是他所追求的自然美的梦?这种虚幻的美丽中顿然注入生命和灵魂的升腾,岂不富有音乐的神味?与"彩梦"带有浪漫主义色彩不一样,"寻梦?撑一支长篙,/向青草更青处漫溯",是对更适性适情的现实生命境界的追寻。这里妙在以虚写实,省略了写实部分,留下大片空白,造成"青草边就梦"的空灵境界,岂不带有音乐的神味?然而,今晚"悄悄是别离的笙箫"代替"在星辉斑斓里放歌",夏虫沉默,康桥沉默……一片悲剧氛围笼罩着康桥世界——诗人的精神依恋之乡,一支悲哀的乐曲,从诗人的灵魂中升起……岂不显示了音乐的神味？诗与梦总是连在一起的。诗的梦幻境界，往往总是诗人的精神和灵魂的升腾。这种梦幻境界发挥到极致，就会出现音乐境界。诗的梦幻境界，是从总体环境而言，非一定写梦：关键在于诗人的构思，若写梦，也是自然入"梦"，且不重复别人的"梦"。《再别康桥》直接写到的"梦"，既属于诗情发展，意象连锁的必然，又是诗人独有的艺术幻想力的展示。更重要的，"梦"作为点睛之笔，既是诗人的精神和灵魂的寄托，又是对全诗境界的虚化和提升，达到了音乐的境界，意味弥深。因此说，"梦"是《再别康桥》最重要、最精彩的部分。

《炉中煤》的韵律与副标题的画蛇添足

人们一般认为郭沫若的《女神》，以"独创的自由诗体"而成为中国新诗的"奠基石"。然而，《女神》中的《炉中煤》作为他的代表作之一，却与其他篇什有很大不同，可以称为中国新诗史上最早讲究新诗格律的一首。

平心而论，郭沫若的《女神》的主要价值，是在于诗人对狂飙突起的"五四"时代精神的自由抒发，也运用了博大的比喻，而在诗体形式上，基本上是照搬或借用了美国诗人惠特曼的自由体，尚未改造和独创出中国现代汉语的自由诗体。我在一篇诗论中曾说："作为西方诗的自由体引进中国，需要有一个改造或变通为合乎汉语言特点的艺术过程，因为西方诗的自由体具有字母文字的弹跳力、节奏感强、旋律优美的特长，而它为中文所利用，就要按照汉语的结构、节奏、音韵和语意的方式，创造出充分发挥汉语文字的智性、灵性的独特自由体形式。"然而，"五四"诗坛的先驱们却忽略了这一艺术过程，他们努力的是如何摆脱旧诗的藩篱，不是如何建设新诗的根基，注重的是诗体的自由和白话，而不是艺术的诗。他们甚至混淆中西方诗体的界限。梁实秋说："新诗，实际上就是中文写的外国诗。"他还说:"一般写诗的人以打破旧诗的范围为唯一职志,提起笔来固然无拘无束,但是什么标准都没有了,结果是散漫无纪。"[7]这反映了世纪初诗坛的真实情况。郭沫若的《女神》就是在这一背景下诞生的,不可避免地带有自由散漫的倾向。

但,《炉中煤》却自由而不散漫,与旧诗格律决裂而有一定联系。它是郭沫若早期诗歌中的特殊现象,然而,今天我们审视它,却又像在贫瘠的土地上发现了一片庄稼似的喜悦。与郭沫若的散漫无纪的自由体诗相比较,《炉中煤》更具有诗的存在意义。本文对它的新格律因素,略作窥见。

首先,这首诗的句式大体上整齐、匀称。每行诗的字数一般是6—9个字,构成3—5个音组;每节诗5行,并且每节都以"啊,我年青的女郎"开始,始节与末节的最后两句相同:"我为我心爱的人儿／燃到了这般模样",这迥然不同于郭沫若那种长短不一、参差不齐的自由体(自由散漫)诗风。同时,这首诗的口语化语言,虽不精美,却也是经过一番提炼的。由词语组合构成的意象,给人一种凝炼感,如"我为我心爱的人儿／燃到了这般模样"也不失为脍炙人口的名句。反复并非杂沓,而形成了诗意的递进或回荡。这也是对他的有些篇什诗句松散、杂沓,乃至外语单词入诗的欧化倾向的一种反拨。

诗句的均齐押韵,节的匀称整合,表现出了诗的节奏和旋律。诗人富有的激情或情感,犹如给这诗的语言载体充电,因而使诗显出热烈跃动的旋律和节奏。中国诗的节奏,取决于汉语字词组合的音组,诗人的情绪(情感)也是通过对汉语词汇及其音组的渗透而发生作用。音组结合的抑扬顿挫及其均齐对称,造成了节奏的起落与和谐。而诗节与诗节之间的排比,首尾反复呼应,加上韵脚,又造成诗的整体上的旋律的回环激荡。《炉中煤》由诗人丰富饱满的激情与大体上整齐匀称的语言形象的契合,而形成了热烈奔放又跌宕起伏的旋律,具有深沉而明快的节奏美、音韵美。

这首诗适宜于朗诵,读起来朗朗上口,律动音谐,起落有致,情感荡漾,因而颇受读者(听众)的欢迎。

另则,我们也不能不看到,这首诗的构思:借"炉中煤"的独白,唱给"年青的女郎"的"恋歌",这种拟歌体式(口语式与歌体式相融合)本身,也决定或影响了诗句和节的均齐对称的安排。

诗的韵律与语言、音组及修辞方式是分不开的。音组又称"顿"。《炉中煤》每行诗一般由 3—4 个"顿"或音组构成,例如"啊,|我年青的|女郎!"是三个"顿"。"你该|不嫌|我黑奴|鲁莽",是四个"顿"。最多五个"顿"。所谓句的整齐,就是指每句诗中这个"顿"(音组)大体相当。如果诗行中的"顿"相差太多,像《我在地球边上放号》中的句式:"啊啊!|力哟!|力哟!|力的/绘画,|力的/舞蹈,|力的|音乐,力的|诗歌,|力的/律吕哟!"是 3—10 个"顿",就很难形成诗的韵律,显得散文化了。节的均称,也是指整首诗中所有诗行的"顿"数大体相合。《炉中煤》由此也给人以汉字挑列的视觉美。总之,诗的基本格律因素,主要在于对这个词语的"顿"或音组的处理,这也是古今诗歌的共同之处。自由体与格律体的区别,在于打破了平仄、对仗之类的语言镣铐,而并不是连"顿"(音组)也要抛弃,也不讲究了,尽管自由体诗行中的"顿"数安排允许有较大的自由度。只要还是以汉语写诗,就仍然要遵循现代汉语的"顿"(音组)的组合原则,并且从对"顿"数的合理而巧妙的安排上取得诗的韵律感,从而加强中国新诗的汉语言特色。正是从这一意义上,郭沫若的《炉中煤》为中国新诗形式起了良好的开端。它虽然还不成熟,却也为世纪初散漫无纪的白话诗苑,增添了一线曙光。

关于《炉中煤》的含义,以前的现代文学史和教科书,是依据这首诗的副标题"眷恋祖国的情绪",以及郭沫若在《创造十年》中的自白,认为《炉中煤》"是年轻诗人献给祖国的一首'恋歌'"。论者依据诗人的创作意图进行分析或导读,似乎无可非议,但问题在于如何看创作意图自身是否妥当,如何看待创作意图?

《炉中煤》的副标题,似给人以画蛇添足之感。因为"眷恋祖国的情绪"直接表露了诗的倾向,恩格斯早已说过:"倾向应当从场面和情节中自然而然地流露出来,而不应当特别把它指点出来"[8]。作者特别将"倾向""指点出来",莫过于画地为牢,尤其是做诗之大忌。它不仅容易限制形象创造和诗意的包孕,同时也容易给读者带来框框,限定人们对诗歌意象的认识与赏析。

首先应该肯定,郭沫若"眷恋祖国的情绪",还是从诗歌形象或意象本身流露出来的。这首诗很好地采用了比兴手法,诗中抒情主人公——"我"以"煤"自比,借"煤"抒情,抒发对"年青的女郎"的热烈情感。这个比喻结构,拥有较大的诗意空间。总的来说,"我"的感情寓于"煤"的形象之中,并能从对"煤"的特点的发掘中状物拟人。诗的第二节表现尤为精彩,对煤的拟人化,入情入理,恰到好处,使孕发的情思显得真挚、深沉、热烈。"我为我心爱的人儿/燃到了这般模样",可以视为这首诗的主旋律。然而,由于副标题的限定,也带来了对"年青的女郎"的限定,即比喻"祖国"因而也规定或制约了诗中具体形象的创造,主要表现在第三、四节,如"我常常思念我的故乡"带有"倾向"的明显痕迹。不少论者恰恰是以这句诗为依据,做"爱国主义"诗篇的判断。

假如对"年青的女郎"不做单一的指向界定,假如去掉这首诗的副标题之后,我们就可以从喻指的不确定性或者说多指向性,去理解"年青的女郎",——她不仅具有男女爱情的基本义,又有对故土对祖国等恋歌的引申义,因而也就可能从更宽泛、更丰富的含义上去读这首诗。尽管诗人不特别指出,我们却同样能够读出这是年轻诗人在大洋彼岸对"五四"运动后祖国的"恋歌",但又不止这一层含义,关键在于诗人对真实感情的自由辐射的宽度和深度,及其直觉创造中的艺术表现力。犹如苏轼的《水龙吟》,乍看是词人对杨花的怜惜,细品味,又何尝不是对得不到爱情的不幸女性的凄苦命运的悲叹？又何尝不是对生活中被遗忘了美好事物或者对社会上漂泊零落者的可怜身世的感叹？这并不一定是诗人预先都构想到的，而是成功的形象（意象）创造的魅力。这即是"形象大于思想"的道理。因此，现代诗人总是将主观意图隐藏着，并尽量从不设定性中作自由的诗创造。

《炉中煤》的缺憾，也有着历史的原因，诗人是让"五四"的政治激情掩盖了诗艺术本身，也掩盖了诗人自身的才华。这一现象曾沿袭了大半个世纪，今天我们重新审视这一现象，对于从诗艺术本身出发，去认识和估价现当代诗歌，有着不可疏忽的理论意义。

"雪"的丰富喻义与"自注"的"画地为牢"

毛泽东作为政治家、军事家和诗人，其诗词中大都写及历史与战争，《沁园春·雪》可谓写得最为出色的一首。它既不像有些篇什直抒胸臆，也不是一般地运用中国诗歌传统的比兴手法，而是"比""赋"得体，善于将"赋"的陈述方式融于"比"之中，从而形成了比较雄浑的词风与宽阔深厚的境界。

作者立意，诚然直接影响作品涵义的构成，但作品的意蕴越出乃至违反作者的意旨，也已成了文学史上常有的现象。这是由"形象大于思想"的艺术规律所致。毛泽东的《沁园春·雪》似乎也接近这类现象。历来诗词咏雪的很多。"雪"，是富有诗意的自然景物，不少诗人对"雪"都成功地作了新的发掘。毛泽东这首词因"初到陕北看见大雪时"而起兴。1958年12月21日，毛泽东又作过批注："雪：反封建主义，批判二千年封建主义的一个反动侧面。文采、风骚、大雕，只能如是，须知这是写诗啊！难道可以谩骂这一些人们吗？别的解释是错的。末三句，是指无产阶级。"这首"批注"可能带有当时日渐滋长的极左思想的印记，但也从某种程度上透露出作者的立意。毛泽东断定"别的解释是错误的"，大有"一言堂"之意，明显与古人所云"诗无达诂"相悖。而不少毛泽东诗词鉴赏版本都沿袭毛泽东"批注"的解释，不知是不了解艺术规律，还是受着"两个凡是"的影响？毛泽东的自注（批注）可以作为理解他的词作的参照，但不应成为诠释作品的唯一依据，那样做只能画地为牢。何况，30年代的毛泽东与五六十年代的毛泽东的思想状态很不一样。再何况，毛泽东还在提醒人们"须知这是写诗啊"。他拥有诗家的真实情怀与个性、才华，特别是这首词的起兴得心应手，合乎形象思维的规律，作者真正投入创作状态，往往就不受主观意志的限制，因而取得了这首词创作的成功，也使我们获得意外的惊喜。

词分上下阕，上阕因雪起兴，借雪景抒写情怀。起笔不凡，"北国风光，千里冰封，万里雪飘"。不先写"雪"字，而首推"北国风光"，不仅突出了诗人对北方雪景的感受印象，而且造境独到优雅，可以冠结全篇。接着是对雪景的大笔铺陈，"望长城内外，惟余莽莽；大河上下，顿失滔滔"。大雪覆盖了一切，黄河也失去了滔滔流动貌，无边无际的茫茫雪景。这里"惟余莽莽""顿失滔滔"，十分准确、传神，凸现了北方雪景的深度。"山舞银蛇，原驰蜡象，欲与天公试比高。"可谓静中写动，披满白雪、连绵起伏的群山，像银蛇舞动，而白雪皑皑的高原丘陵地带，像蜡白色的象群在奔兀。群山高原与低垂的冬雪云天相连成一片，因而作者信手拈来"欲与天公试比高"之句。"银蛇""蜡象"两个生动比喻。一下子赋予雪境以生命感，且有动中见静的艺术效果。这就"水到渠成"地引出"须晴日，看红装素裹，分外妖娆"。多么自然巧妙的联想，使雪境发生阴晴之间的转化，一个"红装素裹"的美人的象征，初步形成这首词的意境。下阕首句"江山如此多娇，引无数英雄竞折腰"。可谓承上启下，将全词连接得天衣无缝。"江山"这一双关语词，与上阕中的"长城""大河"相融合，具有画龙点睛之意,"江山如此多娇",可以理解为这首词的基本构架。作为政治家的词人,对"北国风光"的抒怀,最终还是对江山社稷的关怀。1936年初,毛泽东领导中央红军完成了二万五千里长征胜利到达陕北,中国革命有了新的转机。毛泽东怀着拯救中华民族、创建新中国的政治抱负和雄才大略,必然会在这首词中曲折地反映出来,并且不同凡响。古往今来,无数英雄豪杰为江山社稷奔走操劳。词中列举了秦始皇、汉武帝、唐太宗、宋太祖、成吉思汗等,作者以"略输文采""稍逊风骚""只识弯弓射大雕"——作了贬谪,从而烘托出不同于封建社会的"无产阶级革命"。"俱往矣,数风流人物,还看今朝。"成为六七十年代称誉"无产阶级英雄人物"的绝句。实际上,作者所说"雪:反封建主义,批判二千年封建主义的一个反动侧面",只能从下阕中理解,而在上阕无论如何也看不出来。窃以为,下阕过于明朗的用典和陈述,造成了这首词的美中不足,虽然这种用典和陈述融入了上阕形成的雪的境界中。我更赞赏上阕从对雪的象征中表现出的"欲与天公试比高"的革命精神和情操。从全词看,"雪"的喻义、雪的意境,指向美好的风光或事物,既有对祖国大好河山的热爱和颂扬,也有为守护"江山"而奋斗的雄伟气魄和壮阔情怀的抒发。词中对有赫赫功业的封建皇帝的褒贬,仅仅表现了傲视群雄的气概,并未构成"批判二千年封建主义的一个反动侧面"。

  这首词突出体现了毛泽东词风的雄健、大气。作为领袖毛泽东的博大的胸襟和抱负,与广阔雄奇的北国雪景发生同构,作者目接"千里""万里","欲与天空试比高";视通几千年,指点江山主沉浮,充分展示了雄阔豪放、气势磅礴的风格。全词用字遣词,设喻用典,明快有力,挥洒自如,辞义畅达,一泻千里。毛泽东讲究词章格律,但又不刻意追求。全词合律入韵,似无意而为之。虽属旧体却给人以面貌一新之感。不单是从词境中表达出的新的精神世界,而首先是意象表达系统的词语,鲜活生动,凝炼通俗,易诵易唱易记。

注释：

［1］朱自清：《中国新文学大系·诗集》导言。

［2］茅盾：《徐志摩论》，《文艺月报》，1933年6月，第1卷创刊号。

［3］胡适：《易卜生主义》，《新青年》，第4卷第6号。

［4］徐志摩：《曼殊斐儿》，《徐志摩选集》，人民文学出版社，1983年。

［5］徐志摩：《翡冷翠山居闲话》，徐志摩作品选《落叶》，花城出版社，1982年。

［6］《再别康桥》新析一文中未注明出处的引文，均引自徐志摩《我所知道的康桥》，徐志摩作品选《落叶》，花城出版社，1982年。

［7］梁实秋：《新诗的格调及其他》，杨匡汉、刘福春编《中国现代诗论》上编，花城出版社，1986年。

［8］《恩格斯致敏·考茨基》，《马克思恩格斯选集》第四卷，人民出版社，1973年，第454页。

（原刊《名作欣赏》1996年第2期，1997年第4期，2001年第3期）

现代诗的隐喻结构

现代诗的寓义,再也不像小石潭那么清澈见底,而是一口深井,一片海域,令人捉摸不透。假如现在还有诗作被人指责为"影射什么",这诗大概首先已不属于上乘之作。当代诗歌的艺术变革,以诗的意象化的进程为基本标志。考察诗歌意象的结构,不难发现隐喻、象征的隐喻是其主要的基本的结构方式。即是说,当代诗歌中普遍运用和盛行的隐喻的方式,是导致并促成诗的意象化进程的基因。这种对新诗艺术的重大突破和更新,无可挽回地改变了旧式诗语的建构体制和解读方式。有人感叹"令人困惑的意象"。如果是因还未顺应新诗艺术的变化,仍抱着旧式解读方式,就难免发生"老钥匙开新锁"的困窘。当然,也确有一些诗故作高深,或在诗人圈中玩意象,把隐喻或象征引入玄奥艰深的现象,这是新诗的意象化进程中不尽如人意的地方。因此,探讨当代诗歌意象结构的新型范式及其审美特征,对于诗的鉴赏和创作,都是具有现实意义的。

一、诗意的方式的本体性与隐喻结构功能

诗意的方式,服从于诗的自由创造的规律。诗人总是在自主自在的精神创造中孕发诗的意义和美。诗歌的每一次变革,都是朝着这种自由

的精神创造方面发展,都是对诗的本体艺术的一次解放和回归。"五四"诗体革命摆脱了旧体形式的镣铐,自由体本身就属于自由的创造形式,避免了"格律化"对词语组合和语境的障碍或掩饰,使词语真正显示出抵达诗人灵魂的深度。80年代诗观的解放,首先是精神的解放,使诗的感觉和幻想摆脱了"篱笆墙的影子",获得无限广阔自由的疆域。

一切外部的东西,都只能服从于诗的生命自身的目的。只有那种属于诗歌形象的生命因子的东西,才可能成为诗的语义的一部分。80年代诗歌回归自身,不是简单的回复,而是更高层次上的新的发展。这不仅表现在诗对人的内心和生命真实的进一步突入,也表现在对时代潮流和现代生活节奏的感应。语义,指向诗的心灵的原本的全方位的信息反馈。诗的形式——意义的载体的负荷量的增大,乃至成为生命和灵魂的存在的场所和形式。现代诗意的方式,表达了诗性认识的本体性和超验的多元性。

诗的本体性,总体上表现为本真的诗性特质。对这种诗歌文本的透视图式,可以作如下描述:一是自然的诗性生态。诗本体是向人的生命情感世界开放的信息系统,呈现为既有精神的深度又有生命的原初气息的自然生态平衡。诗的心灵,于一派激活的生意盎然的朦胧中呈现出深邃和广阔无垠的可能,它是发生伟大奇迹的神秘兆示。诗人感情的浮浅或闭合,不可能形成这种诗的生态的壮丽奇观。二是诗性向心力。诗的心灵、诗的情感,具有磁性特质,总是吸收和聚敛、储存和包孕大量的信息。这种现象,可称为诗性的向心力。这也是诗人进入自身体验的生命活跃和情绪自由的最佳状态的显现。它形成的深厚充盈的意象,郁勃地反射向博大无际的时空。如果让"外力"消解了诗性向心力,也就消解了这种反射的力度和密度。三是完整的诗性境界。诗人感觉的(诗情)兴奋点,可能有所选择和指向,但这仅仅是从某一侧面切入,进入诗的状态之后,就会以生命激情和整个心灵去拥抱每个词语。美国诗人勃莱克说的:"一花一世界，一沙一天国"，这"花"的语境，"沙"的语境，则是一个心灵的语境，一个生命的语境。这种诗的境界，往往是多层面的立体的完整艺术生命体，而旧式诗语的思维惯性，是在指向的层面（平面）中滑行，只见一峰，不见群峦，因不见心灵的整个基形而显得简单化。

诗，成为本体性显示，成为心灵的世界和生命的存在的艺术提示，就带有很大的暗示性，这无疑加大了诗的结构方式的力度，就不能不体现为一种隐喻的关系。隐喻结构，作为一般认知模式，是一种古老的经验和智慧。表面上看是一种委婉的修辞方式，实质上是言说意义世界（想说不易直说或者难以说清的东西）的恰到好处的表达。诸如："树倒猢狲散"，"天要下雨，娘要嫁人"，"他是在演戏"，"他走了"……这些简单的隐喻句式，几乎成了约定俗成的日常话语。诗学意义上的隐喻结构，则是更高层次上的智性创造的艺术认知模式。它是探索和表现人类复杂微妙的生命和精神的秘密形式，是本真而深刻的艺术感知的形式。每一个隐喻，都是一次对新的意义关系的发现和创造。从现代意义上说，诗的隐喻结构，不是修辞的形式工具，而是生命和精神的存在的房屋。作为喻体的客观物象，都带有暗示的符号特性。一个完整的隐喻结构，就是一个暗示符号系统，呈现着诗人的心灵和灵魂的深度。隐喻符号表现了不确定性，其暗示的艺术效能，恰恰在不确定的语义指向中包容了多向的丰富含义，连同"不可言传""难以名状"的东西，也以模糊传递的方式囊括其内，获得惟妙惟肖的表现。隐喻结构，具有高度暗示功能，更具备诗的表现力。它是一个形式开放而又包蕴性特强的整体暗示系统，最切合诗的本体。当代诗人的想象力明显朝着隐喻式思维倾斜，这是智性的艺术选择。

隐喻结构功能，发自隐喻式的感觉方式。诗人需要从对外在世界的认识的反映中感觉自己，而一旦有了诗的感觉，将主观情感"物象化"，却是隐约的直觉性把握，有意识与潜意识、无意识、自觉与不自觉的浑然一体的艺术认知。这样就不会因意识和理性的节制而影响想象活动的自由，保证诗人的智性得到最大限度的发挥,同时也诉诸相对应的物象,使情感的投射得到自然完整的显示,使这一物象成了象征性的表达。因瞬间契合而成的某种意象,只是显示活脱脱的内心情感世界的信息符号,它是意向性的隐约的传达,却也是生命的本质的显示。隐喻的意象,本质上是一种智性的闪现,只是借助于感觉。它对于人的生命情感的经验或体验的艺术表现,如同鸟之于栖巢那样自然独到。牛汉的《梦游》,假借生理病症,作人生和生命的隐喻。闪耀着智性之光的梦幻活动,显示了内省而自然的精神深度,诗性直觉伸向隐秘幽冥的特别大的生命疆界。牛汉称他"追求的那个遥远的艺术境界与梦游中的世界竟然在冥冥之中毗连着",因而"分不清我是在梦游,还是在写诗"[1]。梦幻的形式,是创造的精神的自由的智性形式,梦幻本身就意味着一种隐喻。隐喻性的直觉方式,具有认识和创造的双重特性。它构成的隐喻关系,是把外在的自然界与人的内心世界联系起来的本质的艺术关系,具备表象之中寓有本质,隐约之中展示深度的结构功能意义。

每个历史时代都有自己的比喻风格。现代隐喻一开始表现为个性解放和内心呐喊的喷发式抒情的奔放与透明,体现了"五四"狂飙突起的时代精神。"五四"诗体革命出现与传统断裂的负面,造成初期白话诗语言意象的简单苍白。二三十年代诗人们重建与古诗传统艺术的联系,兼取和糅合古典隐喻与西方意象主义、象征主义等艺术特长,而形成了现代隐喻结构的范式。解放区和建国初期的新的世界、新的生活、新的情感在诗中呈现为单纯明快的歌唱(明喻式),后来诗歌日渐受到"从属论""工具论"的胁迫,又成了"时代精神的号筒"。80年代诗歌的意象化的进程,突出表现为意象的存在方式由明喻式向隐喻式的转换。运用隐喻的结构方式,建构形而上的语言符号系统,达到对生命和精神的深刻显示,已经成为诗人们普遍追求的艺术风气。这也是新诗艺术的现代化发展的必然进程。在传统诗观和诗歌史中,象征(象征的隐喻),往往被划入现代派诗歌的艺术范畴。诚然,象征真正形成于西方现代艺术阶段,乃至出现象征主义流派。但,象征不为某个流派所专用。不同流派的诗歌有着不同的象征的隐喻方式,现代派诗歌表现了象征的特有的强度。80年代现代主义诗潮推进了诗歌意象的隐喻化的进程。朦胧诗把西方现代派诗歌的各种表现手法融汇到自身独有的隐喻方式之中,它呈现的意象图式,以一种与传统诗歌模式逆差较大的艺术陌生感,使不少诗人陷入迷津,同时也由此迈开了新的艺术步伐。后新诗潮虽属是包括反意象的极端主义思潮,但它洞开的生命意识却进一步拓展了隐喻结构的内涵,更切入诗的本体。总体上看,当代诗歌的隐喻化,还是在现代与传统的诗艺交构中发展,各种诗潮的起落跌宕,可能影响而不可能改变这一艺术运行的大趋势。

二、隐喻结构生成的艺术原则及类型

在五六十年代诗歌中,隐喻一般作为修辞手法,运用在诗的细部,在诗歌总体上仍表现了明喻性。80年代诗歌的意象化的进程,正是从诗歌总体上实现了由明喻性到隐喻性的艺术转型。而明喻则作为修辞手法,与转喻、借喻、象征、描述等交错出现在诗的细部。隐喻的方式,成为诗歌内在的表达功能的结构,是诗人的艺术感觉和形象思维的拓展和深化的体现。

瑞恰慈在《修辞哲学》中称比喻是"不同语境间的交易",并提出富有哲学意味的"远距原则"。由同一类比联想的艺术滑翔而生成的隐喻和明喻,也正表现了这种"交易"的"远距"方面相对的差距。一个是由相近的事物的类比而引起联想的单一的语言表达世界,一个则是由很远的事物(或概念)的类比联想而获得新的理解的复杂多元的语言表达世界。不妨对公刘写于80年代的《读罗中立的油画〈父亲〉》与50年代的《上海夜歌》作一比较。"夜歌"与"父亲",是两首诗的总体意象。前者主要以上海灯的夜色,作"六百万人民写下了壮丽的诗篇"的歌唱;后者则由"油画《父亲》"而感发和联想,造成"父亲"这一深刻的精神形象。二者虽然都是由相关而异质的物质与精神构成的比喻结构,但其结成的关系意义,仍有着深浅多少之分。以"灯的峡谷,灯的河流,灯的山",比喻为"壮丽的诗篇","纵横的街道是诗行,灯是标点"。虽是取其内在联系,赋予的还是特定单一的意义,使读者一目了然。这类意象即是隐喻,但由于立象简单限定,其结构意义还是明喻性的。而"父亲",正是以对自身表层的固定的意义的超越,达到对新的深层的丰富的意义的发现和创造,成了一个意味十足的大隐喻。从中可以看出隐喻结构的艺术规则:

第一,尽量造成比喻双方的"远距",开拓隐喻结构的意义空间。在"甲是乙"式的隐喻中,乙的结构维度便借诸甲的经验,即通过乙的知觉经验向甲的经验领域投射,构成两个以上经验领域的张力空间。如简图示意:

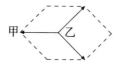

可见乙与甲之间的距离愈大,构成的乙对甲的三维投射的张力空间(意义空间)也愈大。"父亲"属于"同体异质"的境象。即借同一事物生发新的形象意义(新质),这是诗歌中常用的隐喻或象征的构思。现代诗人总是善于加大"异质"的逆差。从物质的父亲到精神的父亲,使"父亲"发生了"偷梁换柱"的变化,真正是大跨度("远距")酿成的大隐喻。当然,也不可离开比喻双方的内在联系去追求"远距"。如公刘对强夹在父亲左耳轮的"圆珠笔"作出的象征所谓"富裕""进步""革命"的拷问,由于达成物象与抽象之间的契合,才使"圆珠笔"成为"左"的精神现象的标记——廉价的装饰品。隐喻一般不求形似,而是着眼于内部感应,以神交意会结成必然的关系。

第二，通过比喻双方的相互作用、相互渗透，引出新的关系意义。不同事物或相同事物不同经验领域之间的投射，也是一个相互参照和作用、相互浸入和对流的过程，从而构成一个新的经验或超验地带。这就是威尔斯在《诗歌意象》中说的，隐喻的双方互相依存、互相改变对方，从而引出一种新的关系，即新的理解。这也是隐喻与明喻的根本界限。诗中写到的："只有你的汗能溶解／我出土文物一般硬化了的心！／秦朝的心啊，／汉朝的心啊，／唐朝的心啊，／也许，还有共和国的心！"颇能看出隐喻的双方互相改变对方而产生了一种新的关系的层次和诗意过程。"父亲"被层层递进的"心"所照耀，迅速突变和扩张，从而产生了新的深刻意义。这是在达成一种新的矛盾统一的艺术平衡状态（高级艺术状态）中发生的功能效应。

第三，喻指尽量指向新的关系意义的长度。以乙喻甲，乙不一定是到达的目的；甲乙双方互相改变对方而达成的新的关系，也不是到达的目的。这只是一种手段，一种媒介，诱发人们进行联想和想象，去发掘新的更多的意义，获得丰富深刻的艺术理解。这就需要增强"手段"的刺激力，"媒介"的信息量，实际上是要创造一个双重存在或更加复杂的"经验的格式塔"。"父亲"成了中国农民精神，乃至一个民族及过去一个时代的隐喻，正是诗的隐喻结构的性能和意义的有力确证。

一首诗的隐喻结构是一个意象系统。具体意象系列的建构，主要表现为诗的主体隐喻构思与子意象的主从关系。子意象可以是隐喻、象征、神话，也可以是明喻、引语、寓言，还可以是描述、叙述……它们都是诗人隐喻思维的产物，总体上作为隐喻的方式而存在。隐喻思维是受到诗人内在感觉的直接支配的，同时又依赖于想象和幻想创造奇迹。可以说，感觉和想象是隐喻思维之两翼。展开隐喻的联想和想象，凸现着诗人内在感觉的踪迹。隐喻的意象群或意象系统，都是以诗人的情绪和感觉为基

本线索联结起来的。倘若作深入剖视,可以发现两条艺术哲学原则:

对应物。这是指诗的细部意象营造。指与诗人的主观情绪相对应和嵌合的自然的客观物象。每一个意象,都是感觉的隐喻化,具有指示性能。诗人的心灵情绪,总是要寻找相应的物象得以表现。换言之,每一个意象,都是心灵的物象化,作为心灵情绪的对应物(符号)而存在。诗的语言意象系列,就是一种感觉情绪的流程,就是一部心灵史。这随之而出现造成全诗隐喻结构的各种意象之间的关系。

相关性。这是指诗的局部与整体。诗的感觉意象,不仅表达了心灵情绪的一种存在,同时也显示了这一存在与那一存在之间的关系,即相关性。这自然不是表现为事件性关联,而是内心情绪的连贯。如果避开这一关系,任何意象的单独存在就失去了意义。诗人总是凭藉各种意象的关联和集合,显示隐喻思维的形象构造及其价值意义。请看林染的《淮河》:

从姥姥桑榆叶茂盛的纺车上/流出的淮河/一波一波地/被野鹳衔上天空/像秧歌和梆子腔一样,雨点一样/冲洗光脚丫的村童

仰望天空的眼睛/是地上的一朵朵艾花/我记得小时候/在淮河潜移默化的教育里/我一身灵气,长势喜人/紧贴在牛铃上的耳朵/每天早晨/都溢出清新的露

我追着淮河奔跑/在睡梦中,我听着水中的蝈蝈叫/水中有一支蝈蝈大军/我家的小茅屋/是千枝万枝的淮河上/一只浓绿的斑鸠巢/我倚着荷锄的姥姥/守望朴素的农历/那时候我从来不对酸梅子感兴趣/家园的水,就遍布我眼睛中/随时可望水止渴

现代诗歌意象的感觉性,使诗更具有外在形象感和内在的情绪色彩。诗中语言意象有描述式、明喻式、隐喻式、转喻式、拟人式等等。不管

意象以哪一种方式存在,都是诗人智性的感觉(直觉)形象,是活脱脱的性灵情绪的自然存在。在现代诗学意义上,任何形式假如失去了"栖所"的作用,就毫无存在的价值;而一旦成为契合某种性灵情绪的表现,就顿然"蓬荜生辉",显现为带有灵魂的震颤与生命律动的感性形象。诗中对以不同方式出现的意象的营构,也毫无刻意装饰点缀之意,而是表达总体情绪的一种程序——相关的内在感觉形象的组合,是性灵情绪曲线图式的自然显示。现代人情绪节奏的跳跃性,必然导致隐喻结构意象铺陈的密度。由相连贯的各种情绪关系所组成意象整体,就是包孕新的关系和结构意义的诗的总体隐喻。现代隐喻一般表现了细部意象清晰明朗,整体结构上含蓄朦胧的特征,这也体现了诗对人的内心世界表现的艺术辩证观。

隐喻,虽然成了当代诗人普遍的思维方式,但在不同诗人、不同的诗歌意象中,仍然存在着种种差异。这既有风格个性方面的差异,也有才智和想象力的发挥的程度的差异。高级的隐喻形式,既是诗人富有的奇凸的想象力和幻想力的闪现,又是诗人本质的感觉和精神深度的展示。从这一角度透视当代诗歌意象,大致可分为四类:

装饰型。这类诗人追求语言包装的效果,更多地从形式技巧上运用隐喻。如程维的《听小提琴协奏曲:〈梁祝〉》,在显现这支名曲的视觉画面上,表现了独有的想象力,诸如"中国最美最忧伤的爱情/化成了蝴蝶/在琴弦上舞蹈","无数个世纪。伸出的/手。捉住:惊险的美丽/蝴蝶的彩翅,像火光/在风中摇曳……"这个古典爱情的悲剧美全部隐含在联觉意象的形式美之中。但,由于诗人的隐喻性直觉滞留在一定的情感层面,而影响了诗的内涵的拓展。

这类意象,往往由于缺乏诗人的主观因素而流于形式感。

精致型。这是比装饰型意象更精巧的隐喻形式,而并不形式化,展示着诗人感觉的深度。朦胧诗人的不少作品,属于这一类型。如舒婷的《会唱歌的鸢尾花》,"在你的胸前 / 我已变成会唱歌的鸢尾花 / 你呼吸的轻风吹动我 / 在一片丁当响的月光下","我的忧伤因为你的照耀 / 升起一圈淡淡的光轮"。这一拟人化的隐喻结构,十分精巧,娓娓动人地传达了"我"的内心情感的秘密。80年代后期,精致型意象颇受诗人们崇尚。柳沄的《瓷器》是颇有代表性的篇什。诗中似乎喻指不明,实际上喻指与喻体相互依存,达到了高度融合。"瓷器过分完美,使我残缺 / 如果将它们埋入地下 / 那么我漫长的一生 / 就只能是瓷器的某个瞬间","但在另一种意义里,瓷器 / 坚硬得一点力气也没有 / 它们更喜欢呆在高高的古玩架上 / 与哲人的面孔保持一致 / 许多时我不忍回首 / 那样它们会走动起来 / 而瓷器一经走动 / 举步便是深渊"。这个隐喻,可以称为对"瓷器"的一次命名,而语言形式也像瓷器一样精美。诗人言说的本质的东西,表现了对肉体的一种穿透力。

深沉型。如果说前两类意象都十分讲究语言的雕饰,追求形式效果,那么这类意象更侧重于诗歌精神和深层的感情的表现。这类诗人一般具有丰富的情感经验和比较强烈的忧患意识。公刘就属于深沉型的诗人。他笔下的"父亲",就凝聚着诗人的社会责任感和社会人生的痛苦经验。"父亲"式巨大隐喻,是典型的深沉意象。青年诗人刘金忠的《台前幕后》,是以演戏讽喻人生的生动隐喻。"受导演摆布的形形色色人物 / 又摆布得芸芸众生如醉如痴","蓄满乐池 / 所有的泪中 / 我是最咸最涩的一滴"。从这场戏到那场戏,从这一舞台到另一舞台,明知那一切都是假的,却还是要混来几句台词。透过这一以笑当哭,摆脱不了做戏的人生舞台,足见命运悲剧的深度。深沉型的意象,给人以凝重感。

客观型。上述三类意象都带有程度不同的主观因素,属于诗人的激情和人格精神的物象化,亦可总称为主观型。客观型意象,则指诗人以客观叙述的方式建构的一种隐喻。这主要见之于先锋派诗人的作品。如于坚的《坠落的声音》,通篇是对"那个声音"在房间里所有地方和物件上"向下""坠落"的描述。这种描述细微逼真,绘形绘声,却不露声色。诗人潜心于客观事物中摸索,致使这个"容易被忽略的坠落",成为揭示深刻哲理的、令人震惊的大隐喻。再看韩东的《下午》:"下午,是太阳西去的时间/我们也一同西去/地球上的一张桌子也转动/向西,影子向东……/一次次,我被迫/留在原地"。隐喻的旨趣,就是叙述这种地球物理的客观现象,而造成一种揶揄和调侃。尽管他们声称所谓"零度写作",其实不过是对主观情感(情绪)的一种消解和冷漠,客观意象中仍然隐藏着他们主观生命意识的投影。不追求隐喻的意义或拒绝隐喻,本身就包孕着另一种含义。

三、象征的构造特点和特有功能
——象征与隐喻的界限

象征的隐喻,可谓隐喻的最高级。韦勒克在谈到象征与隐喻的区别时,说:"一个'意象',可以被转换成一个隐喻一次,但如果它作为呈现与再现不断重复,那就变成了一个象征,甚至是一个象征(或者神话)系统的一部分。"[2]当代诗歌中为数不少的意象属于象征的存在,当然有些篇什还不属于整体意义上的象征诗。象征与一般隐喻相比较,有着在主体、喻体、喻指等方面的不同特点。

主体的抽象性

在由隐喻抵达或转向象征的意象轴上,明显看出主体意识的强化和升腾。象征主义诗人具有强烈的主观情绪和主体意识,而进入形象思维运作中又表现为对主观情绪和意识的高度凝聚和浓缩,使主体更带有抽象性,或者说赋予喻体一种艺术力度。北岛的《古寺》、杨炼的《海边的孩子》等,不像一般托物拟人的诗带有主体的可感性。象征的主体给人一种抽象印象,就像一位隐藏得很深的智者,通过喻体闪烁不定地露出狡黠的微笑,这仅是一种诱惑,让你于难以捉摸的迷恋中去探寻更深远的意义。正是在这点上,象征诗又不同于寓言诗。寓言诗把抽象意义(观念)附加于形体,喻体与主体的关系是说明性的;喻指等于主体,寓言老人毫不掩饰地立在你的面前。

喻体的自主性

比喻的比附性质,决定了主体与喻体的联系,是受到一定限制的,往往难以达到全面的本质的体现。象征,则可以自主自如地对客体(喻体)作全面深入的本质性的描述,主体仅仅是对客体施加一种抽象的、非特定性的"压力"(压强)或投射,使语言虚化,造成意象的内涵的厚度和外延的张力。这种象征体(喻体)本身就表现了独立自在性,成为孕育象征的意义的寓体。《古寺》通过对"逝去的钟声",一年一度漠然生长的"荒草",支撑着天空的"残缺的石碑"等隐喻意象的反复呈现,完成了对象征体"古寺"的总体描述。"古寺",无疑受到诗人主体意识的辐射,从中可能见到诗人心灵的影子,但只是造成"古寺"神秘幽深的氛围,而象征的意义寓于客观的"古寺"之中。成功的象征意象,包容丰富深邃的意蕴,而主体似乎相对丧失了。

喻指的超越性

象征的涵义,不仅包含隐喻的暗示成分,并且体现了超越性的意义,喻指导向与其相关联的更宽泛、更深远的意义,亦可称为放大了的或生长着的暗示。《海边的孩子》中的"孩子"这一象征意象,像惠特曼、泰戈尔笔下的"孩子"一样,在似乎确定的表层意象中隐藏着非确定的深层意象。"我不知道那孩子是谁……"诗人在层层铺垫的描述中,使"孩子"变得灵性十足,几乎成了我们再创造的指示符号。可见,象征表现的喻体自身并不是目的,重要的是,喻指需要诱发或引导人们穿过意象(喻体),

去感觉和探寻深层的和"象外之象"的意义,才是象征的喻体被创造出来的理由。

象征比一般隐喻更具有包涵性。在象征诗中,同一瞬间就抓住和纽结所有相关的意绪的存在,组成多元的意义关系。象征的喻体,作为心灵的外延的形式,诚然显示着诗人心灵内在的"原状"或整个"基形",而其指向的意义又总是大于心灵信息。因此,象征诗一般不直接或表面地指涉事物,也不藉这些连贯的指涉构成意义,聪明的读者总会透过指涉的过程,去感应和领悟象征的整个意义世界。从这一意义上,与其说它是"一座灵魂的海市蜃楼"(李健吾语),不如说它能够显示人与世界的隐喻关系的全部秘密和深刻本质。这也正是当代诗人追求意象的象征性的旨趣所在。

象征的隐喻,造成诗的外延力和内涵力的延伸,从而将隐喻的关系意义引向极致。

有形中寓无形

人类内心是无形的深渊,大概是很难以言传而穷尽的。隐喻结构给予曲径通幽的显示,也只是近似的。而象征对内心的"原状"或"基形",则能够达到"最近似的表现"(穆勒语)。不妨看看海子的短诗《主人》:

你在鱼市上 / 寻找下弦月 / 我在月光下 / 经过小河流
你在婚礼上 / 使用红筷子 / 我在向阳坡 / 栽下两行竹
你的夜晚 / 主人美丽 / 我的白天 / 客人笨拙

从诗中对"我"与"你"的日常生活场景的三次隐喻的简单转换,并构成的反比效果中,可以窥视诗人"我"体验的现实生存状态,从而也意会其纯真拙朴的苍凉心态。这种象征,撇开或透过了光怪陆离的世态,不加掩饰,直逼生命的还原状态。象征自身具有原本的质感。而像《海边的孩子》《我看见一只鸟》等,象征的意象是在现代文化环境中生长的,离不开艺术装饰。喻指不明确指向诗人的内心,而是通过连贯的表层指涉中指向深层意义,读者需要从深层意象中去揣摩诗人心灵的基形。

上述两种象征的区别,就相当于西方诗论中划分的"个人象征"与"传统象征"。"个人象征"侧重于个体生命的探索,每一种意象,都是生命存在的象征性符号或密码。这类诗的兴奋点追求对无遮蔽状态的尚无言说的本质的暗示。传统象征是在一定的文化背景的深度衬托下,通过感觉、情感经验而融合成精神形象,作为一种文化精神的追求而浮现意义。显而易见,个人象征是对传统文化积淀的冲击,具有创新精神的先锋性;传统象征比个人象征更带有约定俗成的性质,而体现了公用性。90年代以来,许多个人象征系统接受象征传统的渗透,同时还出现相互交叉的现象,出现像西川的《十二只天鹅》那样成功的实验作品。

有限中见无限

不管哪一种象征的形式,都是在对个别的生命或精神的探索中反映普遍的意义。而象征的形式符号的多义性、不确定性,就可能成为一种无限的表达。一首优秀的象征诗,总是向读者提供一个无限世界的诗歌文本。《十二只天鹅》,几乎成了西川展示心灵的最深广的真理的形式。当诗人精神的天空飞翔出"十二只天鹅",一个探测世界、表达世界的象征的隐喻,便诞生了。那闪耀于湖面,保持着纯洁和兽性的美丽高贵的"十二只天鹅",成为人类存在的精神形式的一种延伸,澄明地占据无限的宇空。

　　湖水茫茫,天空高远,诗歌
　　是多余的

"十二只天鹅"几乎摆脱了诗和语言的羁绊,飞向遥远,飞向无限。象征体的具体感性形象与抽象的精神意义的统一,常常把诗提升到一个博大深邃的艺术哲学境界。

瞬间现永恒

象征的境界,使人宛如面临古老的林木,见到一圈又一圈的年轮涌流而出,呈现一派神秘幽深的意蕴。这是一种诗的神性。诗的每一瞬间,都有提供容纳无限空间、时间的可能性。象征诗人瞬间的体验,往往凝聚着长期的生命体验或情感经验,带有充足的生命情感与灵感的电光石火。诗人的精神启悟,常常与哲学领悟、宗教领悟相沟通,从而使象征的隐喻达到不可征服的人类精神境界,也就是超越时空的永恒的境界。

> 三百万年滴落
> 前额冷冽如故
>
> 心思漠漠
> 听脚步走过
>
> （孔孚《帕米尔之一》）

"帕米尔"——一个客观冷漠的时间老人,分明是诗人冷眼中的幻象。因忠实和节守自然,瞬间之中省略或穿透人世间不尽的过眼烟云,而获得永恒的意义。

四、隐喻中飞出美丽鸟,廓开朦胧的诗美时空

美,虽然"不是诗的对象",却是"诗的必要的关联物和超越任何目的

的目的"[3]。隐喻的意象，如果丧失了美学价值，也就失去被观照的机会。审美的隐喻，其"美"，也是孕含于"言外之旨""象外之象"之中。这只诗美之鸟，总是隐现于隐喻结构的暗示系统的枝头，那飘忽不定、扑朔迷离的隐喻结构的意蕴，已被它的色彩和音乐浸润了。隐喻和象征的境界，是理想的审美境界。

诗的隐喻结构形式的张力，是生成诗美的基因。隐喻结构的暗示系统，是根据现代艺术科学的格式塔原理，通过"不完全的形"，造成向某种"完全形"运动的"压强"或"张力"，从而造成了更大的刺激力和形式意味。这也是当代诗人的智性和创造能力发展的重要表现。譬如："寂寞扇动翅膀／一匹马咀嚼荒凉"（孔孚《帕米尔之二》）。宛若简笔点染的写意画，美感弥漫于大片空白之中。这是传统的诗美的方式，追求虚中生美，于大虚中见大美的艺术效果。而当前比较盛行的还是具体层面铺垫，造成总体上美的扩张。《十二只天鹅》，就是从表象层面向纵深层面扩张诗的意味和美。

　　十二只天鹅——十二件乐器
　　当它们鸣叫

　　当它们挥舞银子般的翅膀
　　空气将它们庞大的身躯
　　托举

　　一个时代退避一旁，连同它的
　　讥诮
　　……

必须化作一只天鹅,才能尾随在

它们身后——

靠星座导航

对于诗的整体隐喻结构而言,这些感性的具体画面,仍属于不同层面的"不完全的形",具有较强的指示符号性能,各自孕含着丰富的审美信息。它们构成一个形而上的立体暗示系统,表现了特有的扩张性和穿透力。"十二只天鹅"给人的听觉美和视觉美之中,包孕着一种抽象的美,一种自由高贵的人类生命境界的美,仿佛在无限的宇宙时空之中,神秘蕴藉地荡漾着,这是听觉美、视觉美的一种延伸和升华,也是人类对美的永恒的追求。

当代诗歌意象的隐喻化,不断拓展了诗美空间。然而,如何更好地造成隐喻结构形式的审美效应,仍处于艺术探索之中。在这方面,有几点经验是可以达成共识的。

其一,审美的隐喻的透明度与朦胧感

毕勒曾称隐喻是"包含了各种世界的鸡尾酒"。正如好酒总是于透明中呈现醇味,好诗,也是透明或半透明式地显示暗示能和诗美信息,在一定的透明度中给人以深刻的意味和朦胧的美感。

隐喻或象征所具备的较强的暗示功能,表现了特有的模糊信息的传递方式。这既表现在诗人对心灵的整个基形和不可名状的情绪的模糊传达,又表现为语言意象符号的不确定性和生殖性。犹如海雾或山岚,迷离或氤氲之中包容着博大深邃的底蕴。模糊,是一种模糊的逼真,是一种美,是对审美创造的潜能的一种开发。这种模糊美学,诚然依赖于诗人的模糊体验,然而,这是体悟的透彻、感知的深刻的特有表现,是被心灵之火洞幽烛微的一种诗性直觉。那种对内心缺乏知解的盲目的模糊体验,那种浮躁的茫然无措的模糊表现,真正成了实在的模糊(糊涂)。艾略特称不能表达诗人自我的形式,是"最拙劣的朦胧形式"。

　　诗美中的模糊或朦胧,其审美观照对象自身是透明的。这是一种外在形式感的透明。一方面表现在诗人对情感、情绪的凝炼,使形象媒介在艺术知解力上显现澄澈的质感;另一方面表现为隐喻符号的灵敏度,保证储存和增殖的诗美信息的迅速反馈和传递。牛汉的《梦游》就是透明的夜的境界。这不仅因为那"一束雪白的光"照耀整个梦游,更在于诗人对人生和生命体悟的深刻,对梦游形式的感性体验和艺术凝炼,才使"我"的"黑夜"世界富有神奇的透明感。隐喻的朦胧感,就是从内涵力与外延力兼备的透明意象中辐射出来的复合美感。这类隐喻,隐而不晦,具有很高的审美价值,与那种由神秘莫测的模糊体验而导致诗的不可破译的意象符号,是有原则区别的。

　　其二,审美心理的陌生感与共鸣感

　　如果不单单从人与世界的关系意义上,而是从诗性意义上说,每一个隐喻都是一次发现和"命名",那么这个定义也是审美的。愈是新鲜的隐喻愈能给人以陌生感,造成"心理距离"和艺术想象的审美满足。俗常的套用的隐喻,譬如袭用原型隐喻(意象)之风,由于意象的平庸无奇或雷同重复,审美价值也自然消失了。有艺术眼力的诗人,总能从平常的事物和现象中获得新奇的发现和创造。譬如声音、铺路、乌鸦等,有不少诗篇写过。但在于坚诗歌的隐喻命名中,不仅赋予这些事物的独特深刻的含义,同时,他的长句式客观描述的语体,也是新的尝试。

　　当然,如果诗人追求的新奇或怪诞,艰涩难懂,那么这种形象本身就成了审美观照的障碍物。一首诗,在读者心理上制造一种陌生感的审美效果,总是伴随着共鸣感而发生的。即使为少数读者所接受的某些"个人象征"的诗,也是这样。《坠落的声音》,既能以无比新奇和特强的意象密度,唤起读者的好奇心(审美兴趣),又以其包孕的、尚未被人们注意的真理的发现,而引起人们心灵的震撼。

其三,智化的审美趋向与情感真实

当代诗的智化的审美趋向,表现在隐喻或象征的意义和形式两个方面,是对诗的内涵力和外延力的强化和拓展。但,也容易出现诗情的减弱,甚至矫情的倾向。因此,如何达到隐喻关系的智与情的统一,也是审美创造中的重要问题。

隐喻结构意义的哲理化,是对一般哲理诗的更高层次的超越。西川以深沉的悟性,把一个个象征的隐喻提升到哲学境界。可以说,以诗性智慧的深度开拓了诗的意义的自由空间和更深层面。相对而言,他的《在哈尔盖仰望星空》似乎比《十二只天鹅》,更能给人以亲近感。当然,这与此篇采用叙述方式有关,意象不如前者雕琢、精致和虚幻。"这时河汉无声,鸟翼稀薄／青草向群星疯狂地生长／马群忘记了飞翔／风吹着空旷的夜也吹着我／风吹着未来也吹着过去"。这夜空大地,首先是一片万物有灵、生意盎然的生命世界,于诗人伤感而豁达的真实情怀中,显示容纳过去和未来的寥廓苍茫的精神星空,达到了历史的深远感与诗情的本真感的统一。诗情的哲理化,本身就是对诗情的一种消解,客观上容易导致诗情的淡化。如果诗人保持住情感投射的渗透力,诗情仍然不会消失。当然,诗人过于思辨和玄想,也会消解掉诗情。

诗的形式的智化,主要表现在诗人具有发达的直觉方式,如联觉(通感)、抽象、变形、蒙太奇等等。这是对隐喻方式的一种辅助和补充,大量出现在隐喻结构的细部。如果运用适宜,就会丰富语言意象,增强诗的表现力和形式美。在一般情况下,这种直觉智性与诗情并行不悖。但如果滥用,也是对诗情的冲击或掩饰,导致形式上的绮靡之风。优秀诗人总是从隐喻的总体建构出发,善于将这种直觉智性与直觉情感有机地融合起来，使直觉智性之花浸润着真实情感而生意油然，光泽闪灼。

注释：

［1］牛汉：《我的梦游症和梦游诗》，《诗季·秋之卷》，1993年。
［2］韦勒克、沃伦：《文学理论》，三联书店，1986年，第204页
［3］雅克·马利坦：《艺术与诗中的创造性直觉》，三联书店，1991年，第143页。

（原刊《诗探索》1996年第2期）

寻找：新诗体文本与母语的批评方式

一

中国新诗在诞生之中就潜伏着一个严峻的课题：如何形成现代汉语言诗体文本？然而近一个世纪以来，新诗自由体这一"西洋服"没有很大改观，至今人们还是沿着20世纪初郭沫若式的自由体观。为什么20世纪初设下的课题，今天仍突出地置于我们眼前？为什么新诗形式不具备唐诗宋词的艺术魅力？这固然有受历史环境限制及诗歌发展自身方面的原因，但也不能不追寻到20世纪两次大的思想解放给诗歌带来的负面影响。

20世纪初几千年的封建思想文化传统成了禁锢人们的精神枷锁，中叶"左"的观念与世风的发展致使人们思想僵化。人们一旦反省并获得了冲破束缚的自由，就会对旧传统旧势力深恶痛绝，容易以情绪代替冷静的思考和辨析，而表现出"冲破一切""矫枉过正"的姿态和偏颇。

伴随"五四"思想解放运动而率先进行的语言文字和诗体的解放，以西方诗的自由体代替中国的旧诗格律，以白话代替文言，这使诗有了成为感情和心灵的自由抒写，使诗的精神得到自由发展的可能。然而，也正是"五四"先驱们的这种革命精神掩盖了诗体自身的问题。

首先，作为西方诗的自由体引进中国，需要有一个改造或变通为合乎汉语言特点的艺术过程。因为西方诗的自由体具有字母文字的弹跳力、节奏感强、旋律优美的特长,而它为中文所利用,就要按照汉语的结构、节奏、音韵和语意的方式,创造出充分发挥汉语文字的智性、灵性的独特自由体形式。然而,"五四"诗体解放却省略了这一过程,换言之,混淆了中西方诗体的界限。梁实秋说的"新诗,实际上就是中文写的外国诗"[1],是当时比较流行的观点。可以说新诗自由体是从外国搬过来的。从新式标点到诗的分段分行,都是模仿外国诗,却又丢掉了外国诗的艺术,包括不得不丢掉外文字母的语言特长。准确地说,是外国"自由体"与中国白话的结合,因为自由体宜于白话。胡适甚至自称《关不住了》是他的新诗成立的纪元,而这首诗却是翻译的。"五四"先驱们努力的是如何摆脱旧诗的樊篱,不是如何建设新诗的根基;注重的是诗体的自由和白话,而不是艺术的诗。正如梁实秋所说:"一般写诗的人以打破旧诗的范围为唯一职志,提起笔来固然无拘无束,但是什么标准都没有了,结果是散漫无纪。"[2]这是对当时诗坛情景的真实描述。

　　即使被列为中国新诗奠基作的郭沫若的《女神》,主要价值在于诗人对狂飙突起的"五四"时代精神的自由抒发,也运用了博大的比喻,但在诗的体式上照搬美国诗人惠特曼的自由体,去掉英文的节奏韵律,确乎"无拘无束""散漫无纪"。这即暴露了新诗自由体的另一问题,混淆了诗与文(散文)的界限。胡适倡导诗体解放的目的,就是要"作诗如作文","话怎么说,就怎么说"[3]。康白情所说"诗和散文,本没有什么形式的分别"[4],颇能代表一部分人的看法。如唐钺的《诗与诗体》一文中有专论"自由诗"一节,认为"无韵者实与散文同类,有韵者实与散韵文、杂体文同类;不过将他分行书写罢了"[5]。胡适所说的"文"及其响应者所说的"散文",都是标示诗体大解放的程度。法国诗人保·瓦莱里将散文比作走路,有一个明确的目的,将诗比为舞蹈,动作本身就是目的,追求一种状态、一种幻境。取消诗与散文的界限,只能使诗从"舞蹈"降格为"走路",

由此也失去了诗的特质、余香和回味。从照搬外国自由体到自由体的散文化,造成初期白话诗的汉语灵性的丧失和先天性苍白,给新诗留下了难治之症。二三十年代,当新诗趋向艺术化的时候,仍然出现欧化诗的现象。直至现在还存在着这种诗的非母语方式和非诗化倾向。

  本来语言文字和诗体的解放,指向文言文和旧诗格律,实际上,由于全盘否定和排斥了古典诗词艺术而导致诗歌语言的断裂现象。郑敏先生在对"五四"白话文运动及后来新文学运动的非议中所指出的:"从语言到内容都是否定继承,竭力使创作界遗忘和背离古典诗词,对当时提出应当白话文兼容古典诗词艺术……的意见也都加以否定"[6],是符合实际的。其实,旧诗词格律也是古代诗人对汉语的语音、语象材料的音响、视觉形象表现的潜力的勘探、挖掘和发挥,只是他们对纯诗律形式美过于追求,而缩小了诗体形式的自由空间,直至成为现代诗意的镣铐。但它毕竟包含有汉语诗歌的格式、声律的有用的成分,仍是新诗格律的母体。何况中国古典诗词中不少优秀之作,已有白话入诗,或已形成明显的白话特征,并不悖于白话文运动的宗旨。进一步说,中国诗词艺术的日趋圆熟,也是伴随着白话因素的增长,白话艺术在格律的镣铐中生长着或变形生长着。这里要澄清一种概念:白话诗不等于自由诗,因为"白话"是相对"文言"而言,唐代以前的古诗,譬如参差不齐、长短不拘的骚体诗、汉乐府民歌之类,也是文言的自由体或半自由体。我们称古典诗词的白话艺术特征,是从诗歌语言而非诗体的角度立论。古典诗词发展到唐诗宋词的辉煌阶段,也是由文言向白话或半白话、由雅向雅俗共赏的演变的过程。唐诗自古至今在人民中广为传诵,不少篇什成了儿童启蒙教育的优秀教材,岂不表明了古诗从屈诘艰深的文言中解放出来,从宫廷书斋走向市井的事实?有些诗、词、曲,除了具有严格的格调、声律等体制之外,语言几乎与白话诗没有什么两样。譬如元代马致远的小令《秋思》:"枯藤老树昏鸦,/小桥流水人家,/古道西风瘦马。/夕阳西下,/断肠人在天涯。"

可见诗的语言是纯白话的,而且未给人留有入了格律之感,自然简洁的意象语言组合构成较大的意义空间,因而令不少诗家称道。古代诗人们注重从民间诗词曲汲取营养,同时直接吸收民间的俚俗语言入诗。白居易的诗传诵于"王公、妾妇、牛童、马走之口","老妪可诵"。柳永建立了俚词阵地,享有"凡有井水饮处即能歌柳词"的殊荣。至于乐府民歌,大体上白话传达诗意。既然古典诗词中具有如此明显的白话因素,有不少篇什可称为白话旧诗,既然明清白话小说得到了新文学运动先驱者们的保护,并奉为"中国文学之正宗",而为什么古典诗词的白话艺术特长就得不到保护,一概被不容?这不能不反映他们对"诗国"及其"诗国革命"表现出的更多的偏见和偏激。中国新诗照理可以在高起点上振翅飞翔,但历史却如此嘲弄我们"从零开始"。

伴随20世纪下半叶的思想解放而进行的文艺变革,应该说主要表现在思想与精神的层面,而且是有限度的。新时期诗歌艺术变革与世纪初诗体解放一样,势在必然。它首先打破了中国新诗歌长期处于封闭的"左"的僵化局面,使诗从"工具"回到了诗的艺术本体,呈现诗本身的光芒。然而,虽说诗成了精神和灵魂的抵达,但对诗体语言的普遍疏忽,译诗化倾向,过于散文化倾向,有论者称"文类退化",仍在延续。问题主要在今天的变革者们对20世纪初留下的问题的认识及其奉行的评价尺度。

新时期诗歌变革者发扬了20世纪初新诗运动的精神,是令人敬佩的,但也有自觉或不自觉地因袭了世纪初诗体解放的负面的表现,乃至积弊甚深。譬如他们对"自由体"的看法:"完全开放式的新诗形态,从郭沫若起就表示出了自由抒发的优势"[7],认同自由体是自由散漫的。他们将眼光投向新潮的崛起,并以全部热情拥抱新潮,表现了诗歌变革者特有的理论敏感和前倾姿势,但当他们单凭热情执意要多迈出一步时,往往就带来负面影响。后新诗潮的倡导者,就是采取极端的方式反对新诗潮,表现在诗体语言的改变方面:反意象、反抒情、反语言直至反诗,并以

"五四"先驱们的事实作引证:"胡适的《尝试集》也是从一种语言方式向另一种语言方式的演化"[8]。后新诗潮的所谓"另一种语言方式",是"艺术的非艺术化加上广泛使用不曾加工了的口语","在这种冗烦中把忧苦以冗烦的方式传达给你,那一团乱麻也似的铺叙","他们随意性地以短的或长的通俗句型",乃至"也类于'流水账'的叙述方式"[9]。还有论者提倡"对诗感受状态作直接描述记录",写所谓"不变形体",即不带任何主观加工的物理性客观记录[10]。我们并不否认后新诗潮的所谓平民诗风,对与旧势力与传统诗抗争的社会时代的意义,使诗语言更加贴近心理事实、贴近生命本体的诗学意义,但从诗体建设的角度考察,它是一种非诗化的语言,不具备诗的形式价值,给诗体艺术带来了负面影响。

现代诗歌艺术的发展,标志着新时期诗歌变革的进程。但如何看待现代诗歌中出现的晦涩现象,突出反映了母语与非母语的批评方式的分歧。晦涩现象,最早出现在对20年代末李金发的象征主义诗歌批评中。今天仍有论者认为"晦涩"是"现代诗歌批评中的""理论",是具有"审美价值的现代诗歌观念"[11]。西方现代主义诗歌理论中的"Obscurity",论者称"晦涩",又何尝不可译为"朦胧"?况且,《新英汉大辞典》条目中第①义,即译为"朦胧",笔者认为作为诗歌理论中的术语,译为"朦胧"更妥帖些。在汉语言词源学上,大概只有白话与文言之分,而没有现代与传统之分[12]。汉语词源学对"晦涩"一词的解释:词性贬义,词义为意义晦塞玄奥,文句僻拗。该论者称"传统的词源学"如是观,难道"现代词源学"会发生转贬为褒的演变?历代文论家、诗论家,大概都是从汉语词源学出发,以贬义词"晦涩"针砭创作中的不良倾向。这并非是古典主义诗学的标准,而是中国汉语言的一种规范。譬如,刘勰《文心雕龙·隐秀篇》中指出:"或有晦塞为深,虽奥非隐。"胡应麟在《诗薮》中说:"深厚者易晦涩"。冒春荣在《葚原诗说》中强调:"诗欲沉郁,然不得晦涩为沉郁"。不仅将"晦涩(塞)"作为文学现象批评,与含蓄、深厚、沉郁相对立而提出,同时也揭示了晦涩常常以深隐、沉郁的面目出现。也有史书记载：宋代天圣年间，王晟"取其《园池记》，章解而句释之，犹有不尽通者……为文而晦涩若此，其湮没弗传也"[13]。现代汉语和文学批评中仍然沿用古代汉语和文学批评中的"晦涩"的含义。

随着中国现代诗歌的发展，诗意的深化与拓展也导致了晦涩现象应运而生，出现深隐与玄奥、沉郁与阴晦、朦胧与艰涩并存交错的复杂局面。30年代大多数诗人、批评家是从"晦涩"一词的汉语意义上认识或批评一种诗歌现象。它主要指向诗的感觉和情绪的传递功能，即语言形式表达方面的功能的阻隔。即使有的诗家一时将"晦涩"当"朦胧"，也是抱着对早期新诗直白浅显的诗风的不满，而对新崛起的现代诗、象征诗的浓厚兴趣所致。倘若以此为依据作理论的命名，未免草率。从客观上看，由于现代诗歌意象的暗示能的增大，带来语言符号信息传递的难度，尤其在有些个人化的象征诗中出现"晦涩"，实属艺术的无奈，而并非所谓"一种诗歌效果"。如果诗人不能纯熟自如地运作诗的语言技巧，增强信息反馈的灵敏度，就容易出现言意之表的晦涩现象。真正成功的象征主义诗歌，意象所包蕴的极大的暗示能会导致诗的隐含或朦胧的艺术效果。而隐含或朦胧与晦涩，指向不同性质的两种诗歌现象。如果抹煞了二者之间的差别，岂不也抹煞了汉语词汇的特长？至于"个人化象征"诗人追求灵魂或生命的深度的象征，而表现出真实体验的混沌感、朦胧感，不能称为"晦涩"。诗人内心的沉郁及其痛苦追求的迷惘，也不等于"晦涩"。感觉或情绪的晦涩，可能导致诗意的晦涩，但我并不认为这是"对艺术风格的一种自觉的冷静的追求"，恰恰由于诗人对自身的体验或感觉尚未达到审视的深刻，而造成一种生涩。犹如未成熟的青果的酸涩与成熟的果子之酸，不是品味之别，而是质地之差。我们读李金发的《弃妇》《律》等诗篇，感觉并不晦涩，而是感到"对于生命欲揶揄的神秘及悲哀的美丽"[16]，不忍释手，是一种成熟的诗感觉及其审美效果，而并非是"晦涩"的效果。人们批评李诗的"晦涩",主要是语言方式的晦涩,"母舌太生疏,句式过分欧化,教人像读着翻译,又夹杂着些文言里的叹词语助词"[17]。因而带来诗的语言传达的缺憾。当然也由于开始人们对象征主义诗歌比较生疏,对诗的词语组合中的大幅度的跳跃及较强的暗示性,尚不习惯,因而可能导致对李诗的不理解或误解。

"晦涩"也是滞涩,只能导致诗歌审美过程的"断路"。如果把这种尴尬情境阐释为"新诗中的现代主义在观念上所达到的诗学深度",岂不是对现代主义诗歌的艺术品味和审美价值的一种降格?具有审美价值的现代诗、象征诗,是感觉深刻而非玄奥,意象朦胧而非艰深,风格沉郁而非阴晦。诗的生意和灵气,遁于晦涩,而隐于朦胧之中。

假如进一步考察上述批评现象,其理论根据大致都来自西方,一味模仿和照搬西方的诗歌或诗歌批评的模式。我并不否认介绍西方现代主义诗歌及艺术观念,对于解放思想、拓宽视野,起到过的积极作用。但背离母语和民族文化背景去追随西方现代艺术,势必因失去了根基而像水面的浮萍飘忽不定。诗歌批评的标准,是坚持人类性与民族性的统一,还是用"人类性"或者西方诗学的标准代替民族的审美标准?那种非母语的评判方式,难免会导致诗歌疏离母体的悲哀。一首以非母语的方式写成的诗,显示不出民族的话语之光,再好还属舶来品。而不少远离大陆或侨居异国的中国诗人和诗歌批评家,却执著地以钟情于母语的方式,显示了炎黄文化的血色和气韵,这堪称游子诗人的母语情结,岂不值得本土诗人和批评家的深思?应当结束那种用非母语的方式关心母体的诗和文化,而代之以自己的话语方式——现代汉语方式。闻一多早就说过:"新诗迳直是'新'的,不仅新于中国固有的诗,而且新于西方固有的诗;换言之,它不要作纯粹的本地诗,但还要保存本地的色彩,它不是做纯粹的外洋诗,但又尽量吸收外洋诗的长处;它要做中西艺术结婚的产生的宁馨儿"[18]。这可以理解为对新诗文本及母语的批评方式的理论界定,今天我们仍感到十分新鲜而重要。

二

新诗文本的汉语特色,可以称为中国新诗体的生命。因为东西方之间的语言文化的差异很大,尤其是汉语方块字有着自身独有的组织结构和美学特征。汉字的象形、形声、会意、指事的形体结构本身不仅带有诗意,而且最易于诉诸视觉形象。汉语词汇具有丰富多义的弹性。它表现了比字母文字更丰富复杂的诗意的方式和组合程序,包括语字、语象、语感、语境、韵味等神秘的魅力。而外文诗的内在微妙的东西,也只有通过读原文去感受、领会,很难用汉语全部翻译出来,更不是模仿所能获得的。庞德也"不认为英文诗能够接受那些大都由拉丁语法家为希腊语和拉丁语制订的数量原则"[19]。中国诗怎能原封不动地照搬西方诗的模式呢?因此,自由体进入中国,真正用汉语做诗的诗人感到并不自由。俞平伯说:"白话诗的难处,正是他的自由上面";"白话诗的难处,不在白话上面,是在诗上面";"白话诗与白话的区别,骨子里是有的,表面上却不很显明"。这是初期白话诗人开始深入白话诗创作状态的真切感受。诗人在认为白话诗自由体"是一个'有法无法'的东西"的迷惘中,感到"用现今白话做诗的苦痛"[20]。

新诗的词语组合、分行及整个意义文本结构,总是有着一定的章法可循。西方自由体诗也有着自身的语言规则。西方评论家正是从这一意义上称诗是智慧的舞蹈。艾略特说:"对于一个想写好诗的人没有一种诗体是自由的。"[21]庞德在强调自由诗的"韵律"时,甚至说:"我想新诗的进步应当是靠拢古典诗歌中量的格律(绝不是照抄、照搬),而不是掉之以轻心。"[22]庞德说的是英文诗中"格律"的承继关系,他把这种诗歌艺术的连续性视为"新诗的进步",很值得我们深思。新诗体文本遵循自身的语言艺术规律,是对本民族语言智慧的凝聚和发挥。这是在不断地对外开放和交流中保持母语的活力的情境中,在继承汉语诗歌的优秀传统艺术形式的基础上作出的新的创造。

20世纪以来,有志于新诗发展的诗坛先驱和同仁,对新诗体建设作出过种种努力和探索,为什么尚未取得突破性进展?这有诗人自身的问题,也有社会历史环境的原因。一方面,由于五四诗体革命与传统诗歌的语言断裂,致使在一张白纸上诞生的新诗先天营养不良,带来新诗体建设的难度;另一方面,又因为排古的新诗意识,将新旧诗歌拉向水火不容的境地。不努力弥合新诗与汉诗传统之间的裂痕,不接通今古汉诗之间的血脉联系,何以言现代汉诗?缺乏汉语意识的新诗体,何以站得住脚?

新月社诗人们第一次聚集起来诚心诚意的试验作新诗,正由于他们借用英国近代诗格律而未能切入汉语韵律而没有成功。最早想创"新格律"的陆志韦,认为"自由诗有极大的危险,就是丧失节奏的本意。节奏不外乎音之强弱一往一来,有规律的时序"。他说,"节奏是最便利、最易表情的锻炼,节奏的来历有迟有速,有时像现成的,有时必须竭力经营的"[23]。如此以原动力的情感节奏与对"音之强弱一往一来"的自然节奏的契合,理解"节奏的本意",实验一种长短句式的"有节奏的自由诗",即"舍平仄而采抑扬"的主张,无疑是在汉诗传统格律的基础上提出来的,具有现代汉语格律的内涵。然而,也正因为早期新诗坛排古风盛,不容新旧诗歌联系,陆志韦的主张没有发生作用和影响,被人们忽略过去。50年代卞之琳、何其芳重提新格律理论,卞之琳的"顿"说,与陆志韦关于舍平仄而采抑扬的"长短句""节奏"论,显然一脉相承,切入现代汉语诗性的韵律。"顿"即音组,是节奏的组成方式,或作为节奏的音形,语言形式感强:词语只有达成有秩序的连锁,显示诗的内在节奏的生气和跃动,才会赋予原动的诗意。从现代汉诗的词汇组合考察,陆志韦的"节奏"论与卞之琳的"顿"说,则意味着节奏形式由古代汉诗音节限字的平仄律,转移到"舍平仄而采抑扬"的音组上来。这无疑具有极为重要的诗学价值与可行的实践意义,只是在当时文学为政治工具的干扰下,讨论不可能深入开展下去。

那种对新诗史上有关诗体形式的讨论与实验,不做仔细的考察和反思,就断言新诗体建设"都没有成功",并认为这一讨论"不会有结果",新诗形式重建是不可能的,是"伪话题",这一观点,实际上仍反映了排古的新诗意识,在维系由来已久的非母语的批评方式。

只有重建与古典诗歌艺术的联系,同时继续引进西方现代诗歌艺术,这才有新诗体形式建构的可能。只要立足汉语言艺术,不是一味去模仿西方,而是在"化古与化欧"的融汇上下工夫,才会获得东方韵味的现代诗体形式创造的可能。戴望舒的《雨巷》,不仅在于运用了象征主义的手法,化有美国意象派重视感觉情绪和意象转换的艺术特长,同时还在于化有我国唐五代的婉约词风和江南小巷的地域情调。这首诗表现了运用重复、反复、排比等内在的音乐般的情绪的节奏,体现了汉语的韵律与意象的朦胧美。徐志摩的《再别康桥》,不讲音尺、平仄,句式之间也不作字词相等对应的苛求,只是大体上整齐匀称,应该说,改造了英国近体诗格律,因而以比较自由的格式和韵律,舒展自如地表达了生命和灵魂的深度,不自觉地暗合现代汉语的"顿"和"神韵"。这也正如卞之琳所说:"用汉语白话写诗,基本格律因素,像我国旧体诗或民歌一样,和多数外国语格律诗类似,主要不在于韵脚的安排,而在于这个'顿'或称'音组'的处理。"[24]这个中西格律相通而又各不相同的"顿"或"音组",可以视为新格律体的基本因素。诗人对汉语"顿"或"音组"的处理,是以保证诗的自由创造,表现生命情感的深度为前提。假如说"新格律"是对旧格律的突破,那么,这也是由板滞僵固走向相对自由的诗体解放的过程。然而,古典诗词那种似乎不受格律束缚的精练圆熟、浑然天成的汉语言艺术,仍是现代格律诗人追求的境地。

1958年毛泽东曾提出"在民歌与古典诗词的基础上发展新诗",这一观点,假如不排斥对外国诗歌的借鉴,有其合理性因素,因为它客观上提示了新旧汉语诗歌之间的联系与发展的某种规律。在今天新诗体文本的建构中,我们的眼光同样需要投向古典诗词艺术传统与民歌民谣,以求诗的声音具有民族的音响和色彩。事实上,毛泽东的诗歌观点引发了五六十年代半自由体与新民歌的诗风,不少诗歌具有顺口、有韵、易懂、易记的特点,尽管多数篇什思想空泛,但其讲究汉语音节的精炼与可读性,仍有可取之处。后来,毛泽东过分强调"民歌化",导致空洞肤浅泛民歌体包括一些民歌变体的大量出现。

如果说社会历史环境影响着新诗体建设的进程,那么,中国改革开放三十多年以来,为什么新诗体建设仍然停滞不前?上文已述,20世纪末的变革者们仍然坚守着无拘无束、散漫无纪的自由诗观。这一放荡不羁的百年老马,如今已从沙场回到"南山",虽已老态龙钟,却成了拒绝与抗衡汉语诗歌传统的符号。认为新诗体形式重建不可能的批评家们,也开始谈起汉诗传统,然而这不过是镜中看花,水里赏月而已。接通新诗与汉诗传统之间的血脉联系,首先要从转变新诗意识开始,回到新诗文本的母语性与母语的批评方式的轨道上来。

中国新诗世纪之旅的艰难跋涉,可以引证宗白华先生的一句名言:"历史上向前一步的进展,往往是伴着向后一步的探本求源"[25]。这种"向前一步"与"向后一步"的辩证法,也可以视为中国新诗发展的现代策略。20世纪末诗歌获得了自然存在的艺术生态环境,这就为新诗体的建设提供了默契和背景。新诗体文本的建构,归根到底是对母语的探寻,对东方民族语言智慧的开发。母语孕育了诗歌,赋予诗歌以艺术力量和魅力,但返归母语,决非让母语束缚诗歌,现代汉语诗歌中既流动着母体的血液,又感应着世界潮流的律动。现代母语情结,是现代语言之子眷恋和追认母语。他站在现代与传统的交叉点上:一方面珍惜母体的诗和文化的历史,另一方面又去作现代的体验,在以其他语言文化为参照系进行反观自身中不断激活母语和文化语境,优化现代汉语的诗体结构和诗性因子。唯有民族的诗歌,才能在世界性的交流和竞争中获得生存和发展。[26]评价和研究任何诗歌作品及诗潮流派,就是要看其能否将外来的东西消化为自己的东西,将古代的东西转化为现代的东西,也就是能否借现代意识和人类精神之火,点燃本民族的诗和语言智慧的光源,从而带着自己的光色辉耀于世界。

诚然,需要运用解构思维建构现代汉语的批评语境,因为解构是真正的新的结构的催化剂。这种新的认知方式,既表现为开放性思维,把汉语诗歌置于世界诗歌艺术发展的潮流中经受检验,展示光色,寻求生长点;又要保持新诗的汉语本性,从悠久深邃的汉语智慧的延续中获得支撑点。母语的批评语境,是在解构"礁石"中发挥"探照灯"的作用,同时在与西方现代诗学批评的共时性对话中保持自身的理论活力。

母语的批评方式,是从诗歌形式的现代性与民族性的统一的基点上,促进其创造性的艺术个性的发展,它并不影响现代汉诗形式及其批评的多元发展的格局。古典诗歌的多元并存的流派,是古代诗人"自给自足"的个人写作状态的反映。二三十年代新诗发展的多元格局,是现代诗人自由探索的缩影。新时期诗坛诗潮迭起,论争纷呈,有革新与保守之间的矛盾,也有唯我独"革"("革命"或"革新")之表现,缺乏自由竞争意识。新诗批评界民主风气匮乏,不是平等对话,媚权媚俗之风不绝。搞话语霸权者,既没有西方人"绅士",也没有古代人儒雅,总想"代替"别人,独霸一统诗江山。这严重妨碍多元的诗歌流派与真知灼见的批评理论的生存和发展,严重阻碍着新诗语言形式的建设。汉语诗歌的艺术转变是以异彩纷呈的美学风格为标志,必然表现为语言形式的多样化,在健全自由竞争机制中促进现代汉语诗歌艺术的成熟。

21世纪是非母语的话语方式终结,民族的现代话语方式走向成熟的时代。

注释：

[1][2]梁实秋:《新诗的格调及其他》,《诗刊》,创刊号,1931年1月20日。

[3]胡适:《尝试集·自序》。

[4]康白情:《新诗底我见》,《少年中国》,1卷第9期。

[5]唐钺:《中国文学研究》上册,商务印书馆,1927年,第9页。

[6]郑敏:《世纪末的回顾:汉语言变革与中国新诗创作》,《文学评论》,1993年第3期。

[7]徐敬亚:《崛起的诗群》,《当代文学思潮》,1983年第1期。

[8]《〈中国现代主义诗群大观1986——1988〉序言》,《诗歌报》,1988年10月6日。

[9]谢冕:《美丽的遁逸》,《文学评论》,1988年第6期。

[10]《诗歌报》总第87期,1988年4月21日。

[11][12][14][15]陈旭光:《现代诗歌批评中的晦涩理论》,《文学评论》,1995年第6期。该文中称"从传统的词源学和古典主义诗学的标准角度看,晦涩在词性上是贬义的"。

[13]陈振孙:《直斋书录解题别集上》。

[16][17]朱自清:《〈中国新文学大系·诗集〉·导言》。

[18]闻一多:《女神之地方色彩》。

[19][22]庞德:《回顾》,《20世纪文学评论》上册,上海译文出版社,1987年,第121页。

[20]俞平伯:《社会上对于新诗的各种心理观》,《中国新文学大系·建设理论集》。

[21]转引庞德《回顾》,《20世纪文学评论》,上册,第121页。

[23]陆志韦:《渡河·自序》,亚东印书馆,1923年。

[24]卞之琳:《〈雕虫纪历〉自序》,人民文学出版社,1979年。

[25]宗白华:《中国艺术意境之诞生》,《艺境》,北京大学出版社,1987年。

[26]根据巴赫金的理论,不同语言或文化的接触所导致的新异感,将破除那种假定某一语言或文化是唯一的语言(文化)、是统一的语言(文化)的神话。任何一个民族和国家的语言文化,应该是一个开放性体系,在对外交流和沟通中发展。诗,是一个历史的民族的源始的语言文化,更是如此。

(原刊《文艺研究》1997年第2期)

论新诗的文本意识与形式重建

一

"新时期诗歌变革使诗回到了艺术本体",几乎已被多数诗家所认同,但倘若仔细检讨这种诗本体理论,其立论根据大致着眼于"诗的本质"。这作为文本意义分析,无可非议;但作为一种新诗观,这种单单建立在内容范畴之上的本体意识,就未必完整。因为内容与形式是不可分的,诗的本质、文本意义总是包涵于诗体形式之中,作为新诗文本而存在。新时期诗歌变革者的兴奋点,投向"完全开放式的新诗形态",诗的灵魂和生命的抵达,往往越出了现代汉语诗体形式的轨道,所谓"不拘格式,不讲严谨排列的新诗型","诗行忽长忽短;每节有多有少,音节安排似乎无规律可循"的"自由格式"[1]。由此造成新诗文本的缺憾,甚至至今仍有论者把诗本体与诗体形式割裂开来,以本体意识代替文本意识。这实质上是因袭了20世纪初"诗体革命"的负面的表现:把自由体误读为"无拘无束""散漫无纪"。郭沫若的"裸体美人"论似乎仍很新潮。然而诗失去了语言形式的艺术表现力,何以显示诗美?即使西方裸体画也是通过线条、光和色彩构成人体美。新诗对语言形式的疏忽,因未能很好地发挥汉语言的诗体特长和语言灵性,而使诗形黯然失色。这大概是导致时下诗歌不尽如人意,乃至引来责难的原因之一吧。

"皮之不存,毛将焉附",离开诗体形式,何以言诗?形式在某种情况下也起有决定事物的性质的作用。所谓"虎豹无文,则鞟同犬羊"[2],是说虎豹假如没有斑斓的纹彩,皮相就同于犬羊。新诗艺术本体,不单单指诗的意义本体,而且指具有诗性特征的语言形式。确立新诗的文本意识,就要加强新诗的形式感。

有论者认为:"中国人过分地看重形式","诗只承认诗人的人格魅力,而形式本身,能量最小"。[3]这种贬低"形式"的观点,是不符合实际的。唐诗宋词元曲的魅力在哪里?在"形式"。古代诗人具备深厚的汉语言艺术的功底和诗词格律修养,无不潜心于诗歌语言的古典形式创造,无不凭借圆熟的汉语诗性语境去抒情寓意,那种以"语不惊人死不休"的执着追求而创造了汉语言艺术的辉煌,使中国诗词以精妙绝伦与意味深长而著称于世。20世纪初白话诗的问题的主要症结在哪里?在"形式"。曾被公认为"新诗奠基者"的郭沫若,以《凤凰涅槃》为代表的诸多诗篇,尽管不乏博大独到的比喻,张扬了"人格魅力",且也形成了隐喻结构,但因其外表建筑失去了诗的形式感,或者说"形式"的"能量"匮乏,致使"诗人的人格魅力"尚未完全转化为诗的魅力。

诗歌形式可分为外形式与内形式。外形式指诗的体式、词语、音节、节奏、韵律、色彩、字词的组合排列、建行、分节等,是对诗人的基本技巧与汉语修辞的智性验示。内形式指诗的意义结构,包括隐喻、象征、意象、意境等,也是诗的隐喻结构、情绪节奏、心灵图式或生命的体验形式。外形式造成汉语诗歌特有的形式美,凸现出诗的表征,且具有相对的独立性。没有外形式,内形式就失去了依托;同样,没有内形式,外形式也成了空壳。一首优秀的诗歌,外形式与内形式是密切联系着的艺术有机体。新诗形式的含义,即指诗的内外形式兼备,高度融一。

在语言文学中,大概没有一种文学样式比诗歌更富有形式感。离开诗体语言,何以言诗?衡量一个诗人造诣的高低,首先要看他对诗体语言的创造能力。诗人的人格魅力,只有通过语言形式的艺术表现力,包含于诗美的魅力之中,才具有诗的价值。我们不能认同关于新诗的"裸体美人"论、"散文美"论,就是因为它们抹煞了诗歌形式自身的特性,忽略了诗体语言所独具的诗美能量生成的艺术转化机制。所谓"诗意""诗味""诗美",莫不通过形式显示出来,甚至还成了绘画、舞蹈等视知觉艺术的形式意味的代码。贝尔所说"有意味的形式",同样可以论证诗的形式内涵。我国古代理论名著《文心雕龙·熔裁》中称:"规范本体谓之熔,剪截浮词谓之裁。"刘勰把规范本体解释为熔,强调以"熔"立体,是十分精到的。现代汉诗形式当是灵魂与生命存在的载体,只有很好地融化与包容着诗意本体的形式本体,才具有诗体意义,那种因形损义的倾向,也失去了形式价值。

现代隐喻结构的心理时空,蕴藉于特定诗体的语言意象的灵动之中。特定的诗体形式因情感线索、心理逻辑而获得鲜活性,以致使诗的形式显现心灵的秩序感与画面感。增大"意象密度",同样要遵循简洁规则。诗的节奏,成为内心情绪的跃动、生命的律动,但同样要讲究汉语音节、语韵的音乐感。在这方面,穆木天有过深切体会和艺术追求:"我喜欢用烟丝,用铜丝织的诗。诗要兼造形与音乐之美。在人们神经上振动的可见而不可见、可感而不可感的旋律的波,浓雾中若听见若听不见的远远的声音,夕暮里若飘动若不动的淡淡的光线,若讲出若讲不出的情肠才是诗的世界。我要深深汲到最纤纤的潜在意识,听最深邃的最远的不死的而永远死的音乐。"[4]中国新诗,既表现为汉语的意象性,又是心灵符号或灵魂的音乐的标示,既具有抑扬顿挫和音色美,又是心灵感应、生命反射的最深结构的自然显示。

新诗与旧诗有着形式的质差,诗形向现代性的嬗变之中,更有利于它的形式功能的发挥,达到神韵或神性的境界。优秀的古典诗词,诚能将汉语言艺术发挥到了极致,但古老的汉语智慧往往停留在语言工具的层面上,这也是现代诗人感到"学难以致用"的原因之一。现代诗人荷尔格林说:"人,诗意地栖居……"[5]海德格尔说:"语言不是人所控制的一种工具而语言把握着人生存的最高可能性。"[6]正是诗(现代诗)第一次使这种"语言"成为可能,真正的语言即是"诗意语言",它把语言由被人支配的表述意义的工具,变成了把握人的存在的家园。

诗人何为? 就在于营造"诗意的栖所"。这里"诗意",指对生命与世界意义的暗示。"栖所"不是一般具有暗示功能的形式,而是意义的归宿,直接标示生命的意味。生命或意义失去了"栖所",也就无从谈什么"意味"。诗的魅力,正是出自诗的"语言栖所"。从诗学意义上看,这种语言性质的变化,正标志着汉语诗歌转变到意义本体上来。应该在诗的意义本体的基点上进行语言形式重建。我们正可以从"诗意栖所"去理解诗本体与诗体形式获得真正融合的新诗文本意识。

诗的语言形式("栖所"),作为一种艺术媒体,一种审美传达机制,一旦发生了诗美的效应,完成了灵魂和生命的表达,固然失去了实在的存在的意义,但如果省略了形式美创造的艺术自觉过程,不具备审美的诱惑力、刺激力,诗的艺术传媒、信息反馈和美感作用,也就成了一句空话。因此可以说,诗体形式是包孕诗意的母体。诗的魅力总是出自健全的母体。她不仅能够转实为虚,化真象为空灵,引入幻美,同时她最终指向——化为一种人生境界,或化为一种不可言状的灵魂姿式,或化为一种生命律动的最深节奏。

显而易见,衡量一个诗人的造诣的高低,首先要看他对诗的语言形式的创造能力。那种不擅长又不愿意增强诗的语言技艺,何以冠之为诗人?

新诗体是新诗文本的基本概念。它不仅表示区别于旧体诗词,也表示区别于现代散文、小说等样式的文体界定;同时也表示具有不同于西方诗体和字母文字的中国现代汉语诗体形式的特有涵义。一种文体没有严格的界定性,就没有形式的个性和生命力。诚然,不同文学样式之间存有内在关联和交流的可能,特别是新时期文体变革呈现为不同文学样式之间的艺术因素的相互渗透、相互兼容,但这并不意味着"文类退化",而是对自身的激活和丰富。使自身注入某种新的活性因素而变得新鲜、更富有生命力。

诗意语言的自律是一种舞蹈。韦勒克、沃伦说:"诗歌中起组织作用的是格律和隐喻,而且格律和隐喻还是'属于一体'的"。"格律和隐喻"是外形式与内形式的两个主要因素。西语"格律",也是韵律的意思。有无格律,是诗与散文的显著区别。[7]

新诗自由体可以吸取散文语言的自由灵活的手法,但倘若自由无度,失去诗的语言节制,失去诗体的基本规则,势必就成了分行散文。诗美与散文美属于两种不同的艺术范畴,诗的口语化与散文的口语化,不能不因为文类界限而显现美的质感的差异。有人不屑于诗的散文化,实质上模糊和抹煞了诗与散文的界限。法国诗人保·瓦莱里曾把诗比喻为"跳舞",把散文比喻为"走路"。"正如走路和跳舞一样,他将学会区别两种不同的类型:散文和诗。"[8]没有人不清楚"跳舞"与"走路"的区别,然而,新诗坛却流行以"走路"为诗。无视或不懂"跳舞"的步伐,即是"跳"也是"走路"。

当前新诗创作确实面临一个从"走路"进入"跳舞"的问题。这也是新诗形式的重建。诗人要从"戴着脚镣跳舞"进入诗的自由王国。其实,只要懂得跳舞的步法,跳起来就会感到自由,感到痛快,就有可能达到像保·瓦莱里所说,"舞蹈这种新的行为方式则允许有无限的创造、变化或花样"。诗的舞蹈,旨在自由的创造。正如舞蹈有基本步子,做诗也有基本规则,大概可以视为"新诗入门"。而诗人凭借现代诗性体验与汉语智慧,同样可以在慢、中、快的舞步中跳出变化与花样,创造出独特的诗歌体式。唯如是,才称得上诗的创造。诗人的本领,莫过于在诗的游戏规则中取得自由，进入自由天空的无穷创造。

　　古典诗词对汉语语音、语象材料的音响、视觉形象表现的充分发挥，仍有适用于现代汉语诗歌的合理成分。比如，字词组合的精当微妙而不同凡响，也是区别于散文的显著标志。新诗的流弊之一，是语言粗糙平庸。而炼字、炼句、炼意，达到"字清""句健""意圆"，确是中国汉诗的特长，现代诗人应当继承古代诗人"搥字坚而难移，结响凝而不滞"的语言功夫。唐代以前的古代诗不受近体诗格律的严格束缚，如参差不齐、长短不拘的骚体诗，汉乐府民歌，是文言的自由体、半自由体；以及后来的宋词元曲在音韵结构、体式、建行等方面，对新诗自由体都有借鉴价值。现代汉诗在格律与隐喻、诗形与诗味的融合一体中把握诗体的实质，并要在不断创新中激活诗体语言的表现力的崭新空间。

二

　　对于新诗体样式，应当广开诗路，不拘一格，八仙过海，各显神通。21世纪是中国诗歌形式呈现为多元并存、日趋成熟的时代。我认为，把新诗分为自由体与格律体，似简单了些，但由于没有成熟的诗体呈现，这里就此略作分析，以表明对现代汉诗体式形成的空间与各种可能性。

　　自由诗分析

　　新诗自由体固然更宜于表现现代人的情绪和生存方式，不拘约束，形式多样，但它又区别于西方自由体，有现代汉语自由体的大体规律可循，乃至带有某种格律因素。艾略特说："对于一个想写好诗的人没有一种诗体是自由的"。自由体并不"自由"。早在"五四"诗歌革命后不久，俞平伯就预感到"白话诗的难处"，"正在他的自由上面"，"在诗上面"[9]。他认为白话诗自由体"是一个'有法无法'的东西"。西方诗家也认为诗还是要讲究"格式"(Pattern)的。如迈克尼斯说:"节奏、诗式、韵脚对于诗人是一种便利,虽然它也不一定就是属于自然的律条。假如他可以没有它们而依然作得很好,他自然有资格这样作。不过在我个人想,诗若缺少什么韵律,就难免使人生厌,而且更应当注意的是,只要是一经有了格式,那么这格式的变化愈多也就愈能够发生感人的力量。"[10]西方自由体也有一定的格式,惠特曼的自由体诗,乍看是漫无边际的自由抒发,实际上同样具有字母文字的韵律感。中国新诗自由体理当根据现代汉语的特点,在词语组合、建行、跨行中,尽量体现汉语的韵律及其美的效果。

韵律,虽是指语句的音节与节奏,但语音也通向内在的情绪的节奏和旋律。诗的韵律,是语言的节奏与心灵的情绪节奏的融一。惟如是,才会形成诗的完整和谐的艺术生命体。我不能赞同那种认为韵律"在'自由诗'里,偏重于整首诗内在的旋律和节奏;而在格律诗里,则偏重于音节和韵脚"[11]的观点。"自由诗"虽不受格律的严格约束,也不一定要押韵,但长短句、无韵脚也不是"没有一定音节",自由体式不等于"没有一定的格式"。"内在的旋律和节奏"代替不了语言的节奏和旋律,失去语言节奏和韵律的自由诗,就容易滑入散漫无纪的状态,显现不出汉语特性的优势。自由诗与格律诗都是要求坚持音韵与情绪、声律与生命的律动相融通的原则,二者对于音韵、声律的要求,并非有无之别,只有宽紧之分。自由体在句式、音节、跨行等处理上具有较大的自由度,但自由体的节奏、旋律,也有规律可循,在对灵魂的亲近与触摸中取得汉语诗性的表现效果。每行的音节("顿")的安排及"顿"数不一,总是伴随诗情内在的节奏、旋律而波动式的外现,一句作二、三行处理,也是顺其自由跳跃的特点。例如:

宣统那年的风吹着
吹着那串红玉米

> 它就在屋檐下
> 挂着
> 好像整个北方
> 整个北方的忧郁
> 都挂在那儿
>
> （痖弦《红玉米》）

诗的沉郁的情绪节奏,是通过语言的反复(跨行)中"顿"的跳跃回旋(汉语节奏)而表现出来的。

> 只要你听着我的歌声落了泪,
> 就不必打开窗门问我"你是谁?"
>
> （冯至《蚕马》）

> 与其在悬崖上展览千年
> 不如在爱人肩头痛哭一晚
>
> （舒婷《神女峰》）

这种现代口语化的自由诗,同样取得了声为心用、声情并茂的效果,成为名句而流传。

现代格律诗分析

20世纪曾围绕新诗格律进行过多次讨论,影响较大的有两次:一次是1926年闻一多、徐志摩等新月派诗人创办《诗镌》,以"创格"为宗旨,作"新格式与新音节"的发现和试验;一次是1954年,何其芳、卞之琳提出建立"现代格律诗"或"新格律"的主张。尽管"新格律"未能取得发展,但它的出现却是对新诗的散漫无纪的倾向的一种反拨。

何其芳说:"要解决新诗的形式和我国古典诗歌脱节的问题,关键就在于建立格律诗。"[12]现代格律诗既摆脱旧诗格律的平仄、四声、粘对之类限定的束缚,又能保持古典诗歌格律中的合理因素和艺术长处,是一种与现代口语的规律相适应,更富有现代表现力的格律体。这在新诗建设中具有接通新诗形式与传统诗歌艺术的关联的战略意义。

新月社的新格律试验,没有取得成功,原因仍在对汉诗自身特点的疏忽与背离。闻一多倡导诗的"格律"本身也是由"form"翻译过来,是从中外诗歌的普遍规则立论。他强调每行字数整齐,重音相等,由此倡导四行成一节的"豆腐干块",至于现代汉语格律,似有削足适履之感,呈现不出汉语诗意。梁实秋在写给徐志摩的信中,称《诗刊》诸作"其结构节奏音韵又显然的模仿外国诗","你们对于英国诗是都有研究的,你们的诗的观念是外国式的,你们在《诗刊》上要试验的是用中文来创造外国诗的格律来装进外国式的诗意。"[13]当然,新月社也有像徐志摩《再别康桥》、朱湘的《有一座坟墓》这类写出汉语韵味的作品,只是新月社诗人还没有把英国近代诗格律改造为汉语格律的自觉。尽管"绘画的美""建筑的美"更切入汉语象形文字。西洋格律与汉语格律,差异很大。汉诗模仿西洋格律,难免削足适履或貌合神离。台湾诗家林以亮曾作过批评:"整齐的字数不一定产生调和的音节。新月派诗人有时硬性规定某一个中国字等于英文的一个音节,所以英文中的五拍诗到了中文就变成了十个字一行。"[14]汉语与英语是迥然不同的两种语音体系,不入汉语音节的格律与汉字词汇组合的诗意效应,不可能形成独特的汉语诗意结构及审美空间。这也是"新格律"未能为后来更多的诗人所接受与实践的原因。

何其芳认为现代格律诗,要"按照现代的口语,写得每行的顿数有规律,每顿所占的时间大致相等,而且有规律地押韵。"[15]卞之琳则主张"从顿的基础出发,我们的格律诗可以变化多端"。[16]他还依照每行收尾顿的字数,分出两种基调:一首诗以两字顿收尾占优势的,倾向于说话型节奏——诵调;以三字顿收尾占优势的,则倾向于哼唱型节奏——吟调。卞之琳已付诸创作实践,其中《古镇的梦》《白螺壳》《月夜》等,属于比较好的现代格律诗。何、卞对"格律"的基本要求,一是顿数整齐,二是押韵。这无疑有利于解决格律体的形式与内容表达的矛盾,有利于诗人自由抒写,使"新格律"有了成为灵魂和生命的"栖所"的可能。而我还感到,现代格律诗在词汇组合、句式排列上,更应该体现汉语方块字的形体美学。"栖所"的"建筑美",非但不影响、还常常有益于"诗意"的传达,这有待于现代诗人去摸索。诗的汉语诗性与内涵力的双向递增,当是现代格律体诗对古典诗词的突破性进展。

纵观之,对现代格律诗的讨论与看法,虽有进展,但因五六十年代社会大环境的影响,讨论未能深入下去,创作更尚未形成"气候",有说服力的作品甚少。这有待于志趣在现代格律诗创作的诗人们的深入探索,需要在古典诗词艺术的基础上,参照外国格律诗,进行现代化、口语化的"格律"试验,努力拓展格律体形式的内涵和外延。

半自由体及仿民歌体分析

自由诗带有鲜明的格律因素,可谓之半自由体。五六十年代,大陆诗坛流行半自由体,只是因受政治影响而趋于表面化。

三四十年代,臧克家的《老马》,卞之琳的《断章》,覃子豪的《落日》,冯至的《蛇》,辛迪的《航》等,可以视为半自由体的成功之作,都注重顿数整齐,自成一格,诗歌声律的音乐境界,也是诗人的忧患、沉郁、挚爱的心境或智性心态的深度凸现。半自由体更切入现代汉语的特点,有广阔的发展前景。

五六十年代大陆流行半自由体、民歌体,如果单单从诗体形式上考察,可以说,是一次新诗汉语化的实践,不少诗人从吸取古典诗歌与民歌

的营养中,进行创作。譬如,沙白的《水乡行》:

水乡的路,
水云铺。
进庄出庄,
一把橹。

渔网作门帘,
挂满树;
走近才见
有户人家住。

要找人,
稻海深处;
一步步,
踏停蛙鼓。

蝉声住,
水上起暮雾;
儿童解缆送客,
一手好橹。

(原载《诗刊》1962年2月号)

这首诗从词语(音节)到诗体格式,都有讲究。语言通俗,俗中有雅,明显吸取了宋词长短句的艺术因素与民歌的特长,"进庄出庄,/一把橹",把百姓中的口语入诗,质朴而又夸张,把水乡的生活场景写得生动有趣,十分传神,独具浓郁的乡村气息。还有,像张志民的《南疆路》《倔老婆子》等,也是以乡景、乡趣见长。"牛一群,/羊一群。//石榴捧天笑,/甜瓜满地滚。//十里蛙鸣唱流水,/一曲莺声入枣林……"诗句精到,音韵随意象同行,落地有声,写出了独有的汉语诗美。这类半自由体,都是全诗押韵,易读易记,虽然浅显,却入汉语音韵,无疑为新诗的汉语形式提供了一种样本。

半自由诗具有很大的灵活性,既不限定于五七言,也不受过严的格律约束,只要押韵、顺口、句式大体整齐。半自由诗由于与民歌之间的联系密切,具有民歌的新鲜活泼、风趣诙谐、通俗易懂的特点,但又需要进行大胆的艺术创造,在突入诗人主体与自身生命的吟唱中使半自由诗彰显迷人的光彩。

民歌被称为"活的形式",成为历代诗歌创作的源流,而民歌的单一、平面、浅显,又决定了它是俗形式。民歌体作为文人创作的形式,需要经过一番开拓和改造的艺术过程。中国各地区民歌很多,如陕北的信天游、新疆民歌等,为不少诗人、歌手所借用、所吟唱。如果说贺敬之的《回延安》、李季的《王贵与李香香》、闻捷的《天山牧歌》,作出了仿民歌体的一种尝试;那么新时期歌坛曾刮起过的"西北风"(《信天游》《黄土高坡》等),又为仿民歌体如何突入现代人的心灵,提供了有益经验。新诗坛呼唤"王洛宾"式的"歌王"。

总体上看,五六十年代诗歌因受政治思想的影响,诗情虚假,诗意肤浅空泛,乃至成为政治思想的传声筒。在那种政治环境里,新诗的汉语性探索,不可能取得很大进展。然而,半自由诗确实接通了与古典诗歌之间的血脉联系,半自由诗比自由诗更容易切入汉语诗歌写作,更易于体现汉语音节的特点,彰显汉语诗性;而与现代格律诗相比,也更有可操作性。诗人在适宜的格律中取得了较佳汉语诗性状态,即是说,诗人化约束为快意,取得了自由的诗意想象。例如,同样写于60年代的作品——余光中的《乡愁》，即是有力的例证。"乡愁是一枚小小的邮票"，这首诗突现汉语诗性，效果甚佳，过目难忘，在读者中广为流传，并被谱曲歌唱。

汉语诗性是新诗身份的唯一标识，汉语诗性特征，也是一个民族语言艺术的标识，给外国人新异之处。只要顺应中国人的现代生活节奏，将汉语诗歌艺术置于世界诗歌艺术的潮流中，从与其他民族和国家的诗歌语言艺术的对话中探索和彰显自身的光色，这样中国诗歌才会给其他民族和国家带来新异感。

我们认同诗歌艺术在不断变革和探索中发展，然而，只有旧形式的解体，没有新形式的创生，那种离开创构和完善诗歌语言形式，单单谈回归灵魂或生命意义上的诗本体，何以称得上真正意义上的变革和探索？重视新诗的形式因素，意在为新诗体语言形式正名，召回失落的东方缪斯，那种"浓妆淡抹总相宜"的诗美之形。

新诗形式本体的概念意义，仅仅是对诗体形式的追认和命名，与诗体形式的解构和创新并行不悖。新诗语言形式与任何艺术形式一样，总是处于不断的变化和革新之中，不断激活自身，增强自身的艺术表现力，开拓新的诗意空间。诗的价值，不在于形式的同一性，而在于形式在特定情境下获得新的意义。

新诗形式依靠诗人在创作实践中大胆摸索，拿出成功的作品来。任何一种新的诗体形式，总是凭藉优秀作品得以验证。

注释：

[1]徐敬亚：《崛起的诗群》，《当代文艺思潮》，1983年第1期。
[2]刘勰：《文心雕龙·情采》。
[3]毛志成：《对诗应该进行"三审"》，《星星诗刊》，1997年2月号。
[4]穆木天：《谭诗——给沫若的一封信》，《创造月刊》，1卷1期，1926年3月。
[5]戴维·洛奇：《20世纪文学评论》上册，上海译文出版社，1987年，第441页。
[6]海德格尔：《存在与时间》，三联书店，1987年，第199页。

［7］韦勒克、沃伦:《文学理论》,三联书店,1986年,第200页。

［8］保·瓦莱里:《诗与抽象思维:舞蹈与走路》,戴维·洛奇编《20世纪文学评论》上册,上海译文出版社,1987年,第441页。

［9］俞平伯:《社会上对于新诗的各种心理观》,《新潮》,3卷1号,1919年10月。

［10］迈克尼斯:Mode Poetry,1938年。

［11］艾青:《诗的形式问题》,《人民文学》,1954年3月号。

［12］［15］何其芳:《关于写诗与读诗》,作家出版社,1956年。

［13］梁实秋:《新诗的格调及其他》,《诗刊》,创刊号,1931年1月20日。

［14］林以亮:《再论新诗的形式》,台北洪苑书店,1976年。

［16］卞之琳:《哼唱型节奏(吟调)与说话型节奏(诵调)》,《作家通讯》,1954年第9期。

（原刊《诗刊》1998年第2期）

台湾现代派诗的母语情结

台湾现代派诗是华文诗歌中的一支重要劲旅。尤其是60年代后期以来,现代派诗保持了稳健发展的态势。可以说,台湾大多数有成就的诗人,如纪弦、覃子豪、洛夫、痖弦、张默、余光中、郑愁予、杨牧等,都是现代派的中坚力量。他们的诗歌不仅对海外华文诗歌创作的影响颇大,在80年代以来海峡两岸的诗歌艺术交流中,也起了较大的积极作用。探究台湾现代派诗的成功经验,我们认为最重要的是他们没有忘记民族文化语言之根,较好地坚持在现代汉语的轨道中作诗的探索。并在一些诗人中表现了对母语即中国本土语言的永远的眷恋,如同历久不衰的"乡愁"一样,本文称之为"母语情结"。

台湾现代派包括三大现代派诗社,即现代派诗社、创世纪诗社、蓝星诗社。从这些诗社的升降沉浮中,不难看到一条重要线索——回归民族文化语言及其对母语的探寻。50年代由纪弦首先发起和倡导现代派诗,但其纲领《六大信条》中明确认为现代派"新诗乃横的移植,而非纵的继承"。这种"西化"主张,大量输入西方现代主义流派的各种观念和技巧,对当时台湾新诗走出"反共八股"的困境,提高对现代诗的艺术认识,无疑起到了积极作用,并发生了很大影响。但由于背离了母语和民族文化背景,《六大信条》也成了引发台湾新诗长达近20年论战的导火线。蓝

星诗社主将覃子豪在

《蓝星诗选·狮子星座号》上发表《新诗向何处去》,对纪弦提出重要批驳:中国新诗可借鉴西方现代诗的表现技巧,但不能全部抄袭他们的创作诗观。因为一种新文化的产生,必须以自己的文化为主。若全面"横的移植",自己的传统岂不丢了?以纪弦为代表的现代诗社不得已宣布解散。而被称为台湾诗坛上的"长命猫"——创世纪诗社,是台湾现代派中的稳健派、实力派。这个诗社一成立,就提出了"新民族之诗型"的口号,其主要内容:"其一,艺术的,非理性之阐发,以非纯情绪的直陈,而是意象之表现。主张形象第一,意境至上。其二,中国风的,东方味的——运用中国文学之特异性,以表现出东方民族生活之特有情趣"。他们甚至还提出:"民族新诗必须是大时代中代表我民族声音的。"[1]可见创世纪诗社对诗的艺术的民族性的重视。创世纪诗社的"黄金时代",是60年代伴随着台湾对外开放的经济起飞而进行的。他们虽然变化着诗风,如从"新民族之诗型"到后来的"超现实主义",但讲求诗的民族特点,是他们的一贯宗旨。即使一度出现语言晦涩、诗人侧重内心经验的深掘而忽视对外在现实的关心等倾向,经过论争或自觉的修正,使诗风日渐成熟。因此,台湾现代派由50年代的"三足鼎立",到60年代以后几乎是创世纪诗社独立支撑。台湾现代派走过40年的曲折道路,确已变得成熟。考察他们在进行现代诗的创作和批评中所坚持的母语的方式,对于中国大陆现代派诗歌及整个华文诗歌的发展,都是有重要意义的。

现代诗的先锋性与民族性

台湾现代派诗的先锋性,主要表现为探索精神。他们站在当下时空的交点,以开放的姿态,汲取西方现代主义各个流派的观念和表现技巧,透过现代经验和反射,运用各种不同的表现方法,创造出符合现代人的精神内涵,呼应现代人的生活节奏,展示现代人的生命情采。然而,这都是在中华民族文化的背景下进行的,与大陆有着共同的文化传统的母体。洛夫说:"一个现代中国诗人必须站在纵的(传统)和横的(世界)坐标点上,去感受,去体验,去思考近百年来中国人泅过血泪的时空,在历史承受无穷尽的捶击与磨难所激发的悲剧精神,以及由悲剧精神所衍生的批判精神,并进而去探索整个人类在现代社会中的存在意义,然后通过现代美学规范下的语言形式,以展现个人风格和地方风格的特殊性,表现大中华文化心理结构下的民族性,和以人道主义为依归的世界性。"并且,他还从继承与借鉴、传统与创新的辩证关系阐述现代诗的途径:"当我们思考继承传统并进而创造新的传统之时,我们首先必须具备前瞻性的历史眼光,排除自我封闭的保守心态,一方面以极其审慎的态度从传统中选择有利于创新的不变因素,另方面以严格的批判意识从世界各国的文学系统中摄取必要的营养,而后经过转化融合,逐渐熔铸为一种极具个人风格,又富于民族特性的中国现代诗。"[2]从这里足已看出台湾现代派诗观的成熟。

概言之,台湾现代派诗观表现为现代探索精神与民族审美特征的统一。这里不妨结合具体史实略加阐述。洛夫在对超现实主义的追求中,如果说一开始带有"西化"倾向,那么从《石室之死亡》之后便逐渐"东方化"。他仅仅接受西方超现实主义的合理成分,而抛弃了所谓"自动语言"的表现方法("自动语言"的实质,是反知性、反逻辑)。用洛夫的话说是倡导一个所谓"修正的超现实主义"。它虽然也重视以潜意识的真实来表现现代人的经验,并使我们的精神达到超越的境地,但表现出来的艺术感觉仍在我们的情意之中,仍具有民族的审美特点。正如他所说:"我对超现实主义的反思和修正,目的在探索一种可能性——超现实主义精神内涵与技巧的中国化。"[3]特别是八九十年代,洛夫把超现实主义与禅有机地结合起来,因为中国的禅宗境界不仅与诗化境界相通,而且体现了东方智慧。禅的悟境,类似于超现实主义的诗中的"想象的真实";超现实主义要求心灵的感通,类似于禅的"拈花微笑"。洛夫正是寻找了超现实主义与禅的许多暗合汇通之处,将东西方的艺术思想加以融会,而成为新的表现手法和美学风格,即具有东方味和自身个性风格的现代表现形式。1970年出版的诗集《魔歌》,即是这方面的艺术实践成果。

自由体形式与现代汉语的特点

"五四"先驱们从西方引进了新诗自由体,但如何创造中国汉语言的自由体,一直是诗人们探寻的重要课题。现代派诗歌由于应和西方现代主义诗潮,往往不讲究诗体形式的民族化。在台湾现代派诗中,特别是在80年代初复活的现代诗社的年轻诗群中,也明显存有这种倾向。但从历经数十年风雨的台湾现代派留存的精品来看,不难看到他们对现代诗的汉语形式的探索的自觉,乃至取得较大的成效。其主要表现在:

首先,他们把握着汉字组合的特有魅力。汉字的象形、形声、会意、指事的形体结构本身就带有诗意。它表现了与字母文字不同的语意方式和操作程序。台湾现代派诗的优秀篇什,遵循汉字组合的规则,尽量挖掘语字、语象、语感、语境的诗意。譬如,"一把古老的水手刀／被离别磨亮"(郑愁予《水手刀》)。这属于规范的现代汉语的被动句。"刀"是象形字,"水手刀",则是水手与大海搏斗的工具。"被离别磨亮",喻示与情人多次相聚而又多次离别,"水手刀"被这种"离别""磨亮",一下子充满诗意。将水手的工作与爱情融合在一起,于是"水手刀"成了水手的生命的象征。可见语字、语象光采闪烁,富有凝重的汉语诗意。当然,现代派诗的自由体也并不受语言的束缚,遵循现代汉语言的规律,是为了获得语言的自由,更好地发挥汉语的优势和长处。请看这样的诗句:

他开始在床上读报,吃早点,看梳头,批阅奏折
盖章

>   盖章
>   盖章
>   盖章
>
> （洛夫《长恨歌》）

　　一行口语化的长句，谓语是由四个并列的动宾词组构成。排列在右下方的四行，是"盖章"一词重叠，是对皇权落到床上的暗示和强调。从诗行构成的位置图式来看，第一个"盖章"与"批阅奏折"构成完整的空间图画；下面三个"盖章"，则意味着时间的延伸。如果说第一行诗已经构成一种揶揄和讽刺的语感和语境，那么"盖章"则是加强这种语感、语境的诗意，通过三次重复，则赋予这一讽刺性语境以深厚的诗的内涵，令人回味不已。唯有汉语方块及构成的诗行图式，才能产生这种艺术效果。

　　其次，日常口语化及其自然韵律。台湾现代派诗初期的隐晦，是诗人慑于政治禁忌而采取的一种策略。而在四十年的历程中，在吸收和消化西方现代诗的观念和技巧中，总体上反对语言晦涩的倾向。诗的口语化，正是在这一背景下对新诗自由体的有益探索。它有利于"自由体"保持现代汉语的活力，体现通俗易懂的白话特点。诗的口语化，大量从生活中汲取鲜活的词汇，同时也保持诗的现代汉语的特点。一方面，它使新诗彻底摆脱了诗词格律的束缚，形成口语化的自然韵律。另一方面，又将古典诗词的炼字、炼句、炼意和现代汉语的修辞艺术融入口语之中，避免了诗的口语化中容易出现浅白的自流化倾向。如洛夫《边界望乡》中这样一节：

> 病了病了／病得像山坡上那丛凋残的杜鹃／只剩下唯一的一朵／蹲在那块"禁止越界"的告示牌后面／咯血。而这时／一只白鹭从水田中掠起／飞越深圳／又猛然折了回来／而这时，鹧鸪以火发音／

那冒烟的啼声/一句句/穿透异地三月的春寒/我被烧得双目尽赤/血脉贲张/你却竖起外衣的领子,回头问我/冷,还是/不冷?

诗中叙述的方式,是艺术加工了的口语,特别是在口语的炼意方面成效是明显的。诗中将传统的情语与口语融为一体。咯血的杜鹃、折了回来的白鹭以及鹧鸪那冒烟的啼声,大大丰富了口语的意蕴。这里虽然采用借景抒情和拟人化的手法,却不是传统的抒情语式,而是充满调侃的现代口语方式,富有现代生活节奏,并且形成了口语化的自然韵律的流动。这也是诗的情绪的流动,并且展示了诗人瞬间特有的情绪(情感)的深度。应该说,这是诗的口语化修辞的成功经验,也是现代汉语自由体的独特表现。

再看洛夫的一首隐题诗:

绣花鞋上栽的是什么
花,踏过花丛的鞋是双什么
鞋,任谁也
说不清楚。虽说一
了百了而魂魄仍如水桶悬在半空

这首诗的现代汉语特点,是十分鲜明的。不仅在于诗中采用拈连的汉语修辞手法,更重要的,是对西方诗的跨行句式的改造,使之融入现代汉语句法之中。西方自由体一般是按轻重音、重音字群、音节数量、特定的文字节奏、押韵等进行跨行处理。中国不少新诗也往往照此进行。洛夫这首隐题诗的诗意的方式,则按"拈连"的语言程序,作巧妙的切割中断,使跨行处理充分发掘和发挥了现代汉语的特长。诗中把"花"与"鞋"置入跨行句首,并用标点隔开,使其产生意义的延伸,且诱惑人们的想象,使诗意层层递进。当然,句尾"了"字的跨行,未免牵强,这与隐题诗追求句首的显题字的形式主义有关。但最后三句跨行,总体下是进一步拓展和深化了诗意。洛夫将西方诗的跨行句式与现代汉语拈连的修辞手法融为一体,既加强了诗的现代性,又体现了现代汉语的技巧和节奏的活力。

意象语言与东方韵味

台湾现代派诗注重意象语言。不可否认,在一些青年诗人的诗中,有模仿西方语言或翻译语言的倾向。但大多数现代派诗人还是根系于中国文化语言,追求意象语言的东方韵味。他们重视古典诗词的艺术修养,善于将西方文化和现代诗歌艺术的特长,吸收和融化为本土艺术。以钟情于母语的方式,显示炎黄文化的血色和气韵,显示诗的东方意蕴、东方美学的意蕴和神韵。譬如痖弦的《红玉米》:

宣统那年的风吹着/吹着那串红玉米

它就在屋檐下/挂着/好像整个北方/整个北方的忧郁/都挂在那儿

可见诗人血管里流淌着炎黄子孙的血,"红玉米"凝聚着诗人淳朴浓厚的乡情,也闪现着北方土地的痛苦和忧郁,总是牵动和折磨着诗人。在诗人记忆的屋檐下挂着的"红玉米",犹如一颗眷恋和忧患的心,悬着。可见"红玉米"这一语言意象,从喻体到喻义(内涵)都是属于中国本土的,东方味的。故土的草木、山川、鸟兽、器皿、文物、古玩以及月亮、农历节气等,在诗中几乎已形成乡愁意象。而且在非乡愁诗中的意象语言,也体现了民族习惯和本土生活气息。如余光中的组诗《三生石》,缘起于妻子60岁生日,抒写伉俪情深。从诗情到语言意象("摆渡""红烛"之类),无不闪现着古老的东方美。且看其中之一《当摆渡解缆》:

当摆渡解缆/风笛催客/只等你前来相送/在茫茫的渡头/看我渐渐的离岸/水阔，天长/对我挥手

　　我会在对岸/苦苦守候/接你的下一班船/在荒荒的渡头/看你渐渐的近岸/水近，天回/对你招手

　　诗句押韵，上下两节句式整齐对称，富有节奏和旋律。可称为新格律体。语言意象虽说寓意单纯，却也情蕴荡漾，且易懂易记易诵。

　　从意象语言的组合规则来看，台湾现代派诗的特点，大致有二：

　　一是依据情感（情绪）逻辑，作电影镜头式的语言画面的组合。汉语言文字是世界各种文字中数目最多的一种，而被选入诗的字词，一般都具有转义、引申义的性能。这不仅为现代汉语诗歌提供了丰富的词源，而且也为语汇的意象性造成了极有利的条件。如"街衢睡了而路灯醒着/泥土睡了而树根醒着/鸟雀睡了而翅膀醒着/寺庙睡了而钟声醒着……"（洛夫《湖南大雪》），如许状物拟人的词汇，在特定语境中都有了意义的引申，构成富有暗示性的意象语言。一连串的意象言语的叠合，像幻灯片将逐幅意象画面闪现那样，组成总体上诗人追求和寄托的东方意境。痖弦的《红玉米》中展现诗人记忆中的意象画面，是典型的电影分镜头式——以诗人的怀恋之情为线索，推出几个富有中原农村生活情调的几个分镜头画面，与反复出现的主镜头"红玉米"构成诗的意境。这首诗突出体现了痖弦的"甜的是语言，苦的是精神"的独特的意象语言的个性和民族风格。

　　二是以"简化"原则，组合意象语言。台湾现代派诗讲究语言意象的密度与中国诗留有空白的艺术传统有机地结合起来，做到疏密相间，错落有致。既不影响诗的现代节奏感，又增强诗的意象语言的弹性或张力，留给读者更多的想象空间。如洛夫的《金龙禅寺》：

晚钟／是游客下山的小路／羊齿植物／沿着白色的石阶／一路嚼了下去

如果此处降雪

而只见／一只惊起的灰蝉／把山中的灯火／一盏盏的／点燃

这首将西方超现实主义的观念和手法融入中国禅宗境界的诗,仅仅由简洁的意象语言的组合,却暗示着一种东方的禅悟(趣)的空灵境界。诗的意象语言具象而又抽象,表现了较强的符号性和生殖性。还有张默的俳句小集,也往往以简洁构成幽美的意境:时而如秦关汉月,短笛轻吹,时而又落絮如雨,湍流如矢。

当然,从总体上看,台湾现代派诗的意象语言尚未圆熟,还缺乏炼字炼意的功夫。但只要他们继续将视角投向中国文化和母语的光源,就能进一步拓展东方智慧,创造出更好的闪现东方意味和神韵的现代诗。

注释:

[1]《创世纪诗刊》,第6期,1956年。
[2]《创世纪诗刊》,第73、74期合刊,1988年。
[3]洛夫:《超现实主义与禅》。

(原刊台湾《创世纪》诗刊 1998 年冬季号)

论20世纪汉语诗歌的艺术转变

20世纪汉语诗歌发生了重大变化,新诗,即是执意区别于旧诗的特定概念。但,新诗的特征是什么?新诗与旧诗有哪些联系?什么是新诗传统?却是困扰着我们的诗学问题。

当我们挥别20世纪的落日的时候,诗坛显得沉沦,似乎有一种危机感。新诗作为人类精神和语言艺术精粹的存在,不会消亡,但也不要指望哪一个早晨会突然成熟起来。古典诗歌经过两千余年才完成了自己的演变和发展的进程。新诗拥有了举世瞩目的古典诗歌的雄厚基础,本当可以取得比较满意的生长周期,但由于新诗在与旧诗的决裂中诞生,致使新诗"先天贫血",加之历经困扰,因而延缓了本世纪新诗的发展进程。然而,作为一种新生诗体,又总是以潜在的生命力,寻找一切复苏和健全自身的可能。伴随着每一次对新诗的重新认知和艺术建设,都有利于新诗向现代汉语诗歌方面的艺术转变。

本文运用"汉语诗歌"的概念,旨在切入百年来中国新诗发展的基本规律,追寻新诗的汉语言艺术的本性。

一、"新诗"的猝然实现：中国诗歌的自由精神的张扬与汉语诗意的流失

19世纪，西方科学文化的迅速兴起，构成对中国古老文化的严峻挑战，"诗国"便渐渐有了闭关自守的顽固堡垒的意味。中国诗坛的先觉们走出国门，睁开眼睛看世界，引起了对"诗国"的反省和变革，"别求新声于异邦"（鲁迅语）。梁启超第一次打开国门论诗，黄遵宪提出革新诗体形式的具体意见。新诗派提倡有心，创造无力，又缺乏革新的力度，并未促使新诗的诞生，却也打破了数百年诗坛被"鹦鹉名士占尽"的沉闷局面，影响了世纪初诗词创作。"诗界革命"并不割断与古典诗词艺术的内在联系的理论主张，对于实现汉语诗歌的艺术转变，具有一定的诗学意义。

新诗作为"五四"诗体解放的产儿，是背叛传统汉语诗歌的逆子。"五四"先驱出于要改变几千年形成的根深蒂固的"诗国"面貌的良好愿望，便采用了"推倒"的简单化的方式。胡适所说"诗国革命何自始，要须作诗如作文"，表明了这种"革命"——"推倒"的决心。他们疏忽了一个事实：古代诗歌的格律化与白话化，几乎在同步演变。至唐代产生的格律诗又称为近体诗、今体诗，从"白话"的角度理解这一命名，似乎更为贴切。即使"古体"，也发生从"文言"到"白话"的演变。李白的《蜀道难》、杜甫的《石壕吏》、岑参的《白雪歌》等，可视为半"自由"、半白话诗。唐诗宋词得以在民间流传，乃至成为今日儿童背诵的启蒙课本，岂不正是其白话格律或白话古体的原因？"五四"变革者对白话或半白话的近体诗与文言散文及其他韵文不加区别，打破"格律"，同时也将充满诗意的白话口语的炼字、炼句、意象、意境等一起"推倒"了。这种在"短时期内猝然实现"的新诗，使凝聚了中国人几千年审美感知的诗性语言在一夜之

间流失殆尽。"五四"先驱们让对"诗国"的叛逆情绪,掩盖了对古典诗歌艺术价值的认识,他们以惊慕的目光投向西方,而没有注意到国门打开之后,中国几千年的诗歌库藏同样对西方产生着新异感和吸引力。譬如,美国现代意象派诗歌大师庞德十分推崇中国古典诗歌语言的神韵,在译著《神州集》(1915年)中突出移植创造了汉语诗歌的新奇动人、富有意味的意象。

几乎在一张白纸上诞生了新诗,一切都回到了小孩学步的幼稚状态。"诗该怎样做"呢?胡适自己也说不清楚。所谓"变得很自由的新诗","有甚么话,说什么话","话怎么说,就怎么说"[1],虽在提倡很自由地说真话,写口语,却没有划清诗与文的界限。胡适提出关于新诗体音节的"自然节奏""自然和谐"[2],也因宽泛而难以作诗的把握,当时诗坛处于茫然无措之中。有趣的是,变革家们虽然执意要"推倒"旧诗,但写起诗来却"总还带着缠脚时代的血腥气"(胡适),脱不了古体词曲的痕迹。只是光顾得模仿古典诗词的意味音节去保持"诗样",却忽视和丢掉了诗意空间建构的方式,致使专说大白话,诗味匮乏。俞平伯试验用旧诗的境界表现新意。他曾作切肤之谈:"白话诗的难处,正在他的自由上面","是在诗上面","白话诗与白话的分别,骨子里是有的"[3]。刘半农得力于语言学家的修养,他驾驭口语的能力、大胆的歌谣体尝试,及其"重建新韵""增加无韵诗""增多诗体"等主张[4],对于草创期诗歌的转型、特别是新诗体建设,起有倡导性意义。

胡适等先行者在一片荒芜中矗立起新诗的旗帜,难免显得创造力的贫乏,便不得不从西方诗歌中汲取灵感。伴随20年代始,郭沫若的诗集《女神》出现在诗坛,意味着新诗的长进。与其说是从西方闯入的"女神",不如说"五四"时代呼唤的"女神"。郭沫若从西方浪漫主义诗歌中汲取了诗情,在感应和效法美国诗人惠特曼那种摆脱一切旧套的博大诗风中,把自由体连同西方现代诗歌惯用的隐喻和象征的诗意方式一起引进来了,这就增强了自由的新诗的形式内涵,弥补了草创期新诗的不足,具备唱出"五四"时代最强音的可能。郭沫若感到"个人的郁结民族的郁结,在这时找到了喷火口,也找出了喷火的方式"[5]。那种"天狗"式的绝唱,"凤凰涅槃"似的再生,"炉中煤"燃烧般的感情……一个个形象感人的博大隐喻,凸现着思想解放和"人的觉醒"的狂飙突进的"五四"时代精神。郭沫若可称为"中国的雪莱","是自然的宠子,泛神宗的信者,革命思想的健儿"[6],将诗视为自己的自由的生命。然而"抒情的文字便不采诗形",诗人任其情感随意遣发,无拘无束,让自由精神之马破除了一切已成的形式,越出了诗的疆界,导致诗体语言的失范、粗糙、散漫无纪。郭沫若对"裸体美人"的比喻,不尽妥帖。因为"裸体美人"本身首先是人体美的展示,而"不采诗形",岂不丧失了诗美传达的媒体?

新诗自由体的匆匆登场,决定了汉语诗歌的命运。可以说,"五四""诗体解放"并不属于自觉的文体革命。但"诗国革命"作为"五四"新文化运动的突破口,却实现了文学思想的解放和转变。先驱们致力于使诗和文学从森严壁垒、保守僵化的封建意识王国里突围,回到人性复苏、个性解放、人格独立自由的现代精神家园中来。

> 新造的葡萄酒浆
> 不能盛在那旧了的皮囊,
> 我为容受你们的新热、新光,
> 要去创造个新鲜的太阳!
>
> (郭沫若《女神之再生》)

郭沫若对新诗的贡献,不在于引进自由体,而是为高扬新诗的自由精神,创造了现代隐喻的诗意方式。这个"新鲜的太阳"的诞生,揭开了20世纪诗歌的黎明的天空,使汉语诗歌进入了现代精神的家园。

作为舶来品的"自由体",如何植根于中国诗苑?回答很简单:要契入中国诗体艺术,成为现代汉语诗歌的自由体。郭沫若的大多数自由体诗是激发型的,伴随"五四"浪潮而起落,缺乏汉语诗性语言那种不可磨灭的光芒。"五四"以后,他明显重视了汉语诗歌的音节和"外在的韵律",甚至趋向半格律体创作,出现了《天上的街市》、爱情诗集《瓶》中的《莺之歌》等具有汉语特色的作品。但后来多数篇什已经意味着他的诗力不足而失去了艺术探索的能力。

宗白华曾从诗的"形"与"质"的统一方面,给新诗定义:"用一种美的文字——音律的绘画的文字——表写人底情绪中的意境。"[7]只是当时诗坛在郭沫若式的自由体诗的喧哗中,这一声音显得微弱。后来诗坛出现"小诗热"与汪静之等湖畔诗人的情诗,注意诗的音节和格式,讲究诗美,初步显出短小的自由体诗的生机和优势。只是小诗非讲究字句的简练和经济不可,更需要具备汉语诗歌的炼字、炼句、炼意的工夫和因小见大的意境的创造。因此,何谓现代汉语自由体诗?仍是有待于探索的问题。

旧诗体在"五四"诗体变革的大潮中并未消亡,并更带有个人化写作的性质。在背叛诗国的新诗面前,旧体诗是一种汉语诗歌存在的意味。它在新诗体发育成熟之前,仍负有过渡时期"旧瓶装新酒"的积极意义。创造社郁达夫一方面肯定和称赞中国新诗"完全脱离旧诗的羁绊自《女神》始"[8],一方面又有对"诗国"的眷恋,表现了运用旧体诗创作的兴趣和才情。他和田汉形成与郭沫若之间新旧体诗互比互补的"创造"景观。这一典型个案,构成了第一次汉语诗歌转变的窘迫情境。鲁迅的《自嘲》《无题》(1934)等篇什,意气非凡,名句迭出,仍为今人所传诵。毛泽东诗词不仅"熔铸新理想以入旧风格",更突出表现在用语通俗鲜活,炼字炼句,入格律而无附会之处,读起来顺口流畅,易诵易唱。其形式的美学价值,表明"旧瓶"仍是具有创新意义的概念。旧体诗仍停留传统的比兴阶段,特别是旧体格律对诗意是一种无形的杀手,随着新诗艺术的发展,新旧体诗在意象、意境创造的深度上愈来愈拉开了差距。

二、从"模仿"到"融化":二三十年代形成汉语诗歌艺术转变的契机

任何民族的新旧语言文化之间有着不可割断的内在联系。新诗与母体的隔膜是暂时的,终究要返回对母体追认的道路上来,不过历经了一个浪迹天涯的过程。

中国新诗的"贫血症",注定要去寻求西方的药方和营养品。以西法治疗滋补,尽管不能"治本",但也会"活血强身",拓宽视野,达到诗的生气和充实。李金发在1923年2月出版的《微雨·导言》中说:"中国自文学革新后,诗界成为无治状态。"百无禁忌,是诗人敢于试验和探索的年代,"无治"之中孕含"有治"。走出国门与留在国内的诗坛有识之士,纷纷向西方现代派诗歌寻找新诗的出路,20年代中国新诗逐渐形成了由单一向丰富的全方位的开放态势。尤其是象征主义诗歌艺术——那种富有内涵力的迷离色彩的诗意方式,似乎成了拯救新诗的灵验秘方。这一时期的新诗明显向内在、含蓄、浑沌方面转变,虽未很快转化为汉语诗歌自身的特色,而往往是一种高仿或复制,新诗仅仅充当了接纳的载体。然而,新诗即使作为西方现代诗歌艺术的"拿来文本",也会为汉语诗歌带来新异感,进而反观自身,达到对异质语言艺术的汲取和融化,激活现代汉语诗歌文本。这是世纪初诗体变革的负面作用带给汉语诗歌转化的曲折境遇。

一位优秀诗人不管接受多少外来诗歌艺术的影响,都离不开深厚的民族语言文化和诗歌传统的支撑。20年代中后期中国诗人从"打开国门看世界"进入到了"从世界回首故国"。创造社的穆木天的《谭诗——寄

沫若的一封信》(1926年1月4日)[9],及稍后周作人的《〈扬鞭集〉序》(1926年5月30日)[10],颇能表明这一历史性转折,也可以理解为新诗开始对母语的追认。穆木天留学日本,从熟读法国象征派诗歌和英国唯美派王尔德的作品开始新诗创作,但他没有一味陶醉于"异国熏香",而是审视和反思新诗自身,主张"民族色彩"。他认为"中国人现在作诗,非常粗糙",批评胡适"是最大的罪人","作诗如作文"的主张是"大错"。周作人明确提出建立新诗与汉语诗歌传统之间的联系,"如因了汉字而生的种种修辞方法,在我们用了汉字写东西的时候总摆脱不掉的"。并认为汉语诗歌的字词组合及修辞方法具有超越时间的延续性。被认为"欧化"的诗人李金发,也批评文学革命后"中国古代诗人之作品""无人过问"的倾向,主张在创作中对东西方的好东西进行"沟通"和"调和"[11],而体现在他的诗作中则是欧化句法与文言遣词兼而有之。穆木天认为李白的诗歌"有一种纯粹诗歌的感"。他从对"诗国"艺术的勘探中,提出"纯粹诗歌"的要义有四:(一)要求诗与散文的清楚的分界;(二)诗不是说明而是表现,诗的世界是潜在意识的世界;(三)诗是要有大的暗示能,明白是概念的世界;(四)诗要兼造型与音乐之美。这显然是对胡适的新诗理论的反拨。如果说穆木天的"纯粹诗歌"已找到西方现代主义诗歌与中国古典诗歌艺术的契合点,那么周作人特别强调的"融化"概念,则是实施创造性转化的内在机制。他认为"把中国文学固有的特质因了外来影响而益美化,不可只披上一件呢外套就了事"。"新诗本来也是从模仿来的,它的进化在于模仿与独创之消长,近来中国的诗似乎有渐近于独创的模样,这就是我所谓的融化"。"融化",是实现汉语诗歌的艺术转化的必不可少的中心环节。新诗由于发生了诗歌语言传统之力与现代诗歌艺术方式的双重危机,因而"融化"意味着新诗向民族化、现代化的双向转化。新诗从"模仿"到"独创"的实现,是一个寻根和创新的过程。一方面从"诗国"中汲取母乳,恢复和增强汉语诗歌的固有特质,一方面使"拿来"的西方现代派诗歌艺术真正为汉语诗歌艺术所汲取和消化。新诗彻底摆脱"模仿"的印记,表现为回归母语的自我消解。"独创的模样",固然要使汉语诗歌的特长和优势得到充分的展示,但也透视着世界诗歌潮流的艺术折光。"融化"发生的基因,在于中西诗艺的相通之处。譬如,19世纪末西方开始流行的象征手法,在中国古代诗歌中也包含有象征因素。穆木天称杜牧的《秦淮夜泊》是"象征的印象的彩色的名诗"。周作人认为"象征实在是其精意。这是外国的新潮流,同时也是中国的旧手法;新诗如往这一路去,融合便可成功,真正的中国新诗也就可以产生出来了"。"真正的中国新诗"正是以复苏汉语的本性与孕发更多的诗意为目的,与以前的"新诗"划清了界限。

二三十年代诗人并未普遍形成明确的现代汉语诗歌意识,即使突入"融化"的创作状态,也并不意味着有了实现汉语诗歌转变的艺术自觉。我们只能从各路诗家勇于求索、自由发展的扑朔迷离的态势中,去辨析和描述新诗向现代汉语诗歌方面转化和发展的轨迹。

一种是从诗形切入,试验作汉语形式的新诗。1926年4月,新月社闻一多、徐志摩等创办《晨报·诗镌》,提倡"诗的格律",无疑是对初期新诗的散文化弊端的匡正,造成了对新诗形式重建的氛围。然而闻一多所说的"格律",是英文form的译意,具体指"属于视觉方面的格律有节的匀称,有句的均齐。属于听觉方面的有格式,有音尺,有平仄,有韵脚"[12]。中外诗歌在视、听觉方面的格律因素,固然有相通之处,但汉语方块字有着自身独有的组织结构和美学特征,也更易于造成诗的视觉方面的建筑美的效果,并表现了与字母文字不同的语境方式和操作程序。闻一多提倡的"新格律",并非如有些论者和教科书中所说是"中国古诗传统与外来诗歌形式的结合"。考察当时在《诗镌》《诗刊》上流行的四行成一节的"豆腐干块诗",包括被认为"新格律"范式的《死水》,很难说体现汉语诗歌的"格律",更谈不上与汉字词汇的诗意方式融于一体。光图词句的整齐排列,而缺乏炼字炼句炼意的工夫,就建构不起汉语诗歌意义生成系统的优化结构和诗意空间。这种不能发挥听、视觉方面的汉语诗歌特长的"格律",难免有西洋"格律"的汉译化之嫌。朱自清评论"他们要创造中国的新诗,但不知不觉写成西洋诗了"[13]。梁实秋称他们"是用中文来创造外国诗的格律来装进外国式的诗意"[14]。当然,他们有些作品,如闻一多的《一句话》《收回》,徐志摩的《再别康桥》《偶然》《沙扬娜拉》第十八首等,比较切入现代汉语的音乐节奏,自然流畅,在自由中求均齐,在整饬中求变化,避免了因对字词相等、格式对应的刻意追求而出现的滞留感。

在新月派的新格律试验中,朱湘,这位对西方诗体和诗律学研究颇深的诗人,具有鲜明的民族语言意识,自觉发掘古典词曲和民歌的形式结构的美。如《采莲曲》,即是从六朝骈散和江南民歌中脱出来的。《摇篮曲》《催妆曲》《春风》《月游》等,是将英国近代格律体、歌谣体与我国现代民歌民谣相融合而创造出的歌谣体,只是还没有脱尽英"格律""歌谣"的胎记。如何在音节的流转起伏、韵律的回荡之中,发掘和拓展优美,并构成整体匀称的现代汉语方块字排列的形式美(建筑美)？如何增大"新格律"的现代汉语诗意的空间？仍有待于探索。当然,少数篇什已具备现代汉诗质素。如果说徐志摩的《再别康桥》创造了人类自由性灵所依恋的"康桥世界"这一较大张力的诗意场;那么朱湘的《有一座坟墓》,则在对某种情绪和灵魂的深度显示中造成了较强的音乐节奏感。这对于汉语诗歌的传统形式的开拓作出了独特的贡献。新月派作为"第一次一伙人聚集起来诚心诚意的试验作新诗",客观上沟通了诗人对新诗汉语艺术形式的重视,影响了一代人的创作。30年代中期,林庚的四行诗、九行诗,对诗行节奏和口语化的追求,也是现代汉语格律诗的新品种之一。

十四行诗(Sonnet),作为从西方引进的特殊的格律体形式,为不少诗人所喜欢、试验着写过。但真正能够切入现代汉语的音节和诗意的方式,试验出色者,当数早年沉钟社的冯至。他的《十四行集》,主要利用十四行体结构上的特点,并不严格遵守十四行的传统格律,融汇古典汉语诗词格律的有益成分,旨在追求现代汉语的音节和语调的自然,体现了浓郁婉转的东方抒情风格。在诗意表达上,虽明显受里尔克的影响,却完全是从自身的艺术体验出发,以精妙含蓄的汉语文字,抒写内心真实。可见,冯至的十四行诗,不是一般的移植和仿造,而是不同诗歌语言之间的转化,是对西方十四行的一种变奏体。

　　再一种是从诗意结构切入,运作现代汉语诗歌的象征艺术表现。象征诗派与新月诗派大体上是平行发展的。从李金发最早对法国象征派诗的移植,以"诗怪"出现在诗坛,到戴望舒被称为中国的"雨巷诗人",表明象征派诗的演变,以汉语诗意质素的增长为标志。考察演变过程的整体,李金发的诗,既是异端,又是垫脚石。"异端"相对于传统而言,带有"革命性"意味。李金发诗的深层的内心体验的个人象征意象,以几分生涩而又十分耐味的神秘感、浑沌感、深厚感,显示了突破和发展传统的比兴和象征手法,给个体生命内陆赋形的可能。然而,这与现代汉语诗歌还相距甚远,仅是汉语诗歌转化中的特有场景。有论者认为,后来王独清、穆木天、冯乃超等象征派诗"走出了难懂的误区",然而他们由创造社转向象征派,虽有对"纯诗"的理论追求,也有韵律、色彩等形式试验,创作实践中却仍未脱尽浪漫主义情感直泻的陋习。"好懂",有时也说明诗的乏味。

　　戴望舒、卞之琳的诗,推动了象征派诗的汉语化进程。他们熟悉波德莱尔、魏尔伦、艾略特、叶芝、里尔克等象征派、现代派大师的作品,但不再像李金发作横的"移植"。而是着眼于发掘汉语诗歌传统的艺术因素,寻找西方诗歌与汉语诗歌传统的契合点,"做'化古与化欧'结合的创造性转化的工作"。卞之琳甚至认为戴望舒开始写诗,"是对徐志摩、闻一多等诗风的一种反响。他这种诗,倾向于侧重西方诗风的吸取倒过来为侧重中国旧诗风的继承"[15]。戴望舒的前期代表作《雨巷》(1928年),将法国早期象征派诗人魏尔伦对诗的音乐性、意象的朦胧性等艺术追求与我国晚唐的婉约词风相融合,使"中国旧诗风"发生了现代意义上的"创造性转化"。《雨巷》的现代汉语意味:一是独创性。包括诗人对社会人生体验的独特发现和现代汉语诗歌文本的独创,突出表现在"雨巷"这一富有民族情结和充满汉语诗意的象征体的成功创造。二是朦胧美。象征成为汉语诗意的方式,构成东方美的意象("丁香姑娘")、意境("雨巷"),包孕了深幽微妙的意蕴,飘逸而不轻浮,朦胧而不晦涩。三是韵律感。《雨巷》讲究汉语音节、押韵,形成了诗人情绪的抑扬顿挫和诗的旋律的起伏回荡。叶圣陶称赞《雨巷》"替新诗的音节开了一个新的纪元"[16]。另外在诗形上,也体现了汉语诗歌在建行中的规则性和排列美。自《我的记忆》始,戴望舒受法国后期象征派的影响,不再讲诗的音乐性,追求诗的情绪的自由表达的口语化。这诚然更有利于诗人"隐秘的灵魂"的"泄露",但汉语诗歌失去了用语的凝炼和音律的节制,也容易失去与散文的界限。

卞之琳步入诗坛曾受过新月派诗风的影响,有着对自由体诗的"行云流水式"的追求,表现了他的口语化象征诗的现代汉语的音韵节奏的效果。诗人注重汉语音节,并不影响向内心开拓及诗意发掘,因为音节安排服从并巧妙融入象征的诗意方式之中。卞之琳将中国古典诗歌的含蓄与西方象征主义诗歌语言的亲切和暗示、中国传统的意境与西方的"戏剧性处境""戏拟"相沟通和融合,形成了汉语诗歌的独特而富有表现力的现代口语方式,和具有深层象征蕴涵的诗境建构方式。诗的口语化叙述方式的戏剧化、小说化的非个人化倾向,决定了诗中的"我""你""他"互换的特点,有利于达成曲径通幽的诗意传达和多方位、多层次的诗意结构空间。如《断章》《几个人》《鱼化石》等篇什中,一个个平常而又独创的意象,在整体境界构成中十分富有暗示力,而且往往是多向的亲近和暗示,将人们带入深邃的哲理境界。这即是卞之琳诗歌的现代汉语的智性结构,无所谓"智慧诗的创立"。

象征派诗歌艺术更切入新诗的艺术本质,它对于丰富新诗的艺术表现力,拓深意境,实现汉语诗歌的现代化进程,具有重要的艺术实践意义。在后来民族救亡和长期战争的背景下,多数诗人转向爱憎分明的激情歌唱,以艾青、臧克家为代表的现实主义诗歌崛起。但从此象征的表现手法,像有缘之鸟在诗人手中不翼而飞,成了各路新诗艺术的创新和发展的最活跃的因子。如臧克家的《老马》,艾青的《雪落在中国的土地上》《吹号者》等抗战诗篇,正是以象征手法,赋予不同凡响的艺术力量。值得一提的,九叶诗人穆旦,在投身争取民族解放的抗争中建构了他的诗歌的"荒凉的世界"——博大的苦难境界。他正面他所热爱的天空、大地和受苦受难的人民,善于把艰难跋涉中触及肉体、深入灵魂的痛苦体验和自我拷问,提炼升华为陌生独特的意象和深邃完善的精神形式。这种象征体的完美创造,极大地拓展了现代诗的内涵和表现力。在诗风趋向明朗化,甚至使诗成为"投枪和炸弹"的战争年代,这不能不视为中国新诗发展史上的奇迹和丰碑。

为什么对新诗的现代汉语形式的创造和探索,未能成为后来诗人们的自觉?主要原因在于对诗的自由体形式的理解的偏颇。譬如认为"假如是诗,无论用什么形式写出来都是诗;假如不是诗,无论用什么形式写出来都不是诗"。"口语是最散文的","很美的散文""就是诗",因而提倡"诗的散文美"[17]。这是30年代后期开始流行的观点,实质上也是郭沫若自由体诗风的延续。当时萧三、李广田等有识之士曾对新诗形式的欧化倾向、"散文化风气"提出过批评。"因为在一般人看来,诗是最容易的,甚至比散文小说都容易,因为诗写起来似乎不必费力,因为只是把所要说的话分了行或分了节写出来就行了。也许正因为这样,诗的产量才这样大,也许正因为这样,好的诗才这样少。我们不能说现在的作品中没有好诗,我们却可以说,在这种风气之下坏诗的生产机会确很多,针对了这一风气,我们愿意提出一个要求,要求诗人们去创造(或尽量利用)那比较完美或最完美的形式。"[18]李广田对新诗的"完美的形式"的具体建构,虽未说清楚,但他的分析切入新诗创作的弊端,至今仍有深刻的现实意义。

三、五六十年代海峡一隅风景看好
——汉语诗歌转变的延续

当50年代中后期"左"的政治笼罩诗坛,大陆诗人的内心真实封闭起来,失去了自由的歌喉,海峡那岸却异军突起,"现代""蓝星""创世纪""笠"等诗社,展现着台湾现代诗歌的实力和风貌。从这些诗社的升降沉浮中,不难发现一条重要线索——中国台湾现代诗歌对母语的回归和探寻。

这些诗人大都是从大陆抵台湾,有着良好的传统文化的涵养和对二三十年代新诗艺术传统的选择。其中纪弦、覃子豪、钟鼎文等本来就是三四十年代的现代派诗人。纪弦以笔名路易士活跃于诗坛,并与戴望舒创办《新诗》月刊,1953年在台湾创办《现代诗》,继续倡导和发展现代派诗。他在现代派诗社的纲领中提出"新诗乃横的移植,而非纵的继承"[19]。这一"西化"主张,对于输入西方现代主义诗歌流派的观念和技巧,打破台湾威权政治禁锢文艺的僵化局面,使诗人获得创作自由,无疑发生了重要作用;但由于背离了民族文化传统,理当受到覃子豪等诗家的批评。在西方文化无遮拦地进入台湾的特殊文化环境中,骨子里有着炎黄语言文化意识的台湾诗人,在西方现代主义诗潮与中国古典诗歌、现代诗歌传统的撞击中站稳脚跟,以诗人的良知,探寻现代汉语诗歌的艺术轨迹。这就使汉语诗歌的艺术转变并未因为大陆的政治运动而中断,中国新诗在海峡一隅获得了生存环境和艺术发展。

有人说,"台湾诗歌不如大陆"。但在中国当代诗歌发展史上,台湾诗歌不单填补了"文革"期间诗苑的空白,同时也最早进入与西方诗歌的对话和融合,在处于新诗发展的"前沿"充当了承上启下的角色。倘若对这一特殊角色的重要性缺乏认识,就会疏忽汉语诗歌转变的内在逻辑。台湾五六十年代诗歌在变动的多元格局中呈现着生机,运用现代技巧进行自由的精神创造,已成为诗坛风尚。所谓"台湾新诗长达近20年的论战",表面上看是围绕传统的"离心力"与"向心力"之间的冲突,实质上"离心力"也受着传统之力的制约。创世纪诗社一成立就提出"新民族之诗型"的要旨,而他们在创作实践中却像游向大海的鱼,因对新异感的热恋而表现了对传统的远离,但漂泊的游子最终心系本土的语言和诗歌艺术。从洛夫的《石室之死亡》(1965年)到《魔歌》(1974年),就是这一过程的深刻体现。台湾现代派诗歌探索免不了带有试验性,但实现汉语诗歌转变需要在充满探险精神的实验中实现,关键在于这种试验能否催促汉语诗歌艺术特征的形成和成熟,那种"无根"的试验,必然带来诗歌的"失血",并因"飘泊无依"而生命孱弱。

台湾诗人深受艾略特等20世纪现代诗人的口语叙述的影响,形成了自由舒展的口语化诗风,与卞之琳的现代诗风一脉相承。现代汉语自由体诗的口语化,是一个动态的诗学概念,不仅使诗性言说处于不断变化的时代与语境之中,同时还能注入和激活诗的现代汉语的质素和精神,消解新诗创作中挥之不去的译诗化印记或模仿痕迹。

艾略特曾称现代最佳的抒情诗都是戏剧性的,这大概要从诗的口语叙述的方式去理解。我们已有卞之琳把"戏剧性处境""戏拟"的方式运用于创作之中的成功经验。痖弦专修过戏,演过戏,他善于把"戏剧性"化为诗的因素,活用为一种睿智技巧的口语叙述方式。在痖弦的诗中,这种喜剧性表现又自然融汇于民谣写实的诗风之中,形成了诗人的自然淳朴而谐谑或嘲讽的现代口语抒情腔调。诗的"戏剧性",旨在构成诗意的效果。譬如《乞丐》:"每扇门对我关着,当夜晚来时／人们就开始偏爱他们自己修筑的篱笆／只有月光,月光没有篱笆／且注满施舍的牛奶于我破旧的瓦钵,当夜晚／夜晚来时//谁在金币上铸上他自己的侧面像／（依呀嗬！莲花儿那个落）／谁把朝笏抛在尘埃上／（依呀嗬！小调儿那个唱）／酸枣树,酸枣树／大家的太阳照着,照着／酸枣那个树"。诗人进入"乞丐"的体验角色,充当叙述者,又是被叙述者。叙述口语,既具有浓厚的民谣腔调,又是充满戏剧性氛围的诗性表现。于俗常的喜剧调侃中构成讽喻人生的无奈和悲剧的深刻意味。痖弦独特的叙述口语方式,表面上通俗轻松,且带有一种甜味,而骨子里却是深沉的,包含着传统的忧苦精神。

"新民族之诗型"揭示了汉语诗歌艺术的内涵:"其一,艺术的,非理性之阐发,亦非纯情绪的直陈,而是意象之表现。主张形象第一,意境至上。其二,中国风的,东方味的——运用中国文学之特异性,以表现出东方民族生活之特有情趣。"[20]中国自由体的口语化离不开新诗的汉语艺术传统,不可不发挥汉语"意象""意境"和"东方味"的优势。应该说,余光中、郑愁予等诗人的"新古典"探索,比"创世纪"诗人更明显地表现了发扬汉语诗歌传统的艺术自觉。早期作为现代派的余光中,60年代诗风回归传统；郑愁予被公认为台湾诗坛最富有传统精神的现代诗人。他们致力于汉语诗歌的美丽意象和抑扬顿挫的音韵流风的捕捉,把握汉语字、词组合和修辞的特有魅力,尽量挖掘语字、语象、语感、语境的诗意。譬如:"一把古老的水手刀／被离别磨亮"（郑愁予《水手刀》）,"水手刀"因被"离别磨亮"而成为水手生命的象征。"小时候／乡愁是一枚小小的邮票"（余光中《乡愁》）,"我达达的马蹄是美丽的错误／我不是归人,是个过客"（郑愁予《错误》）,由暗喻构成意象,孕含独特的艺术发现及情感的饱和度、色度。像这种现代口语的抒情诗句,因意义的敛聚而富有凝重感和艺术生命情趣,可谓"新古典"的名句。

"新古典"讲究诗的格律因素,将古典诗词的声韵音色的美融于现代口语的自然韵律之中。余光中重视诗的音乐性的传统,他批评某些现代诗读起来"不是哑,便是吵,或者口吃"的现象,认为"艺术之中并无自由,至少更确切地说,并无未经锻炼的自由"[21]。余光中的诗很富有韵律感和音乐美,有些篇什已被谱成曲子而传唱。现代诗人不是着眼于字面的抑扬顿挫,而是以文字来表现情绪的和谐,以现代人的感觉和情绪入诗的音节和节奏,情绪的起伏跌宕构成诗的韵律。如余光中《等你,在雨中》《三生石》等,近乎新格律体,是对现代口语的自然韵律的独创形式。其主要特点:1.具有鲜明的节奏和旋律,并构成了内在情绪与口语音节的融一;2.诗句长短不一,错落有致,押韵,而节与节之间的诗行又大体对应,形成整齐美;3.将俚俗口语与典雅词语交合在一起,熔炼成富有机趣和弹性的诗性语言。余光中、郑愁予的"新古典"形式,直接与汉语传统诗歌艺术相衔接,可以看到古典诗词艺术向现代汉语诗歌转化的境遇。

实现古典诗词艺术向现代汉语诗歌转化的难度在于向内心真实的突入,对现代口语的诗性表现功能和审美趣味的开拓。洛夫在跟语言的搏斗中寻求"真我"口语意象。他在诗集《无岸之河·自序》(1970年)中宣称这辑诗最大的特征,"是尽可能放弃'文学的语言',大量采用'生活的语言'"。这既避免了诗的语言的"枯涩含混"、意象的"游离不定",同时诗意也"不致僵死在固定的语义中"。当然,生活口语以实用的传达为目的,诗的语言乃是表达,是一种审美形式。洛夫多年来从西方超现实主义的诗与中国悟性的禅的相通中寻求口语意象的内涵力和形而上的本质。超现实主义的"自动语言"与禅的"拈花微笑",有惊人的相似之处。超现实主义诗人认为,只有放弃对语言的控制,真我和真诗才能浮出水面;禅宗主张"不立文字",以避免受理性的控制而无法回归人的自性。可见"自动语言"与"拈花微笑"都是企图表现潜意识的真实。洛夫采用这种表现方式的合理因素,克服了"自动语言"反对逻辑语法的倾向。他着眼于禅的悟性与超现实主义的心灵感通的契合点,发挥不涉理路、不落言筌而又含有无穷之意趣的审美效果。洛夫主张的"约制超现实主义",融入了现代精神和技巧,使它形成一种具有新的美学内涵的现代汉语方式,这种语言方式不是工具,而是把握自我真实存在和人类经验的本身,而且又不断改变平常习惯语言的意义。这在《魔歌》中已得以印证。

尽管还不能说台湾诗坛已经产生成熟的现代汉语诗歌文本,但六七十年代台湾现代诗寻求回归和再造传统的艺术经验,却也呈现出现代汉语诗歌的艺术建设的动人景观。它影响了大陆新时期的诗歌艺术变革,甚至从大陆一些诗人的创作中可以窥见海峡那岸诗人的口语化的叙述风格。

四、八九十年代现代汉语诗歌的本质特征的形成,对新诗体形式是再度误读还是着力探寻?

新时期诗歌变革与世纪初诗体解放一样,是侧重于思想精神的解放,而非自觉的诗歌艺术革命。但它毕竟是在拥有大半个世纪的新诗经验的基础上进行的,同时打破了"左"的封闭僵化的局面,召回失落多年的自由诗神,进入新鲜广阔的世界。中国古典的与现代的、西方现代的与后现代的、台湾40年的各种诗歌与诗潮,纷纭沓至,构成新时期诗歌的丰富复杂、激荡迷离的背景,这酝酿了一场根本性的艺术转变——新诗由充当"工具"回归精神家园。这不是简单的回复,而是在诗的现代意义上的抵达。世纪初诗体解放属于语言形式本身的变化,是通过思想解放而达到诗体语言的解放(自由)。新时期诗歌语言由充当政治工具的角色,转变为灵魂和生命的存在栖所,是作为载体、媒介的诗歌语言发生了根本性质的变化,是通过思想解放回归诗的本质意义上的本体。具体表现为诗人由"代言人"向个人化写作的转型,由对社会、人生的咏叹向生命体验的突入,诗性言说由大一统格局向多元方式的转型、由传统的抒情向抒情与叙述的分延。从而拓展和深化了现代汉语诗歌的诗性表现,形成汉语诗歌突破和超越传统的本质特征。

七八十年代之交,当一批老诗人以传统的抒情方式唱着"归来者"的歌,朦胧诗的崛起,则揭开了个人化的抒情的序曲。朦胧诗人开始因个人化的抒情及新的艺术手段给诗坛带来陌生感,反映了四五十年代以来形成的"充当人民的代言人"的"我"与诗人个人的"我"之间的反差。而消除这种差距,则意味着诗人找回丢失的自我,返回内心体验的真实。朦胧诗的个人化抒情,并非孤立的现象,是在对"左"的政治和传统思想文化批判中所表现出的个性自由精神和崭新的理想主义的光辉,显示了新时期中国人的心灵的苏醒,是对"五四"新诗的现代传统精神的张扬。在艺术上,与中国三四十年代的现代主义诗歌相衔接。特别是戴望舒诗歌讲究旋律和意象的朦胧美,穆旦诗歌的凝重和现代知性——充沛坚厚的主体精神,对北岛、舒婷等朦胧诗人发生了积极的影响或心灵感应。诗人的群体意识与"代言人",是有着明显界限的不同概念。个人化抒情并不排斥诗人切入社会和人生的群体意识倾向。如牛汉的《华南虎》《梦游》,曾卓的《悬崖边的树》《有赠》,邵燕祥的《五十弦》等,总是以强烈深厚的个人情感的诗性抒发,表现了对社会和人生感受的普遍经验的凝聚力。"现实主义"与"现代主义"一样要遵循个人化的抒情,只是体验的向度不同。新时期诗坛的"李瑛现象",可以视为现实主义诗人的个人化抒情的艺术实现的反映。这位随同共和国的步伐走过近半个世纪的创作生涯的诗人,从80年代后期起,抒情主体发生了由战士的身份、"人民的代言人"到诗人个人化的剧变。李瑛诗歌创作从此走出了不少老诗人走不出的困惑,以艺术的突破性进展在八九十年代诗坛处于不衰之势。诗人自我意识的形成,并不改变关注社会和百姓疾苦的初衷,诗人的良知或忧患意识本身就属于自我意识的一部分。老乡、张新泉、丁庆友、姚振函等诗人的平民诗风,正是以各自深切的个体体验及诗意方式,而表现出喜怒哀乐的平民本色与切入现实的精神批判力量。辛笛、陈敬容、杜永燮、郑敏等现代诗人,一开始步入诗坛,就是以个人化抒情而标举较高的起点,历经半个世纪而不衰。朦胧诗的沉沦,很大程度上是由于社会环境的变化和发展,朦胧诗人又不能调整自己,势必使诗丧失了原先的震惊效应。倒是舒婷抒写爱情(爱情价值批判)、杨炼吟咏历史(历史文化批判)的诗篇,留下了较长的回音。朦胧诗的现实批判精神和个人化抒情不会过时。朦胧诗对新诗体虽然没有多大突破和创造,但在意象营造中充满才情奇想的暗喻方式,具体清晰而整体朦胧的艺术特征,仍是对新诗的汉语艺术特性的发挥和创新。我们不能认同朦胧诗"仍是以西方诗歌为原型的汉诗"[22]的说法。至今尚未发现朦胧诗中有模仿西方诗歌的迹象,这在中国现代主义诗歌中尚属罕见。从朦胧诗中仍有名句传世这一事实,也能说明这些篇什已经具备现代汉语诗体形式的某种特征。朦胧诗之后,海子、昌耀、西川等将朦胧诗的个人化抒情传统继往开来。他们远离"社会中心",避开尘嚣,在寂寞的荒原上建构心灵痛苦——生命语言的栖所,为世纪的落日铸型,展示承受人类苦难的灵魂的深度和人格的力度。

  口语化叙述的诗风,是在 80 年代后期后新诗潮的兴起和海峡两岸发生诗艺交流的背景下形成的。诗如何表现社会生活转向以商品经济发展为中心的现代中国人的真实存在,表现生存体验的原生态,是 80 年代后期提出的重要诗学命题。海子、翟永明等新生代诗人率先把兴奋矛头指向人本身,指向多少年来一直封闭或半封闭着的隐秘的生命世界,使诗更接近人的生存状态,接近生命本体,这势必引起诗向适应这一新的表现领域的客观陈述转型。这一时期后新诗潮所掀起的平民诗风推动了口语化叙述的诗风的形成。客观陈述的诗性言说,直接进入生命存在,表现生命的脉息和情绪,敲击存在的真髓,更能显现诗歌语言的真实和本色,消解了传统抒情中容易出现的浮夸和矫饰。韩东、于坚、朱文、伊沙等在这方面作出了努力和探索。后新诗潮对诗风起于生命之流起了启动和推动作用，而在叙述方式上则带有随意性、译诗化的倾向，消减了诗的形式价值。特别是有些青年诗人的才华浪费在对"不可知的生命内部"的探索，使诗失去与现实和历史的联系。诗人离开自身生存的社会环境和历史文化背景，所谓对诗的"人类性"的追求，也会因丧失个性而使诗黯淡无光。

当后新诗潮匆忙演绎西方诗的"后现代"时，台湾那脉口语化叙述的诗风，由于历经了由模仿西方回到探寻民族语言本性的过程，则以初步入乎现代汉语诗歌的语言姿式，影响大陆诗歌的语言转型。一批中青年诗人对台湾诗风很快产生感应，作品问世即能惊人，似有走了"创作捷径"的几分得意。90年代，当后新诗潮几乎失去了对诗歌讲话的能力，而口语化叙述的诗风却方兴未艾。它既表现在接受台湾诗风影响的一路诗人，如林染、匡国泰、冯杰等潜心于生存环境的体验，凸现诗的生命意象的民族审美特征和本土氛围；也表现在新潮诗人开始自我调整，正面现实人生和社会历史。如同属对女人的生命体验，翟永明的《十四首素歌》，与被称为"黑洞意识"的《女人》组诗明显不同。诗人从社会历史、现实的大环境中探测"黑洞"，表现了对母女两代人的爱情悲剧的痛苦体验的深度。一种诗风并不单单因为起于新潮而盛行，还在于它是否拥有自己的大地和天空，拥有母语的力量。

一种诗风的流行，可能意味诗的新变和发展，但并不表明诗的成熟。90年代诗歌因赶"风"、随"风"而导致大面积"仿制""复制"的现象，乃至使叙述口语变为诗人圈里的"行话"，造成诗歌语言的漂浮和套式。所谓"口语"也成了读者难懂的"咒语"。新诗的语言形式，成了20世纪尚未很好解决的遗留问题。

不管是口语化叙述还是个人化抒情，都只是作为一种诗性言说的方式，具有传达现代汉语诗歌的本质意味的可能，但建构相应的语言形式，却是需要反复琢磨、独具匠心的智性创造的艺术过程。后新诗潮以"现代汉诗"自诩,但又很少有人重视对现代汉语诗体形式的探寻。如果说能用汉字随意写作就称"现代汉诗",那么岂不是要回到世纪初新诗的草创期?如果诗人只要能哼哼"两个黄蝴蝶,双双飞上天……"[23],做诗岂不像孩童学语般省力?这种对诗体语言的忽视,实质上因袭了世纪初诗体革命的负面表现。他们正是以"胡适的《尝试集》也是从一种语言方式向另一种语言方式的演化"作引证[24],以在"一种白纸"上标新立异为荣;他们还认为"完全开放式的新诗形态,从郭沫若起就表现出了自由抒发的优势"[25],认同世纪初把自由体误读为"无拘无束""散漫无纪",这似乎成了中国新诗革命的劣根性表现。至于还抱着"左"的新诗传统的人,九斤老太式地数落诗歌,却也不讲诗的语言形式,在他们看来完全是"内容决定形式"。由此造成对新诗形式建设的离心力,不可低估。只有那种饱经诗坛忧患而又长于艺术涅槃的诗人,终究会悟出现代汉语诗歌的真正含义;只有那种操守纯正的诗歌艺术、走着自己寂寞的路的诗人,懂得要写什么样的诗。真正优秀的诗篇,总是离不开汉语艺术的独到、精当、奇妙和高超的表现力而夺人传世。

正如世纪初诗体革命而引起二三十年代的新诗建设,八九十年代诗的本质意义的回归,必然也伴随对诗的语言形式的探寻。新诗的现代汉语言艺术的成熟,必将由新世纪诗人去收获。

1999.5 于南京鸡鸣寺

注释:

[1] 胡适:《建设的文学革命论》,《中国新文学大系·建设理论集》,第一集,上海良友图书印刷公司,1935年。

[2] 胡适:《谈新诗》,《中国新文学大系》,第一集。

[3] 俞平伯:《社会上对新诗的各种心理观》,《新潮》,2卷1号。

［4］刘半农:《我之文学改良观》,《新青年》,3卷3号。

［5］郭沫若:《我的诗》,《凤凰·序》,重庆明天出版社,1944年6月。

［6］［8］郁达夫:《〈女神〉之生日》,《时事新报·学灯》,1922年8月2日。

［7］宗白华:《新诗略谈》,《少年中国》,1卷8期。

［9］《创造月刊》,1卷1期,1926年3月。

［10］《语丝》,第82期。

［11］李金发:《食客与凶年·自跋》,北新书局,1927年5月。

［12］闻一多:《诗的格律》,《晨报副刊·诗镌》,7号,1926年5月13日。

［13］朱自清:《中国新文学大系·诗歌导言》,上海良友图书印刷公司,1935年10月。

［14］梁实秋:《新诗的格调及其他》,《诗刊》创刊号,1931年1月20日。

［15］卞之琳:《戴望舒诗集·序》,四川人民出版社,1983年2月。

［16］杜衡:《望舒草·序》中引语,见《望舒草》,上海复兴书局,1932年。

［17］艾青:《诗论》(1938—1939),人民文学出版社,1980年。

［18］李广田:《论新诗的内容和形式》,《诗的艺术》,开明书店,1943年。

［19］纪弦:《现代派的信条》,台湾《现代诗》,第13期。

［20］台湾《创世纪》,试刊第6期。

［21］余光中:《掌上雨》,台北大林书店,1970年3月。

［22］郑敏:《新诗百年探索与后新诗潮》,《文学评论》,1998年第4期。

［23］胡适的《蝴蝶》(原题《朋友》)为中国第一首新诗,发表于1917年2月《新青年》。全诗为:"两个黄蝴蝶,双双飞上天。不知为什么,一个忽飞还。剩下那一个,孤单怪可怜;也无心上天,天上太孤单。"

［24］《〈中国现代主义诗群大观1986—1988〉序言》,《诗歌报》,1988年10月6日。

［25］徐敬亚:《崛起的诗群》,《当代文艺思潮》,1983年1期。

(原刊《文学评论》1999年第5期)

口语化叙述与汉语音节

新诗形式重建,是对切入诗性本质的现代汉语形式的探寻。从诗性言说的方式考察,八九十年代发生了由传统抒情向个人化抒情与口语化叙述的重大转变。尤其是口语化的叙述日渐成风,盛行开来。这一诗性言说的方式,透露出现代诗歌的艺术生气,一方面仍带着不受汉语音节约束的随意性。

诗风总是受时代和社会环境的影响而发生变化,随着商品经济占据社会生活的中心之后,人们崇尚实际,诗人激情消减,诗失去了传统抒情的魅力。当现代诗歌的终极关怀,指向对人的自身真实存在的发问,诗性言说势必回到日常语言,以客观陈述表现人的真实世界。诗的口语化的陈述,直接进入人的存在。海德格尔说:"陈述首先意味着展示。""展示仍然意指着这个存在者本身,而不是这个存在者的某种单纯表象——既不是'单纯被表象的东西',更不是说出陈述的人对这一存在者进行表象的心理状态。"[1]陈述,应当更能对生存体验达成深刻的体认。"看到家乡的卵石滚满了河滩/黄昏常存弧形的天空/让大地上布满哀伤的村庄"(海子《五月的麦地》)。"所有心思都浸淫在一只乌鸦之中/我清楚地感觉到乌鸦感觉到它黑暗的肉/黑暗的心可我逃不出这个没有阳光的城堡"(于坚《对一只乌鸦的命名》)。这类深入内心灵魂的诗性状态的言说,成为一种生命形式的表达,消解了"为赋新诗强说愁"的矫饰,"天马行空"般的虚浮。在传递真实的情绪、生命的脉息与人格的魅力中,闪现出本真和本色的光泽。真正达到语言的真实与人的真实和世界的真实完全融一的诗意境界,这不能不视为对新诗语言表现功能的拓展。

当然,我们认同"当今不是抒情的时代",并不否认诗的抒情本性。从诗人笔端蹦出的汉字,总是带有自身生命情感的温热。不动神色的客观陈述,类似于"无我之境"(王国维),只是淡化了"情",消融了"情",并非取消"情"。"冷抒情"也是一种抒情,隐含着生命的情绪和脉息。譬如韩东的《有关大雁塔》:"有关大雁塔/我们又能知道些什么/我们爬上去/看看四周的风景/然后再下来。"从诗的平淡叙述中,从对"大雁塔"的冷漠和调侃中,透露着对新的生命文化的热烈追求。

先锋诗人把口语化叙述视为一种语言策略,然而对这种语言策略的意义的理解,却有歧义。我颇认同新诗的口语化,是对"语言的过于欧化和任意扭捏""这一流风的逆转"[2]。20世纪初新诗一诞生,就显示了口语化的生机。但后来对西方自由体和现代主义的引进,新诗语言出现了欧化、译化的倾向。解放区提倡"诗歌大众化",口语诗、民歌体有了抬头,但由于失去与西方诗歌艺术的共时性,不可避免地导致诗路狭隘的弊端。在七八十年代改革开放的大潮中,新诗语言又旧病复发。如何在中西诗歌语言艺术的交流和比较的背景中,增强口语化叙述的现代汉语特质?恰是新诗建设中需要很好解决的重要问题,应当成为"语言策略"的指向之所在。

新诗失去口语就失去了本色。口语化叙述,不仅赋予诗性言说的自由本色,而且能够"求真与化俗"(朱自清语),保持新诗的汉语本色。因为口语来自生活,活跃于大众唇舌之间。现代人的口语,带有现代生活的节奏和气息。因此,口语入诗,使诗歌语言具有不脱离源头活水的本真和生命力。"化俗"带有本土化意味。民间口语质朴无华,清晰明快,自然流畅,呈现着现代汉语的特质与汉语(方言)在百姓口头长期流传而形成的机智趣味。因此口语化叙述,势必引起诗歌语言质素的变化,对诗的欧化或过于雕琢气、枯燥或晦涩,无疑是很好的冲击和消解。古代唐诗宋词也是因为渗入大量白话口语的因素,而获得了自身艺术的发展。特别在元散曲中,口语化风气尤盛,乃至很快有了口语道白的杂剧。

由于新诗口语化的汉语优势未能得到很好发挥,一旦当西方现代主义诗潮涌入的时候,也就扼制不住新诗语言的欧化、译化的现象。口语化叙述,表现为后新诗潮的平民化诗风,显示了他们的"语言策略"的全部含义。由于他们自由无度,任意为之,失去了诗体语言的范式,因而导致诗与散文的界限的模糊。譬如"你只不过是一只被踢出世界外的足球/或一只被掏得空空的罐头/不能就这样愤怒起来/你最好想想减肥想想/如何能活到孔子那样的年纪"(《无烟的愤怒》)。假如不分行,连接成文,大概没有人觉得这是一首诗。后新诗潮以口语化叙述为语言策略,旨在对反崇高的平民意识的张扬,而非建立一种诗的语言方式,他们甚至故意不遵循诗体语言的范式,而表示对传统抒情的蔑视和嘲谑。

台湾诗坛那脉口语化叙述之风,产生于六七十年代现代诗再造传统的语境,直到"两岸"解冻后传入大陆,给我们带来几分惊喜。台湾现代诗人从五六十年代的"西化"中回到创造"新民族之诗型",他们的口语化叙述,一方面接受了艾略特等20世纪现代诗的自由舒展的诗风的影响,一方面注意发掘和激活现代口语的汉语质素与汉语叙述的音节。诸如痖弦的《红玉米》、洛夫的《边界望乡》、余光中的《等你,在雨中》等,明显体现了现代汉语的口语特长和叙述智慧。大陆一批中青年诗人对台湾诗风很快产生感应,这是对现代汉语诗性智慧的饶有兴趣的艺术引发,它简直旋风般地影响着大陆诗歌的语言转型。

一种诗风的流行,并不表明诗的成熟。叙述口语因失去节制的散文化,因赶"风"而导致大面积复制等现象,仍是当下诗歌的负面表现。如何使口语化叙述真正成为现代汉语的诗性言说的方式,仍有待于诗家们深入实践和探讨。

叙述者与被叙述者同体。在一般的叙事诗中,诗人仅仅充当叙述者,与被叙述者是分开的。本文"叙述",不同于叙事诗的叙述,是一种对自身生存体验的显示的方式。诗人既是叙述者,又是被叙述者。譬如洛夫的《边界望乡》:"病了病了/病得像山坡上那丛凋残的杜鹃/只剩下唯一的一朵/蹲在那块'禁止越界'的告示牌后面/咯血。而这时/一只白鹭从水田中惊起/飞越深圳/又猛然折了回来/而这时,春寒……"诗中被叙述的"杜鹃""白鹭""鹧鸪",都是情感形象,深入展示了诗人欲归不能的痛苦心境。

尽管两种叙述都表现为语言线性,但传统的叙事语言表现为线型的历时性,现代诗叙述则作用于结构,是通过叙述词语的组合形成整体蕴含的诗意结构。且看匡国泰《一天》的《辰时:早餐》:"堂屋神龛下/桌子是一块四方方的田土/乡土风流排开座次/上席的爷爷是一尊历史的余粮/两侧的父母如秋后草垛/儿子们在下席挑剔年成/女儿是一缕未婚的炊烟/在板凳上坐也坐不稳……"叙述表层经营位置——"乡土风流排开座次",一个个意象相互为方位而形成共时中的空间位置,由此生成的诗意张力的结构文本,具有很大的包蕴性。读者不能不省视自身的现存位置,领悟诗人对人的关怀。这是叙述深层的意蕴,即叙述自身(诗人)的艺术实现。

只有对口语的活用与洗炼,方可保持口语化叙述的汉语特质。叙述口语生活化、俚俗化,并不是非艺术化,而是必须经过筛选与节制的艺术环节。"广泛使用不曾加工的口语",可能会制造调侃氛围,刮起平民诗风,却不可能写下传世作品。诗语,不仅需要对口语进行加工、凝炼,增大其弹性,拓展其引申义,尽量赋予语义生殖功能;同时口语入诗,还依赖于口语在诗中的经营位置,从词语组合的关涉意义中显示语境的外延和内涵。

譬如卞之琳《古镇的梦》，以口语"白天是算命锣，夜里是梆子"为缘起，在诗的叙述结构中油然而生诗意，层层渲染，造成整首诗的苍凉境界。

　　活用口语，一种是像《古镇的梦》直接采用，恰到好处；另一种是化入。口语化叙述，重在"化"（熔化）。大都表现为口语对文人书面语、俗对雅的渗透，以营构通俗易懂、生动活泼的诗性言说。马致远的散曲《秋思》[离亭宴煞]后几句："爱秋来时那些：和露摘黄花，带霜烹紫蟹，煮酒烧红叶。想人生有限杯，浑几个重阳节。嘱咐你个顽童记者（记着）：'便北海探吾来，道东篱醉了也！'"几乎句句都有口语化入，也有纯属口语。这种古典的口语化叙述，至今读来仍自如流畅，遗韵犹在。其洒脱明快，俗中见雅，意趣横生，兴味不尽，诗人将远离官场名利的田园隐居生活的快乐，展示得惟妙惟肖。古典词曲活用口语的经验，对新诗仍有借鉴作用。与古典诗相比较，现代诗的叙述口语加大了艺术弹性。"宣统那年的风吹着／吹着那串红玉米"，"它就在屋檐下／挂着／好像整个北方／整个北方的忧郁／都挂在那儿"（痖弦《红玉米》）。诗中被叙述的"红玉米"，以深入内心情感与历史记忆中获得了极大的张力空间，形成了深邃的诗意结构。

　　诗性言说，不光是语言深入自身的生命状态、灵魂和血液，同时还体现在诗意表达的语言形式创造上。自由散漫、失去节制的叙述，即使隐喻性言说，也不能称为完整意义上的诗性言说。余光中批评某些现代诗读起来"不是哑，便是吵，或者口吃"的现象，认为"艺术之中并无自由，至少更确实地说，并无未经锻炼的自由"[3]。只有讲究叙述口语的节奏、韵律，才能形成诗区别于散文的鲜明特征。痖弦的《红玉米》把握了汉语音节（"顿"）的音响效果及一咏三叹的旋律，显示生命内在的韵律，从而表现了散文不可代替的诗的声音形式感。臧克家的《老马》，也是以每句相等的"顿"、每节押韵而形成叙述口语的节奏感，读起来顺口，易诵易记。"老马"作为被叙述者，乍看是"他者"，实际上凝聚了诗人内心的痛苦体验,也是叙述者。臧克家对通俗口语的诗性把握、精当自然的运用与很有节制的叙述,已初步展示出现代汉语口语化叙述的魅力。

  一首诗也是一种声音的意味。成功诗人的口语化叙述,善于把内在情绪自然融入诗的口语音节之中,构成诗的音乐韵律和诗意结构。且引出卞之琳两首诗中的两节：

<blockquote>
啊哈,｜你看｜他的｜手里
这两颗｜小核桃,｜多么｜滑亮,
轧轧的｜轧轧的｜磨着,｜磨着……
唉!｜磨掉了｜多少｜时光?
</blockquote>

(《一个闲人》)

<blockquote>
昏沉沉的,｜梦话｜又沸涌出了｜嘴,
他的｜头儿｜又和｜木鱼儿｜应对,
头儿｜木鱼儿｜一样｜空,｜一样｜重;
一声｜一声的,｜催眠了｜山和水,
山水｜在暮霭里｜懒洋洋的｜睡,
他｜又算｜撞过了｜白天的｜丧钟。
</blockquote>

(《一个和尚》)

  一首诗以诗人的内心感觉为逻辑线索,进行词语意象的组合,并不影响诗意结构形式的多元趋向,因为诗体形式建构有着自身的规律。诗人获得某种创作的内动力,可能会指向某种载体和诗意的方式,但与之相对应的形式不止一种,诗人总是选择和创造有利于自身兴趣和智慧发挥的诗意结构形式。《一个闲人》《一个和尚》体现了卞之琳诗歌口语化叙述的一贯风格。前一首四行一节,每节四句,每行三四个音节;后一首两节虽行数不等,但每行四五个音节。音节或顿是构成诗的韵律的基本要素。卞诗创造错落有致的口语音节,也是诗人(被叙述者)内在情感体验的和谐韵律的显示。尤其是后一首通过和尚撞钟这一俗常的场景,生动表现了诗人心理体验的深度和个性特征。

八九十年代诗歌的口语化叙述更趋向世俗化,以俗常平淡的叙述代替了以前自白语调的叙说。诗人往往随口道来,在平和或淡漠的口吻中含有几分调侃或讽揄,避免了自我情感的泄露。50年代痖弦就以俗常而机智的叙述风格,著称于世。他的《乞丐》《坤伶》《给桥》等不少篇什,看上去"他者"充当了被叙述的角色,实质上是从叙述的戏剧化中寻求诗意效果。卞之琳则将中国传统的意境与西方的"戏剧性处境""戏拟"相沟通融合,而创造了亲切、含蓄的现代口语叙述方式,并具有"行云流水式"的音韵节奏的效果。口语化叙述的戏剧性,表现了非个人化倾向,诗中的"我""他""你"具有互换性,有利于达成多方位、多层次的诗意结构空间。因此,这种现代汉语的叙述智慧,具有潜在的诗性表现力。诗的口语化叙述的戏剧性,以灵魂的音乐的特有的韵律感,区别于戏剧道白的"板眼"。

叙述语境透明而文本意义弥散、扩张。林染的《淮河》,是对童年的美好记忆的陈述。如"我追着淮河奔跑/在睡梦中,我听着水中的蝈蝈叫/水中有一支蝈蝈大军"。读起来有张有弛,清晰如画,诗人的情感脉络像淮河一波一波地跳荡。叙述语境透明,是指具体诗句而言。从语境与语境、意象与意象的关联中,则有一种语义的张力场,构成新的转义、引申义。在阅读中,不难感悟到"水"的语境、意象的情感内涵。这种新的意义层面见诸整体的包蕴性。表现为意态的模糊——朦胧,义指的多向——不确定性。"那时候我从来不对酸梅子感兴趣/家园的水,就遍布我眼睛中/随时可望水止渴"。《淮河》虽是诗人对童年眼中的"水"——"家园的水"的陈述,而整首诗的意境,却是在与被叙述者"我"的现时处境("酸梅子")的映衬下形成的,从而赋予朴素的水以现代人的情感家园的意味。

　　现代诗的口语化叙述,具有个人化抒情所不易达到的亲和性,比较切入现代人的阅读兴趣。而在诗歌文本的解读中却容易产生一种疲软和厌倦,其原因大致是对文本的弥散性有关。我们不能认同后现代诗歌一味追求平民化、平面化而放弃了汉语魅力与深度。叙述口语一旦放弃对诗歌文本的钟情与文本外的意味的追求,就会丧失现代诗艺术阵地。关键在于增强诗歌文本的语言网络的信息传递能力,谋求现代生活节奏与汉语音节、汉语意象反弹的透明度与诗意生成率的双向增值,这也是使新诗走出困境的语言策略吧。

1999.7.4

注释:

[1] 海德格尔:《存在与时间》,三联书店,1987年12月,第189页。
[2] 沈奇:《口语、禅味与本土意识》,台湾《创世纪诗杂志》,1999年春季号。
[3] 余光中:《掌上雨》,台北大林书局,1970年3月。

(原刊《诗刊》1999年第10期)

"西部"诗意

——八九十年代中国诗歌勘探

西部诗与朦胧诗同时出现于诗坛。80年代中后期,当朦胧诗被后新诗潮所代替,西部诗依照自身的规律发生了重要流变。80年代"新边塞诗"的提法,愈来愈显得捉襟见肘。因为唐代边塞诗是以抒写卫国保家的戍边生活而得名,而今西部诗是为开拓精神家园而歌,二者不属于同一概念层面。只要改变审视角度,把目光投向广阔的变化中的西部诗歌,就不难发现富有"西部"诗意的"新大陆"。事实上,新疆诗群("新边塞诗")后期改变了早期理想主义的歌唱,以更切入流浪者内心真实的人生咏叹、灵魂拷问和精神生命的探索,融入西部诗的整体景观。"西部诗大陆",虽是在中国八九十年代诗歌艺术嬗变的大背景下形成的,却以"西部"的艺术精脉和凝聚力,表现了独特而丰厚的中国现代诗歌艺术精神,具有普遍的诗学价值。

一、"西部家园"与形而上的体验境界

随着边塞烽烟的消失,西部恢复了寥廓与寂静。从亘古如斯的戈壁

大漠到众河之源的雪山,从人类仰望的"世界屋脊"到朝圣者心目中的"西天",从茫茫无际的草原到原始森林的奇异风光……西部地域环境所保持的广袤、本真、神秘乃至原始的特征,与人类的生存本性达成对应或同构。托马斯·伯里曾把后现代文化说成是"一种生态时代的精神",强调文化同自然精神的创造性的沟通融合。[1]当城市现代文明与物欲横流造成人的灵魂的挤压感,当东部日渐失去了"孤村芳草远"的自然空间,西部自然净土则显示出家园意味,给予人类诗意存在的可能。这种西部家园意识,可能带有超前性,但诗人的西部创作实践,已经提供了这方面的生动个案。

与其说诗最早赋予西部家园意识,不如说西部是诗人深入内心,抵达灵魂自由的天空,返回生命的最深的源泉的媒介。从这一意义上,"西部",成了一种现代诗学概念,是保持着良好诗性生态的创造环境,是孕发丰富诗意的形式载体。

诗人的"西部恋",可以追溯到50年代,19岁的昌耀自愿报名支边来到青海,第二年在"反右"中成了祁连山的囚徒。他与六七十年代到新疆的知青诗人一样,在荒唐的年代里"无家可归",但在被流放生涯中却对"大西北"产生了灵魂的亲近感。1980年杨牧的第一首诗《我骄傲,我有辽远的地平线》,附题为"写给我的第二故乡准噶尔"。流放者们都是怀着西部故土之恋而登上诗坛的。

中国诗人创造真正"灵魂的故乡"意义上的"西部家园",需要鲁滨逊式的拓荒和探险的精神,这是由中国遭受严重"文化革命"浩劫与思想僵化、因循守旧的特殊背景所决定的。昌耀、杨炼、林染等表现了重建家园的生命创造的激情,复苏了一个大陆的命运和梦想。昌耀在《莽原》(1981)中"多情地眷顾""这块被偏见冷落了的荒土",以"羚羊沉默的弯角",唤醒了这片荒原。"远处,蜃气飘摇的地表,/崛起了渴望啸吟的笋尖",自然的回归,生命的崛起,敏锐反映了与时代转型期同时来临的生命的潮动,意味着"西部"的存在获得了生命的本真意义。昌耀怀着荒原跋涉者梦寐以求的期待,对这一生命的潮动有着倍加亲切明晰的感受:"只听得沙沙的潮红／从东方的渊底沙沙地迫近"(《日出》)。[2]昌耀走出"囹圄",也走出了历史误区,一开始就表现了诗的生命意识的觉醒。《诺日朗》(1982)是杨炼最早走向西部的标志。这首诗在朦胧诗所特有的理性主义批判的语境中,高扬生命的自然力与神秘的诱惑。"雪山和瀑布""午夜",象征生命的勃发和释放的辉煌。这对中国人生命萎缩的心理,是一种震撼和伸展。这首诗以充盈的阳刚之气,召回西部雄性的风流。八九十年代诗歌的"西部家园"是在生命的复苏和回归的现代意识中诞生的。林染的《敦煌的月光》(1982),表现"裸着双肩和胸脯的伎乐天","起伏的手臂摇动月光","她们从沙丘舞向沙丘／飘带撩动星群／猩红色的星群在沉浮",这些暗示性爱与生命的意象,笼罩在东方"月光"的情调之中。"西部家园"具有自身生命的历史与相融合的文化内涵,因而它与后新诗潮的"家园""村庄""麦地"之类有着明显的界限。"西部家园"以得天独厚的诗意地栖居的自由空间,显示出接纳众生的大地和天空的魅力。

有资料记载:1984年夏,一位诗人西出阳关,像孩子似的狂奔着,扑向大漠的怀里呜呜地哭泣,仿佛淘尽满肚子的苦水,然后轻松地抬起头来,感觉到自己迈入了一个新的境界。[2]按美国后现代主义格里芬的观点,这种现象是"拥有一种家园感","他们把其他物种看成是具有其自身的经验、价值和目的的存在,并能感受到他们同这些物种之间的亲情关系"。[3]海德格尔称为"敞开"。西部自然的亲在性,诱导诗人从遮蔽中走出,自己向存在敞开。西川对鄂尔多斯草原的美好记忆,成了这位都市诗人的西部家园体验。"眺望旷地上沐着阳光的马背／马背上一片雪亮。它们从黎明起／就和地平线保持着／一种独特的默契"(《高原》)。呈现一派安详舒展的生存状态,"宁静"本身就是生命的敞开和纯粹的显现。

这是在拥有自由的广阔天地的背景下,在人与自然的融洽和谐中取得家园感的深度显示,也可以理解为"西部家园"的象征形式的构成。

　　西部,广泛唤起诗人的生命情感经验,而不同诗人的西部体验却表现了不同向度的家园感。对于昌耀、牛汉来说,生命存在是残酷悲壮的现实。他们在苦难中所作的精神跋涉和生命探索,形成了西部体验的沉重特征。牛汉在《三危山下一片梦境·后记》中表述了自己的生存状态和诗性发现:"我在严酷的人生途程中,由于种种沉重的负担,每跨进一步都必须得战胜使生命陷落的危险,事实上我已很难从命运的底层升上来了。正因为沉重地被深深陷入人生,我反而能承受住埋没的重压,并从中领悟到伟大的智慧和灵感。"诗人感到三危山"这片圣地",是"一个不朽的对心灵的诱惑",他"像回到命运中最后一个陌生而又亲切的故乡","那么赤裸那么无牵无挂"的境地,大有"在去蔽意义上的献身"之意。然而牛汉的体验,虽有生命"轻了,淡了"的感觉,却并没有成为"一个再生的人",仍然拖着"很黑""很重""很长"的"影子"。昌耀与牛汉的感悟是相通的,只是昌耀的寄托附丽于存在,从对现实痛苦的忍耐和抗争中透视寻求自我慰藉的精神之光。这与牛汉摆脱不了"梦境"的诱惑和痛苦相对映,深刻体现了中国一代人悲剧的"现身"真实。如果说杨炼诗歌走向西部文化与自然的家园感,带有现代式的解脱倾向,主要表现了升华生命的意义;那么牛汉、昌耀的诗歌在"战胜使生命陷落的危险"的体验中感悟"西部"亲近,且作诗意的存在的依托,更显得人生苦旅的价值与灵魂的力量。

　　诗人的西部体验,不仅是灵魂倾诉的亲近与自由的境遇,而且潜入西部家园的混沌感与博大性,弥漫着生命体验的本真的现代诗意。

　　原始神秘的西部自然,给未知的朦胧的灵魂和生命的原生态保留了地位,也提供了幻觉意象生成的资源和环境。譬如,西部河源粗陋的远山、沼泽散布、内陆高迥,西行路上不见村庄、田垄、井垣的旷远,成了昌耀孤独的体验以及生存"内陆"的苍凉恒大的隐喻(《内陆高迥》)。敦煌大漠更引起了不少诗人的写作兴趣。三危山的矿物岩石使这座孤零零、光秃秃的山充满了神奇迷离,契入且激活诗人对生命和精神探险的朦胧欣悦,因而牛汉惊喜地写下《三危山下一片梦境》。牛汉有意或无意地避开了三危山的"佛祖显灵"的传说,或许佛光笼罩的神秘体验("梦境"),对于显现不透明的内在精神领域,更具有诗性表现力。杨炼的《敦煌》,则将佛教的空寂与大漠的旷远融为一体,同化为宁静深渊的心灵境界。西部诗歌,既表现在诗人对生命和灵魂的深刻感受,也体现诗人的深层的隐喻思维的朦胧。

里尔克曾强调"心灵的内在空间"("世界的内在领域")的博大深邃。他说:"不管'外在空间'多么巨大,所有恒星间的距离也无法与我们内在存在的深层维度相比,这种深不可测甚至连宇宙的广袤性也难以与之匹敌。"[4]西部自由空间的"栖居"意义,正在于"外在空间"变成了诗人"内在存在的深层维度"的显示。"三危山",一旦吸引诗人,成为牛汉"从少年起苦苦跋涉幻想进入的梦境",就有了诗性存在的价值。三危山给予牛汉"美丽的幻觉",是以敦煌大漠的空旷纯净为背景,牛汉所发现和创构的"三危山下一片梦境",显示了博大自由的家园意味,但那是"没有岸"、不可居留的人生遥望的境界。

"西部寂寞",是进入诗的创造状态的必要的心理氛围。不管是落户西部还是旅居西部的诗人,进入"西部"意味着超脱世俗和心灵自由。邵燕祥在昌耀诗集序中称"他甘于寂寞。远离市尘与官场,或许是适于昌耀这样的诗人的性格,也唯一地有利于他的吟唱的。说句玩笑话,比起他心灵深处的形而上的孤独感来,日常生活中形而下的'寂寞'冷落又算得了什么呢?"[5]"心灵深处的形而上的孤独感",可以理解为进入诗性体验的形而上的寂寞。昌耀正是以从形而下的寂寞向形而上的寂寞的突入,而标志西部体验的纯正充沛的诗性状态。诗人不为世俗生活中的失落感、冷落感所困扰,并非自我孤立、逃离现实,放弃对真理的痛苦追求的表现。昌耀、牛汉潜心于孤独和寂寞之中的创造,恰恰是痛苦人生的精血煎成的酒浆,是痛苦的灵魂深度显现的境界。我颇认同诗"起源于在平静中回忆起来的情感"(华兹华斯语)的观点,如果诗勃发于一时的悲痛或生命的宣泄,不仅不利于诗情的凝炼、升华,同时诗人的亢奋容易遮蔽心灵空间,抑制才智的高度发挥。梅特林克在专论《寂静》中说:"真正的寂静……从各个方面包围我们,成为我们生命潜流的源泉;我们当中任何一人试用战颤的手指去弹深渊之门,那么这门也会在同样寂静的殷切关注之下,被打开了。"[6]他将"寂静"提升到对人的生命关怀的意义上,惟有寂静之中才能深入生命体验过程,打开"深渊之门"。"一切的峰顶/沉静"(歌德),诗人总是沉浸在静的宇宙的亲切怀抱里,显现灵气往来、微妙至深的灵境。中国历代诗人注重凝神静寂的观照,苏东坡说:"静故了群动,空故纳万境",昌耀从诗性体验中得其三昧:"虚空能含一切"[7]。诗人心境的"静""空"或"虚空",表示诗人潜入超越时空、超越物我、人己界限的博大自由的诗性创造状态,这正是"西部寂寞"的"形而上"的含义所在。"静极——谁的叹嘘?/密西西比河此刻风雨,在那边攀缘而走。/地球这壁,一人无语独坐。"对昌耀这首《斯人》的理解,只要我们不停留在一般的孤独感上,而是细细体会诗人深入心灵空间的"静极"之境,就不难感觉到"叹嘘"的心灵深度,其艺术响亮程度不亚于当年陈子昂登幽州台的大气磅礴之语。有的诗人虽有才气,却被浮躁所障蔽,焉能深入诗性体验的大境界?古今诗人面对无限时空引起相通的孤独感,但也分明是不同时代处境体验中的诗与人生的境界。

诗人一旦获得灵魂与西部对话、与整个自然和历史对话的契机,"西部"就不再是一个地域概念。西部体验境界,具有"形而上"的审美特征,是诗性体验的最高境界。不少诗人不容易达到的"形而上的寂寞"状态,与中国古代的"忘怀万虑""物我双忘"的艺术体验理论相通,是进入至真至深至大至美的境界的艺术之道。西部环境固然是造成"形而上的寂寞"的外部条件,创造主体也离不开与外在世界的同化,然而,当诗人处于"寂静的殷切关注之下",诗性体验境界并不受地域环境的制约。宋代画家米友仁"每静室僧趺,忘怀万虑,与碧虚寥廓同其流"的体验方式,也是具有普遍意义的。牛汉创作《梦游》《空旷在远方》,可以说与西部无关,却同样使我们感觉到是西部巨大的孤独感的产儿。"西部",首先意味着"寂静"。"西部"体验境界在超越地域概念中而获得了普遍的诗学意义。"西部",作为一种诗意载体、一种精神境界、一种审美风格……又无不具有独特丰富的现代诗学内涵。

二、西部精神:历史感与生命形式

在现代诗歌文本中,西部境界富有精神的魅力。诗人并未作一般返归家园的吟唱,而是倾听灵魂中发出回响的声音,在抒写沉重中昭示人的尊严和追求,在表现生命脉息中重建现代生存空间。"西部"以博大的胸襟与自然的伟力,留下一个民族的精神背影。

"昆仑山下的骆驼客哟/哪里才是你的绿洲?"中国人历尽坎坷和苦难的精神跋涉,迟迟走不出这支古老的歌谣。昌耀、牛汉的诗,以痛苦不堪的历史记忆,命运多舛的丰富人生体验的内聚力与罕见的震撼力,反映了一代人的精神创伤和心灵历程,具有史诗性质。

牛汉称他比别人还多了"一种感觉器官",即"我的骨头,以及皮肤上心灵上的伤疤"[8]。用"伤疤"和"骨头"去感觉世界,进入痛彻入骨的生命体验,是构成牛汉诗的精神境界的基本方式。牛汉是在40年代初唱着"绿色的鄂尔多斯"、唱着"自由飞翔"的"鹰"之歌而登上诗坛的,但他面对现实又深感困惑:"谁不想飞/而谁又能从这/苦难的大地飞起来呀!"(《谁不想飞》)牛汉一开始为自己设置的人生逆旅的两难境地,延续了近半个世纪。他的诗,就是在天空与大地、荒原与"绿洲"、此岸与彼岸的矛盾纠结的痛苦深渊中孕育而成。这并非所谓"逻各斯"(Logos)的人为设定,而是有牛汉所亲历的血与火的悲壮得以引证。诗人的触觉,最终被自身的悲剧命运结构所攫取。真正的诗意结构,就是沉浮于这种痛苦深渊之中,并由此升起人类精神之光。他诗中反复出现的"鹰"的意象,就是从痛苦深渊里升腾而起的心灵之鸟,表现了诗人与命运搏击的精神高度。《一只跋涉的雄鹰——在天山南麓的荒原上所见》,不同于吟诵空中鹰的诸多诗篇,而是抒写"雄鹰"在荒漠上伏击"凶残的""播种死亡的""旋风"的悲壮和辉煌。西部荒原被上升到人类生存的背景意义上,"它是一个窒息生灵无法解脱的噩梦","在跨越不完的噩梦中/发现了生灵/一颗荒漠的心"。"噩梦",是诗人对"历史的灾难"的刻骨铭心的体验的幻影。而"鹰"作为荒漠上的"生灵"、荒漠中郁勃的"心"的意象,显示出生命与灾难与死亡的搏击的光彩。鹰的羽毛被拔光了,头颅和脊背淌着血,"只有羽翼没有被撕碎/她像天空/亘古以来都是完整的"。牛汉创造了苦难的"鹰"的原型象征,深刻凸现人的生命的力量和壮美,也给人一种人类在历史苦旅中艰难跋涉的沉重感、悲壮感。尽管牛汉的多数篇什不是以西部为载体,但诗的内在精神却一脉相承。譬如《华南虎》通过"笼中的老虎"的不幸和悲愤,抒写了"一个不羁的灵魂",同样达到了"鹰"的高度。牛汉笔下"鹰"的领域,指向一个民族与人类的生存的时空,"用巨大的羽翼支撑起创伤的生命"的"鹰",是中华民族精神与人类精神的形象。

　　命运对于昌耀来说,是一个困惑。他在苦难的深渊里获取歌吟的灵魂,创造了具有较高审美层次的"荒原"生命境界。如果说牛汉的诗带有英雄主义的悲剧色彩,那么昌耀的诗主要表现为人本悲剧。这对于"人"在中国屡受"左"的思想曲解的特定背景下,无疑具有重要的现实意义。"心源有火,肉体不燃自焚,/留下一颗不化的颅骨。"(《回忆》)昌耀的诗,正是从个体生存与种属繁衍的"人的本性"的意义上,对"理想境界而进行的永恒的追求和搏击的努力","艺术的魅力即在于将此种'搏击的努力'幻化为审美的抽象"。[9]《俯首苍茫》中的"行吟歌者"("关西大汉"),"不幸一生需以手掌代步浪迹国土","像是拚死穿过由无尽的脚肢组合的肉体丛林"。从这般伤残的悲剧发生的惊怖和震撼力中,更能显示男人健全的气魄和生命价值。那"灵魂的杀伐之声",那"大吕黄钟,铜琶铁板"似的"节奏",可以理解为诗人"搏击的努力"的悲壮的自我精神写照。"灾难应当导向受难的人格"(利普斯语)。一个诗人受难愈是深重,愈有显示"人"的深度的可能,悲剧的命运是因为人的命运而伟大。昌耀在苦难中注重人格体验与人格的自我完善。他一方面期待"意志与伟力的给予",向西部荒原的深处呼唤力与美,他的不少诗在抒写痛苦中由于克服了人性中的孱弱而显出可贵的力度。一方面,他守护人的尊严,譬如写拿撒勒人"感觉坡底冷冷的射来狐疑的目光",是"心头的箭伤"(《拿撒勒人》)。《痛·怵惕》则表现赤子受虐的心灵遭戕害的疼痛,"恶"将"赤子心底型铸的疼痛像金币展示","金币"隐喻人格不可泯灭的光辉。昌耀的人本悲剧意识,决定其诗的人格境界不同于英雄人格境界。

　　人类的生命精神的存在本身就是一种对抗。西梅尔认为这是"生命的独特风格"。"这种内在的对抗是生命作为精神的悲剧性的冲突。生命越是成为自我意识,这一点便越是显著。"[10]昌耀属于将生命意识化为自我意识的"显著"诗人,是获得了"为一种悲剧精神的奋争"的生命自觉的诗人。也许昌耀历经磨难,进入痛苦体验太深,他的诗的精神向上的升腾总是以向深渊的沉降为先导。"即使是在以开朗的乐观精神参与创作的作品那里也终难抹尽其乐观的亮色之后透出的对宿命的黯然神伤。"[11]"宿命"感,实质上是对人生的一种困惑感。《燔祭》从当今宽阔的历史情景中多视角地扫描自我搏斗和痛苦的心灵轨迹,使我们直悟生存现状。诗人在对生存困境的体验中发觉人的本性,于一种宿命的恐惧或无奈的情绪中,透视"神已失踪,钟声回到青铜"的人类的本真、自然的韵致。如此焦虑与自信、呻吟与呐喊、"魔王"与"上帝"之两面相映,形成了人的内在情绪整体的诗意的深刻,这是一般诗歌文体难以达到的境界。昌耀对生存悲剧有着清醒的感悟,致力于人生悲剧价值的诗的实现。

同样是对命运的抗争和生命追求,昌耀与牛汉的诗意境化,迥然不同。

牛汉好诗梦。他所受的厄运无情,而在诗中却做着理想的梦。这大概与牛汉是蒙古族的后裔总想骑在马上向远方自由奔跑的秉性有关,当厄运使他不幸成为一个在围场中被捕猎的活物时,他改变不了现实的悲剧处境,便从诗中"突围"。他称自己有"两个生命,一个生命是固有的,另一个我是从布满伤疤的躯壳中解脱了出来的"。"写诗,就是希望从灾难和历史的阴影中突围出来"[12]。牛汉诗中"鹰"式的搏击与"梦"式的超脱,是"另一个我"的"突围"的两种互补的诗意方式。这里"突围"是一种精神概念。牛汉诗中对人生和生命的理想境界的艺术追求和实现,表现了诗人充沛的激情与积极的进取精神。历来诗与梦结缘,梦境富有诗意表现的空间和潜力,牛汉的《梦游》突破了一般写"梦"的俗套,是表现"两个生命"相融合的独创性作品。牛汉以十分敏感而智慧的诗性触角,将生理现象的梦游症巧妙地幻化为一种人生感悟、生命体验的隐秘的心灵活动,构成生命与灵魂飞行的"神奇的夜"的朦胧意境。"夜"作为这首诗的载体,已成为博大的隐喻,并形成了牛汉一贯追求的那种遥远的诗美境界,突出体现了西部精神境界的特征。

牛汉的诗,让历史(人生命运)清醒地从灾难中走出来,但他不易泯灭的美丽的梦,也往往给诗添上了光明的尾巴。

昌耀诗中与命运和生存的抗争,不是表现为牛汉英雄主义的搏击或"突围",而是俯首苍茫,为受难中的"花朵"而歌吟,致力于维护人的尊严、完善人格的悲壮美的创造。昌耀在厄运的重压下没有发生"另一个我"的分离,因而诗中极少涉及"梦"。《盘庚》中所表现的"理想的排箫"召唤诗人在痛苦的燃烧中"远征",是何等壮烈的场景。昌耀不会做理想的梦,甘于在"远征"的痛苦中"燃烧",诗中反复渲染的"燃烧",也是一种现实力量的升腾,是不可征服的人类生存精神的意象。梦境,是牛汉的最高理想和生命自由的艺术实现。昌耀的诗注重真实的记忆和生命的现时。"大漠落日,不乏的仅有/焦虑。枕席是登陆的/码头。""红尘落地,大漠深处纵驰一匹白马。"(《记忆》)昌耀钟情于"不朽的荒原",在"荒原"跋涉的焦虑和镇定中表现人类自由的生存精神。"大漠深处纵驰一匹白马"的造境,由实生虚,给全诗带来空灵而奇异的气息,这匹精灵意味着深渊之上的自由翱翔,是冲破囚笼得解放的最高自由的意象。

昌耀、牛汉的诗歌精神,具有普遍的时代意义。因为他们的作品,是实现从遭受历史灾难的流浪者到成为新时期的生命栖所和精神家园的开拓者的转变的艺术产物,凸现了诗的"西部"特征和时代精神。也许"鹰正越来越远离我们",今后的诗人不会再做牛汉式的"高梦"[13],然而这悲壮的"鹰"和"美丽的梦",却也定格为富有历史意味的雕塑。而昌耀的诗,宛若西部荒原的星火。它以文化反省和现代生命意识,可与"先锋"比肩;又以宽阔的心理与文化的背景,显示了中国现代诗的厚实。昌耀记忆中难以挣脱的时代梦魇,也注定他的诗走不出沉重。

从走向世俗的敦煌艺术到涵盖万象的佛陀哲学,展现了与西部自然相应的深广的人文背景。杨炼的系列组诗《敦煌》《西藏》等,正是从东方佛教文化中去探寻生命存在的形式,更大可能地拓展生命空间。"我飞如鸟,到视线之外聆听之外/我堕如鱼,张着嘴,无声无息",无论是飞翔还是坠落,都是自我超越的姿势。"千度沧桑无奈石窟一动不动的寂寞/庞大的实体,还是精致的虚无。"(《飞天》)杨炼的精神之"鸟",飞向了敦煌石窟的"寂寞"和"虚无"。西天佛国那虚幻无着、神秘莫测的彼岸世界,不能使人解脱现世的痛苦,诗人也不指望通过"涅槃"而走出苦海。隋代吉藏有"至妙虚通"之说,"虚通"即涅槃,"以义翻称圆寂","体穷真性绝妙相累为寂"。[14]"涅槃"的"清净本性""体穷真性",才是杨炼诗歌所追求的"寂寞"和"虚无"的旨趣所在。"飞天"的意象因脱胎于东方宗教而灵性十足,是对生命的回归与升华的符号。杨炼发现和创造了本真的生命哲学形式——

生,还是死——我像一只摆停在天地之间
舞蹈的灵魂,锤成薄片

如此表现生命质量,颇不同凡响。从现世生存状态的动中取静,藉"空"与"无"的佛陀哲学,静(净)化尘嚣和烦忧,从更广阔的宇宙时空探取、凝聚和升华现世生存精神。"我"在天地、生死之间拥有无限时空的自由,这是一种"无"的宁静,博大的生命境界。"一切都停留在这刹那,片刻就是千年/每个人的现在怀抱着宇宙的完美/岁月之水在你内部滚动,和你融为一体/世界,袒露最初的神圣。"(《西藏·甘丹寺随想》)杨炼诗歌的刹那永恒的境界,在空间的宁静中带有生命时间的骚动感,从现时"宇宙的完美"中追求"最初的神圣"。这种"永恒",既得"无言而灿烂"的传统精神方式的脉息,又有西方现代生命哲学的笼罩。

杨炼从作为朦胧诗人对传统文化的批判,到走向东方佛教文化圣地,从人类文化的深层结构中表示对人的生命的关怀,无疑是对朦胧诗的发展。然而,他在实现自我超越的理想境界的结构中,又让朦胧诗的理性精神的张扬,掩盖和削弱了生命主体的感性特征和活力。

如何把传统文化精神与现代智慧融入诗人个体生命体验,仍是需要探索的现代诗学问题。

西川与杨炼虽然都有对人类存在的精神形式的追求,但西川的西部诗,主要表现了回归自然与对永恒的自然生命空间的建构。《阿腾席连》

抒写他从大都市回到三年前住过的鄂尔多斯高原上的小镇的感受,"空而又空一匹骏马的世界/纯而又纯一个姑娘的歌声",唤起了原初的情感和记忆,在草原月亮的"重新照耀"下,复活了"死去整整三年"的"我"。这种家园的失落感与返归感,反映了现代人面对都市文明冲击的内心困惑的典型情绪。《在哈尔盖仰望星空》更深入地表现诗人超越时空的永恒体验境界:"这时河汉无声,鸟翼稀薄/青草向群星疯狂地生长/马群忘记了飞翔/风吹着空旷的夜也吹着我/风吹着未来也吹着过去",诗人对西部夜空大地的瞬间感受,却是对自然生命的无限宇宙时空的永远的亲近,展示了绝对自由的人类精神和生命形式。西川隐喻人类自由高贵的博大生存境界的《十二只天鹅》,与他的西部诗境相璧合,其"西部"涵义,侧重对现代生存精神的探索。

如果说杨炼、西川走向西部的诗,是现代都市诗人灵魂的逃遁的"西部"显影,表现了超越世俗的新古典主义倾向;那么90年代林染的诗,则是藉助大都市吹来的现代风,拉动古老的西部,形成在现代(主体)与古老(客体)的逆差中表现当下生存状态的独特意境。譬如《天蝎星座》写旅游季节的登山车和面包车,"像新颖的包装/像戴胜鸟带着歌词的轻快飞翔/叶子们一路颤动/在草原圣城/在雪山。"旅游车带给西部轻快的现代节奏,引起了古老自然的颤动。但诗中并没有让现代风影响或改变"西部"的本真、纯洁、宁静,诗人以"西部"守护者的身份呼唤:"不要采雪莲,不要碰那些羊","别打扰了雪峰蓝湖的静静睡眠"。诗人又作为现代"朝圣者",感到自己"就像内地来的红铃花那样/色彩被改变,是素白的",乃至"感到我和所有的旅行车/脆冰一样/在雪域碎散了"。最终却以"西部"改变"东部"的诗境,显示"西部"的现代家园感。"草原圣城""十五颗星""雪域"(包括"雪莲""羊"之类),构成象征人类纯真的原初人性的神圣与永恒的境界。另一首《拉萨》,是诗人对西部古老生命的呼唤,也是现代生命意识对西藏山水和民俗风物的浸润。拉萨河"在夏天漫出刺槐树的绿色／还有达珍年轻甜美的歌",柏枝的轻烟的喷吐,使"所有的经轮有了音调","壁画们开始真实,开着花"。诗人将"拉萨"从仿佛不能改变的远古庄严中拉了回来,抖落出一幅跳动着生命脉搏的西部风俗画。"我觉得／大昭寺后面的天空无边无际"。西部诗歌有着对博大自由的生命空间的共同追求,但林染诗的这种境界,则是西部世俗生命形式的一种延伸,显示了特有的现世生存精神。

三、西部意象、西部风格的审美特征

有人叹谓诗坛缺乏大气之作,"西部"岂不是包孕大气之作的摇篮?西部恢宏博大的自然精神与文化精神已经渗透到诗人的血液灵魂之中,成为与诗人的艺术胸襟(信仰)、个性气质达成同构关系,酿成西部诗歌风格与审美认同。岑参、高适等唐代边塞诗人创造的雄健而宽阔的诗风提供了西部诗的传统风格背景,现代西部诗在向内心和生命的突入中融入边塞诗风。特别是里尔克诗歌的博大的隐喻(象征)及纯净的诗风,有力地影响了昌耀、牛汉、西川等人的"西部"诗风的形成。西部风格,也是诗人向西部荒原找回心灵的自由空间,获得"内在存在的深层维度"的力与美的表现。

"西部",因诗人的直觉灵魂的光照而充满灵性。西部的旷野、荒原、漠风、瀚海、鸣沙、驼队、绿洲、篝火、鹰翅、陶片、羚羊、楼兰、牧场、草地、静湖、原始森林、河谷、雪山、雪莲、野马群、牧羊女、雄鹰、雄性、大碗酒、大块肉、长啸、嚎叫,乃至西部的太阳、月亮、天空、歌声……一旦进入诗人的视野和灵境,就会成为诗的独特发现。富有新异感的西部风景,被吸引与诗人的情感记忆发生神秘感应,虚化或生发为诗的幻象,这也是诗人灵魂与西部对话过程中瞬间契合而生成的信息形象符号。西部意象的诗学价值,既在于语言意象的陌生奇异、质朴亮丽,又在于是诗人灵魂的亲和力的显现。这不是那种抱着"西部猎奇"的创作心理所能奏效的,而是深入西部深入内心的直觉体验和智慧的创造。为什么昌耀、牛汉的诗具有震撼人心的力量?首先因为诗中每一个词语的艰难跋涉,都是感觉本身,是痛苦灵魂的深度显现,甚至可以看到镌刻在灵魂中的刀痕。"西部意象"固然带有西部自然的个性色彩,但其生命更在于诗人独到深刻的诗性体验与奇凸的艺术形象,这样才会在一反意象复制与赝造的平庸风气中独占鳌头。

西部意象像西部自然一样质朴本色,不着粉饰。或袒裸,蚀洞斑驳的岩原,于粗糙单纯之中却带有原始的生命冲动力;或旷远,没有人迹没有石碑的远方,有虎啸在远方的回声;或富有力度,如峭石高崖,如铁铸刀削,如形销骨立;或厚实,如大漠雄风,如冰山大坂,如一架激光竖琴……西部诗歌崇尚自然,也是一种美学原则,是切入西部特征的天衣无缝的意象营造。譬如,"默悼着。是月黑的峡中/峭石群所幽幽燃起的肃穆。是肃穆如青铜柱般之默悼。"(昌耀《纪历》)乍看意象的主观情绪很重,实际上是西部独有的客观情境,诗人情绪只是起了润色作用,不过也有点铁成金之意。那分明是从昌耀的灵魂中"幽幽燃起的""肃穆"——"青铜柱般之默悼",凸现了西部意象的凝重感。

西部诗歌不把意象用于装饰。意象直接呈现了西部感觉,呈现了具体独特的内在形象体验和赤裸裸的灵魂。诗人在西部感应中气质和灵魂的力透纸背的呈现,形成了博大浑厚、自由洒脱的西部风格。老乡的《西照》,写"长城上有人独坐","空瓶空立/想必仍在扼守诗的残局",表现一种殆尽的处境,从"扼守"的悲壮、"空荡荡的远天远地"的西部背景中,透视出恢宏之气与沉雄苍凉之感。

建安时期诗人曹丕提出"文以气为主",建安"文气"似在西部诗歌中获得了延续的语境。其实西方后现代主义诗人奥逊和里尔克也注重"气的放射"[15]。诗创造中的"气"的概念,指生命之气、精神之气,包括灵气、才气。西部诗不是在传统的抒情中取得诗的气韵、气势的表现,而是在现代隐喻中获得创造性直觉把握的力度和厚度,追求主体感悟的整体效应。李钢的《西部狼》,对西部困兽为生存而抗争的隐喻,具有超地域、超兽性的人类生命的普遍意义。"西部狼,仰天嗥叫/凄厉如宇宙的笛声",这个比喻的意象,包裹着诗人对生命理解的磅礴之气,足以展示生存本能("生存就是永恒")的光辉和震撼力。"西部狼"野性的呼唤,是这首诗留给读者的浑圆悠长的声音,显示了西部风格的魅力。"大气",是西部风格的显著标志。而不同诗人的气质、才情、创造个性诸差异,又形成了西部风格的多层次的审美特色。

譬如,昌耀与牛汉的作品都有史诗的风格:从容而镇定,浑阔而深邃,沉郁中包裹阳刚之气。然而,各自却以独特的方式唱着自己的歌,表现了不同的审美个性。如果说昌耀的诗"是键盘乐器的低音区,是大提琴,是圆号,是萨克斯管,是老牛哞哞的啼唤……"[16]那么牛汉的诗则是在"高音区",是困扰中的虎豹的叫声,是"美丽的骨头"闪耀的光辉,牛汉称"我的骨头负担着压在我身上的全部苦难的重量"[17]。同是表现苦难的命运和痛苦的生命体验,牛汉的诗,总是通过英雄精神的悲剧搏斗,展示美的必然的最终的胜利,这是一种崇高的美。昌耀的诗,则使人们从悲剧精神的抗争中得到审美愉悦,这是一种悲壮的美。"悲壮"不一定成为"崇高"。昌耀诗的悲壮美同样是一种恒久的艺术诱惑。两位诗人对痛苦的铸型也有着不同的表现风格。昌耀刀凿镌刻,入木三分,每一首诗都是瞬间体验的悲泣的灵魂的雕塑,其凿隙刀痕会使人产生一种疼痛感。牛汉则以隐隐作痛的手,在支撑全部重负的骨头上镌刻象形文字及"美丽的梦",且经得住埋没和风化。同样展示对痛苦的承受力,昌耀的诗,以在"炼狱"式磨难中消融痛苦(孕育诗意)而见西部胸襟;牛汉的诗,以在苦海中挺然而行、憧憬大梦而显出西部气魄。

西部诗歌风格主要见诸诗的内在特质,但读者总是由诗的语言唤起阅读兴趣,诗的语言姿式是一种诗意的诱惑。昌耀的 80 年代后期创作在向悲剧性的生存体验的突入中,失去了语言节制,也减褪了汉语诗句凝炼的丰韵和光色,他只知有"纪伯伦诗意的小鸟",而已不辨何系散文何系诗。[18]这与对自由体误读的现代流风也有关。西部风格应当是以大气与气动姿摇的语言风韵为成熟的标志。我们既为唐代边塞诗的气势所震撼,又会被"忽如一夜春风来,千树万树梨花开"(岑参),"秦时明月汉时关,万里长征人未还"(王昌龄)的奇凸精彩的炼句所折服。苏东坡形容自己的诗文"如万斛泉涌,不择地而出",大致指"气"的自然之势而引出语言的千姿百态。而诗又具有独特的"舞蹈"式语言姿态,我们离不开诗形领略与分析去评判西部风格的审美特征。老乡的《不曾论剑》,不仅创造了对"剑"的隐喻中"悬崖""千古绝壁""蹑手蹑脚的晨光"等奇险妙绝的西部意象,同时具有诗的口语化叙述的音节、节奏、韵律,诗形本身有助于"剑气"的张扬,表达了充沛的西部气韵。诗人与西部自然融洽和谐的慧黠之气,往往造成诗趣,造成诗的语言姿式的生韵。在林染笔下,伎乐天被喻为瀚海中的"美人鱼",祁连雪峰是"云中的白纱巾",可可西里以南"亮得如我的惊讶"的天蝎星座,以及云梦之野、灞桥柳色、装饰布达拉山金顶和双虹的"三头牛"……一个个隐喻性意象,以浓郁的审美趣味,构成林染诗的特异的西部情调。从阅读的方面考察,诗形孕含美(异趣)的因素愈丰富,愈会把人带入诗的意蕴世界。林染、老乡的诗,虽然不如昌耀、牛汉的诗的境界大(深),却也避免了表面化的西部特色。西部意象与风格,既包涵一种中国人在困境中的审美精神,也体现了西部世界的丰富的审美意趣。

中国诗人从浮躁回归大化淳流的境界,是自我超越的本真境界。这种"西部"境界,既因避免了功利性因素而成为诗人的良知和人性的深度显影,也因民族的文化心理与人类的现代意识的投射,而表现出郁勃的个性的生命气息。"绛州的青铜,曲江池畔滚动的/一只微小车轮/它的背面是一弯大唐的月亮／与我这个来自沙漠的人相会"（林染《开元通宝》）。在大漠上苦苦跋涉的诗人，一方面怀着对"大唐的月亮"的眷恋，一方面又追逐时间和清新，将"大唐的月亮"溶入"星星普照的祁连"，溶入天亮的"托来河"……正是西部诗歌共同营构的境界。

2000.1 于南京鸡鸣寺

注释：

[1][3] 大卫·雷·格里芬：《后现代精神》，中央编译出版社，1998年，第81页，第22页。

[2][5][7][16] 昌耀：《命运之书》，青海人民出版社，1994年，第319页，第1页，第311页，第324页。

[4] 海德格尔：《诗·语言·思》，文化艺术出版社，1991年，第117页。

[6] 梅特林克：《寂静》，《西方文论选》下卷，上海译文出版社，1984年，第480页。

[8][12][17]《牛汉诗选·代自序》，人民文学出版社，1998年。

[9][11] 昌耀：《诗的礼赞》，《当代文艺思潮》，1987年第2期。

[10] 西梅尔：《现代文化的冲突》，《人类困境中的审美精神》，知识出版社，1994年。

[13] 唐晓渡：《另一个世界的秘密飞行》，《诗季》，百花文艺出版社，1993年。

[14] 王海林：《佛教美学》，安徽文艺出版社，1992年，第42页。

[15] 转引叶维廉《中国诗学》，三联书店，1994年，第160页。

[18] 黎巴嫩诗人纪伯伦在散文诗《幻觉》中，写牢笼中饿死的小鸟"变成了一颗人心，心上有一道很深的伤口，伤口中流出了鲜红的血滴"。昌耀深感诗要表现这只伤口滴血的"心形小鸟"，不必为"'诗的散文化'辨说"，不必"拘谨于'散文化的诗'"。

（原刊《文学评论》2000年第4期）

关于对非诗化倾向的批评及论争

"看"的视角：诗与思

—— 与龙泉明先生商榷

从《文学评论》（2001年第3期）"论坛"上读到龙泉明先生的《我看"后新诗潮"》。两年前，我就看到龙先生发表在《天津社会科学》（1999年第3期）的《后新诗潮的艺术实验及其价值》，大作认为"后新诗潮给诗歌带来的巨大变化，不能不引起我们的重视"。龙先生看好"后新诗潮"，今文又受到当下流行的文化研究的启示，对旧作进行了充实和提升，可谓是对后新诗潮的精致的理论描述。然而，潮起潮落，斗转星移。时间距离赐予我们清醒和理智。对于新时期文学的思潮或现象的认识和评价，理当更趋于客观，更深刻些。我尊重龙先生对后新诗潮的理论兴趣与审视角度，只是不能认同他对后新诗潮的极端化倾向的庇护和张扬，乃至称"它是继'五四'新诗运动之后又一次最彻底的反传统运动"。今天仍持这一"看"的视角，令人吃惊。看得出，龙先生对"西方最新异的后现代主义文化（文学）"似乎"一见钟情"。我并不怀疑文化研究会对诗与文学研究注入新的活力，但以文化研究取代文学研究的"非文学的标准"，势必导致文学批评的失范与作品的诗性、文学性的消解。后新诗潮及其批评，即是典型的个案。如何"看"后新诗潮？直接关涉诗与非诗的标准的问题。

80年代中期最早出现于文坛的后新诗潮，以反对朦胧诗的极端性表现将新诗引向"后现代"阶段。徐敬亚在《中国现代主义诗群大观1986—1988》序言中宣称："朦胧诗将新诗推到了国际艺术的20世纪上叶"，后新诗潮则"突破了朦胧诗仅达到过的后期象征主义疆界，进入了20世纪中下叶国际艺术的战后水准"。可见，后新诗潮的匆忙登场，只是对西方后现代主义诗歌的超前演练和模仿。应该说，朦胧诗的崛起，是以人文批判精神与艺术革新为标志，它自觉地将西方现代诗歌艺术融入自身创造的形式之中，可以说是40年代现代诗艺术的延伸。当然，即使进入西方现代主义的百年历程"走一遭"，也会给刚刚复苏的中国诗歌带来新的活力。后新诗潮与这一时期思想解放的社会思潮和哲学思潮的发展趋势相呼应，率先"告别革命"（政治反思）而转入自身真实的生存体验，特别是"反英雄"（反崇高）、"反意象"的平民化诗风的兴起，一方面促使诗回到生命回到本体（本质），一方面又是对诗（文体形式）的摧毁和瓦解。这实质上给诗设下了突进的陷阱，尽管后新诗潮让弄潮的兴奋遮蔽了这种陷落的危机感。

龙文着力揭示后新诗潮的后现代倾向，将"陷阱"描绘得很美丽，有意成全后新诗潮对诗歌"颠覆"的企图。我并不否认后新诗潮对诗歌审美规范的解构或颠覆的合理因素，但它对西方后现代诗歌的效法与激进主义的倾向而带来的负面作用，也不可低估。所谓创作"三还原"（感觉还原、意识还原、语言还原），诚然表现了后新诗潮回归生命、回归本真，标示诗歌写作彻底摆脱了过去的"工具"论；然而创作还原到没有（"逃避"）知识、思想、意义，乃至不要（"超越"）逻辑、语法，岂不倒退到人类史前状态？譬如，最近民间写作被推进到"用下半身写作"，并将"原创性"定位为"下半身"的理念。这种"还原"到性体验的"原创性写作",实际上叛离了文化,成了文化研究的悖论。本来,"个人化写作"的加强,进一步回到了诗和文学自身,但如果让"精神逃亡"造成诗的精神崩坍,诗的极端个人化,又会变成一种声音了。

龙文特别欣赏后新诗潮在艺术策略上"最极端的倾向",提出"剥蚀"的概念,其理论旨趣指向,"剥蚀诗歌被历史所罩上的装饰和光环,还诗歌以本色,以达到实现诗歌的彻底解放"。《辞海》中"剥蚀"条解释:"物体受侵蚀而损坏。陆游《老学庵笔记》卷四:'汉隶岁久,风雨剥蚀,故其字无复锋芒。'"且问"剥蚀",何以还诗歌"本色"?其实"剥蚀"注入了文化阐释的涵义,是文化阐释对诗性的消解的凸现。龙文列举"消解"的表现五种,视为"他们的艺术实验及其艺术取向"。后新诗潮虽然打出反抒情、反意象、反语言、反诗的口号,但他们的宣言大于实验,他们的艺术实验至少有两点值得肯定:一是口语化叙述,直接表现人的现实处境,达成对生存体验的深刻体认;二是求真化俗的诗风,戏拟日常口语,摹写平常心态,乃至于玩世不恭之中取得反讽或幽默的审美效果。龙文对这方面的描述,不是着眼于提供对新诗建设的有益经验,而总是以箭在弦上之势,表现后新诗潮对诗歌传统的"剥蚀/消解"("颠覆/瓦解")的主题。所谓"消解诗情",仅是量变而不会发生"瓦解"式质变。后新诗潮力图消解朦胧诗的主观性抒情,乃至称"自我"为"准客体"也好,都并不意味改变诗的抒情本性。"在诗人笔端蹦出的汉字,总是带有自身生命情感的温热。不动神色的客观陈述,类似于'无我之境'(王国维语),只是淡化了'情',消融了'情',并非取消'情'。"[1]如李亚伟的《中文系》,在对理性与意识形态压力的拆解的快意中,隐带有生命之"能"的抛射和抗争的情绪。后新诗潮消解了一切"崇高"和"高雅",也不等于"消解诗美","平常感和幽默感"之中也有别一种诗美的存在。至于消解"诗艺(修辞)""诗境""诗语",可谓后新诗潮的弊端。一些论者颇欣赏后新诗潮对诗歌的

"强侵入""强刺激",这对于当时积弊太深的诗坛反对一切"崇高和神圣""虚假和迷信",也许是必要、有益的;然而,对于诗的语言形式、修辞技巧,犹如对花朵的摧残。只要诗人不低于工匠,就不可能没有技艺。"拒绝隐喻","消灭意象",破坏了"炼字、炼句、炼意","还语言的能指一个清白",还是诗么?这种以语感(能指)排斥语义(所指)的"语言再处理"的方式,明显悖逆于索绪尔关于语言的能指和所指之间的联系如同一张纸的两面,是不可分割的观点。且说龙文所欣赏的《你见过大海》(韩东),哪有半点"不及物性"可言,恰恰句句流露出了对人类生存状态的"平常感"。由于诗人刻意运用"原生态的口语","在能指中滑动",造成了语言粗糙、浅陋、冗烦、重复、杂沓,出现"一团乱麻似的铺叙","流水账的叙述方式","物理性客观记录",写诗如此随心所欲,岂不比什么都容易?当时诗人公刘以"写诗的人多得像上厕所一样"来讽刺这种现象。龙文称道后新诗潮"打破了生活与艺术之间的界限,让诗回到生活本身"。因而他们"活得随便,活得轻松",也就导致"轻松、随便的写作方式"。这种以放弃"艺术的选择和提炼",而进入所谓"还原于生活",是一种艺术的庸俗化或非艺术化的表现。在对待艺术的态度上,在诗艺工夫上,大概没有流派之分,来不得半点马虎和虚假。后新诗潮客观上助长了艺术上的懒汉主义,致使一些青年诗人的灵气、才华淹没于不经意的宣泄之中。而部分可以留存的后新潮诗,大概首先也是以具备最基本的诗因素为依据。

我并不反对将解构诗歌传统作为观察后新诗潮的出发点,但不能认同将后新诗潮的非诗化倾向阐释为"解构"的范式,把现代主义"反得不够彻底"的东西(审美规范)"一锅端掉"。这就暴露了文化研究代替诗歌文体研究的弊端,新诗理论失范,文学界线模糊。于是乎龙文提出以"随心所欲的解读"代替"以往意义上的批评",乃至认同"'误读'更具有意义"。诗歌没有审美规范,批评失去尺度,等于游戏取消了规则。"误读"虽是不可避免的,但也不是对作品任意的扭曲。"随你怎么说都行"的自由的视阈,只能是艺术的乌托邦。对任何一种文学思潮的价值评估,不光要看它变革或反叛传统的精神和行为,还要看它对文学和诗歌艺术发展的作用。后新诗潮的"破坏性"中虽然含有新的诗学观念,但它在理论上的极端化,无益于当下新诗理论建设。近年来,一些学者对百年中国文学与诗歌进行了深刻的反思,两次大的"反传统运动"中的非母语、非诗化的倾向,已为人们所诟病。后新诗潮"消解诗语",沿袭了20世纪初"新诗运动"的负面因素。所谓"还语言的能指一个清白","使诗歌走向平面、裸露,也即'还原'",可以追溯到胡适解释白话诗之"白"的"三个意思":"一是戏台上说白的'白'","二是清白的'白'","三是明白的'白'"。[2]"白"/"清白",尽管各自有着革命性的指向,但也标示失去了汉语诗性、诗意。直白,正是汉诗之大忌。

　　后新诗潮作为西方后现代文化思潮的反映,对中国诗歌审美规范的冲击是表象,而本质意义凸现于社会、政治、思想方面,同时包括对个体生命的尊重和自由存在的意识的确立。对于后新诗潮的这种精神内涵的发掘和评价,确实离不开文化研究的视觉。问题在于,文化研究的分析方式,从文学文本的内在研究转向了一种社会—政治的外在研究,这就不能不引起我们的警觉:打破艺术的纯粹性之后又导致艺术水准的降低,扩大了文学功能而削减了审美功能。中国文学刚"向内转"又"向外转",是否操之过急?尤其是对于语言形式尚未健全的新诗,怎能从文本语言学走向文本社会学?新诗在历次政治运动中充当了先锋角色,八九十年代诗歌从"工具"论回到了诗本身,新诗的生长机制是一个自身发育健全的艺术过程。如果不顾及或者逾越了新诗发展的艺术过程,照搬西方文化阐释之于困境中的新诗,只会雪上加霜。从社会—政治的分析考察,后新诗潮与"天安门诗抄"可谓"同工异曲",但也遮蔽了非诗化的标准。不具备优秀文本的质素的作品,是否会带来文化品位的降格?

　　尽管龙文对文化阐释还缺乏透彻的理解和辨析,但其"看"的视角,确是从文化阐释切入。是从西方后现代性的角度看,以西方后现代文化(诗歌)代替中国诗歌,还是汲取后现代主义文化精神,创造和更新自己的文化传统,实现中国汉语诗性传统的重构?这直接关涉中国诗歌艺术能否存在和振兴的大问题。如果认同后现代文化对诗的"剥蚀"和"瓦解",那么,这种失去文学意义的诗,也是对胡适发动的新诗运动的背离。龙文结尾所称后新诗潮"趋附世界文学潮流",何以作为价值评估的依据?如果说"全球化趋势"是西方后现代主义、后后现代主义对诗和文学的"粗暴的入境",或是对不同民族语言艺术的"渗透"和"兼并",就不能没有对诗和艺术的守护者。龙先生似与诗坛有所隔膜。事实上,90年代诗坛对后新诗潮的看法,已经变得清醒和理智。我赞赏以真理为怀的论者,当初为后新诗潮呐喊是一种前瞻的姿态,后来对后新诗潮的批评也是一种开阔的理论风格。不少后新诗潮诗人也进行了自我反思和调整,如实力诗人于坚在《穿越汉语的诗歌之光》中,提出要接受司空图的《二十四诗品》的汉语诗性经验之说,重建诗的汉语传统。《他们》成员杜马兰深以"失去汉语""为耻",期盼"真正自在地回到汉语,使我们的诗歌能够字不可易、句不可移、篇不可译,以实现汉语作为独一无二的光辉语言的使命"[3]。当他们又回到诗与语言本身,拥有大地和母语的力量,不正是中国诗歌艺术发展的兆示?

2001.7.1,8.6 于南京望江楼

注释:

[1] 姜耕玉:《诗风与策略:口语化的叙述》,《诗刊》,1999年第10期。
[2] 胡适:《白话文学史·自序》,东方出版社,1996年。
[3] 杜马兰:《我们是否在失去汉语?》,《他们》,第九辑(1995)。

(原刊《文艺报》2001年11月20日)

关于对非诗化倾向的批评及论争

关于批评的"语境""立场"及文本真实
——评估"后新诗潮"的基本问题辨析

拙文《"看"的视角：诗与思》，对龙泉明先生《我看"后新诗潮"》提出疑义和商榷，本欲恭听龙先生的意见，读到的却是王毅先生《怎么"看"怎么不是》[1]。王文似有裁断之势，认定龙先生论文"无疑更符合当下的诗歌实际，显示作者宽阔的学术胸怀和对当下诗歌敏锐的感悟力"。"《视角》始终是坚持着后现代主义以外的立场"，"没有在龙泉明先生论文的语境中形成交锋，而只是站在了外面，类乎自说自话。""商榷""反而容易更多地给人带来误解与偏见"。似乎不走入"龙泉明先生论文的语境"，就没有参加讨论"后新诗潮"的资格，只能作为"站在了外面"的看客。倘若文坛也出现"围观"现象，岂不悲哀？对于这种非此即彼的二元分离的简单化的辩护，本没有再争鸣的兴趣，但它却直接涉及文学批评的基本原则问题。究竟在什么样的"语境"中讨论"后新诗潮"？批评家的"立场"是什么？"后新诗潮"的文本真实（"诗歌实际"）究竟怎样？这大概是讨论"后新诗潮"不得不弄清楚的，也是对诗歌和文学的各种思潮、流派的评判中不可回避的问题。

一、是否只能在"后现代语境"中讨论"后新诗潮"？

考察任何一种文学思潮流派,既离不开特定的哲学、文化思潮的背景,同时也离不开文学自身的特点和发展规律;既要追踪西方文化、文学的思潮、流派,又离不开在场意义,离不开国别文化、文学。即使是流派性质的批评,也总是在切入整个文学的生存和发展的语境中而显示出个性特色和优势。"后新诗潮"所依存的西方后现代文化的语境,虽然是认识和评估"后新诗潮"的主要参照体系,却代替不了现代汉语诗歌的生存和发展的总体语境,包括社会历史语境、民族文化语境、审美接受语境等等,否则就是失去了在中国土地上的生存环境。譬如,朱自清先生在评论"象征诗派"中,一方面以法国象征主义诠释李金发不同寻常的诗法诗意,称他是将"法国象征诗人的手法"介绍到中国诗里的"第一个人";另一方面也指出李诗"句法过分欧化,教人像读着翻译"。[2]可见,朱自清既从西方诗的语境又从本土诗的语境中加以考察。而王毅先生认为"道理很简单,既然后新诗潮是西方后现代文化思潮的反映,我们不在后现代语境,还能在其他什么语境中来讨论它呢?"这一推理,如同孩子是在西方生的,就只能按西方人的要求来考察他,那么这样孩子还会有自己的种族和国别的特征么?30年代初期,郁达夫对搬用外国文学流派的现象,曾提出过质疑,他在批评分析中强调文学流派"因文学的社会背景,渐次进化而成"的重要,认为:"若以时代为中心,而划分几个期来研究,则文学与社会的关系,还可以明白地看出来,若以表现形式如浪漫派古典派等外形来研究中国现代的文学,怕有点不大便利。"[3]由于20世纪中国文学受西方文学流派的影响很大,因而不拒绝运用西方流派的批评模式,而是要尽量用得妥当,符合中国文学思潮流派的实际。郁达夫所说"不大便利",是指有悖于国别文学自身发展的规律。任何文学和诗歌的思潮流派的研究,都要进入中国诗歌、文学与社会背景的视阈,使思潮流派存活于有血有肉的历史里。"五四"以来文学史上的浪漫主义、现实主义、现代主义,虽然名字可能从西洋文学史里找到,但却出自中国新诗和文学的实践历史,或者说历经了一个"化欧"的创造性的转化的过程,并且经过风风雨雨,特别是八九十年代的深刻反思与历史沉淀,而达成了基本的共识。今天一提到"××主义",人们就想到这一诗歌或小说思潮流派的特定涵义,也标举中国现代文学史的特有语境。

但,如果以研究现代文学史上诗潮流派的习惯研究"后新诗潮",未免敲错了门。因为"后新诗潮"处于现在时(按龙、王文章本意),在价值评估上还有一个讨论和认同的过程;而如果作为后现代诗歌,还有一个自我调节和完善的过程。因此,后现代批评或研究,应当实事求是,切中肯綮,有助于推进这两个过程。"后新诗潮"批评,诚然要在后现代语境中进行,但这种后现代语境不等于西方后现代文化诗歌语境,而是与中国文化和汉语诗歌艺术相融汇的具有在场意义的语境。换言之,西方后现代语境是与中国现代汉诗语境、文化语境、社会历史语境、审美接受语境等相联系、相贯通而存在。特别是在西方后现代语境刚刚入境的情况下,更需要将"后新诗潮"置于现代汉诗的大语境中进行考察。这并非讲求"完美",而是指在具备现代汉诗的基本质素的状态下,提供发掘和张扬自身的独特光彩而登陆前卫的可能。这岂不有益于后现代语境的建构?难道要把龙先生所"感悟"到的"后现代主义诗歌则更多非诗化倾向",视为"后现代主义"不同于"现代主义"的优势或特色?龙、王二位先生所说的"后现代语境",则是对中国诗歌传统审美规范的"连锅端",颇似"文革"中红卫兵造反,这也违背了西方后现代语境的内涵。

其实,西方后现代诗歌、文化,也并非这么简单。文化批评或文化研究旨在发挥文学的文化批判功能,是可以借鉴的方面;而围绕要不要文学自身的形式特征,也有不同看法。有论者对重文化而非作品、竭力推崇外在指涉性而导致文学效应的简单化倾向,提出了批评,或者说对如何避免这一负面效应进行着探讨。如国际权威性刊物之一《新文学史》1999年第30期刊登的E·瓦维克·斯林的《诗歌与文化:表演性和批判》[4],该文评析:"在这种观点看来,以前的文学批评过于执着于诗歌的形式主义特征和对表层意义/隐含意义进行细致的分析(后者恰恰体现出了语言的精妙性,所以也是形式主义批评的核心所在),但它自己却忽略了文学过程的微妙性,尤其是诗歌的潜在功能。"并提出"需要一种新的诗歌诠释模式"。他在论说"表演性模式"时,认为"诗歌是语言组织形式的最高体现(在此意义上,诗歌是所有文学形式的范型),它同时也是一种文化行为,因此,为了彻底地了解诗歌的复杂性,我们必须既注意到诗歌的构成性因素又注意到其特有的指涉功能。……和表演式一样,诗歌也主要是以其自我指涉的具体性,亦即其诗歌形式主义来发挥其功能的"。他强调"必须关注诗歌的物质具体性以及其形式和语境的要求",那种将内在与外在指涉性的联系割裂开来,"将物质现实进行观念化的企图——这恰恰是文化批判所要反对的"。可见,斯林是在维系诗的语言组织形式的基点上认同文化批判,主张以"诗歌形式主义来发挥其功能",这无疑是对文化研究的新的理解和阐释。然而,王毅先生却说:"当龙泉明先生在谈论着后现代语境中的后新诗潮时,《视角》却关注着后新诗潮根本就不关心的问题"。所谓"后新诗潮根本就不关心的问题",即是龙文中称为被"消解"的东西——"诗美""诗境""诗情""诗艺(修辞)""诗语",这岂不是斯林所批评的:"它自己却忽略了文学过程的微妙性,尤其是诗歌的潜在功能"?新诗理论建设需要在解构诗歌传统规范中实现,但解构表现为新变而不是"剥蚀",不是像王先生所说德里达"解构"索绪尔,连同语言的所指("语言的能指和所指之间的联系如同一张纸的两面")也"解构"掉了。解构在于提供激发新的活力和创造力的可能,作出新的探索和建构。如果把汉语诗性语言形式的基本特征、修辞技巧，也视为"是用过去规范来制约现在甚至未来的创作"，如果把人类的基本游戏规则也视为"预设"，而统统推掉，认为"诗歌，无非就是诗人们正在写作的东西。诗人写什么，诗歌就是什么"。那么，请问谁是诗人？究竟是先有产品还是先有商家？是以作品衡量诗人作家，还是靠诗人、作家衡量作品？按王先生所说诗人可以不要技艺的观点，人人都可以写诗，如同"文革"中小靳庄诗歌一样，"革命大批判"的意义是在文学之外的话语中被揭示出来。这似乎值得我们引以为鉴。

二、看"宣言"，还是看两种"诗歌实际"

文学思潮流派研究的出发点，是创作实践和文本真实，而非社团宣言。"宣言"能够启示人们去认识诗人、作家的实践活动和作品文本，而对于思潮流派的价值判断，只能建立在他们的理念与创作实际相统一的基点上。真正的文学大师与有重大影响的文学社团，往往表现出创作文本大于"宣言"。王先生责难拙文时，提出"后新诗潮的宣言与实践之间的距离问题"，却避而不谈其"后现代语境"对"距离问题"的遮蔽。譬如，龙文对"后新诗潮"描述的理论依据"三还原"、"三逃避"、"三超越"，都是出自"非非主义宣言"，尤其是"逃避"、"超越"之类的极端主义口号，不过表示一种意念而已，不可能变为诗歌文本。《非非》创始人周伦佑的《想象大鸟》等文本实际，即是最好的佐证。据《中国诗坛1986 现代诗群体大展》介绍，由"100多名'后崛起'诗人分别组成的60余家自称'诗派'"[5]，每个"诗派"都发表了"宣言"，有人称为"运动起义式"，摇旗呐喊者居多，而可称为实力派的，仅有南京的《他们》、成都的《非非主义》等少许几个"诗派"。"后新诗潮"作为一种诗潮，八九十年代之交已经消失，而作为诗歌实践还在延续，但也处于困境之中。（龙文中将"新生代"、"第三代"、"后现代"均与"后新诗潮"等同起来,颇不科学,拙文借用其意。)"只有创始与喧哗","没有收获的成熟期"(孙玉石语),用以描述"后新诗潮",无疑是恰当的。那种不是从"后新诗潮"的诗歌实际和文本真实中把握倾向,而是凭"后现代主义"的理念与个别诗派"宣言"的意合,演绎文本,大概是靠不住的。

"后新诗潮"与西方后现代主义是两种"诗歌实际"。西方后现代主义诗潮一般强调反现代主义,但从1950年以来英美诗界来看,也有与现代主义相联系的方面。袁可嘉先生主编的《欧美现代十大流派诗选·序》中说:"后现代主义批判了现代主义的象征主义诗学(她的神秘主义贵族倾向和艺术自足论),但保留了诗的象征作用和必要的含蓄性;它批判了现代主义玩弄技巧、堆砌雕琢,但保留了具体准确的意象和生动活泼的口语;它加强了对现实生活的关注,但避免了无节制的感伤和直截了当的说教。""它在不同程度上体现了现代主义和现实主义的靠拢。"显然,这与"后新诗潮"以"极端性表现将新诗引向'后现代'阶段",有着根本区别。"保留"是革新的垫脚石,没有"保留"就谈不上否定和发展。如果说"五四"新诗是在没有"保留"中诞生,那么"后新诗潮"毫无"保留"的姿态,又欲使新诗"从零开始"。这却是王先生不容作诗的验证所认同的"新兴的诗歌潮流"。当然,后新诗潮在仅四五年的时间内,未免形迹匆匆,在对西方后现代主义的理解与对后现代诗歌的模仿中,难免有囫囵吞枣或食而不化的现象。正如欧阳江河所说:"西方的后现代不管怎么样,总还有一个可取之处:激活人的想象力。它重视的是活力。但在中国被简单化了。"[6]消解深度也好,悬置价值也好,甚至戏仿、"误读"也好,关键在于能否激活生存和语言的新的可能性,提供新的活力和深度。后新诗潮却丢失了西方后现代主义的"激活"这个关键词,而导致了自身的脆弱性。所谓"逃避"、"超越",不过是现代陶渊明式的乌托邦。且问,离开"保留"与"激活"两个关键词,还奢谈什么"后现代语境"?

后新诗潮的先锋性,主要贡献是使诗回到生命本身,诗作为人的生存形式,不会中止。后新诗潮或第三代诗人的创作处于调整变动之中,这又是新的"诗歌实际"。且以《他们》诗派为例。同名刊物自 1985 年至 1995 年共办了 9 期,从中不难看到中国后现代诗歌的失落、徘徊和动荡。《他们》创始人韩东意识到:"外面热热闹闹,但大都昙花一现,没有什么意义。或者说对于诗人的生存是有意义的,但对于诗歌本身的意义甚微的。"[7]自这一年起,韩东与朱文在"诗人"的"名片"下写起小说,"诗人"的口语化叙述很顺当地显示了小说体式的魅力,这是否意味着诗歌丢失了什么?《他们》最后一辑刊登杜马兰"思之已久"的质疑《我们是否失去汉语?》[8],文中就新诗"源自语言特质本身的、具有'环境图式'的、无法脱离文化传统的汉语",即捡起"保留"这个关键词,提出九个关系问题,并说:"不再写出诗歌语言的诗人,已不复与诗人的名称相称"。这作为《他们》终结的声音,是否又意味着一种新的开始?于坚自称是"一个汉语崇拜狂","就像我们头上的天空从来不仅是现代的天空,王维们的作品从来不是古典诗歌"。[9]小海则以是否"具有生养他这块古老土地的胎记"[10]作验证。《他们》也许不复存在,但他们从关心以前"不关心的问题"开始迈出了中国后现代主义的坚实的脚步。

一次思想解放或哲学思潮,诚然提供了"后现代"崛起的可能,但并非能够创生结实的诗歌文本。朦胧诗虽然时间也短,但属于一种"水到渠成",是三四十年代中国现代主义的延伸,并有一批相对而言比较成熟的诗歌文本作为标志性成果。而后现代主义不可能违反自身存在的必要因素(条件),而按某些人的意愿一个早晨就革命成功。王先生执意打破"时刻表虚幻性"的后果,只会发生听风就是雨,把青果子当成熟果子摘的荒诞现象。

三、"立场":是"凝视"还是"趋附"?

既然王先生总是说别人站在"后现代主义以外的立场",那么他和龙先生是站在什么样的"立场"呢?

我尊重并推崇流派批评,因为真正的流派批评直接影响诗人、作家的创作,促进流派的完善和发展,从而增强与其他流派竞争的能力,推动整个文学的发展。这就决定了流派批评家要具备自主的批评意识,或者说批评意识对于创造意识的参与。从乔治·布莱的《批评意识》[11]一书中知道,在日内瓦学派的批评家们看来,批评乃是一种主体间的行为。文学批评不是一种立此存照式的记录,不是一种居高临下的裁断,也不是一种平复怨恨之心的补偿性行为,批评应该是参与的,它应该消除自己的偏爱,不怀成见地投入作品的"世界";"批评乃是关于文学的文学,关于意识的意识"。这对于开展文学批评,也是具有普遍意义的箴言。站在后现代主义的立场看"后新诗潮",大概也应当是一种"凝视"、"我思"、"参与"的主体行为,既离不开对文本真实的审视,又是对后现代精神的验证和遇合,这就首先需要鉴别的眼力与批评精神。因为"凝视",与其说是一种摄取形象的能力,不如说是一种建立关系的能力,使批评家与诗人、作家的交流成为批评家与深藏在自己内心中的形象世界的交流,批评家依靠内心深处形象世界的唤醒实现自身的"我思"。这一般是指以拥有优秀文本诗人、作家及其流派为批评对象。然而,龙、王二位先生看"后新诗潮",大概是让对"后现代"的渴望压抑了对内心深处的形象世界的唤醒,而凭对"后现代—后新诗潮"的"趋附",去作一种"立此存照式"的描述。

追逐新潮,似乎成了一种批评的时尚。在当今全球化的语境中,文学创作与理论都在不停地变化,时有新的思潮流派涌动和降生。但"新潮"往往还处于幼稚和生长之中,有时免不了鱼龙混杂、扑朔迷离。如果省略了"我思"这一批评主体的基本机制,势必出现"把青果当熟果摘"的现象。这一错位,难免会"不是"也"是",怎么"看"怎么"都是"。"后新诗潮根本就不关心的问题",谁也不要关心,否则就是站在"后现代主义以外的立场"。且问,后新诗潮被"不关心"所遮蔽了的缺陷与弱点,批评家倘若也不指出,甚至还竭力辩护,岂不养痈遗患?龙文最后颇有信心地说:"对于趋附世界文学潮流的后新诗潮的成败得失,现在下结论还为时过早。"这说出了龙、王二位先生"趋附""后新诗潮"的根由。但也正是对后新诗潮的执意"趋附",急于求成,因而大概也没有进入"后现代主义的立场"。

俄国诗人普希金说:"批评是揭示文学艺术作品的美和缺点的科学。"[12]大概没有过时。当代文学批评不能进入"凝视—我思"的境界,失去批评家与诗人、作家之间的对话的机缘和功能,而使批评成为一种依附或捧场,不仅不利于文学创作,也不可能达成文学批评的共识。

2002.1.30 于南京望江楼

注释:

[1] 王毅:《怎么"看"怎么不是》,《文艺报》,2002年1月8日。

[2] 朱自清:《〈中国新文学大系·诗集〉导言》。

[3] 郁达夫:《无事忙者闲谈》,《现代》,第3卷第3期。

[4] 王宁:《新文学史Ⅰ》,清华大学出版社,2001年。

[5] 《深圳青年报》,1986年9月30日。

[6] 转引唐晓渡《中国式的"后现代"理论及其他》,《唐晓渡诗学论集》,中国社会科学出版社,2001年。

[7][8][10] 《他们》,第七辑(1994)、第九辑(1995)。

[9] 于坚:《从王维进入诗歌》,《诗刊》,2001年第1期。

[11] 乔治·布莱:《批评意识》,百花洲文艺出版社,1993年。

[12] 普希金:《论批评》,《西方文论选》(下卷),上海译文出版社,1983年。

(原刊《文艺报》2002年4月9日)

关于对非诗化倾向的批评及论争

"西安"诗变

西安(长安),作为资深的历史文化名城,已成了传统的隐喻,却也成了20世纪80年代以来先锋诗歌的演变和发展过程的见证。1983年韩东在西安写下了《有关大雁塔》,20年后于坚去西安又写下了《长安行》(组诗中亦有《大雁塔》)。乍看这两位诗人表现"西安"意象的诗意相悖反,实则又相统一。与其说于坚的《大雁塔》及《长安行》是对韩东《大雁塔》的背反,不如说是"反叛"20年诗歌过程(有成功也有失败)的必然或归宿,是先锋诗歌20年的叛离与回归的实现。

这一"诗变",发生在文化全球化与民族诗歌传统危机的背景下,是诗人在深刻反思中作出的抉择与策略。它不仅标举90年代先锋诗歌队伍的分化和重组与中国诗歌先锋精神的转移,也预示着诗风的转变,具有世纪之交诗歌的终结与开始的意味。

考察一首诗,不可离开特定时代的语境和背景。否则,就没有诗和文学史。韩东《有关大雁塔》,正因为与北岛、舒婷等朦胧诗一样,表现了中国80年代初对封闭已久的僵化的政治思想传统势力的冲击力,才富有诗的生命力和价值。我并不否认这首诗所包含的平民意识的恒久意义,但现时读来就失去了当年的铮铮锋芒,并露出了反传统、反文化的极端主义倾向。然而,这一负面因素在当年却也是构成这首诗的在场意义,即形成这首诗的思想锋芒的潜在因素。如同当年韩东对中国诗人扮演"卓越的政治动物"、"稀有的文化动物"、"深刻的历史动物"的批判,一旦诗人摆脱了这种世俗的角色,批判也就失去了意义。一首诗、一种理论观点,并不以是否具有恒久性而认同其价值,它们的在场意义,更多地表现在诗史价值方面。尽管后来韩东告别了《有关大雁塔》式的写作,旨趣于"诗到语言为止"的探索,但这首诗还是成了他的诗歌生涯中没有逾越的至高点。没有80年代诗歌的思想文化批判,就没有90年代诗歌的生命意识的觉醒。没有海子和"他们"等诗群在生命关怀中对传统的叛离,今日于坚们的回归也毫无意义。

  80年代诗歌的先锋精神是直接切入社会现实的个体自由精神。而90年代先锋诗歌则以对生命意识的张扬为基本精神。诗歌归于人自身,归于生命,无疑是20世纪新诗的本质性的突进。80年代中后期,在西方现代主义、后现代主义诗潮涌入中国诗坛的背景下,海子以自身对生命痛苦的体验,把诗引入整个人类的生命形象。他创造的麦子意象,表明"我站在太阳痛苦的芒上",并非"一无所有"、"两手空空"(《答复》),仍可看出他所具备的诗人的主体意识。后来诗社迭起,消解了诗人主体,把个体生命存在的人类化推向极端,导致生命体验的狭隘化与对原型意象的大量复制。尽管90年代先锋诗人的极端主义表现也为诗歌普遍向生命突入起了推波助澜的作用,然而一旦诗歌抵达了生命家园,诗人的国别和文化身份就成了不可绕开的问题。八九十年代以来,先锋诗歌一直被笼罩在思潮流派更迭的惯性运作之中。其诗风,一直保持和延续至今,仍奉为新诗写作时尚,实则成了一种新的写作惯性。并由于它沿袭和张扬了"五四"新诗传统的负面因素,致使新诗语言弊端暴露无遗。沈奇对此也作过批评:"这是个惟时尚是问的时代,看似个性张扬,实是无性仿生。"

他认为当前新诗写作,要"回归个体人格和自由心性,并重新认领诗的美学元素,以求在守护中拓进的良性发展"[1]。当下重新确认诗人的文化身份,焦点在于:是单单沿着新诗的现代性轨道一意孤行,还是对现代汉语诗人与汉诗构成的美学元素的认领,坚持现代性与汉语性相统一的诗歌探索?只要从这一背景意义上考察,就会认为于坚的《长安行》而引起的"诗变",具有不可低估的诗学价值。

于坚在1979年地下诗歌集会上朗诵诗歌,接着写下了《罗家生》这一开口语化叙述之先河的优秀作品,也有像《对一只乌鸦的命名》切入生存状态的真实的深刻的力作。他和韩东是《他们》诗社的领衔人物。《长安行》可以视为于坚多年来日渐滋长的回归母语、回归汉诗传统的成果。如在1999年盘峰论争中,他("民间")就是以回到古典诗词中寻求新世纪中国诗歌的复兴为对抗的姿态或策略。于坚在《致伊沙》中表白:"今年7月27日,我第三次来到西安,我终于看到了长安,我是有福之人啊,我不是喝狼奶长大的,我外祖母是一个文盲而知道敬畏李白的人。"于坚在这一次"看见了长安",显然是因为"长安"因为传统文化在他心目中有了地位,乃至"有回家的感觉"。这种感觉是出于这位48岁的汉语诗人的内需,正如他在《大雁塔》中所写:

感到自己的肉太轻/一向恐惧的那些/太轻一向重视的那些/太轻不足为凭/收起乖戾的羽毛/我跟着古代的老百姓/跟着黄帝/跟着僧人和使者/跟着李白/跟着长安/默默地跪下来

诗抒写的情绪是真实的,带有一种对丰富的历史文化和永恒的建筑的亲和力。据陪游的伊沙说,于坚把自己的大光头抵在大雁塔夕阳色的砖上。"我们钻进雁塔/要看看大唐朝的肚子里/凌空高蹈的都是什么"。诗人与古人对话,褒中带刺,亲昵中有讥消。尤其是他和他的外祖母所敬畏的李白,在几首诗中屡屡出现,乃至幻觉中见到李白,"我流下热泪/两行"。李白是具有酒精神的大诗人,他的诗亮开了封建王国中最大的自由空间。从"李白"意象中,不难感受到于坚回归传统的尺度和位置。当然,这仅是一个漂亮的宣言,还需要在创作实践中加以验证。

于坚这组诗在2002年8月6日《诗江湖》网站上发表之后,引起不小的争论。这种"诗变"而引发的争论,虽然发生在民间诗社中,但应是对整个先锋诗歌队伍而言。即是说,这位执意"像三十年前那样,一个人,一意孤行"的先锋诗人,所表现的揭竿而起时的那种勇气和几分壮烈,更能引证这一诗歌反叛或回归的必要性和震撼力。实际上90年代中后期,"他们"诗社中就弥生了"回归"情绪,1995年杜马兰发出《我们是否在失去汉语?》的诘问,2001年陈立平、小海、欧阳建华等发起成立《回归论坛》网站。《回归》第4期(2002年8月)卷首语中对"回归"内涵,作了八点阐述,这里不妨列举前四点:"1. 有别于诗歌语言的洋化和异化,对汉语本位的回归;2. 有别于诗歌界的文化虚无主义,对中国诗歌传统的回归;3. 有别于矫情、玄怪、抽象,对诗歌的自然品格的回归;4. 有别于学院写作,对诗歌源泉的回归……"其表达可能有粗疏之处,但从中不难看出"回归"诗人的动意及其不可遏制的趋势,也反映了20世纪初诗坛普遍滋生的一种情绪。由此看来,于坚并非"孤行",《长安行》正凸现了诗坛20世纪初情绪。因而,于坚们的反叛或回归,是先锋诗歌演变进程中必然出现的历史现象。

中国现代诗回到汉语本位,毫无削减或消解诗的现代性的意味。只要不把对汉诗传统的叛离与回归引向二元对立,找回和修复现代与传统之间相连的精脉,就会获得新诗的现代性与汉语性双重递增的可能。中国诗歌无法脱离汉语的文化传承。引进外来诗体,效法西方"现代"、"后现代",倘若不能切入汉诗创造的艺术轨迹,不能发挥汉字、词所特有的活力和诗意,甚至模糊或抹去其文化踪迹,怎能展示现代汉诗的个性和优势?这个伴随新诗诞生就出现的问题,今天变得十分尖锐地摆在我们面前。既然90年代先锋诗歌仍是以对汉语传统的叛离和决裂,而抵达全球化的生命家园,那么找回诗人的国别与诗人重新确认自己的文化身份,就不能不成为当务之急。这大概也是汉语诗人与"国际诗人"的分歧所在。所谓回归,首先标举诗人对母语和汉诗传统的尊重和认领,是诗人的自我检视和完善,寻求和构筑一个坚实丰厚的基点,展开21世纪汉诗创造的翅膀。于坚深以自己如今是"一个汉语诗人"、"汉语的……容器"而自慰,这恰是点击了使他的诗歌发生重要变化的两个关键词。"汉语诗人"标示国别性,新诗对母语的回归;"容器"标举诗人的文化身份,"熊掌"与"鱼"兼而得之的融通的文化胸怀。这对于长期以来背离传统走得愈来愈远的诗歌状态,岂不语中肯綮?而对于于坚的创作而言,则是一种清醒,是反观20年诗歌经验的自觉,是进入成熟期的表现。

  现代诗人的这种汉语精神,何尝不可以理解为当下振兴21世纪汉诗亟待高扬的先锋精神?

  "回归"并不一定告别"先锋"。于坚也不必认为"终于把'先锋'这顶欧洲礼帽从我头上甩掉了"。去年12月,我与台湾一位著名现代诗人交谈,他似乎也不乐意我尊称他为"先锋"。对于西方的先锋,只要不是照搬照套,而是用其精神,并转嫁或移植到汉诗之中,就应该挺直腰杆"先锋"。如果"先锋"这个褒义词由于被人染指成了贬义,那么,我们就认真地洗去污迹而恢复其本色。譬如,"后现代"、"后后现代"("先锋们")总是以极端主义的暴戾姿态出现,似乎非如是就不足以"建功立业",独占鳌头。这岂不正落入于坚所深恶痛绝的"1966年那段历史培养起来的文化习气",以"非黑即白"或"打倒一切"的"造反"为荣的先锋意识?这倘若还影响着我们,应当从骨髓里清洗掉。再如,"先锋们"不注重以作品优劣为验证,而是以旗号或"代"论"英雄",似乎只要"出奇制胜"争得"先锋"地盘(地位),攫取"先锋"的帽子,就功成名就,可以进入文学史了;乃至诗论家只要为"先锋"摇旗呐喊,站稳"先锋"立场,也就立足理论前沿,掌握了话语权。然而,独具影响的诗潮流派毕竟只是特定时代和环境里产生的,况且中外诗歌流派大都是以表现手法、创作风格加以命名。一部诗歌史,最终是以作品的质量及语言智慧的闪光而成熟而辉煌。其实,朦胧诗也是80年代一帮年轻诗人不谋而合的诗群,海子属无派诗人,韩东《大雁塔》写于《他们》诗社之前。个人化写作,本来带有进入个体人格和自由心性的意味。那种沉不下心或心浮气躁,把才华消耗于对先锋姿态的角逐和猎取中,怎能成为优秀诗人?飞蛾翅膀张扬亮处,自食其果;蜘蛛在默默无闻中成了"建筑大师"。现代汉语诗意智性的发掘和磨砺,一半是才气一半是工夫。好诗总是包孕于痛苦和寂寞之中。诗意冲动靠诗人的感觉经验与记忆,大诗人是穿越"代"而创造"派"的。历史上不少诗人、艺术家生前落泊、寂寞,死后作品才被人们认识,以至价值连城。笔者可能言重,只是欲对那种随"风"跟"派"追"代"的热情,泼一泼冷水。

  诗坛亦如球场,不可没有"前锋",也不可没有"中锋"与"后卫"。三种角色缺少一种,就失去应有的张力失去有效性。任何一种角色都代替不了其他角色。当下还不能消除种种代替的企图,应当充分估计到代替的不良后果。这就依赖于大家的民主平等意识与诗坛民主空气的形成,变非"此"即"彼"为"彼""此"依存、互补共生,保证每一种角色存在、每一种诗歌探索的可能性。惟如是,方能开拓多元竞存的诗歌格局,保持新诗创造的蓬勃生机和生态平衡。

  诗歌"西安",最古老也最现代。我们走得再远,背后仍是"长安"。当诗人们涉足汉诗资源,渴望新的诗意语言的飞翔之时,21世纪汉诗的鸽子将会飞过"大雁塔"飞向遥远,组成世界一道靓丽的风景线。

2003.1.28,7.13 于南京望江楼

注释：

[1] 沈奇:《告别时尚写作》,《诗刊》,2002年第3期,下半月刊。

[2] 文中有关于坚的引言和作品,均出自《作家》杂志,2002年第10期。

（原刊《诗刊》2004年第7期）

关于对非诗化倾向的批评及论争

诗"回到能指"：
汉语诗意及精神生态的消失
——与于坚先生《从"隐喻"后退》商榷

去年初，笔者在《"西安"诗变》中引用并推崇了于坚组诗《长安行》。当时我心中也稍有不安：于先生"第一次""看见了长安"，甚至"默默地跪下来"以后，又如何其行呢？因而我斗胆留言："需要在创作实践中加以验证"。最近读到于先生《从"隐喻"后退》（《诗刊》半月刊2004年第6期），令我惊讶的是其与《长安行》截然相反的姿态。所谓"诗是一种消灭隐喻的语言游戏"，旨在使诗从"汉语"这一"封闭的语言系统""回到能指"。新诗"回到汉语"与"回到能指"，本来有相联系的一面，但于坚"诗"论，称"其能指是一个"，执意要与汉语负载的"所指"划清界限，使"汉诗"写作"退"出汉语言艺术系统及其审美轨迹。本文无意追踪于先生两年前后自我违抗的诗学行为，仅是通过对相关问题的论争与辨认，进一步阐明《"西安"诗变》的立场。

新诗"回到汉语本位"与其变革和现代性,并行不悖。现代汉诗本身就是一个开放的概念。然而,于先生《从"隐喻"后退》的基本立场,是搬用了西方的"虚无性后现代"的"否定"、"摧毁"。我并不怀疑这一立场对权力中心话语的对抗和消解作用,但对于中国诗坛来说,已失去了上世纪八九十年代曾有过的破坏性魅力。尤其是于先生崇"元"(诗)贬"后"(诗)的良好愿望与"后退""在途中"的写作企图,在拉紧前卫精神的弦时却也陷入"炒作性矛盾"。文学意义上的具体的诗变成了哲学意义上的抽象的诗。他所自称的"边缘写作",也因之失去了文学"边缘"之领地。

如何看待汉语特征,汉语言系统是流动的、智慧的,还是"凝固的"、"行将死亡的"?是在解构中追认和重建汉诗艺术特征,还是认为古今汉诗写作"坠入词不达意的隐喻的黑洞"?这是本文与于文之间分歧与辨认的焦点。

诗人写作不是语言或隐喻的"奴隶",而是对语言的亲近和创造的过程。所谓创造,既有对生存体验的独特发现,又是奇特的直觉想象力的显示。这是能指和所指一体化的语言创造,是比所谓"命名"的"元创造"更高层次上的创造。于文则否弃文明时代的创造及其有效性概念,认为"几千年一直是那两万左右的汉字循环反复地负载着各时代的所指的意义、隐喻、象征",将语言视为"既成的已经凝固或定位的所指和隐喻中的合法系统",试图使之"退回到能指的表面去"。这里有两点语言学的常识性失足:一是人为拆解能指与所指的联系。索绪尔再三强调:"语言符号是一种两面的心理实体。"[1]语言的声音(能指)与意义(所指)是不可分割的。语言符号并不会因被用时充当寓意的载体而负重定性,汉语虽然被反复沿用了几千年,但现代诗人虔诚地面对每一个字词,仍有鲜嫩如初之感。"日"(⊙)——太阳,并不会因被前人隐喻"君主",象征"某种至高无上者"而从此失去"能指"。亦如终日不见阳光的囚徒,一旦获释后张开臂膀欢呼:"啊,太阳!"你能说没有"能指"么?而80年代诗人说:

"我就是太阳",不也是对"既成的已经凝固或定位的所指和隐喻中的合法系统"的反驳?二是否认语言结构的可变性的一面。任何一种语言体系都具有封闭性与开放性的两面特征,前者标举一定历史时期内语言相对稳固,后者则有了语言结构发展变化的可能性,如新词的产生,旧词的消亡,词义的变化等。"语言符号的任意性在理论上又使人们在声音材料和观念之间建立任何关系的自由。"[2]诗人更当是获取这种"自由",或称为"就是这种语言的主人"(德里达语)。作为语言艺术最高级形态的诗歌写作,总是以活在人们口头的新鲜的语言生命创造为标志,犹如一股清流激活汉语言艺术系统。诗歌指向的仅仅是其自身的过程,词仅仅是容器,其暗示义或喻义具有不定性。于文称"那两万多汉字早已凝结成一个固定的隐喻系统"的观点,是不符合汉语应用实际的。

于文还把汉语的"凝固或定位"归咎于汉语自身的特征。在于先生看来,汉字的象形会意和汉语诗性的特征,并非长处而是导致"能指功能不发达"的弊端。理由之一:"象形省略了对世界的'看'","能指被'象'直接转换为所指"。因而他推崇"拼音文字",从"声音"与"看见"中"完成能指与所指的吻合"。汉字虽不能标记语音,但一旦注音就有了语言的共性特征。作为声音的能指,为何读汉语"日"就失去了?而读英文"sun",难道会因未看见太阳而没有所指?全世界太阳只有一个,怎么西方人就"看见",中国人就不去看而满足于"画饼充饥"?既然古人先是看见太阳尔后摹拟创造了"日",今人怎会就不看头顶21世纪的太阳?理由之二:"它(汉语)和世界的关系开始就是诗意的","汉语的能指系统却很少随着世界的变化"。我不明白,汉语能指系统"很少变化"、"不发达",与其"诗意"方式有多大因果关系。汉字的象形表意,诱发人的想象力和诗意创造,其词根所特有的转义、引申义,是语言的一种弹性或张力的表现,犹如某种工具的优良性能。汉诗词汇可以不要介词、连词而组合,脱离上下文仍旧是自足的意象的存在,这究竟是优还是劣?汉字可能被使用者所染指("所指"也好,"隐喻"也好),但并不能说明汉语本身有问题,说明汉语的丰富的表现力和诗性智慧,"是一个没有能指,只繁殖所指的世界"。汉字"能指"不"前进",并非没有"能指"。如"树",即使被更多的"接受者"的"隐喻遮蔽"过,而作为语言概念的"树"这个汉字(词)与字母文字"shu"一样,"能指"仍如初无损。且看他列举的雅可布森的例子:"汽车像甲壳虫一样行驶"。这种对不同性质的事物的外形特征的感觉的认同,霍克斯称"甲壳虫的运动和汽车的运动'等值'"[3],岂止单单"来自词的能指"?所谓"能指和所指已经分裂",毫无根据。不难看出,于文所说"能指"、"所指",已经从语言学概念里剥离了出来,成了对指涉方面的定性。

任何语言不可能脱离意义(所指)而存在。著名的符号形式学家卡西勒曾引用赫尔德语:"反映的第一个特征是灵魂的词汇,由于它,人类发明了说话。"[4]正是从语言对人的灵魂的亲近的意义层面上说,"字词选择诗人"(德里达语),而这种"字词"又因不脱离诗人的"声音"(能指),显示出诗性真实与亲和力。那种离开"倾听",单单"在所指的层面上进行"的汉语写作,固然不是诗;但在语言创造过程中去弃能指与所指的合谋关系,也就去弃了诗的文化意义功能——这是不是导致当下诗歌精神孱弱的原因之一?而诗的文化意义功能,正是西方文化研究热所关注和期待的。与西方文化相比较,中国几千年文化价值的系统确有过于负重的东西,中国诗人在汉语写作中,存在"能指""被文化所遮蔽"的现象,但也不能由此否弃汉语的所指功能。所谓"悬搁了所指",只是去蔽的过程,使词恢复本性的策略。于文中虽然也提到"解构"、"去蔽"之类关键词,但涉及汉诗艺术特点、审美价值等方面,就一概持怀疑和否弃的态度。本文侧重就汉诗的表现方式与传统美学特征,作一辨析。

"注此而写彼"(于文称"言此意彼"),"只可意会而不可言传",是中国艺术诗性智慧的凸现,却也成了于文对"隐喻价值的系统"的颠覆和摈弃的重镇之一。据我所知,"隐喻",原属西方现代诗学概念,伴随"五四"新诗诞生而被引入中国。于文将五千年汉语及诗歌统统归入"隐喻价值的系统",似有点儿牵强附会。刘勰《文心雕龙·神思篇》曰:"文外曲致,言所不追,笔固知止。"春秋笔法,言意之表,这种汉语的基本方式与特有功能,正是字母文字所没有所不及的。它并不会因受文化遮蔽而失去语言自身的功能。"注此而写彼",起义在"彼"而意指于"此","彼""此"相通,"此"对"彼"也起有反弹作用。这种打破惯性思维的直觉经验,以"一石二鸟"的艺术效能,成为中国诗和艺术的"意不可尽,以不尽尽之"(刘熙载语)之显示。于文则把这种独到的有无相生的诗意表现力,指责为"词不达意",是"多指造成的无指的黑洞"。我们认为,"红杏枝头春意闹"、"云破月来花弄影",妙在一个"闹"字、"弄"字,造成意趣横生,境界全出。而它诉诸读者视觉、听觉、触觉方面的美,大概不能说没有"能指"吧?玩味或悟,是以五官感觉为先导、融词的能指与所指于一体的直觉体验。汉诗正是把"玩"中展示语言魅力。而于先生则讨厌汉诗艺术(美)"深度",因为"诗就是明白的过程",就当"在词的表面"。他只认"命名"这一"古老的游戏规则",至于诗艺技法,东方诗人的"悟性"、西方诗人的"灵感",读者审美接受规律,均在推翻之列。恰恰又是于先生发出惊呼:"语言的游戏规则被破坏。"于文称"言此意彼"或"隐喻的黑洞","成为中国人集体无意识控制的只可意会不可言传的悟性游戏"。"只可意会而不可言传",作为汉语诗意的形而上的审美形态,固然是东方悟性经验的显示,但也切入西方格式塔现代心理学,即"靠格式塔的力量去直接觉察"(朗格语)。这般体现"形"("形式符号")的"运动"、"生长",中国哲学称为"有无相生"、"虚实相成"的直觉思维形式和诗性智慧,怎能归结为先天的"集体无意识"(荣格亦称"原型")?于文从这一概念错位中透露出对民族文化之"根"的挥之不去之贬意。然而,西方国家的诗人、学者对汉诗的"空灵"及"大音希声,大象无形"的哲学,则饶有兴趣。如于先生一度崇拜过的王维,其《辛夷坞》:"木末芙蓉花,山中发红萼。涧户寂无人,纷纷开且落。"正是"有中生无"、"动中见静"的"大空"的澄明境界,不仅是形而上的审美创造,而且包涵着超越时空的"真心"和人格本体的意义。如果于先生对中西方文化有所了解和比较,大概就不会有"无指的黑洞"这一轻率之论。

一首充满创造力的诗所沾附的活性文化因子,与被文化遮蔽是有原则界限的;并非绝缘或游离于一定民族文化的个人体验,才是真实的存在。读《辛夷坞》,虽恍惚可见禅的"拈花微笑",但更是诗人自身个别的、独特奇异的生存体验状态的传达。于文以人所共知的元代马致远的名曲"枯藤老树昏鸦……古道西风瘦马……"为例,因为它"唤起读者共同的隐喻认同"而判断"不是诗人具体的个别的局部的表达",岂不混淆文本创造过程与阅读(审美接受)的过程?没有作品的独创性的魅力,就没有阅读中的共鸣或"共名"现象。《天净沙·秋思》虽写悲秋,但意象不同凡响。特别是前三句,九个实词两两排列,诗人在运用近乎蒙太奇的方式中实现了词汇组合的难度,成为这位"士"漂泊中悲落而孤傲的心灵所依。今人仍喜欢这首诗,首先因其独特且似带有现代感。一部中国诗歌史是不断新变的动态过程,并非于文所说在时间和美学空间中是"凝固和静止的"。

于文拒绝隐喻的方式,是因为它使诗"远离存在"、"逃避存在","看不到个人的存在,只看到'我们'"。而进入"存在"或"命名",则意味着"诗人仅仅是写,他不写'什么'",即"他拒绝任何价值的诱惑","返回能指的表面",使"以往时代的价值、隐喻系统呈现为零的诗"。我不反对任何一种诗歌探索与诗歌流派理论的创建,但任何一种诗歌及理论总是有一定的语言文化背景,并在母语的生态系统中得以生存。如果说极端主义作为先锋诗歌向传统挑战的理论策略,在八九十年代还显示出一定的生机和锋芒,那么在当下于文对一种诗歌理论阐释和建立的企图中,就显得苍白无力。所谓"词根为'后退'的诗歌",仅是于先生"向'原在'返回"的渴望。我不否认这种拒绝"所指"拒绝一切意义的"逆向的运动",由于构成二元对立而产生"激发"力量,但这种与诗对抗的紧张局势,势必造成对汉语诗意和诗的精神生态的破坏,最终导致对诗本身的破坏。斯林说:"一个诗歌文本的意义总是与一个句子或修辞格的具体性有关,正是由于后者的存在才使得这个诗歌文本不那么容易被某个变体或变文(variant or version)所取代,因此,诗歌才有可能召唤出只有此形式才能召唤得到的在场意义。"[5]汉诗文本,失去修辞的、技巧的具体规则,失去词汇组合的惊人之处,失去诗性特征,何以"召唤出"诗的在场意义?

单单从否定性、摧毁性的向度上理解西方后现代,是不全面的。后现代主义也包含着积极的肯定的因素。20世纪末以来,"建设性后现代"以其创建性价值而在大陆学界悄然兴起。后现代主义领军人物格里芬说:"对后现代精神来说,最重要的挑战是如何学会更好地把创造性的新事物同破坏性的新事物区分开来。"[6]诗人的创造力,不在"取消语言的既往价值",而在对过去价值批判中建构新的价值体系。按德里达界定,"解构"就是一种"双重写作"或"双重阅读"。诗人总是要在突破传统的既定的概念与习惯语言层面的过程中,变动和转换视觉,有意避免思维视觉的单一和僵化。这与于文所谓"词根为'后退'"写作,有着原则界限。现代汉诗创造性文本,是以语言对人的真实存在的亲近(家园感),与汉语诗意及精神的自然自足的生态平衡为终极标志。

我真难以置信,于先生在两年前《诗江湖》网站争论中,竭力对"1966年那段历史培养起来的""非黑即白"、"唯我独革"的"文化风气深恶痛绝",[7]而今自己又似乎沾上这一"文化风气"。按他对"两类诗歌"的划分,从李、杜到艾青,都成了"守株待兔式"的"业余的诗人",《长安行》中对李白的"敬畏"全然不见了。或许大作是于先生以前写的,但现在拿出来发表,又没注明时间,仍成了他的现时观点或一贯立场。我曾被于坚的写作才华所折服,推崇过他的诗。拙作亦属应变,权当《"西安"诗变》论争的继续,欢迎于先生批评与提出新的看法。

2004.7.20 于南京望江楼

(以上两篇分别载2004年第7期《诗刊》上半月刊,2004年12月21日《文艺报》)

注释:

[1][2]索绪尔:《普通语言学教程》,商务印书馆,1980年,第101页,第114页。

[3]霍克斯:《结构主义和符号学》,上海译文出版社,1987年,第76页。等值概念,是雅各布森的两个重要的语言学概念之一。

[4]卡西勒:《符号形式的哲学》,第1卷,耶鲁,1953年,第153页。

[5]斯林:《诗歌与文化,表演性和批判》,《新文学史》,清华大学出版社,2001年,第163页。

[6]格里芬:《导言:后现代精神和社会》,《后现代精神》,中央编译出版社,1998年,第25页。

[7]《〈诗江湖〉网站:于坚新作〈长安行〉及其讨论》,《作家》杂志,2002年第10期。

(原刊《文艺报》2004年12月21日)

"松开鞋带"与"新诗标准"

德里达以凡·高的《农妇的鞋》作为解构个案分析时,反复提到画中的鞋带,称鞋带松开是将一切大地的经验搁置了起来,此种经验是指走路和站立而言,即当一个"主体"自由支配着自己的脚。谈论"新诗标准"问题,我主张"松开鞋带",因为对于诗歌经验或传统规范的"搁置",更能激活诗人的想象力和创造精神,可以获得更大的新诗艺术探索的自由空间,经验的定势,标准的定性,容易变为一道道无形的栅栏,影响诗人的创造力的发挥与自由精神的驰骋。中国新诗史上因强调"标准"而变为设障的现象,屡屡发生,教训惨重。当然,搁置经验不是取消经验,而是对经验或传统规范的解构,保留活性因素,或作为激活"经验"与创新的酵母。强调松开鞋带,鞋带犹在。如果说鞋带的存在,具有诗人"主体"自由支配着自己的脚的意味,那么,我们不妨以"鞋带"作为讨论"新诗标准",不能不谈新诗写作的基本技艺与汉语修辞,如用字炼句、音节、韵律、分行、意象等,这些包孕汉语诗性的基本方式,应当在新诗的现代口语之中,在现代诗歌的修辞手法之中得以体现,这样才能保持中国新诗的汉语艺术特质,才有新诗的现代性与汉语性的统一的可能。

一种语言成为人类内心或生命的自由的存在,诚然是一种诗性的抵达,但并不一定是诗。新诗语言做到自由容易,而难在诗意上面,生存体验的诗意代替不了汉语诗性,正如海德格尔的"人,诗意的居住"的语言本体代替不了诗的创造。只有当二者融为一体,才有具备新诗的特质的可能。我有意在写作中进行这一探索,也开始尝到这种融合状态的兴奋。真正把诗意存在与诗性语言相融合而写成的诗,语言已化为血肉,其神韵风致中闪现性灵之光,每一个词都成为生命的律动而闪现光泽。生命体验是一种诗意的存在,而汉语诗性则是汉语言艺术的功夫。在当下全球化的语境中,诗人对生存体验的诗意的追求,似乎成了一种时尚;而对汉语诗性的忽视,也成了世纪痼疾,这恰恰抹去或模糊了现代汉诗的固有标志。这种缺乏汉语言艺术基本功的新诗写作,倘若又失去对词汇的虔诚,就容易产生"诗歌制造商"批量生产的现象。新诗变得比什么都好写,还是诗么?

因此,现代诗人在生命体验中对语言的虔诚,对汉字的敬畏,还应该有一层含义:对汉字的珍惜,遣词造句要洗炼、简洁、精当(妙),发掘和再生汉语诗性的最大可能。如此构成生命诗意与汉语诗性的二位一体,不仅标举新诗体的健全发达,同时凸现现代汉诗在世界诗歌中的独特光彩。——这即是"松开鞋带"之"鞋带"的魅力。

以诗观诗

文坛内外对新诗多有议论,新诗的不景气,似乎带有世纪末衰微的表征。

新诗自20世纪初一诞生就带有先天的贫血症,而在世纪文学历程的风风雨雨中,又处于"前沿""先锋",于是占据得宠的地位。从解放区诗歌到"天安门诗抄",新诗在革命斗争和政治运动中扮演了红角儿。如今商品经济占据了社会生活的中心,诗歌失去了"轰动效应"。"旧时王谢堂前燕,飞入寻常百姓家"。诗,从"遵命文学"回到了诗人个人化的吟唱,回到了诗本身自然存在的位置。诗,一旦失去了在社会生活中的得宠地位,加之新诗本身暴露出的缺陷,也就容易遭受人们的非议。

不管人们如何对诗褒贬不一,新诗已成为一种客观存在,并且,新诗代替旧诗也是无法挽回的文学发展趋势。近一个世纪来,尽管新诗发展不如人意,但变化也是明显的。虽说新诗中好诗不多,但即使出现少许好诗,也是对新诗存在的生命力和发展前景的很好印证。

百年中国新诗起落跌宕,命运多舛。本来,20世纪初风暴过后,出现了二三十年代新诗建设的气氛。然而,闻一多、徐志摩、卞之琳等诗坛先驱们所作出的种种探索,没有能够很好地发展下去,后来诗歌成了为阶级斗争服务、为政治服务的"武器"。笔者并不反对诗歌切入社会生活,但政治抒情诗与政治工具论是有原则界限的。在民族生死存亡的战争年代,诗歌配合武装斗争,作为"匕首、投枪、炸弹"投向敌人,是完全必要的。但,诗歌需要有自身发展的良好的生态环境。长期充当政治工具的角色,严重束缚了诗歌的发展,甚至使新诗的本性丧失殆尽。五六十年代,新诗畸变令人吃惊。"大跃进民歌""小靳庄诗抄"之类的"假、大、空"诗歌,只能理解为诗的蜕化和堕落,是伪诗。1958年毛泽东同志提出"在民歌和古典诗歌的基础上发展新诗",这作为一家之言,应该说提出了中国新诗发展的重要途径。然而,新诗的意义层面的特指性、限定性,也制约着诗体形式的建构。在"工具论"的束缚下,毛泽东关于发展新诗的意见,不可能付诸正确实践,却被扭曲为狭隘的"主流"论、"主潮"论。诗歌以充当政治的奴婢走红,并不是诗的光彩,恰是对诗的亵渎。新时期诗和文学正是首先打破了"工具"论,使缪斯获得解放、自由,新诗有了发展和健全的可能。

新时期诗歌艺术变革是20世纪初诗体革命的延续。"五四"新诗(自由体白话诗)是对旧诗格律的背叛,新时期诗歌则是对"左"的思想形式的革命,两次变革都赋予诗歌以生命活力。改革开放的社会,为文学的变革和复兴提供了宽松自由的环境氛围。伟大的变革时代,也赋予诗人饱满的激情和前瞻的姿态。从郭沫若的《女神》到朦胧诗,诗人的博大情怀与狂飙突起的精神,得到了酣畅淋漓、无拘无束的深刻展示。当然,郭沫若开创的自由体风,散漫无纪,语言粗糙,在形式上起了一个不好的开端。朦胧诗形式则是在新诗传统的基础上的一种艺术蜕变,以大胆的创新精神开启了一代诗风。不管人们承认不承认朦胧诗派,它客观上已经影响并推动了新时期诗歌艺术变革的整个过程。问题在于"后现代"对朦胧诗的背叛,一方面将诗从理性批判主义引入非理性的生命存在,一方面又把诗从经典主义引向平民化、随意化。他们的兴趣点投向"完全开放式的新诗形态"——郭沫若的不拘格式、毫无约束的自由诗风。因而导致语言的粗糙、杂沓、平庸;诗体的散文化,乃至失去诗与散文的界限;诗意的平面化,平淡苍白,或者故作高深,追求"晦涩"的效果。诗坛上非诗化倾向的抬头,而带来诗与诗人的降格。有许多不是诗人,不会写诗的人都加入写诗的群落,随意写几句分行的大白话,言必称"青年诗人",造成了中国有史以来诗格最卑的现象,而诗也从来没有这样受人轻视过。诗人对语言的普遍疏忽,对新诗造成了不好的影响。当然,新时期诗歌在意义层面上对灵魂和生命的抵达,也是中国诗歌发展的必然。新诗的本体意义的确立,为诗体形式的建设做了奠基。如何解决诗的意义(内涵)与诗体形式的矛盾,达到二者的完美统一,是亟待诗人努力探索的诗学课题。

  诗人获得了个人化的自由吟唱的处境,如何保持诗人的良知,坚守诗歌精神,已成为突出问题。有些诗歌切入个体生命,却又疏离了社会生活,削弱了人格精神。或者沉湎于无尽的生命哀愁之中,或者满足于轻愁细绪的抒写,或者因执迷于"黑洞"探索而滑入"动物世界"……这类作品由于人文精神的匮乏,而使生命与人生显得苍白无力。生命存在并非孤立的存在。诗人对生命的关怀,离不开对生命存在的社会现实生活及其文化、政治等社会意识形态的关注。诗歌的价值取向,就是通过诗人在这种社会现实生活中的审美的生命的深刻体验所决定的。物质(肉体)的魅力与人格(精神)的魅力,同时诱惑着诗。只允许诗人有在二者之间徘徊的灵魂的痛苦,却不允许诗人泯灭良知与人性而偏作物欲的抉择。在物欲横流的商品社会,诗人不应该随波逐流,或"归隐田园",丧失"斗志",而需要做"灵魂的拯救者",甚至做"精神斗士"。这样写出的作品,方能显示出生命的力度、人性的光辉。也只有这样,才有出现震撼人心的大作品的可能。中国诗人有执著追求的传统,诗人不是靠诗歌谋生养活自己,而是诗歌养活了人类的生存精神。

诗,有着自身独立存在的价值和审美尺度,不是以任何个人的好恶为评判是非的标准。有论者动辄评判新诗的成败得失,却不知诗为何物。譬如有一种流行的观点:以看得懂与看不懂,作为判断诗的好坏的标准。看得懂与看不懂,属于文本阅读的范畴,也是对诗的语言媒介的信息传递功能的检验。如果说这可以作为衡量一首诗的创作成败与否的基本标准之一,应该是指对诗的信息传输系统进行全面检查的基础上所作出的准确测试。这一般需要由诗歌鉴赏家和批评家来做出诗的评判。而俗常意义上的"看得懂"与"看不懂",是一个模糊概念。你说"看得懂",他说"看不懂",这种"懂"与"不懂"的纷争,往往是文化层次高低、诗学观念新旧、情感经验及兴趣不同等各种差距的反映。何况,"看得懂"的诗并非好诗,"看不懂"的诗也并非孬诗。在世界著名诗篇中,也有篇什仅仅被少数人读懂和理解而留传后世。新诗创作固然需要强化语言形式的艺术表达功能,适应广大读者的审美要求和欣赏习惯,但尤需警惕的,不能因为有人说"看不懂"而降低诗的艺术品位,也不能因为有人指责"看不懂"而放弃对诗的革新和探索。诗的个人化写作,将会形成读者的自然群落。现代诗歌将以沟通更多的读者层面,呈现为多元化发展的艺术格局。

诗,虽然与民歌有着千丝万缕的联系,但在艺术质地上属于"阳春白雪",可称为"文化极品"。朱自清认为诗"是贵族的"[1],这是从文化层面而言。长期以来,人们忌谈"贵族"二字。过去从阶级含义上立论:"诗,是人民的,而不是贵族的。"而从今天来看,"人民"何尝不应该成为"文化贵族"？当然,"人民"包括所有共和国公民,只能让"人民"的一部分先成为"文化贵族"。在以商品经济为中心的当今社会,虽然人们热衷于"文化快餐",俗文化、影视文化、电子文化大量地占领文化市场,诗歌不可避免地受到冷落。但,一个民族的素质的水准,总是离不开高雅的文化,离不开"文化贵族""精神贵族"的支撑。可以预言,中国诗歌虽然不再可能在社会生活中唱主角儿,但也不会消亡。只有不降低诗的品位,保持诗的"语言皇冠"的质地,就会使新诗与古典诗词相辉映,成为中国民族文化中的珠玑而异彩闪烁。

新诗要表现汉语之美

  诗的语言形式,既是诗人对灵魂和生命信息的传递,也是使读者获得对一种语言美的享受。"诗的美必须超乎寻常语言美之上"(陆志韦语)。没有独到精妙的语言创造,就不能表明一首诗的成熟。诗的审美效果,首先是通过语言形式的诱惑,然后才进入诗的意义世界。何况,形式美又具有相对独立性,有些诗歌名句的流传,往往得力于一种诗的理趣之美。中国新诗既然用汉语写作,就需要遵循汉语言的艺术规则,发掘和表现新诗的汉语之美。那种无视于汉语诗美甚至随意糟踏汉语诗美的做法,不是诗人所为。否则,怎能展示中国新诗在世界诗坛上的独特光彩？

  按我的考察和思考,创造活力、汉语诗性、音乐节奏,是构成新诗的汉语之美的三要素。

  创造活力是新诗具备汉语之美的生命

  汉语诗美,是一种艺术生命力的昭示。有些优秀的诗歌名篇达到了所谓穿越时间的永恒境界,也是借助于读者的二度艺术创造而达成的审美效果。汉语诗歌传统仅仅为表现新诗的汉语之美提供了丰富资源,而新诗的汉语之美全在于新的创造。回到古典或重复古典是行不通的,因为它缺乏诗的创造精神。一首诗失去创造活力,就无汉语之美可言。只有切入现代诗性体验,不断激活汉语的艺术表现力,才有新诗汉语之美的可能。如果说21世纪中国新诗将进入一个回归汉语的艺术过程,那么这种回归的内涵,是指对上个世纪留下的新诗语言"后遗症"的根除,汉语诗性的复苏,是指立足当下,在全球化的语境中新诗自身的建设,对新诗形式的健全和成熟的艺术追求。新诗对汉语诗性的回归,属于全方位开放的现在时。

"为有源头活水来"。诗人只有立足于"源头活水",才能保持诗创造的活力。汉语诗歌传统之"源",一旦融入现代诗性体验和当下新诗艺术的"活水"之中,就会加大"活力"的底气。同时引进任何一种西方现代诗歌艺术或诗潮,都需要切入汉语诗歌,有利于汉语诗性的发挥,具有激活现代诗的新的创造力的可能。诗人应当作开放姿态,善于做"化古"与"化欧"的工作,真正从"源头活水"中汲取活力。诗歌永远处于生气勃勃的创造之中。新诗的汉语之美总是包孕于新诗的创造活力之中。

汉语诗性标举新诗的诗美空间

长期以来,新诗创作不是没有活力,而是一种偏离汉语诗性的活力。21世纪汉语诗歌趋向成熟,呈现为召回汉语诗性与不断保持新的创造活力的双向递增。汉语诗性,主要体现于汉语词汇及其组合而生发的诗性空间。古代汉语诗歌称为"韵味"。古印度新护《韵光注》认为:诗的灵魂是"韵","韵"是一种含蓄美。印度诗人檀丁《诗境》把"味"喻为蜜蜂得到花蜜而醉。这种解释吻合汉语诗的韵味概念。汉语诗性正在于词语意象美("韵")所特有的暗示力,或称为汉语言艺术的弹性、张力。"五四"以来,新诗运用隐喻、象征,虽然不断加大了暗示义的力度,但它代替不了汉语言艺术自身的暗示力,新诗由于汉语韵味匮乏,而削弱了自身的汉语特质。当然,谈论21世纪汉语诗歌,离不开现代诗性言说的本真性,离不开"语言把握着人生存在的最高可能性"(海德格尔语)。

新诗获得汉语诗性,首先要求语言精炼。诗人要善于在遣词造句、凝炼意象上下工夫。不仅要出新,力求意象奇妙,同时,要求有灵性,有诗意空间。"平字得奇,俗字得雅,朴字得工,熟字得生,常字得险,哑字得响,此炼字之新也。"[2]汉语诗歌的凝炼功夫,应当契入现代诗人对每一个汉字的虔诚,使汉语词汇向灵魂突入、向生命亲近。如"我是一株被锯断的苦梨/年轮上你仍可听清楚风声蝉声"(洛夫),可以说达到了这一境地。汉语诗歌充分利用了词汇组合常常靠意合而不靠形合的特点,而往往省略介词、连词。同时,汉语不受时、数、性、格的限制,诗人可以灵活处理和表现意象的时空关系、主宾关系,挥洒自由,处处打得通、跳得起。这都为增强诗歌语言的弹性和韵味(多义)提供了更大的可能性。但在当下新诗创作中介词、连词屡见不鲜,并且还常常用于句首。这种随意散漫的疏滞的语言方式,只能是对汉语诗性方式的疏离或隔膜。庞垲《诗义固说》曰:"汉字无字不活,无字不稳,句意相生,缠绵不断……"[3]。是对汉语诗性空间的生成过程的描述。屈绍隆《粤游杂咏序》曰:"诗以神行,使人得其意于言之外,若远若近,若无若有,若云之于天,月之于水,心得而会之,口不得而言之,斯诗之神者也。"[4]"神行"可以理解为"韵味"的延伸,深刻描画了汉语诗性空间的审美特征。这种突现汉语诗性的"韵味""神行",当为现代汉诗之精脉,只是它起于诗人生命之流,充溢着现代诗性体验的气息。

音乐节奏,是产生新诗的汉语之美的不可缺少的基因

闻一多的新诗格律理论,曾提出"音乐的美(音节)",但不知不觉作了西洋"格律"("节奏")汉译化的实验。按我理解,讲究诗的节奏,旨在易读,发生音乐效果,并有助于建构现代汉语诗意空间。新诗的句行、体式呈现为开放的多元的态势,但不管哪一种体式,其汉语音节或"顿",都

有着自身的轨迹可循。所谓"无句不稳,句意相生,缠绵不断",也是现代汉语的句式、建行所要依循的规则。如果以诗人的情绪节奏排斥诗的语音节奏,如果诗歌语言失去对现代汉语的"顿"的规律的探寻,那样失去语言节制,也就失去了诗与散文的界限,就恰如闻一多所说,"打破诗的音节,要它变得和言语一样——这真是诗的自杀政策了"[5]。其实,诗的情绪节奏与语音节奏是相通的。节奏的表达具有一种波状形,有起有伏,有抑有扬。诗人如何将欲抒写的特有的内在情绪诉诸现代汉语音节的抑扬顿挫,创造生发更大的诗性空间的可能,是需要深入探索的课题。戴望舒的《雨巷》节奏感强,诗人情绪的起伏跌宕融于十分优美的汉语音节和韵味之中。当下诗坛盛行口语化叙述,这种对诗的情绪的自由表达方式,同样要讲究汉语音节。如张新泉的《流水账》:"阿猫。阿狗。哇。/电视。哈欠。啪。/睡。睡吧……/把皱纹赶开/躺成个乖孩子/满世界水泥/无芭也无蕉了/雨还在打什么/傻瓜"。虽是"流水账"式的叙述,却句句明快犀利,一"顿"或三"顿",都是诗人情绪的律动回荡,一种活泼泼的人生调侃韵味油然而生。现代生活口语本身就带有较快的节奏感,诗人只要选择得当,运用得妙,必将会对新诗坛带来一股清新的汉语韵致之风。

注释:

[1] 朱自清:《〈中国新文学大系·新诗卷〉序言》。
[2] 清·陈仅:《竹林答问》。
[3] 庞垲:《清诗话续编》。
[4] 屈绍隆:《粤游杂咏序》引《李太白全集》卷三十四。
[5] 闻一多:《诗的格律》,《中国现代诗论》上编,花城出版社,1985年。

(原刊《诗刊》下半月刊2002年第8期,《雨花》1998年第3期,《诗刊》2003年第3期)

新诗的汉语诗性传统失落考察

有论者认为"90年代诗歌以读者缺席和批评家失语为其存在标志,文学研究对于诗歌的漠视,把诗歌创作推向了边缘的边缘"[1],这种评估从某种程度上反映了诗坛与理论界的现状。90年代诗歌受到冷落,诚然有社会、经济、文化方面的原因,更有诗本身的问题。20世纪诗坛并未改变30年代鲁迅答殷夫书中所说:"新诗到现在,还是交倒楣运。"诗歌批评与研究不能不正视新诗的现状和历史,切入问题的实质和弊端,以改善和创造诗歌自身的生长机制,造成新诗理论建设的纯正氛围。

诗的语言形式是新诗诞生以来一直未能很好解决的问题。1998年笔者曾提出:"90年代流行的诗本体理论,其立论根据,大致着眼于诗的意义或本质。这作为审美过程中的文本分析,无可非议,但作为建立一种新诗观,单单建立在内容范畴之上的本体意识,尚欠完整。将诗本体与诗体形式剥离开来,以意义本体代替形式本体的倾向,实质上是因袭20世纪初诗体革命的负面表现:把自由体误读为'无拘无束''散漫无纪'。由此造成新诗对语言形式的普遍疏忽,致使诗歌这一语言艺术的皇冠黯然失色。"[2]只要确立新诗的汉语言艺术的观念,就不难发现新诗形式的弊病及其疗救的办法。找回新诗的汉语本体,是召回新诗形式的生命,也是对诗本体理论的全面阐释。这就有赖于诗家们在创作实践和理论批评中追认母语的现代探索精神。

20世纪汉语诗歌充满了失落与探寻,对这一过程作深入的考察,有利于认识和确立新诗的汉语本体。

一、汉语白话诗的历史与"断流"

"五四"新诗在汉语白话诗艺术的"断流"的境遇中诞生。并非"五四"文字变革与诗体解放后才有白话诗,汉语白话诗早就有之,而且有过辉煌。倡导诗体变革的胡适先生,后来似乎有了清醒的认识,突出体现在1928年上海新月书店出版的《白话文学史》。1921年胡适讲授国语文学史,编了十五篇讲义,约八万字。在这本原初讲稿中,仅有第十二讲提到"白话文学"。次年(1922年)3月23日,胡适到南开大学讲演,便把原来的讲义删去一部分,归并作三篇,总目为:

第一讲 汉魏六朝的平民文学
第二讲 唐代文学的白话化
第三讲 两宋的白话文学

明显突出了白话文学,说明胡适有了新的重要认知与学术注意力的集中。次日(3月24日),胡适在天津新旅社里"又拟出一个大计划,定出《国语文学史》的新纲目",系统地列出白话文学的发生、发展和演变。从"二千五百年前的白话文学——《国风》",到"唐代文学的白话化",到两宋的"白话文学",到明清"白话文学","白话文学"成了贯穿这部史的基本线索,换言之,这是一部白话文学史的纲目。由此看出胡适对于白话文学史的日趋成熟的思考。1928年修改成书时,更名为《白话文学史》。胡适说:"中间隔了六年,我多吃了几十斤盐,头发也多白了几十茎,见解也应该有点进境了。"他甚至称"白话文学史"是"中国文学史上这一大段最热闹,最富于创造性,最可以代表时代的文学史"[3]。九年前胡适所说"文学革命的目的是要替中国创造一种'国语的文学'——活的文学"[4],是指"五四"新文学而言。九年后他却从当年作为"文学革命"对象的古典文学中寻找到"最富于创造性"的文学,这不能不理解为是对"五四"文学革命的反拨,尽管胡适从古代白话文学的进化论圆"文学革命"之说。本文就胡适《白话文学史》中有关白话诗歌的认识,作一述要。

《诗经》中《国风》(民歌)是当时的白话诗歌。

一切新文学来自民间。《国风》来自民间;《楚辞》里的《九歌》来自民间;汉魏六朝的乐府歌辞也来自民间。以后的词曲也起于歌妓舞女的演唱。

民歌:真文学,活文学。

汉代民歌。今存者《江南可采莲》《乌生十五子》《白头吟》之类,为汉世街陌谣讴,音节和美好听。从民间口唱到"乐府"里。从汉到唐的白话韵文可以叫做"乐府"时期。

建安诗人从对乐府歌辞到五言诗的创作。民歌对文人诗的影响。白话诗人应璩——阮籍。

白话叙事诗("故事诗")《孔雀东南飞》字句质朴俚俗,一反绮丽与声律之风。

唐代是一个白话诗的时期。白话诗来源种种:民歌,文人打油诗,歌妓"好妓好歌喉"的环境,传教偈颂(无韵偈与有韵偈)。唐初白话诗人王梵志、寒山等。

宫殿上的打油诗。唐代诗人用律诗体做乐府。乐府歌辞对盛唐诗风的浸润。乐府新词与"力追建安"制作乐府。贺知章"遨游里巷，醉后属词，文不加点"。高适从乐府出来的新词体，五言、七言或五、七言夹杂。李白集乐府之大成——诗体解放的趋势。杜甫创造了最自由的绝句体。乐府大家张籍。元稹、白居易的新乐府——做诗要老妪能解——元、白诗的风行。

胡适没有写出《白话文学史》下卷，但从"《国语文学史》的新纲目"中仍可见其"一斑"：

六、两宋的白话文学
（3）南宋的白话诗
（4）北宋的白话词
（5）南宋的白话词
七、金元的白话文学
（2）曲一小令
（3）曲二弦索套数
八、明代的白话文学
九、清代的白话文学

白话词兴起于晚唐五代，与南朝乐府有一定的渊源关系。据敦煌词的资料证明，最早的曲子词是无名氏的《菩萨蛮》（"枕前发尽千般愿"），始作于唐天宝元年或开元间[5]，是通俗的民间词，由民间留传而进入敦煌词的抄本。北宋文人词里有俚、雅之分，柳永属于俚俗词人，他不仅用语通俗，同时写作技巧纯熟，善于"状难状之景，达难达之情，出之以自然"，因而他的词不仅受到文人词家的推崇，还享有"凡有井水饮处即能歌柳词"的称誉。胡适曾说："五七言成为正宗诗体以后，最大的解放莫如从诗变为词，五七言诗是不合语言之自然的，因为我们说话决不能句句是五字或七字。诗变为词，只是以整齐句法变为比较自然的参差句法。唐五代的小词虽然格调很严格，已比五七言诗自然的多了。"[6]胡适十分透彻地揭示了词在诗体演变过程中的重要地位和显著特色。

元散曲是在北方与少数民族地区"俗谣俚曲"的基础上发展起来的，最初有"街市小令"之称，它具有民间风格和地方特色。散曲继承诸宫调、赚词、话本小说等白话文学的传统，大量使用口语，如关汉卿的［一枝花］《不伏老》套，马致远的［耍孩儿］《借马》套，睢景臣的［哨遍］《高祖还乡》套，钟嗣成的三首［醉太平］小令等，都是在北方流行的方言俗语的基础上，凝炼成既质朴自然又鲜明泼辣的文学语言，消除了以往诗词中的文言词汇。"词变为曲，曲又经过几多变化，根本上看来，只是逐渐删除词体里所剩下的许多束缚自由的限制，又加上词体所缺少的一些东西如衬字套数之类。"[7]散曲可加衬字、增句、增减调数，因而比词又具有更大的灵活性，实际上把自由体因素带入了格律体。

胡适对于白话诗歌的历史的认识和阐述，无疑为新诗发展提供了深远的背景。但是，胡适仅仅从诗体与语言文字的层面上，考察了古代汉语诗歌朝着白话方面发展的进化史，而缺乏对白话诗歌的汉语言艺术的勘探。换言之，胡适的理论兴趣专注于古代诗歌的诗体语言的演变过程，而不知不觉地消解了古代汉语白话诗歌的诗意本性。他称"五四"诗体解放，"其实只是《三百篇》以来的自然趋势"[8]，认为"革命不过是人力在那自然演进的缓步徐行的历程上，有意的加上了一鞭"[9]。殊不知，"这一鞭"却导致白话诗歌的汉语言艺术传统的断裂，这是从诗体到诗意的全面颠覆。

胡适称"五四"新诗革命是"第四次的诗体大解放"，唐宋之交诗变为词是"三次解放"，"但是词曲无论如何解放，终究有一个根本的大拘束；词曲的发生是和音乐合并的，后来虽有可歌的词，不必歌的曲，但是始终不能脱离'调子'而独立,始终不能完全打破词调曲谱的限制"。因此诗体解放势在必行。"新文学的文体是自由的,是不拘格律的"[10]。然而,诗体解放何处去?新诗要不要自身的体式、韵律?如何创构现代汉诗的音节?新旧诗之间还有没有必要的联系?凡此种种,胡适都没有作出明确的回答。他在《谈新诗》中虽有"谈新体诗的音节"专节,但所谓"语言自然,用字和谐",并未切入汉语音节的要处。他以"抽象的写法"与"具体的写法",作为衡量"文"与"诗"的标准,作为检讨很多新诗体"不满人意"的原因,同样是不着边际、隔靴搔痒。新诗发生后,仍然延续胡适的"作诗如作文"的创作思想,这种打破文类界限,不可避免地将"诗"推向"文"的范围。梁实秋说:"一般写诗的人以打破旧诗的范围为唯一职志,提起笔来固然无拘无束,但是什么标准都没有了,结果是散漫无纪。"[11]正是对初期白话诗坛的真实描述。

"白话"是针对"文言"而言,但作为诗,二者都离不开诗性特质。胡适认为:"'白话'有三个意思:一是戏台上说白的'白',就是说得出、听得懂的话;二是清白的'白',就是不加粉饰的话;三是明白的'白',就是明白晓畅的话。"[12]三条标准的要义,都是强调"白",这作为从语言文字的变革与解放的意义上厘定历史上的白话文学作品或古代文学中的白话成分,无可非议;作为衡量叙事文学的语言和对话,也不无道理;但作为衡量诗歌语言,把诗歌纳入"白话文学"——"这样宽大的范围之下",就难免会失去文类界限,淹没白话诗歌语言的诗性、诗意。胡适光注视"古乐府歌辞""唐人的诗歌——尤其是乐府绝句"的"白",而遮蔽了"白"的意味。白话诗,正是因为诗性、诗意的"遮蔽"或遗失,而变得很幼稚,直白乏味。似乎做白话的诗,就是专说白话。

不过,胡适对于古代白话诗歌的认识更印证了古今汉语诗歌艺术沟通的可能,重建富有汉语诗意的新诗形式的可能。从这一角度看,胡适的《白话文学史》,对于新诗建设具有不可忽视的意义。

二、新诗误读与自由体传统

　　胡适对"新诗"的初步认识,得到当时一些诗家的认同。康白情比较有代表性,他提倡新诗"自由成章而没有一定的格律,切自然的音节而不必拘音韵","以白话入行而不尚典雅"。他认为"诗和散文,本没有什么形式的分别",主张"作诗的散文和散文的诗:就是说作散文要讲音节,要用作诗底手段;作诗要用白话,又要用散文的语风。至于诗体列成行子不列成行子,是没有什么关系的"[13]。唐钺专论《诗与诗体》,也公然宣称:"无韵的自由诗与散文完全没有分别。不过散文可以表诗,也可以表说,而自由诗,则不能不通篇贯澈地表诗,不然,不成其为自由诗,不过是自由说罢了。"[14]即是说,自由诗与抒情散文"完全没有区别"。对初期白话诗意见比较尖锐的是成仿吾,他认为胡适的"《尝试集》里本来没有一首是诗",批评康白情的《草儿》是"演说词"、《西湖杂诗》是"序文",包括《雪朝》第二集中周作人的《所见》、俞平伯的《仅有的伴侣》及徐玉诺的《将来之花园》等,都被指责为"不是诗",是"野草们"。他指出:"作者既没有丝毫的想象力,又不能利用音乐的效果,所以他们总不外是一些理论或观察的报告,怎么也免不了是一些鄙陋的嘈音。诗的本质是想象,诗的现形是音乐,除了想象与音乐,我不知诗歌还留有什么。这样的文字也可以称诗,我不知我们的诗坛终将堕落到什么样子。我们要起而守护诗的王宫,我愿与我们的青年诗人共起而为这诗之防御战!"[15]成仿吾的激烈批评,揭示了初期白话诗的弊端;他对诗的认识和守护,体现了创造社的诗观和姿态。然而什么是诗?没有成为人们关心和讨论的话题。"偌大一个新诗运动,诗是什么的问题竟没有多少讨论"[16]。直到1937年,茅盾在《论初期白话诗》中,仍从三个方面肯定了"初期白话诗的好处":第一,力求解放而不作怪炫奇;第二,是注意句中字的音节的和谐;第三,写实主义。[17]这三条基本上是胡适《谈新诗》中的观点或发挥。朱自清说："新诗的初期重在旧形式的破坏,那些白话调都趋向散文化。"[18]茅盾忽略了新诗的散文化趋向,他作为主流文学的倡导者,铺垫了后来对新诗误读的背景。

新诗自由体,自郭沫若的《女神》始。郭沫若在模仿和引进惠特曼的自由体时,赋予新诗以"想象与音乐"(成仿吾语),但郭沫若强调诗之精神在其"音乐的精神"——"内在的韵律(或曰无形律)"。他认为"内在的韵律便是'情绪的自然消涨'","内在韵律诉诸心而不诉诸耳"。尽管这是他"自己在心理学上求得的一种解释,前人已道过与否不得而知",但他还是主张:"诗应该是纯粹的内在律,表示它的工具用外在律也可,便不用外在律,也正是裸体的美人。""诗无论新旧,只要是真正的美人穿件什么衣裳都好,不穿衣裳的裸体更好!"郭沫若的"内在韵律"是与"外在韵律"("有形律")相对抗而提出,使诗由几千年汉语诗歌的声韵格律传统,直接成为人的精神和灵魂的本身的自由形式。问题在于:内在韵律与外在韵律之间还有没有统一的一面?如果"无形律"与"有形律"有一定的关联,那么破除或丢弃一切"有形律"的语言,即光"诉诸心而不诉诸耳"的诗,还能不能称为诗?郭沫若认为"抒情的文字便不采诗形,也不失其为诗。例如近代的自由诗、散文诗,都是些抒情的散文。自由诗、散文诗的建设也正是近代诗人不愿受一切的束缚,破除一切已成的形式,而专掮诗的神髓以便于其自然流露的一种表示。"可见自由诗形式也成了"五四"时代"号召自由"的一种体现。[19]王独清在1926年3月4日给木天、伯奇的信中说:"我所取的诗形中有'散文式的诗与纯诗式的',这是Rimbaud应用过的('Une saison en enfer')。"一个将诗推入散文,一个将散文称为诗,都在打破文类界限。郭沫若"不采诗形"的"裸体美人"论,是对胡适的诗体解放的思想的延续和发展,一方面以想象与隐喻入诗,改变了初期白话诗的直白之弊,一方面推进了新诗的散文化。

西方自由诗,是源自 Verslibre,因反对旧式诗的律度(Metle)而起的,却成了"五四"新诗与旧诗格律彻底划清界限的极端表现形式。伴随着郭沫若的《女神》的创造,而形成"五四"新诗自由体的文学传统。从此,对新诗形式的误读便定格在新诗传统中为后人所接受,甚至获得后来诗人的推崇和张扬。其实"五四"以后,郭沫若重视了"外在韵律",认为"节奏之于诗是她的外形,也是她的生命"[20],趋向半格律创作,只是缺少诗的工夫与艺术探索精神,而收效不大。

朱自清在考察中国诗体演变历史中,认为"不依附音乐"的自由诗的散文化趋势是不可避免的。[21]戴望舒早期创作坚持了诗的音乐性,叶圣陶称《雨巷》"替新诗的音节开了一个新的纪元"。1932 年 11 月《现代》(2 卷 1 期)刊登的《望舒诗论》,其中有:"(1)诗不能借重音乐它应该去了音乐的成分。""(5)诗的韵律不在字的抑扬顿挫上,而在诗的情绪的抑扬顿挫上,即在诗情的程度上。"所谓"音乐的成分",即是指"外在韵律"。这是针对当时流行于诗坛的新格律诗而提出的,但在反对新的格律形式的束缚中,也放弃了自己诗歌中的"音乐的成分",光有"诗情"的"韵律",而失去与"情绪韵律"相关的"诗形"——汉语字词组合的凝炼和节制,势必导致诗的散文化。戴望舒的"情绪韵律"与郭沫若的"内在韵律",几乎成了现代诗、自由诗的创作原则。30 年代末,艾青提倡"诗的散文美",对抗战以来诗歌的散文化产生了很大影响。他说:"假如是诗,无论用什么形式写出来都是诗;假如不是诗,无论用什么形式写出来都不是诗。""不要迷信形式。""宁愿裸体,却决不要让不合身体的衣服来窒息你的呼吸。"[22]"有人写了很美的散文,却不知道那就是诗;也有人写了很丑的诗,却不知道那是最坏的散文。""我们既然知道把那种以优美的散文完成的伟大作品一律称为诗篇,又怎能不轻蔑那种以丑陋的韵文写成的所谓'诗'的东西呢?""散文是先天的,比韵文美。""以如何最能表达形象的语言,就是诗的语言。""散文的自由性,给文学的形象以表现的便利;而那种洗炼的散文、崇高的散文、健康的或是柔美的散文之被用于诗人者,就因为它们是形象之表达的最完善的工具。"[23]新诗不是不可以吸取散文艺术的特长,但取消文类界限,将诗引入散文的自由,就会助长诗的散文化倾向。艾青提倡"诗的散文美",是为诗的散文化寻找亮点,有论者称"把诗歌散文化的问题提到了美学的高度"。艾青作为现实主义诗歌的旗手,他坚持的自由体诗观和实践,影响了一代诗人的创作。如废名在《新诗应该是自由诗》的讲稿中一再说,"做新诗""要用散文的文字"表现"诗的内容"。李广田这样评述40年代初的诗歌创作:"今日新诗的一种共同的特色",就是"诗的散文化"。[24]1954年艾青在《诗的形式问题》中批评了"自由诗的散文化的倾向",认识到"诗和散文是不同的两种文学样式,诗不能以散文来代替"[25],并且在创作中注意到诗的音节,使诗具备鲜明的外在韵律。当然,艾青仍然十分注重诗的内在情绪韵律,这篇文章是参与当时"诗的形式问题"讨论的意见,旨在"反对诗的形式主义倾向"。艾青的诗风虽有所改变,但"文革"后他的代表作《光的赞歌》《古罗马的大斗技场》等,仍是一种散文式的抒情。艾青式自由体,几乎形成了一种模式,为不少诗人所效法,通行于当代中国诗坛。

新时期诗歌艺术变革对诗体语言普遍疏忽,诗的散文化、译诗化,仍在延续。后新诗潮在"反诗""反语言"中出现对诗体语言的极端背离现象,提倡所谓"广泛使用不曾加工了的口语","随意性地以短的或长的通俗句型","冗烦中把忧苦以冗烦的方式传达给你,那一团乱麻似的铺叙","'流水账'的叙述方式"。乃至写所谓"不变形体",即不带任何主观加工的物理性客观记录。[26]曾有一篇文章名曰《别了,舒婷北岛》:"我们不仅想告别你们的诗意识,而且想告别你们的诗形式。你们的这个意象,那个意象,这个象征,那个浪漫,是不是写得太累了?""我们只想通过汉文字流动出我们的意识……哪怕是大白话,又有什么关系?"[27]后现代诗人一反常态,张扬非诗化的"平民诗风",企图在反诗、反语言中制造陌生化的效果。造成这种非诗化语言现象的基本原因,还在于对新诗形式的误读。后新诗潮正是以20世纪初诗体解放的事实作引证:"胡适的《尝试集》也是从一种语言方式向另一种语言方式的演化"[28]。他们主张"自由化的新尝试",认为"完全开放式的新诗形态,从郭沫若起就表示出了自由抒发的优势"。认为"不拘格式,不讲严谨排列的新型诗"——"诗行忽长忽短;每节有多有少,章节安排几乎无规律可循,一诗一样"[29]。新时期诗坛论争激烈,聚讼纷纭,唯独对新诗自由体的看法,却似达成默契,虽然各自认知的角度不同。

李广田在40年代初曾对"散文化风气"作过这样的批评:"因为在一般人看来,诗是最容易的甚至比散文小说都容易,因为诗写起来似乎不必费力,因为只是把所要说的话分了行或分了节写出来就行了。也许正因为这样,诗的产量才这样大,也许正因为这样,好的诗才这样少。我们不能说现在的作品中没有好诗,我们却可以说,在这种风气之下坏诗的生产机会确很多,针对了这一风气,我们愿提出一个要求,要求诗人们去创造(或尽量利用)那比较完美或最完美的形式。"[30]李广田的分析切入新诗创作的弊端,至今仍有深刻的现实意义。

三、历史上对新诗形式探讨的误区

20世纪新诗坛有识之士曾对诗歌形式问题进行过反思、讨论和探索,但由于艺术认知、历史语境诸多原因,尚未取得对新诗的汉语本性的艺术探寻的卓著成效。这里侧重对问题及原因略作考察。

之一:"新格律"概念对新诗自由体的汉语音节的遮蔽。诗家们总是以建立新格律诗标举接通新诗形式与我国古典诗歌之间的联系,而自由诗一直处于与格律因素"彻底决裂"的状态。"五四"初期诗人俞平伯就说出"白话诗的难处":"正在他的自由上面""是在诗上面"[31]。因为诗体解放获得自由之后,大都写白话诗的人手足无措,不知道怎样利用这新的自由。殊不知,建立"诗"的"自由",也离不开汉语诗意的节奏或韵律。陆志韦"是最早的系统的试验白话诗的音节的诗人"[32],他在诗集《渡河·自序》(1922 年)中主张"有节奏的自由诗"和"无韵体"。他相信长短句是"最能表情的做诗的利器",实验一种"舍平仄而取抑扬"的能"念"的诗。[33]陆志韦是位汉语音韵学家,他在《再谈谈白话诗的用韵》中还批评说:"中国的所谓新人物,依然是老朽气。哪怕连《千家诗》《唐诗三百首》都没有见过的人,一说起这东西是'诗',就得哼哼,一哼就把真正的白话诗哼毁了"。可见,陆志韦执意于白话自由诗的"节奏"(音节)的探讨,给新诗建设造成了一个良好的开端,遗憾的是,陆志韦切入新诗的汉语形式特征的诗学观念并没有发生多大影响。朱自清称"也许时候不好吧,却被人忽略过去"。然而,朱自清先生似乎也"忽略"了"自由诗"或"无韵体"的音节和节奏的要素,他称"第一个""想创新格律的,是陆志韦氏"。[34]"新格律"成为后来新诗形式问题讨论的中心,是否与"新格律"概念对自由体的节奏特征的遮蔽有关?

闻一多说:"诗的所以能激发情感,完全在它的节奏;节奏便是格律。"[35]这与"五四"以后郭沫若从"情绪的形式"认定"诗的节奏"相吻合,但将"节奏"等同于"格律"(闻一多又说"格律就是节奏"),就窄化了"格律"的周延,事实上,闻一多关于"格律的原则分析",大大越出了"节奏"的范畴。"新格律"作为"新诗的格式"掩盖或者说排斥了自由诗的汉语音节规则。一个长期流行的诗观:自由体诗可以最自由地表达,似乎不受汉语音节的约束;而只有"新格律""现代格律"讲究汉语的节奏和韵律,因而也成了新诗的民族形式的唯一标识。这就把自由体推入与"节奏"("格律")无缘的诗的边缘。1954 年开展"诗的形式问题"讨论,虽然是以自由诗与格律诗并存为前提,但两种诗体建设仍是以"内在韵律"与"外在韵律"为标尺。艾青修正了诗的散文化的观点,主张"诗必须有韵律",但认为"这种韵律,在'自由诗'里,偏重于整首诗内在的旋律和节奏;而在'格律诗'里,则偏重于音节和韵脚"。[36]这样区分"自由诗"与"格律诗",是1920年郭沫若对"诗"与"歌"的分法的延续,尽管艾青是在认同诗有韵律的语境中张扬自由诗的"内在的旋律和节奏",但涉及对两种诗体的鉴定,就显露出了理论的偏颇。至今诗坛仍流行艾青的观点。一味以内在韵律与外在韵律衡量"自由诗"与"格律诗"的结果,只能造成诗体的两极分离,使各自的弊病得以复发和滋长。

之二:"新格律"试验中模仿外国诗的倾向。1926年闻一多的新格律理论,旨在建立"新诗的格式",并赋予新诗以形式美,但闻一多所说的"格律"是英文form的译意[37]。梁实秋称当时《诗刊》诸作类皆讲究结构节奏音韵,而其结构节奏音韵又显然是模仿外国诗",并说闻一多和徐志摩"大半是模仿近代英国诗"。梁实秋虽然提倡"我们现在要明目张胆的模仿外国诗",但对"采取外国诗"的"音节"提出疑义,"因为中文和外国文的构造不同,用中文写Sonnet永远写不像。唯一的希望就是你们写诗的人自己创造格调"[38],"创造新的合于中文的诗的格调"。梁实秋的批评和主张,无疑切入"新格律"的弱点。至于闻一多特别看重的"建筑美"("节的匀称和句的均齐"),对于新诗体建设确有创新意义,但"新格律"创造离不开对汉语诗意的开发,"注重形式整体极端"(余冠英语),并非自然可行。十个字一行或八个字一行,不单是"读时仍无相当的抑扬顿挫"(梁实秋语),而且"韵和整齐的字句会妨碍诗情"(戴望舒语)。70年代台湾诗评家林以亮曾从中英文音节的区别上,作过比较深入的分析:"整体的字数不一定产生调和的音节。新月派诗人有时硬性规定每一个中国字等于英文的一个音节,所以英文中的五拍诗到了中文就变成了十个字一行。""由于节奏上的困难,英国诗中最重要的体裁:抑扬格无韵五拍诗(blank verse),在移植到中国新诗的境域中来时,就没法寻到一个合适的代替品。徐志摩的《翡冷翠的一夜》和闻一多的《李白之死》,都是这方面还没有成熟的尝试。"[39]新月社诗人们的"新格律"试验,虽然带有模仿英国近代格律诗的倾向,但也造成了新诗建设的探索之风。早期新月社朱湘采用古代词曲和民歌的音节特长,创造现代汉语格律。后期加盟的卞之琳,也是以创造口语为主的现代汉语格律诗而起步。仍以尚未切入汉语音节和汉语诗性而收效甚微。

1954年何其芳、卞之琳关于建立"现代格律诗"的主张,是对闻一多的"诗的格律"的延续。但不讲究字数的整齐,只要求顿数的规律化;运用现代口语,押韵;卞之琳还提出"哼唱型节奏(吟调)和说话型节奏(诵调)"[40];显然放宽了"格律"要求,并为克服新月社的"新格律"试验中"照顾中国的语言的特点不够"方面作出了努力。然而何其芳认为"在顿数的变化的样式上,在分节和押韵的差异上","还可以参考外国的格律诗",就相悖于他们要吸取和发挥我国古典诗歌与民歌的格律传统的初衷。[41]何况,单单从外在形式上接通与古典诗歌传统的联系,并不能标举现代汉语诗歌的价值。建立现代格律诗,不仅不能给诗人带来新的束缚,而且要有利于自由深入地抒写内心和生命。因此,解决现代格律与灵魂表现的矛盾,最大限度地发挥汉语词汇组合的诗性表现力,建构具有很强的内心传导功能与诗意空间的现代格律形式,应是理论与实践探讨的重点。而在50年代末的诗坛被"左"的路线笼罩的氛围中,有这种诗观和探索等于"天方夜谭"。

之三:新诗"民族形式"("大众化""新民歌")的简单化倾向。新诗民族形式问题讨论,还突出表现在对"大众化""民歌体"的认同。1932年9月中国诗歌会在成立的《缘起》里批评当时诗坛"把诗歌写得和大众距离十万八千里",提倡诗的"革命化""大众化",创造"大众歌调","诗歌应当同音乐结合在一起,而成为民众所歌唱的东西"[42]。蒲风对"大众化"解释为"是指识字的人看得懂,不识字的人也听得懂"[43]。1942年在延安文艺座谈会以后,"诗歌大众化"的内涵,既指"形式大众化",又指"内容大众化",还包括作者也要"被大众化"。不少诗人利用"民歌""小调""唱词""大鼓"等,甚至利用旧诗词创作"容易被人民大众所喜爱"的形式[44]。如果说"中国诗歌会"是与"新月派""现代派"相对峙而出现,《新诗歌·发刊词》中所谓"这是诗人从个人的抒情渡到时代音响的有力的愤呼",由此而兴起的大众朗诵诗、大众合唱诗、街头诗、诗传单、明信片诗等,确实在当时救亡抗战的语境中发挥了积极作用;那么,当后来"大众化"成为诗歌创作的方向和普遍要求,就暴露出理论的弊端。1958年提倡"新民歌",认为今天的新诗"还没有走出知识分子底圈子",因而强调"每个诗人都必须学会歌谣体,必须大力写作歌谣体的新诗"[45]。"运用新民歌的体裁、格律或样式来写作,或者同群众一起写作新民歌"[46],"大跃进"时期把新民歌抬高到了顶点。五六十年代的新民歌之风,实际上也是贯彻"毛主席指示"所致。1958年3月"成都会议"上,毛泽东提出"要搜集点民歌","中国诗的出路第一条是民歌,第二条是古典。在这个基础上产生出新诗来"。1965年7月毛泽东《致陈毅》信中又提出:"要作今诗,则要用形象思维的方法,反映阶级斗争与生产斗争,古典绝不能要。但用白话写诗,几十年来,迄无成功。民歌中倒是有一些好的。将来趋势,很可能从民歌中吸取养料和形式,发展成为一套吸引广大读者的新体诗歌。"从新诗发展的观念上考察,关于"诗歌大众化""新民歌"的理论失误是明显的:1. 现代汉语诗歌形式固然需要从大众口语、民间歌谣、俗词中汲取营养,但把"大众形式"乃至民歌体作为新诗的形式,势必带来诗性表现的局限。何其芳关于"民歌体和其他类似的民间形式来表现今天的复杂的生活仍然是限制很大的"[47]的看法,是对的。2. 过分强调"大众化形式",容易遮蔽诗人的创作个性,也影响诗人智慧的自由发挥。有诗人感到"降格低就"的痛苦,正说明了这一点。3. 如果说在救亡运动和战争的特殊环境中,需要"大众化诗歌"很好地发挥"团结人民,打击敌人的武器"的作用;那么在建国以后诗和文艺尚未摆脱政治工具的背景下,大众化、民歌化诗歌往往因诗情定向,肤浅而流于形式意义的简单化、庸俗化。

萧三在1939年批评新诗的散文化现象时,就提出过:"发展诗歌的民族形式应根据两个泉源:一是中国几千年来文化里许多珍贵的遗产。楚辞、诗、词、歌、赋、唐诗、元曲……二是广大民间所流行的民歌、山歌、歌谣、小调、弹词、大鼓词、戏曲……"[48]应该说,从中国诗歌的源流上理解这种发展新诗的途径,是有一定道理的。新诗需要从这"两个泉源"中汲取营养,发掘资源,以增强自身的汉语言艺术的质素和诗性。但是,以源流代替创造,把诗歌规定在民歌形式的基点上,必然会限制诗人的艺术个性与生气勃勃的革新、创造精神,从而也限制了新诗艺术的发展。21世纪中国诗歌需要在诗人个人化的本体创造的基点上找回现代汉语诗性的形式本体,并且在创造与西方和世界诗歌艺术对话的语境中展示出光色。

2001.4.9 于南京望江楼

注释:

[1] 马云:《中国现代文学研究的回顾与瞻望》,《文艺报》,2000年8月22日。

[2] 姜耕玉:《确立新诗的形式本体意识》,《光明日报·文艺观察》,1998年10月22日。

[3] 胡适:《白话文学史》,《自序》(1928.6.5),新月书店,1929年。

[4][6][7][8][10] 胡适:《谈新诗》,《中国新文学大系·建设理论集》。

[5] 任二北(半塘):《敦煌曲校录》。

[9][12] 胡适:《白话文学史》,东方出版社,1996年,《引子》第4页,《自序》第8页。

[11][16] 梁实秋:《新诗的格调及其他》,《诗刊》,创刊号,1931年1月20日。

[13] 康白情:《新诗底我见》(1920年),《少年中国》,1卷9期。

[14] 郑振铎编《中国文学研究》,商务印书馆,1927年。

[15] 成仿吾:《诗之防御战》,《创造周报》,第1号,1923年5月13日。

[17] 原载《文学》八卷1号，1937年1月1日。

[18] 朱自清：《诗的形式》，《新诗杂话》，作家书屋，1949年，第144页。

[19] 以上引文均出自郭沫若《论诗三札》（1920年），杨匡汉、刘福春编《中国现代诗论》上册，花城出版社，1985年。

[20] 郭沫若：《论节奏》，《创造月刊》，1卷1期，1926年3月。

[21] 朱自清：《抗战与诗》，《新诗杂话》，作家书屋，1949年，第55页。

[22][23] 艾青：《形式》《诗的散文美》，《诗论》（1938年—1939年），人民文学出版社，1980年。

[24][30] 李广田：《论新诗的内容和形式》，《诗的艺术》，开明书店，1943年。

[25][36] 艾青：《诗的形式问题》，《人民文学》，1954年3月号。

[26] 谢冕：《美丽的遁逸》，《文学评论》，1988年第6期。

[27]《别了，舒婷北岛》，《文汇报》，1987年1月14日。

[28]《〈中国现代主义诗群大观1986—1988〉序言》，《诗歌报》，1988年10月6日。

[29] 徐敬亚：《崛起的诗群》，《当代文艺思潮》，1983年第1期。

[31] 俞平伯：《社会上对于新诗的各种心理观》，《新潮》，3卷1号，1919年10月。

[32] 朱自清：《诗与话》，《新诗杂话》，作家书屋，1949年。

[33] 陆志韦：《渡河》，上海亚东图书馆，1923年。

[34] 朱自清：《中国新文学大系·诗集导言》，上海良友图书印刷公司，1935年10月。

[35][37] 闻一多：《诗的格律》，《晨报副刊·诗镌》，第7号，1926年5月13日。

[38] 梁实秋：《新诗的格调及其他》，《诗刊》，创刊号，1931年1月20日。

[39] 林以亮：《再论新诗的形式》，《林以亮诗话》，台北洪范书店，1976年。

[40] 参见何其芳《关于现代格律诗》，《关于写诗和读诗》，作家出版社，1956年；卞之琳：《哼唱型节奏（吟调）和说话型节奏（诵调）》，《作家通讯》，1954年第9期。

[41] 何其芳：《关于诗歌形式问题的争论》，《文学评论》，1959年第1期。

[42] 穆木天：《关于歌谣之创作》。

[43] 蒲风：《关于前线上的诗歌写作》，《蒲风选集》，海峡文艺出版社，1985年，第922页。

[44] 以上参见严辰《关于诗歌大众化》，1942年11月2日《解放日报》；王亚平：《论诗歌大众化的现实意义》，《文艺春秋》，3卷5期，1946年11月15日。

[45] 公木：《诗歌底下乡上山问题》，《人民文学》，1958年5月号。

[46] 张光年：《在新事物面前》，《人民日报》，1959年1月29日。

[47] 何其芳:《关于写诗与读诗》,作家出版社,1956年。
[48] 萧三:《论诗歌的民族形式》,《文艺战线》,1卷5号,1939年11月16日。

（原刊《江苏行政学院学报》2003年第3期）

论新诗的语言意识与汉语诗性智慧

新诗建设,尤其是新诗语言形式问题,日渐成为诗坛内外关注的热点。新诗形式重建,旨在召回汉语诗性。如果说20世纪汉语诗歌在现代化进程中语言意识的觉醒和强化,并不能标示汉语意识的自觉,那么21世纪汉诗的发展之路,不得不凭藉自身发育健全的生成机制。本文试图从对新诗的现代性与汉语性相统一的基点上,从对诗歌文本结构的整体形态及其艺术价值的全面理解中,重整诗歌精神,赋予新诗以汉语言艺术的灵性和光泽。惟有汉语诗性智慧的充分发挥,方是新诗的艺术生命景观。

一、雾失楼台:新诗意识反观

百年新诗的实绩,主要表现在对诗歌内在结构(内语言)的艺术拓进,新诗意识仅是对内语言对社会历史语境的回应。闻一多在1923年对郭沫若《女神》所阐释的两层意思:一是"与旧诗词相去最远",二是"最要紧的""完全是时代的精神"[1],基本上反映了新诗家所理解的新诗意识。其"与旧诗词相去最远",似乎成了新诗革新与现代性的标示,但也导致汉语诗意的流失。为什么这种误区一直延续至今?究其原因,不能不检视到对新诗的创立和发展起着重要作用的诗坛领军人物的观点。胡适的"白"论、郭沫若的"裸体美人"论、艾青的"散文美"论,虽是在特定的历史语境里对诗歌语言形式的反拨,但显然矫枉过正,造成了新诗传统的负面影响与新诗意识潜伏的危机。

"白话"是对"文言"而言,但作为诗,都离不开汉语诗性特质。胡适说:"'白话'有三个意思,一是戏台上说白的'白',就是说得出、听得懂的话;二是清白的'白',就是不加粉饰的话;三是明白的'白',就是明白晓畅的话。"[2] 乍看以"白"阐释"白话",没有错,但问题在于抹去了"白话诗"与"白话"的界限,似乎作白话诗就是专说白话。这如同把品茗变成了喝白开水,丢失了"白"的意味(诗性、诗意)之"白话",怎能称为"诗"?

西方自由诗虽因反对旧式诗的律度(Metle)而起,但仍有字母、文字的节奏、音韵。然而自由体被郭沫若率先引入中国后,则往往省略了切入汉语音节的转化环节,直接成了与旧诗格律彻底决裂的极端表现形式。所谓"裸体的美人"就是指用"纯粹的内在律","不用外在律",任凭"情绪的自然消涨"[3]。这一方面使诗歌向内心突入,成为自由心灵的载体,并加大了诗表现的力度,从而改变了初期白话诗的直白乏味;一方面也意味着汉语诗性从体制上失落,这种执意与"外在律"及汉语音韵相对抗的"内在韵律""情绪韵律",便成了自由体诗"自由抒发的优势",被后来诗人所接受。然而,隐喻、内语言代替不了诗的外在语言形式创造,不讲汉语词汇组合的诗美效应,何以体现汉语诗性特点?

新诗自由体在激情的时代里,以灵魂的自由或意志的燃烧的召唤力而聚集了广大诗人,但也长期遮蔽了自身的语言弊端。艾青在1939年《诗的散文美》中认为,"宁愿裸体,也不要让不合身体的衣服来窒息你的呼吸",强调诗歌精神及其语言表达的自由无可非议,但由此偏向"散文的自由""表现的便利",认为"写了很美的散文""就是诗"[4],势必会越出诗体的自由度而取消文类界限。艾青坚持的自由体诗观和实践,影响了一代诗人的创作。如废名的《新诗应该是自由诗》的讲稿中一再说,"做新诗""要用散文的文字"表现"诗的内容"。李广田对40年代初的诗歌创作曾这样评述,"今日新诗的一种共同的特色",就是"诗的散文化"[5]。1954年艾青在《诗的形式问题》中批评了"自由诗的散文化倾向",诗风也有所改变。新时期诗歌变革者仍沿袭"五四"诗体解放的"自由化新尝试","作诗如作文"的失范,形成了新诗传统的负面。

如果说诗人在思想解放中兴奋点在争取自由与冲破诗的一切束缚,疏离了新诗的汉语性,而在新诗建设中仍由于对汉诗自身特点的疏离或疏忽,收效不大。长期以来,"新格律"("现代格律")诗却以对汉语音韵的遮蔽,标举接通新诗形式与我国古典诗歌之间的联系。其实,新诗的"新格律"意识与译诗化、散文化意识,同属一宗,都是效法西方诗歌的特有现象。1926年新月社的新格律试验,实际上大半采用了英国近代格律。闻一多倡导诗的"格律"(form),是从中外诗歌的普遍规则立论,尽管"绘画的美""建筑的美"更切入汉语象形文字,但从新月社的创作实践的总体倾向考察,"是用中文来创造外国诗的格律"(梁实秋语)。"新格律"试验的错位现象,却成了否认汉语韵律的口实。1932年11月《现代》刊登的《望舒诗论》,最早表明戴望舒放弃诗中"音乐的成分",主张纯粹的"情绪韵律"。这就是不满于当时新月社的新格律形式而提出的。内在韵律与外在韵律也成了鉴别自由诗与格律诗的尺度,由此造成诗体的两极分离。西洋格律与汉语格律,差异很大。汉诗模仿西洋格律,难免削足适履或貌合神离。台湾诗家林以亮曾作过批评:"整齐的字数不一定产生调和的音节。新月派诗人有时硬性规定某一个中国字等于英文的一个音节,所以英文中的五拍诗到了中文就变成了十个字一行。"[6]中西语音有着严格的区别。不入汉诗的格律与汉字词汇组合的诗意效应,怎能形成独特的汉语诗意结构及审美空间?新诗"格律"的西化,只能标示新诗背离汉语诗性传统而孱弱无依,这大概才是"新格律"("现代格律")诗站不稳脚跟的主要原因,说明不了汉语韵律的悲剧意味。1954 年何其芳在主张建立"现代格律诗"中,虽然意识到新月社的新格律试验中"照顾中国的语言的特点不够",也提出运用现代口语等措施[7],但"现代格律"仍停留在诗的外在形式上,并不能标示现代汉诗的价值。真正建构具有很强的内心传导功能和诗意空间现代汉语格律形式,方是理论和实践探讨的重点。这对于 50 年代后期处于"左"的政治笼罩之中的诗坛而言,无疑是"天方夜谭"。

西方自由诗、现代诗对于中国新诗精神的铸造,对于汉语诗意向灵魂和生命表现的突入,起了很大的影响和推动作用;但在形式模仿中由于对汉语文字的特点和长处考虑不够,甚至抹煞了汉字表意体系与字母音体系之间完全不同的语言界限,致使新诗沦入难以摆脱的语言陷阱。由此而言,从中国诗歌的源流上疗治新诗的语言弊端,是有必要的。萧三在 1939 年批评新诗的散文化时,认为"发展诗歌的民族形式应根据两个泉源:一是中国几千年来文化里许多珍贵的遗产。楚辞、诗、词、歌、赋、唐诗、元曲……二是广大民间所流行的民歌、山歌、歌谣、小调、弹词、大鼓词、戏曲……"这与毛泽东在 1958 年提出在民歌和古典的基础上产生新诗的观点相一致。新诗需要从"两个泉源"中汲取营养,发掘资源,以增强自身的汉语言艺术的质素、诗性和活力。但是,关于"诗歌大众化""新民歌"的理论偏颇是明显的:1. 把"大众形式"民歌体作为新诗形式,势必会限制诗人的艺术个性和自由创造精神,如有诗人感到"降格低就"的痛苦。2. "大众化诗歌"在抗日救亡运动中发挥了"武器"作用,但在文艺摆脱政治工具之后,就会暴露出形式单一、诗意肤浅的局限性。3. 现代民族的诗歌总是要以开放的本土语言智慧的创造与对时代精神的张扬而走向世界,失去与西方诗歌对话的机缘,何以谈新诗精神与汉语诗性传统?

诗坛先驱们从西方寻求新诗的始初之路,却被一直延误成今日新诗创作的困惑。这与 20 世纪中国曲折复杂的社会历史环境有关,诗家们没有多少机会做这方面的探索。然而,毕竟也有诗人潜心于现代汉语诗性的创造,留下了一些经典性作品。其中,也包括郭沫若、闻一多、徐志摩、艾青等诗人的优秀作品,因为在他们的博学和才情里有着民族灵魂的基因,在笔尖流淌的文字中带有抹不去的炎黄语言文化的踪迹,因而在不自觉的现代汉语诗歌写作中偶或出现汉语诗性自觉的现象。这样的成果,正构成自相矛盾的有趣悖论,也为本文论题提供了生动个案。

二、新诗语言缘起:现代诗性体验/汉语诗性特质

语言意识日渐占据新诗意识的中心地位,从而也暴露了这种语言意识的偏颇。20世纪语言意识的觉醒,确立了诗人在生存体验中的语言本体论地位。八九十年代中国诗坛摆脱了"工具论"的束缚之后,把人与语言的关系倒了过来,语言由被人支配的表述意义的工具,变成了把握人生存在的最高可能性。这就有了诗意语言的可能:使诗保持汉字的纯洁性和本真性,诗人面对语言就是面对圣洁、面对寄托和光明。诗性言说唤醒了生命,每一个汉字及词汇组合过程,都成了诗人的生存境况和生命体验的本质显示,消除和摒弃了言说过程中因掩饰而出现虚假的词汇。这一成果来之不易,我们应该百般去珍惜和维系它。但也不能不看到八九十年代流行的"诗本体"理论,单单建立在内语言的本质意义的基点上,而忽视或放弃了诗的外在语言形式。我在1998年批评过这种"诗本体"概念,提出"确立新诗的形式本体意识","新诗形式本体的概念意义,仅仅是对新诗体形式的追认和命名,与诗体革新或形式解构,并行不悖"。[9]实际上,早在1920年,李思纯在批评"诗体解放无有定形"的说法时,就从"诗的精神"与"诗的形式"两方面理解"诗的本体"。[10]这是新诗理论中最早提出的"本体"论,具有对新诗形式定位的诗学意义。当时宗白华在与郭沫若的通信中,也指出过郭诗在形式方面的欠缺,他说:"诗是

一种艺术",不能没有"艺术的学习与训练","要想写出好诗真诗",就不得不在诗"形"(音节和词句的构造)与诗"质"(人格、情绪的意境)"两方面注意"[11]。只是"五四"文学革命和诗体变革刚刚兴起,他们的声音被掩盖了。20世纪虽有过几次有关诗体形式问题的讨论,但新诗语言弊端未能得到有效根除,乃至形成了创作中抗"外语言"的惯性。所谓"诗到语言为止"或"前语言思维",表现了谋求新的内语言的极大热情,却也表现了对外语言的冷淡,任其放纵。海德格尔的"语言本体"论,使新诗语言获得对灵魂和生命的亲近,或者说有了抵达生命家园的可能;然而,海德格尔的人本主义倾向的语言观,肇始于索绪尔的文本主义的语言观。语言作为"体"与"用",作为直觉心灵的符号(内语言)与构成文本的汉语形式(外语言),具有相反相成的一体性。离开对"体"对汉语文本的艺术建构,何以言"用",讲直觉表现?诗人的高明之处,正是善于在二者之间创造对立和统一平衡,促成诗意及汉语之美生成的艺术机制。

　　诗意语言是诗歌文本结构的效果。诗人对感觉记忆的联想和隐喻,是通过词汇组合或语言要素的"连带关系"(索绪尔语)的作用。诗人的现代诗性体验,只有进入诗歌文本结构,才有成为诗的本质的可能。也只有通过诗性语言的诱惑,才有对灵魂和生命信息的传递的实现。没有独到精妙的语言创造,就不能表明一首诗的成熟。假如把诗歌文本结构分为语音—语义层面、意象隐喻层面、诗境或形而上的感悟层面,那么第二、三层面都是由词语组合这一基本表现方式所达成的。诗歌文本是文类中最需要艺术转换的一种,诗的意象与暗喻,只能产生于转换过程之中,这具体表现为诗的建行和跨行。一首好诗,总是藉助字、词、行(句)的连接与排列的优化组合,显示汉语诗意空间的在场性。譬如卞之琳的《断章》:"你站在桥上看风景,/看风景的人在楼上看你。//明月装饰了你的窗子,/你装饰了别人的梦。"这首诗通过"桥上""楼上""风景""明月""窗子""梦"等意象性词汇,以及"站""看""装饰"几个动词的有机连接与艺术转换,生动表现了一种独特而深刻的心灵体验情境。诗人以知性和汉语的审美智慧发现了一种诗性经验,创造的深邃诗境——东方心灵美学本身就包容了现代/汉语的诗意特色。诚然,诗的最终意义或隐蔽意义,是诗境的整体效果。我们在诗歌阅读中获得心灵的震撼,也并非来自诗人情绪感觉的刺激,而是出于诗意诗境的魅力。然而,正如索绪尔所确认的能指和所指之间的联系是不可分割的,"语言还可以比作一张纸;思想是正面,声音是反面。我们不能切开正面而不切开反面"[12]。诗歌的声音与意义、内语言与外语言、文本结构的不同层面之间都是不可分割、浑然一体的,如同一张纸的两面。诗歌将"一张纸"的语言世界引向了极致,是语言形式本身就包含了生命家园感或灵魂深度。那种只注重现代诗性体验而不讲语言形式的诗本体观点,那种刻意追求语言的原生态,主张语言"在能指中滑动"的倾向,都会造成诗歌文本自足的失衡和缺陷。"一张纸"的比喻,意味着诗歌文本是完整健全的容器——艺术生成机制。

  确立新诗的形式本体意识,标举现代诗歌意识呈现于汉语诗性之中。历次新诗形式建设中出现误区,其重要原因之一,就是汉语意识薄弱。离开汉语诗性谈诗体,怎谈得上中国新诗格律?诗歌是一个种族的语言得以纯洁的可能,也是一个国家和民族的语言智慧的最高表现。中国古代诗歌经典的辉煌,是以汉语诗性的独特魅力为基本标志,它凝聚了中国人的审美趣味和语言智慧,因而被留传,并构成对异域诗歌的照耀。今日诗歌面对21世纪全球一体化的态势,如何保持汉语诗歌的艺术个性与诗性表现优势?确是不容再拖延的问题。汉语面临着大民族、小语种的境遇,但伴随现代计算机科技的发展,却证明汉字是最实用最有效率最先进的一种文字。汉字在计算机世界里的效率要比英文高2.5倍。汉语词汇丰富、语言简洁、韵律微妙,是世界各种语言中最富有诗美因素的语种之一。尤其是汉字的象形表意(义)的独特功能,表现了比拼音文字更高的

"信息容量"和"信息密度",这不仅使汉语比拼音文字更加有利于智能计算机的开发和发展,同时也使汉语诗歌比拼音文字诗歌更有利于诗性智慧的开发。汉字四声的字调变化,也是外语所没有。因此说,汉语比拼音文字具有更加丰富的表现力和诗性智慧。难怪西方一位汉学家说:"汉字是最适于写诗的文字。"美国语言学家萨丕尔提倡"艺术家必须利用自己本土语言的美的资源"[13],并说:"我相信今天的英语诗人会羡慕中国即兴凑句的人不费力气就能达到的那种洗炼手法。"德国语言学家洪堡特也说:"汉语完全依靠词序和精神内部的语法形式的印记。"[14]20世纪初,美国意象派诗创始人庞德迷恋于汉语诗歌,与其说他改作《刘彻》中"一片贴在门槛上的湿叶"[15]成了意象派的经典之句,不如说汉语表意的诗性浸染了西方意象派诗歌。然而,中国新诗虽用汉语写作,却似乎无视于汉字、汉语和汉语诗歌这一得天独厚、潜力和生机无限的诗美资源,而造成汉语诗意长期流失的现象。有论者言必称现代汉诗,但其义仅仅解释为用汉字(语)写的诗,这与梁实秋所说的"新诗实际上就是中文写的外国诗"[16],没有什么两样。汉语的形、意特长,使汉诗具有艺术构成的卓越效果的可能。倘若不讲基本的诗艺修辞,不把握汉语音节和韵味,失去对催动汉语诗意孕生的最佳词汇组合规则的探寻,缺乏炼句炼意的功夫,何以言"现代汉诗"?南京"他们"诗社成员杜马兰的诘问:"当我们书写汉诗时,是否正在失去汉语、并且不以为耻?"[17]岂不发人深省,切中时弊?只有注重发掘和发挥汉语言自身的表现力,建立和完善良好的汉语诗意生成机制,才有现代汉诗的可能。也只有达到高扬汉语诗性智慧的现代诗意的创造境地,方能进入与西方诗歌对话的语境,在展示新异感中获得自立于世界文学之林的可能。失去汉诗个性、灵性和魅力,只能遭受被淹没的厄运。

汉语诗歌传统仅仅为新诗发挥汉语诗性智慧提供了丰富资源,它代替不了现代汉诗的创造。对古典汉语诗歌资源的汲取,应当融入现代人的灵魂和生命,化为自身存在的体验和亲近的本真符号,从灵魂和生命的家园闪现汉语的光泽,使汉语智慧立于现代精神之上。那种"诗国不堪回首月明中"的悲观感,甚至有人提出"新诗应当有自己的'古文运动'"[18],都是缺乏根据的。"五四"诗歌革命作为汉语诗歌由古代向现代的艺术转变,势在必行,只是"彻底打倒古典"的断裂延缓了现代汉诗的历史进程。当代诗学语言已经在内涵与外延的深广度上全面超越了传统的语言概念,新诗在吸取或模仿西方现代、后现代的诗歌经验中强化了自身的现代语言意识。新诗回归汉语诗性,标举由现代语言意识到现代汉语意识的实现。只有有了语言的约束和秩序,方有打破或解构传统的规范秩序的可能,只有有了游戏规则和规律,方能展示我们克服规律、变革创新的艺术能力。"打倒一切""从零开始",造成对几千年汉语诗歌经验积淀和汉语诗意的扫荡,但汉字有着抹不掉的文化踪迹,汉诗艺术有着割不断的联系。重建汉语诗性传统,就是凸现简约真率、卓然自尊的汉语。诗人进入现代诗性体验与感触汉语诗性的特质,如同两足,不可偏废。若要克服跛足现象,获得双足健全,就要善于从探寻"两足"之间的关联中达成协调、和谐和默契。只要以现代诗歌意识和人类精神洞彻和激活汉语诗性传统,并又以充满新鲜活力的汉语诗性智慧的创造广纳和包孕现代诗意,就有带着自身的光泽辉耀于世界的 21 世纪汉诗的可能。

三、新诗的汉语诗性灿亮于形音义一体的文本

重建汉语诗性传统,是以新诗的汉语性与现代性相沟通为基点。现代汉语诗性,既是反馈灵魂和生命信息的语言效果,也是词汇组合的奇验效能,是一种语言姿态的魅力,包括语姿、语音、语色、语质、语气、语感、语趣、语意、语理、语境等给予读者汉语之美的感受。这是对一首诗是否发挥了汉语汉字的特长的验证,也意味着找回新诗的形与质、情绪韵律与汉

语音节(韵律)之间的关联和契合,改变长期以来诗形(音)与诗意处于二元对立(对抗)的状态,从而消除新诗散文化、汉译化的现象得以滋生的空隙。

诗歌字码具有形、音、意三要素。汉字的形、音、意,比拼音文字更丰富多姿,更有可发掘的潜力,因而使新诗的汉语诗性复苏有了极大的可能。古人论诗和文学创造,大都着眼于汉字的"形、音、意"三位一体结构的基本特点。如刘勰《文心雕龙·情采》中提出"立文之道,其理有三:一曰形文,五色是也;二曰声文,五音是也;三曰情文,五性是也。"刘勰称形色声音情性为"神理之数",并强调"文附质",犹如花萼离不开木体,"质待文",如同虎豹不可没有色彩斑斓的皮纹。这种"文""质"一体,"形""音""情"一体的理论,十分切入汉语言艺术创造的臻境。

从汉语词汇的功能看,一般有三:一是表示性,指词的本义、字面义;二是指示性,指词的转义、引申义;三是暗示性,指暗示字面以外的意义。第三种暗示义,是诗歌普遍采用的修辞方法。汉字立象表意,特别具有诗的灵性和弹跳力,十分有助于暗示义的孕生。汉语词汇组合所包蕴的暗示能的多少,决定一首诗的艺术质量。屠绍隆说:"诗以神行,使人得其意于言之外,若远若近,若无若有,若云之于天,月之于水,心得而会之,口不得而言之,斯诗之神者也。"[19]所谓"神行",以致古人所崇尚的"绕梁之韵",都是标举汉诗所独具的暗示功能与富有的汉语诗性的特征。神韵不在言而在意,所谓"不涉理路,不落言筌,上也"(严羽语),正是指言意的最佳方式。古印度欢增在《韵光》第一章中说:"可是领会义,在伟大诗人的语言(诗)中,却是(另外一种)不同的东西;这显然是在大家都知道的肢体(成分)以外的不同的东西,正像女人中的(身上的)美一样。"[20]如此将"韵"阐述为诗人的语言之外的"另外一种"东西,即读者所获得的"领会义",是十分高明的。我们阅读优秀的诗歌作品,总是领会义大于暗示义,其中包括联想到文本之外的东西或误读。但,如果没有女人肢体的美,就不会使人感受到她的魅力;没有精妙完善的诗歌文本,汉语诗性暗淡无光,大概就不会发生领会义大于暗示义的现象。

如果说诗歌是对语言的一种选择和限制,那么一首诗的创造,应当是在场意义上的优化结构。"选择"指向创新,诗形(音)是一种"限制"。形(音)意一体,是汉语诗歌的必然形态。宋代郑樵关于"诗之本"说,揭示了汉语诗形(音)、诗性诗意创生的基本原理。他认为:"诗者,人心之乐也","诗之本在声,而声之本在兴,鸟兽草木乃发兴之本"[21]。不妨作出图示——

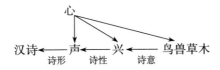

诗是内心的音乐。正如明代李东阳所说:"得于心而发之乎声,则虽千变万化,如珠之走盘,自不越乎法度之外矣。"[22]只有"如珠走盘",入乎汉语音节之"声"(韵律),才会有诗形。而诗性因兴而生,以鸟兽草木作比兴,是传统咏叹的诗意方式。郑樵称"声"为"诗之本",虽有偏重古诗格律之意,不为现代汉诗所取,但强调"心乐","心"与"声"的对位和同一、汉语韵律与比兴一体的创造原则,切入汉语文字诗歌的审美特点,可以理解为中国的汉语诗歌精神。所谓"内在韵律诉诸心而不诉诸耳"[23],则要"心"与"声"分离,似乎新诗代替旧诗,就是要以内在韵律代替外在韵律,以"心"代替"耳"。1927年潘大道曾提出:"人之声音,既是人类内部活动之发出,则由声音连续而成之音律","与其说诗假音乐之力,无宁说人类内部活动之音律的表现"。[24]这无疑是对以"心"代替"耳"的倾向的反拨。那种与汉语音韵与听觉无缘的"内在韵律""情绪韵律",是对汉语诗歌精神的淡化。韦勒克、沃伦认同M.伊斯曼的诗观:"格律和隐喻还是'属于一体'的,只有包含这两个因素并解释它们的紧密关系,我们给诗歌下的定义才能获得足够的普遍性。"[25]英语"格律"(form)也可译为"节奏"。新诗突破古诗格律,但不可没有音节和节奏。西方结构主义把文学当作一种符号体系来研究,首先也从文本形式构成的基本因素或最小单位,把不同文类区别开来。新诗主要凭借对汉语音节的特有把握而区别于散文。闻一多说"打破诗的音节,要它变得和言语一样——这真是诗的自杀政策了"[26]。这一立论是对的。音是诗形的最小单位。一首诗,既要入乎汉语音节("限制"),又要运用隐喻等现代修辞手法,克服"限制";韵律和隐喻一体,既是展示汉语(节奏、音韵、意感、理趣等)这枝"红杏"之美,更是暗示诗形("红杏")之外的意义,创造超越"限制"的诗意空间("春色")。戴望舒《雨巷》中一句有跨三、四行的,但由于音节处理十分出色,并不给人以散文化之感。从抑扬顿挫、朗朗上口的音乐效果中,显示出诗的情绪韵律与汉语音韵节奏之间契合天衣无缝,对"雨巷"以及"结着愁怨的丁香"的隐喻深度,也是细部意象(汉语字词及组合)的美的效果。以汉语音节("顿")和跨行为基本特征的诗形建构,总是在内在韵律与外在韵律的谋合中实现,汉语诗性、诗意鼓荡于这种咏叹和语感之中。

　　语音是语意的回声。汉字和词汇作为构成汉语音节的物质元素或语言符号,直接标示或指涉诗性、诗意。新诗音节的汉语性,依赖于汉语词汇自身的韵律、光泽与词汇组合中的弹跳性或张力。汉字与拼音文字不同的根本之处,是一个汉字一个音,并表示一个音义结合体,而拼音文字是通过几个音形拼合体表示一个字词。汉字(词)音义一体决定了汉语音节的连接,就是汉语词汇的组合。再则,汉语诗歌可以利用词汇组合中常常意合而不形合的特点,省略介词、连词,甚至句法倒装。同时汉语不受时、数、性、格的限制,诗人可以灵活处理和表现意象的时空关系、主宾关系,挥洒自如。如"鸡声茅店月,人迹板桥霜"(温庭筠),倒装句,无连词,也无动(谓)词、形容词,却音韵铿锵,意象具足,独成一境,妙趣横生。然而在当下新诗创作中,不顾汉字音义特点的自由体、译体仍在流行,介词、连词屡见不鲜,还常见于句首,这种随意疏滞的语言方式,只能造成对汉语诗性方式的隔膜。因此,如何发挥汉语文字的优势,创造在词汇搭配和组合中的独有的汉语诗性(美)空间,则是现代汉诗句、行结构的着眼点。

汉语特有的诗性、诗美表现力,要求语言凝炼。汉诗对字词的洗炼及其"含金量"的要求,也可以说是诗区别于散文的重要特征之一,这却是新诗普遍疏忽的问题。汉字多达6000多个,构成词汇不计其数,这就使诗人有了筛选和锤炼的可能。在西方诗人中大概不会发生"僧敲月下门"还是"僧推月下门"的反复推敲的故事,因为在大多数外语中"推"和"敲"是同一个单词。而在汉语中一个字用得恰到好处,却能使诗意活脱而出。如"人比黄花瘦"(李清照),一个"瘦"字,字面上是写外貌,实际上毕现女诗人的内心愁结。"黄花"的转义(喻义),不仅使"瘦"字意态化,而且呈现一种愁怨美。相比较而言,新诗句大都是靠比喻蕴义,而似乎疏忽了对字词本身的汉语诗性的发掘和包孕。我在近年创作中有意作这一探索,如拙诗《江歌》:"一江浊流/黄皮肤的歌/清不了污不了/否则不是我。"在对江流的暗示和隐喻中,其"浊"字,一旦成为对"我"的人生命运及生存状态的指涉,就有了韵味。字词组合是催动物象意化、虚化的过程。经典之句,首先是特定语境的效应。只有字清句健,字词搭配简洁传神,才能意圆。清代庞垲说:"汉字无字不活,无字不稳,句意相生,缠绵不断。"[27]这是对汉语诗性空间的生成过程的描述,也是现代汉诗的句式、建行所要依循的规则。"活"与"稳",是相悖相通,只有"活"才有"稳","活"中求"稳",达到袁枚所说的"总需字立纸上,不可字卧纸上"[28]。"活"亦标示不停滞,"下字贵响"(严羽语)。唯有处处打得通、跳得起,才会"句意相生,缠绵不断"。这就有了汉诗意象丰满而有密度、重迭而色泽入微的特长的可能。如洛夫《湖南大雪》中有一节:

雪落无声
　　街衢睡了而路灯醒着
　　泥土睡了而树根醒着
　　鸟雀睡了而翅膀醒着
　　寺庙睡了而钟声醒着
　　……

　　诗中运用"睡"与"醒"的反衬效果，凸现一个"醒"字，从而使不同对词语意象并列地跃然纸上。每句字词组合对应均衡，行与行之间词性对位、景物对应，不仅展示了汉语方块字及其喻象的排比美、对称美，而且句句相通迭映，哲味弥深。特别是在"雪落无声"这一自然情境的遮覆下，更增添了汉语诗意，一个个"醒"的意象，构成"雪落无声胜有声"这一哲理与意趣合一的东方灵境。当然，一首诗依循汉语音节（情绪节奏）的变化，总是要入乎自然，避免拼字凑句的"貌合神离"的现象。若得自然之神理、肌理、意趣，曲尽言意之妙，则不仅标示工于言辞表达，也是通于天地万物的汉语诗性体验的显示。

　　诗的整体寓意，使汉语诗性与生命体验的诗意融为一体。现代汉诗外在语姿的魅力，既是相对独立的美，又能诱导读者深入诗的意义世界。"声音首先具备一种能够渗透和震撼所有神经的力量"（洪堡特语），"声音"（语言）更具有对人的心灵的渗透力和震撼力，只是汉诗还妙在"弦外之音"，"大音希声"，不可言传之意。海德格尔和德里达也曾认为，无声是语言的臻境。而创构这种臻境离不开汉语形象的丰富表现力。现代汉诗达到这一境地，还表明诗人善于倾听，悟性透过感觉发现语言背后的"意"，那种虚怀若谷的境界，使诗意有了深度显示的可能。徐志摩《再别康桥》前几节对"康桥"依恋的描述，尚属一般性铺垫。最后两段写别离则进入了"倾听"的境界，在离别的笙箫之外、在康桥和夏虫的沉默之中孕发深层次的诗意。"悄悄的我走了,/ 正如我悄悄的来;/ 我挥一挥衣袖,/ 不带走一片云彩。"这最后一节,尤其是最后一句,表现出诗人对"康桥"的虔诚和守护,那缓慢深沉的韵律,仿佛从灵魂中飘出,带有音乐的神味。语言由此变得纯粹,诗境由此得以提升。诗歌文本不是被动的容器,而是能动的意义发生器。诗人的语言经验在于他体验和感觉中的汉语词汇及连锁的语言节奏,标举他所依恋的内心潜在的精神和生命的自由天空,这也是使汉语诗性空间得以拓展的可能。

四、汉语诗性的现代活力与口语化及其"源流"

汉语诗性是一个民族语言艺术的几千年的积淀,是汉诗语言品质的昭示,它总是处于不断的创造之中而彰显活力与灵气。古代诗歌经典仅仅提供了汉语言艺术智慧的丰富资源,代替不了新诗的现代汉语诗性的创造。新诗对汉语诗性的回归,属于全方位开放的现在时,是一个激活与更新的动态过程。只有置于全球化语境中,切入现代人的诗性体验和生活节奏,贴近生活口语,不断开拓汉语的艺术表现力的崭新空间,才有新诗的现代汉语诗性的可能。

从语言资源考察,治疗上个世纪留下的新诗语言"后遗症",离不开"源头活水"。"源头",是对汉语诗性传统资源的勘探和开发,并实现汉语诗性经验向现代转化,重新点燃汉语言智慧,是向新诗输血、改变营养不良的现状的基本疗法。王维、李白的天空不仅是古代也是现代的天空。新诗回归汉语诗性的艺术过程,就是要消除对中国诗空的偏见和陌生感。古今汉诗有遗传基因,有着割不断的联系。譬如"红了樱桃,绿了芭蕉"(蒋捷),"海,蓝给它自己看"(痖弦),新诗句与宋词句表现了异曲同工之妙与相贯通的韵味和汉语之美。"乞丐在廊下,/ 星星在天外,/ 菊在窗口,/ 剑在古代"(余光中),把几个不相干的画面组成了和谐的美的意境,其原因在于诗人的情绪和文化秉性完全融于音节之中。马致远的《秋思》采用的就是这种构境方式,"枯藤""瘦马"式的音节意象,浸透了惆怅和苍凉。所谓意识流画面,只有达成和谐的音节这一写作难度,才能构成诗境和诗意效果。

新诗的散文化、译诗化的倾向,主要是失去了汉诗的音节或"顿",因此也失去了与汉诗艺术传统的联系。其实,胡适写下的中国第一首白话诗《蝴蝶》,仍是五言打油诗。初期白话诗大都讲究音节,留下了汉诗传统抹不去的痕迹。只是引进自由体后,有了隐喻丢了音节。当时(1920年)在东南大学任教的陆志韦,就主张和实验一种"舍平仄而取抑扬""有节奏"的乃至"押活韵不押死韵"、能"念"的诗,[29]这对于自由体诗语言节制,与散文划清界限,已被一些诗人的创作实践证明是可取的。汉语音节的形成,乃至押韵,也有助于把诗句粗糙处打磨光滑、流畅,念起来和谐好听。刘大白认为:"外形的韵律","便于传诵的合乐歌唱","也能够增加诗篇所给予读者听者的美感"。"我们一方面反抗旧声调,一方面却要打算怎样保存旧声调底一部分,而创造新韵律的新声调。"[30]注重现代汉语的声调、韵律,是建立新格律诗的基点,避免汉译化倾向。1954年,卞之琳以诗的每行收尾三字顿与两字顿为依据,提出"歌唱式"("吟调")与"说话式"("诵调")[31],切入汉语音节(顿)的特点。三字顿收尾似更适合表现汉诗的韵律。从古典诗体演化中,可以看出汉字音韵功能特别体现于五、七言之中,这亦为几千年来民间歌谣所引证。但从后来词曲作品看,诗人完全可以根据内在情绪,灵活运用三字顿和两字顿或四字顿,以汉诗取得新的突破和发展。汉语诗性智慧体现于不同诗体形式的语言创造之中,而每一种诗歌语言的探索创新,也是对汉语诗性智慧的开发和张扬,或者说使汉语诗性获得新的生长点。从这一角度看,现代汉诗的形式建构,并非重蹈旧路,回到新诗传统的形式模式,而是接通古今汉语诗性之血脉,保持现代汉诗的创造活力,并以具备汉语诗性质素为标志的原创性诗歌文本为依据。

现代汉诗讲究音节或韵律,旨在内在韵律的外化,于音乐效果中包孕汉语诗意。汉语诗性的现代活力,并不标示汉语音节或韵律本身,而是标举现代诗人在对汉语诗性智慧的发挥中获得了灵魂和生命的自由的呈示。现代汉诗的句式和跨行,不仅是入乎汉语音节,念起来顺当,更重要的是在词汇组合及隐喻中产生诗意空间,即"句意相生,缠绵不断"的暗示效能。如臧克家的短诗《三代》:孩子/在土里洗澡;/爸爸/在土里流汗;/爷爷/在土里葬埋。"三句简洁的口语,一顿/二顿式排比跨行,十分易读易记。乍看大白话,细读则句意相生,层层递进,构成了农民祖祖辈辈走不出黄土地和贫穷的苍凉时空。

汉诗语言智慧之"源",只有融入现代人生活节奏和口语之中,才能形成"源头活水",保持汉语诗性的现代活力。历代诗歌与民歌民谣都有着渊源关系。"太古之文,有音无字,谣谚二体,起源最先。"[32]"侯人兮猗"(《侯人歌》),显然是词(语义)与具有节奏性的呼声或叹声的结合。民歌民谣是老百姓口头创作,并在口头修改和留传。这种俗形式,以具备外形的韵律为特色,虽语言张力不足,诗意尚浅,但作为活在老百姓口头的语词音韵,无疑是注入现代汉诗创造的一股新鲜空气。特别是在当下,诗人从歌谣谚中吸取营养,不仅有助于增强新诗语言形式的汉语质素,而且对于改变语言艰深和封闭的现象,去寻求能与更多的读者达成交流和默契的诗语,都是有意义的。当然,歌谣谚作为一种汉语资源,仅仅是对新诗语言的渗透和拓展,并不是改变诗人个人化写作的过程和风格。古老的汉语诗性智慧,更需要现代生活口语加以激活。现代口语往往简洁而又有信息储存量,轻快而富有跳跃性,无疑会给汉诗语言注入新鲜血液。当下诗坛流行用口语写作,是使汉诗语言保持现代活力的可能性写作。因为口语直接切入现实生活和自身的生存状况,有利于创构在场的汉语诗意的境界。从现代诗性言说的本真性出发,我认同口语"对于一个诗人来说,乃是一把双刃剑,它天生附着在真正的诗人身上,而又天生地排斥那些'伪诗人'","只有口语,才能使我们的诗歌与身体保持和谐的共生的关系"[33]。但也带来了用口语写作的难度,"口语化"并非随意化,生活口语与汉语诗性还有很大差距,保留口语本色或原生态,不是不作挑选和提炼。只有洗炼的鲜活而闪光的口语,才能写出以汉语诗意把握人生存在的最高可能性的好诗。现代汉语的口语化写作也代替不了书面语写作,书面语写作只要不断吸取现代口语,并勇于革新,善于调整自己,就会激活汉语诗性的表现力。如小米《草原》:"天空低到每一棵草/都能抚摸它的/高度。"这种奇妙的诗性体验深度,不仅出于城市诗人对草原的亲和力的奇异感受,同时还在于汉语词汇(意象)的独到组合,尤其是两个谓动词"低到""抚摸",一下子捅开了可感触的生命舒展世界,这大概是汉语特有的诗性功能。

新诗回归汉语诗性,是一个语言更新的过程,诗人如何以活的词汇创造汉语诗性空间形式,包蕴灵魂的声音和生命体验的诗意?是有待深入探讨的课题。现代汉诗的句式、体式呈现为开放型,将会在多元竞争中展示各自的生命光彩。但任何一种形式,都是在入乎现代汉语音节之中获得内语言表现的自由及其诗意空间的可能性的探寻,并尽量为广大读者所接受。

2003.2.21

注释:

[1]闻一多:《〈女神〉之时代精神》,《创造周报》,第四号,1923年6月3日。

[2]胡适:《白话文学史·自序》,东方出版社,1996年。

[3][23]郭沫若:《论诗三札》(1920—1921年),《中国现代诗论》上册,花城出版社,1985年。

[4]艾青:《诗论》(1938—1939年),人民文学出版社,1980年。

［5］李广田：《论新诗的内容和形式》，《诗的艺术》，开明书店，1943年。

［6］林以亮：《再论新诗的形式》，《林以亮诗话》，台北洪苑书店，1976年。

［7］何其芳：《关于诗歌形式问题的争论》，《文学评论》，1959年第1期。

［8］萧三：《论诗歌的民族形式》，《文艺战线》，1卷5号。

［9］姜耕玉：《新诗的文本意识与形式重建》，《诗刊》，1998年第二期；《确立新诗的形式本体意识》，《光明日报》，1998年10月22日。

［10］李思纯：《诗体革新形式及我的意见》，《少年中国》，第2卷第6期。

［11］宗白华：《艺境》，北京大学出版社，1987年，第17页，第20页。

［12］索绪尔：《普通语言学教程》，商务印书馆，1980年，第158页。

［13］萨丕尔：《语言论·言语研究导论》，商务印书馆，1964年，第10章。

［14］洪堡特：《论人类语言结构的差异及其对人类精神发展的影响》，《西方语言学名著选读》，中国人民大学出版社，1988年，第63页。

［15］［英］彼得·琼斯编，裘小龙译《意象派诗选》，漓江出版社，1986年，第84页。

［16］梁实秋：《新诗的格调及其他》，《诗刊》，创刊号，1931年1月20日。

［17］《他们》，第9辑（1995年）。

［18］《新诗应当有自己的"古文运动"》，《诗刊》，2001年第3期。

［19］屈绍隆：《粤游杂咏序》。

［20］转引自金克木《古代印度文艺理论文选》，人民文学出版社，1980年，第56页。

［21］郑樵：《昆虫草木略·序》，《通志》卷七十五。

［22］李东阳：《怀麓堂诗话》。

［24］潘大道：《从学理上论中国诗》，《小说月报》，第17卷号外，1927年6月。

［25］韦勒克、沃伦：《文学理论》，三联书店，1986年，第200页。

［26］闻一多：《诗的格律》，《晨报副刊·诗镌》，7号，1927年6月。

［27］庞垲：《诗义固说》，《清诗话续编》。

［28］袁枚：《随园诗话》。

［29］陆志韦：《我的诗的躯壳》，《渡河·序》，亚东印书馆，1923年。

［30］刘大白：《中国旧诗篇中的声调问题》，《小说月报·号外》，商务印书馆，1927年。

［31］卞之琳：《哼唱型节奏（吟调）和说话型节奏（诵调）》，《中国现代诗论》下编，花城出版社，1986年。

［32］刘师培：《文说·和声》。

[33] 沈浩波:《从嘲笑开始,到无聊结束》,《中国网络诗典》,江苏文艺出版社,2002年,第368页。

(原刊《江苏行政学院学报》2006年第4期)

汉语诗性智慧相续相生之基因

一个民族的语言和文化似一条涌动的长河。现时激情的流动,是空间生命感;而历史久远,才具有鲜明的民族性。中国诗歌源远流长。"五四"诗体革命发生汉语诗歌艺术的"断流",导致积累了几千年的汉语诗意的流失。世纪末以来诗歌的危机,从诗本身看,可以说是新诗语言的危机,也是世纪风雨过去之后新诗自身弱点的凸露。新诗的现代性与汉语性的实现,离不开古典汉诗艺术的资源,疏通今古汉诗语言艺术之间的血脉联系,则是弥合新诗的语言伤痕,建构和振兴新世纪汉语诗歌的基本命题。

现代汉语和文学与古代汉语和文学有着割不断的联系。几千年积累而留存下来的古典诗歌,是推不倒的。即使遭受扫荡后的20世纪初诗坛,空寂之中仍有几千年泱泱诗歌大国的魂灵——一个不灭的伟大汉语诗歌的魂灵在游荡。"大海中的落日/悲壮得像英雄的感叹/一颗心追过去/向遥远的天边"(覃子豪《追求》)。这一英雄末路之悲,同样可以寓意"五四"诗体革命之后的中国诗坛。

一、一个不灭的伟大汉语诗歌的魂灵在游荡

从幼稚的初期白话诗中仍可发现旧诗词的痕迹。尤其是刘半农、刘

大白、俞平伯、傅斯年、沈尹默,包括胡适等一批颇有国学功底的诗人,他们始初做的白话诗都带着词或曲的音节。只是胡适并不以为然,执意要新旧诗断裂。他在《谈新诗》中全文引出周无的《过印度洋》:

> 圆天盖着大海,黑水托着孤舟。
> 也看不到山,那天边只有云头。
> 也看不见树,那水上只有海鸥。
> 那里是非洲?那里是欧洲?
> 我美丽亲爱的故乡却在脑后!
> 怕回头,怕回头,
> 一阵大风,雪浪上船头,
> 飕飕,吹散一天云雾一天愁。

(《少年中国》第 2 期)

这首诗仍富音节和韵脚,只是任其"大白话"的平实,没有诗的凝炼与暗示。胡适则称"这首诗很可表示这一半词一半曲的过渡时代了"[1]。新诗人走出这一"过渡时代",也就是意味着完全抛弃汉语音节和韵,即与古典词曲彻底决裂,实现彻里彻外的"白话"化。后来引进了西方的自由体,按理说,可算结束了胡适所说的"过渡时代"。然而,古典诗词的音节继续活跃回荡于现代白话诗歌的躯体内的事实,如刘半农的《教我如何不想她》(1923 年 9 月 16 日《晨报副刊》),俞平伯的短诗集《忆游杂诗》(《忆》,北京朴社 1925 年 12 月),刘大白的《秋晚的江上》(《邮吻》,开明书店 1926 年)等,正印证着贯注于汉语诗歌的基因的存在与实现古代汉语诗歌向现代转型的可能。

萨丕尔说:"语言也不脱离文化而存在,即是说,不脱离社会流传下来的、决定我们生活面貌的风俗和信仰的总体。"[2]几千年历史的汉语与汉语诗歌的字词所沾染的文化与美所积淀的精华,其踪迹浸染了汉字的生命,融于汉语诗意,不会因为语言变革与诗体革命而被轻易抹去。胡适强调新诗"说白",即专说大白话,与古典诗歌的意象语言彻底划清界限。初期白话诗正由于执意求"白"而导致语言苍白贫乏。即使如此,仍可从这些篇什中找出沾有民族文化习俗的"踪迹痕"的语词。且以胡适《尝试集》为例:"团圆""竹竿巷""相思"(《一念》),"蝴蝶""双双"(《朋友》),"晚秋""如意""白羽衬青天"(《鸽子》),"月明""这颗硕大的星儿""杨柳高头"(《一颗星儿》),"老鸦""不吉利""无枝可栖"(《老鸦》)等,都是传统文化积淀出的固定意象。像"醉过才知酒浓,爱过才知情重"(《梦与诗》)这类句子,则更近似生活谚语,且句式对称工整。至于真正在做白话诗的俞平伯,他笔下出现的"寒山""冷月""西泠""渡头""野寺""钟声""江色黄""江南绿""红杜鹃儿血斑斑"之类的词汇(词组),明显带有中国雅文化的古典意味。

古代诗人常常通过用典丰富诗的文化底蕴。现代汉诗虽然不必沿袭这种用典之风,但不可不正视汉字词汇被前人使用时残留下的"踪迹痕",这是每个诗人都能从中获益的无形资产。犹如使古老的黄金首饰变为现代时尚金饰,需要一个镕化和重铸的过程。诗人运用汉字书写,同样每个字词固有的指示能都融入新的语词结构的辐射中,而获得活力和现代的光泽,或者说转换为现代汉诗文本的暗示能。如果说传统文化在我们血管里流淌着,那么这也不能不表现为所沾染文化踪迹的汉语字词在诗人笔下闪现着,这岂不意味着今古汉诗具有不可割断的血脉?

且看刘大白的《秋晚的江上》:

归巢的鸟儿,
尽管是倦了,
还驮着斜阳回去。

> 双翅一翻,
>
> 把斜阳掉在江上;
>
> 头白的芦苇,
>
> 也妆成一瞬的红颜了。
>
> 一九二三,一〇,三〇,在绍兴

这首诗虽是现代诗人对秋晚江上的瞬间感受,却带有浓郁的中国文人的情调。诗中出现的"斜阳""妆成""红颜""江上"等意象,具有浓郁古典意味。"归巢的鸟儿""头白的芦花",从民间谚语和民歌中亦可找到其踪迹。特别是作为构成诗美的主要意象"斜阳",为不少古诗词所吟咏。如"杜鹃声里斜阳暮"(秦观),"休去倚危栏,斜阳正在,烟柳断肠处"(辛弃疾《摸鱼儿》),"斜阳外,寒鸦数点,流水绕孤村"(苏轼《满庭芳》)之类,"斜阳"几乎成了浸淫着诗人悲愁的原型意象。不同的是,刘大白笔下的"斜阳",不仅在诗的意象营造中别具一格,还洗去了"斜阳"的悲色,成了被鸟儿驮着,又掉在江上而特有现代美感的瞬消即逝的微妙意象,抒写了一种细微的或莫名的情绪,似通于古代诗歌中常有的闲情逸致。

《忆游杂诗》是俞平伯"试做很短的诗"的小集。他在小序里说:

> 且歌谣内每有一句成文的,如"抱鼓不鸣董少平"之类。两句成文的,则尤多,如《新序》所引徐人之歌,《楚词》内《渔父》之歌;至唐代尚有'将军三箭定天山,壮士长歌入汉关'之歌。日本亦有俳句,都是一句成诗(见周启明所作的《日本的诗歌》一文)。我以为这种体裁极有创作的必要,现在姑且拿来记游,其实抒情呢,也无有不可的。至于因我底才短不能如意,这是另一问题。现在姑以记游体试为之。

如果说胡适的白话诗中带有旧诗词的痕迹,是不自觉的,那么,俞平伯在试做记游体诗中,则是自觉地借鉴古代诗词和歌谣的语言体式。俞平伯虽然赞同用白话做诗,但又感到"白话诗的难处,不在白话上面,是在诗上面",这里"诗"的含义,主要指向汉语诗意。他明确地提倡:"多读古人的作品,少去模仿他。造房的有图样,画图画的有范本,做诗的自然也要寻个老师。西洋诗和中国古代近于白话的作品。——三百篇乐府古诗词我们都要读。这种诗都是淘炼极精的著作……中国历来的大毛病,我们总要'矫枉过正',刻刻记在心里。"[3]俞平伯清醒地认识到新诗不是无本之木,不可没有师承关系,他批评企图与古诗词艺术彻底决裂的"矫枉过正"的做法,要刻刻提防这种"中国历来的大毛病"。俞平伯还认为中国古代诗词中有"近于白话的作品",诸如"淘炼极精"的"三百篇乐府"之类。应该说,古代白话或近于白话的诗歌,更贴近新诗。换句话说,古代白话或近于白话的诗歌,对新诗有直接借鉴作用。俞平伯在《忆游杂诗》中做了初步尝试。如《南宋六陵》:"牛郎花,黄满山,/不见冬青树,红杜鹃儿血斑斑!"《金山塔顶》:"瓜洲一绿如裙带,/山色苍苍江色黄;/为什么金山躲了水中央?"诗中从音节到意象,明显受着古代白话词曲或乐府民歌的影响。仅两句(行)诗,却有绕梁之韵,尽得汉语之美。然而,俞平伯的重要观点及其创作实践,却没有成为当时新诗界的亮点。

一个民族的语言智慧,总是在语言变化和创新中延绵不断,保持富有的语言效力。今古汉语在语音、文法、修辞等方面,都存有千丝万缕的联系,并不会因为以白话代替文言的变革而改变血脉相承的关系。作为语言艺术的诗与文学的演变,也离不开汉语自身基因的作用和发展轨迹。"五四"初期鲁迅的小说,周作人、林语堂、鲁迅等人的散文小品,既深受西方近现代文学的影响,也继承了我国散文和旧白话小说的传统,从而提高和丰富了现代汉语艺术的表现力。中国古代文学中诗歌的辉煌,本来为现代汉语诗歌的诞生和发展,奠定了很高的起点。然而,"五四"新诗执意推翻这一起点,也就失去了汉语言艺术得以生长的基点,由此导致了新诗体如同没有母乳滋润的婴儿先天营养不良。事实上,新诗无法回避对汉诗传统的理解和取舍,真正经得住时间检验的优秀作品,总还与古典汉诗艺术保持着这样或那样的关联。

索绪尔关于"时间在保证语言的连续性"的论述中提出的"符号不可变性与可变性"[4],无疑也切入汉诗语言艺术的发展规律。这场汉语诗歌变革("变迁"),如果坚持"变"中有"不变"的原则,就不仅不会丢失汉语诗性、诗意、音韵、节奏等特有的美质,而且还会激活它们,赋予它们新的生长点,闪现新的光彩。古今诗歌的汉语之美,是一个不断新变而又连续的过程。两千多年汉诗体形式的演变,并没有影响诗歌构成的基本语言材料——汉语词汇所特有的音韵、诗性。并且,唐诗宋词将汉语音调、音节、诗性、韵味发挥到了登峰造极的境地。新诗代替旧诗的变革,诚然与旧诗的历次变革不同,但不管变革的幅度有多大,汉诗艺术的基质和语言智慧是不会中断的。新诗语言离不开汉语特质,新诗需要在汉语言艺术的母体的孕育与汉语诗性智慧的相续相生中充实和完备自身。

二、汉字的凝炼特性与诗意别传之妙

汉语诗歌有着自身的音律和语词的意味。从汉字与诗的起源考察,上古之时,未有字形,先有字音。当我们祖先开始"侯人兮猗"(《侯人歌》)的歌唱,就是一种节奏性的呼喊或叹息。人类最早是以声音作生命情感的自然宣泄,或动之以手舞足蹈。即使有了文字,诗、歌、舞一体仍在延续。诗与歌舞分离,文学的独立和发展,但也改变不了诗歌语言的声音的本性。汉诗语词的繁多和表意的特性,诚然比字母文字的诗歌更具有阅读和玩味的功能,但以审美接受而言,汉诗与西语诗的结构一样,首先表现为语音层面。而诗诉诸听觉,具有其他诉诸视觉的文类所不可代替的现代意义。麦克卢汉认为:"偏重文字的受众有一个基本的特征,他们面对书籍或电影时,扮演一个非常被动的消费者角色。""如与口头和听觉文化的高度敏锐的感知力比较,大多数文明人的感知力是粗糙而麻木的。其原因,眼睛不具备耳朵那种灵敏度。"[5]麦克卢汉是针对现代文明削弱了人类的感官本能而言。声音最敏感,是传达生命情感的快捷方式。声音虽也不可避免地被文明语言所扭曲,但哭与笑,喜怒哀乐,具有抗扭曲的冲击力。"声音首先具备一种能够渗透和震撼所有神经的力量"(洪堡特语)。相比之下,听比看更能守护人类自身,更能激发主体感受的活力,因而也更贴近诗的本质。现代汉诗的倾听之境,主要是以节奏和语调创造为标志,隐喻或象征藉助汉语节奏和语调生发现代诗意。

中国古典诗歌创造了汉字铿锵的特别魅力。汉字是单音节,一个字一个音,诗的词汇组合是由一个个单音的字集合而成。古诗十分重视语音形象的创造。一代代诗人们致力于汉语声调(四声)、韵律的开发与提炼,展示汉字的音韵美,作过种种体式的千古绝唱。其实,世界上不同文字的诗歌都讲究声调的抑扬。希腊、拉丁文诗歌是以长短音相间相重为抑扬;英文诗歌是以轻重音相间相重为抑扬;汉语诗歌则以平仄相间相重为抑扬。那种在精密的格律限制中自然达到的字词组合的汉语诗美的极致,可谓古典的完美,并具有超格律的汉语诗学价值。1939年,林语堂曾道出汉语字词组合对于诗歌、散文所具有的独特奇效,他说:"这种极端的单音节性造就了极为凝炼的风格……于是我们有了每行七个音节的标准音律,每一行即可包括英语白韵诗两行的内容,这种效果在英语或任何一种口语中都是绝难想象的。无论是在诗歌里还是在散文中,这种词语的凝炼造就了一种特别的风格,其中每个字、每个音节都经过反复斟酌,体现了最微妙的语音价值,且意味无穷。"[6]现代汉诗不可能沿袭旧诗格律,但不可以丢掉"凝炼的风格"。凝炼,是汉诗的语言特质,也是音节组合(词)产生意味的基因。用很少的字词奏出和谐的音韵,才是上乘的汉诗作品。汉字的多样性与单音节,为选字炼字提供了极大的可能性。

诗味,是汉语音节组合即字词组合的效果,是既诉诸听觉又诉诸视觉的通感效果。沈德潜说:"诗以声为用者也,其微妙在抑扬抗坠之间,读者静气按节,密咏恬吟,觉前人声中难写、响外别传之妙,一齐俱出。"[7]是对古代"诗以声为用"的描述,读者在汉语音节的"抑扬抗坠之间",获得吟诵(唱)的愉悦,体悟到响外微妙之意。而读者必具一定的文化修养,方能进入这种"读诗趣味"的审美境界。中国人不仅耳朵训练有素,能够辨别平仄,同时像嗜好美食一样玩诗味引为高雅。这几乎成了传统文化心理习惯。现代倾听意义上的汉诗之"声",因走出古诗声律而拓展了心理空间,为使诗得"音声之外""真味"(朱承爵语)提供了更大的可能性。

古代诗歌从口传到书写,由于一直保持着与民歌的亲缘关系,因而表现了白话化倾向与雅俗共赏的审美特点。第一部诗歌总集《诗经》伴随"国风"民歌采集而诞生。从汉乐府到白居易的新乐府,旨趣在"作诗要老妪能解"。其实,作为文人创作的五言诗产生的源头——五言歌谣形式,至今仍活跃于民间。如《西洲曲》《敕勒歌》《木兰诗》等艺术技巧成熟的白话民歌,历久不衰,仍为我们所喜爱、所动容。这说明以口耳传闻的民歌具有优美的汉语韵律与汉语诗意而穿越时空。特别是唐宋以来以北方话为基础而形成的古白话,与现代汉语非常接近。唐诗宋词元曲创作,白话风盛,堪称白话诗词曲。否则,怎会至今仍在流传,识字的与不识字的都能背诵,乃至成为文化启蒙的范本?这除了诗歌读起来顺口、流畅、响亮,首先还在于语言白话化,精当洗炼,因而易懂易记。

古白话与现代白话的相近性,决定了汉语诗意积淀—解构—积淀的连续性,古典诗歌艺术中一些还有生命的东西,仍有继续存在和延绵的可能。历代诗体变革都是朝着白话和自由方面发展的,胡适也认识到这一趋势,他说:"五七言成为正宗诗体以后,最大的解放莫如从诗变为词,五七言诗是不合语言之自然的,因为我们说话决不能句句是五字或七字。诗变为词,只是从整齐句法变为比较自然的参差句法。唐五代的小词虽然格调很严整,已比五七言诗自然的多了。"[8]胡适从"说话"的角度衡量"诗变为词"的语言进步,是有道理的;但唐诗已是深入浅出的古白话艺术,五七言诗作为书面语艺术创造了音节铿锵的汉语诗美;词也保留和拓展了汉语诗意。不管是词、曲还是诗,都含有与现代汉诗相通的白话艺术因素。这即是说,从诗到词、从词到曲之间的演变(变革),都有利于或保持了汉语诗性智慧的相续相生。"第四次的诗体大解放"(胡适语)企图割断这种血缘关系,但初期白话诗摆脱不了旧诗词曲痕迹的事实,却是一种嘲讽式的自我印证。所谓"旧诗词曲痕迹",大致指切入汉语音节铿锵的惯性而流于笔端的轨迹。我甚至认为,新诗倘若就从初期白话诗所带有的"词或曲的意味音节"起步,吸取西方现代诗的隐喻或象征,中国新诗或许又是另一番景观。胡适执意要抹去"旧诗词曲痕迹",似乎多迈出了一步,使真理变成了谬误。

诗,失去自身的音节,势必就变成了散文或散文化的诗。胡适所说:"诗的音节全靠两个重要分子:一是语气的自然节奏,二是每句内部所用字的自然和谐。"[9]胡适强调"自然音节",抹去了诗的特质,或者说,抹去了诗与文的界限。这种"自然音节"与他所提倡的"作诗如作文"相吻合。诗以语言意象区别于音乐,又以音律区别于散文。新诗体朝向多元化发展,可以在朗诵与阅读方面有所侧重,但只有入汉语音节的严与宽之分,都不可舍弃炼字(词)炼意的环节。一首诗失去音韵,失去必要的格律因素,光凭内在情绪韵律作自由散漫的诗意言说,致使词汇组合失范,虽用汉字却显示不出汉语诗意及光泽。因此说,汉语音节及其凝炼风格,是创造汉语诗美所离不开的代代相因的基质。启功先生十分赞赏新诗作家"吸收民间曲调的部分营养",认为节拍、辙调在汉语中作用很大,称为"汉语中的'血小板'"[10]。如果从汉语音节、韵律方面去理解"血小板",那么,新诗只有存活或激活汉语言艺术的"血小板",才有在诗的建行、跨行中保证使现代汉语凝聚为活的整体的可能。

本篇探讨传统汉诗艺术中可存活的形式因素,着眼于摆脱形式上的束缚,获得生命精神表现的诗意自由。汉语音节及凝炼的特点,同样提供了现代汉诗形式的自由空间创造的可能性。譬如,卞之琳在对新诗格律探索的创作实践中,深受晚唐和南宋词风的影响。他的优秀诗篇既讲究汉语音节("顿"),又吸取了李商隐、温庭筠、姜夔等诗词的隐含、空灵的特点,并融入法国象征派和英美现代派的手法;特别是在叙述口语中,既体现了"顿"数安排的参差均衡律,又跳跃性大,空白点多,乃至意思脱节、晦涩,从而实现诗句在现实层面上的飞跃和升腾,从客观具体场景迅速进入广阔的时空。达到这种诗意表现的自由,全在诗的韵律出于倾听,出于诗性体验的深层韵律,得力于汉语诗人炼词炼意的功夫与哲人的现代知性对形式的浸淫和拓展。其实,作为文人创作的五言诗产生的源头——五言歌谣的形式,至今仍活跃于民间。如《西洲曲》《敕勒歌》《木兰诗》等艺术技巧成熟的白话民歌,历久不衰,仍为我们所喜爱、所动容。这说明以口耳传闻的民歌富有汉语韵律,易于记诵,优美的汉语诗意具有穿越时空的诗学价值。

注释:

[1][8][9] 胡适:《谈新诗》,《中国新文学大系·建设理论集》。

[2] 萨丕尔:《语言论》(陆卓元译),商务印书馆,1964年,第129页。

[3] 俞平伯:《社会上对于新诗的各种心理观》,《少年中国》,1卷8期,1920年2月15日。

[4] 麦克·兰编《结构主义导论》,纽约,1976年,第50—53页。

[5] 何道宽译《麦克卢汉精粹》,南京大学出版社,2000年,第203页。

[6] 林语堂:《中国人》,学林出版社,1994年,第222页。

[7] 沈德潜:《说诗晬语》。

[10] 启功:《汉语现象论丛》,香港商务印书馆,1991年,第8页。

(原刊《江苏行政学院学报》2007年第4期)

资源与转换:
现代汉语诗意结构形式的可能

本文论证今古汉诗的关联,意在引起新诗坛的有识之士开发汉诗资源的兴趣。今古汉诗虽然在音节、韵律、词义、语境、修辞、象征、意境等基本审美因素方面,还存有种种联系的可能,但现代汉语诗意结构,毕竟是一个全新的创造性范畴。本文称古代汉诗为"资源",正意味着不是对古典经验作一般的借鉴或运用,而必须有一个转换过程而进入现代诗性之境。根据汉语文字既表音又表意的特点,可以从诗的声音层面和形意层面,即视听两个方面,对新诗语言形式重建作一具体思考。

一、倾听:现代汉诗的节奏或"灵魂的词汇"

我发现一个有趣的现象:初期白话诗人为了表示与旧诗决裂,甚至写成了不分行的散文体。实际上还是诗。我曾对沈尹默的《三弦》《人力车夫》作过分行处理[1],不仅有音律、节奏,而且押韵,只是内涵匮乏。而当今似乎达成一种默认,只要分行就是诗,实际上是分行的散文或散文化的诗。现代诗人崇尚的所谓"倾听",是通过阅读(与读散文相似)体验到的,并未直接引起听觉的快感。本文兴趣正在于探讨现代汉诗如何使读者通过朗诵、通过耳朵进入倾听之境,当然朗诵也离不开阅读理解。由此揭示诗歌作为声音和意义的有机结合体在声音层面的功能,这样在文类上也与散文划清了界限。

长期以来,新诗坛流行以内在韵律代替外在韵律的观点。卡西尔认为:"语言中的'向外之路'同时是一条'向内之路'。因为只有当它外在的直觉进一步确定时,它的内在直觉方能被真正地显示出来。"[2]没有入乎汉语音节的建行,没有不绝于耳的汉语诗性的词汇,即没有富有表现力的"外在的直觉"的形象创造,何以言"现代汉诗"与现代汉语诗性体验?赫尔德把这种对"语言形式处理"或创造,称为"人类功能""特有的才能"。[3]语言,可以称为人的情感发泄,乃至成为人的本能的喊叫和呻吟,但即使带有某种诗意,也不会具备诗性语言形式的有效性。诗的语言形式,依赖于诗人的语言创造力与独特的诗意表现力。

人的五官感觉,莫过于听觉的敏锐性。遏制听觉的钝化,一如遏制人类老化。从感觉心理学观察,听,最原始也最现代。听阈,最单纯也最丰富。艾克哈特说:"听可给人带来更多的东西,而看则使人失去更多的东西,哪怕就是处于看这一具体行为之中时。因此在永恒的生命当中,我们是从听的能力而非看的能力那里获得了更多的赐福。因为听这个永恒世界的能力是内在于我的,看的能力却是外在于我的;这是由于在听时我是恬静的,而在看时我则是活跃的。"[4]这种现代意义上的"听",依赖"被于"空间的原始直觉,把滞留于外在世界的目光,拉回到一直处于沉寂状态的心理现实。赫尔德的"反映"概念,正是从这一意义上,强调"反映的第一个特征是灵魂的词汇"[5]。诗歌要进入现代诗性体验的听阈,不能不借助于诗的音节和词语,由音节的变化和语词的连续而构成一定关系的意义场,即显示感觉心理过程的效力系统。诗人要将自身倾听的某种内在直觉体验,诉诸诗歌,表现为内在生命的节奏对现代汉语节奏的渗透,换言之,现代汉诗词汇是从灵魂里拖出的,生命律动转化成了诗的节奏。由自然生命韵律唤起词语的意义,包括变幻形象的内在象征的意味——韵律以外的意义。当然,这还要借助于智性的眼睛,通过解读和理解,然后潜入听阈。巴赫金认为:"在阅读时,连诗歌作品的艺术直觉都基于字母(换言之,写就的或刊印的视觉形象),但是,在欣赏的下一个时刻,这个视觉形象就淡化了并几乎被话语的其他成分如发音、声音形象、语调、意义消解了,而这些成分接下来将我们常常引向话语之外。"[6]只要是切入内在生命律动的汉语音节和词汇,就会将读者引入听诗境地,领略在汉语韵律跌宕之间产生的回味不尽的诗意空间。即使像李商隐的七言诗《锦瑟》《无题》等,以工整而朦胧乃至有几分晦涩的韵律或诗意语言,抵达了内心深处,提供了倾听的古典价值。刘勰曾说:"外听之易,弦以手定,内听之难,声与人纷。"[7]"内听"通于"倾听",刘勰可谓先见之明。新格律诗几次实验都未取得成功,重要原因之一,大概都是在"外听"上求"格律"。所谓"限字"说、"限(音)步"说之类,往往成为"内听"与"向内之路"的人为设障,谈不上进入倾听境界。新月派徐志摩在《诗刊》停刊时曾觉悟到:"一首诗的秘密"或"诗的生命",是在其"内在的音节","并不在外形上制定某式不是诗,某式才是诗,谁要是拘拘的在行数字句间求字句的整齐,我说他是错了。行数的长短,字句的整齐或不整齐的决定,全得凭你体会到音节的波动性"。他还作了生动的"人身"比喻:"一首诗的字句是身体的外形,音节是血脉,诗感或原动的诗意是心脏的跳动,有它才有血脉的流转。"[8]读诗或听诗,犹如通过"血脉的流转",感觉"心脏的跳动",感觉内心和生命深层的声音。

而在诗中,音节的流转是有声的,所表达的内心世界,是无声的,或者说是混沌的"无"。因此,在汉诗创作中,加大汉语音节与节奏的生命律动的内蕴,制造词汇之外的"有无相生"的语音(节奏)效果,无疑是建构现代汉诗韵律的出发点。从倾听的现代诗意着眼,现代汉诗的韵律因素主要表现为节奏和韵。

汉语文字虽然没有字母文字那样富于弹跳力与节奏感,但只要组合得当,同样可以取得独特的音质韵味,在构成特有的音调、音节、节奏中表现出东方的流风韵致。现代汉诗节奏以特有的音节组合方式,既区别于散文又不同于旧诗。古代汉诗的节奏,是以两个音节即两个字作为一个节奏单位,而五、七言诗,常常以一个字收尾,这个字则单独成为一个节奏单位。现代汉语以双音词为主,多音词及虚词、助词等轻音词与外来或新造的词汇,也有不少入诗。因而,现代汉诗的节奏单位,不会再像古诗那么单纯,限制过严,而当以通常言语和说话为依据,主要由二、三个音节成音组,构成多重节奏单位。这不但切入人的呼吸和心脏跳动的自然生理节奏,也拓宽了诗的节奏创造的自由空间,有了节奏的心灵深度的可能。在"现代格律"理论中,卞之琳提出的"顿"说,具有切入现代汉诗节奏的可能,只是还停留在"外听",尚未进入"内听"的理论自觉。本文从现代倾听意识方面提出节奏概念,旨在提供阐发卞之琳的"顿"说的理论依托与现代诗学背景,将"顿"说引入"内听"的诗歌理论范畴。现代汉诗词汇组合受制于汉语音组的律动,只有出自"灵魂的词汇",才会形成汉诗的现代节奏。苏珊·朗格说:"节奏连续原则是生命有机体的基础。""呼吸是生理节奏最完整的体现";"心脏的跳动也说明了同样的机能连续:心舒张已准备了心收缩,反之亦然。"[9]刘勰论"声律":"夫音律所始,本于人声者也。声含宫商,肇始血气。"[10]诉诸言语声音的诗歌节奏,是人的生命律动的反应,具有切入人的生理节奏与深刻传达人的内在生命情感世界信息的可能。正鉴于此,我认为现代汉诗的基本格律因素在于节奏的处理。"顿"或音组,是诗节奏的组成方式,或作为节奏的音形,形式感强,只有达成诗人特有的感觉心理形象的有秩序的连锁,显示支持诗的节奏的原动的生命体验,其作品才有获得现代诗意的可能。我不赞成诗歌有所谓"内节奏"与"外节奏"之分,那样只会导致"格律"与现代诗意存在的分离,使"顿"或"音组"流于形式。陆志韦说:"自由诗有极大的危险,就是丧失节奏的本意。节奏不外乎音之强弱一往一来,有规律的时序。""节奏是最便利、最易表情的锻炼,节奏的来历有迟有速,有时像现成的,有时必须竭力经营的。"[11]如此以情感为原动力与对"音之强弱一往一来"的自然节奏的契合,去理解"节奏的本意",是符合新诗创作要求的。

卞之琳的"顿"说,意味着汉诗节奏形式由音节平仄律(限字)转移到"顿"(音组)上来。他说:"汉文固然至今还都用单音节字写出,这和今日世界上流行语种都不同,汉语却决非单音节语言,说话不是一个音节一个音节分别吐字,这和世界上任何语种都还是一样。"[12]新诗节奏以汉语普通话的两三个音节组合成为"顿",势在必然。这也是中国汉诗进入全球化语境,有了在与西方现代诗歌艺术的交流中获得发展的可能。问题在于,汉语诗美质素不能消解于任何别的语言形式之中,使新诗散文化或变为译体诗。诗人必须利用汉语的美的资源,不断摸索和发挥现代汉语音节及其节奏构成的特长。卞之琳还说:"'顿'或'音组'本身用起来还有不少的讲究。例如全首各行以奇数'顿'即三字'顿'或一字'顿'收尾占主导地位,就像旧诗的五、七言体,在白话新诗里就较近哼或吟咏的调子;而全首各行以偶数'顿'即二字'顿'收尾占主导地位,就像旧诗的四、六言体,在白话新诗里就较合说话的调子。"[13]如此以"奇数顿"收尾与偶数"顿"收尾,来验定"哼唱型节奏(吟调)和说话型节奏(诵调)",可以说揭示了现代汉诗语言节奏的可能性。当然,这仅相对而言。因为也有不少能唱的词曲,都是以二字"顿"收尾,如李清照的《声声慢》、马致远的小令《秋思》等名篇。唐代盛行的五、七言体,大多是以一个字收尾,也有以三个字收尾。卞之琳强调"吟调"是以三字"顿"或一字"顿"收尾,即把古诗收尾的情形倒了过来,既符合现代汉诗的实际,又有利于保持汉语音节铿锵的诗性特点。宋词以长短句形式出现,奇偶数"顿"相互交错运用,使二字"顿"比在四、六言体中运用自然,并恰到好处。收尾也是一(三)、二字"顿"相间相杂,不同词牌有不同的间杂法,有水到渠成之势。现代口语中普遍出现的,是以两三个单音字作一"顿"。每行诗词汇组合如何使两三字"顿"错落有致?确是优化现代汉诗节奏的基本环节。卞之琳认为:"在新体白话诗里,一行如全用两个以上的三字'顿',节奏就急促;一行如全用二字'顿',节奏就徐缓;一行如用三、二字'顿'相间,节奏就从容。"[14]在优秀的新诗作品中,全用三字"顿"或二字"顿"的诗行极少。其实在建行中,突出三字"顿"或两字"顿"的急促(例1)或徐缓(例2)的效果,一般也离不开两字"顿"或三字"顿"的调节。

例1:你是｜我的家,｜我的坟,
　　　要看｜你飞花,｜飞满城,

(卞之琳《春城》)

例2:夏虫｜也为我｜沉默,
　　　沉默｜是今晚的｜康桥!

(徐志摩《再别康桥》)

节奏"急促"还是"徐缓",固然与诗人抒写的情绪密切相关,但不同诗人对情感或生命体验又有不同的诗性处理与表现方式。卞诗的局促中是一种包裹潜意识的模糊的声音,徐诗的沉缓中则是呼之欲出的情感意象。"从容",按我理解,并非与"急促""徐缓"同一层面,更多的时候是节奏的一种风格。

今古汉诗语言结构的变化,趋向节奏的内在化。古诗节奏的形式美具有相对的独立性。尤其是律诗,完全借助四声的音调,借助平仄组织起有规律的抑扬变化,固然形成了音节的铿锵凝炼的特点,但由于节奏单位排列单纯,高度规则化,诗意往往活跃于语言的表层,不易构成语言深处的无声之境。像李商隐的《无题》,朦胧诗意却出自"蓬山此去无多路,青鸟殷勤为探看"之类隐喻修辞中,句子本身的平仄对仗并不那么严。现代汉诗节奏以"顿"(音组)代替了平仄,获得了较大的自由和张力,无疑使节奏向内心突入,有了接受和敛聚灵魂之音、生命之音可能。然而,有声就有调,在节奏单位组合的有秩序的连锁中,仍然要发挥汉诗音律的活性因素。一方面讲究自然声调的抑扬,注意入乎普通话的"四声",对现代生活口语的高低、轻重、长短、顿挫,进行取舍和熔铸;另一方面,尽量采用二、三字"顿",奇数"顿"与偶数"顿"相间。这样不仅有利于汉语节奏的音乐感,也有了炼词炼句的约束机制,消除新诗的散文化、译诗化倾向。

现代汉诗"顿"的节奏方式,不仅有利于拓展节奏的内涵和深度,而且能入现代口语,与现代生活的快节奏相呼应。新诗对于这种现代节奏的寻求和创构,依然离不开对汉语之美的资源的发掘和活用。在词汇组合中,古代"声律"所称"异音相从谓之和,同声相应谓之韵"[15],仍未过时。旧诗依靠严密的平仄律而达成诗歌的和谐悦耳。新诗的建行、跨行要达到音律和谐,其起着主导作用的"顿"(音组)的处理,也离不开汉语音韵与音节组合的特有方式的协调。譬如,大体上押韵,一韵到底或转韵,都有助于诗的节奏和谐的效果,读起来顺口,易诵易记。押韵的不一定是诗,但"哼唱型节奏(吟调)"的诗,大都是押韵的。对于双声、叠韵、象声等类词,只要运用得当,也会增强语词结构和诗行的音调和谐的效果。

撑 着 | 油 纸 伞, | 独 自
chēng zhe yóu zhǐ sǎn dú zì

彷 徨 在 | 悠 长、| 悠 长
páng huáng zài yōu cháng、yōu cháng

又│寂寥的│雨 巷
yòu　jì　liáo　de　yú　xiàng

（戴望舒《雨巷》）

可见,双声(zh,d)字、叠韵(ang,i)字、同音(you,chang)字,贯穿交错这一跨行之中,婉转中有铿锵,铿锵中见婉转。特别是第二行中,叠韵"彷徨"后一个去声"在",接着"悠长"这一(阴、阳)平声的反复,构成抑扬律,其"扬"给了一个"四拍全音符",造成回肠荡气的特大听阈,与下行韵脚"巷"相应,抒发了不尽之惆怅。《雨巷》所创造的新诗韵律的显著效果,显然与对现代汉语声调的精当运用是分不开的。这也是王国维所说"词之荡漾处多用叠韵,促节处用双声,则其铿锵可诵"[16]的汉诗之美境。"梧桐更兼细雨,到黄昏点点滴滴。"(李清照《声声慢》)"滴"是形声字,"点点滴滴"是象声词,是对黄昏细雨滴落梧桐所发出的音调的摹拟,自然也是女诗人凄清哀愁的吐露。这种对象声词(字)的运用,也常见于新诗。汉诗音韵之美具有相对的独立性。所谓"叠韵如两玉相叩,取其铿锵;双声如贯珠相联,取其宛转"[17]。即是形容叠韵、双声的特殊音组所产生的强烈听觉美感。"点点滴滴",其叠字延长了"象声"的时态,首先给人以雨落梧桐的声音美,然后才烘托出女诗人的愁色美。"我哒哒的马蹄是美丽的错误"(郑愁予《错误》),"哒哒的马蹄"声是美妙动听的,但在诗人记忆中却酿成了"美丽的错误",从象声"哒哒"到叠韵"错误",诉诸读者听觉美之变奏。现代汉诗显然加大了"象声"的艺术寓义的力度,甚至成为一种象征或抽象,但仍是以对自然声响之美的摹拟为发端。现代汉诗也离不开自身音韵的自然调节,只要有意把握和发掘汉语音韵的特长与几千年的汉诗经验的积淀,就不会丢失新诗声音层面的汉语之美的表征。

新诗还可运用排比、层递、反复、对偶、顶真与回环等现代汉语辞格,促成诗行布局的起落回荡的韵律,并形成交替重复的节奏的规律性特点。如卞之琳的《几个人》,共14行,未分节。而"当一个年轻人在荒街上沉思"之句,在全诗中反复出现三次,其位置在第五行、第八行、第十行,都是以此句为结,每次都减少二行,第十行句担负着承上启下的双重角色。全诗由此形成五/三/二(一)/五行式结构,不仅如同建筑构成整体的起伏跌宕的均衡,而且形成层层递进的诗意节奏、情绪的流动和跳跃。新诗对现代汉语辞格的创造性运用,有助于表达诗的现代节奏感,同时也为加大词汇组合、建行或跨行、行与节、节与节之间的张力,增强诗的节奏内涵,提供了可能性。"当一个年轻人在荒街上沉思",这个"年轻人"或"沉思"者的角色,正是艾略特所称"诗歌的三种声音"的"第三种声音"[18],是诗人创造的一个戏剧性的角色,"只供一个虚构人物和另一个虚构人物说话"。这行诗的三次反复,都是转换与不同虚构人物说话的角度,造成了五/三/二(一)/五行式的张力结构。这首诗的张力结构,不在于"沉思"者与周围虚构人物的关系,而在于中间有一个隐形的诗人。所谓"异音相从谓之和",应当是"异音"相斥而获得最大张力之后而"从"的效果。今古汉诗正是在这种差异和张力的程度上表现出很大的不同。卞之琳提出"参差均衡律",虽是对新月社的"方块诗""豆腐干块诗"的反拨,但仍然是从诗形上立论。而他的创作实践却是使生命感觉的诗意呈现于诗形,这可以理解为对他的理论的补充。只有同时看到诗歌形式的内涵与外延两个方面,从诗人内心的声音中提取诗的韵律,在探求语词结构变化中加大"异音"语词的张力,由此而获得整体的统一和谐,或称为不同中求协调也好,参差中求整齐也好,这样才有诗的鲜明的节奏感与丰富多样的现代节奏层次的可能。而真正切入现代诗人的复杂微妙的心理体验的节奏,是难以捉摸透的。它只是诱惑人们去探测神秘的内在宇宙,并会给人们带来朦胧的审美快感。

二、玩味或"品":"东方美人"的韵味

外文字母先读音后释义,汉字先释义后释形再释音。汉诗之韵,本义指音韵乐意,后来有了引申义,便诉诸文字表现。刘勰称"吟咏滋味,流于字句","声得盐梅,响滑榆槿"[19],是以味觉之味的通感方式,描述"声"的内蕴。宋人范温释韵则曰:"有余意之谓韵。"他认为"自三代秦汉,非声不言韵;舍声言韵,自晋人始","凡事既尽其美,必有其韵,韵苟不胜,亦亡其美"[20]。称"舍声言韵"似不妥,因为后来诗歌对韵味的追求,是从通感上拓展了韵义,使韵由听觉向视觉发生转移,借于汉字和语词结构的特有表现力,于简易闲淡之中,寓有深远无穷之味。诗的这种耐人寻味、可阅读性,正是诗歌与音乐歌词的不同功能。因为音乐歌词消融于乐曲之中,而带有音响的诗歌词汇永远灵动于读者目下。人们欣赏一首好诗,听与看兼而有之,听也离不开看。中国传统诗论中关于"品"的鉴赏理论,正是对"味"而言,"味",凸显了汉诗的审美特征。所谓"绕梁之韵",正是打通视听界限的审美效果。不管是听还是看,都要通过理解和想象去感悟诗性体验。现代汉诗加大了节奏的内涵力与隐喻的力度,其词汇(音组)意象隐秘朦胧,不易被短时间内的听觉所接受,必须借助于视觉的停留,作反复深入的探测,即解读的过程。因而,现代汉诗文本将阅读功能更突出地提了出来,只是这种在诗歌诉求层面所体现出的视觉热情,旨在潜入发自内部的倾听之境。

汉字是世界上最具有美学潜质的文字。汉诗诉诸视觉的快感,主要表现为汉语字词组合效果的特有韵味和色泽。我不主张把"滋味"与"韵味"分割开来,钟嵘、刘勰所说"滋味",可以理解为韵味的感性特征。印度欢增《韵光》认为"韵"如同女人的美——她的肢体以外的美。檀丁《诗境》则又把"味"喻为蜜蜂得到花蜜而醉[21],这大致吻合对汉诗的感性特

征的解释。汉诗韵味首先是由直觉引起的美感,但韵味深层表现,不单是耳目感官的快适,而是妙不可言的形而上的审美形态。所谓"味外之旨","不着一字,尽得风流"[22],是不落言筌的至味至美。如"数回细写愁已破,万颗匀圆讶许同。"(杜甫《樱桃诗》)看似平易委曲,写人心所同,但于"破"中见"圆"的喜剧氛围里,却也飘出一种自嘲和无奈。现代汉语诗人将目光投向自身生命体验。"我挥一挥衣袖,不带走一片云彩。"(徐志摩《再别康桥》)揭开诗人惜别之情的面纱,便是对康桥的生命般守护的百般虔诚,一种追求自由的生命之音,隐隐地在文本之外回荡。德里达将阅读比作揭开一幅油画下面掩盖的另一幅更可贵的画。[23]这种言外之深意或"另一幅更可贵的画",是能产性语境的效果。这自然得力于汉诗音节的凝炼,一个好的炼字(词)往往是在特定语境中发生效应。司空图称:"若纳水輨,如转丸珠。"[24]十分准确地描述了汉诗语境中字词组合所特有的洗炼饱满,流转圆活。那种达到一字不多,一字不少,一字不可移动的诗句,无疑发挥了能产性语境的汉语优势。现代汉语诗人追求语词的感性,旨趣在语词的原动力与张力及其结构意义,驱使语境的诱发力。如"天地之间一钟声/水拍云崖暖"(姜耕玉《西行》)。初看由"钟声"激起"水拍云崖",属于一般的通感句式,但由于"钟声"指向人世众生,这便引起"水拍云崖"的虚幻变化,增大了语境张力关系。其最后一个触觉"暖"字,既感性又虚无,显示汉诗韵味的特质。这说明现代诗语词的张力或弹性语言,仍不可没有凝炼功夫。

汉诗韵味不是仅仅靠比喻、夸张等修辞手法而取得的语词(境)的意味,而是对汉字词固有诗性的敲击和引发、离异或转移,犹如品茶,苦未已而不胜其甘。当然对一个语词的理解,也涉及上下文,甚至涉及与此词有关的全部历史。如"佛头/青了"(孔孚《春日远眺佛慧山》)。只要联系题目看,就会感悟这样的语词的"佛意",及汉字表意的盎然生机。现代汉诗音组限制的原则使词汇组合趋于简洁自由,乃至不连贯,大幅度跳跃。这就拆解了语境对语词的限定,使词与词在相互自由作用的过程中包容本义、转义,生发新义,造成语境极为富赡的张力。从这一意义上,正如尤里·梯尼亚诺夫所说:"词没有一个确定的意义,它是变色龙,其中每一次所产生的不仅是不同的意味,而且有时是不同的色泽。"[25]譬如太阳、星星是诗人经常写及的词,但在海子诗中则一反常态,"我站在太阳痛苦的芒上"(《答复》),"夜晚我用呼吸/点燃星辰"(《传说》),"太阳""星辰",成了诗人自身痛苦状态和生存精神的折光。现代汉语诗性体验,意味着诗人对汉字的重新审视。拨开并洗去汉字的历史尘埃,揭示汉字原初的本真的光泽。仓颉"见鸟兽蹄远之迹,知分理之可相别异也,初造书契"[26]。诗人需要从原始的基点上发掘与点亮汉字,赋予汉字现代存在意义。海德格尔说:"语言是至高无上的。""人只是在他倾听语言的呼唤并回答语言的呼唤的时候才言说。""语言在召唤我们,首先但又在最后,朝向一物的本性。"[27]诗人潜入倾听之境,同时也是倾听语言的呼唤,当汉字带着物的本性,进入诗人的听阈,成为诗人生命存在的显现,这样才有现代汉语诗意的可能。因此,现代汉诗如何以生命存在意义上的"诗意语言"激活与开发修辞功能上的汉语诗意潜能,将语境所投射的意味融于自身,促成语词自身能量聚变为结构意义上的诗意效果,仍是诗人探索的课题。

汉诗语词具有独特的色调美、意趣美、神韵美。古典诗人讲究"落笔圆",不仅指诗人炼字炼句炼意的匠心,还见诸摹神取象、穷极其理的笔力。如同人们所熟悉的王维的诗句"大漠孤烟直,长河落日圆",其"直"字、"圆"字达到了神圆的效果。清人阮元说:"凡文者,在声为宫商,在色为翰藻。"[28]然而,诗歌中汉字(词)的色调美,不是靠词藻堆积、相踵沓出所奏效的,而是指诗质,是一种高度凝炼、出神入化的语词(境)的效果,也是"质而实绮,癯而实腴"[29]的诗意效果。"二十四桥仍在,冷月无声。"(姜夔《扬州慢》)"黑夜给了我黑色的眼睛/我却用它寻找光明"(顾城《一代人》)。前句空中构景,清而有味,寒而有神,冷色调中笼罩着一片悲凉。后句跳跃性大,黑色作为理性的象征,富有力度感,但诗中借用的是自然界黑色。而古诗词还善于借助汉字搭配的独特表现力,增强语词(境)的色调效果。"泉声咽危石,日色冷青松。"(王维《过香积寺》)这里"冷"字用得恰到好处,形成冷暖色的反比效果,凸显冷绿的深度。这合于写寺院,别有一番深意。"疏影横斜水清浅,暗香浮动月黄昏"(林逋《梅花》),惟有汉语词汇(语境),才会将雅士所依恋的梅花表现得这么意趣盎然,特别是下句充满神韵。新诗中虽有对景物形态的捕捉和哲理的提炼,但似还缺乏古人那种探幽烛微而又自然之至的汉语笔力。如"贵妃醉酒的红晕/漫过后宫的那株桃树"(李浔《中国酒》),旨趣在对一种情绪(情状)的夸张和渲染。现代汉诗势必驱使语词向内心突入,但语词成为生命或灵魂的栖所,以致保持现代诗意生态,仍以外部世界、自然界为相依存的背景,这样汉诗语词的姿色、意态、韵趣,方有新的活力的可能,尽管现代汉诗加大了语词意象的表现力度,以及作为语词意象资源的外部物象也发生了很大变化。其实像李白的"浮云游子意,落日故人情"(《送友人》)式的移情状物,直接切入现代汉诗创作。陆时雍称李诗"善于言情,转意象于虚圆之中,故觉其味之长而言之美矣"[30]。这一精妙的汉语诗性体验,亟待现代诗人去发掘和发扬。表天地万物之情状,曲尽心灵之幽迹,各得自然之意趣、神理,达到诗美的天成圆融的自然深度——这种古典汉诗遗韵至今余音袅袅。只要使她融入现代汉语节奏,或以夸张、变形等方式,加大语词意象的力度及其语境的结构张力,实现向现代汉诗艺术的转化,仍不失为绝响。袁枚说:"诗者,人之性情也,近取诸身而足矣。其言动心,其色夺目,其味适口,其音悦耳,便是佳诗。"[31]现代汉诗又何尝不需要能在音、色、味诸方面带给读者丰富的审美愉悦?

由节奏和音节的和谐构成的"一首诗的图案"(莱曼语),并不是为了显示语音和语词本身,而是要暗示语音和语词之外的意义。古代诗论中所谓"韵外之致""味外之旨""象外之象,景外之景""境外之境"之类,都是指弦外之音,言外之意。现代汉诗语词,既有局部(语境)的意义,又与其他词汇、句行构成"一首诗的图案"的整体意义。汉诗节奏声色并茂的流风韵致,见诸建行或跨行之中,并不会因打破格律而消失。藉助倾听而形成一首诗的意蕴,或称为境界。王昌龄《诗格》中称诗有"三境","物境"以"神趣"为虚,"情境"以情为虚,意境则是情与景、人与自然融合境深的灵寄。解构传统意境,并非一律消解境界,至少说意境可以作为一种诗歌风格而存在。何况,对"一首诗的图案"的感受,不同于绘画由线条和色彩带给人们的视觉审美快感,而是由诗的节奏与修辞手法构成的文字图案,带给人们想象的蕴藉与那种只可意会不可言传的微妙感觉。因此,传统意境仍有可为现代汉诗境界重构所吸取的因素:首先,在摹形状物中取神、得趣、写意,使语言形象层面感性生动。诗的境界,总是以传神表意的汉语诗性方式而存在。譬如覃子豪《追求》中"大海中的落日/悲壮得像英雄的感叹",类似于李白的"落日故人情"的修辞方式。"在苍茫的夜里/一个健伟的灵魂/跨上了时间的快马。"这首短诗,都是以有形写无形,化无形为有形,形神毕肖或"虚圆",活现追求者悲壮行进的心理节奏氛围,从而提供了悲壮广阔的境界的可能。汉语诗人常以是否觅得惊奇之句衡量创作成败。惊奇之句或奇凸意象,也往往以神、趣独具为标志,是最能引领读者进入诗境的标志性意象。即使所谓平面(无境界)写作,也离不开传神摄趣之笔力,引起人们对汉诗语言的兴趣和快感。再者,对"真"(情、心)的追求,王昌龄称"意境"是"张之于意,而思之于心,则得其真矣"。王国维《人间词话》认为,"能写真景物,真感情者,谓之有境界。否则谓之无境界。"只要从情、景或心、物交融的角度理解,"真"是包孕诗意,建构境界的第一要素,也可以说是境界的生命。现代诗人对生命感悟或生存状态的表现,客观叙述或激情叙述,虽然打破了抒情言志的传统方式,但诗性言说之真,还是对"真"与"真境"的现代追求和发挥。

"真境逼而神境生"(笪重光语)。任何惨淡经营或技巧运作的神奇效果，都是发生在"真境现时"，这一规律大概古今汉诗皆然。第三，人格精神的映射。现代诗意偏向感性生命，无可非议，但这也不是抛开人格精神一味作感官体验。人生境界或生命境界仍是现代汉诗绕不开的话题。江顺贻评蔡小石关于词有三境层曰："始境，情胜也。又境，气胜也。终境，格胜也。"[32]这种层层境深的宝塔式建构，可能不再适合现代汉诗，但关于"情""气""格"的境界内涵，还是有一定参考价值的。如"气"，生命之气，是诗的"活跃生命的传达"(宗白华语)。汉末建安时期"三曹""七子"的"梗概而多气"，形成诗歌的苍凉境界。所谓"大气之作"，其源头大概不能不追溯到"建安风骨"。至于"格"，按王昌龄解释曰"思"，"思之于心"，"心入于境"。从现代意义说，是诗人的知性、人格和人文精神的投射。从陶渊明"结庐在人境"(《饮酒》)到柳宗元《江雪》所抒写的人格独立意义上的生存境界，表现了不为时间所泯灭的光泽。第四，在构境方式上，以简驭繁，虚实相生。汉诗音节(字)的凝炼、简洁，意在包孕性或暗示力，这就决定了境生象外的优化诗意结构的可能。王士禛以"诗如神龙，见其首不见其尾，或云中露一爪一鳞而已"的生动比喻，揭示了汉诗传神表意、空中构景的简约方式。这般遵循"简化的原则"，颇合乎现代格式塔心理学，与西方形式符号学也有相通之处。克莱夫·贝尔说："没有简化，艺术不可能存在，因为艺术家创造的是有意味的形式。"[33]中国诗画崇尚淡泊，淡亦简。"淡兮，其若海。"(老子语)虚实相生法，就是尽量"用减"，最大限度地发挥词汇组合(节奏)的诗意效率，即充分调动起读者丰富的联想和想象。所谓"即其笔墨所未到，亦有灵气空中行"(高日甫语)，"无字处皆其意"(王船山语)，"无画处皆成妙境"(笪重光语)，也是巴赫金所称"语义空间在彼此之间，统一和聚合产生秩序"[34]的特有现象。这种诗境诉诸读者模糊蕴藉的视觉美感，亦如蓝田日暖、良玉生烟，可望而不可即，禅家"拈花微笑"，只可意会而不可言传。这种虚里摹神、抟虚成实的高超笔力,大概是汉诗艺术的传世之笔吧。

三、革新与创造:现代汉诗形式的多元化

探讨今古汉诗艺术存有相联系的因素,仅仅提供新诗发掘和利用汉诗资源的可能性,而不是让汉诗传统滞碍或束缚了新诗语言形式的发展。如果把今古汉诗艺术贯通喻为架设一座桥梁,那么过桥之后新诗发展之路,就呈现出多向(多元)的选择。

汉诗体变革后语言形式伴随现代化进程而变化,与西方现代诗歌艺术获得共时性发展。现代汉诗进入全球化语境,如何在经受世界诗歌艺术潮流的冲击中展示本色,不能不视为21世纪汉诗发展的焦点。诗人进入这一创作的前沿,既依赖于中国古代汉诗的丰富资源与汉语诗性表现力的优势,又持全方位开放的姿态,在吸取新异的、外来的、民间的、一切有益的语言艺术因素中将汉诗形式引向发展。今古汉诗的语言环境发生了根本性的变化,现代汉诗有着自身的风格和美学特征。特别是言语由任人支配的工具到成为把握人的存在的最高可能性的实现,使汉诗语言形式直接切入人的生存状态,或者说成了内心和生命的直接显示。现代汉诗语言形式观念的这一转变,势必引起审美方式的变化,即由一般的阅读进入倾听之境,从而使现代意义上的汉诗形式浮出水面有了可能。弗罗斯特说:"诗歌中的修辞,始于快感,终于智慧。它始于快感,赖于创作冲动。"[35]"始于快感,终于智慧",实际上成了现代诗语言运作的普遍特点。现代汉诗字词的智性组合的形式感,在于它能够刺激读者的真实感觉和直观想象力,以获得逗留诗意存在状态的审美的快感和满足。既然一首诗的汉语形式首先是给予读者的视觉印象,读者一般要通过初步阅读而后才能感悟到驱动字词组合的诗的节奏,这就要求汉诗形式具备视听觉功能的有效性。质言之,现代汉诗形式建构,旨在激活和保持其节奏

感及语言形式的生命活力。

新诗形式重建,诚然是对汉诗语言规则的认领,但汉诗形式总是处于不断新变的动态过程。任何一种成功的诗歌形式都只能说明过去,或作为一种诗性经验形式而存在,而不能被奉为僵化的范式。现代汉诗形式建构,应该被当作一种创造过程。看待诗歌语言形式,不能单单停留在媒介作用的功能层面上,还需要深入地从语言符号与诗人的内在精神、生命存在的意义层面中去理解。只要把诗视为精神情感和生命的形式,那么人类内心活动持续不断的变化,就使诗歌形式的变化和创造有了内驱力。而诗的形式革新包括修辞和表现手法的变化,则包蕴着更加复杂迷离、纷纭沓至的场景。譬如二三十年代,现代诗人李金发对"个人象征"的运用,卞之琳诗中的戏拟与口语叙述,都不能不理解为新诗史上影响颇大的语言形式的变迁。20世纪八九十年代新诗语言向内心和生命的突入,使新世纪汉诗形式建构和发展处于水到渠成之势。其一、由写作的个人化带来汉诗形式的个性化发展的广阔空间;其二、切入现代人的生存体验和心理节奏的现代感性语言趋向简洁自由,使汉语字词(音节、音组)的凝炼含蓄的诗性表现,呈现出新的生机;其三、结束了长期以来新诗形式单一或尚未成熟的状态,真正为汉诗由单一向多元方面发展提供了契机。

自《诗经》诞生以来,历史上每一次汉诗形式变革,都是朝着语言自由的方面发展,但又不可忽视和失去汉语诗性机制的约束。法国诗人瓦莱里曾以"走路和跳舞"来区别"散文与诗",并认为"舞蹈这种新的行为方式则允许有无限的创造、变化或花样"[36]。现代节制的自由汉诗是在张力场里呈现各种节奏的舞蹈。不管是古典舞还是现代舞,是迪斯科还是霹雳舞,任何一种舞步总是踏着一定的音乐点子(节拍)而展示舞的千姿百态。诗的"舞蹈",也总是依循一定的心理或生命的节奏,而表现出汉语诗意形式"有无限的创造、变化或花样",其标识在诗人的语言灵性得到充分发挥,进入汉语智慧的舞蹈的自由境界。现代汉诗形式流变,是在不停地摆脱束缚中获得自由的诗意表现和充满生机的过程。德里达说:"诗人在体验着自由的时候,发现他自己既受语言的约束又能用一种语言将自己从中解脱出来,他自己就是这种语言的主人。"[37]德里达论证了一个重要的诗学命题,即诗人能够从诗歌语言规则的约束中解脱出来的可能性。诗人的本领就在于既受约束又超越约束而取得自由,成为"语言的主人"。古代诗词中许多优秀篇什,也是因为诗人成了"语言的主人",才那样妙笔挥洒自如,用字恰到好处,有点铁成金之势,意自天成圆融,构成了一种自足的审美的自然深度,毫无受格律束缚的痕迹。如果说古典诗词在旧格律的严格制约中进入了语言艺术的自由—自觉的状态,那么现代汉诗则要在对一定的语言形式的约束("必然")的探索中,获取诗意创造的自由和自觉的状态。而精于言意之表的汉语言艺术功夫,也是进入这种诗意自由状态的必要条件之一。

　　古代汉诗形式流变——从四言到五言,从古风到近代绝句,从七言到有长短句,遂成为词曲,表现了单线条发展变化的特点。而21世纪汉诗形式建构,将呈现出多元并存的格局。诗人回到张扬自己的兴趣与诗意方式的创造的自由天地,在开放的语境中最大限度地发挥自身的创造潜力。现代汉诗形式探索的多元竞争,就是比汉语诗性智慧的高低,比诗的艺术创造力的大小,比在特定的语言节奏的约束中取得诗意表现自由的程度。现代汉诗进入倾听之境,使种种诗形有了诗意的归宿。从汉诗资源背景与西方现代诗歌的交汇点上考察,提供了多种诗形的探索的自由空间与可能性。

　　节奏或格律,作为诗歌语音层面的基本要素,任何形式的诗探索,大致是在对汉语音节的发掘和磨炼中闪现光芒。艾略特所说:"对于任何一个想写好诗的人,没有一种诗体是自由的。"[38]大概也只能从诗人不可避免地受到节奏或格律的约束方面来理解。美国意象派诗人庞德甚至认为:"我想新诗的进步应当是靠拢古典诗歌中量的格律(绝不是照抄、照搬),而不是掉以轻心。"[39]现代汉诗形式探索旨在新的创造,对现代汉语声调、韵味的探索,而不拘格律宽严。既然汉语声调是西语所没有的,那么,如果入普通话四声,创造出富有现代节奏感的律诗、尤其是长短句的新样式,提供将古典诗词曲推向现代诗歌艺术进程的可能,又何尝不是一种探索的路向?诗与音乐有不解之缘。吸收音乐的节奏、节拍、旋律、和声等因素,有助于增强诗的韵律感与语言肌质。有些诗人受流行音乐的影响,旨趣于现代汉诗的节奏感方面的探索,无疑是可取的。譬如,青年诗人伊沙的《结结巴巴》,借用崔健的摇滚乐的节奏。全诗分五节,每节四行,最后一行押韵。如同刚学跳舞的人,作者还不那么习惯节奏的约束,有的诗句可以凝成一行,却作了跨行处理,或留下凑行之嫌。因而滞碍了节奏的行速,未能取得应有的语感效果。并非伊沙后来检查时所认为"它太崔健太摇滚歌词化了"。但他毕竟感到崔健摇滚乐的"节奏加强了我语感中的力量成分"[40]。这仅仅是开始。任何一种成功的形式都有一个反复摸索的过程,那种以"一次性感觉"写作或"用身体写作"代替形式探索的企图,是要不得的。革新与创造,就是包含着风险与失败的概念。现代汉诗不管是接受音乐的节奏成分,还是吸取或采用民间歌谣的简朴的生命形式,都需要坚持诗的独立特性与美学品位。现代汉诗格律只有成为内心的生命的声音形式,才会产生诗学价值。这就带来了格律化的诗的写作难度。建立诗的格律形式,实质上是诗人深入对内心体验、生命体验的自由的诗意言说,是对朦胧的心理节奏、一张一翕的生理节奏与现代汉语音节(音组)三者相契合的探寻,也是对汉诗格律的新的活力的探寻。现代格律的有效性,就在于能够给倾听之境造成震撼人心的汉语诗性音乐。惟如是,格律诗创造方有新的辉煌的可能。

20世纪汉诗艺术由于出现"断流",造成新诗创作的散文化、译诗化,其积极方面的创作成果,主要表现为散文化的诗。1926年王独清曾把诗形分为"散文式的诗与纯诗式的"[41],实际上是说"无韵,不分行"的散文诗与"有韵,分行"的"纯诗",大致从西方演绎而来。"五四"以来"自由诗"将诗推入散文化的自由,郭沫若、艾青都推崇诗的散文的自由与美[42],并积极付诸创作实践。20世纪自由体诗创作所体现的"散文化的诗"的特点:1.自由体没有一定的格式。有一句占一行,有一句占几行(跨行)的;每段没有一定的行数,也有整首诗不分段的;有押韵的,有不押韵的。2.注重内在韵律和自然节奏。"我只是发出我内心的声音"(艾青语),诗人的声音因情感、情绪的起伏而变化,追求自由流畅的语言表达的效果。3.语词不尚修饰,虽是散文化语言却又比散文的语言更纯粹,因而更有成为现代人诗意存在的语言的可能。四、自由体也有利于诗人的语言个性的自由发挥。然而,不讲诗的汉语音节及凝炼特点,仍是导致"自由诗"散漫无纪的主要原因。只要讲节奏,就不可不讲音节,只是散文化的诗的节奏对音节(音组)要求比较宽松,但也是由一定的秩序而构成特有的风格与和谐的效果。散文化的诗与诗的散文化,包含诗与非诗的界限。散文化的诗,又有包容不同诗体形式的可能。如同是自由体,艾青的与卞之琳的是不一样的,而卞之琳的与冯至的,洛夫的与余光中的,又形态各异。"自由诗"创作呈现出纷繁复杂的态势,但多数"自由诗"还未成熟,还不能自成一体,还有待于加强汉语自身的诗性特质。

注释:

[1] 姜耕玉选编《20世纪汉语诗选》,上海教育出版社,第1卷,1999年,第58-59页。

[2] 卡西尔著,甘阳译《符号形式的哲学》,上海译文出版社,1985年,第213页。

[3][5] 参见刘大基《人类文化及生命形式》,中国社会科学出版社,1990年,第110页。

[4] 参见D.M.LiWen.The Listening,Self.Routledge,1989,p32.

[6] 巴赫金:《生活话语与艺术话语》,李辉凡等译《周边集》,河北教育出版社,1998年,第97页。

［7］［10］［15］［19］刘勰:《文心雕龙》卷七,人民文学出版社,1978年,第552-554页。

［8］徐志摩:《诗刊放假》,载《晨报副刊·诗镌》,11号(1926年6月10日)。

［9］苏珊·朗格著,刘大基等译《情感与形式》,中国社会科学出版社,1986年,第147页。

［11］陆志韦:《我的诗的躯壳》,《渡河·序》,亚东印书馆,1923年。

［12］卞之琳:《重探参差均衡律——汉语古今新旧体诗的声律通途》,载香港《明报月刊》,1992年1月号。

［13］［14］卞之琳:《雕虫纪历·自序》,人民文学出版社,1984年。

［16］王国维:《人间词话删稿》,《蕙风词话·人间词话》,人民文学出版社,1982年,第223页。

［17］李重华:《贞一斋诗说》,郭绍虞编《清诗话》下册,上海古籍出版社,1982年。

［18］艾略特:《诗歌的三种声音》,王宁编《诺贝尔文学奖作家谈创作》,北京大学出版社,1989年,第150页。

［20］范温:《潜溪诗眼》,郭绍虞编《宋诗话辑佚》上册,中华书局,1980年,第372页。

［21］参见林同华《东方美学略述》,载《文艺研究》,1989年第1期。

［22］［24］司空图:《诗品》,孙联奎《司空图〈诗品〉解说二种》,齐鲁书社,1982年,第26页,第46页。

［23］J Derrida.Writing and Difference.Univ. of Chicago Press,1978:65.

［25］参见什克洛夫司基等著,方珊等译《俄国形式主义文论选》,三联书店,1989年,第4页。

［26］参见许慎编《说文解字》,上海古籍出版社,1981年,第753页。

［27］海德格尔:《诗·语言·思》,文化艺术出版社,1991年,第187页。

［28］阮元:《文韵说》,舒芜等编《中国近代文论选》上,人民文学出版社,1981年,第102页。

［29］参见孙联奎《司空图〈诗品〉解说二种》,齐鲁书社,1982年,第23页。

［30］陆时雍:《诗镜总论》,丁福保《历代诗话续编》,中华书局,1983年,第1402页。

［31］袁枚:《随园诗话》补遗卷一,人民文学出版社,1982年,第565页。

［32］蔡小石:《拜石山房词》。

［33］克莱夫·贝尔:《艺术》,中国文联出版公司,1985年,第149页。

[34] 巴赫金:《长篇小说的话语》,《文学与美学问题》,第85页。

[35] 弗罗斯特:《诗的修辞》。

[36] 瓦莱里:《诗与抽象思维:舞蹈与走路》,《20世纪文学评论》上册,上海译文出版社,1987年,第441页。

[37] 德里达:《书写与歧义》,芝加哥大学,1978年,第65页。

[38][39] 见埃兹拉·庞德《回顾》(郑敏译),《20世纪文学评论》上册,上海译文出版社,1987年,第121页,122页。

[40] 伊沙:《伊沙自剥皮》,《芙蓉》,2001年第3期。

[41] 王独清:《再谭诗》,《中国现代诗论》上册,花城出版社,1985年。

[42] 郭沫若在1920年《论诗三札》中提倡"不采诗形"的"裸体美人"。艾青在1938—1939年《诗论》中有专论《诗的散文美》一节,认为"假如是诗,无论用什么形式写出来都是诗"。

(原刊《文艺研究》2007年第7期)

新诗"革命性"对自身的遮蔽

一

宗白华在 1920 年 2 月—3 月《少年中国》"诗学研究号"发表《新诗略谈》，该文针对他的好友康白情和郭沫若忽视诗形的倾向，最早强调"诗是一种艺术"，"在诗的形式方面有高等技艺"。但正如朱自清在《中国新文学大系·诗集》《导言》中称陆志韦是"第一个有意实验种种体制，想创新格律的"一样，他们对新诗反拨的真知灼见，"却被人忽略过去"。如果说新诗诞生的初期，诗家的兴奋点在革命而不在建设，即朱自清所说"也许时候不好吧"的无奈，70 年以后，新诗的汉语言艺术问题，仍然没有受到重视，并还为诗坛不少论者所忌讳或嗤之以鼻。这颇令人百思不解。新诗究竟有没有自身的文类界定？要不要汉语智慧的形式及其"高等技艺"？为什么新时期 30 年以来诗歌理论界对新诗本身语言艺术要求持逆反心理？是自身的观念与思维停留在新诗一贯革命的轨道，还是革命走了极端之后，忌讳别人指自己头上的伤疤？

二

新诗本无定型，大概还很难以准确的言语来界定新诗概念。闻一多在 1923 年对郭沫若《女神》所阐释的两层意思:一是"与旧诗词相去最远",二是"最要紧的""完全是时代的精神——20世纪底时代的精神",[1]基本上反映了新诗家所理解的新诗意识或"新诗传统"。从郭沫若《女神》所高扬的"五四"时代个性解放的自由精神,到艾青诗歌表现人民苦难的良知与民族精神,形成了新诗的时代精神的亮点,为"新诗传统"作了重要奠基。然而,背离古典诗词乃至与它彻底划清界限,也成了新诗之"新"的标识。近一个世纪以来,新诗惟有在"革命性"的氛围中展示光彩,同时也遮蔽了自身弱点。一旦风雨过后,没有彩虹,只会露出新诗语言贫乏的弊端。新诗的词语组合中对汉语音节及汉语诗性智慧的失落,其根由就在长期以来因袭的新诗意识。

"诗国革命何时始,要须作诗如作文。"胡适是怀着彻底推翻"诗国"的抱负,而发起诗体革命。胡适奉用白话写成的古典小说为中国文学之正宗,即"以施耐庵、曹雪芹、吴趼人为文学正宗"[2]。而今天仍作为儿童启蒙课本、用白话写成的古诗,如"春眠不觉晓,处处闻啼鸟。夜来风雨声,花落知多少"(孟浩然《春晓》),"两个黄鹂鸣翠柳,一行白鹭上青天。窗含西岭千秋雪,门泊东吴万里船"(杜甫《绝句四首·其三》),统统在扫荡之列。胡适本意是要打倒古诗格律,但他是以推翻整个辉煌了千年的诗国,在一张白纸上实现了"作诗如作文"的夙愿。"五四"运动以后,胡适虽然认识到:《诗经》中《国风》是当时的白话诗歌;《孔雀东南飞》是白话叙事诗(故事诗);唐代是一个白话诗的时期;两宋白话诗、南宋白话词等等[3]。但他只是在大学课堂上讲讲,不知是摆出一种怕被人"误解"的姿态,还是他也无力改变新诗坛与古典诗词的彻底决裂的既成事实。

小说家可以借鉴古典小说叙事手法与人物刻画的技巧,乃至写出新章回体,而诗人不能。"诗国"虽瑰丽,却面临一道深渊,只能张望,那种朗朗上口、意趣横生、妇孺皆懂的汉语诗性、诗意,已经相闻不相识。笔者毫不怀疑新诗人的语言创造力,问题在于"劲往何处使"尚未解决。"作诗如作文",铲除了诗歌这一最高语言艺术的门槛,使诗歌这一文类变得模糊不清。最近,诗坛出现一股"寻根"热。不少论者把鲁迅的散文集《野草》称为"新诗的源头(资源)"。这些论者显然仍沿袭"作诗如作文"的新诗观,但似乎开始不满足胡适的《尝试集》作为新诗的最早"尝试"。他们大概已经感到《尝试集》中的诗的直白粗糙,而找到鲁迅的语言精美且很好地运用了象征手法的《野草》,希望新诗有一个良好的开端,我们能理解这种愿望。然而,版权所有者鲁迅无论如何是不会同意的。1934年11月1日,鲁迅《致窦隐夫》信中说:"诗歌虽有眼看的和嘴唱的两种,也究以后一种为好;可惜中国的新诗大概是前一种。没有节调,没有韵,它唱不来;唱不来,就记不住,记不住,就不能在人们的脑子里将旧诗挤出,占了它的地位。许多人也唱《毛毛雨》,但这是因为黎锦辉唱了的缘故,大家在唱黎锦辉之所唱,并非唱新诗本身,新诗直到现在,还是在交倒霉运。""我以为内容且不说,新诗先要有节调,押大致相近的韵,给大家容易记,又顺口,唱得出来。但白话要押韵而又自然,是颇不容易的,我自己实在不会做,只好发议论。"[4]鲁迅对新诗的主张,诚然是一家之言,但他不认同新诗的散文化,以及对新诗现状的看法,颇令人深思。

　　20世纪中叶,关于新诗"民族形式"的讨论,最终归于"新民歌",使新诗又一次"从零开始"。我并不认为新诗与民间歌谣,没有关系,任何时代的诗歌都需要从民歌民谣与民间口语中吸取营养,何况从西方引进的新诗自由体,更需要扎根母语。但当要求把新民歌作为诗歌发展的方向,就暴露出理论的弊端。1958年,在全国范围内兴起了一股新民歌之风。1959年郭沫若、周扬编辑出版的《红旗歌谣》发行120650册。毛泽东虽然说过在"民歌"和"古典"的基础上"产生出新诗来"。但事实上,"第二条""古典"没有产生任何反映和影响。1965年7月,他明确提出,"用白话写诗,几十年来,迄无成功。民歌中倒是有一些好的。将来趋势,很可能从民歌中吸取养料和形式,发展成为一套吸引广大读者的新体民歌"[5]。这也预示一年后"文化大革命"对被视为封建主义的东西的古典诗歌的扫荡。我并不认有些诗人采用陕北信天游、新疆民歌等形式而创作的"新体民歌",毫无实验与存在的价值,只是认为在隔断与古典诗歌和西方诗歌之间联系的语境中,任何想法与努力都是不可能奏效的。

倘若我们将视野投向大陆以外的华人诗坛,就会惊喜地发现,在1950—1976年期间,现代汉语诗歌在台湾诗坛有了长足的发展。覃子豪的《追求》(1950),蓉子的《小舟》(1952),郑愁予的《水手刀》(1954)、《错误》(1955)、《情妇》(1957),痖弦的《红玉米》(1957),余光中的《等你,在雨中》(1962)、《乡愁》(1972),洛夫的《高空的雁行》(1970)、《金龙禅寺》(1970),张默的《无调之歌》(1972),等等。从这些诗篇中,不难看出这些诗人在接受西方现代主义诗歌的影响中,没有失去汉诗自身的语言优势。从各自现代诗性体验的语言表达中,都能找到汉语言艺术的因子,可以感受到汉语的音韵和光泽。

新时期诗歌的崛起,仍是以思想文化批判精神,在改革开放中扮演了弄潮儿的角色,当然也伴随着某些诗歌艺术观念的解放与创新。从中国新诗进入全球化语境的角度看,与20世纪初相比,新诗有了新的生长点与发展的可能性。然而,新诗意识仍没有改变,"五四"诗体革命的极端倾向以及带给新诗的负面影响,仍在延续。新时期诗歌革命,主要表现为思想解放,在10年时间内,走了西方现代主义、后现代主义诗歌的百年历程。即使走马观花,也会给刚刚复苏的新诗带来新的活力。80年代中后期,诗社林立,诗派迭起,"你方唱罢我登场,各领风骚三五年"。正反映了后新诗潮匆忙登场、执意代替朦胧诗的革命激情场面。后新诗潮以极端主义的姿态将新时期诗歌革命引向了极端:一方面"告别革命"(政治反思),转入自身真实的生存体验,一方面又是对诗的语言技巧、形式修辞的彻底摧毁和消解;一方面要使诗与"语言工具"论彻底划清界线,力图将诗拉回到语言本身,一方面又失去语言,给诗设下了陷阱。尽管后新诗潮让"颠覆"的兴奋遮蔽了陷落的危机感,但正如20世纪初诗体革命的极端主义给新诗留下的潜伏的危机一样,当90年代新诗回到诗本体之后,新诗便也陷入了困境。

从20世纪末以来,新诗坛处于"革命性"的惯性之中,处于徘徊不前的沉寂之中。

长期以来,"革命性"几乎成了驱动新诗的动力,成了新诗革新与现代性的标识。"革命"即"先锋",极端即"革命"。从"革命性"考察,讲求诗的语言形式与修辞,是一种束缚,是保守主义。从"革命性"考察,作品本身并不重要,而是以旗号或"代"讲"作品"论"英雄",只要出奇制胜争得"先锋"的帽子,就功成名遂,可以进入文学史了。至于诗论家,只要为"先锋"摇旗呐喊,站稳"先锋"立场,也就立足理论前沿,掌握了话语权,乃至领导诗坛。

革命,本来是褒义词。在不同时期,新诗革命有不同的内涵,一种理论、一种诗观在以前是革命的,而在今天就可能变得滞后,失去革命性。只有立足于中西语言文化相比较、相交汇的语境中,考察新诗,觉察其弊,自知不足,寻找克服其弊的路径,才是21世纪新诗革命与汉语诗歌崛起的希望所在,才有使汉语诗歌在世界文学中,展示出新异的语言魅力与语言力量的可能。

三

号称"现代汉诗",却失去汉语言艺术的工夫,失去汉语诗性特征。20世纪末诗歌革命对20世纪初自由诗的粗糙随意、散漫无纪的语言默认,导致新诗失去根性。失去汉语灵性的诗,不是"裸体美人"(郭沫若语),而是罗丹雕塑的"老妓"。她的皮囊松弛干瘪,她的丑陋,只能使人联想起她曾经年轻貌美过。

现代汉诗的基本要素,在于对汉语智慧的发挥。比如,简练、写意、灵趣、智性等汉语诗性语言质素,同样切入现代人的生命感觉。上个世纪80年代以来,现代设计艺术潮流一直是以简洁引为时尚。当然,简洁不是简单,而是因显露自然本色,赋予现代文化内涵而展现魅力。何况诗歌。汉诗的语言,能用3个字表达,绝不要用30个字!新诗在旧诗面前,应该觉得很惭愧。汉字是最适于写诗的文字,就在于它具有象形表意的特有功能。美国语言学家萨丕尔曾说:"我相信今天的英语诗人会羡慕中国即兴凑句的人不费力气就能达到的那种洗炼手法。"[6]意象派诗创始人庞德迷恋于汉语诗歌,与其说他改作《刘彻》中"一片贴在门槛上的湿叶",成了意象派的经典之句,不如说汉语表意的诗性浸染了西方意象派诗歌。而中国新诗虽是用汉语写作,却忽视甚至无视于汉语诗歌这一得天独厚的诗美资源,致使新诗由于母语基因匮乏而显得语言苍白,自流散漫。新诗打破了旧诗格律,不可连汉语音节或词汇组合的洗炼性都抛弃了。清代庞垲说:"汉字无字不活,无字不稳,句意相生,缠绵不断"。这是对汉语的诗性特征的生动描述,也准确揭示了汉语诗意生成过程中对字词组合规则的要求。这种切入汉字本性的诗意要求,大概不会因为用现代汉语写作而过时。

诗人出于某些汉语词汇被染指的反感,刻意运用"原生态的口语",诚然是一种可以探索的语言风格。但"原生态的口语"入诗,也不是没有诗的眼光,不作掂量和选择,造成语言粗糙、浅薄、简陋、冗长、臃肿、重复、杂沓。诗歌中表达情绪和修辞的反复或繁复,与随意捡来的令人反胃的口语与又臭又长的叙述,诗的口语化叙事与"一团乱麻似的铺叙""流水账的叙述方式",无疑具有原则的界限。比如,在日常生活中,听到老人对孙子说:"听话,爷爷才爱你。"仅仅是祖孙伦理之间关系。而有人把这句干净利落、仅7个字的口语,写成两行小诗:"听话/爷爷才爱你"。这无疑还能给予读者道德的、社会的、政治的、宗教的等多种关系的联想,这就是汉语词汇结构除了本义(字面义)之外,还有转义(引申义)与暗示义两个意义层面。而转义(引申义)与暗示义,正是汉语词根的诗性层面。所谓"原生态的口语",恰恰有意或无意地删除了汉语词根的意义及其引发诗意的可能性。

"诗到语言为止",这种说法本意指对过去的政治意义上、载道意义上的诗歌抒情的一种反叛。提倡让诗回到感觉,回到语言自身,是对的,问题在于泼去脏水不可连小孩也泼掉。用汉语写诗,不可不遵循汉语修辞。汉语诗人对语言的虔诚,大概包括对汉语及音节的尊重。他(她)对一个词语的体验或诗性感觉,应该是在对汉语词汇结构的浑然一体的把握和发挥中抒写诗意,这才称得上"用汉语书写"和"汉语诗人"。在汉语中有些词本身具有隐喻意义,比如太阳。"东方红,太阳升,中国出了个毛泽东。"不能因为长期以来把毛泽东比喻为太阳,就把"太阳"搁置起来,这样不仅会减少语词资源,而且对"太阳"这个词也是不公正的。倘若被别人用过玷污了的喻词,你完全可以清洗后再用,词根意义是客观的。我在西藏冈仁波齐雪山,对"太阳"就有了原初意义的体验和发现。"拉曲河流抹去记忆/又使记忆鲜草般复活/我惟一关心的是我的言语/带着童贞的震颤带着最初太阳的光芒"(拙诗《冈仁波齐》)"拒绝隐喻",作为对过去政治的、宗教的、文化的"文学工具"的反叛,是有进步意义的,但隐喻作为一种修辞手法,诗歌似离不开隐喻,中外诗歌亦然。

单单建立在思想意义上的新诗意识或"新诗传统",忽略了诗的高级的语言艺术的表达功能。正出于这种新诗意识,一般人认为自由诗容易写,因为只要把想说的话分了行、分了节就行了。有些人写不好小说、写不好散文,却能写好诗。因而人们纷纷拥入诗坛,当诗人来了。如果立起一面旗帜,还有望成为先锋诗人,这大概是新诗没有门槛所致吧。在新诗刚诞生时,俞平伯先生就说:"白话诗的难处,正在他的自由上面","白话诗的难处,不在白话上面,是在诗上面。"[7]那时就提出了自由诗写作的难度。可是,有多少诗人能清醒地意识到这一点?虽说诗性体验、诗人对灵魂和生命的抒写,是自由的,但诗人对语言的把握和处理,特别是如何"在诗上面"下工夫,在最大限度地发挥汉语词汇组合所特有的诗意结构效果中获得自由,实际上是不自由的。这就是汉语自由诗的诗性表达机制,也是汉语自由诗的艺术功夫,掌握不了这门语言功夫,何以称"汉语诗人"?有一种流行说法:"诗是无法的"。"无法",是指一种境界,是一种"大化"之境。古人只讲过"有法无法",是说"有法"之后才达到"无法"。所谓"轮扁不能语斤""伊挚不能言鼎",并非说"无法",而是指轮扁运斧斫轮、伊挚的烹饪的技艺,到了出神入化、不可言喻的程度。这种"无法"是"大法","大法"才能进入"大化"。任何艺术,都有赖于人们付出毕生的心血和才华,去努力探索。清代大画家朱耷(八大山人)60岁后,艺术才日趋大成。《荷石水禽图》是70岁前之作,成为轰动画坛的珍品。现代画家齐白石到了67岁,才悟出"画在似与不似之间",而突入应有的艺术高度,成为绘画大师。难道写新诗真的就这么容易,当下有几首具有语言的震撼力,无愧于最高语言艺术的称号?一首诗,给读者第一印象是汉语诗形,然后走进诗的感觉世界。现代诗意代替不了诗形,汉语诗性智慧总是借助语言表象而闪灼。杜甫有一句诗:"钟声云外湿",借助通感,传达独特的感觉,妙趣横生。柳宗元的"独钓寒江雪",运用佯谬语言,表达鲜为人知的大意趣。这样的诗句,因诗人对汉字艺术的驾轻就熟,构成独特微妙的诗趣的魅力。这种发掘和洞彻客观自然的情趣、意趣、理趣、逸趣、异趣、谐趣的语言体验,无疑属于汉语诗性体验,是诗人的情趣与汉语智慧之间碰撞的火花。这类令人惊奇叫绝的精彩之句,即使没有思想含义,照样是诗。

我曾以"破坏性的魅力",肯定七八十年代新诗先锋对僵化保守的思想文化批判与旧的诗歌观念的颠覆,然而,在革命性破坏之后,新诗怎么办?新诗不能不寻找语言之根,找回汉语诗歌代代相承的基因。这就需要正视自身的"伤口",只有壮筋活血,伤愈之后,才会拥有汉语诗人的身份。

2008.5.27,8.5

注释:

[1] 闻一多:《女神之时代精神》,《创造周报》,第四号,1923年6月3日。
[2] 见《中国新文学大系·建设理论集》,上海良友图书印刷公司,1935年,第25页。
[3] 胡适:《白话文学史》,上海新月书店,1928年。
[4] 《鲁迅书信集》,人民文学出版社,1976年。
[5] 毛泽东:《致陈毅》,《诗刊》,1978年1月号。
[6] 萨丕尔:《语言论·言语研究导论》,第10章,商务印书馆,1964年。
[7] 见杨匡汉、刘福春编《中国现代诗论》上编,花城出版社,1985年,第25页。

(原刊《扬子江评论》2008年第3期)

精神之巢与修辞

大浪淘沙这句话老而弥新,真诗会因时间流逝而闪光。改革开放已经30多年,随着人们进入全球化视野,观察汉语诗歌有了比较稳定的立足点。初期白话诗的简单幼稚,烙印般挥之不去,这不单单是指语言形式,也表现在诗意的平面性,主要原因是诗的现代意识的匮乏与精神的贫困。而在五四新诗诞生之际,具有灵魂震撼力的大诗人荷尔德林已经谢世半个世纪。我深深为李金发的《弃妇》而沉醉,正是李氏的诗,洞开了我的灵魂之门,使我精神的树叶飘动了起来,而《弃妇》的语言,未入现代汉语的节奏和流畅,不能勾起人们阅读的兴趣。80年代以来,具有冲击力的诗人,大多接受了西方现代诗歌与现代哲学思想的启蒙,使诗返归人自身,成为生存体验与灵魂家园之鸟而翩翩起舞。应该说,最近30年是百年新诗的鼎盛期,然而,由于没有进行过新诗的汉语修辞的启蒙或训练,在诗形上仍然尚未去掉初期诗的随意与幼稚。

解放了的新诗观不无偏颇,连海子也说过:"诗歌不是视觉,甚至不是语言。她是精神的安静而神秘的中心,她不在修辞中做窝。"[1]诗歌精神不在修辞中做窝,那以什么为依托呢?当然,这是海子在自杀前三个月写下的,他因困扰与痛苦,沉迷于荷尔德林的"神圣的黑夜",以企求灵魂安宁的居所,别让修辞打扰了这种安静而神秘的居所。这是可以理解的。

诗歌作为一种语言艺术，语言表达的最佳状态，是带有节制的一种状态。莱辛在《拉奥孔》中主张不到顶点，他说："在一种激情的整个过程里，最不能显出这种好处的莫过于它的顶点。"[2]节制，至于艺术表现，是留有空间，提供潜能发挥的可能。而诗意空间与精神潜能的艺术存在，需要依赖于汉语修辞。如"莫道不消魂，帘卷西风，人比黄花瘦"（李清照），"人比黄花瘦"因汉语独到的修辞而成为传世之句，一个"瘦"字，构成隐喻而突入内在精神，是女诗人在痛苦磨砺中而得的珠玑，具有古今汉诗相通的意义：一是妙字（词）独出，佳喻惊世。重阳节菊花盛开，女诗人伫立西风，以花拟人，一个"瘦"字活脱脱凸显其神伤，真所谓"状难状之景，达难达之情，而出之于自然"[3]。二是直逼心象。一个"瘦"字，让读者看到女诗人玉肌消减，形容憔悴，而这都是因"消魂"所致，"瘦"因"愁"而立，"愁"因"瘦"而美，女诗人丰富的情感底蕴支撑着"瘦"字像玉树临风。因而，此句成了她对内在情感的发现和命名。后人一提起李清照，就想到"人比黄花瘦"。

汉语诗歌的现代精神与修辞，虽有对抗矛盾的一面，却并非二元对立。节制，使矛盾处于一体之中，运作汉语诗性效果最佳的字词组合，营构自身体验与沉迷的精神窝巢，连同生命经验的复杂微妙及其神秘性，获得逼真的显示。事实上，诗人一旦进入诗性状态，只要沉醉于诗性状态，那么每一个汉字，就会带有精神性，带有生命经验的信息，发出纯粹的光芒。要紧的是，要有字词之间汉语智性的构成。汉语词汇或音节组合，是聚敛灵与肉的声音的过程，这种诗意构成，犹如制作成衣，是质料与精神气质的契合，也就是逼真的显示。唯如是，新诗才可能以独具魅力的汉语特色，进入全球化的视野。

虽然新诗形式不尽如人意，但在阅读中，还是会被一些涉入灵魂的诗篇所震撼。比如读到昌耀、海子等人的诗时，我甚至对诗形的追求，产生了动摇。当然，精美的诗形，切入汉字音节的韵味，能够给人以阅读的快感。譬如覃子豪的《追求》:"大海中的落日／悲壮得像英雄的感叹／一颗心追过去／向遥远的天边"。诗中经典的隐喻,转化成了现代汉语音节,很好发挥了汉字的音响,以沉缓—疾速的节奏,将悲壮的气概,抒写得淋漓尽致。不少诗虽也切入现代诗性体验,但几乎在说白话,甚至比白话还啰嗦,有些还存在明显的语法错误,这大概是缺乏汉语诗歌修辞训练而带来的遗憾。

作为诗人,守望自己的天空,写作愈个性化愈好,而作为诗家,则要做兼纳百川的大儒。我欣赏新锐诗人,他们以新思维、新意象给诗坛带来生机。我敬重那些在贫困与寂寞中吟唱的诗人,真诗总是与痛苦、孤独而结缘,与独辟蹊径者同行。诗无国界,诗人不分年龄大小,衡量诗人的身份,要看他是否有创造力。失去创造力的诗人,即意味着才华凋谢,青春已逝。我看重具有冲击力的诗,不仅指诗的意义所独具的震撼力,也指想象力奇特,词语组合(音节)奇妙,能给人以耳目一新的惊喜。洛夫的《午夜削梨》是一首写实的诗,诗笔奇特犀利:"刀子跌落／我弯下身子去找／／啊!满地都是／我那黄铜色的皮肤",谁能在削黄梨皮时想到自己的皮肤呢?即使想得到,也不会这么写,然而洛夫敢,直逼人的感官,写出疼痛感,并表现得如此水到渠成,令人叹服。词语这般纯粹而到位,不可复制,是诗人艺术冒险所致。古代诗歌追求"语不惊人死不休"(杜甫语),达到入很严的格律却自然之至的节奏效果。现代诗歌词汇组合的陌生化,也不能不讲究语言的凝炼与现代汉语的音节,只是侧重于感觉的语言与修辞效果。孔孚的"佛头／青了"(《春日远眺佛慧山》),"一颗心／燃尽"(《戈壁落日》),两个隐喻性词语,一锤定音,余韵袅袅。诗人竭尽心力,把汉语诗意锤炼到这一境地。诗人的创造力,表现为对汉字的驾轻就熟,每一首诗,都给人以新异感,带给读者一个惊喜。

我们不可一律在诗的意义的层面上要求诗,还要看是否别具一格,独具诗的情趣、意趣、理趣、谐趣等,这集中透视着诗人的灵气。如匡国泰的《一天》,以 12 个时辰为题,以湘西山村生活为意象创造的资源,既有地道正宗的民俗趣味,又表现了超凡脱俗的境界。"乡土风流排开座次/上席的爷爷是一尊历史的余粮/两侧的父母是如秋后的草垛/儿子们在下席挑剔年成/女儿是一缕未婚的炊烟/在板凳上坐也坐不稳"。首先是诗歌比喻的民俗意趣与乡土神韵吸引读者,然后才有兴趣悟出在这隐喻中国传统家庭伦理关系的表象中,几乎包容着每个人的现存位置。中国汉字的排列艺术,也拥有诗意发现的可能。台湾诗人白荻的《昨夜》,则力借汉字叠合式排列,渲染诗意效果,原属繁体字竖排,效果更佳。新诗形式仍处于探索与健全之中,期待有识之士做出更多的尝试。

21 世纪,新诗告别了政治思想运动,回到自身的位置,呈现着无序生长的可能性。因此,不可以"潮"论诗,不可以"潮"写新诗史,只有走出以"潮"论诗的圈子,才能看到新诗生长的全景。诗及文学思潮,总是与一定的哲学潮流紧密联系着。在 80 年代,朦胧诗或新诗潮,本来是随思想解放运动而兴起,朦胧诗对新诗坛发生了强大的辐射力,北岛们的诗,至今读来,仍令人亢奋。90 年代,告别朦胧诗即意味着告别了诗潮。新诗与中国文学,在中西文化的撞击中进入全球化语境,这是冰河消融、大海与川流之间消长互生的过程。海子、昌耀、杨炼、西川等,即是获得这种诗的自觉的创造个体,因而他们留下了不朽之作。而那执意要把诗推向极端的诗,不可避免地带有先天不足,他们的才华被弄"潮"的亢奋所消耗。

值得关注的,那些远离诗坛,在贫困寂寞中写作的诗人,如老乡、姚振涵等,还有 70 后、80 后的年轻诗人。他们那真诚的作品,给诗坛增添了亮色。老乡的诗独得西部风骨,"长城上有人独坐/借背后半壁斜阳/磕开一瓶白酒一饮了事/空瓶空立/想必仍在扼守诗的残局"(《西照》),真正使汉语字字铿锵,个个立在纸上,展示了空阔苍凉的诗意人生,颇得中国侠客精神之壮美。另一首《黑妻红灯笼》,以带有善意调侃的通俗口语,低诉糟糠之妻一生的悲苦与善良,短诗却抒写了中国一代妇女的悲情。姚振涵的乡土诗,像庄稼的茬子一样简朴,却于简朴中见纯正。《在平原上吆喝一声很兴奋》,写一个人走在田间小道上,不由得吆喝一声,"那声音很长时间在/玉米棵和高粱棵之间碰来碰去",在青纱帐割倒的九月,"声音直达远处的村庄",诗人的这种"幸福"感,诚然带有农民的自足,而给予读者更多的,则是返归乡土、返归生命家园的感觉。丁庆友祖祖辈辈生活在黄河岸边,凭对农民与土地的真情实感,才会有《望一片玉米眼睛里就有泪》,唱出"每一片玉米/泪眼里/一棵是爹/一棵是娘"的传世之句。

70后、80后有一批诗人,走出了新诗写作的怪圈或与大众隔膜的围墙。他们的作品,像是自生自长起来的,虽然还不成熟,但语言朴素清新,使自身生存状态和瞬间情感获得简洁的逼真表现。如朱剑的《磷火》,由坟茔磷火而想到人的骨头里有一盏"高贵的灯",使这首诗不同凡响。"许多人屈辱地/活了一辈子/死后,才把灯/点亮",以对人性弱点的批判,使诗具有对灵魂的震撼力的普遍意义。黄春红的《记忆》:"祖父和父亲的村庄/我摘下的野花变成了诗句//野鹅和妇女的河流/我和鸟群低调的飞过//银色的雪,蓝色的雪/天在慢慢变蓝",这首诗把祖辈的村庄写得很美,"蓝"显然是对自由美好的憧憬,似有现代桃花源之意。女诗人富于想象,取得了独有的汉语修辞效果。从前一首找回人的尊严的企图,到后一首的"蓝"色畅想,标举新一代诗人所具有的现代诗歌精神。

注释:

[1] 海子:《诗学:一份提纲》,《海子、骆一禾作品选》,南京出版社,1993年。
[2] 莱辛:《拉奥孔》,人民文学出版社,1979年,第19页。
[3] 冯煦:《卞十一家词选例言》。

(原刊《扬子江评论》2010年第1期)

汉字精神与诗意形式

20世纪末,新诗进入全球化语境以后,显露自身语言的缺失。新诗现代性的实现,离不开汉语性之母体。"五四"诗体革命的负面影响,导致汉语诗歌艺术的断裂,新诗语言因失去源远流长的汉语诗美资源、失去汉语诗性的特质而显得粗糙散漫,也是因母语基因匮乏而显得苍白无华。革命性几乎成了新诗的动力,80年代改革开放以来,从朦胧诗走向反朦胧,"革命"即"先锋",极端即"革命",非此即彼,你死我活,延续了几十年,谢冕先生称之为"一路爆破过来"。新诗革命性及其自由精神对自身所遮蔽的,正是其语言弊端及其潜伏下的危机。

新诗语言弊端突出表现为两个关键词,一个是散漫无纪,一个是无法,新诗由无规则而造成没有门槛。自原始人的游戏开始,就讲游戏规则,没有不讲规则的行当与艺术门类。在一张白纸上诞生的初期白话诗,不受汉语音节制约,自由随意,白开水似的大白话,诗坛先哲们已有洞彻:"白话诗的难处,正在他的自由上面","白话诗的难处,不在白话上面,而在诗上面"。俞平伯所说"难处",正点到了初期白话诗幼稚的要害。失去诗的艺术的自由,是诗的悲哀。维纳斯是自由的,而她的姿势是美丽的。李白那种落拓不羁的自由灵魂,不也从森严壁垒的古典格律中获得天马行空式的飞翔么?诗人的自由表达,不会被规则影响。我曾以"破坏性的魅力",肯定七八十年代新诗先锋对僵化保守的思想文化批判与旧的诗歌观念的颠覆与解构,然而,在解构之后没有建构,仍坚守虚无主义的"无法",语言、技巧、意象、隐喻乃至诗,一律成为禁忌,只能使新诗落入非诗的陷阱。古人讲过"有法无法",是说"有法"之后才达到"无法"。这种出神入化的"无法"乃是"大法",是艺术创造的最高境界。现代画家齐白石到了67岁,悟出"画在似与不似之间",而突入他艺术生涯的巅峰期,成为艺术大师。难道写诗真的就这么容易,对古典诗词艺术不甚了了,单靠模仿西方诗,或者靠小聪明,冲冲杀杀,没有点儿少林功夫,就能写好新诗?百年诗坛为什么出现不了语言艺术大师?

新诗并不排斥外来形式,但反对背离母语的形式。对汉语诗性的特质的失落,主要因为新诗的汉语修辞的薄弱所致,包括用词炼句、音节、节奏、韵律、语境、意象、喻义、体式、结构诸方面。20世纪二三十年代新月社的新格律试验,没有取得成功,原因仍在对汉诗自身特点的疏忽与背离。梁实秋在写给徐志摩的信中,称《诗刊》诸作"其结构节奏音韵又显然的模仿外国诗","你们对于英国诗是都有研究的,你们的诗的观念是外国式的,你们在《诗刊》上要试验的是用中文来创造外国诗的格律来装进外国式的诗意"[1]。当然,新月社也有像徐志摩《再别康桥》这样写出汉语韵味的作品,只是新月社诗人还没有把英国近代诗格律改造为汉语格律的自觉。闻一多倡导诗的"格律"本身是由"form"翻译过来,是从中外诗歌的普遍规则立论,尽管"绘画的美""建筑的美"更切入汉语象形文字。西洋格律与汉语格律,差异很大。汉诗模仿西洋格律,难免削足适履或貌合神离。台湾诗家林以亮曾作过批评:"整齐的字数不一定产生调和的音节。新月派诗人有时硬性规定某一个中国字等于英文的一个音节,所以英文中的五拍诗到了中文就变成了十个字一行。"[2]汉语与英语是迥然不同的两种语音体系,不入汉语音节的格律与汉字词汇组合的诗意效应,怎能形成独特的汉语诗意结构及审美空间?新诗"格律"的西化,大概才是其站不稳脚跟的主要原因。

汉语词汇丰富,语言简洁,韵律微妙,是世界各种语言中最富有诗美因素的语种之一。汉字不同于拼音文字的关节点,是一个汉字一个音,并表示一个音义结合体,而拼音文字是通过几个音形拼合体表示一个词。在汉语诗歌中,一个字用得恰到好处,就能使诗意油然而生,趣味独出。汉字多达6000多个,构成词汇不计其数,这就使诗人有了筛选和洗炼的可能。在西方诗人中大概不会发生"僧敲月下门"还是"僧推月下门"的反复推敲的故事,因为在大多数外语中"推"和"敲"是同一个单词。汉字象形表意的独特功能,汉字四声的字调变化,都是外语所没有的。汉字是最适于写诗的文字。萨丕尔提倡"艺术家必须利用自己本土语言的美的资源",并说,"我相信今天的英语诗人会羡慕中国即兴凑句的人不费力气就能达到的那种洗炼手法。"[3]20世纪初,美国意象派诗创始人庞德迷恋于汉语诗歌,与其说他改作《刘彻》中"一片贴在门槛上的湿叶",成了意象派的经典之句,不如说汉语表意的诗性浸染了西方意象派诗歌。

清人袁枚说,写诗"总需字立纸上,不可卧纸上"[4],以及宋代严羽所说"下字贵响",不单单指用词简练准确,同时要求独到精致,如"春风又绿江南岸"(王安石)中的"绿"字,"人比黄花瘦"(李清照)中的"瘦"字,因炼字而成为点铁成金的千古传诵之句。这即是林语堂所称汉语词汇的"凝炼的风格",包括汉诗对字词的洗炼与音节铿锵的双重要求。按我理解,汉字精神正体现在诗的语言结构中字词组合所达到"立"与"响"的创造境界,产生视听两个方面的诗意效果。汉字的形、音、义一体的特点,使汉语具备"凝炼的风格"的可能性,而作为汉语言艺术皇冠的诗歌,理当凸显这种汉字精神。

现代诗意结构,属于现代汉语的创造性范畴。现代汉语诗意,是现代诗性体验与汉语诗性特质的融合,仍然要通过汉语音节及词语组合的凝炼性而表现出来。新诗打破了旧诗格律,不可连汉语音节与词汇组合的凝炼性都抛弃了。汉字精神,应视为血脉相连的汉语基因,为今古诗家薪火相传。

现代诗人写作大都借助于文本结构的整体效果,而疏忽了汉语修辞,即对字词组合的汉语诗性的发掘,这何以言汉语诗性与感觉经验的寓意的融合?汉语词汇结构具有本义(字面义)、转义(引申义)与暗示义三个意义层面,汉语诗歌的词语组合,因其凝炼与修辞而具有达成的汉语诗意空间的可能性。这种入乎汉语音节的词汇结构所特有的诗意的创生性与增值性,可以理解为汉语诗性智慧。它同样提供了现代诗意的自由空间创造的可能性。事实上,李清照《醉花阴》中自喻"黄花",只是一个隐喻,而一旦有了"黄花"与"瘦"字的精到组合,才使之"销魂",凸显女词人玉肌消减、形容憔悴之神伤。"黄花瘦"以追魂摄魄之笔,直逼心像,诗人的痛苦体验藉瘦菊临风的汉语结构诗意蕴生,着实销魂。可见,汉语诗歌中的词语,离不开诗情与精神的向度,亦是借助情感和精神而发生"立"与"响"的诗意效果。诗意汉字,亦是汉语诗歌精神的符号。

虽然,现代诗性体验带来了汉语写作的难度,但当汉语词汇成为诗人的生存困境与生命体验的本质显示,当消除和摒弃了言说过程中因掩饰而出现虚假的词汇,更应当珍惜与善待每一个汉字,犹如珍惜每一颗种子,一旦从笔端蹦出,应当饱满而有成色,使其灵性十足地立着,构成对灵魂或生命瞬间感悟的诗意境界。清代庞垲说:"汉字无字不活,无字不稳,句意相生,缠绵不断。"[5]这是对汉语的诗性特征的生动描述,也准确揭示了汉语诗意生成过程中对字词组合规则的要求。这种切入汉字本性的诗意要求,大概不会因为用现代汉语写作而过时。诗人在选取、提炼表现诗性体验的语词及其组合中,唯有"活",即真正使语词从生命灵魂里拖出,赋予词语精神的张力;唯有"稳",方能造成语言节奏的和谐和平衡,使其成为现代诗性体验的内在结构的审美载体。

新诗无疑需要探索与建构具有现代汉语诗性特质的语言形式,而

"活"与"稳"仍可理解为现代汉语修辞的关键词,它使现代汉诗能够发生看与听的审美功能。现代汉诗有着自身的词语意象、节奏、体式,并且处于不停的新变之中。其"活"字,大概也有这一诗美流变的意味。现代诗性体验与感觉,诉诸语言表达之中形成特有的方式,新诗的汉语修辞及诗性并非一成不变,而总是在新鲜的语言感觉意象中体现出来。现代诗歌注重文本结构的语言整体效果,但汉语诗性主要还是见诸语境之中,仍依靠词语连缀中的汉语修辞。比如,覃子豪的《追求》:"大海中的落日 / 悲壮得像英雄的感叹 / 一颗心追过去 / 向遥远的天边 // 黑夜的海风 / 刮起了黄沙 / 在苍茫的夜里 / 一个雄健的灵魂 / 跨上了时间的骏马"。这首诗所抒写的悲壮的精神力度与汉字精神融而为一,于浓厚的汉语诗意底蕴中回荡着不屈的大英雄的气概。"大海中的落日 / 悲壮得像英雄的感叹",这个比喻所表现出的汉语之美,使人想起王维的"长河落日圆"。从这首诗中亦可看出,现代诗汉语的凝炼,不是表现在字上,而是表现在物的意象符号上。"一把古老的水手刀 / 被离别磨亮"(郑愁予),"乡愁是一枚小小的邮票"(余光中),比喻中物的情感化或情感的物象化,也是要靠主词与宾词的搭配。这种主宾词搭配越是碰撞出汉语诗性的火花,并被诗人的内心情感、情致所浸染所折射,就越能加大物的意象的内涵力及汉诗美学特征。洛夫的《午夜削梨》可谓达到了这一境界:"那确是一只 / 触手冰凉的 / 闪着黄铜肤色的 / 梨 // 一刀剖开 / 它胸中 / 竟然藏有 / 一口好深好深的井"。诗人以层层递进的汉语叙述,构成现代体验的"梨"的隐喻,其层层加码的张力,给人以纯粹直觉的快意与痛感。一个凝炼的精到奇妙的意象符号,往往会照亮整个诗篇。卞之琳的《断章》,则是在中国式的场景转换中显现汉语修辞智慧。"你站在桥上看风景, / 看风景的人在楼上看你。// 明月装饰了你的窗子, / 你装饰了别人的梦。""你"既在景外,也在景内。角度是一种诗意,距离是深度与美。在看与被看、装饰与被装饰中出现的,"桥上""风景""楼上""明月""窗子""梦",无不浸染着汉语文化的痕迹,由此包蕴的汉语诗情,回荡于诗的哲理境界之中。现代诗虽不着眼于字句锤炼,但在用语中同样要求简练,如《断章》做到的,没有一个多余的字。

汉语字词或音节的凝炼,是汉语诗歌的基本要求。如果新诗建行不讲究汉语音节与韵律,只能如韩寒所说,现代诗是散文的组装,只要会敲电脑,能打回车的人,都会写诗。只有入乎汉语音节凝炼美的精到的建行,达成诗的语言节奏的和谐与韵味,才能产生汉语的诗美效应。现代汉诗的节奏单位,不可能再像古诗那么单纯,对平仄那么严格的限制,但也不能没有最起码的"格律"因素,否则,就失去汉语凝炼性特征。长期以来,新诗创作以内在韵律代替外在韵律致使汉语诗意流失。韦勒克在阐释诗歌创作原理时说:"格律和隐喻还是属于一体的"[6]。只要汉语音节和语词切入诗人内在情绪与生命律动,就会使汉语韵律的跌宕之间引起读者内在直觉的倾听。"长亭外,古道边,芳草碧连天。/晚风拂柳笛声残,夕阳山外山。"这首诗在凄美的古韵中把远处写得很美,却是诗人生命灵魂所依,传递出出家之意。新诗当融入现代口语与现代生活节奏,主要由二三个音节成音组,构成多重节奏单位。卞之琳关于由音节平仄转移到音组上来的"顿"说,具有切入现代汉语节奏、韵律的可能。从现代倾听意识层面提出韵律或格律概念,建立现代汉语词汇组合中的凝炼性诗意机制,确是有待深入实践与探讨的课题。

新诗写作在入乎汉语音节及凝炼性规则中,不拘一格,自由创造。每一种体式都应是现代汉语言艺术的创造力的展示,每一次创新也是对现代诗的汉语流韵的寻找和张扬。古典诗歌由《诗经》到五言七言、由诗到词到曲,呈现了不断突破与创新的艺术风貌。现代汉诗期待语言艺术的成熟与多元的形式创造。当诗人涉足汉诗资源,当美妙的汉语之音从内心灵魂里飘出,当新的渴望在中西语言文化的碰撞中自由飞翔时,新诗必将廓开自己美丽的天空。

2013.5.9 于南京中华门外

(原刊《文艺报》2013年5月29日)

注释:

[1] 梁实秋:《新诗的格调及其他》,《诗刊》创刊号,1931年1月20日。

[2] 林以亮:《再论新诗的形式》,载《林以亮诗话》,台北洪范书店,1976年。

[3] 萨丕尔:《语言论·言语研究导论》,商务印书馆,1964年,第10章。

[4] 袁枚:《随园诗话》。

[5] 庞垲:《诗义固说》,载《清诗话续编》,上海古籍出版社,1983年。

[6] 韦勒克、沃伦:《文学理论》,三联书店,1986年,第200页。

汉语诗歌之源及经验

一

汉语与西语之间的差异很大,东西方语言文化的差异,构成互为激活的张力场。一个人如果不懂外语就不可能真正理解自己的母语,因为如果自我封闭地固守一种语言,只会导致夜郎自大、僵化盲目。只有在不同民族和国家的语言文化之间创造对话和交流的可能性,一个民族和国家的语言文化,才会在与别国语言文化的沟通中,并在以别国语言文化为参照系进行反观自身中,达到对自身语言文化的洞见与自我理解,从而在被激活中保持其活力与优势。根据巴赫金的理论,不同民族之间语言文化的接触所导致的新异感,将破除那种假定某一种语言或文化是唯一的语言(文化)、是统一的语言(文化)的神话。任何一个民族和国家的语言文化,应该是一个开放性的体系,在对外交流与沟通中发展。诗歌,作为一个历史的民族的源始的语言文化,更是如此。

在中西诗歌相互交流的过程中,各自都有自己的光色投射向对方,这就需要自身拥有光源,珍惜光源。不少远离大陆或侨居异国的中国诗人,却执著地以钟情于母语的方式,显示了炎黄语言文化的血色和气韵。比如美国华人诗人郑愁予的作品,具有浓郁的汉语诗意的形式意义。《错误》短短八行,汉语音节凝炼铿锵,独得汉语韵味。"我达达的马蹄是美丽的错误/我不是归人,是个过客",不可复制的汉诗经典之句。再如台湾青年诗人方文山,在诗与歌词创作中刮起了强劲的中国风。"菊花台遍地伤你的笑容已泛黄","如传世的青花瓷自顾自美丽",诗人执意以汉语修辞智慧,发掘诗趣盎然的汉语美及文化意蕴。这堪称游子诗人的母语情节,岂不值得本土诗人反省?

20世纪末,中国诗与文学走出了狭隘的圈子,进入各国文学相互渗透、相互补充的共时性文化语境,汉语文学将在世界性的交流与竞争中得以生存和发展。中西诗歌,既有各自的民族语言特点,又有很多暗合相通之处。正如钱钟书先生引用《系辞》中语所云:"天下同归而殊途,一致而百虑"[1],"西来意"可为"东土法","东去意"亦可为"西洋法"。例如,意象和隐喻是中西诗歌中普遍运用的,但只要比较一下英美意象派与中国意象派的诗,仍表现了思维方式、艺术传统与民族审美心理诸方面的差异。中国意象派精通汉语表意技巧和古典主义意象艺术,并熟悉泰戈尔和日本俳句等东方诗歌形式。当然也受到了西方意象派、象征派的影响。而西方意象主义理论也受到中国古典诗词表意简洁传神等艺术特点的启示。因此,我们特别要善于在中西诗学交会的契合点中,注视和寻找异同点,吸取其长处,融化到本民族的艺术中。其目的,是优化汉语诗歌的结构和诗性基质,更好地发挥汉语诗歌的特长和优势,给外国诗人更多的"新异感",并证明现代汉语诗歌是其他任何民族的诗歌代替不了的,占据着世界诗歌的重要位置。

汉语意识,是现代诗人眷恋与追认母语。他既以宽宏的眼光,接纳和吸收西方现代派诗歌艺术,又立足本土,珍惜母体的诗与文化的历史,激活汉语诗歌的生命力与遗传基因;既顺应世界文化潮流与诗歌的审美趋向,又要瞻顾汉语诗歌资源,善于将汉语诗美融入现代诗性体验,创造出全新的具有现代生活节奏的现代汉诗的精致艺术。所谓现代汉诗,既感应世界诗与文学的现代艺术潮流,又保持着母语的生命律动与血色。他像一位伟大的纤夫,背负着母语走在时代前沿,而母语也不断赋予他以智慧与力量。

中国几千年的汉语诗歌,虽然随着时间流逝而变得陈旧斑驳,但仍有许多"古玩"、瑰宝闪耀着不可磨灭的光芒。中国新诗照理可以在高起点上振翅飞翔,但历史常常嘲弄我们从零开始。新诗作为一种汉语言艺术,有着不容抹煞的传承性。有一种流行的说法:"传统在我血液里"。这话固然有一定道理,但朴素的感情代替不了语言自觉。对古典诗歌语言传统的吸取和融化,是十分复杂、充满难度的过程,带着轻率或浮躁,不可能深入这一过程而取得成效。在这方面,台湾诗潮史上提供了可以借鉴的经验。即使洛夫这样的现代派诗人,在几十年的现代艺术探索中,注重并善于汲取古典诗词的艺术特长,保持现代诗的内涵与汉语的诗美特色。而历久不衰的"乡愁诗",更是母语和本土文化的情结的直接体现。只要我们把本土语言文化与智慧融入现代诗性体验之中,就可以使新诗壮筋活血,展开现代诗情的翅膀,向世界呈现汉语诗歌本色的亮度。

二

中国历代诗论家提出的"滋味说"(钟嵘《诗品》)、"韵味说"(司空图《二十四诗品》)、"趣味说"(严羽《沧浪诗话》)等,都是从愉悦感、音乐感、色相感等不同角度,对汉语诗歌的审美特征的形象表述。这与中国驰名于世界的美食的"风味",结为精神与物质之双璧。诗味,是词语组合的诗意结构效果。汉语字词的组合有着与字母文字组合不同的规则和美学表征,表现了更大的形式感和丰富性。唐诗宋词元曲,虽说受到格律的严格限制,但其字词组合所达到的诗美极致,可谓创造了诗的"外形式"的辉煌,具有超格律的诗学意义。新诗打破旧格律,诚然使词语组合在取得较大的自由度中发挥着语境的潜能,比较发达的隐喻或象征的意象结构,标志着新诗向"内形式"的突入,然而,如果脱离"外形式"作自由无序的诗意言说,致使词语组合失范,失去诗体语言形式的特质和灵性,那充其量属于散文的境界。苏珊·朗格认为,"最初的问题"不是:"'诗人在试图说什么?''诗人想使我们从中感觉什么?'而是:'诗人已经创造了什么?他是如何创造出来的?'"[2]诗人的智慧,首先就在于他"创造了什么","如何创造出来的",如果忽视或省略了这种艺术形式创造的基本环节,离开对汉语诗体结构的诗意与诗美的发掘,那就难以称之为诗。当然,诗人创造的并非一串连缀起来的词汇,而是创造了诗歌的意象、韵律、境界等。

新诗既要顺应现代生活的节奏,不断从时代潮流和新的生活中汲取活力,同时又要接通和保持与古典诗歌艺术的血脉联系,在革新旧诗体与摆脱诗体语言的束缚中建立新诗体格式。诗体格式的限定性与心灵抒发的自由性,是一种二律背反,诗人的本领就在于能够在二者对立的同一中获取诗美创造的自由。新诗的语言形式,离不开汉语的特性,新诗形式的创造是现代汉语诗意的创造。如何从汉语言艺术的融会贯通上,找出使古典诗词艺术转化为现代诗歌艺术的活的因子,确是中国新诗形式美学探讨的重要课题。

本文从汉字的形、音、义一体的美学特征出发,围绕诗"味"构成的主要因素,略作探讨。笔者还仅仅停留于资源的提供与发掘,期望有助于新诗涉足汉语诗歌源头,有助于现代汉语诗意结构的探索与创造。

古代汉语诗歌的意象、韵、意境或境界,是切入汉字的形、音、义三个基本特征而形成的汉语诗学范畴。

意象。刘勰在《文心雕龙·神思》中就提出"独照之匠,窥意象而运斤",司空图在《诗品》中也说"意象欲出,造化已奇"。这比西方诗歌中"意象"概念的出现,早出一千余年。汉语诗歌意象与汉语方块字的立象表意的特点有关。如："☐"（日），直接模仿太阳轮廓的象形字。🈵(春)，由草、屯、日构成，表示太阳照耀村庄，大地草木生长之意。后来的汉字行书艺术，就变得抽象也更意态化了。"一点一画，意态纵横，偃亚中间，绰有余裕。结字峻秀，类于生动，幽若深远，焕若神明，以不测为量者，书之妙也。"[3]《易经》中的阴阳八卦是源始的汉字，也是通过"象"进行象征寓意。这种颇带有诗意的方式，有的论者把它视为中国文学的象征的源始。汉语诗歌的意象，可以说与汉字立象表意的审美特性一脉相承，或者说是对汉字本体特性的艺术发挥。诗歌作为语言艺术最高级的表现形式，是以字词、语词组合的隐喻的结构方式而营构意象。尽管现代诗歌意象是以加强内心感受和主体意识为特征，但不管这种意象如何内在化、心灵化，总还是"心象"的显示。

立象表意属于汉语言本体的审美范畴，最古老，也最正宗。意象，是中国传统诗歌艺术的特长，具有与西方意象不同的内涵和审美表征。西方诗歌意象属于心理经验的感觉的艺术范畴，而汉语诗歌歌意象是以立象尽意为艺术旨向，突出表现在言意、象意的关系上：其一，独钟于意，偏重于意。"筌者所以在鱼，得鱼而忘筌"，"言者所以在意，得意而忘言"[4]，庄子的言意之表与他的"天地有大美而不言"相一致，可以理解为最早且起点很高的汉语诗歌的形式美学。汉语诗歌以立象为本，得象忘言，突出了汉语诗歌的形象图画的形式特征，旨在表意，寻象观意，得意忘象。司空图认为"取象"，"如觅水影，如写阳春"，强调"离形得似"，乃至"不著一字尽得风流"[5]。这种以形（象）寓意的方式，是汉语诗歌独有的美学追求。西方诗歌是作呈现式的描述，注重意象的感觉性，在运用象征手法中追求诗的效果。其二，最大限度地实现意与象之间的包容和渗透。诗家们常常有"言不尽意""言不称物"的困惑。而老子提出"大音希声，大象无形"，"无状之状，无物之象"[6]；司空图强调"象外之象，景外之景"；叶燮体悟:"不可言之理,不可述之事,遇之于默然意象之表,而事与理无不灿然于前者也。"[7]都是说诗人用语言创造一种幻象,一种具有惟妙惟肖的传媒作用的信息符号。诗人在实现创造的主体向艺术客体的转化过程中,显然突破了言与象的外在形式的局限,增强象(言)的表意的力度,至今仍闪灼着汉语诗歌美学的熠熠光彩。公元前3世纪,东方庄子就把"言"视为"鱼之筌""兔之蹄",认为"言"是根本不能"尽意"的,只能起一种"蹄"和"筌"式的指示符号的作用,从形式上把诗意语言引向极致。这与20世纪海德格尔的"语言寓所""在的房屋",又何尝不相呼应? 或者说,庄子的言意之表、鱼兔之说,为诗意体验的表达提供了最大的可能性。现代诗性体验,生命追求的痛苦也好,更为隐秘的灵魂展示也好,语言能尽生命存在之意么? 当海德格尔与庄子遥相握手之际,就从本质和形式的契合上构成了真正的"诗意语言",人类生命存在的现代语言寓所便隐约可见了。

韵。不同语言的诗歌,都讲究韵。外文字母先读音后释义;汉字先释义,次释形,再释音。西方诗歌首先是一个声音的系统,因而表现了较强的音韵节奏。汉语诗歌的韵,本义也指谐音乐意,后来却渐渐向"义"引申,表现了音、形、义一体的更宽泛的内涵。宋人范温论韵说:"有余意之谓韵。"[8]乃至韵、味并置,从联觉通感上扩展了韵义。所谓"余音绕梁,三日不绝",简称"绕梁之韵",已非单指音乐而是指引起人们五官感觉的全面反响,是一种余意不尽的诗性美感。因而为历代文人所津津乐道,崇尚不已。并且,这种诗性美感几乎成了他们品鉴好诗的主要标准。这里列举最能凸现汉语诗歌体性特质的诗韵说。

气韵。汉语诗歌"以气韵为主,气韵不足,虽有辞藻,而非传作也"[9]。所谓大气之作,如陈子昂《登幽州台歌》,堪称气韵充沛。历代诗歌奉大气之作为上乘,而"气韵不足",则与汉字精神背道而驰。用汉语写诗,"下字贵响"(严羽语),"总需字立纸上,不可字卧纸上"(袁枚语),汉字只有富有气韵,才能响铮铮地立纸上。如果诗人气韵孱弱,笔下汉字也势必显得苍白无力。因此,离开气韵生动,讲诗歌形式美,只能滋长形式主义的纤靡之风。气韵,是东方诗人特有的内在气质的表现,而不等同于诗学上的精神含义。有人在比较清代诗人张问陶与黄景仁的作品时,说:"张诗有七分剑气,三分珠光","黄诗则是七分珠光,三分剑气"。且不管评价恰当与否,就说这个比喻作为诗的气韵特点与辞藻工夫来理解,还颇生动形象。一首诗中"剑气"与"珠光"俱在,"剑气"是里,"珠光"是表,二者贯通,默契无间,相映生辉,方是成功之作。如果"剑气"黯淡,即使再有"珠光",那也会使诗歌气韵不足而贬值。刘勰称辞藻之于风骨,如"体之树骸","形之包气",体得骸才能树立,形包气才有生命。"若丰藻古赡,风骨不飞,则振采失鲜,负声无力。"[10]刘勰将"风骨"和"气"看成是诗的精神支柱,也可理解为汉语诗歌的生命基因。建安时期"三曹""七子"的"慷慨而多气"的苍凉诗风,形成了著名的"建安风骨",即是"气"之于诗的重要性的佐证。气韵,作为汉语诗学上具有特定美学内涵的完整概念,气与韵是不可分的。所谓"大气之作",只是习惯语,实指气韵之作,屈原、李白、杜甫、苏轼、辛弃疾等古典诗人的优秀诗作,既有沉雄磅礴之气,又有绕梁之韵,才成为惊世骇俗的大气之作,流传千古。若有气无韵或气重韵少,未免落于粗俗直露。就气而言,有阳刚之气,有阴柔之气。诗人可以偏执一端,但不可偏废一端,最好是刚柔相济,气韵天成。像苏词的"大江东去"中亦有低沉的叹息,李清照的闺愁低婉中亦有健举之气。这是诗人完整的情感世界的反映,可以统称为艺术生命之气。当然,因"阴盛阳衰"导致缺少大气之作,也是常有的现象。从这一点上,诗坛呼唤阳刚之气,呼唤大气之作。

神韵。汉语诗歌的神韵把汉语表意功能发挥到了极致。只有神似,才有韵味。"诗以神韵为心得之秘"[11],神韵作为诗的"秘诀",为历代诗人所意会和崇奉。屈绍隆曾对"诗之神"作了惟妙惟肖的阐释:"诗以神行,使人得其意于言之外,若远若近,若无若有,若云之于天,月之于水,心得而含之,口不得而言之,斯诗之神者也。"[12]王士祯关于"诗如神龙,见其首不见其尾,或云中露一爪一鳞而已"的比喻,则提出了汉语诗歌以形写神的简约原则。这颇合乎格式塔心理学,或者说可以从格式塔心理学理论找到"神龙见首不见尾"的艺术鉴赏的心理依据。语言意象仅仅取其神理相似,变形或抽象,实属"不完全的形",是包孕更多的心灵幻象的形而上的信息符号。所谓"象外之象,景外之景""韵外之致""味外之旨"之类,都是指言之外的东西,是能够通过人们联想和想象得以完整的形象。中国神韵表现了诗意流动的巨大的虚空性,也是艺术生命对时空的超越。"虚实在神韵,不以兴比有无为别。如此空中构景,佳句独得。"[12]如此"空中构景",于文字有无之间,意象在生成,于形神不即不离之间,诗美在升腾,于天地之外别构一种灵寄。汉语诗歌的神韵对时空的超越性,显示了巨大的虚美、大浑,也是一种充盈之美。这对中国新诗形式同样具有重要的艺术实践意义,对西方诗人也是一种艺术诱惑,美国后现代主义诗人中对中国古典的神韵诗着迷效仿者有之。[14]

风韵。"风"与"神"融会为"风神"。"兴象风神,月与花也"[15],是说神韵、风韵兼俱。风韵指诗人含蓄吞吐的风致,辞藻高翔,文笔鸣凤,发于胸臆的思风,流于唇齿的言泉,来不可遏,去不可止,如万斛泉源随地涌出(苏轼语),行云流水,风姿绰约。"神韵",最早出于南宗画,更多的是给人以视觉想象的画意感。风韵,既带有节奏韵律,又带有舞动姿态,同时给人以听觉想象的音乐感与视觉想象的舞蹈感。汉语诗歌最早就是歌唱、音乐、舞蹈三位一体。"大乐与天地同和",音乐的和谐与节奏,是诗的生命的本体,一切艺术都趋于音乐的状态。舞的旋动,行神如空,行气如虹,能使深不可测的玄冥的体验境界,豁然而出。古典诗、词、曲与音乐、舞蹈相融合,形成了具有节奏韵律鲜明、声色并茂的流风韵致。这属于汉语诗歌的形式特质,并非随着格律形式的破除而消失。自由体也要形成自身文质相宜的韵致。

意境或境界。意境与意象有着密切联系,是诗的意象系列组合的整体艺术形态,是形而上的艺术审美形态。

广义的诗味,既指汉语字词组合所特有的趣味、滋味、韵味,又指出自诗人内心和灵魂的音乐,二者往往融为一体。所谓意味弥深,大致是诗的意境或境界的效果。意境堪称汉语诗歌形式美学的本质,最能呈现汉语诗美的魅力。朱承爵说:"作诗之妙全在意境融彻,出音声之外,乃得真味。"[16]诗的情与景、心与物之间的融彻,是其包蕴"真味"的关节。王国维在《人间词话》中对"境界"作了深刻的东方美学阐述。"词以境界为最上。有境界,则自成高格,自有名句。""有有我之境,有无我之境。'泪眼问花花不语,乱红飞过秋千去。''可堪孤馆闭春寒,杜鹃声里斜阳暮',有我之境也。'采菊东篱下,悠然见南山','寒波淡淡起,白鸟悠悠下',无我之境也。有我之境,以我观物,故物皆著我之色彩。无我之境,以物观物,故不知何者为我,何者为物。古人为词,写有我之境者多,然未始不能写无我之境,此在豪杰之士能自树立耳。"[17]西方诗歌的内外世界的呈现模式,注重内心的真实摹写,通于"有我之境"。而汉语诗歌意境的物我交融的抒情模式,则又在内心情感外面罩上一层雾纱,构成曲径通幽、氤氲荡漾的灵境。"无我之境",更能体现中国诗画意境创造的艺术功力。这种情与景、人与自然融合境深的灵寄,与古代哲学思想,特别是庄玄禅宗的哲学-美学有着渊源关系。"天人合一"的美学境界,几乎形成了古典诗歌艺术的灵魂。这与现代诗歌内外世界呈现的模式相互补。当现代诗人将内心情感外射到客观物象,达到"物我同一"的审美境界之际,便于中国古典的"天人合一"之美遥相挥手。

中国艺术意境创构,虚实相生,有无相成。境生象外,计白以当黑,"即其笔墨所未到,亦有灵气空中行"[18]。如此"无画处皆成妙境"(笪重光语),"无字处皆其意"(王船山语),是汉语诗画意境艺术的优化结构美学。

这也是"一"的运化,圆的创造。"一"是艺术真实,是"有","圆"是虚幻,因有生无,"一"如太虚片云,寒塘雁迹,"圆"似蓝田日暖,良玉生烟,可望而不可即。"惚兮恍兮,其中有象,恍兮惚兮,其中有物"[19],这种超现象的"道"的境界所体现的有无相生的模糊美学,正是汉语诗歌意境的艺术表现力所在,同时也达到了返虚入浑的圆融境界。意境创造的虚幻空间是诗美空间,也是诗人心灵的栖所,又是提供给读者自由想象和驰骋情感的心理空间。"惟于静中得之"的"无我之境",具有现代人的孤独与倾听的生命意义。布莱克说:"从一粒沙子看出一个世界,从一朵野花窥视极乐之土,将无限握在掌心,使每一时辰联系着永恒。"汉语诗歌的意境,于有形之中包蕴无形,有限之中表达无限,虚空之中传出动荡,淡泊之中透出深幽,表现了超时空的境界层深的超物象的空灵和生命律动的永恒。

现代诗人外应世界诗艺潮流的变化,运用西方现代诗歌的境界创构的方式,可以吸取古典诗歌意境的特长。譬如,戴望舒的《雨巷》,表现了对汉语诗歌意境的继承,乃至直接取境于"青鸟不传云外信,丁香空结雨中愁"(李璟《浣溪沙》),同时,吸取和融入西方意象派、象征派的诗歌艺术,包括魏尔伦倡导的"主题的朦胧性"、形象的流动性等,从而造成了"雨巷"这一富有浓重象征色彩的意境,且带有惆怅幽怨的朦胧美。如此具有现代感却又有东方美的新诗意境,不能不视为是诗人成功的尝试。中国诗人在中西方诗歌艺术的撞击和交构中,加强了新诗的境界创造。从李金发"靠一根草儿,与上帝之灵往返在空谷里"(《弃妇》),到昌耀"静极——谁的叹嘘?"(《斯人》),从诗人现代诗性体验的生存境界中,呈现着现代诗的隐喻结构与心理时空,语言弹性与意象张力的加大,表现了较强的暗示性和不确定性。将西方现代诗歌艺术融入新诗创造之中,如何不消解甚至阉割汉语诗意及其境界的特长,确是新诗人引为重视的问题。

造成汉语诗歌的意象、韵味、意境的艺术效果的基本环节,是凝炼。这往往是当今诗人疏忽的。汉语中现在还有生命力的汉字多达六千多个,构成的语汇就不计其数。中国诗人可以从得天独厚的辞海中挑选最适宜且富有表现力的词汇,表达诗意。在西方诗人中大概不会发生"僧敲月下门"还是"僧推月下门"的反复"推""敲"的生动故事。因为在大多数外语单词中"推"和"敲"都是同一个单词,而在汉语中一个字用得恰到好处,却能使诗意活脱而出,乃至成为"诗眼"。司空图《诗品·洗炼》中强调"如矿出金,如铅出银"的锤炼工夫及达到炉火纯青的境地。梅尧臣提出"字清""句健""意圆"[20]。西方美学家们也强调尽量简化形式。一个汉语字词,好的炼意,是在句子及其特定语境中发生效应,也表现在字词搭配上的简洁传神。凡佳句往往达到一字不可多,一字不可少,一字不可移动的境地。一景一物的情感画面,简笔点染出质感。古典诗人讲究"质"和"瘦",有如郑板桥画竹,"冗繁削尽留清瘦","瘦"中见质地,"清瘦"是古典诗画家特有的风骨。所谓"意圆",不是靠词藻堆积,相踵沓出的繁意,而是指诗质的意韵充盈,是一种高度凝炼、出神入化的境地。如"大漠孤烟直,黄河落日圆"(王维)。"闲来垂钓碧溪上,忽复乘舟梦日边"(李白),"病翼惊秋,枯形阅世,消得斜阳几度?"(王沂孙),"二十四桥犹在,波心荡,冷月无声"(姜夔),如此妙笔点染,言简意赅,毫无受格律束缚的痕迹,表天地万物之情状,曲尽心灵之幽迹,各有自得之意趣佳境,自然之神理。意(境)自天成圆融,构成一种自足的审美的自然深度。这种古典的东方意韵至今余音袅袅,不失为绝响。这对于中国新诗形式美的创构,无疑是一种磁性的吸引。

为什么不受格律束缚的新诗,没有呈现现代汉语言艺术创造的辉煌?原因也正在于新诗未能发挥和彰显汉语词汇组合的特长,自由灵活的语意方式,失去了汉语诗歌的规则,因而也失去了对新诗形式美规律的探索的艺术自觉。如果说唐诗宋词元曲是在旧格律严格制约中进入了艺术的自由状态,将汉语字词组合发挥到了极致,那么新诗的出路,就在于真正进入现代汉语言艺术创造的自由境地,而工于汉语言词、精于言意之表,却是获得自由的诗性状态与天才创造的必需条件。现代诗人只有具备用母语写作的工夫,方能使新诗语言符号在凸显其独特的艺术魅力中亲近生命与灵魂,引领读者抵达梦的彼岸。

注释:

［1］钱钟书:《管锥篇》第一册,中华书局,1979年,第49页。
［2］苏珊·朗格:《情感与形式》,中国社会科学出版社,1986年,第241页。
［3］张怀瓘:《书议·评书药石论》。
［4］《庄子·外物》。
［5］司空图:《二十四诗品》。
［6］《老子·十四章》。
［7］叶燮:《原诗》。
［8］范温:《潜溪诗眼》。
［9］陈善:《扪虱新话》。
［10］刘勰:《文心雕龙·风骨》。
［11］翁方纲:《神韵论》下。
［12］屈绍隆:《粤游杂咏序》。
［13］王夫之:《唐诗评选》卷四。
［14］袁可嘉:《美国后现代主义诗歌与汉语诗歌》,《诗刊》,1989年第8期。
［15］胡元瑞:《诗薮》。
［16］朱承爵:《存余堂诗话》。
［17］王国维:《人间词话》,人民文学出版社,1982年。
［18］高日甫:《论画歌》。
［19］老子:《老子·十四章》。
［20］梅尧臣:《续金针诗格》。

（原刊《南京社会科学》2013年第9期）

原创力之于创世纪"三驾马车"

创世纪诗刊与创世纪诗社已走过60年生涯,这轮升起在海峡那岸的诗歌太阳,依然新鲜,充满活力。究其原因之一,是创世纪诗人坚守着诗的原创力。本文以洛夫、痖弦、张默为例。三位诗人是创世纪的创始人,被称为创世纪的"三驾马车"。洛夫、张默至今仍活跃于诗坛,痖弦虽然在60年代就停笔,却正是以独特的原创力而赢得"一日诗人,一世诗人"的称誉。张默是最后的守门人,他挥毫写出"生命意象霍霍涌动,81岁的张默,60岁的创世纪",令我悄然瞩目。"生命意象霍霍涌动",可以理解为对原创力的表现之一。原创力,是诗人创造力的内核,它支撑着创世纪"三驾马车"的探索之路,开启了创世纪纯正的诗风,在中国新诗坛独树一帜。

一、三位诗人坚守与高扬新诗的自由精神,不仅保证了自身原创力的发挥,也形成了创世纪诗歌的灵魂

传统意义上的文学社团,往往是写作际遇相似,美学观点与艺术风格接近。创世纪不一样,是开放的、自由的、包容的,旨在尊重诗人的原创

力与创新实验。这一认识或意念,并非1954年创刊词中所有,而是在创作实验中形成的,在三位年轻诗人自由组合及其艺术探索过程中,诗摆脱了任何教条包括政治的束缚,回到诗的自由创造的本体上来。痖弦在《创世纪30年诗选》编选"后记"中说:"理想的文学社团应该是开放的,自由的,有包容性而无排他性的;在人际上,它不自树樊篱党同伐异;在主张上,它不订立教条,拘于形式,尊重个别和殊相,在一种'无政府主义'状态下自然发展。惟如此,这社团才能可大可久。"[1]这段话可以理解为创世纪30年的经验概括,其理论核心,是开放自由与尊重个别和殊相。后来,张默还宣称:"诗是始,诗是终,请勿误入任何主义与教条的框框。让它像行云流水,自在自适徜徉于人间。"[2]这即是"在一种'无政府主义'状态下自然发展",使诗人获得最大的创作自由,进入"无为而治"的大境界,"无为"而无不为,有大为也。

　　从诗本体考察,诗人能否获得自由无碍的心理环境,直接关涉原创力的发挥。原创力是诗人的生命精神与才华的迸发,也包括对潜意识的发掘与潜能的展现,这往往是对自由无为的创造境界的诗性实现。而原创,带有实验性,是"个别和殊相"的诗性创造。洛夫、痖弦、张默三人的创作路向不同,创作风格的差异也很大,正是开放自由与相互包容使他们紧密结合到一起,形成"三驾马车"的创世纪探索之路。同时,这一理论原则,已超越创世纪诗社或诗刊,具有新诗创造与发展的普遍意义。正如洛夫在《一颗不死的麦子》(1974)中所说:"中年一代诗人如果有所骄傲的话,那就是他们以拓荒与播种者自任此一精神的表现,仅以此点而言,他们之于中国诗坛,亦如阿波里莱尔、波特莱尔、梵乐希之于法国的诗坛,叶芝、艾略特、庞德之于英美诗坛,而'创世纪'的一群,其特出之点就在始终秉持此种精神,对诗艺诗学作一种无穷尽的追求,追求是他们创造的过程,也是他们创造的目标。"[3]新诗在五四诗体革命的一张白纸上诞生,新诗的生长与成熟,依赖于两岸诗人对诗艺诗学的追求与创造。洛夫以新诗坛拓荒与播种者的原创姿势与恢弘气度,呈现创世纪的精神气度,凸现诗人目光的敏锐与深邃,探索之维在时空中的延伸与穿透力。比如,在创刊初期,洛夫、张默都强调确立新诗的民族路线,建立"新民族诗型",而到了三年后第 11 期《创世纪》大步转向现代主义,创世纪诗人的这一调整与转变,正体现了对诗艺诗学探索的前瞻性。张默曾做过阐释:"我们认为一个中国现代诗人,尽管他从外国诗人那里吸取多方面滋养,可是他的血液、情感、生活、语言习惯等还是中国的,所以在他的作品中不管如何飞跃,一定有其作为一个中国人的本然的面貌与特质,因此我们抖落早期那种过于褊狭的本乡本土主义,实因为我们对中国现代诗抱有更大的野心,即强调诗的超现实性,强调诗的独创性以及纯粹性。换言之,这里所指的'世界性''超现实性''独创性'与'纯粹性'就是后期'创世纪'一直提倡的方向。"[4]创世纪诗歌的"超现实性""独创性"与"纯粹性",都与原创力相关,创世纪提倡的方向,亦是尊重和发挥原创力的方向。创世纪 60 年,足以印证洛夫、张默、痖弦这一代拓荒与播种者的春天的脚印与秋天的收获。

在 20 世纪五六十年代,当中国台湾创世纪及现代、蓝星等诗社异军突起时,中国大陆诗坛处于封闭状态并被"左"的政治笼罩,因此,洛夫、张默、痖弦等这一代诗人在中国新诗坛起有特殊作用。我在一篇文章中说过,"在中国当代诗歌发展史上,台湾诗歌不仅填补了'文革'期间诗苑的空白,同时也最早进入与西方诗歌的对话和融合,在处于新诗发展的前沿充当了承上启下的角色"[5]。所谓"承上",指承接三十年代诗人卞之琳、戴望舒与徐志摩等新月派诗人;所谓"启下",是说八十年代中国大陆改革开放后,台湾诗歌对大陆年轻诗人的影响。

二、三种不同的经验向度,现代诗性体验的自觉与独有的想象力

诗人的原创力,根于经验或体验。一首诗的创造,是一次创新的实验,不单单指方法与形式上,首先是"一个经验"。杜威说:"这一个经验是一个整体,其中带有它自身的个性化的性质以及自我满足。"[6]杜威所说"经验",是现代意义上的体验。真正的诗歌意象,是由生命过程本身所预示,是纯粹的、本源的,语言的物性只有被生命意识与灵魂照亮,才能变得充盈和饱满。现代诗人的原创力,首先得力于引发创作冲动的诗性体验,是诗人对生命与灵魂的诉求。

创世纪诗人是在进入与西方现代诗对话的语境,才获得现代经验表现的诗性自觉。具体而言,50年代后期,创世纪诗人进入世界诗歌王国,对异域诗歌和文化的新异感,对现代诗歌艺术潮流的感应,一束亮光直逼遮蔽着的生命与内心深处,沉睡或半沉睡的一个完整的内陆真正被唤醒,"一个经验"呼之欲出,由此引发新的创作冲动。创世纪诗人的原创力,突出表现在这种对现代诗的实验方面。洛夫的《石室之死亡》,便是有力的佐证,不管它如何极端,如何虚幻,却使洛夫的诗性体验与想象力有了新的高度。洛夫自称,"这是一个空前的、原创性极强的艺术实验之作",并且说:

> 重要的是,我用前所未见的词语唤醒了另一个词语——生命,或者说,我从骨髓里、血肉中启动了人的生命意识……[7]

洛夫在《石室之死亡》初版自序开头便说:

揽镜自照,我们所见到的不是现代人的影像,而是现代人残酷的命运,

写诗即是对付这残酷命运的一种报复手段。

《石室之死亡》的创作冲动,起于诗人唤起被压抑的生命意识,或者说,《石室之死亡》是深入血肉与骨髓的生命经验(体验)的呈现。这种创作冲动对于创世纪诗人来说,无疑是新鲜的、陌生的,仿佛生命在被司空见惯的遮蔽与禁锢中突然喊出痛苦,使人的生命精神的真实内陆无序却自由地高翔。创世纪在诗歌功能上摆脱政治的束缚,而生活在社会中的诗人却不可避免地受到社会政治的影响,诗人的生命经验折射着一定的社会意识形态,比如对中国传统政治社会留下来的反自然反人性的专制排他思想的反响。"我只是历史中流浪了许久的那滴泪／老找不到一副脸来安置"。洛夫在1959年战火硝烟中开始写《石室之死亡》,是李白式的天马行空、对内心块垒一吐为快的抒写,还是追求现代人的生命自由与尊严,对特定生存处境中残酷的命运与孤绝的叛逆姿态的表现?

我以目光扫过那座石壁,
上面即凿成两道血槽

(第1首)

我卑微亦如死囚背上的号码

(第3首)

我把头颅挤在一堆长长的姓氏中
墓石如此谦逊 以冷冷的手握我

(第12首)

当一颗炮弹将一树石榴剥成裸体
成吨的钢铁假我们的骨肉咆哮

(第38首)

假如百花忠于春天而失贞于秋天
我们将苦待,只为听真切
果壳迸裂时喊出的一声痛

(第40首)

天啦!我还以为我的灵魂是一只小小水柜
里面却躺着一把渴死的勺子

(第59首)

有人拥抱一盏灯就像拥抱一场战争
唯四周肃立如神
稳稳抓住了世界的下坠

(第60首)

  这首长诗以人本主义视角,揭示人的生存状态的诗歌意象,虽然带有极端主义色彩,却是陌生的,具有充满震撼力的深刻。长诗通篇语言虽不如读者所期待的那样畅达,但具体情境中妙语连珠,且都是从血液里流出,从灵魂中拖出,如上所录,或能掂出灵魂的重量,或呈现内心的箭伤,或充满历史的回响,或显露孩童的天真,或回到没有泪的绝望。诗中出现的"树""石""水""金属声""灯""雪"之类,都具有象征性,或称为中国现代诗的原型意象,为后来大陆后新诗潮大量引用。对《石室之死亡》不管有什么争议,不管诗自身有什么不足,洛夫以一次经验的历险与颠覆,影响和推进了创世纪的现代诗风的流变,论中国现代主义诗歌不能不谈洛夫的《石室之死亡》。

> 蓦然回首
> 远处站着一个望坟而笑的婴儿

这句惊人之语,也可以理解为诗人创作的境界,诗人所潜入的东方式的"经验"特征。洛夫此后四十多年的创作,改变或修正了《石室之死亡》的极端主义倾向,但仍可见那个"望坟而笑的婴儿"。只有从洛夫《石室之死亡》创造的灵魂中解释他所说的,"日后的若干重要作品可说都是《石室之死亡》诗的诠释、辩证、转化和延伸"[8],才不至于把诗歌艺术狭隘化。

《漂木》既是对《石室之死亡》的执意反拨,又是其"孤绝"情结的延伸,是从时代、历史与宗教更广阔的背景下的精神探索,诗行之间弥漫着历世的悲凉与绝望。在语言表达上,《漂木》既保持《石室之死亡》的张力与纯度,又摆脱了那种过度紧张与艰涩难懂的倾向。《漂木》没有像当年《石室之死亡》引发争议与关注,有时代变迁的缘故,也由于缺乏诗歌思想的碰撞,但并不影响它的史诗性价值。杜威十分赞赏"威廉·詹姆士巧妙地将一个意识经验的过程比作一只鸟的飞翔和栖息",认为"经验的每一休止处就是一次感受,在其中,前面活动的结果就被吸收和取得,并且,除非这种活动是过于怪异或过于平淡无奇,每一次活动都会带来可吸取和保留的意义"[9]。《漂木》是洛夫在寻求现代与传统的平衡中的飞翔。

几乎没有文类比诗性经验更具个性化与自我满足,每位诗人都有自己的"一个经验"。和洛夫一样,60年来坚守在创世纪前沿、一直笔耕不辍的张默,拥有自己的诗歌世界。张默称:"诗是个人内在独特、缤纷、悲壮的演出。""一首诗绝对是某些特殊经验的绽放。它来自各种不同样的生活，深刻观察之所得。故必需不断挖掘现实生活的素材，吸纳四面八方感觉的风雨，任它们在内心停驻、发酵、萌芽，以致开花结果。"[10]如此强调诗性经验的个性与凝聚性，揭示了经验理论的重要内涵，具有很好的可操作性。纵览数十种张默诗集，其诗歌世界丰富多样，扑朔迷离。聚焦诗性经验，更切入现实人生，落拓不羁，自在自适，徜徉于人间。

写于1972年年初的《连续的方程式》是独具一格的一首，也最能表现张默不入世俗、孤身兀立的诗人情怀。"门里是无无限限的宇宙／门外是灰灰蒙蒙的天空／怎么得了啊"。这首诗以彰显"门里"（内心世界）、"门外"（外在世界）的反差，构建意象与诗的张力，频频出现的"推开"一词，因凝聚诗人的情绪而耀然生色，"推开"造成整首诗起伏跌宕的旋律，颇有陈子昂《登幽州台歌》之气势。

　　战争仍然在远方侦伺着
　　侦伺着
　　侦伺着
　　侦伺着

　　门里是摇曳呀摇曳呀
　　摇不尽的情语
　　门外是漂泊呀漂泊呀
　　飘不尽的烟云

　　依旧如此啊

　　推开推开推开

推开推开推开

推开推开推开

俺要使眼无遮拦脚无阻挡手无界限

爱怎么着就怎么着

俺要不费力的

一口气(仅只小小的一口气)

吹熄天边所有的野火

然后 坦坦荡荡无牵无挂

大摇大摆地走进

一片自由自在,熊熊燃烧的

历史

  诗中"推开"成了诗人剥离一切形形色色的障碍或遮蔽内心自由世界的特指性动词,具有亲近灵魂的亲和力,在阅读中感到痛快而没有重复感。

  尼采有灵魂三变说,即"骆驼—狮子—赤子","骆驼"标示人生在负重与艰难跋涉中的灵魂痛苦,"狮子"标示人的反抗与创造精神,"赤子"标示创造者的真诚、激情与超脱的自由心灵。"赤子若狂也,若忘也,万事之源泉也,游戏之状态也,自转之轮也,第一之运动也,神圣之自尊也。"[11]。骆驼式痛苦,狮子式奋起,只是艺术与诗歌之起因,而赤子之心,才切入艺术本性,赤子若狂若忘的状态,才接近激发灵感的诗性状态。诗人获得赤子之心,不是很难,而要进入赤子若狂若忘的状态,并不容易。前者属于诗心,后者属于诗性体验的创造力。诗人进入"一个经验"或体验的创造状态,直接决定作品的高下,诗意的深与浅、明朗与朦胧。因为写作匆忙,我对张默作品,不能逐一细读,凭以往印象,又拜读了《三十三间堂》。这首诗构思奇异,狂而不露,似有其赤子若狂若忘之态。诗中意象涉入上下几千年,历朝历代,地理名胜,名人浪人亲人,而有一半诗行是点数房间,乍看有些语无伦次,权当意识流叙事,充满内在张力。尤其是在连续点数了第二十一间—第三十二间之后,起行综述的一节:

（黄河,长江,青海,八达岭,塔克拉玛干,大雁塔,岳阳楼,沧浪亭,杜甫草堂,乐山大佛……

它们全然东倒西歪黏在一起,说长道短,但

是都不敢问

今年是何年,今年是何夕?）

这里可谓若狂若忘之至,对物像的拟人化,明加括号,暗度陈仓,张而不发,别有深意。这首诗写于八十年代,是张默对上世纪二十年代、五十年代、八十年代的不同经验的碰撞中的心灵幻象。若狂若忘的诗性状态,"狂"在艺术才情与想象力的充分发挥,"忘"在去弃俗常而取其新异的经验意象,其实诗人的情绪是内敛的,因而其经验意象有很高的审美价值。难得张默将诗情这般收敛,而在若狂若忘之后,他那赤子之心,又跃然欲出:

话说

第三十三间

直挺挺地站在那里,一动也不动

像一尊怒目虎眉的巨狮

对着烟尘滚滚川流不息的

现代

>   突然放声大哭

痖弦诗歌经验发生于青年时期内心深处的一种召唤,一种追求梦想的痛苦与空幻,有对个体生命的体验,有对社会下层各色人的命运的体恤,留下像《深渊》这样现代诗性体验的代表性作品,本节不再展开。

洛夫、痖弦、张默三人诗歌,从不同的诗性体验与审美经验的向度,展示了创世纪现代诗的原创力,其凝聚成的思想之星,灿亮地划过世纪之维。

三、从有意模仿与输入西方现代主义诗歌的观念和技巧,到在西方现代主义诗潮、方法技巧与中国古典诗歌、二三十年代新诗的交汇和撞击中,立稳脚跟

三位诗人的原创力,还突出表现在对创作方法的革新与探求之中。三位诗人从小受到上世纪二三十年代新诗艺术的影响,并有良好的中国传统文化的涵养。他们在接触西方诗歌与文化的特殊环境里,他们从有意模仿与输入西方现代主义诗歌的观念和技巧,到在西方现代主义诗潮、方法技巧与中国古典诗歌、二三十年代新诗的交汇和撞击中,立稳脚跟。他们正是在这种开放的、丰富复杂的文化背景下,寻找并建构新鲜的、适合自身的现代诗歌的表现方法。

痖弦在诗集序中说:"写作者的青年期是抵抗外来影响最弱的年龄,免不了有模仿的痕迹,有些是不自觉的感染,也有自觉的。"[12]痖弦谦逊地评估自身作品的真实面貌,不少文学大家都是从模仿大家的作品开始。青年痖弦痴迷于西方诗歌和艺术,受其熏陶至深,这对他井喷式的创作,打下良好的基础。一本小小的《痖弦诗集》,却是厚实的、沉甸甸的,大多

诗篇凝聚着青年痖弦雄厚的原创力与对诗艺诗学探索的自觉。痖弦深受里尔克、艾略特等现代诗歌艺术的影响,也吸取了新月派及何其芳的诗歌的特长,形成了自由舒展而富有智趣的口语叙述的诗风,与卞之琳的现代诗风一脉相承。

艾略特曾称现代最佳的抒情诗都是戏剧性的,这大概要从诗的戏剧性的巧妙结构、意味情境(语境)、口语化叙述诸方面去理解。痖弦专修过戏,演过戏,他擅长把"戏剧性"化为诗的因素,活用为一种睿智技巧的口语叙述方式。卞之琳曾把西方"戏剧性处境""戏拟"与中国旧说的"意境"相融合,化为非个人化与人称互换的诗性叙述方式。痖弦在诗中更多吸取西方喜剧的因素,又把喜剧性因素自然融汇于民谣写实的诗风之中,于平实淳朴的口语叙述之中营构谐谑或嘲讽的喜剧性效果,而带有谐谑或嘲讽的口语叙述,又自然寓于优美的现代抒情腔调之中。这正是痖弦不同于卞之琳的诗艺探索。且以《乞丐》为例。首先,诗人不单是叙述者或抒情主体,他进入"乞丐"的体验角色,又充当被叙述者。

> 不知道春天来了将怎样
> 雪将怎样
> 知更鸟和狗子们,春天来了以后
> 以后将怎样
>
> 春天,春天来了以后将怎样
> 雪,知更鸟和狗子们
> 以及我的棘杖会不会开花
> 开花以后又怎样

从开头、结尾的两节,不难看出诗人和乞丐是互换的,融为一体的。

诗中仅出现第一人称"我","我",既能理解为被叙述的"乞丐",又可以理解为叙述者诗人。这样诗中第一人称就有了戏剧角色的表现力,增强了抒情的平实性和诗意结构张力。

  而主要的是
  一个子儿也没有
  与乎死虱般破碎的回忆
  与乎被大街磨穿了的芒鞋
  与乎藏在牙齿里城堞中的那些
    那些杀戮的欲望

  每扇门对我关着,当夜晚来时
  人们就开始偏爱他们自己修筑的篱笆
  只有月光,月光没有篱笆
  且注满施舍的牛奶于我破旧的瓦钵,当夜晚
    夜晚来时

  谁在金币上铸上他自己的侧面像
  (依呀呵!莲花儿那个落)
  谁把朝笏抛在尘埃上
  (依呀呵!小调儿那个唱)
    酸枣树,酸枣树
   大家的太阳照着,照着
    酸枣那个树

痖弦诗歌打破了传统诗的单一抒情主体,又保持诗行排列的错落有致与节奏、音韵的跌宕回旋,体现了闻一多所倡导的新诗的建筑美、音乐美。如此在口语叙述中保持诗行的整齐美,在谐谑或嘲讽的戏剧性氛围里的晃荡着民谣腔调,即在融有喜剧因素的现代口语叙述中保持诗的抒情本性,确是痖弦对中国新诗的独特贡献。

抒情诗的戏剧性在于追求诗意效果。痖弦诗歌于俗常的喜剧调侃中构成讽喻人生的无奈和悲剧的深刻意味。

一件艺术品、一首诗,应该是自足的存在。痖弦自谦地说到:"对于仅仅一首诗,我常常作着它本身无法承载的容量;要说出生存期间的一切,世界终极学,爱与死,追求与幻灭,生命的全部悸动、焦虑、空洞和悲哀! 总之,要鲸吞一切感觉的错综性和复杂性。如此贪多,如此无法集中一个焦点。"[13]这可谓深刻的经验之谈,痖弦有了这一认识,才有了创作的自觉。实际上,痖弦的诗歌意象跳跃性大,境界开阔,营造了充实自足的诗意结构。比如《红玉米》,"宣统那年的风吹着/吹着那串红玉米//它就在屋檐下/挂着/好像整个北方/整个北方的忧郁/ 都挂在那儿"。一开头便把"那串红玉米"推向广阔的时空,使这首诗的焦点"那串红玉米"耀然生色,饱满结实。痖弦在戏剧性隐喻修辞中,总是一定难度上采用"远距原则"(瑞恰兹语),造成诗的陌生化效果。比如《伞》:"我擎着我房子走路/雨们,说一些风凉话/嬉戏在圆圆的屋脊上/没有什么歌子可唱/即使是秋天/即使是心脏病/也没有什么歌子可唱//两只青蛙/夹在我的破鞋子里/我走一步它们唱一下//即使它们唱一下/我也没有什么可唱"。这首诗似运用了现代派画的手法,营造"雨伞和我/和心脏病/和秋天"的喜剧化情境。痖弦在艺术想象的陌生化追求中表现自身的原创力。

痖弦独特的叙述口语方式,表面上通俗轻松,且带有一种甜味,而骨子里却是深沉的,包含着传统的忧苦精神。

诗人对表现方法与技巧的实验与创新,同样有一个价值取向的问题。新诗历经过从模仿到独创的过程,而每次学习西方,往往也有一个从模仿到融化的过程。中国诗人借鉴西方与古典诗歌艺术,如何在"化西"("化欧")与"化古"中创造出现代汉语诗歌的表现方法与修辞,当是检验诗人原创力的有效性的重要环节。洛夫对超现实主义的实验,颇能标示创世纪的诗路历程。洛夫开始选择超现实主义手法,旨在"寻找一个表现新的美感经验的新形式",《石室之死亡》可为典型的创作实验。后来,洛夫不满其"自动语言",不赞同马拉美的唯语言论,而当他回眸传统,有了建构切入汉语特性的超现实主义的企图。他从李白、李商隐、孟浩然、李贺等古典诗人的作品中,发现了一种与超现实主义同质的因子。古典诗歌的"无理而妙"与西方超现实主义的"自动语言",有惊人的相似之处。而"无理而妙"的哲学源头,当追溯到禅宗,更远在庄易。慧能禅宗传教"不立文字",而采用"拈花微笑",却是形而上的诗意方式,孕育了一批中国古代诗画大家。洛夫涉足并迷恋于中国古老的文化源头,有了将西方现代诗的超现实主义融入东方美学与汉语诗美创造的自觉,开始新的诗歌实验。促使禅宗这一东方智慧的神秘经验与西方超现实主义相互碰撞交融,使其转化为一种具有中国哲学内涵,也有西方现代美学属性的现代禅诗[14]。写于 70 年代的《金龙禅寺》,是具有代表性的一首:

  晚钟
  是游客下山的小路
  羊齿植物
  沿着白色的石阶
  一路嚼了下去

  如果此处降雪

而只见
　　一只惊起的灰蝉
　　把山中的灯火
　　一盏盏地
　　点燃

　　诗的隐喻结构,喻体由看似互不相干的事物连接而成,依然是超现实主义的,只是"晚钟""降雪""灰蝉""灯火"等意象,都带有禅意。正是禅意注入互不相干的事物,使之有了内在逻辑。如此以禅意修正超现实主义的非逻辑性之不足,赋予"自动语言"以意义,取得点铁成金的效果。这对诗的语言传导系统而言,不仅仅是一般的修复,而是全面升级,是禅宗这一东方智慧的神秘经验与西方超现实主义的碰撞融通中得以启动。禅意使复杂语义的陌生世界变得亲近起来,不再艰涩难懂。虽仍然难解,却有经验美学的神秘魅力,是形上的东方诗意。

　　洛夫探足庄禅与古典诗歌,对于"现代禅诗"的创作实验,标举他对诗歌艺术追求的变化,即进入"化欧"与"化古"的70年代创作生涯的《魔歌》时期,出现《金龙禅寺》《月落无声》《大悲咒》《背向大海》等一大批面目一新的作品。

　　80年代以来,在洛夫、张默的诗歌中,出现对对偶、拈连、排比、层递与反复等汉语修辞手法的独特运用,增强了新诗的汉语审美特征。诗,是对语言形式的不断创新或重建。洛夫在长年对诗艺的探索中,一向喜欢在结构和语言形式上做一些别人不愿、不敢或不屑于做的实验。这已是多年来他对诗的语言创新追求的自觉。洛夫在1991—1993年的隐题诗实验,自己视为诗歌语言上的一次破坏和重建。隐题诗带有游戏性质,如同中国民间的藏头诗、回文诗、宝塔诗等,诗句叠列铺陈,贵在造成自然有机整体结构,它与前人的藏头诗大异其趣。洛夫隐题诗之"隐",藏有玄机,从古典美学中吸取灵感并点染成现代诗意,颇有文人雅品、谐谑之风。它是诗人"在美学思考的范畴内所创设而在形式上又自身具足的新诗型"[15],《我在腹内喂养一只毒蛊》《我跪向你向落日向那朵只美了一个下午的云》《买伞无非是为了丢掉》等篇什,构思新颖,用词炼字联句,自然独到,不留斧痕,意趣自出,足见洛夫非凡的原创力与隐题诗实验的成效。隐题诗创作也因人而异,由于形式规定过于严谨,不是所有诗人都能驾驭,想象力都能得到发挥。再则,隐题诗写长了,则题目冗长,诗题是否可以破规从简,仍有待讨论与实验。

  张默的诗帖,近年来又配之笔墨,这一富有古意的形式,在台湾诗坛与文化界颇为流行。张默诗帖,有3行、4行、5行、7行、10行不等。1975年,张默写下的10行诗《无调之歌》,已显露他的短制才情。八九十年代以来,张默与洛夫一道回归古风,洛夫潜入古典诗歌与哲学,张默更多地是投向中国笔墨与古朴的乡土文化。诗帖的命名,从张默诗记中可查到"无为诗帖",即在抒写童年乡野情趣的小诗时所得。"常在我衰老的梦中/悄悄翻身的/可是那些颠三倒四的儿歌"(《时间水沫小札1》)。张默诗帖,是一种性情,一种即兴的自由挥洒,显现中国诗人率真与孑立的精神背影;张默没有自觉的文体意识,仅是一种文人笔墨,一位现代游子的真实存在。"只是/一片苍茫//远方/啥也没有"(《林》),以有写无,随意挥洒中却向老庄哲学借了力,却又是对老庄之"无"的消解。诗帖文字干净而充满诗意张力。"愈是缓慢,仿佛重量离咱们愈近/愈是神速,依稀光阴总站在前头/一会儿山,一会儿水"(《秋千十行》),两两如民间蝉联,富有现代生活哲理,意象跳跃有趣,这样的诗帖,想必会受到更多人群的喜欢。对于诗帖,尚无形式界定。它以汉字笔墨见长,讲究语言工整洗炼,洒脱有趣,意理独出。张默诗帖作为一种新诗体,仍有待更多诗人的实验。

  诗人总是在吸取与探索之中而彰显自身的原创力。当创世纪"三驾马车"驶向落日,仿佛慢了下来,他们迷恋并敬畏那轮浑圆的落日——那是大漠的落日,也是唐朝的落日,王维笔下的落日,也是阿恩海姆赞叹难以画出的地中海的落日。

张默在创世纪"代发刊词"中提出"建立新诗的民族路线",洛夫更明确定为"建立新民族诗型"。时隔60年,这一主张日渐显现其光泽。洛夫称"在近二十年中,我的精神内涵和艺术风格又有了脱胎换骨的蜕变,由激进张扬而渐趋缓和平实,恬淡内敛,甚至达到空灵的境界"[16]。洛夫在探足庄禅哲学和古典诗词之后,在将现代与传统、西方与中国的诗歌艺术整合交融之后,而实现了这种"脱胎换骨的蜕变"。青年洛夫的"新民族诗型"抱负,似有了着落。我读洛夫《唐诗解构》,愚见泛出脑际,解构便是建构,不仅是现代精神的建构,也是其语言形式的建构。现代诗人往往得意于思想与哲学的先知先觉,而自胡适推倒了古诗词之后,新诗百年有哪些诗篇的语言形式立得住脚,在新异于古诗中摘取语言艺术皇冠? 60年后"新民族诗型",势必推到台前。

新诗,仍处于实验与不断完善之中,需要一代代诗人不停地创造。本文借用张默《关于海哟》中诗句结尾:

圆圆的,那些喜爱沐浴的婴孩
拨开宇宙的光,连同一些云雾
连同一些滔滔声
连同一些弯一些弯

2014.7.20 于南京秣陵

注释:

[1] 痖弦:《编选后记》,《创世纪诗选》,尔雅出版社,1984年。

［2］［10］张默:《世纪诗选·张默诗话》,尔雅出版社,1990年。

［3］洛夫:《一颗不死的麦子》,《创世纪诗刊》第三十期复刊号代社论,1972年9月。

［4］转引萧萧:《创世纪风云》,《创世纪》第65期,1984年10月。

［5］姜耕玉:《论二十世纪汉语诗歌的艺术转变》,《文学评论》,1999年第5期。

［6］［9］杜威:《艺术即经验》,商务印书馆,2005年,第35页、第60页。

［7］［8］［14］［16］洛夫:《镜中之象的背后》,《洛夫诗全集》上册,江苏文艺出版社,2013年。

［11］参见王国维:《叔本华与尼采》,《王国维文学美学论著集》,北岳文艺出版社,1987年。

［12］痖弦:《痖弦诗集·序》,洪范书店,1981年。

［13］痖弦:《诗人手札》,《创世纪》第十四、十五期,1960年2月、5月。

［15］洛夫:《隐题诗行构的探索》,《洛夫诗全集》下册,江苏文艺出版社,2013年,第59页。

(原刊《海南师范大学学报》2014年第10期,台湾《创世纪60社庆论文集》)

新诗的自由与汉文化的原生力

——与洛夫先生一席谈

去年底与洛夫先生晤面时谈论新诗,有共同关切的问题,因他时间匆忙,对问题提出了观点,尚未深入展开。先生回到温哥华,又对相关问题,静心熟思,很快寄来文字稿。洛夫70年诗歌创作生涯,在两度流放中获得精神之乡的独特体验,拥有不衰的汉诗的创造力,他对新诗的见解是中肯深刻的。本文在讨论中原话录入,并会做些阐释。

一、背离与回归:"先锋"探索的一体两面

这个标题是借用白杨教授在去年台湾创世纪诗刊60年庆典上演讲的论文题目,我颇认同她对洛夫和创世纪诗人的创作历程的哲学性概括。背离与回归,属于同一矛盾体。没有背离,就无所谓回归;没有回归,也就谈不上发展。背离与回归呈现为波浪式前进或阶梯式上升的轨迹。而长期以来,诗坛延续着对汉语诗歌归零的背离,非如是就视之为"保守"。实际上,归零的背离,在本质上与返回原点的回归一样,都是下行与倒退。白杨说:"如果以这种二元对立的思维方式看待中外文化的关系,我们很容易将《创世纪》从'超现实主义'到'回归传统'的转型看做是一种对

抗性关系的变化,而忽略了两者之间相生相克、互为促进的过程。"[1]洛夫作为创世纪的代表性诗人,从 80 年代起,探足中国传统文化与古典诗歌资源,新诗评论界便有"浪子回头"之说。这次,洛夫作了具体回答:

> 有人说我"浪子回头",这是一种惯性的、不假思索的成语的滥用,毫无意义。不错,早年我的确一度沉溺于对西方现代思维和新潮艺术形式的探索,前者主要指存在主义,后者侧重于超现实主义,我的实验创作可以《石室之死亡》为代表。这条路我踽踽独行了二十多年,当时我有踏着玄奘脚印到异国取经的艰辛和不顾一切向一个不可预知的远方迈进的勇气,结果取了空经,但也难免遭遇到一些风险。可似乎就在一夜之间幡然醒悟,觉得一个诗人如要长成一棵巍然大树,基本条件是他必须种在自己的土壤里,摄取各种营养是必要的,但更重要的是深深植根于本土的文化,这不是回归传统,更不是浪子回头,而是一种觉醒,一种在生命和艺术的探险途中,自觉地投身于一种企图建构汉语诗歌新美学系统这一新传统的追求。

现代汉诗需要在全球化语境中摄取各种营养而使自身成熟起来,诗人对西方现代主义艺术的模仿与探索,是必要的,但它应该是立足于汉文化之中。尤其是五四新诗,是在对几千年汉语诗歌推倒"归零"的情境中诞生的,因而,如何把漂泊的新诗回到自己的土壤里,即"深深植根于本土的文化",成为百年来有作为的诗人思考与探索的重要课题。

洛夫有"诗魔"之称,"魔"是叛逆的代名词。他说:

> 年轻刚出道时,诗人无不标榜"反传统"。法国作家伏尔泰曾说:"诗人心中都有一个魔"。何谓"魔",初始不得其解,就在早年我一头栽进超现实主义的迷阵中,才发现,对一个满心充斥着创造潜力的

诗人而言,"魔"即意味着一种叛逆精神,但实际上这种叛逆绝不是对我们生活中所依恃的汉文化的叛逆,而是对由惯性而惰性而日趋腐朽的诗歌艺术形式的叛逆。其次,这种叛逆倾向也缘于另一种理由,虽然肤浅,却是文学发展中转型期常见的现象:当一个诗人力求除旧创新之时,他最看不顺眼的是一个个直立在面前高不可攀的巨大身影,一堵堵难以超越的高墙,如想超越他们,必须推倒他们。但所谓"偶像",一旦竖立,推倒几无可能,因此当时我的思路是:既然推不倒,不如绕道而行,另辟蹊径,不如向传统借火,向古典取经。

这段话很有趣,诗魔对偶像的反叛,竟然导致"向传统借火,向古典取经"的理由,导致背离即回归的戏剧性叠合。然而,如果从历史语境考察,在中国大陆批判封建文化的上世纪六七十年代,"向传统借火,向古典取经",又何尝不属于反动?对于现代进行时的诗人创作而言,每一轮背离或回归,都是在二者之间相生相克的张力中突进,是在已有成果的基点上的变革和攀升。"最初我只不过伸出一只脚向传统的大河探一探水的温度和深度,并无意全心投入,后来逐渐发现水温有点凉,便渗入一些西方的热水,才感到调适后的水温,正是我日后纵身诗的大河中最需要的温度。"洛夫探足传统时,并没有舍弃西方,而是以现代"西方的热水"渗入与激活传统这条大河的"凉水",而调适成"纵身诗的大河中最需要的温度"。洛夫如是说,是对背离与回归的最有力诠释。正如美国实验主义美学家杜威所说,"经验的每一休止处就是一次感受,在其中,前面活动的结果就被吸收和取得,并且,除非这种活动是过于怪异或过于平淡无奇,每一次活动都会带来可吸取和保留的意义"[2]。二元对立的思维方式,以"归零"或"回到原点"代替"吸取和保留"。由二元对立的思维方式形成的极端化、简单化的诗学理论,只能滞碍和破坏新诗发展的生态。

在六七十年代大陆诗歌处于左的政治路线的禁锢中,洛夫已以"对现代主义的热切拥抱"的姿态写作,而在八十年代西方现代主义涌入大陆时,洛夫则回到传统文化和古典诗歌的资源,从中吸取营养,壮其筋骨,表现了诗人用汉语写作的自觉。可见洛夫比我们快一拍,是当代诗坛的先行者。洛夫回归汉语诗歌与文化的母体,虽属于诗人个体现象,而对于新诗人与新诗发展,却具有普遍意义。

二、新诗自由的灵魂与汉文化基因的缺失

诗歌是人的情感与精神的载体,但首先是一种语言文化形式。卡希尔称,人的本质就是徜徉在广阔的文化时空之间的自由意识,"从总体上看,人类文化可以描述为一个人的不断自我解放的历程"[3]。正出于现代人对自由解放的诉求,自由的新诗得已存在,并有了百年历程。洛夫对胡适的新诗革命与台湾现代诗运动有自己的看法:

>恕我直言,胡适打倒了旧诗,却并未诞生新诗,如说他的白话诗运动成功了,只能说在他的"我手写我口"和"诗国革命何自始,要须作诗如作文"的主张下,分行的白话文体活了起来,而诗则给他弄死了。诗没有了意象,没有了神韵,没有了意境,没有了内在的音乐性,只有直线发展的松垮垮的文字而已。所以纪弦在台湾搞现代诗运动,倡导诗的二次革命是对的。
>
>诗除了现代化之外,我们更要激活古典,使现代与古典双重元素作有机性的融合,就是一种创新,比如纪弦主张的"新诗是横的移植",更具合理性。我不接受"新古典主义"这个似是而非的名词,由于现代与古典的生硬的结合,二者的衔接未能达到水乳交融的境地,便会产生虚情假意的"假古典主义",动辄小桥流水,笔下仍是悲春伤秋。当然,小桥流水之景也可以写,悲春伤秋之情也可以抒,但

这个景应是当下可见之景,这个情应是现代人之情,你学李白儒侠的气质,浪漫的风格,只能神似,而不能貌像,这也是融古典于现代,建构汉诗新美学系统最关键的认知。

胡适领导的白话诗运动执意与旧诗的决裂,而导致汉语诗意的丧失。如果说胡适、刘半农、沈尹默等世纪初诗人都具有良好的国学修养,在他们的大白话中仍带有文化踪痕,那种一时去不了的汉文化基因,肤色般地点缀着直白的汉字,那么,当后来诗人们运用了西方现代诗的修辞方法,改变了初期白话诗的简单苍白,也遮蔽了汉语诗意的失落。换言之,新诗发展没有改变对母语之根的疏离。几千年的古典诗词已成为汉文化古典美的积淀,是新诗美学不可绕开的重要资源。但由于新诗是在打到旧诗中诞生的,这无疑带来接通新旧诗之间联系的难度。新诗打破旧诗格律,自由的白话、口语如何成为诗?仍处于模糊与摸索之中。

新诗,不管是作为生命的存在,还是灵魂的寓所,都是一种文化形式。称诗为高雅文化也好,俗文化也好,情感精神形式也好,生命形式也好,首先是文化形式或文化符号。从诗艺术创造而言,一种成熟的诗意创造,首先彰显独特的语言魅力,发生接受与交流方面的审美效应。汉语诗意的生成离不开汉文化基因,新旧汉语诗歌之间血脉相连,正在于不可切割与抛弃的汉文化基因。不管时代与诗歌发生多大变化,泱泱诗国都因有汉文化基因而生发新鲜的力量,以不衰的汉语之美照耀世界。

洛夫认为:我国古典诗词之所以能成为一种文化形式,主要因为经过长期的普及化和大众化,古典诗词已深入民间,它的韵文语言已产生了社会的文化效应,诸如对联、谜语、弹词都由古典诗词演变而来。但新诗换作口语、大白话,即使能产生普及作用,却因缺乏诗意与文雅之气,以及令人精神升华的功效,自然难成为高雅的文化形式,因此我认为新诗语言的意象化,以及加强诗的抒情性,也许是一种构成文化形式的必要选择,譬如我曾以现代诗的意象语言制作一幅对联，颇受读者喜爱，对联是这样的：

<blockquote>
秋深时伊曾托染霜的落叶寄意
春醒后我将以融雪的速度奔回
</blockquote>

每次书法展览时，这幅新诗对联都是先卖出。另有一幅颇具时代精神的对联也受到肯定：

<blockquote>
海峡涛惊千年梦
江湖水说两地愁
</blockquote>

以上这类新式对联也只能是小众欣赏的文化形式，有待大力推广。

洛夫在批评口语诗"完全忽视于语言的精纯，意象语的魅力"时，推崇李商隐的《锦瑟》，称"一首诗中如语法和意象调配得宜，未尝不能使一首诗增加它的鲜活度与流畅感"。他这样分析《锦瑟》：

这首诗的结构非常特殊，前六句全以意象呈现，这一组组意象不仅由一些潜在的古典构成，而且还交织着诸多扑朔迷离的、个人的如梦似幻的情思，美极了，但因缺乏知性的引导，读来难以索解，幸好最后两句（"此情可待成追忆，只是当时已惘然"），以语法形式表现，如同增加了一个通气口，阅读时的窒息感立即得以纾解。这两句是一种口语式的语法，可使读者立即从梦幻世界进入现实。这是古典诗中口语与意象作最佳配合的例证。

这里得举出洛夫先生赠我的一幅五言对子：

<blockquote>
花吐一溪烟
</blockquote>

鸟啼群山飞

两句五言，足以看出洛夫对汉语独有的简洁、精到、空灵、美妙之诗意意象的把握。我无意推崇洛夫的古典诗词工力，而是敬佩这位曾以最具现代诗影响力的《石室之死亡》叱咤华语诗坛、而这般倾情古典，是想说他在对古典诗词形式及意象的会心和把握中，触及到了汉文化基因这一新诗之根，"血液中有一股强烈的随时会喷薄而出的汉文化原生力在冲击、在跃动"。洛夫正是催动了创造主体中汉文化的原生力，才有了开启新一轮的新诗创造的可能。洛夫"试着做另一种努力：重新寻回那失落已久的古典诗中那种意象的永恒之美。不错，就是这个声音一直在我心中呼叫，这是历史的声音，也是文化的吸引与呼唤。于是我又再次一头栽进了古典诗，尤其是唐诗的浸润中"。构成洛夫所说"古典诗中那种意象的永恒之美"，可以理解为汉文化基因。汉语诗人如果背离或绕开几千年古典诗的辉煌创造，就值得怀疑他还是不是汉语诗人？新诗人都有一个身份的确认。诗人只有接触古典，重读古典，在真正受到古典诗的吸引和浸润中，才会领悟到汉语诗歌这一独特文化形式的精妙与不可舍弃的东西。

诗人获得今古汉诗相继相生的血脉贯通之体验，诗兴灵感必然随着汉语诗性而照耀生色，亘古的汉文化资源，提供了现代诗意创造的多种可能性。

新诗不像古典诗歌受格律的约束，古诗格律的音节声韵对于炼字炼句的要求，本身就体现了汉语特性。而新诗的汉语特性，也离不开现代汉语的音节与修辞。80年代以来，洛夫谈到自己面临一个"脱胎换骨"的蜕变：

我不想说得过于抽象而陷于空洞，只想仅就汉语的驾驭与运用表示看法,略言一二:①诗讲究练字练句,每个字,每个句子,每个意象都应有它存在的必要性,把最适当的词语摆在最适当的位置,口语和意象可以共生共存,端看如何调配。②诗性语言是一种灵性语言。坏诗都是脑子想出来的,好诗乃产生于灵光一闪之间的妙悟。③诗的语言不能太实,有时虚比实更富于想象空间,更能赋予语言以外的魅力。虚可以产生空灵,引发智慧。④诗应有句有篇,有句无篇则显得杂乱无章,难以达到整体之美,有篇无句,则平庸无味,缺乏亮点。⑤最后,当灵感来时,就忘了以上的条条框框吧!

凡是具有创造性的都是美的,也都是现代的。至于"时代精神",固然是现代诗的一个重要元素,但更重要的是语言革新,形式和表现手法的多样。在诗的创造过程中,我一向主张语言的解构与重建,重建的新语言模式必然是一种陌生的、去除陈腔滥调的新语言,肯定是不符合"约定俗成"的原则的,但却是表现现代人的新感觉,创造新的意象世界所必须的。新语言难免有晦涩的困惑,也有人称之为"晦涩之美",一般人读不懂的东西,很可能正是最富诗性的。

在洛夫诗歌中,出现对对偶、拈连、排比、层递与反复等汉语修辞手法的独特运用,增强了新诗的汉语审美特质。诗,更是对语言形式的不断解构与重建。洛夫对诗艺诗学作一种无穷尽的追求,表现为不停地创造,追求是他的创造过程,也是他创造的目标。

三、新诗能否成为文化形式:
洛夫对"现代禅诗"的探索

诗的语言品质,首先见诸文化形式。诗成为文化形式,是诗艺术成熟的标志。古典诗歌已成为中华文化的一种高雅形式,是几千年汉文化的

美的积淀。洛夫认为:

> 汉文化意识的生成与积淀,远在东汉时期即已开始,并日益兴旺。汉文化主要植根于儒家文化,之后才旁及释道二家思想,三者的融汇所共生的最高境界就体现在人与自然的和谐共存,也就是天人合一的观念,这是汉文化的精髓之所在。但由于近代科技突飞猛进,城市意识大大地提升,这种现代文明正在不断地大量地污染自然,破坏生态,人与自然形成了一种敌对关系。……大陆诗坛汉文化意识的薪火相传也远不如台湾来得深厚,且部分大陆诗人对中国古典美学元素采取抗拒态度,一心追求民间路线的口语化,反对隐喻和象征在抒情诗中的功能。而台湾诗歌的语言讲究雅俗共赏,生活语言(提炼过的口语)与书面语言的搭配使用,经营出一种文雅而又鲜活的、充满现代汉语意识的诗性意象系统。所以我认为在现代诗中更多地融入汉文化元素,尤其是古典诗美学元素,是两岸诗坛强化诗的形式,深化诗的内涵,进而提升诗的意境是正确的取向。
>
> 如何在新诗的形式和结构中体现汉语之美和汉文化的特质?这是目前两岸诗坛最重要的课题。坦白地说,今天有些诗的语言品质大多仍停留在五四时期白话诗的粗糙阶段。传统的和现代的优秀诗作,本质上无不体现在一种"情景交融"的意象塑造上。诗营造的是一个晶莹剔透、没有杂质的意象世界;诗的语言是一种抒情结构,所以才有诗的"意象思维"一说;胡适认为作诗必须要像作文一样,这是一个误导。
>
> (与西方诗歌)相比较之下,中国诗更重视内在的韵律和节奏与外在的形象结构,内外有机性的结合,便产生了"意在言外"的象征涵意和语言背后的丰盈意境,于是汉语诗具有两个极端的特征:一个是显性的形象语言,一个是隐性的沉默语言,这种语言最适于禅诗的

写作。

新诗尚未成为文化形式,除了新诗语言形式自身的原因,还在于缺乏强劲的中国现代文化的支撑。而独特深厚的中国传统文化则彰显优势与新异感,尤其是老庄禅宗文化,道以对人格本体与自然的亲近、禅以玄妙的直觉方式或意象思维,不仅给诗提供了独特的汉文化意味,而且以汉文化的原生力,给予汉诗创造新的可能性。洛夫对超现实主义的实验,正是在涉足古代文化资源中而灿然生色,一种划破长空的东方文化智慧之美。

洛夫开始选择超现实主义手法,旨在"寻找一个表现新的美感经验的新形式",《石室之死亡》可为典型的创作实验。后来,洛夫不满其"自动语言",不赞同马拉美的唯语言论,而当他回眸传统文化,重读唐代大师们的作品,赫然发现他们的诗中居然也有超现实的审美倾向,并发现一种"无理而妙"的特有诗性的艺术原则,远比超现实主义非理性的特质,更能使诗达至玄妙的境界。于是,他有了建构切入汉语特性的超现实主义的企图。古典诗歌的"无理而妙"与西方超现实主义的"自动语言",有惊人的相似之处。洛夫述说了这一变化与探索过程:

早年我一度沉溺于西方的超现实主义,它那种陌生的反常的语法,我在《石室之死亡》一诗中发挥到淋漓尽致,日后论者给予一个"晦涩之美"的脱词,但我却引发出一个新的自觉,产生了建构一个修正的、接近汉语特性的超现实主义的念头。我在一篇诗集的自序《镜中之象的背后》中谈到这个问题:"第一步要做的是从中国古典诗中去寻找参照系,从古人诗中去探索超现实的元素,结果我惊讶地发现,李白、李商隐、孟浩然,甚至杜甫等人的作品中,都含有一种与超现实主义同质的因子,那就是"非理性"。中国古典诗中有一种了不起的、玄妙之极的、绕过逻辑思维,直探生命与艺术本质的东西,那就是前面提到的"无理而妙"。"无理"是超现实诗与中国古典诗二者极为巧合的内在质素。但仅仅是"无理",恐怕很难使一首诗在艺术上获得它的有机性与整体美,而中国诗的高明之处,恰恰就在这个说不清、道不尽的"妙"境。换句话说,诗绝不止于"无理",最终必须获致绝妙的艺术效果,这就是汉诗语言的特性,也是我日后创作时秉持的信念。

"无理而妙"的哲学源头,当追溯到禅宗,更远在庄子、易经。慧能禅宗传教"不立文字",而采用"拈花微笑"之大悟,是以"大音希声""无中生有"的形而上的诗意方式,皈依体验本体之极致。这种古老的东方智慧孕育了一批中国古代诗画大家,比如称为禅宗画派的王维,其诗其画所达致"空"之美的形上的体验境界,都得力于禅意。"大抵禅道惟在妙悟,诗道亦在妙悟"[4],洛夫涉足并迷恋于中国古老的文化源头,借力于禅,使禅宗这一东方智慧的神秘经验与西方超现实主义的碰撞融通中得以启动,获得了将西方现代诗的超现实主义融入东方美学与汉语诗美创造的自觉,开始新的汉诗实验。洛夫以禅意,修正超现实主义的非逻辑性之不足,赋予"自动语言"以意义。禅意使复杂语义的陌生世界变得亲近起来,不再艰涩难懂。虽仍然难解,却有经验美学的神秘魅力,是形而上的东方诗意。写于 70 年代的《金龙禅寺》,是具有代表性的一首。与王维的《鸟鸣涧》相比较,一个写"雪"与"灰蝉":"如果此处降雪 // 而只见 / 一只惊起的灰蝉 / 把山中的灯火 / 一盏盏地 / 点燃";一个写"月"与"鸟":"月出惊山鸟,时鸣春涧中。""雪""月"是富有禅意的原型意象。"圆满光华不磨莹,挂在青天是我心。"(寒山子)古代道禅大师及王维等诗画大家,往往以"雪""月"明心见性,进入悟的最高体验境界。如果说王维诗中以"惊山鸟"烘托了"月出",那么,洛夫诗则以"一只惊起的灰蝉"衬托"降雪"，二者都是禅意注入互不相干的事物，使之有了内在逻辑。王维借"月"进入"静"而"空"的境界，洛夫借"降雪"抚慰大地上的灯火，"灰蝉"是一种现代生命文化的存在。两首诗分别体现了古典文化形式与现代文化形式。

洛夫对于"现代禅诗"的创作实验，包括《金龙禅寺》《月落无声》《大悲咒》《背向大海》等一大批作品，标举汉文化对新诗形式的渗透，试图赋予新诗语言形式以汉文化特质，在打通现代与古典、诗悟与禅悟、禅意与汉语诗意等方面取得了成效。

西方诗歌进入语言哲学，使语言形式丰盈。西方诗歌语言讲究精确，而汉语言的形意性，其"显性的形象语言"与"隐性的沉默语言"的特征，应该说，使中国新诗语言形式具有丰盈的可能。汉诗的形式品质，离不开东方哲学智慧的哺育。洛夫现代禅诗提升了新诗形式，不仅仅是文化特质，同时也是现代人对人生与生命的体验的哲学境界，是诗的纯粹性和形而上的美的追求。洛夫对现代禅诗做了这样的概述：

> 据我个人的体验，现代禅诗是一种偶发性、随机性、无主题意识的写作，对一位现代诗人来说，禅悟并不是从念经打坐中修持而得，它可能只是一种感应，一种某一瞬间的心理体验，一种对宇宙万物和人生经验的妙悟，它的审美效应远远大过宗教性能。
>
> 我的禅诗创作主要受到一项实验的启发，亦即企图使禅诗这一东方智慧与西方的超现实主义相互碰撞交融，然后转化为一种具有中国哲学内涵，也有西方现代美学属性的现代禅诗。在创作这类禅诗时，我领悟到禅诗有一种潜在功能；它可以唤醒我们的生命意识，看透了色空，悟出了生死，求得生命的自觉，过滤掉潜意识中各种欲念，使它升华为超凡的智慧，并从虚浮的庸俗的现实中捕捉到一种纯粹的美。

"天涯美学"：汉文化的生长性

汉文化的原生力,仅仅标示汉文化在历史长河中相续相生、生生不息。作为汉文化的生命因子,世代文化相传,在作品中水印月色般的存在。而作为活跃于诗人创造主体中的汉文化意识,是生长了的汉文化意识,它是在与西方现代主义艺术思潮、现代文化思潮的撞击中展示自身的特质与亮色。中西文化观念互异,却构成一种张力,汉文化资源需要现代文化思想去点燃、去发掘,汉文化在被激活中保持原质的生命状态。洛夫的现代禅诗实验,即是有力例证。

几乎没有文类比诗性经验更具个性化与自我满足,每位诗人都有自己的"一个经验"(杜威语)。现代诗人需要先知先觉,才能亲近和引领人们的精神和灵魂。诗人立足诗歌前沿,首先要立足思想文化前沿,在接受与顺应世界进步潮流中立稳脚跟,更重要的是,要以自身独特的体验和价值创造,廓开新鲜而充满生气活力的诗意天空。所谓"汉文化原生力",即拥有坚实的汉文化之根而生发出的一种进行时现代力量。洛夫"二度流放"的创作生涯与经验,值得重视。他说:

> 我近20年的"二度流放"生涯,有失落也有收获,的确激发了我创作的潜能和灵感。有时黄昏散步,独立苍茫,在北美辽阔的天空下,我经常像丢了魂似的感到彷徨而迷惘,虽然强烈意识到自我的存在,却也发现自我的定位如此暧昧而虚浮。"今宵酒醒何处,杨柳岸晓风残月",这原是一种凄美的境界,但面对"二度流放"的时空,总不免有一种失魂落魄的孤寒。二次世界大战期间,德国作家托马斯曼流亡美国,有一次记者问他:"流亡生活是否对你形成一种极大

的压力?"当时他理直气壮地答道:"我托马斯曼在哪里,德国便在哪里!"答得多么豪气干云,我虽说不出如此大气度的话,却有着强烈的同感。临老去国,远走天涯,我虽暂时割断两岸的地缘和政治的过去,却割不断育我养我、塑造我的人格、淬炼我的精神和意志、培养我的智慧和尊严的中国历史和文化。

寄居海外的华文诗人与作家都会面对一个深沉的困惑:在当地不同民族的多元文化的融会与冲突中,如何自我地定位和中西文化的平衡点,语言媒介只是华文文学的外在形式,文化才是它潜在而深刻的精神内核。身处异国,我经常有文化身份的焦虑,但好处是我可以百分之百地掌控一个自由的心灵空间,而充实着心灵空间的,正是那在我血管里流转不息的祖国文化。其实对一位漂泊海外的诗人来说,初期的异域生活对他的创作绝对有益,新的人生经验、新的生活刺激、新的苦闷与挑战,都可使他的作品更加丰富多彩,表现出多层次的生命内涵。还有一种更特殊的体验:他可以毫无疑虑地采取一种超越狭隘的民族主义的立场,而不致于仄化自己的胸襟,僵化自己的思想,他再也不必跟着某个主旋律放歌,他可以发展更独立更自由更广阔更多元的创作路向和风格,而把个人感情、世界眼光和宇宙胸怀,凝聚为一股新的创作力量,使作品的实质内涵提升到一个新的高度。对我个人而言,这个新的高度就是"天涯美学",也就是《漂木》这首长诗的精神与思想的内核。

"天涯美学",是诗人生长了的汉文化的现代诗性体验与审美经验。从洛夫的"二度流放"生涯考察,"天涯美学"包含有:一是无论走到哪里,隔断两岸的地域、乡情和历史文化,却割不断哺育和培养诗人的中华文化之根,即祖国在我心里的身份体认。二是在不同民族的多元文化、尤其是中西方文化观点异同的冲突与融会中,找到自我的定位和中西文化的平衡点,使汉诗进入世界文化前沿。三是获得一个自由的心灵空间,如果说深厚的汉文化使诗人自立于天下,那么,诗人走天涯,异域文化与生活拓展了自己的眼界和胸怀,使新诗自由之魂徜徉于广阔的时空,使汉诗呈现出纯净而独特的光泽。

卡希尔在审美分析中曾这样区别三类不同的想象力:虚构的力量,拟人化的力量,以及创造激发美感的纯形式的力量。他认为在孩童游戏中可以发现前两种力量,第三种力量惟见诸艺术家的形式游戏(创造)[5]。席勒把美定义为"活的形式"。汉文化的生长性,寓于诗人的创造之中。文化是一个宽泛的概念,它包括精神与物质两个方面,在人的生活方式、行为方式乃至言谈举止之中,都体现一定的文化质素。因此,汉诗的文化含义,既表现对传统文化的吸取与转化,也表现在对新的文化的发现。比如卞之琳的《断章》,可以说,没有潜在的文化精神内核,是以戏剧化场景与优雅的闲逸情调,而成为经典的汉文化形式。而今新诗的题材日渐扩大为城市诗、生态诗、科技诗等,这些事物太过知性、太冷,缺乏情感的滋润,给诗的形式结构的汉文化特质带来难度。洛夫的《苍蝇》,则是一首别开生面的生态诗。诗中没有精美的意象,不带激情,只有客观而冷静的叙述,因运用哲学思辨的方式和戏剧效果,在提升作品内涵的过程中萦绕着现代文化之魂。

诗人总是以自由灵魂与活的诗意形式的创造,不断彰显汉文化的美学力量。

(原刊《文艺报》2015 年 12 月 23 日)

注释:

[1] 白扬:《背离与回归:"先锋"探索的一体两面——1970 年代后《创世纪》的诗论

建构及其思想意义》,载萧萧主编《创世纪60社庆论文集》,台北万卷楼,2014年。

［2］杜威:《艺术即经验》,商务印书馆,2005年,第60页。

［3］参见刘大基:《人类文化及生命形式》,中国社会科学出版社,1990年,第55页。

［4］严羽:《沧浪诗话》。

［5］参见卡希尔:《人论》,上海译文出版社,1986年,第209页。

当代诗的语言美学问题

胡适发起的五四新诗运动,仅仅向我们提供了一张白纸,而五四自由精神赋予这张白纸不朽的灵魂。新诗百年以来的发展成果主要表现在现代诗意语言对灵魂和生命存在的抵达,而在诗体语言方面,仍然延续着胡适倡导的"要须作诗如作文""话怎么说,就怎么说"[1]的白话诗观。上世纪初,俞平伯就指出白话诗的弊端。"白话诗的难处,正在他的自由上面","是在诗上面"[2]。自由诗的写作难度,"是在诗上面",这成了新诗百年的语言美学命题,却并未引起当代诗家足够的重视。

应该说国门敞开三十多年以来,诗人在思想文化批判与新思潮的持久的冲击波中,着力对现代精神追求与生存状态的表现,处于无拘无束与自以为是的写作之中。21世纪以来,诗歌失去轰动效应而回到自身位置,诗人的才情在自由无序、良莠不齐中绽露或被淹没;诗主要在诗人圈子里热闹,其实诗人对诗人的诗也并非释然。诗坛不缺少天才,而能否成为天才诗人,大概尚需时间来验证。一批批交替出现的诗才逆子,往往以新异、极端的写作姿态,企图刷新新诗界面的野心。三十多年来新诗创作的整体水准对历史的超越,主要表现在对文本意义的突进和拓展与写作的多元态势的形成,而诗体语言散乱杂沓,可以说,没有一种文类像诗歌写作这么民间化,这么容易,漫无边界。当下诗歌的繁荣,呈现一派"乱花渐欲迷人眼"的景象,是诗还是非诗？可谓三分春色,七分流水。诗人不能满足于写作"实在"的知性,需要了解其所以然,具备诗的语言意识与文本创造的自觉,研究和把握一定的尺度和规则,诗歌有自身的"逻各斯"。

一、关于诗的语言魅力

与小说、散文等文学样式相比较,我更倾向把诗与画相提并论,是美的艺术,也是姊妹艺术,有其美的规律。绘画是线条和色彩的艺术,诗的语词结构在语言文学中最具形式感,用语最少而意味颇深,又称为语言艺术的皇冠。诗与画都是简洁的、碎片的符号创造,直抒内心或及物写梦。

美的艺术的纯粹性,把诗的语言和修辞提到了突出位置。现代意义上的语言,已成为诗歌写作的中心话题,修辞及意义包含在语言之中。西方先哲维柯、哈曼都把诗看成人类的母语,是从语言起源的本性而言。语言起于快乐和痛苦,这种情感的冲动与身俱来。现代诗歌正切入这种"原始词语",尊重并表现诗人精神活动的自发性,或者说把情感本能当作精神活动的原动力。诗歌语言不是观念的表现符号,而是生命精神的符号或副本,它无时不在,又若隐若现。海德格尔称:"在纯粹的被言说中,被言说独有的言说的完成是一种本源的。纯粹的被言说乃是诗。"[3]诗人对于语言的理解,容易带有语言的局限性,因为语言十分复杂,并且神奇莫测。比如,当把语言理解为直接感觉的产物,而赫尔德提出"反映"概念,称"反映的第一个特征是灵魂的词汇"[4],又何尝不切入诗的语言概念？只有从不同角度与层次中融会贯通地去理解,才能打破诗歌语言定义的局限。当然,诗人可以凭借自己对语言的感觉和理解,去进行诗的语言创造,但不管诗人如何坚持自己的探索,每一次诗歌文本的成功创造,都是语言魅力的展示——语言自身的独特性及其意味的丰富性。

诗美出自语言感觉,见诸语言表象与意蕴两个方面。诗性经验总是粘连于词语,意义包孕于语感、语境之中。而那种创造性的去蔽而直指事物本性或本质的词语,是更具诗性价值的语言。杜威说:"'感觉'一词具有很宽泛的意义,如感受、感动、敏感、明智、感伤,以及感官。它几乎包括了从仅仅是身体与情感的冲动到感觉本身的一切——即呈现在直接经验前的事物的意义。"[5]杜威又说,"艺术表示一个做或造的过程",审美经验"天生与制作的经验联系在一起"[6]。诗性的感觉经验与审美经验之间,既有相通的一面,又有不相同的部分,需要进入美的创造转化机制。感觉对象中不缺少美,而是缺少美的发现。诗人的才能,在于用自己的眼睛或耳朵去看去听,能够在别人看来司空见惯的事物里发现和发掘出美来。现代诗口语化之俗,并非过去书面语与民间口语的雅俗概念。现代诗人切入日常生活真实与生存状态,诗所表现的经验事物,并非是传统的优雅之美、崇高之美,而是切入俗常的生活与残缺的部分。残缺或丑陋,一旦进入审美体验,同样具有美学意义。比如,谁会想到波德莱尔以一具又臭又脏、爬满蛆的溃烂兽尸,寓意他拜倒的情人,而这却构成反差极大的骇人的对比效果——一面是希望永远不死的美人,另一面是正在等待这个美人的残酷命运,如同雕塑大师罗丹的经典之作《老妓女》一样,发生了化丑为美的震撼心灵的美学力量。罗丹称"雕塑家一步步跟随着诗人",《老妓女》的创作灵感来自法国诗人威龙的诗篇《美丽的欧米哀尔》,同时也受波德莱尔的启发。[7]

出于诗性体验与独特想象的语言表象,与诗人的审美趣味、思想发现或生命敏感、哲人先知之间达成某种默契,由此构成的诗的意象或意向性的语言效果。

语言意象(意向),是当代诗语言美学创构的基本元素。

语言意象(意向),更多的属于感觉心理学范畴,是直观性语言的本质的呈现。在胡塞尔的"现象学"看来,直觉的把握已经是对意义的把握,"现象"不再是传统意义上认识的最初层次,而是精神世界的基本构成。

意向正是指心理现象和意识的主要特征。在"意义"单元中,现象即本质,本质即现象。[8]现代诗人的语言体验的意向性特征,包含着心理和意识的复杂性,即感觉表象的本质性,使诗歌语言的指示功能亦成为意义功能。这样诗意语言摈弃了容易显露的感觉外壳,成为纯粹符号的表达,或陌生的直觉经验与新的精神的深度呈现方式。诗人对语言意象的捕捉与惊奇发现,不单单是传统诗歌创造中对字词推敲和凝炼的功夫,而更是对内心体验与意识的发现的独特把握。意向性词汇的质量,取决于诗人的心理感觉印象,而诗人如何使心理感觉(意向)契入汉语词汇的诗意(意象),充分展示出现代汉语诗美的独特魅力,却是当代诗语言美学需要探索的难题。汉字的暗喻功能会使其如一粒橡树的果实,其中潜存着一棵橡树树枝桠如何伸展的力量。汉语意象的可生性与心理感觉的不确定性,无疑为汉诗的表现力与独特的诗美创造提供了可能性。

现代汉诗的语言意象(意向),是一个模糊概念,或者说具有模糊的美学特征。

康德早在1764年学生征文中就提出:"知性在模糊不清的情况下起作用最大……模糊概念要比明晰概念更富有表现力……在模糊中能产生知性和理性的各种活动……美应当是不可言传的东西。"[9]席勒在1802年致歌德信中甚至称:"没有那种模糊的概念——强大的、总体的、发生于一切技术过程之先的概念,就不能创作富有诗意的作品"[10]。模糊意象(意向),是诗人在思想与想象力得以自由充分发挥而达到主体意识充盈状态的审美效应,是被审美感觉所包蕴了的表象,这种语言表象富有极大的暗示性,不作审美判断是高级的审美形态。

有诗人主张:"诗之所以与其他文体相区别,最根本的在于它对终极神秘性的忌言和守护,在于不予判断、辨别、预言或仲裁,抑或不理会。"[11]我无意对这种文体观表示异议,而是想说,它把现代诗意推向极端的同时,也把语言张力推向了极致。诗的模糊语言在不确定性中包含不可言说的全部意蕴，不仅使这种"对终极神秘性的忌言和守护"有了可能，而且能在意象（意向）的模糊灼约中显现神秘之美的诱惑。

二、语言意识的更新与汉语诗美的基因

当代诗人的语言感觉对内心的深度抵达，反馈着复杂微妙的多方面的诗性体验，应该说，有力开拓了新诗语言美学的内涵，但它代替不了语言本身的创造。我不能认同当下流行的观点，单单把意义层面上的语言感觉与诗性经验视为语言魅力。诚然，诗的语言美学建构在现代诗意的基础上，诗人寻找灵魂的词汇，用语词制造对生命灵魂的释放的惊喜，以致排除并超越经验，在纯粹的精神的世界中遨游与探索，或者把经验的存在的词"悬置"起来，以追求"悬置"背后"终极神秘性"的发现与快感，这些无疑带动了诗的语言意识的更新，但如果离开语言本体，离开汉语形、音、意一体的意象营构，不能把对语言的想象和创造发挥至高级境地，仅仅是直接堆砌那些直觉把握或抽象肉感的词汇，何以言谈诗的汉语之美？

80年代诗歌变革引发了诗歌语言意识的变革，摈弃了"语言工具论"，而高扬诗人的主体精神，即"主体论"。当代诗的语言美学问题，实属于诗的语言本体论的范畴。其实，朦胧诗写作仍很注重语言形式。后新诗潮则以反抒情、反语言、反意象乃至反诗，对诗歌形式彻底摧毁。新诗坛对后新诗潮的这一非诗化倾向，并未引起应有的异议与反思，致使语言失控后的涣散局面，没有得到多大改观。诗人的主体性消解，通过对物境自律性的把握而言诗，并非摈弃汉语言的诗意特性及其修辞方式。诗回到语言本体，自然包括回到汉语本性及其现代修辞方式。有诗人反对对诗作语言要求，认为"诗的语言是一种大师的行为"，用小说、散文的语言方式写出来的，同样是诗。这与当年后新诗潮诗人中盛行的"广泛使

用不曾加工了的口语","随意性地以短的或长的通俗句型","冗烦中把忧苦以冗烦的方式传达给你,那一团乱麻似的铺叙",大概没有多大实质性的不同。[12]当下诗歌的及物性或叙事性写作,固然有助于现代诗性体验的表现,但如果离开诗歌自身的语言特质与优势,势必就成了小说的物(细节)的描写或散文的物境描写。即使具有诗意或诗性体验,也属于小说的诗化、散文的诗化。运用所谓不加雕饰的日常口语,也是需要进行加工和提炼的,只是要求达到不露痕迹的语言功夫,否则,也会带来诗性语言的降格。那种去意象(意向)、去修辞的直白性,口语化叙述的散漫性,丢掉汉语的凝炼性与表意的独特优势,恐怕很难创造出世界认可的大师的语言奇迹。

诗,作为语言艺术,不可忽略语言表象的基础创造。它既伴随诗人的内心感悟与直觉把握,又是一个想象与捕捉、融通与凝炼的创造过程。而当下不少诗的口语化,由于模糊乃至省略了这一语言创造的重要环节,才造成语言的自流随意、粗糙杂沓。诗人的真诚或对于语言的虔诚,同样体现在对汉字的尊重和珍惜上,善待每一个汉字,使每一个语词都归其位。汉语诗人的语言本体意识,突出体现在对语词的诗性把握上,要使诗意言说融入独到的语词排列组合之中。需要用减法,使每一个词都用到要处,使语词自身意义和特质得到很好的发掘和发挥,这样才能彰显汉诗独有的语言表现力与诗美效果。阿恩海姆说:"在艺术领域内的节省律,则要求艺术家所使用的东西不能超出要达到一个特定目的所应该需要的东西,只有在这个意义上的节省律,才能创造出审美的效果。"[13]诗美语言,应该是本真的、简洁的、本质的,语词由此而被点亮,诗意油然而生。这样诗的语言,才显得高贵,显得汉语生命精神的高贵。

离开诗的语言本体,丢掉语词的汉语诗意,追求语言意识的更新,则如同无本之木,何以注入诗歌语言新的活力?当代诗歌语言美学,建立在诗的语言本体的基点上。诗意与诗形的剥离,由于积弊已久,无疑带来当代诗语言美学建构的难度与困惑。本文从现代诗的口语化与汉语词汇的美的基因方面，略作探析。

新诗发展不会改变对母语之根的追认。几千年的古典诗词艺术成熟的诗美积淀，是现代汉诗语言美学建构，不可也无法绕开的重要资源。美国意象派诗歌创始人庞德从改作汉语诗歌《刘彻》中，获得"一片贴在门槛上的湿叶"的经典之句。既然汉语表意的诗性浸染了西方现代诗意象，而用汉语写作的中国诗人，岂能怀疑和无视自己母语诗歌这一得天独厚、潜力和生机无限的诗美资源？现代诗性体验的感觉意象，诚然与古代诗歌意象有本质的不同，但要发挥和加大现代诗词汇的弹性和张力，仍就离不开其美的因子的诱发性动因。汉语词汇基因，可以理解为汉诗先天独有的诗美生成光源，是投向西方字母语言的一束新异之光，提供了与西方现代诗歌相媲美、相辉映的可能。汉语诗歌是以意象的含蓄美而傲然于世的东方美人。

诗的艺术是对语言的探索，中外诗人都曾受到语言的困扰。赫拉克利特要求人们必须穿透字面把握其背后的意义，而只有当对立的一面在某种方法的关联之中，词语才能成为意义的向导。在赫拉克利特的形而上学看来，词语与存在的一致与词语与存在的对立，是相统一而不可分的两个原则。中国古代《易经》中也有"书不尽言，言不尽意"[14]之说，指出语言达意的局限。而庄子的言意之表："筌者所以在鱼，得鱼而忘筌"，"言者所以在意，得意而忘言"[15]，与赫拉克利特的"两个原则"不同的是，庄子以加大语言符号的包孕性即有无相生的辩证法，来克服语言的局限性。就"道"与"存在"的终极意义而言，具有一致性，它们都力图为那不可命名的形而上问题进行命名。庄子的"言不尽意、得鱼而忘筌"，则使汉语诗歌"状难写之景，如在目前，含不尽之意，见于言外"[16]有了可能。中国诗人正是得力于这种虚实相生、因有生无的直觉会意方式，而创造了汉语之美与至深至妙的形而上境界。所谓词汇基因，即是指汉诗词汇浸染着虚实、有无相生的因子,它也显现为词语的弹性或张力。每一个诗人都走着自己的语言探索之路,需要在当今全球化语境中,运作克服语言的局限性的策略。诗人探寻汉语词汇的基因,是一个激活与更新的动态过程。

当下诗坛流行的口语化写作,实际上是现代口语对书面语的渗透,20世纪六七十年代台湾诗歌就开始了这种口语化的潮流,并于80年代影响了大陆诗歌。这种口语化的书面语抒写,无疑为激活与更新汉语词汇的美的基因提供了语言环境。当代诗的口语化,并不改变书面语的优雅。优雅,属于汉语诗歌的特质。诗人探寻汉语词汇的美的基因的过程,同样包括对由古典优雅转变为现代优雅的美的实现。当代流行音乐刮起一股中国风,比如周杰伦作曲演唱的方文山的歌词:"菊花残 满地伤 你的笑容已泛黄"(《菊花台》),"如传世的青花瓷自顾自美丽"(《青花瓷》),富有通感的汉语意象伴随中国古典的意趣美之优雅,使现代口语具有民族文化质感和意味,犹如歌曲背后带有中国的"桃花源"。

诗的表现,要比歌词深入复杂微妙得多,而作为语言符号,诗人没有理由不发挥汉语的诗性智慧和文化底蕴。当下已有诗人做这方面的实验。比如于坚的《只有大海苍茫如幕》:"云向北去 / 船向南开 / 有一条出现于落日的左侧 / 谁指了一下 / 转身去看时 / 只有大海满面黄昏 / 苍茫如幕"。自古诗文之道有理、事、情、景四字,理有理趣,事有事趣,情有情趣,景有景趣。趣味,作为汉诗特有的诗美经验,是出于诗人性灵与机智的花朵。于坚在不经意中制造了诗的发现,惟妙惟肖,于逸趣中略露伤感悲音。这首诗称得上平淡趣高之作。

当代诗需要汉语诗性相续相生的现代原生态,那种直白冗繁式口语或转基因式语言,只能导致汉语诗美特质丧失殆尽。

我尊重并推崇诗人的新体验、新探索,但不能不顾及汉诗的语言特质及其诗形的创造。比如,使诗直接介入"琐碎和庸常的现实",让日常自我呈现,并非随意表面作自然主义的记录。美国后现代主义诗人威廉斯做此实验,初衷是想通过"身边的事物"寻找一个"新世界",而后来他认识到"便条"式写作,"在事物外表还原日常",导致诗的自流随意,使客观变得轻浮,自然变得散漫,就改变了诗风。[17]诗人简朴的诗思与原汁原味的口语,同样是对朴素的美的意象的想象与捕捉,需要在日常口语与汉语诗性之间找到兼容的平衡点。诗人应当具备既切入日常世俗又超越世俗的诗性灵魂,发掘日常事物的本质的表现。用鲜活的日常口语呈现客观事物及其不可言说的内心秘密,需要发掘现代汉语自身的潜力,拓展汉语艺术表现力的崭新空间。

汉语诗人没有理由不赋予诗的语言的纯洁、洗炼、质感这一基本的美学品格。用减法,即阿恩海姆所说的"节省律",是诗歌语言美学要遵循的重要规则之一。

三、生长的"形"与美的逻辑

诗以分行,以特有的语词排列的秩序,即诗意言说的秩序,区别于小说等其他文类。当下诗歌的散漫无纪的倾向,症结在对诗形的忽视,因而自由无序,没有"形"约束,有论者称为"说话的分行与分行的说话"。否定诗形论者认为,诗是先天存在的状态的一切外观,是纯粹内在性的呈现,没有逻辑特征。这种把人的先验的精神存在理解为诗歌,同时消解了诗歌这种文化形式。汉语诗歌,是一个独立的中国文学概念。一切越出诗歌伦理的探索都是无效的,对现代哲学思潮的直觉感应不等于诗,诗人先知的思想魅力代替不了诗的语言创造。诗歌不可没有"形",诗人的精神存在和内心体验都包蕴于富有独特表现力的汉诗之"形"之中。诗人只有具备诗的语言创造的文本自觉,才能保证他的诗意发现的有效性。

新诗以什么来维系语词连接,使语词融入语境,成为诗意结构的意象符号？诗行或诗句,乃是诗性经验的一种组织、一种结构。即是说,诗的组织结构依据诗性感觉的内在逻辑,但又需切入汉语诗美的生成机制。诗人对感觉对象的语词进行组合,就是运作汉语修辞的语言创造的过程,这一环节才展现语言大师的功夫。现代意义上的语词秩序与汉语修辞,处于探索与不断变化之中,这需要对赋形的诗歌文本进行分析,特别要关注和探讨正在生长的"形"。

成熟的诗歌文本都有其自身的"逻各斯",亦即宽泛意义上的逻辑。不同写作取向的诗人以及同一诗人的不同文本之间的语词结构的逻辑,都各辟蹊径,不会相同,但切入汉语的规则与美的逻辑,则是共同遵循的。

从百年经典诗歌与实践理论看,陆志韦的"节奏"说与卞之琳的"顿"说,都是从切入现代汉语音节入手,在创作中可行的经验理论。徐志摩的《再别康桥》、戴望舒的《雨巷》等,为广大读者喜欢和传诵。如果说这种建立在现代汉语韵律基点上的"顿"或"节奏"的规则,局限于切入听阈的外在形式,那么卞之琳的《断章》,则以形而上的诗美深度,验证了汉语音节"顿"与诗的内结构同步的可能性。再则,现代汉语的修辞,包括对偶、拈连、排比、层递与反复等方式,一旦被现代诗人独特运用,就会构成诗的语词组合的秩序。比如,洛夫对隐题诗的实验,自己视为诗歌语言上的一次破坏和重建。既吸取了中国民间藏头诗、回文诗的叠列铺陈的句式结构,又以诗人灵感点染成现代诗意,颇有文人雅趣、谐戏之风,与藏头诗、回文诗大异其趣。而隐题诗之隐,藏有玄机,则验证了带有限定性的语词组合的诗,同样有生发和包蕴不可知的诗意的可能。

诗美的逻辑,是指语词组合的诗意结构的整体而言。这里考察诗歌现场,侧重于内在逻辑的探讨,探讨现代诗性体验的内在性与诗的语词组合或建行的新的可能性。D. 戴维森说:"我们在隐喻中称之为新奇或令人惊奇的因素,是指我们能再三体验到一种内在的美学特征,就像在海顿的第 94 号交响曲中所蕴涵的那种令人惊异的感染力或一种为人们熟悉的、但易于使人误解的节奏一样。"[18]比如,洛夫的《金龙禅寺》:"晚钟／是游客下山的小路／羊齿植物／沿着白色的石阶／一路嚼了下去∥如果此处降雪∥而只见／一只惊起的灰蝉／把山中的灯火／一盏盏地／点燃"。初读印象,诗中意象互不相干,尤其是"雪"与"晚钟""灰蝉""灯火"。但于陌生、生涩难懂中感到语言意象是美的,读到最后一节灰蝉把山中灯火点燃,不难感觉到隐喻的新奇及其内在的美学特征。

如果结合这首诗的创作背景细读作品,就会明白洛夫在诗性体验的想象与语词组合中,运用了超现实主义的"自动语言"与禅宗艺术"不涉理路,不落言筌"[19]的会意方式,在二者融通与互补中造成诗的内在语言的结构逻辑。第二节一行诗连接了上下节,"如果此处降雪",完全违背常规,却入诗人内心的禅意,可以把"雪"理解为禅的意象。因而它以精神之"理",制造生成了语言异质的突起与惊奇,制造了与前后语词之间最大的张力及诗意空间。整个词语和诗行组合中的心理逻辑恍若可见。

西方超现实主义的所谓"自动语言",反对逻辑语法,主张放弃对语言的控制。洛夫在多年的创作实验中,吸取慧能禅宗传教"不立文字""拈花微笑"的会意方式与李商隐、王维、严羽等古典诗歌"无理而妙"的手法,克服"自动语言"对语言的内在表现"失控"的倾向,提出"约制超现实主义"。这无疑是对一味追随西方现代主义艺术思潮的反拨。

诗歌语言不仅是音和词的结合,还是一个系统,既是生命精神的真实的诗意存在的表现系统,又是一个审美的意象符号系统。本文提出词语组合过程中美的逻辑,旨在维系汉诗语言的表现力和诗人本真的、复杂而神秘的诗性经验的有效性,这直接关涉审美接受的问题。

如果是对优秀文本、对诗人的先知先觉而不理解,原因不在诗人。而读者对当下诗的阅读障碍或不喜欢,主要因其语言散漫、艰深难懂。格式塔心理学发现,有些格式塔(形),给人的感受是极为愉悦的,这就是那些把在特定情境下的刺激物,组织得最好、最规则(对称、统一、和谐),这种简约合宜(pragnant)的格式塔,意即为"好的格式塔"[20]。这种视觉艺术的"简约合宜"原则,与"节省律"相一致,同样提供了诗歌语言形式的审美心理根据。"浅草才能没马蹄",这一相反相成的哲理,正是诗句意象组合或诗意结构的美的逻辑,它同样体现着"简约合宜"的美学规则。当代诗的口语化叙述,不可不把握汉语的表现力与诗意结构的独特性。再神秘、不可言说的诗性体验,也需要包蕴于经济通达的语言之中,包蕴于"简约合宜"的诗形之中,这是诗人应该具备的基本功。

领会,作为解释学的重要范畴,提供了领悟一种可能性。海德格尔称:"这种领会着的,向着可能性的存在本身就是一种能在。"[21]在诗歌文本中,这种"能在",指向现代诗意的内在性、隐秘性,包括深藏在文本内外的潜能。这种"能在"的诗学观,为现代诗的语言文本创造提供了新的可能性,同时也增加了难度。现代诗学上的"领会",总是伴随着诗的语言感觉及其暗示能与"形"的审美效应,这也意味着诗歌写作的语言难度。但,所有难度都在诗的自由创造之中。美国诗人麦克利什所说,"一首诗应该缄默无语/像群鸟飞翔"[22],大概是指诗要有很好的暗示性。中国诗人只要使出汉语的神器,就会让诗意之鸟高高地飞翔。

注释:

[1] 胡适:《逼上梁山》,《中国新文学大系·建设理论集》第一集,上海良友图书印刷公司,1935年,第7页。

[2] 俞平伯:《社会上对新诗的各种心理观》,《新潮》2卷1号。

[3] 海德格尔:《诗·语言·思》,彭富春译,文化艺术出版社,1991年,第189页。

[4][8] 参见刘大基《人类文化及生命形式》,中国社会科学出版社,1990年,第110页、第205-207页。

[5][6] 杜威:《艺术即经验》,高建平译,商务印书馆,2005年,第22页、第50-52页。

[7]《罗丹艺术论》,沈琪译,人民美术出版社,1978年,第20-25页。

[9] A. 古留加:《康德传》,商务印书馆,1980年,第115页。

［10］参见弓戈：《美与"模糊概念"——席勒美学思想研究》，《北方论丛》，1984年第7期。

［11］参见余怒：《诗仅限于提问——第五届红岩文学奖获奖感言》，2016-03-11新浪博客。

［12］参见谢冕：《美丽的遁逸》，《文学评论》，1988年第6期。

［13］阿恩海姆：《艺术与视知觉》，滕守尧译，中国社会科学出版社，1985年，第68页。

［14］《周易·系辞下》。

［15］《庄子·外物》。

［16］欧阳修：《六一诗话》。

［17］参见晏榕：《诗意现实的现代构成与新诗学》第一章，浙江大学出版社，2013年。

［18］戴维森：《隐喻意味什么》，载《语言哲学》，商务印书馆，1996年，第853页。

［19］严羽：《沧浪诗话》。

［20］滕守尧：《审美心理描述》，中国社会科学出版社，1985年，第101页。

［21］海德格尔：《存在与时间》，陈嘉映、王庆节译，三联书店，1987年，第181页。

［22］麦克利什：《诗艺》，《孤独的玫瑰》，上海译文出版社，1987年，第255页。

（原刊《文艺研究》2016年第11期